Der Gesandte

Das Buch

An einem verschneiten Morgen im April des Jahres 1912 wird ein Mann in die psychiatrische Klinik Burghölzli in Zürich eingeliefert. Es ist der berühmte Kunsthistoriker Pilgrim, dessen Werk über Leonardo da Vinci Furore machte. Schon bald nimmt sich der junge aufstrebende Nervenarzt Carl Gustav Jung des elegant gekleideten Patienten an. Wer ist dieser Mann, der behauptet, seit Jahrhunderten in immer anderer Gestalt auf der Welt zu sein? Je weiter sich C. G. Jung auf die Spur Pilgrims begibt, desto tiefer gerät er in eine persönliche Krise. Geplagt von Alpträumen und düsteren Vorahnungen steht schließlich sogar seine Ehe mit Emma Rauschenbach auf dem Spiel …
Timothy Findleys vielschichtiger Roman ist eine literarische Reise in die Epochen der Kunst- und Geistesgeschichte, ein ebenso persönliches wie provokantes Portrait des Begründers der analytischen Psychologie und nicht zuletzt ein packendes Drama über die drohenden Katastrophen des frühen 20. Jahrhunderts.

Der Autor

Timothy Findley, geboren 1930, gilt als einer der Klassiker der kanadischen Literatur. Der Autor von acht Romanen, zwei Erzählsammlungen, etlichen Theaterstücken und einem Sachbuch über das Schreiben wurde mit den bedeutendsten Literaturpreisen Kanadas ausgezeichnet und ist in seinem Land Bestsellerautor. Sein 1998 erschienener Roman *Die Tochter des Klavierspielers* fand auch beim deutschen Publikum und der Presse begeisterten Anklang. *Der Gesandte* führte bereits kurz nach Erscheinen in Kanada die Bestsellerlisten an. Timothy Findley lebt in Stratfort, Ontario, und in der Provence. Er ist Mitglied der *Académie Française*.

In unserem Hause sind von Timothy Findley bereits erschienen:
Das dunkle Herz
Die Tochter des Klavierspielers
Im Herzen der Lüge

Timothy Findley

Der Gesandte

Roman

Aus dem Englischen
von Sabine Roth und Walter Ahlers

List Taschenbuch

Die deutsche Übersetzung wurde gefördert vom Canada Council *und dem* Department of Foreign Affairs and International Trade Canada.

THE CANADA COUNCIL FOR THE ARTS SINCE 1957 | LE CONSEIL DES ARTS DU CANADA DEPUIS 1957

List Taschenbücher erscheinen im Ullstein Taschenbuchverlag, einem Unternehmen der Econ Ullstein List Verlag GmbH & Co. KG, München
1. Auflage 2001

Titel der englischen Originalausgabe: *Pilgrim*
(HarperCollins Publishers Ltd., Toronto, Canada)
Übersetzung: Sabine Roth und Walter Ahlers
Umschlagkonzept: HildenDesign, München – Stefan Hilden
Umschlaggestaltung: HildenDesign, München unter Verwendung einer Photographie von Frantisek Drtikol
Satz: Franzis print & media GmbH, München
Druck und Bindearbeiten: Clausen & Bosse, Leck
Printed in Germany
ISBN 3-548-60136-7

Unsere Geschichte ... ist viel älter als ihre Jahre, ihre Betagtheit ist nicht nach Tagen, das Alter, das auf ihr liegt, nicht nach Sonnenumläufen zu berechnen; mit einem Wort: sie verdankt den Grad ihres Vergangenseins nicht eigentlich der *Zeit*.

THOMAS MANN, Vorsatz zu *Der Zauberberg*, 1924

Es gibt kein Licht am Ende des Tunnels,
nur eine Schachtel Streichhölzer, weitergereicht
von einer Generation an die folgende.
Die Zündschnur der Menschheit ist nicht lang,
und wir halten das letzte Streichholz.

JONARNO LAWSON, »Bad News«, in: *The Noon Whistle*, 1996

Zum Gedenken an

Michael Tippett
Nicht nur ein Kind unserer Zeit,
sondern aller Zeiten.

Und an

Meirion Bowen
der den Weg mit ihm gegangen ist.

Hier ist nicht endlos' Grämen,
Hier strahlt ein heller Hoffnungsschein.
MICHAEL TIPPETT
Ein Kind unserer Zeit, 1944

Prolog

In den frühen Morgenstunden des 17. April 1912 ging ein Mann namens Pilgrim barfuß in den Garten seines Hauses am Cheyne Walk Nr. 18 in London. Er war gekleidet, wie man es von einem Mann seines Standes um diese Stunde erwarten konnte: weißer Pyjama und ein Schlafrock aus blauer Seide – königsblau, mit tiefen Taschen und Schalkragen. Seine nackten Füße waren kalt. Nicht daß das eine Rolle spielte. In wenigen Minuten würde nichts mehr eine Rolle spielen.

Das Gras war taunaß, und bei seinem Anblick – selbst in dem spärlichen Lichtschein vom Haus her – murmelte Pilgrim *grün*, als käme ihm das Wort eben erst in den Sinn.

Ein Hund bellte, nicht nah, vielleicht in der King's Road. Im Süden, vom anderen Themse-Ufer, hörte man das Rumpeln der Marktkarren auf dem Weg zu Covent Garden. Aus dem dunklen Taubenschlag gleich neben ihm drang leises Gurren und Flattern.

Ein Blatt fiel.

Pilgrim ging über den Rasen zu einem Ahornbaum, dessen Höhe in der Dunkelheit nur zu erahnen war. In einer Hand hielt er die seidene Kordel seines Schlafrocks, in der anderen einen Sheraton-Stuhl mit genau den richtigen Maßen. Höhe, Tiefe, Breite – alles stimmte exakt.

Trotz seines Alters stieg Pilgrim auf den Stuhl und kletterte in den Ahorn hinauf, als hätte er sein Leben in den Bäumen verbracht. Er sah nicht nach unten. Es gab nichts, was er hätte sehen wollen.

Er knüpfte einen fachgerechten Knoten und warf den Strick über einen kräftigen Ast.

Eine Eule strich vorbei wie ein leiser Luftzug. Sonst blieb alles still.

Pilgrim blickte hinauf in den Nachthimmel und sprang.

Eine Uhr schlug vier.

Pilgrim wurde erst bei Tagesanbruch gefunden, mehr als drei Stunden später, von Forster, seinem Kammerdiener und Butler. Forster schnitt den Strick durch und bettete den Körper ins Gras, das noch kalt und naß war, woraufhin er ihn mit einer aus seinem Bett herbeigeholten Decke zudeckte.

Er verständigte nur Dr. Greene. Die Polizei wurde nicht benachrichtigt. Unter allen Umständen galt es die Würde zu wahren.

Während er auf das Eintreffen des Arztes wartete, holte Forster seinen Mantel und eine Petroleumlampe aus dem Haus, stellte den umgefallenen Sheraton-Stuhl wieder hin und setzte sich darauf. Er rauchte eine Zigarette. Er dachte an nichts. Die Sonne würde aufgehen. Die Tauben würden gefüttert werden. Die Welt drehte sich aufs neue dem Licht zu. Bald würde Mrs. Matheson in der Küche das Feuer anzünden.

Forster wartete und wachte. Der Körper blieb reglos. Nichts. Kein Laut. Kein Hauch.

Pilgrim, so schien es, war endlich am Ziel.

Erstes Buch

1

Im Eingang der Zürcher Universitätsnervenklinik Burghölzli standen eine Krankenschwester mit Namen Dora Henkel und ein Pfleger namens Kessler bereit, um einen neuen Patienten und seine Begleitung in Empfang zu nehmen. Schwere Schneefälle hatten ihre Ankunft verzögert.

Kessler dachte, der Sturm müßte zwei Engel vom Himmel herabgeweht haben und triebe sie nun auf ihn zu. Einen Augenblick lang schienen sie nicht recht zu wissen, wohin – streckten hilflose Arme nacheinander aus durch Flockenschleier, Kopftücher und Schals, die im Winde schlugen wie große Flügel.

Schließlich aber hatten die Hände sich gefunden, und der weibliche Engel führte den männlichen unter das Vordach und die Stufen hinauf. Dora Henkel und Kessler beeilten sich, die Tür des Windfangs zu öffnen, und ein Schwall duftenden Schnees stob ihnen entgegen. Der weibliche Engel – Sybil, Lady Quartermaine – hatte eine weithin bekannte Passion für Parfum. Es wäre ihr nicht eingefallen, von *Duft* zu sprechen. *Nur Blumen und Kräuter duften*, pflegte sie zu sagen. *Menschen legen Parfum auf.*

Eine Sekunde lang konnte man meinen, ihr Begleiter sei blind. Mit leerem Blick stand er im Windfang, Engel auch jetzt noch – fast zwei Meter groß, die Schultern steil abfallend, die Arme leblos, die Flügel endlich zur Ruhe gekommen. Die Schals und der hochgeknöpfte Mantel hingen in schweren, feuchten Falten an seinem ausgemergelten Körper, als wollten sie jeden Moment loslassen und seufzend zu Boden gleiten.

Lady Quartermaine war jünger als erwartet, mitnichten die gestrenge Matrone, die ihre herrischen Befehle angekündigt hatten – diese fast kommandoartigen Anweisungen, von denen täglich bis zu fünf oder sechs per Kabeldepesche eingegangen und von Lakaien des Konsulats überbracht worden waren. Sie konnte kaum vierzig sein, und aus jedem ihrer Worte, jeder Geste, sprachen Anmut und Charme. Dora Henkel verfiel ihr auf der Stelle und mußte sich voll Verwirrung abwenden, denn Lady Quartermaines Schönheit jagte ihr das Blut in die Wangen. Als sie sich wieder in der Gewalt hatte, knickste sie zunächst einmal.

»Wir waren ja so in Sorge, ob Sie auch heil hier anlangen, Lady Quartermaine«, sagte sie dann und lächelte, vielleicht etwas zu beflissen.

Kessler hielt die Innentür auf und trat zur Seite, um die Ankömmlinge hereinzulassen. *Der Tag, als die Engel fielen,* so sollte er diesen Tag fortan nennen. Lady Quartermaine und ihr romantischer Einzug mit einem Hünen an ihrer Seite beeindruckten auch ihn zutiefst.

In der Eingangshalle kam raschen Schrittes ein Mann in weißem Kittel auf sie zu.

»Ich bin Dr. Furtwängler, Lady Quartermaine. How do you do?«

Sie reichte ihm die Hand, über die er sich neigte. Josef Furtwängler hielt sich viel auf die galante Art zugute, mit der er seine Patienten »zu nehmen« wußte. Sein routiniertes Lächeln, bei den Patientinnen gern gesehen, stieß bei seinen Kollegen auf Skepsis.

Lady Quartermaine wies auf ihren Begleiter und sagte auf deutsch: »Herr Doktor, ich möchte Ihnen meinen Freund Herrn Pilgrim vorstellen.«

Furtwängler warf einen Blick auf seinen neuen Patienten. »Vielleicht, Lady Quartermaine«, sagte er, »sollten wir die Unterhaltung mit Rücksicht auf Ihren Freund auf englisch fortsetzen. Sie werden feststellen, daß fast alle hier im Burghölzli Ihre Sprache fließend sprechen – nicht zuletzt viele der Patienten.« Und lächelnd, mit ausgestreckter Hand, trat er einen Schritt vor. »Mister Pilgrim. Willkommen.«

Pilgrim starrte die dargebotene Hand an – und verschmähte sie. Er sagte nichts.

Lady Quartermaine beeilte sich zu vermitteln.

»Er redet nicht, Herr Doktor. Er ist stumm. Er hat kein Wort gesprochen, seit er … gefunden wurde.«

»Natürlich. Das ist nichts Ungewöhnliches.« Der Arzt lächelte Pilgrim noch herzlicher an und sagte: »Gehen wir doch ins Empfangszimmer. Da wartet ein Feuer auf uns, und eine Tasse Kaffee.«

Pilgrim sah zu Lady Quartermaine hinüber, die nickte und seine Hand ergriff. »Mit dem größten Vergnügen«, sagte sie zu Furtwängler. »Eine Tasse guten Schweizer Kaffees, das ist genau, was der Arzt uns verschrieben hat.« Sie zuckte belustigt die Achseln. »Wohin?«

»Bitte folgen Sie mir.«

Und Furtwängler schnippte mit den Fingern, worauf Dora Henkel in den Speisesaal auf der anderen Seite der Eingangshalle hastete, um die Erfrischungen herzurichten, derweil Kessler sich darauf konzentrierte, nicht allzusehr wie ein Leibwächter dazustehen.

Lady Quartermaine zog Pilgrim mit sich. »Es ist alles gut«, redete sie ihm zu. »Alles ist gut. Wir sind sicher und wohlbehalten angekommen, und bald kannst du dich ausruhen.« Sie schob ihren Arm durch seinen. »Wie froh bin ich, hier bei dir zu sein, mein Lieber. Wie froh bin ich, daß wir hergekommen sind.«

2

Pilgrims Hausarzt hatte Diskretion bewiesen. Greenes Mietdroschke war um 8 Uhr 45 am Cheyne Walk Nr. 18 vorgefahren, knapp fünf Stunden nach dem Ereignis. Forster hatte ihn geradewegs in den Garten geführt, wo Greene feststellte, daß Pilgrim aufgehört hatte zu atmen und daß sein Herz nicht mehr schlug.

Er ließ bei seiner Untersuchung mehr als die übliche Sorgfalt walten, denn er erinnerte sich an einen früheren Selbstmordversuch Pilgrims. Damals hatte alles darauf hingedeutet, daß es seinem Patienten gelungen war, sich in der *Serpentine*, dem Teich im Hyde Park, zu ertränken. Doch obwohl tiefster Winter herrschte und das Wasser mit einer Eisschicht überzogen war, hatte er überlebt, auch wenn er, als man ihn geborgen hatte, bereits tot zu sein schien. Gut zwei Stunden hindurch hatte Greene sein gesamtes Können aufgeboten – und dann war Pilgrim wieder zu sich gekommen. Der Arzt mochte den Erfolg kaum seinen Bemühungen zuschreiben, dafür waren sie zu lange fruchtlos geblieben.

Im Lauf der Jahre hatte sich Greene nicht nur mit den Suizidneigungen seines Patienten abfinden müssen, sondern gleichermaßen mit dessen ungewöhnlicher Zähigkeit. Es war, als weigerte sich etwas in ihm zu sterben, auf welche Art Pilgrim es auch versuchte.

Eine Stunde nach seiner Ankunft am Cheyne Walk erklärte Dr. Greene Pilgrim für klinisch tot und stellte den Totenschein aus, wie seine Profession es gebot. Trotzdem zog er noch einen zweiten Arzt hinzu, um seine Diagnose bestätigen zu lassen. Dieser zweite Arzt, Hammond mit Namen, zählte zu den namhaftesten Neurologen Londons. Greene kannte ihn gut; die beiden Männer hatten zusammen eine stattliche Anzahl von Autopsien an Selbstmördern und Mordopfern durchgeführt.

Als Dr. Hammond eintraf, öffnete ihm Mrs. Matheson, die Köchin. Ihr war das Amt der Türhüterin zugefallen, denn Forster hatte mit anderen Dingen zu tun. Pilgrims Leichnam war mittlerweile ins Haus gebracht und im Schlafzimmer aufgebahrt worden.

Greene umriß Hammond das Geschehene und schilderte seine früheren Erfahrungen mit Pilgrim; er habe Skrupel, sagte er, ihn für tot zu erklären, ohne ein zweites Urteil eingeholt zu haben. Nach einer raschen Untersuchung der Leiche bestätigte Hammond, daß Pilgrim tatsächlich tot war. *So tot*, sagte er zu Greene, *wie man nur sein kann.*

Damit setzte er seine Unterschrift neben die von Greene.

Eine halbe Stunde später begann Pilgrims Herz wieder zu schlagen, und kurz darauf fing er zu atmen an.

Das also war der Mann, den Sybil Quartermaine in die Klinik Burghölzli brachte: ein zum Selbstmord Entschlossener, der außerstande schien, zu sterben.

Sie waren mit dem Zug über Paris und Straßburg angereist. Der Tag war bewölkt und windig, und immer wieder schneite es. Am Bahnhof in Zürich erwartete sie ein gemieteter silberner Daimler samt Chauffeur. Forster und Phoebe Peebles, Lady Quartermaines Zofe, fuhren mit ihrer Herrschaft bis zur Klinik und wurden anschließend ins Hôtel Baur au Lac gebracht, zur damaligen Zeit Zürichs erste Adresse für ausländische Gäste.

Forster und Phoebe Peebles im Fond des silbernen Daimlers waren zutiefst unsicher, was sie nun zu tun hatten – außer natürlich ihre Würde zu wahren.

Da saßen sie, allein in einem von ihrer Ladyschaft gemieteten Automobil, ohne das Fangnetz der Etikette. War der Chauffeur jetzt ihr Chauffeur? Oder standen sie als Dienstboten alle auf einer Stufe?

Forster vermutete, daß ihm als Ranghöchstem eine gewisse Vormachtstellung zukam. Ein Kammerdiener und Butler befehligt schließlich den gesamten Haushalt, es sei denn, sein Herr hat ihm ausdrücklich jemanden übergeordnet. Andererseits ließ sich nicht leugnen, daß Mister Pilgrim im Moment nicht zugegen war und Forster in Lady Quartermaines Wagen saß, nicht in Mister Pilgrims: Was also galt?

Der Chauffeur war ein Mietling und somit niemandem verpflichtet als der Person, die ihn gerade angeheuert hatte, in diesem Fall Lady Quartermaine. Es war alles sehr kompliziert. Forster überlegte, ob wohl ein Trinkgeld am Platze war – so, wie man es der Dienerschaft in einem Hause zukommen ließ, in dem man mit seinem Herrn zu Besuch geweilt hatte.

Nein, entschied er. Das war nicht seines Amtes. Er würde alles Lady Quartermaine überlassen.

»Meinen Sie, Sie kommen auch in die Klinik – damit Sie Mister Pilgrim bedienen?« fragte Phoebe.

»Das nehme ich doch an«, sagte Forster.

»Ich möchte ja nirgends wohnen, wo die Leute geistesgestört sind«, erklärte Phoebe. »Wer weiß, wie's da zugeht. Diese ganzen Irren ...«

»Sie sind nicht irr«, entgegnete Forster. »Sie sind krank. Und sie werden in die Klinik eingewiesen, damit sie wieder gesund werden – so wie sie mit Schwindsucht nach Davos geschickt würden.«

Forster sprach mit der größten Bestimmtheit, und Phoebe, die noch nie von Davos gehört hatte, war gebührend eingeschüchtert.

»Wahrscheinlich«, murmelte sie. »Aber trotzdem ...«

»Sie sind bis hierher klaglos in Mister Pilgrims Gesellschaft gereist, Miss Peebles«, erwiderte Forster von oben herab. »Haben Sie sich auf der Zugfahrt auch nur einen Moment lang durch sein Verhalten gefährdet gefühlt?«

»Nein.«

»Sehen Sie, da haben Sie Ihre Antwort. Ich würde ihm überallhin folgen, um ihm zu Diensten zu sein.«

»Ja, Mister Forster.«

»So, da wären wir. Das Hôtel Baur au Lac.«

Der flockenumwirbelte Daimler war vor einem feudalen Vordach zum Stehen gekommen. Der Chauffeur ging um den Wagen herum und öffnete den Schlag auf Phoebes Seite.

»Und jetzt?« fragte sie Forster.

»Jetzt steigen Sie aus«, sagte er. »Sie schwingen beide Beine nach rechts und steigen aus.«

Phoebe setzte gehorsam die Füße auf den Boden und trat zur Seite. Forster folgte ihr und nickte dem Portier zu, der ihnen entgegeneilte, flankiert von zwei livrierten Jünglingen, deren aufgespannte Schirme keinerlei Schutz boten, weil der Schnee von allen Seiten vom Boden aufstob.

Forster sagte: »Wir gehören zu Lady Quartermaine. Soweit ich weiß, werden wir hier erwartet.«

»Aber gewiß doch, Mister Forster.« Der Portier lächelte breit. »Wenn Sie mir bitte folgen wollen.«

Auf dem Weg zur Eingangstreppe beugte sich Phoebe zu Forster hinüber und flüsterte: »Gütiger Gott! Er weiß sogar, wer Sie sind. Ich meine, er weiß sogar Ihren Namen!«

Forster nahm seinen Zylinder vom Kopf und klopfte ihn am Schenkel ab. »Selbstverständlich weiß er ihn«, sagte er. »Dafür wird er schließlich bezahlt.«

3

Nicht lange, nachdem der Kaffee getrunken und Pilgrim auf sein Zimmer geführt worden war, folgte Lady Quartermaine Dr. Furtwängler in sein Sprechzimmer.

»Wie lange gedenken Sie zu bleiben?« fragte er, als seine Besucherin Platz genommen hatte.

»Bis Sie mir sagen, daß ich unbesorgt abreisen kann«, erwiderte sie. »Wann immer das auch sein mag. Ich bin seine engste Freundin. Er hat keine Familie. Ich würde gern bei ihm bleiben, bis er auf dem Wege der Besserung ist.«

»Das wird nicht so bald sein, Lady Quartermaine. Wir können keine voreiligen Versprechen abgeben.«

»Darum geht es mir auch nicht. Mir geht es darum, daß er in guten Händen ist.«

Dr. Furtwängler stand vor einem der drei hohen Fenster. Über seinen Kopf hinweg sah Lady Quartermaine, daß sich das Schneetreiben des Nachmittags zum Sturm ausgewachsen hatte.

»Holt Ihr Wagen Sie wieder ab? Wenn nicht, können wir ...«

»Nein, nein. Aber vielen Dank. Der Wagen kommt, wenn ich nach ihm schicke.«

Furtwängler setzte sich Lady Quartermaine gegenüber hinter seinen großen Schreibtisch. Sein Sprechzimmer war ein anheimelnder Raum mit dunklen Deckenbalken, Erkerfenstern und Regalen voll medizinischer Fachliteratur, mit Lederfauteuils und einem Ledersofa, Messinglampen mit grünen Glasschirmen und Vorhängen, die mit chinesischen Motiven bedruckt waren – Blumen, die sich um Bambuswedel rankten, fernen, dunstumhangenen Hügeln, vernebelten Bäumen.

Lady Quartermaine hatte ihren Mantel abgelegt, so daß das Lampenlicht auf ein taubenblaues Kleid mit hoch angesetzter Taille und veilchenblauem Spitzenbesatz fiel. Ihre Augen waren eine Mischung aus diesen beiden Farben, wobei ihre Pupillen im Moment freilich so geweitet waren, daß die Iris fast völlig schwarz wirkte. Sie spielte mit ihren Handschuhen, die sie auf den Knien hielt, als seien sie lebendig, Schoßtiere, bei denen sie Trost suchte. Die Schleier ihres breitrandigen Hutes waren zurückgeschlagen und lagen um ihr Haar wie ein Kranz aus Rauch.

»Wollten Sie mir nicht noch Fragen stellen? Es wird allmählich spät. Ich würde gern ein Bad nehmen und zu Abend essen.«

»Ja. Ja. Natürlich. Verzeihen Sie.«

Dr. Furtwängler griff nach seiner Feder und zog einen großen Schreibblock heran. »Als erstes«, begann er, »erzählen Sie mir doch ein wenig über sich selbst. Das wäre sehr hilfreich.«

»Mein Mann ist der fünfzehnte Marquis von Quartermaine. Sein Vorname ist Harry. Quartermaine schreibt sich mit einem *e* am Ende. Ignoranten lassen das *e* immer weg. Sie begreifen nicht, daß es ein französischer Name ist. Wir sind vor neunhundert Jahren aus Frankreich nach England gekommen, aus der damaligen Grafschaft Maine. *Wir*, sage ich – dabei meine ich natürlich die Vorfahren meines Mannes.«

»Natürlich.«

»Mein Mädchenname ist Sybil Copland. Mein Vater war Cyril Copland – Lord Copland, der länger im Oberhaus saß als irgendeiner seiner Zeitgenossen. Er starb mit neunundneunzig Jahren, als ich zwölf war. Er hat mich im Alter von sechsundachtzig gezeugt – fast ein Rekord, glaube ich.«

»Mehr als ein Rekord – phänomenal!«

Sybil beobachtete ihn, während er mitschrieb. »Ihr Englisch ist ausgezeichnet, Dr. Furtwängler. Sind Sie eigentlich Schweizer oder Deutscher?«

»Weder noch. Ich bin Österreicher, aber ich habe meinen Doktor in Edinburgh gemacht.«

Sybil lächelte. »Daher also dieses ganz leichte Schnarren in Ihrem Tonfall. Wie nett.«

»Ich habe Schottland sehr lieben gelernt. Und England ebenfalls. Ich bin ein leidenschaftlicher Wanderer, Lady Quartermaine. In den Semesterferien habe ich Touren durch den Lake District und durch Wiltshire und Cambridgeshire unternommen. Wunderbar. Kennen Sie diese Gegenden?«

»O ja, sehr gut sogar. Alle meine Brüder und mein Mann haben am King's College in Cambridge studiert. Die Landschaft ist paradiesisch.«

»Und Mister Pilgrim?«

»Er war in Oxford. Magdalen College. Der Arme.« Sie lächelte.

»Wieso arm?«

»In England nennen wir solche Bemerkungen ironisch, Herr Doktor. Die Studenten einer Universität betrachten die Studenten aller anderen Universitäten gern als unterprivilegiert.«

»Verstehe.« Furtwängler blickte auf seine Notizen hinab. »Und Mister Pilgrim – er ist Kunsthistoriker.«

»Ja. Auch das verbindet uns. Mein Bruder Symes war ebenfalls Kunsthistoriker.«

»War?«

»Ja. Er ...« Ihr Blick schweifte ab.

»Wenn Sie nicht darüber sprechen möchten ...«

»Doch, doch. Gleich. Es ist nur ...« Sie schloß die Augen, nahm einen Handschuh von ihren Knien und hielt ihn sich an die Wange wie die Hand einer mitleidigen Freundin. »Er hat sich umgebracht, und jetzt, nach Mister Pilgrims Selbstmordversuch, habe ich das gespenstische Gefühl, die Vergangenheit würde mich einholen.«

Sie öffnete die Augen wieder und bettete den Handschuh neben seinen Gefährten, um in ihrer Handtasche nach einem Taschentuch zu suchen. Darüber gewann sie die Fassung zurück und fuhr fort: »Symes Copland war mein jüngerer Bruder. Er war gerade erst dreißig geworden, als er starb. Das war 1901. Im September. Er war einer der Begründer der Tate Gallery. Es geschah kurz nach der Eröffnung. Der Kraftaufwand ... er hat sie so geliebt. Ging völlig darin auf. Bis zur Besessenheit, muß man wohl sagen. Niemand wäre auf die Idee gekommen ... Er verstand sich so verdammt gut darauf, seine Gefühle zu verbergen.« Sie hielt inne. »Entschuldigen Sie, aber sein Tod macht mich noch immer wütend. Solch eine traurige, sinnlose Vergeudung.«

»Er muß Ihnen sehr viel bedeutet haben.«

»Ja. Als Kinder waren wir unzertrennlich. Wahrscheinlich, weil wir uns vom Alter her so nahe waren. Ich habe mich immer als seine Beschützerin gefühlt. Und dann … habe ich versagt.«

»Selbstmord ist nie die Schuld eines anderen, Lady Quartermaine.«

»Es fällt mir schwer, das zu glauben.«

»Dennoch müssen Sie versuchen, sich damit abzufinden. Es war sein Leben. Nicht Sie haben es ihm genommen. Er hat es sich selbst genommen.«

»Ja.« Sybil sah zum Fenster.

»Waren Mister Pilgrim und Ihr Bruder Kollegen?«

»Nein. Symes war auf das späte sechzehnte und frühe siebzehnte Jahrhundert spezialisiert. Pilgrim … Mister Pilgrims Interessen sind breiter gefächert.«

»Ah ja. Und sein Name, Lady Quartermaine? Warum ist kein Vorname angegeben?«

»Er behauptet, er habe keinen.«

»Ach …?«

»Ja. Und so seltsam Ihnen das vorkommen mag, es ist etwas, das ich fraglos zu akzeptieren gelernt habe. Es gibt sehr vieles, was ich über ihn weiß. Aber vieles weiß ich auch nicht.«

»Haben Sie ihn über Ihren Bruder kennengelernt?«

»Nein. Wir waren schon lange Freunde, aus früheren, jüngeren Tagen.«

»Haben Sie Kinder, Lady Quartermaine?«

»Ja. Fünf. Zwei junge Männer, zwei junge Frauen und ein Mädchen.«

Eine Pause trat ein. Sybil Quartermaine sah auf.

»Sie starren mich an, Herr Doktor.«

»Ja. Entschuldigen Sie.«

»Warum? Aus welchem Grund?«

Furtwängler senkte den Blick auf das vor ihm liegende Blatt. »Sie erscheinen mir kaum alt genug«, sagte er, »um junge Männer zu Söhnen zu haben – junge Frauen zu Töchtern.«

»Wenn es nur das ist!« Sie lachte. »Nur keine falsche Scham. Ich bin vierundvierzig Jahre alt. Mein ältester Sohn ist zwanzig. Eigentlich nicht allzu erstaunlich, oder? Er heißt David, und um ehrlich zu sein, ich mag ihn nicht besonders.« Sie blinzelte. »Du liebe Güte – warum habe ich Ihnen das erzählt?«

»Sie sind im Moment sehr angespannt, Lady Quartermaine. Unter solchen Bedingungen rutscht einem leicht einmal etwas heraus.«

»Ja. Wahrscheinlich.«

»Hat Mister Pilgrim außer Ihnen noch andere Freunde?«

»Ein paar. Doch. Wenige. Und viele, viele Bekannte – ein, zwei davon relativ eng. Hauptsächlich Männer.«

»Aha.«

Wieder trat eine Pause ein.

»Ja? Was weiter?«

»Hat er ausdrücklich nach Ihnen verlangt – nach dem Selbstmordversuch?«

»Nein. Ich war am Abend vorher bei ihm und habe mir Sorgen gemacht. Er war mir zerstreut vorgekommen – irgendwie abwesend. Nein, mehr als abwesend – er schien außerstande, zusammenhängend zu sprechen. Nicht wie ein Betrunkener – ganz und gar nicht –, sondern wie jemand, der den Faden seiner eigenen Worte verliert, noch während er sie ausspricht. Ich habe sogar an einen leichten Schlaganfall gedacht. So auffällig war es. Und dann, statt mir auf seine übliche Art gute Nacht zu sagen, mit Küssen auf beide Wangen, nahm er meine Hand und hielt sie ganz fest und sagte: Leb wohl. Völlig untypisch für ihn. Deshalb wollte ich am nächsten Morgen nach ihm sehen. Wie Sie den Arztberichten, die ich Ihnen geschickt habe, entnehmen können, war er vor meiner Ankunft für tot erklärt worden. Aber dann – auch das noch vor meiner Ankunft – gab er erste Lebenszeichen von sich, und die Ärzte, die ihn untersucht hatten, wurden wieder herbeigeholt. Sie waren noch bei ihm, also habe ich einfach gewartet.«

»Und dann?«

»Dann bin ich die Woche hindurch bei ihm geblieben. Ich war nur zu Hause, um meine Sachen für die Reise zu packen und meine Zofe abzuholen.«

Schweigen. Furtwängler ordnete die Gegenstände auf seinem Schreibtisch zu einem leicht veränderten Muster an.

»Lady Quartermaine ...« Über seine Notizen hinweg beugte er sich zu ihr vor. »Eines muß ich gleich zu Anfang klarstellen.«

Sybil betrachtete ihn gelassen.

»Nach unserem ersten Telephonat habe ich selbst mit …«, er warf einen Blick auf die Papiere vor ihm, »mit Dr. Greene gesprochen, so heißt er doch?«

Sybil nickte.

»Und daher ist mir bewußt, daß Mister Pilgrims Wiederbelebung nach seinem versuchten Selbstmord in der Tat etwas höchst Ungewöhnliches ist. Meine Aufgabe kann es jedoch nicht sein, Einzelheiten über den Versuch selbst oder über Mister Pilgrims physische Reaktionen darauf ans Licht zu bringen. Bei meiner Tätigkeit – oder der eines meiner Kollegen – wird es einzig darum gehen, zu ermitteln, *warum* er seinem Leben ein Ende setzen wollte – und wie wir seinen Lebenswillen wieder wecken können.«

Sybil wartete einen kurzen Moment, bevor sie sprach. »Seien Sie unbesorgt, Dr. Furtwängler. Genau zu diesem Zweck habe ich mich entschlossen, Mister Pilgrim ins Burghölzli zu bringen. Damit sein Lebenswille wieder geweckt wird.«

»Sehr gut.« Er lehnte sich zurück. »Also. Sie sagen, sein auffälliges Verhalten am Abend zuvor hätte Ihnen Sorgen bereitet. Heißt das, daß Sie ein solches Verhalten schon früher an ihm beobachtet haben?«

»Bis zu einem gewissen Grade wohl schon. Er hat diese Phasen, in denen er …«, sie wog ihre nächsten Worte sorgsam ab und sagte dann: »in denen er davontreibt.«

»Davontreibt?«

»Ja. Wegtritt. Nicht da ist.«

»Sind solche Phasen auch seinen anderen Selbstmordversuchen vorausgegangen?«

»Sie überraschen mich, Herr Doktor«, sagte Sybil. »Ich bin entsetzt. Welchen anderen Selbstmordversuchen?«

»War Ihnen etwa nicht klar, daß dies nicht das erste Mal ist?«

»Allerdings nicht.«

»Sie wissen von nichts?«

Einen winzigen Moment zögerte sie, ehe sie antwortete.

»Nein. Von gar nichts.«

Furtwängler machte einen diskreten Vermerk neben ihrem Namen. *Sie lügt*, schrieb er. Und darunter: *Warum?*

4

Pilgrims Zimmer lagen im dritten Stock. Ein gläserner Fahrstuhl mit verschnörkelten Messinggittern trug ihn und Kessler nach oben. Hinter dem Glas konnte er eine Wendeltreppe aus Marmor sehen, die sie umwand wie ein Korkenzieher. Sie hatte ein Geländer aus dunklem Holz.

Der Fahrstuhlführer war ein Mann unbestimmbaren Alters. Er trug eine grüne Livree ohne Mütze und saß auf einem hölzernen Klappsitz, die Hand an dem Steuerhebel, der den Fahrstuhl bediente. Seine Schuhe waren so blank gewichst, daß sich das Licht auf ihnen spiegelte, und seine Hände steckten in weißen Baumwollhandschuhen. Sein Gesicht blieb die ganze Fahrt hindurch vollkommen ausdruckslos. Er sprach kein Wort mit Kessler und Kessler kein Wort mit ihm.

Im dritten Stock zögerte Pilgrim.

Die Falttür aus Messing stand offen. Kessler trat hinaus auf den marmornen Treppenabsatz und wandte sich nach ihm um. »Kommen Sie«, sagte er. »Es ist alles gut.«

Er bot ihm die Hand.

Der Fahrstuhlführer hatte sich nicht von seinem Sitz erhoben. Er saß da, leicht vorgeneigt, um die Tür aufzuhalten, die freie Hand auf den Knien.

»Mister Pilgrim?« Kessler lächelte.

Pilgrim starrte die Hand an, deren Geste er nicht als eine Aufforderung zum Weitergehen zu verstehen schien, sondern als Warnung.

»Sie brauchen vor nichts Angst zu haben«, versicherte Kessler. »Sie sind zu Hause.«

Kaum stand Pilgrim draußen, schnappte die Metalltür hinter ihm zu. Als er sich umdrehte, versank das unverändert ausdruckslose Gesicht des Liftführers schon hinter der Marmorkante zu Pilgrims Füßen.

Kessler führte ihn in den Korridor, wo sich ein Läufer durch eine Allee von Türen ins Unendliche erstreckte.

Der Läufer war von einem tiefen Kastanienbraun und mit einer Goldkante gesäumt. Ungemustert. Die Türen zu beiden Seiten waren allesamt geschlossen, aber durch die offenen Oberlichter fiel genug Helligkeit in den Gang.

Weit weg – oder so schien es – stand eine in ein Laken gehüllte alte Frau und schaute zu ihnen herüber. Ein blasser weißer Lichtschimmer hinter ihr umwob ihre Gestalt mit einer Aureole.

»Sie haben Glück, Mister Pilgrim«, sagte Kessler. »Sie sind in Suite 306 untergebracht. Die Aussicht von da ist süperb.«

Er marschierte los – kehrte wieder um – faßte Pilgrim am Ellbogen und führte ihn den Gang entlang, ihre Schritte gedämpft durch den Teppich.

Die Frau blieb völlig reglos. Ob sie sie beobachtete, ließ sich nicht sagen. Man sah ihre Augen nicht.

Die Suite Nummer 306 hatte eine hohe weiße Tür mit geschlossenem Oberlicht.

Kessler ging voran, durch den Vorraum zu einer zweiten Tür und von da in ein Wohnzimmer, das einer Hotelsuite angemessen gewesen wäre. Nichts erinnerte an eine Anstalt. In einem Alkoven zwischen zwei Fenstern stand ein reichverzierter Sekretär, es gab Teppiche, Tische und Sessel – Korbsessel mit bunten Kissen. Die Teppiche waren Orientimitate, nicht teuer, aber wirkungsvoll. Blau, rot und gelb – die Kettfäden unverknüpft, lose –, Stoff zum Träumen ohne Aufpreis.

Kessler dirigierte seinen Schützling weiter ins Schlafzimmer.

Pilgrims Schrankkoffer stand mitten im Zimmer. Die zwei kleineren Koffer lagen ungeöffnet auf dem Bett. Das Gepäck war während der Kaffeestunde vom Bahnhof geliefert worden.

Bei beiden Fenstern waren die Läden geschlossen. »Gegen den Wind«, erklärte Kessler. »Draußen stürmt es gerade ein bißchen, aber hier drinnen haben Sie es warm und gemütlich.« Er ging durchs Zimmer und drehte die Lampen an. »Das da ist Ihr Bad, wie Sie sehen. Alles genau so, als wenn Sie zu Hause wären …«

Pilgrim beachtete ihn nicht. Er stand neben dem Schrankkoffer, umklammerte mit der Rechten den Kofferrand, so als wollte er sich daran aufrechthalten, und starrte im Zimmer umher.

»Warum setzen Sie sich nicht hin, Mister Pilgrim?« drängte Kessler. »Warten Sie, ich bringe Ihnen einen Stuhl.«

Er ging ins Wohnzimmer zurück.

»So, da wären wir.« Kessler drückte Pilgrim auf den herbeigeholten Stuhl, aber Pilgrim ließ den Koffer noch immer nicht los.

»Nun halten Sie doch nicht so fest, Mister Pilgrim. Sie müssen loslassen, bitte.«

Pilgrims Griff lockerte sich nicht.

Behutsam, Finger für Finger, löste Kessler die Hand vom Kofferrand und legte sie neben die andere in Pilgrims Schoß.

»Wollen Sie zu mir?« fragte jemand von der Tür her.

Es war die Frau mit dem Laken. Sie kam herein und stellte sich vor Pilgrim hin. »Sie müssen zu mir wollen«, sagte sie, »sonst wären Sie nicht in meinem Zimmer.«

Ihre Stimme war kaum vernehmbar. Es lag kein Vorwurf darin. Sie war völlig ohne Ton.

Den Bruchteil einer Sekunde lang verharrten die Frau und Pilgrim Auge in Auge, doch er schien sie nicht zu sehen. Sie war nicht so alt, wie sie aus der Ferne gewirkt hatte. Dreißig, höchstens fünfunddreißig. Ihr Gesicht war nahezu faltenlos, wenn auch gelblich im Teint. Um die Lidränder mochte sie sich eine Spur Kajal getupft haben, so tiefschwarz waren die Schatten. Ihr Haar fiel offen herab und war naß, als hätte sie es eben gewaschen.

»Bitte, Frau Gräfin«, sagte Kessler zu ihr, »Sie gehören nicht hierher.«

»Aber das ist meine Suite«, protestierte die Frau. Sie sagte es in fehlerfreiem, russisch gefärbtem Englisch. »All diese Jahre habe ich auf ihn gewartet, und nun – sehen Sie? Er wußte genau, wo er mich finden würde.«

»Nein, Madame. Nein. Ich bringe Sie nach Hause. Kommen Sie.«

»Aber …«

»Kommen Sie.«

Kessler führte die Frau zur Tür und durch Wohnzimmer und Vorraum hinaus in den Korridor, während sie immer weiter darauf beharrte, daß die Nummer 306 ihre Suite und Pilgrim einzig und allein um ihretwillen gekommen sei. »Wir sind einander schon einmal begegnet«, sagte sie, »in einem Schneesturm auf dem Mond.«

Kessler widersprach nicht. Er kannte die Gräfin Blawinskaja. Sie war eine berühmte Ballerina gewesen und wurde mitunter seiner Obhut anvertraut. Andere trieb sie zur Verzweiflung – aber nicht ihn. Sie bildete sich ein, auf dem Mond zu leben, und war Gegenstand zahlreicher Auseinandersetzungen zwischen den Ärzten. Einige von ihnen, darunter Dr. Furtwängler, wollten sie »auf die Erde zurückholen«; die Blawinskaja, so argumentierten sie, würde ihr seelisches Gleichgewicht nur dann wiederfinden, wenn man sie zwang, sich der Realität zu stellen. Die Gegenmeinung dazu lautete, daß die Gräfin an einem »Übermaß an Realität« litt und in der Welt, die die meisten Menschen als die reale ansahen, nicht funktionsfähig war. »Wenn ihr Überleben davon abhängt, sie in dem Glauben zu lassen, sie gehöre auf den Mond, dann müssen wir uns mit ihrer Realität abfinden, nicht sie sich mit unserer.« Dieses letztere Argument war so unerhört, daß seine Vertreter – von denen es wenige genug gab – als Abtrünnige und Wissenschaftsgegner galten. Insgeheim nannte Furtwängler sie verrückt und sagte sich verdrossen, wenn sie ihren Willen durchsetzten, dann konnten sie die Gräfin ebensogut gleich dem Wahnsinn überantworten, der sie umtrieb.

Kessler kümmerten diese Querelen wenig. Der »Mond« und Nummer 309, die Suite der Blawinskaja, waren ein und dasselbe für ihn. *Ich gehe auf den Mond*, sagte er, wenn ihm die Aufgabe zufiel, die Gräfin durch den Tag zu begleiten. Sie war so zart – so kindlich – so voller Unschuld. Noch das kürzeste Zusammensein mit ihr versetzte ihn zurück in jene Momente der Kindheit, da jeder Grashalm einer Offenbarung gleichkam und der Mond so nah war, daß man ihn greifen konnte.

Pilgrim saß wie versteinert.

Seine Hände lagen da, wie Kessler sie zurechtgelegt hatte; verdreht starrten sie zu ihm empor, die Innenflächen bleich wie Teller.

Er hätte die Augen genausogut schließen können. Sein Blick ging nur nach innen. Der Raum, der ihn umgab, war eine bloße Schachtel – Boden, Decke, Wände. Die Fenster mit ihren geschlossenen Läden hatten keine Funktion. Sie waren Rechtecke, mehr nicht. Die Lampen und ihre Lichtkreise erschienen ihm wie Bullaugen. Vielleicht lag dahinter das Meer, mondschimmernd, gekräuselt. Bullaugen. Mondlicht. Wasser.

In seinem Innern verbreitete sich die alarmierende Kunde, daß das Schiff, auf dem er fuhr, unterging. Jeden Moment konnten die Wände sich neigen, und der Inhalt des Zimmers würde ihm entgegenstürzen. Das Bett war ein Rettungsboot – der Tisch ein umgekipptes Floß – der Teppich verfilzter Seetang. Die Stühle waren seine Mitpassagiere, die in prallen Schwimmwesten auf dem Wasser trieben, Gesicht nach unten.

All dies war in der Nacht vom 14. zum 15. April geschehen, zwei Tage bevor er sich aufgehängt hatte. Er hatte davon gelesen, und er wußte es noch. Der Ozeandampfer *Titanic* hatte einen Eisberg gerammt und war gesunken. Fünfzehnhundert Menschen waren umgekommen. Und er lebte. Es war nicht nur – daß sich für so viele sein glühendster Wunsch erfüllt hatte. Es war nicht nur – daß der Tod sich anderen so gnädig zeigte.

Er saß da und wartete – lauschend.

Ich bin ein Reisender, dachte er. *Ich habe ein Ziel ... aber keinen Hafen.*

Wind rüttelte an den Fenstern.

Pilgrims Blick veränderte sich kaum merklich.

Neben ihm stand jemand.

»Mister Pilgrim?«

Es war Kessler.

Pilgrim rührte sich nicht.

»Haben Sie Hunger?«

Hunger?

Kessler wedelte eine Hand vor den starren Augen.

Nichts. Kein Wimpernzucken.

Kessler ging hinüber zum Bett. Er würde die beiden kleineren Koffer auspacken. Danach wollte er den Schrankkoffer in Angriff nehmen. Dr. Furtwängler mußte jeden Augenblick hier sein. Und Lady Quartermaine würde kommen, um sich zu verabschieden. Anweisungen würden gegeben werden. Vielleicht ein Medikament.

Hemden. Leibwäsche. Socken …

Taschentücher. Monogramme. *P* wie Pilgrim.

Kessler sah hinüber zu der sitzenden Gestalt mit ihrem Heiligenschein aus windzerzausten Haaren. Die Flügel waren nun gefaltet – die Schultern nach vorn gesackt, die schottengemusterten Schals fest um den Hals geschlungen.

Es war ein knochiges Gesicht. Breite Stirn. Schwerlidrige Augen. Die Nase: ein Geierschnabel. In einem Haken sprang sie über die Oberlippe vor, die wiederum über die Unterlippe vorsprang. Kessler meinte zu sehen, wie die Lippen sich bewegten.

»Wollen Sie etwas sagen? Möchten Sie sprechen?«

Sprechen? Nein.

Kessler drückte den ersten Koffer zu und nahm sich den zweiten vor. Bevor er die Kleider in Schubladen räumte, wollte er sie auf dem Bett auslegen, um zu sehen, was wieviel Platz beanspruchen würde.

Pyjamas. Pantoffeln. Ein Schlafrock, gürtellos. Teuer. Seiden. Und blau.

Alles war blau. Blau oder weiß. Die Taschentücher waren weiß. Einige Hemden. Ein Teil der Leibwäsche. Im Schrankkoffer sollte er einen weißen Anzug finden. Aber sonst: nichts als Blau.

Kessler trat an die Kommode und arrangierte die Bürsten und Kämme.

In der Schlafzimmertür erschien Dr. Furtwängler. Lady Quartermaine stand hinter ihm im Wohnzimmer. Ihre Schleier waren herabgeschlagen. Sie trug ihren Mantel. Sie schwieg.

Furtwängler sagte etwas auf deutsch, und Kessler zog sich ins Bad zurück, wo er die Tür schloß und Pilgrims Toilettenartikel ordnete. *Eine Engelszahnbürste, eine Engelsnagelbürste, ein Stück Engelsseife …* Er lächelte.

Furtwängler winkte Lady Quartermaine heran.

Pilgrim saß immer noch versteinert an seinem Platz.

Sybil sah Dr. Furtwängler an.

»Gehen Sie zu ihm«, sagte er.

Der Saum ihres Reisemantels strich zischelnd über den Teppich. *Die See – die See*, wisperte er. *Die See …*

Es fiel ihr schwer, Pilgrim ins Gesicht zu sehen. Seine scheinbar blinden Augen verstörten sie. Am liebsten hätte sie geweint. Aber nein – das durfte sie nicht.

Sollte sie niederknien? Eine Bittstellerin? *Werde gesund. Der Herr sei mit dir.*

Nein. Das verlieh ihrem Abschied etwas zu Endgültiges.

»Pilgrim«, flüsterte sie und ergriff seine Hände. »Ich wollte dir nur gute Nacht sagen. Und morgen früh …« Sie sah zu Furtwängler hin, der nickte. »… morgen früh komme ich wieder, und wir …«

Seine Hände waren kalt und teilnahmslos. Totenhände.

Sie schlug den Schleier zurück. »Morgen früh gehen wir auf der Terrasse spazieren«, versprach sie. »Morgen früh schauen wir hinaus auf den vielen Schnee. Morgen früh … Weißt du noch, Pilgrim, wie du den Schnee geliebt hast, als wir jung waren? Die Sonne wird wieder scheinen, ich weiß es ganz gewiß. Morgen früh …« Sie schloß die Augen. »Gute Nacht, lieber Freund. Gute Nacht.«

Sie gab seine Hände frei und beugte sich über ihn, um ihn auf die Stirn zu küssen.

»Alles ist gut«, sagte sie. »Es ist alles gut.«

Er regte sich immer noch nicht.

»Gute Nacht, Dr. Furtwängler. Ich danke Ihnen.«

Sie wandte sich zur Tür.

Dr. Furtwängler rief nach Kessler, damit er Lady Quartermaine zu ihrem Wagen brachte, der trotz des Schneesturms vorgefahren war und draußen unter dem Vordach wartete.

Kessler kam aus dem Bad, in der erhobenen Hand eine Rasierklinge, die er in seine Tasche gleiten ließ.

Dr. Furtwängler nickte. *Gut.* Lady Quartermaine hatte ihn zwar wissen lassen, daß Pilgrim in der Zeit zwischen seinem letzten Vorstoß und der Ankunft im Burghölzli keinen weiteren Versuch unternommen hatte. Dennoch, in den ersten Tagen, die erste Woche vielleicht, sollte Kessler ruhig den Barbier spielen und den Patienten rasieren – sofern sich nicht Mister Pilgrim, wie das nicht wenige Männer in seiner Lage taten, ohnehin einen Bart wachsen ließ.

Als die anderen fort waren, schloß Furtwängler die Tür hinter ihnen und ging zum Bett hinüber. Er schob die ausgepackten Koffer zur Seite und setzte sich. Etwas mußte gesagt werden.

Er wartete.

Pilgrims entleertes Starren hatte sich auf irgendeine innere Ansicht gerichtet, über die Furtwängler nur Vermutungen anstellen konnte.

Gemach, dachte er. *Mit der Zeit werden sich die Worte finden. Ich kann warten. Aber nicht zu lange. Er darf nicht noch tiefer hinabsinken. Es sind schon Menschen gestorben dort unten, und auch wenn es das ist, wonach er sich sehnt, darf es nicht geschehen. Ich kann und werde es nicht zulassen.*

Doch noch führte kein Weg in Pilgrims Inneres, und kein Weg führte aus ihm heraus. Es war von Feinden umstellt, all seine Tore verbarrikadiert.

5

Am nächsten Morgen strahlte vor den Fenstern von Dr. Furtwänglers Sprechzimmer die Sonne von einem Himmel, der fast weiß war vor Helligkeit.

»Sagen Sie mir Ihren Namen.«

Ich habe keinen Namen.

»Können Sie nicht mit mir sprechen, oder wollen Sie nicht?«

Sprechen? Wozu?

»Man hat mir gesagt, daß Sie sterben möchten, Mister Pilgrim. Wenn das tatsächlich Ihr Wunsch ist, muß ich wissen, warum.«

Was heißt müssen? Wie kann das für Sie von Belang sein?

»Mister Pilgrim?«

Warum denken Sie, nur weil ich Ihnen nicht antworte, höre ich Sie nicht?

»Dr. Greene hat mir erzählt, daß Sie schon einmal versucht haben, sich das Leben zu nehmen. Ist das wahr?«

Alles ist wahr. Alles – und nichts.

»Gut, das ist immerhin etwas. Sie haben weggeschaut. Ich werde das fürs erste als eine Antwort werten. Und bis Sie sich zum Reden bereitfinden und willens sind, mir zu widersprechen, werde ich annehmen, daß die Antwort lautet: Ja, Sie haben es schon einmal versucht.«

Pilgrim saß in dem Lederfauteuil, in dem noch am Vorabend Sybil gesessen hatte. Er rieb mit den Handflächen über die Armlehnen. Irgendwo dort drinnen nistete ihr Duft, und er wollte ihn herbeiholen. *Moos … Zitrone … Farne …*

»Haben Sie es auch bequem?«

Ja.

»Ich möchte wissen, warum Sie nicht sprechen. Haben Sie die Stimme verloren? Wenn ja, gibt es dafür eine Therapie.«

Schnee. Berge. Himmel.

»Es wäre natürlich nicht weiter verwunderlich, in Anbetracht der Art, auf die Sie sich umzubringen versucht haben ...«

Dr. Furtwängler nahm kein Blatt vor den Mund. Wozu so tun, als wüßten sie nicht beide genau, warum Pilgrim hier war? Es mit einem blassen Euphemismus zu umschreiben – *der Zustand, in dem man Sie gefunden hat,* oder auch *das Mißgeschick, das Sie ereilt hat* –, wäre einer Beleidigung gleichgekommen. Erhängen ist Erhängen. Selbstmord ist Selbstmord. Kein Synonym für *Unfall.* Ganz gewiß kein Synonym für *Verkettung unglückseliger Umstände.*

»In Anbetracht der Art und Weise, auf die Sie sich umzubringen versucht haben«, wiederholte er, »ist es durchaus denkbar, daß Ihre Stimmbänder beschädigt worden sind. Ich werde Sie heute nachmittag in die Praxis von Dr. Felix Hövermeyer bringen lassen, der Spezialist für diese Fragen ist. Er wird Sie untersuchen. Sollte Grund zur Besorgnis bestehen, werden Sie ihm sicherlich gestatten, Sie zu behandeln.«

Lawine.

»Wenn dagegen nichts auf ein Kehlkopftrauma hindeutet, werde ich mir weiterhin erlauben, Ihnen meine Fragen zu stellen, bis Sie mir eines Tages antworten.«

Ärzte lieben es, wenn man lächelt. Sie nennen es enigmatisch. Ist es so enigmatisch genug?

»Sie haben mich offensichtlich verstanden.«

Ja.

»Ich bin nicht Ihr Feind, Mister Pilgrim. Sie brauchen mich nicht zu bekämpfen. Ich bin hier, um Ihnen zu helfen.«

Indem Sie mir Ihr Skalpell leihen? Ihr Jagdgewehr? Ihr Messer? Ihre Axt?

»Sie sind sich doch sicher darüber im klaren, daß Ihre Wiederbelebung ein reines Wunder war?«

Es gibt keine Wunder.

»Glauben Sie an Gott?«

Ich habe keine Götter. Es gibt keinen Gott.

»Als Ihr Diener – Forster heißt er ja wohl – Sie heruntergeschnitten hat, waren Sie tot.«

Tot nicht. Ich kann nicht sterben.

»Dr. Greene und Dr. Hammond. Ich habe ihre Berichte hier in Kopie vor mir liegen. Mit Greene habe ich mehrmals am Telephon gesprochen. Sämtliche Bemühungen der beiden konnten Ihr Herz nicht wieder zum Schlagen bringen. Genausowenig, wie sie Ihre Atmung in Gang zu setzen vermochten, obgleich sie es auf jede erdenkliche Weise versucht haben. Drei Stunden – vier, Mister Pilgrim, ohne Herztätigkeit. Fünf ohne Atmung. Und dennoch sind Sie hier und ...«

Es ist kein Wunder, Herr Doktor. Der Tod wäre das Wunder. Nicht das Überleben.

»Würden Sie sich über Besuch freuen?«

Ich kenne niemanden.

»Lady Quartermaine ...«

Sybil.

»Sie ist hier und würde Sie sehr gern sprechen – sehen. Möchten Sie sie empfangen?«

Pilgrim stand auf.

Er langte über den Tisch, zog den Notizblock des Arztes zu sich heran und riß die oberste der grauen Seiten ab. Das Blatt in der Hand, trat er ans Fenster.

Furtwängler wartete und beobachtete ihn, reglos.

Pilgrim hielt das Papier ins Licht. Legte es an das Glas und strich es mit den Fingern glatt.

Furtwängler rührte sich immer noch nicht.

Pilgrim drückte die Stirn gegen das Blatt, so fest, daß die Eisblumen an der Fensterscheibe schmolzen.

Dann drehte er sich um und reichte es Furtwängler.

Auf dem Papier, über den Notizen des Arztes, zeichnete sich etwas ab – ein Muster.

Einen Augenblick lang sah es fast wie ein Wort aus – wie das Wort NEIN.

Seine Buchstaben waren nicht aus Tinte gebildet, sondern aus Eis. Noch während Furtwängler auf sie hinabstarrte, tauten sie und zerrannen, und zurück blieb nichts als das nasse Papier.

6

Am Abend dieses Tages stand Sybil Quartermaine in ihrem Salon im Hôtel Baur au Lac und sah auf ein großes, rechteckiges Paket, das auf einem Tisch neben dem Erkerfenster lag.

Das Paket war in schweres Wachstuch eingeschlagen. Die dicke rote Kordel war bereits durchtrennt worden, von einem Hotelpagen, der sich soeben aus dem Zimmer gedienert hatte. Unter dem Wachstuch verbargen sich weitere Schichten von Leinen und Papier. Das hatte Sybil festgestellt, als sie das Paket zum erstenmal geöffnet hatte, kurz nach seiner Überbringung eine Woche zuvor.

Forster hatte es auf den Tisch in dem Zimmer am Cheyne Walk Nr. 18 gelegt, das sie nach Pilgrims Selbstmordversuch bezogen hatte. *Sagen Sie nichts, M'lady*, hatte er sie gewarnt. Pilgrim selbst hatte ihm Anweisung erteilt, in einem Briefchen, das auf dem Boden vor Pilgrims Schlafzimmer auf Forster gewartet hatte, am selben Morgen, an dem dieser seinen Dienstherrn an dem Ahornbaum im Garten hängend gefunden hatte. Forster war des weiteren gehalten, den Brief zu vernichten, sobald er ihn gelesen und seinen Inhalt zur Kenntnis genommen hatte – und so war es geschehen.

Das Paket hatte Sybil zusammen mit ihrem restlichen Gepäck nach Zürich begleitet. Phoebe Peebles hatte sich sichtlich darüber gewundert, aber nicht gewagt, Fragen zu stellen.

Genausowenig wie irgend jemand sonst. Und so stand Sybil Quartermaine allein mit dem Wissen, daß sie nunmehr im Besitz von Pilgrims sämtlichen Tagebüchern war. Und mit der Ungewißheit, was sie damit anfangen sollte.

Sollte sie sie lesen? Sie gehörten ihm. Sie gingen nur ihn an. Aber zu welchem anderen Zweck sollte Pilgrim sie ihr geschickt haben? Dennoch – wenn sie nun mehr enthüllten, als irgendein Mensch wissen sollte? Wenn sie mehr enthüllten, als Sybil selbst bereits wußte? Oder wissen wollte?

Sie seufzte.

Dann nahm sie kurzentschlossen am Tisch Platz, streckte die Hand nach dem Wachstuch aus und schlug es auseinander. Dann das Leinen. Und zum Schluß das Papier.

Da lagen sie, in Leder gebunden. Pilgrims Werke, dachte sie. Pilgrims Geheimnisse …

Sie nahm den obersten Band und legte ihn vor sich auf den Tisch. Schlug ihn auf und begann die Seiten durchzublättern, eng beschriebene Seiten mit rechts wie links penibel eingehaltenen Rändern. Plötzlich sprang ihr ein Datum ins Auge.

Hartford Pryde, Sonntag, den 1. Dezember 1901, 2.00 früh, bei Feuerschein

Henry James ist ein großer Freund von Listen. Heute abend im Salon erzählte er mir, daß seine Tagebucheinträge unweigerlich mit Namensreihen enden.

»Menschen, die Sie kennengelernt haben?« erkundigte ich mich. »Orte, an denen Sie waren?«

»O nein. Nichts dergleichen. Menschen und Orte, die ich noch erfinden muß. Namen, habe ich festgestellt, können so vielsagend sein. Nehmen Sie zum Beispiel den Namen Bleat. Der fiel mir neulich auf einer Zugfahrt ein. Woran denken Sie als erstes?«

»*Bleat*? Wie *blöken*? An Schafe.«

»Ganz recht. Aber jemand heißt so. Sehen Sie ihn vor sich?«

»In keinem allzu günstigen Licht, fürchte ich. Schafsgesichtig wohl. Der Kopf zu dicht auf dem Rumpf. Kleine, sorgenvolle Augen. Hängende Schultern. Handschuhe.«

»Schwarze Handschuhe«, nickte James.

»Schwarze Handschuhe, unbedingt.«

»Und schwarze Schuhe?«

»Ja. Mit Gamaschen.«

»Grauen Gamaschen natürlich. Meine Vermutung ist, daß

Bleat nichts als Grau und Schwarz trägt. Ganz gewiß kein Weiß. Schafe sind nie wirklich weiß.«

»Stimmt. Ganz gewiß kein Weiß.«

Ich wartete. James' Blick schweifte ab. Ich fragte mich, ob das Thema beendet war – aber nein.

»Was für eine Figur hat er, meinen Sie?« wollte er wissen.

»Rundlich«, sagte ich. »Nicht dick, aber rundlich.«

»Kein großer Mann.«

»Nein. Alles andere als groß.«

»Aber auch kein Zwerg.«

»Nein. Ein Zwerg nicht.«

»Und Sie meinen, er ist rundlich?«

»Ja. Rund. Er sieht aus, als müßte er sich auf den Boden legen, um in seinen Mantel zu kommen. Sich in den Mantel hineinrollen. Aber die Knöpfe gehen nicht zu.«

»Sein Diener muß sie ihm zuknöpfen.«

»Und ihm dann auf die Füße helfen. Genau.«

»Er trägt einen Homburg«, fügte James hinzu.

»In der Hand. Weiß nie so recht, wohin damit.«

»Schwarzer Fellkragen.«

»Auf jeden Fall. Lammfell.«

»Jammert viel, oder?«

»Pausenlos, nehme ich an.«

»Triefäugig ...«

»Und kummervoll. Ja.«

»Sind Sie ihm schon einmal begegnet?«

»Äh – nein«, sagte ich. »Es gibt ihn nicht.«

»Jetzt schon.« James äugte zu mir herüber, mit einem Lächeln wie ein Kind. Auftrumpfend fast.

Ich lachte.

»Da sehen Sie, was ich an meinen Listen habe«, meinte er.

»Allerdings. Ich habe mich schon oft gefragt, woher Schriftsteller die Namen für ihre Figuren nehmen.«

»Die meisten bringen ihre Namen selber mit«, sagte er. »Isabel Archer zum Beispiel. Ich werde den Tag nie vergessen, als sie in meinem Kopf Einzug hielt – hereinspazierte und sagte: *Hier bin ich. Du kannst anfangen.* Es war so, als wäre ich Maler, und sie wäre in mein Atelier gekommen, um mir Modell zu stehen.«

»*Bildnis einer Dame.*«

»Ja. Ich kannte sie sofort mit Namen. Als ob sie einen Tag zuvor ihre Karte abgegeben hätte. Eine Woche zuvor. Einen Monat. Fast schien mir, ich hätte ihre Ankunft schon erwartet. Natürlich kannte ich sie nicht gleich durch und durch, aber ich war auf der Stelle von ihr fasziniert. Schon ihr flüchtiger Anblick schlug mich in Bann – Anekdoten, Gerüchte von ihrer Existenz. Mir war, als hätte ich andere über sie reden hören. Als gäbe es sie wirklich und ich wäre der letzte, der sie kennenlernte. *Ihr Name ist Isabel Archer,* verrieten mir innere Stimmen. *Sind Sie interessiert?* Ja, sagte ich. Ja. *Sie ist sehr reich,* fuhren die Stimmen fort – Reichtum – tragische Umstände – Intrigen – Verzweiflung ... Ich mußte ihnen Einhalt gebieten, während ich hastig Tinte und Papier suchte. Mehr ist nicht nötig. Verstehen Sie? Sie sehen ein Gesicht – eine Gestalt – hören einen Namen, und schon will das Klatschmaul in Ihnen alles erfahren. Die ganze schmutzige Wahrheit. Oder die traurige oder wunderbare Wahrheit. Je nachdem. Isabel Archer – vermögend und schön – oder arm und unscheinbar? Wie wird sie sein? Amerikanerin natürlich, verstrickt in die gesellschaftlichen Schlingen subtiler europäischer Intrigen und plumper amerikanischer Habgier. Und was wird aus ihr? Da sitzt sie vor Ihnen – lächelnd und scheinbar gelassen – und mehr wissen Sie nicht. Und dann fangen Sie an zu schreiben.«

»So wie Sie es darstellen, klingt es fast zu einfach«, bemerkte ich. Isabel Archers Geschichte hatte mir nicht gefallen, auch wenn ich ihm das naturgemäß nicht sagen konnte. Das Ende war zu schmerzlich, bei aller Lebensechtheit, und der Moralist in mir war tief enttäuscht. Nicht daß ich selbst ein moralisches Leben führe, aber das hindert mich keineswegs, es von anderen zu erwarten. Tun wir das nicht alle?

James sagte: »Sie brauchen sich nur all die Menschen anzusehen, die hier in diesem Salon beisammensitzen, um zu begreifen, wie schwierig das ist – in einem Gesicht zu lesen, einer Geste. Was können Sie mir über irgendeinen von ihnen erzählen? Viel weniger, als Sie denken, Pilgrim – selbst wenn Sie ihn in- und auswendig zu kennen glauben. Jeder lügt – der eine auf diese Art, der andere auf jene –, der eine mehr, der andere weniger. Niemand ist imstande, über sich selbst die Wahrheit zu sagen. Es ist nahezu unmöglich. Für irgend etwas müssen wir uns immer exkulpieren. *Immer.* Wir kränken einander zutiefst, weil wir die Schwächen der anderen nicht entschuldigen, immer nur unsere eigenen. Und das ist traurig. Und darum ...« schloß er mit einem triumphierenden Leuchten in den Augen, »... darum ist meine Funktion so wichtig. Weil ich die Lügen anderer sehe, weil ich sie in Worte kleide und exkulpiere.«

»Und Ihre, Mister James?« fragte ich. »Ihre eigenen?«

»Ich habe keine«, erwiderte er. »Mir sind keine geblieben. Ich habe sie alle auf dem Papier offengelegt.«

»Aha ...«

»Mißverstehen Sie das bitte nicht, Mister Pilgrim. Ich will damit nicht sagen, daß ich ohne Falsch bin – nur, daß ich mich nicht mehr selbst belüge. Ich exkulpiere nicht mehr. Ich protokolliere nur.«

Ich glaube ihm. Und obgleich das anmaßend klingen mag – ich trage ihm Isabel Archers Schicksal jetzt nicht mehr nach. Hätte er das Buch so enden lassen, wie ich es zu wünschen vermeinte, dann hätte er uns alle betrogen – indem er nämlich das *Bildnis eines Engels* gemalt hätte, nicht einer Dame.

Als wir uns voneinander trennten, um uns anderen Gesprächen zuzuwenden, sagte er zu mir: »Haben Sie Dank für Mister Bleat. Ich würde ihn gern einmal wiedertreffen.« Er lächelte. »In London vielleicht.«

»Ja«, stimmte ich zu. »In London. Ich statte ihm einen Besuch ab und bringe ihn mit.«

»In seinem Mantel, hoffe ich doch.«

»Selbstredend in seinem Mantel. Ich werde ihn eigenhändig hineinrollen.«

Harry Quartermaine entführte James in die Bibliothek, um ihm seine Sammlung alter Bücher zu zeigen. Ich wäre nicht abgeneigt gewesen, mich ihnen anzuschließen, hätte ich nicht Harcourt bemerkt, der hinter ihnen hertrabte. Harcourt, Biblio[illegible]
theksdirektor und Langweiler. »Harcourt von [illegible]
sagt er immer, wenn er sich mit einer, ich nehme [illegible]
willigen, Uriah-Heep-Parodie vorstellt – auf de[illegible]
vornübergekrümmt, so daß er auf und ab wippt [illegible]

im Wasser. Und dazu reibt er sich allen Ernstes in Heepscher Manier die Hände, so als würde er eine Trockenwäsche vornehmen. Ich kann den Mann nicht ausstehen – genausowenig wie sein schwatzhaftes Weib, die gefürchtete Rose. Ich begreife nicht, warum sie hier sind, schließlich habe ich mit ansehen müssen, wie sehr Sybil unter ihren nicht enden wollenden Besuchen am Portman Square leidet. Es muß Quartermaine sein, der sie einlädt, da er Narren so willig duldet. Narren und Schleimer. Diebe. Betrüblicherweise ist es durchaus möglich, daß Harcourt der Bodleiana ein Vermächtnis an antiken Büchern sichern konnte, ehe der Abend vorüber war.

Eleanor und Stephen Copland wurden mit Margot und David beizeiten ins Spielzimmer abkommandiert. Sie kennen einander von klein auf, schließlich sind sie Cousins und Cousinen und in etwa gleich alt. Die übrigen Quartermaine-Kinder hatten zur Teezeit ein kurzes Gastspiel gegeben, aber Margot und David hatten abends mit den Großen am Tisch sitzen dürfen. Ich sah sie davonmarschieren – gefolgt von Susan Copland – noch immer, und anscheinend *für* immer, in Schwarz –, und ich konnte mir nicht helfen, sie dauerten mich, alle miteinander, vaterlos, onkellos seit zwei Monaten, ohne zu wissen, warum. Susan, so mein Verdacht, ging mit ihnen, um sicherzustellen, daß keine falschen Fragen geäußert wurden – und erst recht keine von Margots abenteuerlichen Vermutungen.

Der Tod wirft immer Fragen auf, und junge Menschen fordern so viele Antworten, die keiner von uns zu geben vermag. Nicht so sehr *was* und *wie*, sondern: *warum?* Und im Falle Symes Copland birgt natürlich jede Frage das schreckliche Risiko einer preisgegebenen Wahrheit.

Ich kannte ihn, wenn auch nicht gut. Er hat brillante Arbeit in der kürzlich eröffneten Tate Gallery geleistet. Eine solche Tragödie nach einem solchen Triumph. Die landläufige Lesart ist, daß die Anstrengung sein Tod war – daß er entkräftet war und dadurch leichte Beute für Dutzende von Krankheiten. Er sei nach Venedig gefahren, wo die Pest in jeder Kloake und unter jedem Stein lauert. Das war nur eine der Geschichten. In einer anderen reiste er nach Biarritz, das durch den Prinzen von Wales und Mrs. ppel solche Berühmtheit erlangt hat – und starb dort an einer giftigen Muschel! Alles Groschenroman-Histörchen, die Rose Harcourt voll Entzücken von Salon zu Salon weitertratschte. *Und natürlich*, setzte sie gehässig hinzu, *ist er ohne seine Frau gefahren. Und was das bedeutet, wissen wir ja alle ...* In den Zeitungen hieß es lediglich, daß Mister Copland, dem für seine herausragenden Verdienste um die Renaissance-Sammlung in der neu eröffneten Tate Gallery die Erhebung in den Ritterstand sicher gewesen wäre, geschäftlich nach Paris gereist und dort einer ungewöhnlich aggressiven Lungenentzündung erlegen sei. Oder so ähnlich.

So wurde es auch den Kindern gesagt. Vielleicht nicht die Groschenroman-Variante, aber auch keine hohe Literatur.

In Wahrheit hat er sich in einem Hotelzimmer nahe der Vauxhall Station erhängt, nur durch den Fluß von seiner geliebten Galerie getrennt. Die Leiche wurde von seinem Sekretär entdeckt, einem Mann namens Exeter Riley, den Symes ab und zu bat, ein Zimmer für ihn zu reservieren, damit er sich ein, zwei Stunden ausruhen konnte, bevor er zu seiner erdrückenden Arbeitslast zurückkehrte. An jenem Wochenende hatte er vorgegeben, nach Paris fahren zu müssen, um dort eine bislang unbekannte Hilliard-Miniatur zu erstehen – die natürlich nicht existierte. All dies eröffnete Exeter Riley Susan an einem Septembertag im Wohnzimmer der Coplands, während draußen die Sonne schien und ein spätsommerliches Gartenfest in Vorbereitung war.

Von Sybil weiß ich, daß ein Abschiedsbrief gefunden wurde, den Exeter Riley jedoch vernichtet hat. Susan hat ihn nie gesehen. Exeter Riley, so Sybil, hat sich Stillschweigen geschworen, und kein Gesetz der Welt kann ihn zum Sprechen zwingen. Was vielleicht auch sein Gutes hat. Wenn Symes, in welcher Form und in welchem Maße auch immer, ein Doppelleben geführt oder an einer schrecklichen Krankheit gelitten hat, was wäre gewonnen, wenn seine Frau davon erführe? Was immer seinen Lebenswillen gebrochen haben mag, wir wissen es nicht und werden es nie wissen. Und insgeheim halte ich das für richtig. In einem Moment, den er selbst als tragisch empfand, hat er sich zum Sterben entschlossen – und starb. Aber er hat der Kunst ein bleibendes Denkmal gesetzt, er hinterläßt eine Frau und Kinder, die ihn in liebender Erinnerung behalten werden, und ein würdiges Andenken.

Und immerhin war es dem armen Kerl vergönnt, zu sterben, als er es wünschte. Schon allein darin darf er sich glücklich schätzen.

Sybil schob das Tagebuch von sich und schenkte sich einen Whisky ein, ihr bevorzugtes Getränk. Sie trank ihn pur und ohne das Gesicht zu verziehen. Er rann durch ihre Kehle wie Wasser über Samt. Dann zündete sie sich eine Zigarette an.

Flüchtige Sekunden lang hingen vor ihrem geistigen Auge die leblosen Körper von Symes und Pilgrim – verschwommen erst, dann immer klarer, wie die Konturen einer Photographie im Entwicklerbad. Nichts von dem, was sie hier gelesen hatte, war ihr wirklich neu – auch nicht Pilgrims Sicht von Symes' Tod. *Und dennoch ...* dachte sie ... *immer und ewig übt das Vergangene, üben die Menschen, die wir geliebt haben, ihre Sogwirkung auf uns aus und zwingen uns wieder und wieder zurück zu jenen Augenblicken, in denen wir unser ganzes Leben noch einmal durchleben. Jenen Momenten, die nur einen einzigen Schluß zulassen: daß nichts je wieder so sein wird, wie es war.*

Nicht, dachte sie. *Nicht. Denk nicht darüber nach. Laß es los.* Dann goß sie sich noch einen Whisky ein und zog das Tagebuch wieder zurück in den Lampenschein.

Traum – aufgezeichnet um 6.00 früh

Ein Schaf. Eines.

Grund zum Schmunzeln? Ich bin nicht sicher. Das Schaf scheint weniger auf James' und mein Gespräch über Mister Bleat zurückzugehen als auf meine anderen Träume von morastigem Gelände und fernen Feuergarben. Hinzu kommt, daß dieses Schaf stumm ist. Von Blöken kann keine Rede sein. Es steht seitlich zu mir und wendet mir den Kopf zu – mit einem Starren, das fast anklagend ist. Warum hast du mich hierhergebracht? scheint es zu fragen – und doch ist sein Schweigen ungebrochen.

Während ich es beobachte, nimmt meine Umgebung Gestalt an. Diesmal keine Menschen. Der Boden um mich ist aufgeweicht, aber nicht schlammig. Das Gras liegt verfilzt da, flach gedrückt vom Regen. Ich stehe mitten in einer Landschaft, die so weit ist, daß ich nicht ermessen kann, wo sie endet. Es gibt keinen Horizont, nur Erde. Vielleicht blicke ich auf mich selbst herab. So kommt es mir vor – aber gleichzeitig, in einer Doppelung, wie der Traum sie manchmal ermöglicht, sehe ich das Schaf nicht von oben, sondern auf gleicher Höhe.

Ringsum ziehen sich endlose Gräben. Keine Straßengräben. Sie sind tiefer, und sie sehen aus, als wären sie – zu welchem Zweck auch immer – von Menschenhand ausgehoben, mit Hacken und Spaten. Die Ränder sind abgeflacht, als sei ihnen eine besondere Aufgabe zugedacht. Sollen Abwasserrohre verlegt werden? Oder sollen Steine und Mörtel diese Schächte ausfüllen – als Fundament für ein gewaltiges Bauwerk? Eine Mauer vielleicht, die die Wiese einfrieden soll, auf der ich stehe? Ein Kirchhof. Ein Totenacker in irgendeinem Land, wo sie ihre Verstorbenen mit Mauern umgeben?

Ich habe mich noch nicht bewegt. Und obwohl ich weiß, daß ich bekleidet bin, habe ich keine Vorstellung davon, womit. Ich bin mir keines Stoffes, keines Schnittes, keiner Farbe bewußt – nur des Gewichts, das sich selbst jetzt, im Stehen, bleiern anfühlt.

Etwas geschieht. Aber was? Etwas Monumentales stürzt entweder in sich zusammen oder explodiert. Der Regen ist mit einemmal siedend heiß. Ich wische mir die Augen, habe mich aber noch immer nicht vom Fleck gerührt, und als ich um mich schaue, sehe ich, daß eine Flut von Schafen in die Gräben drängt. *Flut* ist das einzig richtige Wort. Von allen Seiten fließen sie heran, ihre Rücken heben und senken sich, ein Wogen fast, während sie vorwärtsströmen. Und als die Gräben gefüllt sind, verharren die Schafe reglos, als warteten sie auf etwas, auf einen Befehl, von dem auch ich weiß, daß er kommt.

Das Schweigen hält an. Und obwohl immerfort von fernher der Wind bläst, schwillt sein Wehen weder an noch ab. Noch ändert es seinen Ton. Es ist einfach da. Durch alle meine Träume braust neuerdings Wind, aber immer in weiter Ferne. Und die Bäume, deren raschelndes Laub von ihm kündet, bleiben immer unsichtbar.

Agnus Dei, qui tollis peccata mundi,
dona eis requiem.

Diese Worte erscheinen wie durch einen Zauber unter meiner Hand, die der Wind über die Seite treibt.

Agnus Dei, qui tollis peccata mundi,

dona eis requiem sempiternam.
Lamm Gottes, das der Welt Sünde trägt,
Gib ihnen die ewige Ruhe.
Das Schweigen umfaßt nun die ganze Welt.
Was habe ich geträumt?
Was träume ich?

Was ist das für ein Ort, der so öde ist und so grimmig – wimmelnd von Geschöpfen und dabei so entleert und trostlos, als würde die Erde selbst Trauer tragen? Ein Schlachthaus, fürchte ich, und wir die Schafe.

Nach dem, was die Vergangenheit mich gelehrt hat, wird mir die Last der Zukunft zusehends unerträglich. Ich werde froh sein um das Tageslicht – und den Klang einer Stimme, die nicht die meine ist.

Sybil schloß das Buch. Tränen liefen ihr über die Wangen. Erst wußte sie nicht, warum, doch dann begriff sie. Es lag an den Worten: *Gib ihnen die ewige Ruhe.* Pilgrims einziger Wunsch.

Bevor sie zu Bett ging, würde sie Phoebe Peebles bitten, die Bücher mitsamt ihren Hüllen in einem der Schränke zu verwahren.

Bis zum nächsten Mal.

7

Sind Sie sicher, daß Sie mir alles erzählt haben?«

»Alles worüber?«

»Über Ihre Beziehung zu Mister Pilgrim.«

Im Gespräch mit Sybil am nächsten Morgen schien Furtwängler mehr Staatsanwalt denn wohlwollender Doktor – sein Ton kühl, seine Fragen hart an der Grenze zur Unverschämtheit.

»Ich weiß nicht, worauf Sie hinauswollen, Dr. Furtwängler, aber ich kann Ihnen eines sagen: Mister Pilgrim ist nicht mein Geliebter und war es auch nie.«

»Das habe ich nicht behauptet.«

»Aber gedacht.«

»Das gebe ich zu. Ja. Aber es wäre mir nicht im Traum eingefallen, nach Einzelheiten zu fragen. Was Sie und Mister Pilgrim tun ...«

»Sie brauchen sich nicht weiter zu erklären, Herr Doktor. Ich verstehe schon. Mister Pilgrim und ich tun gar nichts. Haben Sie noch nie von ganz normaler Freundschaft gehört?«

»Ganz normale Freundschaft zwischen Männern und Frauen ist äußerst selten, Lady Quartermaine. Das dürfte Ihre eigene Erfahrung Sie gelehrt haben.«

»Sie hat mich nichts dergleichen gelehrt.«

»Und Ihr Mann, der Marquis, hat er Damenbekanntschaften?«

»Damenbekanntschaften ist nicht gleich Freundschaft mit einer Dame. Das dürfte die Erfahrung wiederum Sie gelehrt haben, Herr Doktor.«

Bis jetzt hatte Dr. Furtwängler gestanden. Sie befanden sich in einem der Empfangsräume im Erdgeschoß, wo ein Feuer brannte. Jetzt nahm er Platz. Beide argwöhnisch, beide auf der Hut, saßen sie einander gegenüber, in Sesseln mit grünem Überwurf. Furtwängler für seinen Teil war sich sicher, daß Lady Quartermaine ihn anlog. Was Sybil betraf, so begann ihr Vertrauen in ihn zu schwinden. Sie ertrug – und duldete – nur ein begrenztes Maß an Unterstellungen.

»Sie sagen, Mister Pilgrim war nicht Ihr Geliebter«, setzte der Arzt erneut an. »Dennoch muß ich wissen, welcher Art Ihre Beziehung ist.«

Sybil Quartermaine fand die Frage unnütz und ärgerlich. Sie zuckte die Achseln und schwieg.

»Können Sie mir wenigstens verraten, wie lange Sie sich schon kennen?«

»Ewig.«

»Bitte, Lady Quartermaine. Je mehr ich von Ihnen erfahre, desto mehr kann ich ausrichten. *Ewig* ist keine Antwort.«

»Wieso nicht? Vielleicht meine ich es ja so.«

»Für das, was ich wissen muß, hilft mir *ewig* nicht weiter. Es kann alles heißen.«

Sybil seufzte. »Also gut«, sagte sie. »Ich war zwölf. Er war achtzehn.«

»Zwölf und achtzehn. Das war demnach im Jahre …«

»1880. Das Jahr, in dem mein Vater starb.«

»Und Mister Pilgrim?«

»Ich habe ihn im Garten gefunden.«

»Wie bitte?«

»Ich habe ihn im Garten gefunden. In Chiswick.«

»Chiswick?«

»Ja. Der Ort, wo ich aufgewachsen bin. Westlondon. Er liegt am Fluß. An der Themse.«

»Und Sie sind dort geboren?«

»Nein. Oder vielleicht doch. Ich weiß nicht, wo ich geboren bin. Niemand hat es mir je gesagt.«

»Aha. Und Sie haben ihn im Garten gefunden – Mister Pilgrim.«

»Ja. Es war Sommer. August. Mein Vater war einen Tag zuvor

gestorben, und meine Mutter war wie von Sinnen. Sie wollte Symes, meinen Bruder, bei sich haben. Mich wollte sie nicht. Das war mir nur recht. Ich war selbst wie von Sinnen. Es war früh am Morgen. Ich hatte nicht schlafen können. Ich war im Nachthemd. Barfuß. Daran erinnere ich mich noch ganz deutlich – an dieses Gefühl von Gras und Tau an den Fußsohlen. Ich hatte irgend etwas umgelegt – eine Wolldecke wohl. Blau. Haben Sie eine Zigarette für mich? Mir ist jetzt nach einer Zigarette.«

Dr. Furtwängler erhob sich und bot ihr sein silbernes Etui an. Er bediente sich ebenfalls, worauf er beide Zigaretten an einem dünnen Wachsstab anzündete, den er ins Feuer hielt.

Sybil lehnte sich in ihren Sessel zurück. Mit verengten Augen sah sie in die Flammen. Rauch kräuselte sich um ihr Gesicht. Bei Tageslicht war ihre Schönheit noch bezwingender, wenngleich sie selbst sich dessen kaum bewußt schien. An ihrer Erscheinung war gar nichts Gekünsteltes. Der cremeblasse Teint, das nach hinten geraffte Haar, das ins Violett spielende Blau ihrer Augen waren für sie Geschenke der Natur, die keiner weiteren Hervorhebung bedurften. Sie trug wenig Schmuck, nur eine einzelne Perlenreihe, Ehe- und Verlobungsring sowie eine Anstecknadel, einen schmalen, grünen, in Silber gefaßten Jadesplitter. Furtwängler bemerkte außerdem ein Muttermal an der Unterseite ihres linken Handgelenks – wie eine Zeichnung, einer Schlange nicht unähnlich, aber kaum zu erkennen. Es war rot.

»Sie waren in den Garten gegangen. Früh am Morgen, sagten Sie?«

»Kurz nach Tagesanbruch. Es war schon hell, aber noch vor Sonnenaufgang. Um unseren Garten in Chiswick zog sich eine Mauer. Eine alte, graue, efeubewachsene Mauer. Efeu und wilder Wein. Im Herbst leuchtete die Mauer dunkelrot – sie flammte. Aber damals, an diesem Morgen, war sie grün. Die Blätter üppig und dicht. Man konnte kaum die Steine sehen, und … Ringsherum standen Bäume. Es war herrlich. Wunderschön. An einem der Bäume, einer Eiche, lehnte eine Leiter. Ich weiß nicht mehr, warum, aber ich weiß, daß sie da war. Und …«

»Und?«

»Neben der Leiter, unter dem Baum, lag ein junger Mann im Gras.«

»Mister Pilgrim.«

»Ja. Mister Pilgrim. Pilgrim. In meinem ganzen Leben hatte ich niemand so Schönes gesehen. Nicht einmal Statuen – nicht einmal Gemälde hatten mich für diesen Anblick gewappnet. Ganz gewiß kein anderes menschliches Wesen. Sein Haar war kupfergold – lodernd – und sein Gesicht – nun, Sie haben ihn ja gesehen. Durchscheinende Haut – volle Lippen – die Adlernase ... Er trug einen blauen Blazer. Eine hellgraue Hose. Keine Krawatte. Ein weißes Hemd. Ich ... Er schlief, wissen Sie. Und ich sah ihn an, und ich dachte, da liegt ein Gott. In unserem Garten ist ein Gott ausgesetzt worden.«

»Und als er aufwachte?«

»Ich habe ihn geweckt. Ich konnte es nicht mit ansehen, wie er so im Gras lag. Ich war mir sicher, daß er sich den Tod holen würde in der Taunässe, also ging ich zu ihm und stupste seinen Fuß mit der Zehe an. Als er mich erblickte, lächelte er und sagte: *Ich habe geträumt ...*«

»Geträumt.«

»Ja, er sagte, er sei eingeschlafen und habe geträumt.«

»Aber was wollte er in Ihrem Garten? Wie war er hineingekommen?«

»Das habe ich ihn auch gefragt, aber ganz behutsam. Ich hatte überhaupt keine Angst vor ihm. Ich war nur neugierig. Und natürlich wollte ich nicht, daß er wegging.«

»Was hat er geantwortet?«

»Er sagte, er wisse nicht, wie er hergekommen sei. Er wußte nicht einmal, wo er war. Als ich ihm meinen Namen nannte, konnte er nichts damit anfangen. Ich fragte ihn, wer er sei, und erst sagte er, auch das wisse er nicht. Aber dann sagte er, sein Name sei Pilgrim.«

»Und so haben Sie sich kennengelernt.«

»So haben wir uns kennengelernt. In einem Garten an einem Sommermorgen – im Jahr, als mein Vater starb. 1880.«

In der Eingangshalle wurden Geräusche laut. Menschen begrüßten einander und traten sich den Schnee von den Füßen. Ein Geruch nach kalter, frischer Luft wehte unter der Tür herein. Das Feuer loderte auf. Sybil streckte die Hand aus und berührte ihre Fesseln.

»Zugluft«, sagte sie und lächelte. »Ist es nicht frappierend, wie sie zu einem spricht?«

»Zu einem spricht?«

»Nur eine Redewendung. Spricht zu Ihnen nichts, Dr. Furtwängler? Aus der Natur, meine ich. Der Wind? Ein Regenschauer? Ein vorbeilaufendes Tier?«

»Nein. Tut mir leid. Meine Wahrnehmung ist anscheinend recht eingeschränkt.«

»Nicht unbedingt. Es wird eine besondere Gabe sein. Wie Musikalität. Der eine hat sie, der andere nicht. Ich glaube kaum, daß es ein schwerwiegender Makel ist.«

Sie lächelte noch immer. *Seien wir liebenswürdig. Warum ihn unnötig aufbringen?* Im Moment war Dr. Furtwängler ihre einzige Hoffnung.

»Was hat der Zug Ihnen denn erzählt, Lady Quartermaine? Sie haben mich neugierig gemacht.«

»Daß gerade jemand Bedeutendes eingetroffen ist. Das hat er mir gesagt. Es lag so eine Entschlossenheit in der Luft – so eine Zielstrebigkeit. Ich weiß nicht recht, wie ich es ausdrücken soll. Wo immer es herkam, es war höchst erfrischend.«

»Soso.« Dr. Furtwängler nestelte seine Uhr ans Licht, und was er ihrem Zifferblatt ablas, schien ihn zutiefst zu bestürzen.

»Ein Patient wartet auf mich, Lady Quartermaine. Ich muß Sie bitten, mich zu entschuldigen.«

»Aber sicher.«

Er stand auf, zog Weste und Jackett zurecht.

»Sehen wir uns heute nachmittag?« fragte er.

»Hat das denn einen Sinn? Wenn Mister Pilgrim, wie Sie mir erklärt haben, meinen Besuch jetzt nicht wünscht, wird er ihn dann heute nachmittag wünschen?«

»Wenn Sie vielleicht um die Teestunde vorbeischauen? Dann ist er möglicherweise in einer empfänglicheren Stimmung.«

»Wenn das so ist, komme ich um halb fünf.«

»Nichtsdestoweniger würde ich Ihnen nahelegen, sich auf eine weitere Zurückweisung einzustellen. Mister Pilgrims Zustand ist zur Zeit äußerst labil. Ich habe den Eindruck, daß er sich bedroht fühlt. Vielleicht von innen, vielleicht auch von außen. Er spricht nach wie vor nicht.«

»Ich verstehe.«

Furtwängler nickte und wandte sich zur Tür.

»Darf ich Sie um etwas bitten, Herr Doktor, bevor Sie gehen?«

»Selbstverständlich.« Er drehte sich wieder um, wartend.

»Wenn er spricht, wird er Ihnen von Dingen erzählen – von Umständen –, die den Rahmen des Möglichen zu sprengen scheinen. Ja, es wird von Vorfällen die Rede sein, die …« sie wandte den Blick ab, »… schlicht unmöglich sind. Dennoch …« Sie warf ihre Zigarette ins Feuer. »Dennoch ersuche ich Sie dringend, ihm zu glauben, und sei es nur für den Augenblick, um seinetwillen.«

»Er ist verrückt, meinen Sie?«

»Ich meine gar nichts. Ich bitte Sie lediglich, ihm nicht diesen letzten Rückhalt zu nehmen.«

»Danke, Lady Quartermaine. Ich weiß Ihren Rat zu schätzen. Bis heute nachmittag?«

Sie nickte. »Ja. Bis heute nachmittag.«

»Dann auf Wiedersehen.«

»Auf Wiedersehen.«

In der Eingangshalle wechselte Dr. Furtwängler ein paar Worte mit Konstantin, dem alten Pförtner. Sybil fing ihren eigenen Namen auf, aber weder ihr Gehör noch ihr Deutsch waren gut genug, um sie verstehen zu lassen, was genau gesagt wurde.

Sie stand auf.

Sie war müde.

Sie hatte kaum geschlafen.

Als sie ihre Hände am Feuer wärmte, fiel ihr Blick auf das Muttermal an der Innenseite ihres Handgelenks.

Voll Bitterkeit starrte sie darauf hinab.

»Verdammt«, flüsterte sie. »Verdammt. Verdammt. Verdammt.«

8

Auf Furtwängler wartete keineswegs ein Patient. Statt dessen saßen in seinem Sprechzimmer, wie ausgemacht, Dr. Jung und Dr. Menken.

Jungs Ankunft in der Eingangshalle war es gewesen, die Lady Quartermaine zu ihrer Bemerkung über den bedeutsamen Luftzug veranlaßt hatte. Das wußte Furtwängler, und es verstimmte ihn. Jung, so schien es, verstand sich darauf, anderen zu imponieren, selbst wenn er hinter den Kulissen blieb.

Menken war neu an der Klinik, ein Amerikaner, der einer von William James' letzten Schülern in Harvard gewesen war. Er war noch recht jung – Anfang Dreißig – und begabt, aber furchtbar ernsthaft. Jung hatte es sich zum Ziel gesetzt, Menken jeden Tag wenigstens ein Lächeln zu entlocken, aber noch blieb der Erfolg aus.

Carl Gustav Jung war sechsunddreißig und getrieben von einer schier unerschöpflichen Energie. Einen ersten Namen hatte er sich bereits 1907 durch seine Schrift *Über die Psychologie der Dementia praecox* gemacht, eine richtungweisende Studie über die Schizophrenie, durch die unter anderem Sigmund Freud auf ihn aufmerksam geworden war – der Beginn einer Beziehung, mit der es kein gutes Ende nehmen sollte.

Als psychiatrische Klinik hatte das Burghölzli keine Konkurrenz, ganz gewiß nicht innerhalb Europas. Die 1860 gegründete Forschungs- und Pflegeanstalt hatte unter der Leitung von Auguste Forel, der 1879 Direktor geworden war, internationales Ansehen erlangt. Nach Forels Pensionierung war der jetzige Direktor, Eugen Bleuler, zu seinem Nachfolger ernannt worden.

Bleulers Spezialgebiet war die Schizophrenie, ein von ihm selbst eingeführter neuer Begriff für Dementia praecox. Seine Theorie war einfach: Die Dementia praecox galt allgemein als unheilbar – Männern und Frauen dagegen, die an *Schizophrenie* litten, konnte, wenn auch nicht Heilung, so doch Hilfe zuteil werden, indem man sie wieder an die reale Welt heranführte, heraus aus den Phantasiewelten, in die sie sich geflüchtet hatten, um dort ihr Leben zu leben.

Bleuler, der unverheiratet war, nahm die Klinik als sein Zuhause und verbrachte jede Minute des Tages dort, entweder mit seinen Patienten oder mit seinen Ärzten, und für letztere begann seine unausgesetzte Gegenwart zur Belastung zu werden. »Manchmal denke ich, er führt Buch darüber, wie oft am Tag wir auf die Toilette gehen«, beschwerte sich Jung.

Sowohl Forel als auch Bleuler waren strikte Abstinenzler. *Alkoholismus kann nicht von einem Arzt kuriert werden, der sich nicht selbst enthält,* lautete eine von Forels Maximen. »Und wenn ein Patient an Priapismus leidet«, hatte Jung gefragt. »Muß der behandelnde Arzt dann auch keusch leben?«

Als Furtwängler nun in sein sonnenerhelltes Sprechzimmer trat, begrüßte er seine beiden Kollegen mit einem Heben der Hand.

»Meine Herren«, sagte er, »bitte nehmen Sie Platz.« Damit ging er an den Wandschrank und schloß ihn auf, um ihm eine Flasche Weinbrand und mehrere Gläser zu entnehmen. Diese Gegenstände durften keinesfalls offen zur Schau gestellt werden. Sämtliche Ärzte am Burghölzli hatten kürzlich eine knappe Mitteilung der Klinikleitung erhalten: *Gerüchten zufolge erachten es einige Mitglieder der Ärzteschaft für angemessen oder sogar notwendig, in ihren Sprechzimmern alkoholische Getränke aufzubewahren. Da ich meine Einstellung zu derlei bedauerlichen Gewohnheiten deutlich zum Ausdruck gebracht habe, gehe ich davon aus, daß diese Gerüchte der Grundlage entbehren.* Gezeichnet: *Bleuler.*

Auch wenn Professor Bleuler humorlos und ein Langweiler war, genoß er doch Respekt. Nicht genug Respekt allerdings, als daß seine Untergebenen deshalb den Freuden des Alkohols entsagt hätten. Jedes Sprechzimmer hatte seine geheimen Vorräte.

Menken setzte sich, aber Jung blieb stehen.

»Sie sehen aus, als würde Ihnen etwas Sorgen bereiten, Jung«, bemerkte Furtwängler.

»Das tut es auch«, erwiderte Jung. »Tatjana Blawinskaja hat einen schweren Rückfall erlitten, und ich bin hin- und hergerissen zwischen Wut und Enttäuschung. Irgend etwas – was, das konnte ich noch nicht ermitteln – hat sie in völlige Stummheit versinken lassen. Sie ist in einem nahezu katatonischen Zustand – was mich sehr, sehr verstimmt, weil sie solche hervorragenden Fortschritte gemacht hatte. Weiß irgend jemand, was der Grund dafür sein könnte?«

Menken verneinte und nahm seinen Weinbrand in Empfang – dessen Farbe im übrigen bestens mit seinem karierten Anzug harmonierte.

Furtwängler durchquerte den Raum und reichte dem am mittleren Fenster stehenden Jung ein Glas. »Ja«, sagte er. »Möglicherweise kann ich Ihnen eine Erklärung liefern. Aber ...« Er kehrte zu seinem Schreibtisch zurück und setzte sich.

»Aber ...?« wiederholte Jung ungeduldig. »Aber? Aber?«

»Was ich Ihnen jetzt sage, ist rein spekulativ.« Furtwängler trank einen Schluck.

Jung suchte seine Taschen nervös nach einem Stumpen ab – fand einen, steckte ihn an und warf das abgebrannte Zündholz auf den Boden.

»Wenn Sie so gut wären«, sagte Furtwängler gereizt, »keine Streichhölzer auf den Boden, bitte. Und nehmen Sie sich einen Aschenbecher. Sie lassen überall Aschehäufchen zurück.«

Jung griff nach einem Aschenbecher, und das Glas in der Hand, den Stumpen zwischen den Zähnen, zischte er: »Nun reden Sie schon!«

Furtwängler sagte: »Die Blawinskaja glaubt, daß ihr ein Bote vom Mond gesandt worden ist.«

»Ach?« Jung beugte sich vor.

»Ja. Aber in Wirklichkeit ist natürlich nichts dergleichen geschehen.«

»Wenn sie es glaubt, dann ist es geschehen«, entgegnete Jung. Darin blieb er hart. »Ständig in Frage zu stellen, was die Gräfin glaubt, bringt uns keinen Schritt voran. Wer war dieser Bote? Hat irgend jemand außer ihr ihn gesehen? Ihn – sie? War es ein Mann oder eine Frau? Hat sie das gesagt? Was? Was hat sie gesagt?«

»Es war ein Mann«, sagte Furtwängler. »Ich habe ihn selbst gesehen.«

»Ah-hah!«

»Seien Sie nicht zu voreilig mit Ihrem *Ah-hah*. Der Mann ist ein neuer Patient. Suite 306 – auf demselben Korridor wie die Blawinskaja. Offenbar kam es zu einer Begegnung zwischen ihnen.«

»Das ist phantastisch. Phantastisch. Soll das heißen, sie haben einander erkannt?«

»Sie behauptet, ihn zu kennen.«

»Und ...? Kommt er vom Mond?«

»Herr Dr. Jung, bitte.«

»Sie wissen doch, was ich meine – behauptet er auch, vom Mond herabgestiegen zu sein?«

»Nein. Er behauptet gar nichts. Er ist stumm.«

»Zwei Stumme vom Mond!« sagte Jung. »Vielleicht werden es ja noch mehr. Vielleicht ist das ihr jährlicher Kongreß.«

Menken lächelte fast, aber nicht ganz.

»Wann ist er denn eingetroffen, dieser Bote?« fragte Jung.

»Gestern nachmittag. Und er ist kein Bote. Er ist aus England gekommen – gebracht worden.«

»Für manche Leute könnte England ja genausogut der Mond sein«, sagte Jung und zwinkerte Menken zu.

Menken saß schweigend da, sein Gesicht steinern. Er kam sich vor wie ein Schiedsrichter bei einem Tennisspiel. Zu diesem Part schien er bei jeder ihrer Besprechungen verdammt: ein bißchen weniger als ein Teilnehmer, ein bißchen mehr als ein Zuschauer. Dafür würden seine Aufzeichnungen hinterher hieb- und stichfest sein, unbestechlich und exakt.

»Wie heißt er denn, dieser Mann?« erkundigte Jung sich.

»Pilgrim.«

»Pilgrim ... Interessant. Ich frage mich ...«

»Was fragen Sie sich?«

»Was wissen Sie über ihn? Außer der Tatsache, daß Tatjana Blawinskaja ihn für einen Landsmann hält. Könnte es sein, daß er aus der Welt der Kunst kommt, der bildenden Kunst?«

»Ja, in der Tat«, sagte Furtwängler. »Sie haben von ihm gehört?«

»Wie heißt er mit Vornamen?«

»Gar nicht. Er nennt sich nur Pilgrim.«

»Das ist der Mann. Ich habe ihn gelesen. Kunsthistoriker. Brillant. Hat ein phänomenales Buch über Leonardo da Vinci geschrieben. Ein Genie. Und – was hat er für ein Problem? Was fehlt ihm?«

»Er ist ein Selbstmordkandidat.«

»Ach je. Wie traurig. Hat er es schon versucht?«

»Ja. Mehrmals. Das letzte Mal mit Erhängen. Und glauben Sie mir, die Umstände sind völlig unfaßbar. Der Mann sollte eigentlich tot sein.«

»Ich würde ihn mir gern anschauen«, sagte Jung. »Ich würde ihn mir sehr, sehr gern anschauen. Darf ich?«

»Sicher. Deshalb habe ich Sie beide ja hergebeten.«

»Und Sie sagen, er müßte eigentlich tot sein, ist aber aufgrund außergewöhnlicher Umstände noch am Leben?« fragte Menken.

»Den Anschein hat es jedenfalls«, antwortete Furtwängler. »Beide herangezogenen Ärzte hatten den Totenschein bereits unterschrieben und waren gegangen, als fünf, sechs, sieben Stunden, nachdem er sich aufgehängt hatte, plötzlich wieder Leben in ihn kam.«

»Vielleicht wollte er ja doch nicht sterben ...«, meinte Menken.

»Aber Sie sagten, es gab auch vorher schon Selbstmordversuche?« fragte Jung.

»Ja.«

»Durch Erhängen?«

»Nein. Alle möglichen Arten. Wasser. Gift. Das Übliche.«

»Hmm. Seltsam. Es sei denn, Menken hat recht und er hat es wirklich nicht ernsthaft versucht.«

»Wer sieben Stunden für tot gehalten wird, muß es einigermaßen ernsthaft versucht haben.«

»Und jetzt denkt die Blawinskaja, er wäre ihr vom Mond gesandt worden.«

»Ja. Leider Gottes ...« Die Blawinskaja war nicht Furtwänglers Lieblingsthema.

Jung lehnte sich zurück und schlug auffordernd die Hände auf die Knie. »Also dann!« sagte er. »Wann können wir ihn sehen?«

»Jetzt gleich, wenn Sie wollen.«

»Das will ich allerdings. Kommen Sie. Trinken Sie aus. Wir gehen alle zusammen. Auf den Mond, meine Herren!« Jung hob sein Glas und leerte es. »Auf den Mond – stante pede!«

Furtwänglers Hand schloß sich fester um den Cognacschwenker, als er trank. Mister Pilgrim war sein Patient; so war es mit Lady Quartermaine vereinbart, und Bleuler hatte nichts einzuwenden gehabt. Dennoch befielen ihn düstere Ahnungen, als er nun sein Glas abstellte und aufstand, um den anderen zu folgen. Er hatte schon mehrere Patienten an Jung verloren – allen voran die Gräfin Blawinskaja, weshalb ihn der schleppende Fortgang ihrer Genesung auch so erzürnte. Jungs zuweilen übergroßer Enthusiasmus konnte sämtliche Erfolge seiner Kollegen zunichte machen, wenn man ihm nicht sorgfältig auf die Finger schaute.

Irgendwann, dachte Furtwängler, während er die Tür hinter sich absperrte, *irgendwann finde ich einen Weg, wie ich ihn loswerden kann …*

9

Pilgrim stand in der Zimmermitte wie ein Kind, während der heftig schwitzende Kessler ihm den Hemdkragen anknöpfte.

Furtwängler ergriff als erster das Wort. »Kann er das nicht selber?«

Kessler war es eben erst geglückt, einen widerspenstigen Kragenknopf durch das Knopfloch zu zwängen; er schnaufte noch von der Anstrengung. »Er wehrt sich, Herr Doktor«, sagte er. »Er würde sich wohl lieber selbst anziehen, aber drei Knöpfe sind schon auf dem Boden gelandet, und zwar deshalb, weil sie ihm hinuntergefallen sind. Ich binde ihm nur noch rasch die Krawatte, wenn Sie gestatten.«

Der Pfleger hatte bereits eine prachtvolle blauseidene Halsbinde ausgewählt, die über seiner Schulter hing. Er nickte den beiden anderen Ärzten zu, die weißbekittelt und schweigend bei der Tür standen. »Guten Morgen, die Herren«, sagte er. Und indem er mit einem Kopfnicken auf Pilgrim deutete, fuhr er fort: »Wir haben schon unseren Spaziergang hinter uns und warten jetzt auf unser Mittagessen.« Er legte die Krawatte um Pilgrims Hals und begann den Knoten zu schlingen. »Wir haben nicht gut geschlafen, wir sind lange Zeit dort drüben am Fenster gestanden und haben in den Himmel hinausgeschaut. Um sechs Uhr, eine Stunde vor Sonnenaufgang, haben wir uns hingesetzt, dem Zimmer den Rücken zugedreht und die Knie ganz fest an die Wand gedrückt. Um sieben Uhr fünfzehn haben wir ein gewisses Örtchen aufgesucht, wonach wir ans Fenster zurückgekehrt sind. Als sich draußen die

Sonne gezeigt hat, haben wir die Hand zum Gruß gehoben. Höchst sonderbar. Sonst macht er nichts. Läßt die Hände herunterhängen. Und ist ungeschickt in ihrem Gebrauch, wie aus den verlorenen Knöpfen ersichtlich.«

Kessler wollte den Knoten festziehen, aber Pilgrim hob abwehrend die Arme.

Kessler wich einen Schritt zurück.

»Schau an«, bemerkte er. »Ganz was Neues.«

Pilgrim band die Krawatte selbst zu Ende. Der Knoten verrutschte.

Furtwängler trat auf ihn zu.

»Mister Pilgrim«, sagte er mit seinem durch langjährige Schulung perfektionierten Lächeln. »Ich möchte, daß Sie meine Kollegen kennenlernen: Dr. Jung und Dr. Menken.«

Pilgrim, der dabei war, die Ecken seines Kragens umzuklappen, wandte sich zu dem Spiegel über der Kommode.

»Mister Pilgrim …« Furtwängler streckte die Hand aus, wie um den Patienten am Arm zu fassen.

»Nein. Nicht«, sagte Jung und tat einen Schritt nach vorn. »Lassen Sie ihn.«

Pilgrims Arme fielen herab.

Kessler näherte sich ihm, in der Hand ein Jackett aus Harris-Tweed.

Jung legte den Finger an den Mund und nahm das Kleidungsstück an sich. Kessler zog sich zurück und wartete bei den anderen.

»Hier ist Ihre Jacke, Mister Pilgrim«, sagte Jung.

Pilgrim drehte sich halb um – nicht weit genug, um Jung ins Gesicht zu sehen – und steckte die Arme in die satingefütterten Ärmel.

»Ich weiß, wer Sie sind«, sagte Jung.

Pilgrim kämpfte mit den Knöpfen.

»Mein Name ist Carl Gustav Jung, und ich habe Ihr Buch über Leonardo da Vinci gelesen. Ich fand es hervorragend. Ganz hervorragend. Und …«

Pilgrim wandte sich abrupt um, ging an den anderen vorbei ins Badezimmer und schloß die Tür.

»Gibt es einen Schlüssel?« fragte Jung.

»Nein, Herr Doktor«, sagte Kessler. »Die Schlüssel sind alle in meiner Tasche.«

»Rasierklingen?«

»Nein. Die habe ich an mich genommen. Ich habe ihn heute morgen eigenhändig rasiert.«

»Wie hat er darauf reagiert? Auf das Rasieren?«

»Einmal hat er mir das Messer aus der Hand geschlagen.«

»Hat er versucht, es aufzuheben?«

»Nein. Das hat er mir überlassen. Dann habe ich ihn zu Ende rasiert, und alles verlief reibungslos.«

»Was für ein Verhältnis hat er zu Ihnen?« wollte Jung wissen. »Mag er Sie nicht?«

»Er spricht nicht. Ein-, zweimal habe ich ihn dabei ertappt, wie er mich angestarrt hat, aber völlig ausdruckslos. Er scheint zu wissen, wer ich bin und daß ich da bin, um ihm zu helfen, aber darüber hinaus ernte ich kaum einen Lidschlag.«

»Ist das schon öfter vorgekommen – daß er sich ins Badezimmer zurückzieht?«

»Nur, wenn er die Toilette benutzt. Als er gebadet hat, war ich dabei. Ich lasse grundsätzlich keinen Patienten alleine baden. Niemals.«

»Sehr gut. Man kann nie wissen. Es könnte etwas passieren, selbst wenn sie gar nicht beabsichtigen, sich etwas anzutun. Und er hat kein Wort gesprochen?«

»Nein. Kein einziges.«

»Hat er sein Frühstück gegessen?«

»Ja. Eine halbe Pampelmuse. Eine Scheibe Toast mit Butter und eine Tasse Kaffee.«

»Mehr nicht?«

»Mehr nicht.«

Jung ließ den Blick auf der Badezimmertür verweilen und wandte sich dann an Furtwängler, der immerhin Pilgrims Arzt war.

»Gestatten Sie?« sagte er.

Furtwängler versuchte, nicht zu schroff zu klingen. »Was haben Sie denn vor?« fragte er.

»Ich will zu ihm hineingehen. Und, wenn es angebracht scheint, die Tür hinter mir zumachen. Mit Ihrer Erlaubnis?«

Furtwängler sah Menken an und zog eine Augenbraue hoch. »Offenbar verliere ich gerade den nächsten Patienten«, murmelte er. Und zu Jung: »Solange Sie daran denken, daß er mir gehört.«

»Aber natürlich«, sagte Jung. »Ich will ihn nur kennenlernen.«

»Also gut. Wenn es sein muß, gehen Sie.« Furtwängler sah wieder zu Menken hinüber, der sich dem Fenster zuwandte. »Wir warten solange.«

»Danke.« Jung machte eine artige Verbeugung und ging zur Badezimmertür. Sachte klopfte er dreimal an, dann trat er ein.

10

Es brannte kein Licht. Das Bad lag im Dunkeln.

Da er mit dem Raum nicht vertraut war, blieb Jung an der Tür stehen, die linke Hand auf der Klinke.

»Wäre es Ihnen lieber, wenn ich kein Licht mache, Mister Pilgrim?« fragte er.

Keine Antwort.

Jung wartete, reglos.

Er lauschte auf Pilgrims Atemzüge, aber es war nichts zu hören.

»Die Dunkelheit hat mich schon immer beschäftigt«, sagte er. »Als Kind hatte ich natürlich Angst vor ihr – wie fast alle Kinder. Mein Vater war Geistlicher, ein Pfarrer der Reformierten Kirche. Ich war oft dabei, wenn er auf unserem Friedhof Beerdigungen abhielt, und da ich ein empfängliches Gemüt hatte, habe ich ihn auch im Traum häufig dort stehen sehen – aber in meinen Träumen war es nie hell. Es war immer trübe, düster – dunkel. Ich vermute, was mich an den Beerdigungen mit am meisten geängstigt hat, waren die Gräber. *Sie stecken dich in ein dunkles Loch, und dann lassen sie dich dort.* Etwas in der Art. Vielleicht haben Sie als Kind ja ähnlich geträumt. Höchstwahrscheinlich sogar. Die meisten Kinder haben solche Träume.«

Jung wartete.

»Mister Pilgrim?«

Immer noch kam keine Antwort, kein Laut bis auf ein ganz schwaches Wasserrauschen in irgendwelchen fernen Rohren.

Jung ließ die Klinke los und trat einen Schritt in den Raum.

Nichts.

Er machte einen zweiten Schritt und wartete wieder.

Und wieder nichts.

»Später im Leben, mit dem Beginn der Pubertät wohl, gewann die Dunkelheit dann eine neue Bedeutung für mich. Sie erschien mir nicht mehr furchterregend, sondern willkommen. Keine Gräber mehr. Überhaupt träume ich kaum noch von Gräbern. Vielleicht fange ich irgendwann wieder an – wenn ich älter werde. Aber für den Augenblick ist das Grab durch die Wiege ersetzt worden – durch den Lebensdrang, wenn Sie so wollen. Schließlich spielt sich die Fortpflanzung fast immer im Dunkeln ab …«

Irgendwo im Haus ging eine Klosettspülung. In den Leitungen begann es zu summen.

»Ich habe noch nie einen Monolog in völliger Finsternis gehalten«, sagte Jung. »Es hat etwas Amüsantes. Vielleicht finden Sie das ja auch.«

Nichts.

»Mister Pilgrim?«

Jung trat einen dritten Schritt vorwärts.

»Warum schweigen Sie so beharrlich?« fragte er. »Gibt es wirklich nichts, was Sie gern sagen möchten?«

Anscheinend nicht.

»Wenn ich annehmen könnte, daß es Sie in irgendeiner Form interessiert, würde ich meine Ausführungen zum Thema Dunkelheit fortsetzen, aber ich habe den Verdacht …«

Es klopfte an die Tür.

»Gehen Sie weg«, sagte Jung.

»Aber …«

»Gehen Sie weg. Haben Sie Geduld. Warten Sie.«

Jung hörte, wie die anderen sich hinter der Tür berieten, aber er konnte keine Worte ausmachen.

Wie lange war er schon hier drinnen?

Er vermochte es nicht zu sagen.

Wenn er nur wüßte, wo der Lichtschalter war.

Er tastete die Wand hinter sich ab.

Normalerweise ist er irgendwo bei der Tür, dachte er – aber er fand nichts.

»Wenn Sie so freundlich sein könnten, Mister Pilgrim, mir

zu sagen, wo hier das Licht angeht? Ich muß nämlich auf die Toilette ...«

Das war natürlich eine List, aber er dachte, sie könnte wirken. Alles konnte wirken. Vielleicht sollte er um Hilfe rufen. Oder laut FEUER! schreien.

Bei dem Gedanken lachte er auf.

»Ich wälze die verrücktesten, lächerlichsten Pläne, Mister Pilgrim«, sagte er. »Ich dachte gerade, ich sollte vielleicht Feuer rufen, um Ihnen eine Reaktion zu entlocken – aber wenn es brennen würde, dann würden Sie es ja selber sehen ...«

Streichhölzer!

Wenn Dummheit weh täte!

Während er noch seine Taschen durchwühlte und alles mögliche fand, nur nicht seine Streichhölzer, überkam ihn das seltsame Gefühl, daß Pilgrim ihm irgendwie entwischt war und er die ganze Zeit über zu sich selbst gesprochen hatte.

Er stolperte vorwärts – und erstarrte.

Sein Fuß war an etwas gestoßen, das nur ein Arm oder ein Bein sein konnte.

»Mister Pilgrim?«

Jung stupste das Ding vorsichtig mit der Schuhspitze an.

»Mister Pilgrim?«

Er ließ sich auf die Knie fallen – und gab dabei innerlich zu Protokoll, daß er Pilgrims Geisteszustand falsch eingeschätzt hatte. Daß er ihn verloren hatte, und zwar einzig aus Dünkel. Seine Überzeugung, daß er es besser wußte, daß Pilgrim keinen echten Drang mehr verspürte, seinem Leben ein Ende zu setzen, war stärker gewesen als die Vernunft. Ein Mensch, der ernsthaft sterben wollte, würde es wieder und immer wieder versuchen ... wie dieser Mann hier es bereits getan hatte.

All dies schoß ihm durch den Kopf, während er niederkniete. Und außerdem ...

Seine Knie schlugen auf dem Boden auf.

Schmerz.

Fliesen.

Steinhart und brennend kalt.

Er brachte seinen Atem unter Kontrolle und streckte die Hände aus, schob sie mit gespreizten Fingern über eine Fläche, die sich anfühlte wie das windgeriffelte Eis seiner Kindheit – Bodensee-Eis, Alptraum-Eis.

Seine Fingerkuppen streiften einen Ärmel.

Tweed.

Rauh.

Leer.

Er zog die Jacke zu sich heran.

Dann ein Hemd, von dem der Kragen abgerissen war.

In fliegender Hast klopfte er jede einzelne Tasche an seinem Körper ab.

Streichhölzer. Streichhölzer. Wo?

Er trug einen weißen Kittel und darunter Jackett, Weste und Hemd. Taschen. Taschen. Viel zu viele Taschen …

Da, du Idiot!

Natürlich.

Untere linke Westentasche, genau da, wo du sie hingetan hast.

Drei Versuche mißglückten, ehe das vierte Streichholz endlich aufflammte.

In seinem Licht sah Jung sich von abgeworfenen Kleidungsstücken umgeben – Hose – Halsbinde – Leibwäsche – Schuhe – Socken – Jackett – Hemd …

O Gott – wo ist er?

Das Streichholz war bis zu Jungs Fingerspitzen heruntergebrannt. Er warf es weg, zündete ein neues an und rappelte sich auf.

Der Lichtschalter war eine Kordel an der Lampe über dem Waschbecken.

Wunder über Wunder! Ein Geniestreich! Der Lichtschalter an der Lampe! Idioten!

Er zog an der Schnur.

In dem protokollierenden Teil seines Hirns vermerkte er, daß wer immer dieses Badezimmer eingerichtet hatte, vor den Internationalen Gerichtshof der Sicherheitsvorkehrungen gestellt gehörte. Über dem Wasserhahn baumelnde Zugschalter in einer Nervenheilanstalt. Kompletter Wahnsinn!

Pilgrim.

Jung sah ihn im Spiegel. Oder zumindest einen Teil von ihm. Seinen Scheitel. Eine Schulter.

Er lag nackt in der Badewanne.

Jung stand da wie gelähmt.

Er wußte, daß er die anderen rufen mußte, aber sein Mund gehorchte ihm nicht.

Dann, nach Sekunden, die ihm wie Stunden erschienen, hatte er sich die Knie ein zweites Mal angeschlagen und kniete an Pilgrims Seite.

Der Boden der Wanne war dunkelrot.

Du mein Gott – er hat es geschafft.

Aber nein.

In dem Moment, in dem Jung nach Pilgrims Handgelenk griff, krampfte sich der Körper zusammen, und Pilgrim setzte sich halb auf.

Seine Hände fuhren durch die Luft und fielen dann wieder herab, tasteten zuckend unter blutverschmierten Schenkeln und Gesäßbacken herum. Endlich reckte sich die Rechte frohlockend empor.

Sie umklammerte einen Löffel. Einen spitzen Löffel mit gezahnten Kanten.

Durch Jungs Hirn rasten die Worte: *eine halbe Pampelmuse zum Frühstück.* Eine halbe Pampelmuse, gegessen mit einem Pampelmusenlöffel.

Mit seiner linken Hand packte Pilgrim Jung beim Revers und zog ihn zu seinem Gesicht herab.

Sein Mund öffnete sich.

Er hielt den Löffel hoch.

Seine Augen waren voller Pein.

»Bitte«, flüsterte er. »*Bitte*«, sagte er und streckte Jung den armseligen Löffel hin. »Töten Sie mich.«

Jung löste die Finger von seinem Revers und erhob sich.

Er raffte ein paar Handtücher zusammen, die er über Pilgrim breitete; ein paar weitere legte er ins Waschbecken und ließ kaltes Wasser einlaufen.

Bevor er sich wieder der Badewanne zuwandte, steckte er den Löffel in die Tasche, ging zur Tür und öffnete sie.

Er sah hinaus in das angrenzende Zimmer, das durchflutet war von Sonnenschein, und sagte zu seinen Kollegen: »Sie können jetzt hereinkommen. Er hat gesprochen.«

11

Menken und Kessler begleiteten Pilgrim auf die Krankenstation, wo die Wunden an seinen Handgelenken verarztet wurden. Obwohl der Blutverlust groß war, hatte der Löffel doch weit geringeren Schaden angerichtet, als ein Messer dies getan hätte. Aber die Messer auf den Tabletts für die Patienten, die auf ihren Zimmern aßen, hatten alle abgerundete Spitzen und stumpfe Schneiden und konnten niemandem gefährlich werden.

Als die anderen fort waren, stieß Furtwängler einen Seufzer aus und hob mit einer hilflosen Geste die Arme. »Ach«, sagte er und ließ sich auf Pilgrims Bett sinken. »Was mache ich nur mit Ihnen?«

»Mit mir?« fragte Jung. »Wieso mit mir?«

»All dies hätte verhindert werden können, wenn Sie sich nicht eingemischt hätten.«

»Nämlich wie?« fragte Jung. »Überlegen Sie doch! Ein Mann versucht sich mit einem Löffel umzubringen. Das ist äußerste Verzweiflung. Ich hatte damit gar nichts zu tun.«

»Sie haben sich bei ihm lieb Kind gemacht. Von dem Moment an, als Sie ihm in die Jacke geholfen haben, wußte er, daß er Sie in der Hand hat. Es ist zum Aus-der-Haut-Fahren. Mit der Blawinskaja haben Sie es genauso gemacht. Von den Herrlichkeiten des Mondes geschwärmt. Und mit dem Hunde-Mann. Sie haben seinem Wärter erlaubt, ihn an der Leine zu führen. Und dem Mann mit der imaginären Feder haben Sie erzählt, er hätte die wunderbarsten Werke verfaßt, die Sie je gelesen haben! Sie wollen sie überhaupt nicht zurückholen. Sie wollen sie schutzlos ihren Träumen ausliefern.«

Jung hatte sich abgewandt und betrachtete eine Photographie in einem silbernen Rahmen, die auf der Kommode stand. Sie zeigte eine Frau, die offenkundig Trauer trug – ihre Augen waren niedergeschlagen, ihr Kopf gesenkt, ihr Kleid und die Perlen schwarz.

»Es stimmt nicht«, sagte er, »daß ich sie ihren Träumen ausliefern will. Aber jemand muß ihnen sagen, daß ihre Träume Wirklichkeit sind.« Dann fügte er hinzu: »Und ihre Alpträume.«

»Aber sie sind nicht wirklich. Es sind Manifestationen ihres Wahnsinns, keine Realität.«

»Der Mond ist real«, sagte Jung. »Das Leben eines Hundes ist real. Das imaginierte Wort ist real. Wenn sie an diese Dinge glauben, dann müssen wir das auch ... wenigstens bis wir gelernt haben, ihre Sprache zu sprechen und ihre Stimmen zu hören.«

»Jaja.« Wieder seufzte Furtwängler. »Das weiß ich doch alles. Aber Sie gehen zu weit. Als Pilgrim gesprochen hat, was hat er da zu Ihnen gesagt? *Töten Sie mich.* Das hätte er zu mir nicht gesagt. Auch nicht zu Menken. Auch nicht zu Bleuler. Er hätte es zu keinem anderen Arzt dieser Anstalt gesagt. Zu keinem einzigen von uns – nur zu Ihnen. Und zu Ihnen nur deshalb, weil Sie immer so tun, als wären Sie der Verbündete des Patienten – sein Mitverschwörer.«

»Ich bin der Verbündete des Patienten. Nur darum bin ich hier. Nur darum sind wir alle hier, Furtwängler.«

»Nein. Nicht als Verbündete. Nicht als Mitverschwörer. Als Freunde, ja. Die mitfühlen, ja. Aber keine Freunde, die mit*machen* – die sich ihren Regeln unterwerfen. *Wir* stellen die Regeln auf. Die *Wirklichkeit* stellt die Regeln auf. Nicht sie. Nicht Irre ... Verrückte ...«

»Ich dachte, wir wären uns einig, daß wir diese Worte nie benutzen wollen«, sagte Jung. »Wir sprechen nie von Irrsinn, und wir sprechen nie von Verrücktheit. Das war abgemacht.«

»Ich spreche von Irrsinn und Verrücktheit, wenn es um Irrsinn und Verrücktheit geht. Und im Augenblick halte ich *Sie* für verrückt.« Furtwängler stand auf. »Mein Gott«, sagte er. »Zwei Tage hier, und schon versucht er es erneut.«

»Es liegt eben in seiner Natur«, meinte Jung. »Wie man sieht.«

»Jetzt fangen Sie schon wieder an! Wie man sieht! Was soll das denn heißen? Sie *haben* ihn doch kaum gesehen.«

»Ich arbeite mit dem, was ich vorfinde«, sagte Jung. »Ich nehme, was man mir bietet. Er hat mir aufgeschlitzte Pulsadern geboten. Und?«

»Lassen Sie einfach die Finger von ihm, ja? Überlassen Sie ihn mir.«

»Warum haben Sie mich dann hergebeten? Und Archie Menken. Warum haben Sie uns hergebeten?«

Furtwängler hätte sich am liebsten geohrfeigt und gesagt: *weil ich ein Idiot bin* – doch statt dessen sagte er: »Ich weiß nicht. Wahrscheinlich aus der altmodischen Annahme heraus, daß eine zweite Meinung hilfreich sein kann. Ich hätte es besser wissen müssen. Gerade in Anbetracht der Erfahrungen, die ich in der letzten Zeit mit Ihnen gemacht habe.«

«Es tut mir leid, daß Sie das so sehen.«

»Wie soll ich es sonst sehen? Sie lassen mir keine Wahl, Jung.«

»Und das heißt?«

»Das heißt, daß ich Sie bitten muß, sich bis auf weiteres von Mister Pilgrim fernzuhalten.« Damit drehte Furtwängler sich um und ging zur Tür zum Wohnzimmer, wo er kurz innehielt und über die Schulter sagte: »Einen schönen Tag noch« – worauf er verschwand.

»Ebenfalls«, erwiderte Jung kaum hörbar. Als auch die äußere Tür ins Schloß gefallen war, wandte er sich einen Moment lang dem Fenster zu. Dann setzte er sich hin und sah auf seine Hände hinab. *Ich habe Bauernhände*, dachte er. *Ein Bauerntrampel mit Bauernhänden ...*

Eine knappe Minute später kam Kessler zurück und teilte ihm mit, daß Mister Pilgrim den Rest des Tages auf der Krankenstation verbringen würde.

»Irgendwelche ernsthaften Verletzungen?« fragte Jung.

»Keine bleibenden Schäden, obwohl die Schnitte anscheinend ziemlich tief sind dafür, daß er nur einen Löffel hatte. Es geht mehr darum, daß sie ihn im Auge behalten möchten. Ich bin eben auf dem Gang Dr. Furtwängler begegnet, und er meinte, er wollte nach ihm sehen.«

»Ja.«

»Wenn Sie mich jetzt bitte entschuldigen würden«, sagte Kessler. »Ich bringe nur rasch das Badezimmer in Ordnung.«

»Aber natürlich.«

Jung blieb in Pilgrims Schlafzimmer, wo er in scheinbarer Ziellosigkeit vom Bett zum Sekretär und weiter zur Kommode wanderte und beiläufig mit dem Finger über die Oberflächen strich, wie um zu prüfen, ob sie ordentlich abgestaubt waren. An der Kommode verharrte er länger und zog alle Schubladen der Reihe nach auf, um die Taschentücher und Hemden zu inspizieren, die Leibwäsche, die sorgsam gefalteten Halsbinden und Foulards.

Kein Zweifel, Pilgrim hatte Geld. Und außerdem einen erlesenen Geschmack – hielt auf Qualität statt auf Quantität. Wie für die meisten Menschen, die in eine Welt geboren werden, in der Schönheit und Reichtum Hand in Hand gehen, hatte die Vorstellung, mehr zu besitzen als er brauchte, für ihn vermutlich etwas Vulgäres, wenn nicht gar Obszönes. Jungs neugierige Finger befühlten Hemden, die zehn oder fünfzehn Jahre halten würden, sofern der Leibesumfang ihres Besitzers nicht zunahm. Mit den Kragen war es natürlich eine andere Sache, und auch Taschentüchern war kein so langes Leben vergönnt, genausowenig wie Strümpfen. Schlichte, zweckdienliche Unterwäsche, wie er sie vor sich sah, mochte wohl drei, vier Jahre halten. Krawatten waren für die Ewigkeit.

Für die Ewigkeit. Warum kam ihm dieses Wort heute immer wieder in den Sinn? *Ewigkeit. Ewigkeit.* Nicht letzte Woche. Nicht gestern. Ausgerechnet heute: *Ewigkeit.*

Nun denn …

Erneut streifte sein Blick das Frauenantlitz in dem silbernen Rahmen. Sie schien einer anderen Zeit, einer anderen Epoche anzugehören, den neunziger, vielleicht sogar den achtziger Jahren des vorigen Jahrhunderts. Und um wen trauerte sie – um ein totes Kind – ihren Mann? Um sich selbst am Ende?

Im Badezimmer sammelte Kessler Pilgrims verstreute Kleider zum Waschen ein.

»Schon seltsam«, sagte er zu Jung, als er zum Bett zurückkam und den Haufen zu sortieren begann. »Die Kleider eines Selbstmörders wirken immer irgendwie beschmutzt. Dabei habe ich ihn heute morgen eigenhändig angekleidet und kann beschwören, daß jedes einzelne Teil frisch gewaschen war, als er es angezogen hat. Meine Finger wissen genau, daß die Sachen sauber sind, aber trotzdem sagt mir irgendein Instinkt, sie sind es nicht.«

»So etwas nennt man eine atavistische Reaktion, Kessler«, sagte Jung. »Genau wie jedes Kind – selbst schon ein Kleinkind – wissen würde, daß eine Viper gefährlich ist. Aber Mister Pilgrim hat doch gar nicht Selbstmord begangen. Er lebt ja.«

»Schon …«, meinte Kessler. »Aber wenn einer es versucht und nicht schafft, versucht er es wieder. Jedenfalls nach meiner Erfahrung. Nach Ihrer doch auch, Herr Doktor – oder nicht?«

»Doch. Zugegeben. Mister Pilgrim wird es mit größter Wahrscheinlichkeit wieder probieren.«

Kessler hielt Pilgrims abgelegtes Hemd vor sich, die cremefarbenen Ärmel ausgebreitet, so weit es nur ging. Flügel.

»Ein stattlicher Mann ist er, nicht?«

»Allerdings. Er überragt mich um einiges. Darf ich mir das kurz ansehen?«

Jung streckte die Hand aus, und Kessler reichte ihm das Hemd. »Das ist sogenannte ägyptische Baumwolle«, bemerkte er. »Weich wie Pfirsichflaum.«

Jung hielt sich das Hemd an die Nase.

Kessler sagte: »Nichts für ungut, Herr Doktor, aber meinen Sie nicht, daß das ein bißchen merkwürdig ist? An einem fremden Hemd riechen?«

»Zitrone«, sagte Jung. »Es riecht nach Zitrone. Zitrone und noch irgend etwas …«

Er warf Kessler das Hemd wieder zu, der zaghaft daran schnüffelte und sagte: »Zitrone. Ja. Sein Toilettenwasser. Er hat es sich auf die Wangen getupft, nachdem ich ihn rasiert hatte. Sie finden es im Badezimmer.«

Jung ging ins Bad und fand die Flasche auf einem Marmorbord über dem Waschbecken. Das Etikett war grau, die Beschriftung englisch.

Penhaligon's of London, las er. *By Appointment to His Majesty, King Edward VII, Perfumers*. Soso, der Hofparfumeur.

Und darunter, in schwer entzifferbarer Schnörkelschrift: *Blenheim Bouquet*.

Jung zog den Glasstöpsel heraus und schnupperte. Zitrone.

Orange. Limonen und Moos. Und vielleicht ein Hauch Rosmarin …

»Heute morgen war eine Dame hier«, sagte er. »Im Empfangszimmer bei Dr. Furtwängler …« Er neigte die Flasche und befeuchtete seine Fingerspitze. »Wissen Sie zufällig, wer das war?«

»Das wird Lady Quartermaine gewesen sein«, sagte Kessler. »Ich habe ihr Automobil erkannt. Sie hat Mister Pilgrim vorgestern aus London hergebracht.«

Jung trat in die Badezimmertür.

Kessler stand am Wandschrank und hängte die Tweedjacke auf. Er hielt eine Kleiderbürste in der Hand.

»Quartermaine, sagen Sie?«

»Ja, Herr Doktor.«

»Dann muß sie es auch benutzen – dieses Parfum. Ich habe es an Dr. Furtwängler gerochen, als er hereinkam.«

Kessler drehte sich mit schockiertem Gesichtsausdruck zu ihm um. »Ich weiß nicht, was Sie damit sagen wollen, Herr Doktor. Das ist vollkommen undenkbar.« Er verabreichte der Jacke einen abschließenden Bürstenstrich und schloß die Schranktür.

»Nein, nein, nein«, sagte Jung lachend. »Ich will nicht etwa andeuten, daß sie sich umarmt haben. Ganz und gar nicht. Ich habe einfach eine Nase wie ein Bluthund. Lady Quartermaine muß Furtwängler die Hand gegeben haben. Ich habe es an seinen Fingern gerochen.«

»Oh. Wie erstaunlich. Das kann nicht jeder.«

»Wissen Sie vielleicht auch, wo Lady Quartermaine abgestiegen ist?«

»Im Hôtel Baur au Lac, Herr Doktor. Ich habe sie darüber reden hören.«

»Danke.«

Jung war schon auf dem Weg nach draußen.

»Herr Doktor?«

Er drehte sich um.

»Bevor Sie gehen, sollte ich Sie vielleicht noch auf etwas aufmerksam machen …« Kessler wirkte verlegen. »Da wäre noch eine kleine Unregelmäßigkeit Mister Pilgrim betreffend, Herr Doktor. Ich meine, außer daß er nicht spricht und versucht, sich umzubringen …«

»Nämlich?«

»Er trägt ein Zeichen. Auf seiner Kehrseite ...«

»Seinem Gesäß, meinen Sie?«

»Nein, Herr Doktor. Zwischen den Schulterblättern.«

»Was für ein Zeichen?«

»Ein wenig wie eine Tätowierung. Sie haben doch sicher auch schon Tätowierungen gesehen? Ich erwähne es nur, weil ich mich bei dem Anblick gefragt habe, ob Mister Pilgrim vielleicht zur See gefahren ist. Sie wissen doch, wie manche Seeleute herumlaufen – von oben bis unten vollgemalt.«

»Was stellt sie denn dar, diese Tätowierung?«

»Einen Schmetterling, Herr Doktor. Und noch etwas.«

»Ja?«

»Sie hat nur eine Farbe. Sie ist ganz rot. Sehr ungewöhnlich. Es sieht aus wie Nadelstiche – so als hätte jemand sie mit einer Nadel in Mister Pilgrims Rücken gestochen. Pieks – pieks. Pieks – pieks. Verstehen Sie? Ganz merkwürdig. Die normalen Seemannstätowierungen sehen ganz anders aus. Ich dachte nur, Sie sollten vielleicht Bescheid wissen. Er hat versucht, es zu verbergen. Sich in aller Eile sein Hemd übergezogen, bevor ich ihn erreicht hatte. Aber ich habe es im Spiegel gesehen, ganz deutlich. Und ich habe mich gefragt ...«

»Ja?«

»Ich habe mich gefragt, ob es möglicherweise eine Art – ich weiß nicht – eine Art Erkennungszeichen sein könnte. Ob er vielleicht irgendeiner Gesellschaft oder einem Geheimbund angehört und es ein Zeichen oder ein Signal für andere Eingeweihte ist.«

»Danke, Kessler. Höchst interessant.«

»Ja, Herr Doktor. Wobei man ja sagen muß, daß Mister Pilgrim überhaupt sehr interessant ist. Nicht der normale Allerweltsirre sozusagen. Wenn Sie verstehen, was ich meine.«

»O ja. Sehr gut sogar. Auf Wiedersehen.«

»Auf Wiedersehen, Herr Doktor.«

Nachdem die Tür hinter Jung ins Schloß gefallen war, trat Kessler wieder ans Bett und hob Pilgrims Hemd auf – breitete die Ärmel aus wie zuvor und hielt es hoch in das Sonnenlicht, das zu den Fenstern hereinströmte.

Nach Zitrone riechen Engel also. Soso. Sie riechen nach Zitro-

ne, und da, wo ihre Flügel festgemacht sind, zeichnet Gott sie mit einem Schmetterling – genau zwischen den Schulterblättern.

Weit breiteten sich die Ärmel, durch die Falten flimmerte die Sonne. Er schloß sie – und öffnete sie. Schloß sie – und öffnete sie – wieder – und wieder. Engelsschwingen.

12

Kessler, seine Mutter und seine Schwester Elvire bewohnten ein hohes, schmales Haus an dem Hang, der von der Klinik zur Limmat hinunterführte. Er war der einzige Sohn einer Familie, der vor ihm sechs Töchter geboren worden waren. Fünf von ihnen hatte man unter die Haube gebracht, die sechste, Elvire, blieb übrig, um ihr Leben den Eltern zu widmen – ihnen den Haushalt zu versehen, Besorgungen für sie zu machen und, in Johannes Kesslers jungen Jahren, Kindermädchen für ihn zu spielen.

Sie waren arm. Beide Eltern hatten außer Haus gearbeitet, Johannes senior in der Getreidemühle, Frau Eda als Köchin bei einem gewissen Advokaten Münster, einem Junggesellen. Seine Unbeweibtheit stellte freilich keine Bedrohung dar. Frau Eda hätte noch den verhaltensten Avancen einen Riegel vorgeschoben. Sie hatte ehrgeizige Pläne für ihre Kinder, und nicht der leiseste Hauch eines Skandals durfte sie umwittern. Sie würden sich den Platz im Bürgertum sichern, nach dem ihre Eltern ihr Leben lang gestrebt hatten.

Die wichtigste Mitgift ihrer Kinder hatte Frau Eda selbst mit in die Ehe gebracht: das Haus, in dem sie lebten, ein Geschenk ihres sterbenden Vaters. Ohne dieses Haus, das in einem der besseren Viertel stand, hätte sie keine andere Wahl gehabt, als in die Armengegenden am Stadtrand zu ziehen, wo die Menschen zwischen den Mühlen und Fabriken in Hütten und Mietskasernen hausten. Dorthin mußte sich Kessler senior Morgen für Morgen aufmachen, und von dort kam er Abend für Abend nach Hause zurück.

Zu den frühesten Erinnerungen des jungen Kessler gehörte der Anblick des Vaters, der abends allein am Tisch saß und erschöpft in seinen Suppenteller stierte; der nichts sah, nichts sagte, nur den Löffel zum Mund hob und ihn wieder senkte, bis der Teller leer war. Dann nahm Elvire ihm den Löffel weg und gab ihm dafür eine Gabel in die Hand. Wurst, Kohl und Kartoffeln folgten – stumpf hinuntergespült mit blassem Bier und Brocken eingetunkten Brotes.

Das Kind Johannes saß derweil in seinem Hochstuhl, wo es mit den Fingern in seinem Essen herummanschte – der Brei-Version dessen, was der Vater vorgesetzt bekam, ob es nun Wurst mit Kohl und Kartoffeln war oder Kartoffeln mit Kohl und Wurst. Anderes gab es nicht, auch wenn Elvire wacker für Abwechslung zu sorgen versuchte, indem sie das Essen bald schmorte, bald dünstete, bald dämpfte.

Was Johannes von seinem Vater sah, waren zwei schwarze Augen, zwei dunkle Nasenlöcher und ein dunkel klaffender Schlund in einem mehlweißen Gesicht, und darüber Haare, die da, wo die Mütze gesessen hatte, dunkel waren und an allen anderen Stellen weiß. Hängende Schultern, auf den Tisch gestützte Ellbogen, die Gesten reduziert, fast mechanisch – eine lebensgroße Vater-Puppe inmitten ihrer Brut – eine Aufziehpuppe, deren Bewegungen vor ihren Augen immer langsamer wurden, bis sie schließlich ganz aufhörten und das Ding einfach dasaß, Abend für Abend, während um es herum die Teller, Messer, Gabeln und Löffel abgeräumt wurden. Dann stand es auf und ging davon in sein Bett. Niemand sprach. Nie. Endlose Müdigkeit herrschte, und endloses Schweigen.

In jenen Tagen kam Frau Eda erst heim, wenn Johannes schon lange im Bett lag. Er sah die Mutter nur morgens – wiederum von seinem Aussichtsposten, dem Hochstuhl –, während sie ihre letzte Tasse Kaffee trank, die Ärmel herunterkrempelte, den Mantel anzog und seinen Blicken entschwand in eine andere Welt – die fremde Küche, in der ihr Leben sich abspielte.

Als Johannes sechs war, geriet sein Vater mit dem Ärmel in das Räderwerk der Mühle, und da niemand in der Nähe war, der ihn hätte zurückreißen können, wurde er zwischen die Zahnräder gezogen und zerquetscht. Der Junge wußte von alledem nichts; ihm sagte man lediglich, der Vater sei weggegangen und werde nicht wiederkommen.

Später, in der Schule, erfuhr er von einem älteren Schüler, dessen Vater ebenfalls in der Getreidemühle gearbeitet hatte, die Wahrheit. Lange Zeit verschwieg der junge Kessler seiner Mutter und den Schwestern, was er gehört hatte. Mit elf, vielleicht auch zwölf, begann er Fragen zu stellen, die ihm vorher nie in den Sinn gekommen waren. *Wo ist der Vater hingegangen, als er von hier fort ist?* Und: *Warum ist er alleine gegangen, statt uns mitzunehmen?* Und: *Warum hat er nie geschrieben? Warum ist er nie zurückgekommen?*

Die Antworten auf diese Fragen lauteten immer gleich. *Er ist zu seiner Mutter und seinem Vater gegangen ... zu seinen Brüdern in Argentinien ... er hatte nicht genug Geld, um uns mitzunehmen ... in Argentinien gibt es keine Post ...*

Jede Lüge zementierte die vorangegangene und legte den Grundstein für die nächste. Seine Mutter hatte getrauert und ihre Trauer überwunden. Lügen war am einfachsten – und beinahe vermochte sie die Lügen, die sie erzählte, sogar selber zu glauben. Sie konnte sich das Leben ihres Mannes in Argentinien ausmalen. Sie konnte sich die Brüder ins Gedächtnis zurückrufen und in ihrer Gesellschaft die sonnigen Tage wiedererstehen lassen, als sie und ihr Mann jung waren und unbeschwert von kommendem Unheil. Ihn jetzt, nach so langer Zeit, tot zu nennen, hätte einen Schritt auf ihren eigenen Tod zu bedeutet, den zu tun sie noch nicht bereit war, und so wurde der Knabe Johannes sechzehn, ohne daß sie sich zur Witwe erklärt hatte.

Was Elvire betraf, so war sie froh über den Tod des Vaters. Sein Leben war ihr eine Bürde gewesen, die sie aufgerieben und erdrückt hatte. Als er starb, war sie noch nicht fünfzehn, und sie hatte die Last getragen, seit sie neun war – für ihn gekocht und gewaschen, Badewasser bereitet und Besorgungen gemacht, ohne einen Funken Anerkennung dafür zu ernten. Gehaßt hatte sie ihn deshalb nicht. Das wäre ungerecht gewesen, schließlich wußte sie nur zu gut, wie wenig Schuld er an ihrer Armut trug – wie schwer es war, Arbeit zu finden, und wie schlecht diese Arbeit entlohnt wurde. Dennoch war sie froh, daß er fort war. Seither mußte sie nur noch ihren Bruder und sich selbst durchs Leben bringen; die

Mutter zählte damals kaum, so wenig bekamen ihre Kinder sie zu Gesicht.

Frau Eda hatte einen Käfig voller Finken, die ihr am Morgen, bevor sie ihren Dienst in Herrn Münsters Küche antrat, ihre Lieder vorsangen. Jeder ihrer Tage begann damit, daß sie das Tuch von ihrem Käfig nahm, und jeder Tag endete damit, daß sie sie wieder zudeckte.

Eines Abends, kurz vor Johannes' sechzehntem Geburtstag, kehrte Frau Eda aus dem Haus des Advokaten zurück und fand den Käfig leer.

Elvire und Johannes wurden zur Rede gestellt. Beide erklärten, sie hätten keine Ahnung, wie die Vögel entwischt sein könnten.

Zwei Tage später zog Elvire eine Schublade von Johannes' Kommode auf, um ein paar frischgewaschene Hemden zu verwahren. Die Schublade war voller Flügel. Finkenflügel.

Sie mußte sich auf sein Bett setzen, so weich wurden ihr die Knie. Es war Mittag. Ihr Bruder würde bald aus der Schule heimkommen und sein Essen verlangen.

Sie zwang sich zum Aufstehen, schob die Schublade zu und ging nach unten.

Während Johannes am Tisch saß, den Kopf über seinen Suppenteller gebeugt, beobachtete sie ihn. Wie ähnlich er ihrem Vater geworden war, dachte sie: dieselbe Stummheit, dieselbe Verstocktheit, die nichts nach außen dringen ließ, keine Regung, kein Wort, nichts als ein bedächtiges Durstlöschen und Hungerstillen.

»Weißt du, was aus Mutters Finken geworden ist?« fragte sie ihn, indem sie einen Stuhl heranzog und sich ihm gegenübersetzte.

»Nein. Du?«

»Ja, ich glaube schon.«

»So? Was denn?«

»Ich glaube, du hast sie getötet.«

Einen Moment lang saß er ganz still, die Hand mit dem leeren Löffel über dem Teller. Dann kniff er die Augen zusammen, sah sie blinzelnd an – und als er sprach, war seine Stimme klanglos, monoton.

»Ach, das«, sagte er. »Das hab ich vorgestern gemacht.«

Er begann wieder zu essen.

Suppengeräusche.

»Und – sagst du es ihr?« fragte Elvire schließlich.

»Nein. Natürlich nicht.«

»Soll ich's ihr sagen?«

»Nein. Niemand braucht es ihr zu sagen. Wir müssen nur sagen, sie sind fortgegangen. Das wird sie schon verstehen.«

Elvire stand auf und wandte ihm den Rücken zu. Sie erwiderte nichts. Sie wollte den Raum verlassen, aber sie konnte es nicht. Sie konnte kein Glied rühren vor lauter Angst.

»Ich habe die Flügel aufgehoben«, sagte Johannes.

»Ich weiß.«

»So was Schönes hab ich in meinem ganzen Leben nicht gesehen. Du?«

Elvire blieb stumm.

»Ich will sie sammeln«, fuhr Johannes fort, suppeschluckend – seine Worte gehetzt und dabei immer noch tonlos, fast maschinengleich in ihrer Präzision, »die Federn fühlen sich so schön an ... und sie sind so hübsch angeordnet, weißt du? Eine über der anderen ... alle in einer Reihe ... und wenn man sie spreizt, öffnen sie sich wie ein Fächer ... wie bei den Spanierinnen in den Illustrierten ... spanischen Tänzerinnen ...«

»Hör auf.«

»Was?«

»Du sollst aufhören!«

»Womit?«

»Mit diesem Gerede. Mit diesen Schrecklichkeiten. Hör auf damit!«

»Das sind keine Schrecklichkeiten. Was soll daran schrecklich sein? Schau. Schau, Elvire. Schau her. Dreh dich um und schau her. Hier hab ich wieder einen.«

Voller Grauen wandte sie sich um.

Johannes saß mit unbewegtem Gesicht vor seinem leergegessenen Teller. In der Hand hielt er einen frisch getöteten Vogel.

Elvire starrte ihn an.

Er war verrückt. Er war ganz eindeutig verrückt.

Sie streckte die Hand aus, nahm den Vogel – ein Taubenjunges – und sagte sehr ruhig:

»Ich hebe ihn für dich auf. Einverstanden? Du willst ihn doch sicher nicht mit hinausnehmen. Die anderen Buben würden ihn dir nur kaputtmachen. Sie würden ihn dir nicht lassen.«

Er schwieg.

Nachdem er gegangen war, warf Elvire das Taubenjunge in den Ofen und verbrannte es.

Als Johannes um fünf Uhr nach Hause kam, erwartete ihn Frau Eda zusammen mit einem Arzt aus dem Burghölzli. Am Bordstein stand der berühmte Gelbe Wagen, der Johannes abtransportieren sollte.

Drei Jahre später wurde Johannes Kessler für geheilt erklärt. Aus dem Gewahrsam der Klinik ging ein junger Mann hervor, dessen zwanghafte Gewalttätigkeit in ihr Gegenteil verkehrt worden war. Im Lauf der Zeit trug ihm seine Sanftheit den Mitpatienten gegenüber nicht nur die Anerkennung seiner Wärter ein, sondern auch das Augenmerk der Ärzte. Es sollte nicht das erste Mal sein, daß ein ehemaliger Patient in der Belegschaft Verwendung fand.

Als das Angebot kam – als man ihm nahelegte, die Ausbildung zum Pfleger zu absolvieren –, willigte Johannes ruhig und dankbar ein. Er hatte im Burghölzli einen tieferen Frieden gefunden als je zuvor, und obwohl er auf Anraten der Ärzte wieder zu Mutter und Schwester zog, blieb die wahre Heimat für ihn doch die Klinik.

Zudem klafften in seiner Erinnerung an die Zeit vor dem Burghölzli Lücken. Ganze Jahre hatten sich verflüchtigt, waren dem Käfig seines Gedächtnisses entflogen – darunter auch die Tage, da er die Vögel getötet hatte. Nichts gemahnte mehr an seine einstige Besessenheit als ein beständiges Staunen über die Schönheit geflügelter Wesen.

Flügel. Alles, was Flügel hatte. Die bloße Vorstellung von Flügeln. Kesslers Welt war eine magische Welt, verzaubert vom Flug der Vögel, der Schmetterlinge und – wundersamer als alles – der Engel.

13

Zwei Tage nach Pilgrims Gastspiel auf der Krankenstation saß Jung mit Lady Quartermaine im Speisesaal des Hôtel Baur au Lac.

Ein Orchester musizierte. Palmen nickten. Die Decke wölbte sich über vier Meter hohen Fenstern, die einen Ausblick auf Berge und See boten.

Jung aß nicht zum ersten Mal hier. Das Hotel war fast ausschließlich die Domäne reicher Adelsfamilien, die nach Zürich kamen, um in der Nähe von Verwandten oder Freunden im Burghölzli zu sein.

In den ersten Jahren ihrer Freundschaft, als noch keine Meinungsverschiedenheiten ihr Verhältnis überschatteten, hatte er oft mit Freud in einem der Séparées gesessen, mit ihm über die Schizophrenie debattiert und sich von ihm in den Himmel heben lassen für seine Erkenntnisse über *diese heimtückische Krankheit*.

Diese heimtückische Krankheit war für Jung zu einer Art verbalem Talisman geworden, fast zu einer Beschwörungsformel. Er konnte sich die Worte nicht vorsprechen, ohne im Geiste Freuds Stimme zu hören. Eine treffendere, bündigere Definition der Schizophrenie ließ sich kaum denken – denn der Geist wurde ja wirklich verraten, getäuscht von Bildern, über die er keine Kontrolle hatte, herumkommandiert von Fremden, die sich weigerten, ihre Identität preiszugeben.

»Dann sind Sie also der Meinung, Dr. Jung, daß mein Freund Mister Pilgrim an diesem Leiden erkrankt ist? Verstehe ich Sie da recht?«

Sybil Quartermaine saß Jung an einem Tisch gegenüber, den er später in seinen Aufzeichnungen als *Präsentierteller* beschrieb – so zentral, wie sein Platz mit Freud zurückgezogen gewesen war. Lady Quartermaine war ganz in Violett- und Blautöne gekleidet. Ihr Hut war von bescheidenen Ausmaßen und hatte keinen Schleier. Allerdings trug sie eine dunkle Brille, die die Blicke der anderen Gäste auf sich zog.

»Meine Augen haben die Wintersonne noch nie gut vertragen«, erklärte sie Jung, »dabei liebe ich sie über alles. Winterlicht ist ein Geschenk, es hat eine Wirkung auf mich, die ich mit Worten nicht beschreiben kann. *Belebend* kommt vielleicht nahe heran. Vielleicht auch *stärkend* – oder *heilend* ... Aber keines dieser Wörter erfaßt es ganz. Ich glaube, daß etwas in einem stirbt, wenn der Winter kommt – so als sollten wir Winterschlaf halten, wie Tiere in ihrem Bau. Aber hier, mit all diesen Fenstern und dem Schnee, ist das Licht, so sehr ich es liebe, fast überwältigend. Heute nachmittag werden meine Augen mich dafür büßen lassen und mich in ein verdunkeltes Zimmer treiben. Dennoch bete ich es an – dieses Licht.«

»Ja, mich beeinflußt es selber sehr stark«, sagte Jung.

»Mister Pilgrim hingegen ist ein Kind der Finsternis.«

Jung lehnte sich zurück. Was für eine kryptische Äußerung. Sie bot so viele Deutungsmöglichkeiten. Satan selbst – oder des Satans Sproß? Er nahm nicht an, daß eine der beiden Lesarten beabsichtigt war. Doch für den Sohn eines aufrechten Kirchenmannes ließ sich das Bild nur schwer abschütteln. Nein, hinter Pilgrims Bedrängnis steckte ganz gewiß nicht der Teufel. Finsternis, ja – aber nie und nimmer das Böse. Er war zu verloren, um mit dem Bösen im Bunde zu stehen – zu sehr in Not.

»Vielleicht erklären Sie mir, was Sie damit meinen, gnädige Frau – ein Kind der Finsternis«, sagte er mit dem Versuch eines Lächelns.

»Ich werde mir Mühe geben«, erwiderte Sybil. Dann fragte sie: »Man hat Ihnen erzählt, wie wir uns kennengelernt haben – und wann? Mister Pilgrim und ich.«

»Ja. Unter einem Baum, als Sie zwölf waren und er achtzehn.«

»Ganz genau. Nun, die Finsternis, von der ich spreche, ist die Zeit vor dieser ersten Begegnung. Achtzehn völlig unbelegte Jahre, während derer er, wenn überhaupt, in einem Nebel gelebt haben will; hinter einem Schleier, in einem, wie er es einmal beschrieben hat, unausgesetzten Zwielicht. Mit anderen Worten, in einer Art Finsternis.«

»Was ist mit seiner Familie?«

»Er hat von Eltern gesprochen – einer Mutter, einem Vater –, einer schattenhaften Kindheit. Aber keine Einzelheiten. Für Pilgrim war das alles die *Vergangenheit*.«

»Die Vergangenheit?«

»Ja. Soweit ich weiß, hat er seit jenem Tag, an dem ich ihn im Gras gefunden habe, von seiner Familie nichts gesehen und nichts gehört. Und dennoch lebt er von einem Erbe, das nicht zu gering sein kann. Ihm mangelt an nichts – dabei arbeitet er wenig. Nicht daß Schreiben keine Arbeit wäre. Aber mit seinen Schriften, so herausragend sie sind, könnte er schwerlich das Leben bestreiten, das er führt.«

»Und keinerlei Aufschlüsse über diese unsichtbare Familie?«

»Nichts. Bis auf eines. Einmal hat er erwähnt, daß er, bevor er unter dem Baum in unserem Garten erwachte, einen Traum hatte. Aber was er träumte, hat er mir nie erzählt. Nur, daß der Traum seinem *Eintritt ins Bewußtsein* vorausging. So hat er es selbst formuliert. Eines Tages trat er ins Bewußtsein ein.«

»Mhm.«

»Und Sie ... Sie vermuten bei meinem Freund also eine – nicht daß ich das Wort falsch sage – eine *Demenz*? Habe ich das richtig verstanden? Ist das Ihre Meinung?«

»Wo ich nichts weiß, Lady Quartermaine, da habe ich auch keine Meinung«, sagte Jung und lächelte.

»Eine schlaue Antwort, Herr Doktor – aber Sie weichen mir aus.«

»Nicht vorsätzlich. Sie dürfen nicht vergessen, gnädige Frau, daß ich bisher kaum Gelegenheit hatte, mir ein Bild von der Krankheit Ihres Freundes zu machen.«

»Es ist keine Krankheit.« Sybil legte ihr Messer links neben den Teller. »Nicht jeder, der leidet, hat ein Leiden.« Sie räumte die Gabel nach rechts, knallte sie auf das Tischtuch wie ein Ausrufungszeichen. Eine Erklärung für ihre Heftigkeit schien sie nicht abgeben zu wollen.

Die Vorspeise wurde aufgetragen. Austern.

Sie waren auf zerstoßenes Eis gebettet und formten einen Kranz um eine Rosette aus Zitronenschnitzen. Dazu gab es eine Vinaigrette und Toast Melba.

»Mögen Sie Austern, Dr. Jung? Ich könnte mich ausschließlich von Austern ernähren.« Sybil zog die Platte etwas näher zu sich heran. »Wenn Sie nicht anfangen, esse ich sie Ihnen alle weg.«

»Unterstehen Sie sich!«

Sie nahmen jeder eine Auster zur Hand, beträufelten sie mit Zitronensaft und Vinaigrette, lösten dann den Inhalt aus der Schale und schlürften sie aus.

»Göttlich!«

»Sie sagen es.«

Eine Weile aßen sie schweigend – tranken jede einzelne Auster hinunter, als wäre es die letzte.

»Ein Dutzend ist nicht genug«, sagte Sybil. »Aber es muß reichen. Ich habe Kalbsfrikassee für uns bestellt. Meine Spione haben mir hinterbracht, daß das eine Spezialität des Hauses ist.«

»Das ist es – und zufällig auch eine meiner Leibspeisen.«

»Ja, ich weiß.«

Zum ersten Mal, seit sie hier saßen, fühlte Jung sich entschieden unbehaglich. Gab es irgend etwas, über das diese Frau keine Nachforschungen angestellt hatte?

»Ich lese gerade Ihr Buch, Dr. Jung. *Über die Psychologie der Dementia praecox*. Ich habe es sogar bei mir, aber keine Angst, ich bringe Sie nicht in Verlegenheit, indem ich es heraushole. Ein namenloser Spender hat es gestern morgen für mich abgegeben, wohl aus der Annahme heraus, es würde mich interessieren – was es auch tut. Die Menschen können so fürsorglich sein, nicht wahr – hinterlegen kleine, gedankenvolle Geschenke, an denen man sich bilden kann.«

»Sie sind sich ja sicher im klaren darüber, Lady Quartermaine, daß mein Buch nicht für Laien gedacht ist«, sagte Jung. »Es ist von einem Psychologen für Psychologen geschrieben, nicht für Amateure.«

»Dennoch komme ich bisher ganz gut damit zu Rande.«

Und Sybil langte in ihre Tasche und zog ein in weiches venezianisches Leder gebundenes Notizbuch hervor. Es war grün, mit

Goldprägung und einem Bleistift, der an einer dünnen goldenen Kette baumelte.

Als der Teller mit den leeren Austernschalen abgetragen worden war, rückte Lady Quartermaine ihre dunkle Brille zurecht, trank einen Schluck Wein und konsultierte ihr Büchlein. Jung wandte den Blick nicht von ihr, fasziniert von der Akkuratesse und Anmut jeder ihrer Bewegungen.

»Sie sprechen sehr ausführlich über den Persönlichkeitszerfall«, sagte sie, »den Sie an Ihren Patienten hier in der Klinik beobachtet haben.«

»Ja. So wie ich es sehe, leiden Menschen, die an Dementia praecox erkrankt sind, immer an einer Zersetzung ihrer Persönlichkeit.«

»Sie sprechen auch von einer Einengung des Bewußtseins.«

»Ja.«

»Zwangsdenken nennen Sie es.«

»Ja.«

»Zerfall ... Einengung ... Zwangsdenken. *Komplexe, die sich dauernd fixiert haben,* schreiben Sie. Und das trifft Ihrer Meinung nach auch auf Mister Pilgrim zu?«

»Ich halte es für möglich.«

»Und auch für wahrscheinlich?«

»Ja.«

»Was an Mister Pilgrims Verhalten veranlaßt Sie zu dieser Meinung? Rein interessehalber.«

»Sein mangelnder Bezug zur Realität. Seine Weigerung, zu kommunizieren.«

»Sein Schweigen?«

»Ja.«

Jung hatte es für klüger gehalten, Lady Quartermaine nichts von dem jüngsten Selbstmordversuch zu erzählen. Oder davon, daß Pilgrim gesprochen hatte. Sie würde wissen wollen, was er gesagt hatte, und Jung war noch nicht bereit, das preiszugeben. Auch Furtwänglers Verbot, sich in den Fall Pilgrim einzumischen, hatte er ihr wohlweislich verschwiegen – ebenso, wie er Furtwängler verschwiegen hatte, daß er mit Sybil Quartermaine zu Mittag aß. Dieses Treffen hatte sie angeregt, nicht er. Sein Ruf war bis zu ihr gedrungen, und als sie erfahren hatte, daß er am Burghölzli praktizierte, war sie gleich heute morgen mit der Einladung an ihn herangetreten.

Das Kalbsfrikassee kam auf den Tisch. Zwei junge Kellner servierten es, überwacht vom Maître d'Hôtel.

»Hatte ich Spinat bestellt?« fragte Sybil, als die Deckel von den Gemüseplatten gehoben wurden.

»Ja, Mylady. Ausdrücklich. Spinat und Pastinaken.«

»Gut. An den Spinat habe ich mich gar nicht mehr erinnert. Wie steht es mit dem Wein? Der Weißwein war vorzüglich. Und der rote?«

»Hier, Mylady. Bordeaux, wie Sie befohlen haben.«

»Sehr gut.« Sybil wandte sich an Jung. »Das ist Ihnen doch hoffentlich recht? Zu Kalb bevorzuge ich immer einen trockenen Wein.«

»Klingt hervorragend.«

Sybil nickte den Kellnern zu.

Die beiden jüngeren entfernten sich, und nachdem er den Rotwein dekantiert und eingeschenkt hatte, folgte der Maître d'Hôtel ihnen. Als sie fort waren, sagte Sybil: »Ich bin immer erleichtert, wenn ein Restaurant keinen Sommelier hat. Da muß man sich nicht für seine Entscheidungen rechtfertigen.«

Sie sah Jung zu, wie er den ersten Bissen nahm.

»Ist es gut?«

»Ausgezeichnet.«

»Gott sei Dank. Wenn man im Ausland Gäste bewirtet, weiß man nie so recht ...«

»Sie können beruhigt sein. Essen Sie, und genießen Sie.«

Das tat sie.

»Wunderbar. Wunderbar. Ganz und gar köstlich.«

Es war so viel Kindliches an ihr, dachte Jung bei sich. Eben noch raffiniert, im nächsten Augenblick unschuldig. Charmant, gerissen, liebenswert und gefährlich. Genau wie ein begabtes Kind, das sich die Regeln der Erwachsenenwelt zu eigen gemacht hat und sich ihrer mit dem größten Geschick bedient, ohne dabei ein Jota seiner Kleinmädchen-Privilegien aufzugeben.

»Sie sagen, Lady Quartermaine, es sei keine Krankheit, die sich seiner bemächtigt hat. Kein Leiden.«

»Ja. Das sage ich nicht nur, ich glaube es auch.«

»Was veranlaßt Sie dazu?«

»Ich kenne ihn so gut, und das schon so lange. Ich bin so vertraut mit seiner Natur, wie ein Mensch nur sein kann. Mit seinen Passionen – und seinen Ängsten. Seinen Schwächen, Stärken, Eigenheiten – guten wie schlechten – und seiner Güte – der Traurigkeit in ihm. Seiner Sehnsucht danach, der Unentrinnbarkeit des Seins zu entrinnen. Können Sie mir folgen?«

»Ich gebe mir Mühe.«

Sybil wandte den Kopf zum Fenster und sah hinaus auf die Berge. Messer und Gabel hielt sie nach wie vor in der Hand, auch wenn sie sich dessen im Moment nicht bewußt schien. »Keine Krankheit kann sich seiner bemächtigen, Herr Doktor. Keine bloße Krankheit, kein bloßes Leiden. Das erlaube ich nicht. Das lasse ich nicht zu.«

Die Aussage war natürlich absurd, aber Lady Quartermaine traf sie mit einer solchen Überzeugung, einer solchen Schlichtheit, daß es Jung anrührte. So mußten Heilige von ihren Visionen künden, dachte er, mit dieser Selbstverständlichkeit, dieser Emphase …

Der Bann wurde gebrochen, als Jung husten mußte und nach seinem Wasserglas griff.

»Ist jeder Mensch wahnsinnig, glauben Sie?« fragte Sybil, nun wieder ganz sachlich. »Auf die eine oder andere Weise – halten Sie das für möglich?«

Mit einem bedächtigen Schulterheben sagte Jung: »Es gibt natürlich Abstufungen. Ein paar Anzeichen habe ich sogar bei mir selber entdeckt, muß ich bekennen.« Er schwieg einen Moment, ehe er fortfuhr. »Aber der Wahnsinn ist ein schlaues Wild und läßt sich nicht mit Theorien einfangen. Die Erfahrung hat mich gelehrt, Theorien nicht nur zu mißtrauen, sondern gegen sie Front zu machen. Nur Tatsachen zählen. Und die Tatsachen können sich immer nur auf den individuellen Wahnsinn des einzelnen beziehen. Verallgemeinerungen über den Wahnsinn sind nur hinderlich, wenn wir seine wahre Ausprägung in jedem einzelnen Patienten erkennen wollen, Fall für Fall. Mein eigener Wahnsinn unterliegt Schwankungen – wie jeder Wahnsinn. Ich habe nicht nur gelernt, mit ihm umzugehen, sondern auch, ihn zu beherrschen. Und, wichtiger noch, mit ihm zu leben, wie wir alle das müssen. In Mister Pilgrims Fall nun verhält es sich so, daß er nicht mehr damit leben kann – und ob das daran liegt, daß er wahnsinnig ist, oder an etwas anderem, muß sich noch herausstellen.«

»Ich habe Angst um ihn.«

»Das ist vollkommen verständlich.«

»Ich will nicht, daß ihm ein Leid geschieht.«

»Keine Bange.« Jung lachte. »Was soll ihm denn für ein Leid geschehen?«

»Leid ist nicht gleich Leid, Dr. Jung. Das wissen Sie so gut wie ich. Ich muß Ihnen sagen – und ich sage es mit Bedauern –, daß mir Dr. Furtwängler nicht sympathisch ist. Ich traue seinem Urteil nicht, und um ehrlich zu sein, mir mißfällt seine ganze Art.«

Jung machte eine vage Handbewegung. Er konnte nichts sagen, das nicht unloyal geklungen hätte.

»Ich hatte das deutliche Gefühl, er glaubt mir nicht, was ich ihm erzähle.«

»Da täuschen Sie sich, Lady Quartermaine. Dr. Furtwängler glaubt Ihnen ganz bestimmt, was Sie ihm erzählt haben.«

»Wie dem auch sei, ich traue ihm nicht. Ich traue seinem Urteil nicht. Er ist mir allerwärmstens empfohlen worden, aber ich traue ihm trotzdem nicht. Er lächelt zuviel. Er lächelt im falschen Moment. Er lächelt ohne Wärme, ohne Herz. Er lächelt ohne Verstand. Ich hasse Liebedienerei. Sie enerviert mich, und sie nimmt mir alles Zutrauen. Und seinem Arzt – oder dem Arzt seines besten Freundes – nicht trauen zu können ist untragbar.«

Sybil legte ihr Besteck weg und lehnte sich zurück.

»Ich bin müde«, sagte sie. »Müde und überfordert. Die Psychiatrie, Dr. Jung, ist völliges Neuland für mich. Aber wenn Mister Pilgrims Überleben von ihr abhängt, dann muß ich mich wohl oder übel mit ihr arrangieren, bis er sicher im Hafen gelandet ist.«

Ein Schweigen trat ein, das Jung nicht zu brechen wagte.

Dann ergriff Sybil erneut das Wort.

»Mir ist klar, daß es nicht korrekt wäre, Dr. Furtwängler den Fall zu entziehen. Vielleicht reagiere ich zu stark auf seine Art, sich zu geben. Ewige Lächler – wenn Sie wissen, was ich meine – haben fast etwas Schurkisches.«

Jung mußte sein eigenes Lächeln unterdrücken. Er kannte Josef Furtwänglers bigotten Charme nur zu gut.

»Trotzdem, ich muß Sie fragen – ich bin fest entschlossen, Sie zu fragen: Wären Sie bereit, die Behandlung von Mister Pilgrim zu übernehmen, Dr. Jung? Was Sie sagen, gefällt mir, auch wenn mir nicht alles daran behagt. Aber ich merke an Ihren Äußerungen, daß Sie Phantasie mitbringen, und das, so meine ich, braucht Mister Pilgrim mehr als alles andere. Jemanden, der ihn nimmt, wie er ist, ohne ihm ein Etikett aufzukleben und ihn in eine Schublade zu sperren.«

Jung senkte den Blick auf seinen Teller. Er hatte ihn nicht leergegessen, aber er war satt. Er legte sein Besteck beiseite. Er drückte sich die Serviette an den Mund und breitete sie anschließend über seine Knie. Dann sagte er: »Ich würde Ihr Angebot sehr gern annehmen, Lady Quartermaine, aber ich fürchte, ich muß ablehnen.«

»Ablehnen? Sie können nicht ablehnen. Ich verbiete es Ihnen.«

»Trotzdem, Lady Quartermaine, so sehr ich es bedauere, ich muß nein sagen.«

Und er erklärte ihr – ohne allzuviel von Josef Furtwänglers oft irrigem Ermessen herzumachen –, daß Furtwängler den Fall Pilgrim allein bearbeiten wolle und daß er mit Jungs Methoden ein wenig auf Kriegsfuß stehe …

Er sagte noch mehr. Er sprach, ohne Namen zu nennen, von der Gräfin Blawinskaja – vom Hunde-Mann, von den anderen –, betonte jedoch immer wieder, daß man sich natürlich täuschen konnte – daß man einen Fall falsch beurteilen konnte – daß man fehlbar war. Er sprach davon, wie sehr ihn Mister Pilgrims Problem fasziniere, und so fort – und so fort –, bis Sybil völlig hingerissen war und die Gewißheit erlangt hatte, daß nur Dr. Jung ihrem Freund helfen konnte, und ankündigte, wenn er nicht in eigener Sache an Professor Bleuler herantrat, dann würde sie es für ihn tun. Und mit Dr. Furtwängler würde sie sich ebenfalls ins Benehmen setzen.

»Wenn das so ist«, sagte Jung, »dann danke ich Ihnen – und verspreche Ihnen, mich in jeder Hinsicht nach Kräften zu bemühen.«

»Auf uns beide«, sagte Sybil. Sie hob ihr Glas. »Und auf unseren abwesenden Freund.«

»Auf unseren abwesenden Freund.«

Wie aufs Stichwort stimmte die Kapelle *Geschichten aus dem Wienerwald* an.

»Was für ein himmlischer, himmlischer Tag!« rief Sybil. »Ihre Einwilligung! Dieser Wein! Ein Walzer! Und nun – Profiteroles!«

Jung, der ihr zusah, wie sie den Maître d'Hôtel heranwinkte, dachte: *Und siehe, das kleine Mädchen kehrt siegreich heim von seinem Kreuzzug ins Land der Ärzte – und krönt seinen Triumph mit einem Siegesschmaus. Windbeutel in Schokolade.*

Er für seinen Teil trank stillschweigend auf den Portier des Hôtel Baur au Lac, der am Vortag aus Jungs eigener Hand ein schmales Bändchen in einem braunen Briefumschlag entgegengenommen und es »mit den besten Empfehlungen eines Unbekannten« der Marquise von Quartermaine zugestellt hatte. Seine Anonymität hatte ihn drei Franken gekostet.

14

Dora Henkel führte die Gräfin Blawinskaja den Korridor entlang zum Fahrstuhl. Das tat sie alle zwei Tage. Sie waren auf dem Weg in die Heißwasserbäder im Untergeschoß, wo sich die Gräfin einer Reihe hydrotherapeutischer Anwendungen unterziehen würde, die ihre Nerven beruhigen und sie entspannen sollten.

Dora Henkel kannte nichts Schöneres, als in Tatjana Blawinskajas Nähe zu sein. Sie liebte sie seit dem Moment, da sie ihren Fuß über die Schwelle gesetzt hatte, und wäre ihr am liebsten niemals mehr von der Seite gewichen.

Die Gräfin hatte gesagt: »Wenn Sie auf den Mond wollen, brauchen Sie ein Visum. Einen Diplomatenausweis.«

Dora mußte zugeben, daß sie weder das eine noch das andere besaß.

»In dem Fall«, beschied die Gräfin sie, »ist leider nichts zu machen. Besuche sind nur Leuten gestattet, die einen Diplomatenausweis oder wenigstens einen Elternteil haben, der auf dem Mond geboren ist.«

Doch Doras Eltern stammten wie auch Dora selbst aus dem Dorf Kirschenblumen am Ufer des Zürichsees. In klaren Nächten konnte sie Kirschenblumen sehen, genau wie sie den Mond sehen konnte, seine fernen Lichter wie gefrorene Kristalle.

Der Mond hatte Dora von klein auf fasziniert. Schon als Kind hatte sie ihn geliebt, hatte in seinem fraulich-sanften Schimmern köstlichste Verheißung erblickt. Daß ihre Liebe zum Scheitern verurteilt sein könnte, kam ihr mit ihren sechs Jahren nicht in den

Sinn. Sie war in der sicheren Gewißheit herangewachsen, daß alles möglich war, solange man nur daran glaubte. Die Zeit freilich sollte sie lehren, daß fast aller Glaube an der Wirklichkeit zerschellt – in Doras Fall einer höchst widerwillig eingenommenen Dosis Wirklichkeit.

So hatte sie sich von ihrer Mutter sagen lassen müssen, daß aus einer Achtjährigen und einer Katze kein glückliches Paar wird – so wenig wie aus einer Vierzehnjährigen und einem Pferd, oder aus einer Achtzehnjährigen und Königin Alexandra. Diese eingebildeten Liebesgeschichten waren eine Heimsuchung, eine fortwährende Qual – Katzen, Pferde, Königinnen, griechische Göttinnen, die Lorelei, der Mond …

Und nun war da die Gräfin Tatjana Blawinskaja, eine Mondbürgerin im Exil. Dora wußte, daß sie nicht wirklich vom Mond kam, aber es machte ihr Freude, sich der Illusion hinzugeben.

An diesem Vormittag war die Gräfin mit einem fließenden mondblauen Negligé und mondblauen Pantoffeln bekleidet. Durch ihr Haar flocht sich ein mondblaues Band. Die cremefarbene Wäsche, die sie unter dem Negligé trug, wurde eigens für sie in Paris angefertigt. Jedes einzelne Stück war mit ihrem Monogramm versehen: T.S.B.

Während der Lift mit ihnen abwärtsglitt, raffte Tatjana Sergejewna Blawinskaja das Negligé enger um sich, bereit für ihren Abgang. Der kleine Käfig des Fahrstuhls hätte eine Miniaturbühne sein können – der Fahrstuhlführer der Inspizient. Sie schwieg nun schon viele Tage. Möglicherweise tat ihr das Wasser ja gut. Wenigstens konnte es ihr helfen, Zehen und Finger zu entkrampfen, und vielleicht schloß sie sogar endlich, endlich die Augen …

Kristalleuchter hingen an den Wänden des Korridors, der zu den Bädern führte, und als sie hinaustrat auf den teppichbelegten Marmorboden, hob die Gräfin den Arm, wie um einen Angriff abzuwehren. Die Leuchter konnten Sterne sein – und die Sterne waren ihre Feinde.

Dora Henkel, aus Schaden klug geworden, trieb sie hastig auf die Glastüren zu, hinter deren schmiedeeisernen Arabesken es hell glitzerte. »Kommen Sie«, sagte sie. »Wir müssen uns beeilen.«

Jenseits der Tür schlugen ihnen Wassergeräusche und Wassergeruch entgegen. Umkleidekabinen säumten einen schwach erleuchteten Gang, eine jede mit Spiegeln und Haken ausgestattet, Haarbürsten, Kämmen und Bändern, mittels derer selbst die aufwendigste Frisur nach dem Bade wieder instand gesetzt werden konnte. Auch eine Chaiselongue für den Patienten und ein Stuhl für den Pfleger oder die Schwester fehlten nicht.

Die Nummer zehn war frei, und Dora ließ die Blawinskaja eintreten. Dann zog sie die Tür zu und machte sich daran, ihr aus den Kleidern zu helfen. Ein Stück nach dem anderen wurde säuberlich gefaltet oder an einen Haken gehängt, worauf die Gräfin wieder in ihr Negligé gehüllt wurde.

Die meisten anderen Kliniken und Bäder stellten Badekostüme zur Verfügung. Hier dagegen stiegen die Patienten nackt in die Becken. Große weiße Überwürfe und eine Fülle von Handtüchern sorgten dafür, daß der Anstand gewahrt blieb und die Badenden sich nicht verkühlten – wobei eine Verkühlung kaum zu befürchten stand, denn die Welt, die Dora und die Gräfin am Ende des Ganges erwartete, war eine Tropenwelt voll dunstumhangener Wannen und Becken, Dampfräumen, Schwitzbädern und Warmwasserfontänen. Dora fand es herrlich hier und wünschte sich jedesmal, wenn sie ihre Patienten zur Behandlung herbrachte, selbst in das Wasser gleiten zu dürfen, bekleidet mit nichts als ihrer Haut. Es war ihr unbegreiflich, wie andere Kliniken bei der Wasserbehandlung Badekostüme verordnen konnten. Sie waren so unbequem – so erbarmungslos einengend und kratzig, daß sie die nervösen Störungen der Patienten mehr verstärkten als linderten. Ebensogut konnte man sie in der Zwangsjacke ins Bad stecken, dachte Dora.

Durch eine weitere Tür betraten sie einen riesigen, höhlenähnlichen Raum, in dem lakenumhüllte Geister durch schleirige Lichtkegel glitten und kein Laut zu hören war als Wasserrieseln und das Flüstern weicher Sohlen. Und ein Singen. Eine der Geistergestalten sang.

Sie sang in einiger Ferne, doch die feuchte Luft, die nur Hall und keinen Widerhall zuließ, trug den Klang in gläserner Klarheit heran. Es war ein Lied, das keine Worte hatte, nur Melodie, ein fließendes, flüssiges Band von Tönen.

Die Blawinskaja streckte Dora Henkel die Hand hin, als hätte jemand sie zum Tanz aufgefordert, blieb jedoch stocksteif stehen.

Wo bin ich? schien sie zu fragen. *Ist das ein Ballsaal? Macht man mir den Hof? Ich weiß nicht, wer Sie sind.*

Es war eine Frau, die sang.

Mezzo – Mezzo – Mezzosopran!

Wußten Sie, daß der Mond ein Mezzosopran ist?

Silbern fluteten die Töne durch das Gewölbe, und überall in dem Dampf verharrten die Schemen und lauschten.

Dora drehte sich um und sah die Blawinskaja an.

Wie wunderschön sie ist, dachte sie, *mit ihrem feinen Haar und ihren Kinderaugen. Wäre sie nur – ach, wäre ich nur …*

Das Lied endete, seine Klangbögen zergingen im Nebel – ein letzter Ton hing noch in der Luft, und dann war auch er verschwebt.

Tatjana ließ Doras Hand los.

Neben und vor ihnen wandten die Zuhörer sich ab.

Wenn wir nur immerzu Musik hätten, dachte Dora, *dann bräuchten wir nicht zu sprechen.*

Tatjana blinzelte. Sie stand da, als wartete sie auf Erlaubnis zum Weitergehen.

Dora führte sie. Sie hielt nach einem leeren Becken Ausschau, aber alle, an denen sie vorüberkamen, waren besetzt. Pfleger und Schwestern standen oder saßen neben ihren Schützlingen, drehten Hähne auf und schwangen Schläuche, als gälte es, ganze Gärten voll verdorrter Blumen wieder zum Leben zu erwecken.

Endlich hatten sie ein freies Becken erreicht, und Dora stellte sich hinter die Gräfin, um den Moment der Panik aufzufangen, der fast jedesmal kam, bevor ihre Patientin dazu bewegt werden konnte, das Negligé abzustreifen und die Stufen hinabzusteigen.

Die Wannen waren einen guten Meter tief und mit irischem Connemara-Marmor ausgekleidet, seine Streifen und Schnörkel grün wie Seetang in einem Tidebecken. Das Wasser war weich und mit Salz versetzt, phosphorschimmernd und meeresduftend. Man konnte meinen, an einem warmen, dunstigen Tag an einer felsigen Atlantikküste zu stehen.

Auf dem Mond gibt es kein Wasser, hatte die Gräfin gesagt. *Kein Wasser – keine Gezeiten – nichts, nichts als Staub und Asche. Wir baden uns in Asche!* hatte sie triumphierend verkündet. *Wir baden in Asche und pudern unsere Leiber mit Staub!*

Dora hatte gefragt, wie sie ihren Durst stillten.

Es gibt keinen Durst, hatte die Gräfin ihr erklärt. *Keinen Durst, keinen Hunger, nichts Menschliches. Keine Bedürfnisse. Keine Sehnsüchte. Kein Verlangen. Nichts. Wir sind frei.*

Wie traurig das sein muß, nach nichts Sehnsucht zu haben, hatte Dora erwidert. Irgend etwas müssen Sie sich doch wünschen!

Nichts. Niemals. Nur tanzen wollen wir. Schweben, wo keine Schwerkraft hinreicht.

Es muß ein sehr glückliches Leben sein, wenn Sie sich so danach zurücksehnen.

Darauf hatte die Gräfin das Gesicht abgewandt, aber nur augenblickslang.

Dora legte ihr die Hände auf die Schultern. Zeit, ihr das Negligé auszuziehen und sie zu der Treppe zu lenken, die ins Wasser führte.

»Ihr Gewand«, sagte sie.

Gehorsam und klaglos wie ein Kind löste die Gräfin den Gürtel, öffnete die Knöpfe und ließ sich das Negligé abstreifen. Dann begann sie die Stufen hinabzusteigen. Dora faltete das Gewand über dem Arm, ohne sie aus den Augen zu lassen – tat einen Schritt vorwärts und streckte die Hand aus für den Fall, daß die Mondfrau strauchelte. Sie hatte so winzige Füße, geschmeidig, mit hohem Rist – die Beine und Arme drall und wohlgeformt – Tänzerinnenarme, Tänzerinnenbeine –, und das Gesäß fest wie zwei Monde aus Porzellan. Die Brüste … Dora schloß die Augen. Nur nicht an die Brüste denken.

Mit einem Seufzer ließ die Blawinskaja sich ins Wasser gleiten.

Dora setzte sich auf den Beckenrand und sah auf sie hinab. Die Gräfin saß ein Stück unter ihr auf einer in den Marmor eingelassenen Bank, die Arme weit ausgebreitet, den Kopf zurückgelegt, mit geschlossenen Augen und halb geöffneten Lippen – fast als wartete sie darauf, daß jemand sie an sich zöge.

Es war qualvoll. Jemanden zu lieben, den man nicht küssen durfte, nicht berühren, nicht umarmen.

Qualvoll – und doch so süß.

15

Pilgrim saß in einem Rollstuhl, ein Plaid über den Knien. Er trug einen blauen Pyjama, einen grauen Krankenhausbademantel, weiße Strümpfe und vliesgefütterte Pantoffeln aus Sämischleder. Seine Handgelenke, die auf dem Plaid lagen, waren mit Mull umwunden – Memento seines kurzen Aufenthalts im Krankenrevier.

Kessler hatte ihn auf Anweisung Dr. Furtwänglers auf die verglaste Veranda geschoben, die nach dem Garten hinausging. In der Ferne war hinter den Bäumen das jenseitige Ufer des Zürichsees zu sehen, nicht aber der See selbst. Pilgrim saß in vollständigem Schweigen da, ausdruckslos und scheinbar unbewegt. Die Berge hatten keine Bedeutung für ihn. Der Himmel hatte keine Bedeutung. Die Sonne, die den Zenit überschritten hatte und sich schon dem Horizont zuneigte, war eine Fremde. Früher einmal hatte er sie gekannt, sie sogar als Freundin betrachtet, aber nun hatte sie keinen Namen mehr und keine Funktion.

Meine Handgelenke tun weh.

Sie schmerzten.

Er wußte nicht, warum.

Er erinnerte sich an nichts.

Verbände.

Weiß.

Schnee …?

Das Wort für *Schnee* wußte er, und er konnte ihn liegen sehen, dort vor den Fenstern.

Er wußte auch die Worte für *Berg* und für *Fenster*. Aber nicht für *Stadt – Gebäude – Häuser – Menschen.*

Männer und Frauen?

Vielleicht.

Noch andere Patienten waren da – einer oder zwei in hochlehnigen Rollstühlen, die übrigen lehnten an den Wänden oder standen an den Fenstern. Sie wirkten auf Pilgrim wie Figuren auf einem Schachbrett.

Schachbrett.

Ist das Spiel eröffnet?

Spiel.

Dies ist ein Spiel. Jemand wird mit mir vorrücken. Eine Hand wird sich herabsenken.

Finger.

Über mir wird gebrütet werden.

Jemand wird husten.

Die Finger werden mich berühren. Mich fast hochheben. Aber dann doch nicht.

Sie werden finden, daß ich hier sicherer stehe.

Pilgrim sah sich unter den anderen um.

Drei Bauern, ein Läufer, zwei Springer, Dame und König.

Der König und die Dame waren voneinander getrennt, die Dame allein und verletzlich, der König geschützt von seinen Truppen, die einen Wall um ihn bildeten. Weiß.

Weißer König. Weiße Bauern. Weiße Dame.

Wo waren die schwarzen Figuren? Er konnte keine entdecken – alles war weiß. Und wann tat sein Gegner den nächsten Zug?

Dr. Jung kam hinter ihm herein und legte den Finger an den Mund, um Kessler vom Sprechen abzuhalten.

Kessler nickte und trat zur Seite.

Jung ging rechts hinter Pilgrim vorbei, wobei er einigen der Pfleger, die bei ihren Patienten standen, zunickte und mit den Lippen Grußworte formte.

Es war sechs Uhr.

Die Sonne näherte sich dem unteren Himmelsrand. Bald würde sie hinter den Bergen versinken, eine tiefhängende Wintersonne von einem seltsamen, fast hochsommerlich anmutenden Rot. Orange.

Da draußen hängt eine Orange, dachte Pilgrim. Vielleicht gehörte sie mit zum Spiel. Ein Spieler. Oder ein Drahtzieher. Gott.

Ein Gott.

Das mußte es sein.

Gott war ein Feuerball am ...

Am ...? Am ...? Am ...? Oh, wie hieß es nur?

Jung hatte jetzt Pilgrims Profil im Blick. Er sagte nichts. Er beobachtete ihn nur.

Pilgrim regte die Hände. Seine Handgelenke waren steif.

Im Schnee erfroren.

Sie sterben ab.

Ein Teil von mir stirbt.

Wie wunderbar ...

Jung bemerkte, daß Pilgrims Lippen sich geöffnet hatten, doch Worte bildeten sie nicht.

Dämmerung. Die beste Zeit. Zwielicht.

Jung dachte es im Namen Pilgrims – als Tribut an das unausgesetzte Zwielicht seiner ersten achtzehn Jahre, von dem Lady Quartermaine gesprochen hatte.

Vielleicht hatte es damals noch keine Selbstmordgedanken gegeben. In seiner langen Beschäftigung mit der Schizophrenie hatte Jung die Beobachtung gemacht, daß der erste Schub meist im Alter von siebzehn oder achtzehn kam. Vielleicht auch neunzehn – allenfalls zwanzig.

Hatte Pilgrim all die Jahre im Schatten dieser Krankheit gelebt? Das war kaum möglich – bei keinem Menschen konnte Schizophrenie so lange unerkannt bleiben. Er war jetzt fünfzig oder einundfünfzig. Der Schub – wenn es ihn denn gegeben hatte – mußte später erfolgt sein, als es in Anbetracht der Norm denkbar schien.

Aber etwas mußte vorgefallen sein, als Pilgrim achtzehn war. Irgendein Trauma – ein Unfall – ein plötzlicher Tod – eine Krankheit – das gewaltsame Auseinanderbrechen einer Beziehung. Irgend etwas. Und dieses Trauma, welcher Art auch immer, war verantwortlich für den gegenwärtigen Bruch mit der Wirklichkeit. Und der Bruch mit der Wirklichkeit, ob man ihn nun als Krankheit klassifizieren wollte oder nicht, war zweifellos *krankhaft.*

Da war sie wieder – Lady Quartermaines *bête noire* –, die untragbare Unterstellung, Mister Pilgrim könne krank sein.

Aber er war es.

Dessen war Jung gewiß.

Der Mann, der hier im Rollstuhl vor ihm saß, konnte nichts anderes sein als krank. Keine vorübergehende Niedergeschlagenheit oder Verzweiflung vermochte einen Menschen in einen derartigen Zustand zu versetzen. Allein seine Haltung sagte schon alles: der starre Rücken und Nacken, die Füße, die so reglos verharrten, als wären sie festgekettet, die steifen, automatenhaften Handbewegungen.

Jung stellte sich vor das Fenster, mit dem Rücken zum Licht, so daß er nur als Silhouette zu erkennen war. Dafür flutete die Helle über Pilgrim in seinem Stuhl. Er saß da wie ein in Stein gehauener König: die Adlernase, die weit geöffneten, stieren Augen, das dichte Haar über der Stirn. Und der Mund, der so verzweifelt sprechen wollte und doch stumm blieb.

Jung bedeutete Kessler mit einem Kopfnicken, daß Pilgrim wieder auf sein Zimmer gebracht werden sollte.

Als Kessler die Bremse löste und den Stuhl in Bewegung setzte, schrie Pilgrim laut auf – oder glaubte es wenigstens. NEIN! schrie er. NICHT! – und zeigte auf die Sonne. SIE IST NOCH NICHT TOT!

Aber kein Laut kam; alles war still bis auf das mausartige Wispern der Räder, als Kessler seinen Schützling zurückschob ins Dunkel.

16

Die Gräfin Blawinskaja lehnte sich in ihrem Becken zurück. Ihre Füße, knotig und zertanzt, trieben weit, weit weg im Nebel. So winzige, makellose Füße einst. Wie oft hatte ihre Mutter das gesagt. Und ihr Vater. Und ihr Bruder.

Alexej.

Er schob die Hände zu mir unter die Decke und nahm meine Füße zwischen seine eisigen Finger, und dabei drückte er die Daumen in meine Fußsohlen und flüsterte: Wir tanzen immerfort im Kreis, an einem Ort, den keiner weiß.

Vor langer, langer Zeit war das.

Wirklich?

Ja. Vor langer, langer Zeit.

Es kommt mir nicht so vor. Ich spüre doch noch seine kalten Finger.

Du warst erst zwölf.

Zwölf? Ich kann mich nicht erinnern. Ich erinnere mich daran, daß ich Tänzerin war. Das weiß ich noch.

Ja. Und welch eine Tänzerin. Schon mit zehn haben dir alle prophezeit, daß aus dir eine große Ballerina werden würde.

Und zu Recht.

Ihre Haare fächerten sich auf um ihre Schultern, einzelne Strähnen streiften ihre Brüste, deren Spitzen sich aufrichteten bei der Berührung. Dora Henkel hatte nicht gewollt, daß sie das Haarband löste, aber Tatjana hatte sich abgewandt und vom Wasser davontragen lassen.

Das Wasser enthielt Salz. *Salz*, hatte der Badearzt erklärt, *ist ein Relaxans* – ein Wort, das Dora neu war. *Es suggeriert Schwerelosigkeit*, so der Arzt. *Schon dadurch fördert es die Entspannung.*

Tatsächlich wirkte die Gräfin deutlich weniger angespannt als zuvor – schläfrig in ihre Haare gebettet wie in wogenden Seetang. Dora lehnte sich zurück und lächelte.

Nach dem, was Dr. Furtwängler ihr erzählt hatte, war die Blawinskaja erst in St. Petersburg Tänzerin gewesen und dann bei Diaghilews »Ballets Russes«. Aber etwas war passiert – der Doktor sagte nicht, was –, und ihre Karriere hatte wenige Monate nach ihrer Heirat mit dem Grafen Blawinskij ein jähes Ende gefunden. Kurz zuvor war sie zur Primaballerina aufgestiegen. Fokine choreographierte ein neues Stück für sie. Strawinsky komponierte die Musik dazu. Selbst die Kulissen und Kostüme wurden bereits angefertigt, aber etwas ...

Etwas war passiert.

Etwas war passiert, und nun lebte Tatjana Blawinskaja auf dem Mond. Sie wollte dort ihre Mutter suchen, sagte sie. *Meine Mutter – Selene, die Mondgöttin.*

Selbst die Götter beteten Selene an. Alle Götter. Doch Selene verliebte sich in einen Mann – einen Sterblichen – und wurde aus ihrem Königreich verbannt. Sie und ihr sterblicher Liebster heirateten – *in Gegenwart des Zaren*! So erzählte es die Gräfin. Und ihnen wurden zwei Kinder geboren: Alexej Sergejewitsch und Tatjana Sergejewna.

Am Anfang war alles eitel Wonne. Wenn man den Ärzten glauben durfte – denn sowohl Dr. Jung als auch Dr. Furtwängler waren mit ihrer Geschichte bestens vertraut –, hatten Selene und ihr Mann, Sergej Iwanowitsch, den Himmel auf Erden gehabt.

Aber etwas – etwas war passiert.

Etwas, aber niemand wußte, was.

Dr. Jung war überzeugt, daß die Gräfin es wußte und es nur nicht sagen wollte oder konnte. Anders Dr. Furtwängler. Dr. Furtwängler zufolge war gar nichts passiert. Tatjana Blawinskaja war krank, und sie konnte – und würde – geheilt werden. Ihr fehlte nichts, dem Zeit und Geduld nicht abhelfen konnten. Niemand lebte auf dem Mond. Das war schlicht unmöglich.

Auf dem Mond, so hatte die Blawinskaja Dora Henkel anvertraut, *sind wir schwerelos. Darum liebe ich auch das Wasser so. Es ist, als würde ich heimgehen – als würde das Wasser mich nach Hause tragen.*

Was ihren Mann betraf …

Nein.

Sie weigerte sich, über ihre Ehe zu sprechen. Kinder hatte sie keine. *Wie denn auch?* hatte sie kryptisch gemeint.

Graf Nikolas Blawinskij war tot. Jemand hatte ihn getötet – vielleicht, so munkelte man, ihr Vater.

Tatjana nahm eine Haarsträhne zwischen die Lippen. Mit leerem Blick starrte sie in den Dampf, doch da war niemand, den sie sehen wollte. Alle, die sie herbeiwünschte, waren verschwunden. Nur die, die sie fortwünschte, blieben. Ihr Bruder, ihr Vater, sie selbst.

Alexej hat die Hand unter die Decke gesteckt und nach meinen Füßen gegriffen, während jemand …

Wer?

Während jemand zusah.

Bei was? Bei was? Was – was – WAS?

Tatjana begann im Wasser um sich zu schlagen. Ihre Zähne bissen die Haarsträhne mittendurch.

Aus ihrem Mund drang ein Stöhnen, aber keine Worte. Sie rang nach Luft.

Dora Henkel hastete um das Becken herum.

»Frau Gräfin!« zischte sie. »Frau Gräfin!«

Die Stimme erheben durfte sie nicht, damit die anderen Patienten nicht beunruhigt wurden.

»Schnell!« rief sie gedämpft. »Ich brauche Verstärkung.«

Ein Pfleger und eine Krankenschwester kamen herbeigeeilt.

Der Pfleger stieg in das Becken und drückte der Gräfin mit festem Griff die Arme nach unten. Sie strampelte mit den Beinen und trat mit den Fersen nach ihm. Aber er ließ nicht los, und Dora Henkel und der anderen Schwester gelang es, sie hochzuziehen und aus dem Wasser zu hieven, wo sie sie mit einer behelfsmäßigen Zwangsjacke aus Handtüchern fesselten.

Tatjana bog den Kopf so weit in den Nacken, wie sie nur konnte, und heulte.

»Helft mir! Helft mir! Helft mir! So helft mir doch!«

Aber niemand kam ihr zu Hilfe. Niemand. Nur die, die bereits um sie waren, und die sagten ihr: *Du brauchst keine Hilfe. Alles ist gut. Wir sind bei dir. Schscht, schscht, schscht – ganz ruhig.*

Es war immer das gleiche. Niemand sah ihre Feinde außer ihr selbst, und ihre Feinde sahen nichts außer ihr.

17

Am nächsten Morgen weigerte Pilgrim sich zu essen.

Er roch die Orangenmarmelade in ihrem Schälchen neben dem Teller mit den Toastscheiben, die Kessler liebevoll mit Butter bestrichen hatte, genau wie er es Mister Pilgrim abgeschaut hatte: nicht zu dick und nicht zu dünn und so gleichmäßig, daß kein Fleckchen unbedeckt blieb.

Die Teekanne enthielt eine Mischung aus Lapsang Souchong und English Breakfast Tea, laut Lady Quartermaine Pilgrims Lieblingsmischung.

Keine Pampelmuse – nur Tee, Orangenmarmelade und Toast.

Alles unberührt.

Als eine halbe Stunde später Dr. Jung eintraf, hatte Kessler das Tablett vom Tisch geräumt und auf dem Bett abgesetzt.

»Wir essen nichts«, sagte er. »Wir haben einen recht erfreulichen Stuhlgang gehabt – wir haben ein Bad genommen und uns die Zähne geputzt. Barbiert habe ich ihn lieber noch nicht. Es schien mir klüger, ihn das Utensil vorerst nicht sehen zu lassen.«

»Möglich«, sagte Jung. »Aber seien Sie nicht zu zaghaft. Ab morgen sollten Sie ihn wieder rasieren.«

»Ja, Herr Doktor.«

»Hat er geschlafen?«

»Keine Sekunde lang. Und ich auch nicht.«

»Sie Armer. Halten Sie das denn aus?«

»Ich hätte nichts gegen ein Nickerchen, wenn ich das Tablett weggetragen habe. Das heißt, vielleicht esse ich das Frühstück auch einfach selber. Bei so viel Fasten knurrt einem vom bloßen Zuschauen der Magen.«

»Dann nehmen Sie's und langen Sie zu. Guten Appetit. Und ruhen Sie sich ein bißchen aus. Es ist jetzt neun. Kommen Sie um zwölf wieder.«

»Danke, Herr Doktor.«

Kessler hob das Tablett vom Bett und verschwand im Wohnzimmer.

Pilgrim trug denselben Pyjama wie immer – denselben grauen Bademantel – dieselben weißen Strümpfe und Lederpantoffeln. Die Mullbinden waren erneuert worden, auch wenn keine medizinische Notwendigkeit mehr für sie bestand. Im Grunde waren sie nur da, um die Narben vor Pilgrims Blick zu verbergen.

Jung stellte sich vor ihn hin und lächelte ihn an.

»Sie sollten wirklich versuchen zu schlafen«, sagte er. »Wir brauchen alle unseren Schlaf, obwohl ich gestehen muß, daß ich selber sehr wenig schlafe. Aber ich könnte unmöglich ganz darauf verzichten.«

Pilgrims Augen änderten die Blickrichtung.

Da draußen saßen Tauben auf …

… den Zinnen.

Tauben auf …

… der Türschwelle …

… dem Herd …

… dem Ding hinter dem …

Draußen. Einfach draußen. Draußen hinter dem …

Dem …

»Mister Pilgrim?«

Tauben.

»Können Sie mich sehen?«

Ja. Sie sind hier.

»Sagen Sie etwas, wenn Sie dazu imstande sind.«

Ich bin nicht imstande.

»Fürchten Sie sich vor mir?«

Was?

»Fürchten – Sie – sich – vor – mir?«

Natürlich. Sie nicht?

»Schauen Sie mich an, Mister Pilgrim.«

Nein. Pilgrim wandte seine Aufmerksamkeit den Tauben auf den Fensterbrettern und dem Balkon zu, auch wenn er immer noch nicht zu sagen vermochte, worauf sie saßen.

Den Zinnen.

»Wenn Sie mich verstehen, nicken Sie.«

Nichts.

»Wenn Sie mich verstehen, geben Sie mir irgendein Zeichen. Völlig gleich, was – einfach nur irgendein Zeichen.«

Nichts.

»Ich weiß, daß Sie dazu in der Lage sind, Mister Pilgrim. Ich habe Sie beobachtet, wie Sie sich bewegt haben. Finger – Füße – Kopf. Geben Sie mir ein Zeichen. Verstehen Sie mich?«

Nichts.

»Können Sie mich hören?«

Eine Hand legte sich auf die andere.

»Sie können mich hören?«

Ein Klopfen mit dem Fuß. Eines.

Jung tastete seine Taschen ab.

»Rauchen Sie, Mister Pilgrim?«

Nichts.

»Sie haben doch hoffentlich nichts dagegen, wenn ich mir einen Stumpen genehmige? Es ist eine Schwäche, gegen die ich, fürchte ich, machtlos bin. Stumpen und Weinbrand – das ist für mich mein täglich Brot.«

Das Etui mit den Zigarren wurde zutage gefördert, ein Stumpen entnommen.

»Köstlich! Ganz und gar köstlich!« Jung hielt sich das aufgeklappte Etui unter die Nase. Er hatte den Blick nicht von Pilgrims Gesicht gewandt. »Wenn Sie möchten – greifen Sie zu.«

Nichts.

»Nein? Wie Sie wünschen ...« Jung verstaute die Zigarren wieder und holte seine Streichhölzer hervor.

»Feuer«, sagte er – und lächelte. »Das Geschenk der Götter an uns.« Er riß ein Streichholz an.

Pilgrim sah hin. Die Flamme war von Interesse.

Jung zündete sich den Stumpen an und paffte zweimal, bevor er weitersprach.

»Mögen Sie Zigarren? Zigaretten? Rauchen Sie Pfeife?«

Immer noch keine Reaktion.

»Ihre Freundin Lady Quartermaine ist ja passionierte Zigarettenraucherin. Ich habe gestern mit ihr zu Mittag gegessen. Sie läßt Sie grüßen.«

Die Tauben plusterten sich im Morgenlicht. Die Sonne selbst war noch nicht zu sehen.

Keine Sonne. Kein Gott.

Die Sonne ging Morgen für Morgen hinter der Klinik auf, und Morgen für Morgen verweilte sie dort, wie um die wartende Welt auf die Folter zu spannen. Ihre schrägen Strahlen befingerten das langgestreckte, waldige Tal, auf dessen Grund, außer Sicht, der Zürichsee lag und das sich verjüngte zu einer nicht mehr schätzbaren Ferne, wo schemenhaft die Jungfrau zu erahnen war, umlagert von sonnenlosen Wolken.

»Mister Pilgrim?«

Jung zog einen Stuhl heran und stellte ihn neben Pilgrim.

»Es würde mich interessieren, was Sie von dem Blick aus Ihrem Fenster halten. Das Verhältnis zum Gebirge wird ja so oft dadurch geprägt, wo ein Mensch aufgewachsen ist. Gab es in Ihrer Kindheit Berge? In meiner, ja – aber nicht zu vergleichen mit diesen hier. Die Berge hier sind höher, mächtiger, rauher als die Berge meiner Jugend. Sie folgen mir doch?«

Pilgrim blinzelte.

Seine Hände bewegten sich – sie lagen jetzt auf seinen Knien, Innenflächen nach oben.

»Ich habe mir mein Leben lang gewünscht, am Meer zu wohnen«, fuhr Jung fort, »aber das lag für mich leider nie im Bereich des Möglichen. Ich kann ihm natürlich einen Besuch abstatten – wer kann das nicht. Aber es ist mir nicht vergönnt, in Meeresnähe zu leben. Das Meer ist ein Privileg, das ich denjenigen überlassen muß, deren Beruf diese tagtägliche Nähe gestattet ...«

Jung warf einen Blick auf Pilgrims Profil.

Pilgrim saß teilnahmslos da. Reglos. Aber lauschend.

»Mein Platz ist hier. Aber auch hier gibt es ja gottlob Wasser – den Zürichsee, die Limmat, all die Seen und Flüsse ringsum. Nicht wahr? Trotzdem, es ist nicht dasselbe wie das Meer. Ich muß mich bescheiden.«

Tauben.

»Haben Sie jemals erwogen, ins Wasser zu gehen, Mister Pilgrim? Sich zu ertränken?«

Ja.

»Ich träume manchmal, daß ich ertrinke. Aber andererseits bin ich im Traum schon alle möglichen Tode gestorben. Wie jeder von uns, nehme ich an. Tausende von Toden.«

Begehen Sie auch manchmal Selbstmord im Traum, Herr Doktor?

»Sie haben ja über den Tod geschrieben – übers Sterben. Ich habe Ihr Buch über das Leben und Sterben Leonardos gelesen. Ausgezeichnet. So scharfsichtig. So aufschlußreich. So haßerfüllt. Es hat mich fasziniert. Warum verspürt jemand einen solchen Haß auf Leonardo da Vinci?«

Warum nicht?

»Und dennoch schreiben Sie mit einer solchen Gewißheit, daß man Ihnen fast glauben möchte.«

Fast?

»Woher, fragt man sich, kommt eine derartige Gewißheit?«

Persönliche Erfahrung.

»Es gehört nicht allzuviel dazu, Kritik zu üben – sogar berechtigte Kritik –, aber die Genialität Ihres Buches – und ich wähle das Wort Genialität mit Bedacht –, die Genialität Ihres Buches liegt in der Klarheit, mit der Sie Ihre Verurteilung der Person von der Bewunderung für das Werk trennen.«

Was ja nur angebracht ist.

»Ich bin fasziniert. Fasziniert.«

Pilgrim kehrte die Handflächen nach unten, eine Geste, die Jung getreulich registrierte.

»Wir werden womöglich noch spannende Dispute über Ihr Buch führen – wenn Sie Ihr Schweigen erst einmal gebrochen haben. Es sei denn, bis dahin halten Sie das Thema Leonardo für erschöpft, was ich mir nicht recht vorstellen kann. Sie attackieren ihn mit so leidenschaftlicher Vehemenz, daß ich eher vermute, es gäbe noch sehr viel mehr zu sagen.«

Pilgrim zählte die Tauben. *Sechs.*

Die Sonne stieg höher, zur Linken des Gebäudes jetzt, eine Aprilsonne, die freilich noch nicht recht auf Frühling hoffen ließ.

Jung war Pilgrims Blick gefolgt, und er bemerkte: »Es muß Ihnen vorkommen, als würde der Winter bei uns in der Schweiz niemals enden. Dabei schmilzt der Schnee schon. Wenn Sie genau hinhorchen, können Sie es gluckern hören, all die Bäche, die unter der Oberfläche abfließen. Spätestens in zwei Wochen, das verspreche ich Ihnen, blühen unten am See die Krokusse und Narzissen. Es geht ganz schnell, wenn es erst soweit ist; ehe Sie sich's versehen, ist der Schnee weggetaut.«

Fünf nur noch. Eine ist davongeflogen.

Jung stand auf.

»Wie wohl Leonardo über den Schnee gedacht hat, dort unten in Florenz, wo die Berge nicht mehr als Hügel sind? Er wird kaum etwas davon mitbekommen haben, stelle ich mir vor, außer den verheerenden Überschwemmungen, die die Frühjahrsschmelze entlang dem Arno verursacht. Schlamm und Schlick und Schutt – nicht Schnee, wie Sie ihn hier sehen. Er hat nie Schnee gemalt, soweit ich mich erinnere, wobei ich natürlich mit seinem Werk längst nicht so vertraut bin wie Sie, Mister Pilgrim. Schnee sprach in ihm nichts an. Er sah ihn nicht vor seinem geistigen Auge. Vor seinem geistigen Auge breiteten sich andere Panoramen aus – andere Bilder. Nicht wahr? Nicht Schnee – sondern Wind und Regen –, diese Sturmwolken, die er gemalt hat – all diese Dramen, die sich in seinen Landschaften abspielten ... Aber kein Schnee. Vielleicht würden Sie mir darin zustimmen, Mister Pilgrim. Wir können nicht frei wählen, was unsere Aufmerksamkeit in Bann zieht. Es erwählt uns. In diesem Sinne bin ich von Ihnen erwählt worden, Mister Pilgrim. Sie sind mein Schnee.«

Jung ging hinter Pilgrims starrem Rücken vorbei zur Tür.

»Ich verlasse Sie jetzt«, sagte er. »Und ich komme erst wieder, wenn Sie nach mir verlangen. Nicht früher. Auf Wiedersehen, Mister Pilgrim.«

Die Tür ging auf.

Die Tür fiel zu.

Pilgrims Hände lösten sich von seinen Knien und umklammerten die Armlehnen des Rollstuhls.

Er zitterte.

Seine Lippen teilten sich.

Er sprach.

»Der Himmel«, sagte er.
Und noch einmal: »Der Himmel.«
Er beschirmte die Augen und blickte in die Sonne.
Die Sonne würde ihn heilen.
Wenn er wahrhaftig Schnee war – würde er schmelzen.

18

Herr Kollege?«

Es war Furtwängler.

»Ja.«

Furtwängler hatte Jungs Rückansicht gesehen, als dieser Pilgrims Tür zuzog und sich zum Gehen wandte.

»Warten Sie kurz.« Furtwängler eilte ihm nach.

Jung wappnete sich für das Schlimmste – wieder eine von Furtwänglers eisigen Tiraden, wieder eine seiner paranoiden Anschuldigungen.

»So«, sagte Furtwängler, »haben Sie es wieder einmal geschafft, mir einen Patienten zu stehlen.«

Die alte Leier, dachte Jung. »Ja«, sagte er. »Wobei ich es nicht stehlen nennen würde.«

»Sondern?«

»Man hat mich gebeten, einen Fall zu betreuen. Wie üblich wurde ich aufgefordert, ja oder nein zu sagen. Ich habe ja gesagt.«

»Nicht wie üblich. Diesmal haben Sie Drähte gezogen. Bleuler hat mich heute morgen um halb neun zu sich bestellt. Er hat mir eröffnet, daß Sie Pilgrim übernehmen werden – nicht weil er es für richtig hält, sondern weil Lady Quartermaine darauf besteht. Immerhin hatte er den Anstand, sich zu entschuldigen.«

»Wollen Sie eine Entschuldigung von mir, Herr Dr. Furtwängler? Die können Sie haben, mit der größten Bereitwilligkeit.«

Sie begannen die Treppe hinunterzusteigen.

»Ich nehme sie aber nicht an«, sagte Furtwängler. »Wenn ich

eine Sekunde lang glauben könnte, daß es Ihnen ernst damit ist, täte ich es. Aber ich kenne Sie zu gut, Jung. Sie hatten hier Ihre Finger im Spiel. Sie haben manipuliert und Süßholz geraspelt und meine Position unterhöhlt. Sie haben sich direkt an Lady Quartermaine gewandt, um mich aus dem Feld zu schlagen.«

»Wie kommen Sie darauf?«

»Sie sind gesehen worden, wie Sie gestern mittag mit ihr gegessen haben. Und gestern abend hat sie den Direktor persönlich aufgesucht und ihn offenbar im Handumdrehen davon überzeugt, daß meine Diagnose und meine Behandlungsmethoden im Fall Mister Pilgrims unzulänglich und nicht hinnehmbar seien. Unzulänglich und nicht hinnehmbar! Womit um alles in der Welt habe ich eine solche Kritik verdient?«

»Sie haben Ihren Patienten falsch eingeschätzt.«

»Ich habe ihn keineswegs falsch eingeschätzt! Wie können Sie so etwas behaupten?«

Sie hatten den Treppenabsatz erreicht und mußten innehalten, um zwei heraufkommende Schwestern vorbeizulassen. Lächeln und liebenswürdiges Nicken allerseits. Das Personal brauchte nicht zu wissen, daß es Unstimmigkeiten gab. Jedenfalls nicht, ehe diese Unstimmigkeiten aus der Welt geschafft waren.

Nach einem Moment des Schweigens sagte Jung, noch immer auf dem Treppenabsatz: »Ja. Ich habe mich gestern mit Lady Quartermaine getroffen. Auf ihr Betreiben hin, nicht auf meines. Ich habe nichts unternommen, um den Wechsel herbeizuführen«, log er. »Gar nichts.« Damit setzte er sich wieder in Bewegung.

Furtwängler, dem nichts schrecklicher war, als das Gesicht zu verlieren oder eine Schwäche einzugestehen, widerstand der Versuchung, ihm nachzueilen. Statt dessen stolzierte er die Treppe hinab, als erwartete er unten ein Empfangskomitee vorzufinden.

»Ich muß sagen, Herr Dr. Jung, Sie machen Ihre Sache ausgezeichnet«, sagte er kalt.

»Welche Sache?«

»Andere von hinten zu erdolchen und dann so zu tun, als hätten sie es irgendwie fertiggebracht, sich das Messer selbst in den Rücken zu stoßen.«

»Es tut mir leid, daß Sie es so empfinden, Herr Dr. Furtwängler. Ich hatte eigentlich gehofft – und ich sollte hinzufügen, auch Lady Quartermaine hatte es gehofft –, daß Sie in dem Fall auch weiterhin als Konsiliarius zur Verfügung stehen würden.«

Sie standen in der sonnendurchfluteten Eingangshalle. Die ersten Patienten, Angehörigen und Pfleger gingen schon zu einem frühen Mittagessen in den Speisesaal. Tags darauf würde der 1. Mai sein, und auf dem Empfangstisch waren Blumentöpfe aufgestellt worden, vorgezüchtete Hyazinthen, Märzenbecher und Jonquillen, deren Farben und Duft einen willkommenen Vorgeschmack auf die Jahreszeit boten, die so lange auf sich warten ließ.

Furtwängler wußte einen Moment nicht, was er sagen sollte. Dann fragte er: »Ist das ein ernstgemeintes Versöhnungsangebot?«

»Aber ja«, erwiderte Jung – lächelnd.

»Es ist erst eine Woche her, seit Pilgrim eingeliefert wurde, aber er liegt mir sehr am Herzen. So vieles ist in dieser kurzen Zeit passiert – sein Fall fasziniert mich, und ich würde ihn nur ungern ganz aufgeben.«

»Und das brauchen Sie auch nicht. Ganz und gar nicht.«

Furtwängler lächelte zögernd. »Nun gut«, sagte er. »Wenn das so ist, wünsche ich Ihnen viel Erfolg mit ihm.«

Jung machte einen ironischen Diener. »Danke«, sagte er.

Sie standen da, beide unsicher, ob das Thema damit erledigt war oder ob es noch etwas hinzuzufügen gab. Dann tat Furtwängler, was er immer tat, wenn er Zeit zum Nachdenken brauchte: Er begann eine Brille zu putzen, die er in der Tasche mit sich herumtrug, weil er hoffte, daß ihm das ein intellektuelles Gepräge verlieh.

»Sie waren gerade bei Mister Pilgrim«, meinte er schließlich. »Wie kam er Ihnen vor? Ich habe gestern nachmittag eine Stunde bei ihm verbracht, und ich muß sagen, ich habe noch nie einen Menschen gesehen, dessen Blick so voller Qual ist.«

»Ja. Ganz meine Meinung«, pflichtete Jung bei. »Und heute morgen ist sein Zustand unverändert. Er hat nichts gesagt. Nur die Hände bewegt, so ...«, er machte es nach, »... und die Berge fixiert. Es ist fast etwas Zwanghaftes an der Art, wie er in die Ferne starrt – als würde er erwarten, daß jemand dort draußen zu ihm spricht. Deshalb will ich es jetzt mit einer List versuchen. Ich habe ziemlich lange mit ihm geredet, hauptsächlich über die Aussicht aus seinen Fenstern, den Schnee – und Leonardo da Vinci. Ich habe sein Buch noch einmal gelesen, und mein Gefühl sagt mir, wenn es etwas gibt, das ihn zu irgendeiner Form der Kommunikation bewegen kann, dann ist es das Thema Leonardo. Ich will ihn zum Widerspruch reizen. Schauen, ob ich ihn so sehr aus der Fassung bringen kann, daß er sein Schweigen bricht. Aber ich habe ihm auch gesagt, daß ich erst dann wiederkomme, wenn er mich rufen läßt.«

»Ist das nicht riskant?«

»Vielleicht. Aber er will sprechen, das steht fest. Was ihn davon abhält, weiß der liebe Gott allein. Motorisch fehlt ihm nichts. Er hatte weder einen Schlaganfall, noch besteht sonst ein Hindernis. Seine Gesundheit ist gut, obwohl er kaum ißt und nie schläft. Er scheint eine Konstitution wie ein Schlachtroß zu haben.«

Furtwängler ließ die Brille wieder in seiner Tasche verschwinden und faltete sein Taschentuch zusammen.

»Furtwängler«, sagte Jung, »ich muß Sie um einen Gefallen bitten.«

»O weh. Das gefällt mir gar nicht«, sagte Furtwängler. »Aber gut. Was ist es?«

»Ich möchte, daß Sie sich einen oder zwei Tage von Mister Pilgrim fernhalten. Mit Kessler wird er nicht reden. Jedenfalls wird er ihm ganz bestimmt nicht sagen, was er mir oder Ihnen mitteilen will. Und ich bestehe darauf, daß ich es bin. Es tut mir leid, aber ich hoffe, Sie haben Verständnis dafür.«

Furtwängler rang sich ein blasses, ungeprobtes Lächeln ab – ein hoffnungsloses Lächeln. »Eines Tages, Jung«, sagte er, »werden Sie diese Klinik leiten. Und ich glaube nicht, daß ich große Lust habe, diesen Tag mitzuerleben.«

»Jetzt sind Sie schon wieder wütend.«

»Ja. Ich will auch ein Stück von dem Kuchen abbekommen, so wie Sie versprochen haben. Als Konsiliarius muß ich in Konnex bleiben.«

»Zwei Tage nur. Zwei Tage. Dann teilen wir ihn.«

Furtwängler wandte den Blick ab.

»Die Wissenschaft muß an erster Stelle stehen«, sagte er. »Sie muß an erster Stelle stehen, sonst ist der Patient verloren.«

»Unsinn«, sagte Jung. »An erster Stelle steht der Patient.«

»Wie Sie meinen. Aber wenn Sie mich fragen, haben Sie die Abmachung, die wir vor ein paar Minuten getroffen haben, bereits gebrochen. In jeder Hinsicht. Einen angenehmen Tag wünsche ich Ihnen.«

Und Furtwängler machte auf dem Absatz kehrt und marschierte davon.

Jung sah ihm nach und dachte: *Pech für dich, aber wenigstens schafft es dich mir vom Hals.*

Auf dem Weg in sein Sprechzimmer begann er die Melodie von *Geschichten aus dem Wienerwald* zu summen – und gleich darauf ertappte er sich bei ein paar Tanzschritten.

19

Um elf Uhr am selben Abend hatte Kessler Pilgrim endlich zum Schlafengehen überredet. Der Rollstuhl stand leer in der Ecke, und Pilgrim lag im Bett.

Kessler hatte es sich zur Gewohnheit gemacht, auf einem schmalen eisernen Feldbett an der fernen Wohnzimmerwand zu schlafen, das er tagsüber zusammenklappte und hinter den Kleiderschrank schob. Er löschte alle Lichter bis auf eines, das auf einem entfernten Tisch brannte – hell genug für einen eventuellen Notfall, aber nicht zu hell zum Schlafen.

»Gute Nacht, Mister Pilgrim«, sagte er, bevor er vollständig angezogen unter seine Decke kroch. Aber es kam keine Antwort.

Natürlich kommt keine Antwort, dachte Kessler bitter, während er die Schuhe abstreifte. *Sein Schweigen wird bis zum Sankt Nimmerleinstag anhalten.*

Um Mitternacht hörte Kessler es zwölf schlagen, doch er schlief schon halb und zählte die Schläge, wie manche Menschen Schafe zählen. Um zwei Uhr morgens lag Kessler im Tiefschlaf.

»Sind Sie da?« fragte eine Stimme.

Eine Traumstimme?

»Sind Sie da, Mann?«

Nein. Keine Traumstimme. Wach auf.

Kessler stützte sich auf den Ellbogen und horchte.

»Antworten Sie. Sind Sie da?«

Kessler hatte Pilgrims Stimme nie zuvor vernommen. Sie hätte ebensogut einem Fremden gehören können.

Er stand auf und tappte an Pilgrims Bett.

»Mister Pilgrim?«

»Ist jemand hier? Ein Arzt?«

Kessler zündete die Nachttischlampe an.

»Mister Pilgrim?«

Pilgrims Gesicht war abgewandt.

»Mister Pilgrim?«

Es kam keine Antwort.

Kessler wollte ihn nicht aufschrecken, deshalb ging er um das Bett herum, so daß Pilgrim ihn sehen konnte, bevor er erneut das Wort an ihn richtete.

»Hören Sie mich?«

Wieder keine Antwort. Pilgrims Haltung ließ nicht erkennen, ob er schlief oder wachte. Kessler schien es jedoch unwahrscheinlich, daß er wach war. Es war keinerlei motorische Reaktion an ihm festzustellen – bis auf die kaum wahrnehmbare Tatsache, daß er atmete.

Kessler trat an den Schreibtisch und notierte: *ca. 2.05 Uhr: Patient beginnt zu sprechen.* Dann setzte er sich hin, den linken Unterarm quer über dem Blatt, den Füllfederhalter gezückt in der Rechten. Er wartete.

»Sprechen Sie, Mister Pilgrim«, sagte er schließlich. »Sprechen Sie noch einmal.«

Aber nichts kam.

Kessler sah auf die Uhr auf dem Schreibtisch und beugte sich wieder über das Blatt – *ca. 2.14 Uhr: Patient spricht nicht mehr.* Dann schraubte er den Füllfederhalter zu, drehte das Licht aus und saß im Dunkeln.

Wenn alle anderen ihn verlassen, dachte er, *bleibe ich. Ich bin es, der an seiner Seite wacht – nicht Dr. Jung – nicht Dr. Furtwängler – nicht seine Freundin Lady Quartermaine. Ich bin es, der bei ihm sitzt. Ich bin sein Wächter. Ich bin sein Hüter. Ich bin sein Beschützer – aber sie werden das Lob dafür ernten. Für sie bin ich nichts als sein Wärter. Und doch werde ich es sein, ich, der am besten weiß, wann er wieder gesund wird. Nicht die anderen – nicht seine Ärzte –, sondern ich, der die Nächte hindurch bei ihm ausgeharrt hat.*

Vom Bett kam ein Schnarchen. Pilgrim schlief fest.

Kessler stand auf und ging zu seinem Lager zurück.

Er war todmüde. Er glaubte nicht, sich auch nur eine Sekunde länger wach halten zu können. Er wartete auf das Flügelrauschen, das ihm allnächtlich den Schlaf brachte – und als es anhob, schlief er ein.

20

Als Jung am nächsten Morgen erfuhr, daß Pilgrim im Schlaf gesprochen hatte, beauftragte er Kessler, ein zweites Feldbett zu beschaffen und es am Fuß von Pilgrims Bett aufzustellen.

»Ich bleibe heute nacht hier«, sagte er. »Hoffen wir, daß er wieder spricht.« Und im Wohnzimmer, wo Pilgrim ihn nicht hören konnte, erkundigte er sich, ob sein Patient denn auch wirklich nach ihm gefragt hatte.

»Nicht namentlich«, erwiderte Kessler. »Nein. Aber er hat nach einem Arzt gefragt. Er hat gesagt: *Ist jemand hier? Ein Arzt?* Aber keinen Namen.«

Jung war es zufrieden. Keinen Namen zu haben, ließ ihm allen Spielraum, den er für den Augenblick brauchte. Pilgrim konnte jeden Arzt gemeint haben, Greene oder Hammond, wen immer. Jung hatte ihm seinen Namen zwar genannt, aber Pilgrim hatte ihn nie ausgesprochen. Es gab keinerlei Hinweis, daß er ihn überhaupt registriert hatte. Und der falsche Name hätte dies eben erst geöffnete Tor womöglich gleich wieder zufallen lassen – wohingegen Jung jedermanns Stelle einnehmen konnte, solange er namenlos blieb.

Den Tag über wurde Pilgrim durch einen Besuch in den Bädern abgelenkt, während zwei junge Praktikanten das von Jung georderte Feldbett aufschlugen und die Decken bezogen. Als Pilgrim zurückkehrte, noch im Bademantel, legte er sich auf das Feldbett, als wäre es eigens für ihn bereitgestellt worden, und schlief dort den ganzen Nachmittag.

Um sieben Uhr wachte er auf, nahm einen leichten Imbiß in Form von Rühreiern zu sich und begab sich in sein eigenes Bett. Er sprach noch immer nicht. Es schien sogar fraglich, ob er während des Essens ganz wach gewesen war, obgleich er Gebrauch von seiner Serviette gemacht und sie nach Beendigung der Mahlzeit an ihren Platz zurückgelegt hatte. Alle Bewegungen wirkten immer noch wie von einer Maschine gesteuert.

Der Mond, nun im letzten Viertel, war schon aufgegangen, als Jung sich vor der Tür zu Suite 306 einfand und leise klopfte.

»Schläft er?« fragte er Kessler.

»Ja, Herr Doktor.«

»Sehr gut.«

Im Schlafzimmer packte Jung einen Schlafanzug, einen Morgenrock, ein Paar Pantoffeln, einen Notizblock und eine Flasche Weinbrand aus.

»Das wäre alles, Kessler«, sagte er. »Ich lege mich jetzt hin und möchte Sie bitten, dasselbe zu tun. Ich rufe Sie, wenn ich Sie brauche.«

»Jawohl, Herr Doktor.«

Suite 306 hatte sich in ein Feldlager verwandelt, so zumindest dünkte es Kessler. Er verspürte einen unwiderstehlichen Drang, strammzustehen und die Hacken zusammenzuschlagen. In Gegenwart des Doktors konnte er es sich gerade noch verkneifen, aber als er die Tür zwischen ihnen anlehnte, ließ er doch ganz leicht die Fersen klacken.

Jung zog sich ins Badezimmer zurück, wo er seine Kleider gegen Schlafanzug und Pantoffeln vertauschte. Er putzte sich die Zähne, benutzte die Toilette und wusch sich die Hände. Die zusammengefalteten Kleider legte er im Schlafzimmer auf einen Stuhl. Dann stellte er seine Schuhe Seite an Seite unter das Feldbett und schlug die Decke zurück.

Ehe er die Schreibtischlampe löschte, schenkte sich Jung einen Schluck Weinbrand ein und sah auf seinen Patienten hinab.

»Sprich«, flüsterte er und stürzte seinen Schlaftrunk hinunter. »Und gebe Gott, daß ich aufwache und dich höre.«

Damit löschte er das Licht und schlüpfte unter die Decke.

Irgendwo schlug eine Uhr halb zwölf.

Um vier Uhr sprach Pilgrim.

Jung erwachte und wartete.

Ein blasser Lichtstreifen drang aus dem Wohnzimmer herüber, wo Kesslers Sicherheitslämpchen brannte.

»Ist jemand hier?«

Jung schwang die Beine unter der Decke hervor und tastete nach seinen Pantoffeln.

»Ja«, sagte er. »Ich bin da.«

»Wer sind Sie?«

»Ein Freund.«

Jung trat an Pilgrims Bett und schaltete die Lampe an.

Pilgrim schien zu schlafen, aber er sprach erneut.

»Stift«, sagte er.

Jung hütete sich, Einwände gegen irgend etwas zu erheben, was die Stimme äußerte. Es war nicht auszuschließen, daß Pilgrim ein Medium war. Jung hatte in der Vergangenheit viele solcher Stimmen gehört – hohle Stimmen, die fremd klangen im Mund der Sprechenden, weil sie einem anderen gehörten.

Das war während seiner Beschäftigung mit dem Okkultismus gewesen, ehe die Schizophrenie sein ganzes Interesse für sich gefordert hatte. Männer hatten als Frauen gesprochen, Frauen als Männer; fremde Sprachen waren aus dem Mund von Menschen gedrungen, die kaum ihrer eigenen mächtig waren. Und diese Stimme hier hatte genau denselben körperlosen Klang: die Stimme eines Fremden, die aus fernen Tiefen aufstieg.

Allerdings hatte ihm bisher nichts den Eindruck vermittelt, daß Pilgrim *besessen* sein könnte, wie der Volksmund es nannte. Nichts hatte darauf hingedeutet, daß er ein Medium war, ein Seher – ein »Sprecher«. Bei aller Abwesenheit, aller Gequältheit hatte er doch ganz und gar er selbst geschienen.

Jung holte seinen Füllfederhalter und das Notizbuch vom Schreibtisch und kehrte damit in den Lichtkreis zurück. Er legte Pilgrims Finger um den Füller und hielt ihm den Block hin.

Der Füller fiel auf die Bettdecke. Die Finger schienen außerstande, ihn zu halten.

»Aufschreiben«, befahl die Stimme.

Jung ging zum Schreibtisch und setzte sich hin.

Pilgrim lag mit dem Rücken zu ihm – er selbst saß mit dem

Rücken zum Bett. Er goß sich ein großzügiges Glas Weinbrand ein, nahm den Füller zur Hand und strich die leere Seite vor ihm glatt.

»Ja«, sagte er, fast ohne die Stimme zu heben. »Ich bin soweit. Ich schreibe.«

Mit einem langen Seufzer wälzte Pilgrim sich auf den Rücken. Hätte Jung sich nach ihm umgedreht, dann hätte er gesehen, daß eine der bandagierten Hände seine Augen bedeckte. Und er hätte gesehen, daß die andere Hand mit der Innenseite nach oben auf der Bettdecke lag – zur Faust geballt, der Verband rot befleckt.

»Ein Stuhl«, sagte die Stimme. »Ein Stuhl, der zum Fenster hinschaut. Der Stuhl hat Löwenfüße. Er ist reich geschnitzt und mit Kissen gepolstert. Ein junger Mann sitzt darin, zurückgelehnt, als würde er schlafen. Er ist nackt – kaum mehr als ein Knabe, aber schon voll entwickelt. Seine Achseln und seine Scham sind behaart. Der eine Arm liegt über den Augen, wie um sie vor der Sonne zu beschirmen. Der andere ruht an seinem Schenkel. Jemand ...«

Jung hörte auf zu schreiben und wartete.

Pilgrim seufzte erbittert auf.

»Jemand, den ich nicht sehen kann, ist ...«

Nichts.

Schweigen.

Wieder ein Seufzer, und dann: »Ein Blatt Papier. Eine Seite in einem offenen Skizzenbuch – das Buch groß und dick, handvernäht und in Leder gebunden. Und ...«

Ja?

»Auf dem Papier – auf dem Blatt – ist eine Zeichnung. Eine Zeichnung, die vor meinen Augen entsteht. Ich sehe die Zeichnung, und ich sehe die Hand, die sie anfertigt – aber nichts sonst, so als wäre es meine Hand – oder als stünde ich hinter dem Arm und seiner Hand, während sie zeichnen ...«

Ja?

»Es ist hell – aber nicht von der Sonne. Nordlicht – diffus, vielleicht absichtlich diffus –, ein Licht, das verschleiert – das maskiert – aber hell genug – reichlich – ausreichend. Und die Zeichnung zeigt die Gestalt des jungen Mannes. Aber er ist unvollständig. Er hat kein Gesicht. Und nun ...«

Ja?

»Und nun ...«

Ja?

Jung wartete, den Füllfederhalter in der Hand.

»Nun fängt das Gesicht an, sich selbst zu zeichnen. Es zeichnet sich ganz von selbst. Keine Finger – keine Hand – kein Arm führen die ... was? Die Kreide. Keine Hand führt die Kreide, das Gesicht zeichnet sich von allein ... o mein Gott ...«

Ja?

»Angelo. Angelo ...«

Schweigen.

Jung wartete, aber das Schweigen hielt an. Er drehte sich um und sah zum Bett hinüber.

Pilgrims Handgelenke waren dunkel von Blut, obwohl er nach wie vor fest schlief. Wer immer gesprochen hatte – nun war er fort.

Die Blutung war harmlos. Das sah Jung gleich – auch wenn sie stark genug gewesen war, um durch die Verbände zu sickern. Er wickelte die Mullbinden ab – hob dazu Pilgrims Hände hoch, um sich zu vergewissern, daß er tatsächlich schlief – und ging damit ins Badezimmer, wo er das Licht anschaltete, die Binden in den Abfalleimer warf und das heiße Wasser aufdrehte. Dann das kalte. Er befeuchtete den Zipfel eines Handtuchs und kehrte damit zum Bett zurück, wo er Pilgrims Handgelenke sauberwischte, sie trocknete und dem Schlafenden auf die Brust legte – ein mittelalterlicher Ritter in seinem Sarkophag, überwölbt von seinem eigenen, in Stein gehauenen Abbild.

Jung lächelte.

In Stein, dachte er, *der nun endlich gesprochen hat.*

Er war froh, daß es vorbei war. Einen Patienten in der Macht einer fremden Persönlichkeit zu erleben war eine Erfahrung, die jedesmal eine Art Hochstimmung in ihm auslöste, gefolgt von einem Gefühl absoluter Leere. Wie ein Wasserklosett, dachte er, bei dem man die Spülung betätigt: sämtliche Energien schienen mit einem Schlag aus ihm herausgeschwemmt.

Er schenkte sein Glas noch einmal drei Fingerbreit voll und zündete sich einen letzten Stumpen an, bevor er den Federhalter zuschraubte und weglegte.

Dann stieß er sich vom Tisch ab, löschte das Licht und erhob sich. Mit einem tiefen Seufzer reckte er die Arme über dem Kopf, auf den Zehenspitzen wippend – und setzte sich wieder hin.

Der Mond, stellte er fest, war untergegangen. Durch das Fenster war nichts zu sehen als blauschattiger Schnee und blassester Sternenschimmer.

Er spähte ins Wohnzimmer. Kessler schlummerte sanft auf seinem Lager, so behaglich zusammengerollt, als hätte seine Mutter ihn zugedeckt und ihm eine sichere Reise durch die Nacht gewünscht.

Der Schlaf ist eine Seefahrt, hatte Jungs Mutter immer gesagt, bei der man das Meer der Dunkelheit überqueren muß, um heil auf der anderen Seite anzukommen.

Auch Pilgrim war weggedriftet wie von einem Gewicht befreit – so als wäre nach seinem Traum ein Passagier mit einer großen Menge Gepäck von Bord gegangen.

Angelo. Wer war das? Wer war dieser Knabe, der nackt im Sessel lag – wann? Was verbarg sich dahinter? Und wer war der Zeichner – Pilgrim selbst oder ein Fremder? Welche Fülle von Möglichkeiten, eine faszinierender als die andere.

Jung kippte den letzten Schluck Weinbrand hinunter, nahm seine Kleider und verschwand damit im Bad. Wenige Augenblicke später kam er wieder heraus, in der Hand Schlafanzug, Morgenrock, Pantoffeln und Zahnbürste, die er in seine Reisetasche packte, zusammen mit seinem Weinbrand, seinem Notizbuch und seinem Füllfederhalter.

Im Wohnzimmer zog er den Mantel an, vorsichtig, um Kessler nicht zu wecken, und mühte sich in seine abgewetzten alten Galoschen.

Er erwog kurz, Kessler eine Nachricht zu hinterlassen, verwarf den Gedanken aber bei der Vorstellung, Pilgrim könne sie lesen – und sei es nur durch Zufall. Mit einem Blick auf die Schlafzimmertür fragte er sich, ob Pilgrim sich wohl daran erinnern würde, daß er dagewesen war – geschweige denn daran, daß er seine Worte aufgezeichnet hatte.

Er hob die Hand in Kesslers Richtung, wünschte ihm stumm eine gute Nacht und einen guten Morgen und verließ die Suite.

Sechs Uhr. Oder doch beinahe.

Die Luft würde ihm guttun, dachte er, während er den Korridor entlangeilte. Selbst die Kälte würde guttun. Selbst der Schnee. Selbst die mühselige Autofahrt.

So vieles wollte erledigt sein.

Er mußte Lady Quartermaine konsultieren. Er mußte frühstücken – egal in welcher Reihenfolge. Und er mußte die Verbindung zu jenem unbekannten Wesen erneuern, mit dem er soeben die Nacht verbracht hatte.

Und dann die Frage – die Frage. *Wer war Angelo?*

21

Durch das Flügelrauschen seiner Träume kämpfte Kessler sich ins Wachsein zurück.

Draußen vor den Fenstern sammelten sich schon die ersten Tauben.

Ein fremder Geruch. Was war das?

Rauch. Zigarrenrauch. Dr. Jung.

»Herr Doktor?«

Niemand antwortete. Kessler legte sich zurück und schloß die Augen.

Die Flügel in seinem Kopf machten ein raschelndes Geräusch. Ein Frauengeräusch. Röcke, die um die Füße gehender Frauen raschelten. Seine Mutter. Seine Schwester Elvire. Er hörte sie reden – flüstern.

Schläft er?

Nein, nein, er tut nur so. Genau wie immer, der Faulpelz.

Irgendwo schlug eine Tür. Vom Korridor drangen Stimmen herein. Es war Morgen.

Kessler öffnete die Augen. Nur ja nicht wieder einschlafen. Er zwang sich aufzustehen.

In Strümpfen, immer noch schlaftrunken, schlurfte er ins Nebenzimmer, wo er vor Jungs Feldbett stehenblieb und sich fragte, warum es leer war.

Wo? Wann? Was?

Er starrte auf die Gestalt im Bett hinab und sagte: »Möchten Sie Kaffee?«

Kaffee – niemals. Immer nur Tee.

»Möchten Sie Tee?«

Die Gestalt wälzte sich auf den Bauch, ein unbandagiertes Handgelenk neben sich auf dem Kissen.

»Etwas Toast? Marmelade?«

Pilgrim hob die andere Hand und drückte zwei Finger an die Lippen.

»Heißt das ja oder nein?«

Keine Antwort. Die Finger blieben, wo sie waren.

Kessler wandte sich ab und tappte zurück an sein Lager. Er war jetzt wach und bedauerte es. *Ich hasse das Wachsein. Ich möchte viel lieber träumen. In meinen Träumen kann ich fliegen und allem entfliehen. Sie alle hinter mir lassen – meine Mutter, Elvire, meinen verschwundenen Vater, die Schwestern, die ich kaum kenne ...*

Er starrte auf sein Abbild im Wandspiegel. *Schau dich an,* dachte er, *ein Fall für den Gelben Wagen, wie er im Buche steht.* Aber nein, das lag alles hinter ihm. All das war vorbei. Er war in Sicherheit. Er war am Leben. Er war geheilt. So lautete der Befund.

Er mußte den Tag beginnen.

Er kehrte ins Schlafzimmer zurück, stellte sich am Fußende des Bettes auf und stupste Pilgrims Zehen an.

»Lebendig oder tot?« sagte er. »Nimm dein Bett und wandle.«

Die Gestalt reagierte nicht.

Und mit einemmal erinnerte Kessler sich an Pilgrims Stimme, körperlos im Dunkeln – und an das Licht hinter der angelehnten Tür, ein Licht wie Kerzenschimmer.

Was war es? Was hatte er gesagt? Einen Namen. Er hatte jemanden beim Namen gerufen.

Ein Windstoß draußen ließ die Vögel aufflattern.

Engel.

Engel.

Angelo.

Zweites Buch

1

Als Jung nach Hause kam, lag Emma, seine Frau, noch im Bett. Sein Gesang weckte sie; der Lichtschein aus dem Badezimmer wies ihren Füßen den Weg.

Sie tappte zur Tür, zog sie auf und spähte in den Dampf. Carl saß in der Badewanne und schrubbte sich den Rücken.

»Soll ich das nicht machen?« fragte sie.

»Nein, nein. Leg dich nur wieder hin. Es ist alles in bester Ordnung.«

»Das merke ich«, sagte Emma. »Ich habe dich seit Wochen nicht mehr singen hören. Ist es Herr Pilgrim? Hat er wieder im Schlaf gesprochen?«

»JA!« schmetterte Jung, frohlockend wie ein Kind. »JA! JA! JA!«

Emma verschränkte die Arme und lächelte. »Das freut mich für dich«, sagte sie.

»Für die Welt sollte es dich freuen«, versetzte Jung mit einem Lachen. »Einer ihrer interessantesten Bewohner kehrt ins Leben zurück.«

»Kann ich irgend etwas für dich tun?«

»Ja. Du kannst im Baur au Lac anrufen. Ich will, daß Lady Quartermaine meine Nachricht bekommt, sobald sie wach ist. Aber sag kein Wort über Pilgrim. Überlaß das mir. Sag nur, daß ich zu ihr unterwegs bin und sie sprechen will.«

»Jetzt gleich, Carl? Es ist sieben Uhr früh.«

»Ja, jetzt gleich. Natürlich jetzt gleich. Ganz entschieden jetzt gleich!«

Emma ging nach unten, um zu telephonieren. Um Viertel nach sieben stand Jung im Hausflur, schon in Mantel und Schal. Er stieg mit Strümpfen in die Galoschen und brüllte die Treppe hinauf: »Schuhe! Schuhe! Ich hab meine Schuhe vergessen!«

Wenige Sekunden später erschien Emma auf dem Treppenabsatz, von wo sie ihm ein Paar Halbschuhe zuwarf.

»Danke. Danke dir. Ich muß los.« Jung schickte einen Kuß zu ihr hinauf, klemmte sich die Schuhe unter den Arm, griff nach seiner Mappe und stürmte hinaus.

»Dein Hut!« rief Emma ihm nach. »Es ist kalt! Du frierst dir die Ohren ab!« Aber er war schon fort.

Emma stieg die restlichen Stufen hinunter, eine Hand auf ihrem Bauch. »Du hast einen äußerst fahrlässigen Vater«, sagte sie und ging in die Küche.

Lady Quartermaine wartete schon im Foyer, als Jung im Hôtel Baur au Lac ankam.

»So ein früher Anruf«, sagte sie. »Aber sei's drum. Haben Sie schon gefrühstückt? Ich nämlich noch nicht. Für gewöhnlich lasse ich mir das Frühstück aufs Zimmer bringen. Aber heute ... Himmelherrgott, Herr Doktor! Es ist nicht einmal acht Uhr! Haben Sie Neuigkeiten?«

»Bitte entschuldigen Sie diese unchristliche Uhrzeit, Lady Quartermaine. Ja, ich habe Neuigkeiten. Wichtige Neuigkeiten. Er hat gesprochen, in einiger Ausführlichkeit, und Sie müssen mir bei der Deutung behilflich sein. Und nein, ich habe noch nicht gefrühstückt. Ich bin halb verhungert.«

»Dann kommen Sie, und berichten Sie mir.«

Sie gingen in den Speisesaal, wo Jung Schal und Mantel ablegte.

»Kann es sein, daß Sie Ihre Galoschen noch anhaben, Herr Doktor? Sollten Sie sie nicht ausziehen?«

»Das geht nicht. Ich habe nur Strümpfe darunter.«

»Ah so. Dann will ich Sie lieber nicht um eine Erklärung bitten – obwohl ich annehme, es gibt eine.«

Jung dachte an die Schuhe, die noch auf dem Beifahrersitz des Fiats lagen, und schwieg.

Sybil Quartermaine gestattete dem Maître d'Hôtel, sie zu einem Tisch zu führen, wo »Mylady nicht zu sehr im Licht sitzen«.

Sie bestellten Grapefruit. Kaffee, Toast und Erdbeerkonfitüre. Dazu ein Schinkenomelett für Jung.

Sybil trug ein veilchenblaues Morgenkleid und eine zweireihige Kette mit blaßgrauen Opalen. Sie war hutlos.

»Es kommt mir immer so snobistisch vor, einen Hut aufzusetzen, nur weil andere einen sehen können. Ihnen nicht auch? Gut, Sie sind ein Mann, Sie müssen sich über solche Dinge keine Gedanken machen. Ich habe bemerkt, daß Sie ohne Hut gekommen sind, Herr Doktor. Ohne Schuhe, ohne Hut, mitten im tiefsten Winter. Ich muß mich über Sie wundern.«

»Wir haben Mai.«

»Angeblich, ja. Aber das ist keine Entschuldigung. Soweit ich sehen kann, herrscht tiefster Winter. Ich werde froh sein, nach England zurückzukommen, wo die Osterglocken schon verblüht waren, ehe wir London verlassen haben.«

Der Kaffee wurde serviert. Ihre Tassen wurden gefüllt, die Kanne blieb auf dem Tisch stehen.

»Also? Jetzt die Neuigkeiten.«

»Ich weiß kaum, womit ich anfangen soll.«

»Sie sagten, er habe gesprochen. Beginnen Sie damit.«

»Er hat im Schlaf gesprochen. Nach Mitternacht. Gegen vier.«

»Im Schlaf gesprochen? Aber das tut doch jeder. Ist das Ihre Neuigkeit?«

»Nein, nein, Lady Quartermaine. Nicht so. Sie mißverstehen mich. Vorgestern nacht hat Mister Pilgrim im Schlaf nach mir gefragt. Und ...«

»Und?«

»Gestern nacht habe ich bei ihm im Zimmer geschlafen, und er hat wieder gesprochen ...« Jung unterbrach sich und fuhr sich durchs Haar. »Ich muß verboten aussehen«, sagte er. »Ich habe mich vor lauter Aufregung zu kämmen vergessen.«

»Nun zieren Sie sich doch nicht so! Erzählen Sie mir, was er gesagt hat.«

Jung beugte sich vor.

»Hat Mister Pilgrim mit Ihnen je über einen jungen Mann namens Angelo gesprochen?«

Sybil stellte ihre Tasse ab, tupfte sich mit der Serviette die Lippen und legte sie dann auf ihren Schoß.

»Nein«, sagte sie.

»Nein?«

»Nein.«

»Wie schade. Ich hatte gehofft, Sie könnten mir sagen, wer er ist.«

»Angelo, sagen Sie. Was ist das für ein Name?«

»Ein italienischer, vermute ich.«

»Italienisch. Natürlich. Italienisch. Entschuldigen Sie, ich bin offenbar noch nicht ganz wach.« Sie holte ein Zigarettenetui und ein Feuerzeug aus ihrer Handtasche.

Jung kam sie durchaus wach, aber nervös vor, und er fragte sich nach dem Grund.

»Der Name sagt Ihnen gar nichts?«

»Ich fürchte nicht. Nein.«

Sie zündete sich eine Zigarette an. »Was hat Pilgrim denn über diesen Angelo gesagt – diesen Italiener?«

»Er hat ihn auf einer Zeichnung gesehen. Nackt.«

Sie schob Etui und Feuerzeug beiseite und fragte etwas schroff: »Sind Sie sicher, daß der Name sich auf den Mann auf der Zeichnung bezieht? Was ist mit dem Maler? *Angelo* könnte gut Michelangelo sein. Soweit ich weiß, hatte er viel übrig für unbekleidete Jünglinge ...«

»Michelangelo ...«

»Ja, warum nicht? Das ist schließlich Pilgrims Fachgebiet, und Sie können sich vorstellen, wie viele solcher Zeichnungen ihm im Lauf der Jahre begegnet sein müssen. Akte zu Hunderten. Offengestanden ziehe ich das Wort *Akt* ja dem Wort *nackt* vor – aber wie Sie wünschen. Jeder nach seiner Fasson.«

»Sie klingen so zornig«, sagte Jung. »Sind Sie böse auf mich?«

»Natürlich nicht.« Sybil spreizte die Finger und zuckte mit den Schultern. »Warum sollte ich böse auf Sie sein?«

»Ich weiß es nicht. Aber Sie sind es.«

Sie fing an, ihr Besteck umzuordnen. Ihre Lippen waren aufgeworfen, ihr Blick rebellisch, ein bißchen wie bei einem trotzigen Kind.

»Lady Quartermaine, ich bin in der schwierigen Lage, mich mit einem Patienten befassen zu müssen, über den ich so gut wie keine Informationen habe. Ich weiß lediglich, wie Sie beide sich kennengelernt haben, was er macht und wie gut er es macht, weil ich nämlich sein Buch gelesen habe. Und daß er jetzt schon zwei Selbstmordversuche hinter sich hat.«

»Mehr als zwei.«

Jung runzelte die Stirn.

Sybil sah zum Fenster hinüber. An einem der Tische dort saß ein hübsches junges Paar – Frischvermählte ganz eindeutig, die kaum die Blicke voneinander lassen konnten.

Sybil wandte sich ab und suchte die dunkle Brille aus ihrer Handtasche hervor. »Das Licht …«, erklärte sie. »Der Schnee.«

Sie setzte die Brille auf und trank einen Schluck Kaffee, bevor sie weitersprach. »Sind Sie verheiratet, Dr. Jung?«

»Ja. Meine Frau heißt Emma. Sie erwartet zur Zeit unser fünftes Kind.«

»Meinen Glückwunsch. Emma, sagen Sie.«

»Ja.«

»Ein sanfter Name. Ein schöner Name …«

»Lady Quartermaine – fehlt Ihnen etwas?«

»Nein.« Sie betrachtete ihre Ringe. Sie vermied Jungs Blick immer noch. »Nein. Mir fehlt nichts. Bitte, fragen Sie nicht weiter.«

»Aber Sie haben gesagt …«

Sybil starrte auf ihre Zigarette. »Ich habe gesagt, daß Pilgrim mehr als zwei Selbstmordversuche hinter sich hat. Was leider Gottes stimmt. Wenn Sie Einzelheiten erfahren möchten, wenden Sie sich bitte an Dr. Greene. Ich möchte es nicht alles noch einmal durchleben müssen.« Sie drückte die Zigarette aus und sagte dann: »Er wünscht sich so verzweifelt den Tod. Und ich …«

»Und Sie …?«

Ein weißbehandschuhter Kellner stellte zwei Silberfiligranschalen vor sie hin, in denen, auf einem Bett von Eis, ihre Pampelmusenhälften ruhten, jede mit einer kandierten Maraschinokirsche verziert. Sybil nahm ihre Kirsche und legte sie auf den Tellerrand.

Mit einemmal schien sie den Tränen nahe. »O weh«, murmelte sie. »O weh … Entschuldigen Sie. Ich war nicht ganz ehrlich zu Ihnen, Dr. Jung …« Sie drehte ihren Löffel hin und her und sagte: »Ich muß Sie um Verzeihung bitten – aber ich hatte und habe Gründe.«

»Ich bitte Sie. Das ist doch nicht der Rede wert.«

»O doch, das ist es. O doch. Ich weiß nur nicht, wie ich es alles sagen soll ...«

Sie zog ein Taschentüchlein aus dem Ärmel, nahm die Brille ab und tupfte sich die Augen. Dann setzte sie die Brille wieder auf und legte die Hände auf den Tisch, beide leicht zur Faust geballt, in der einen noch immer das Taschentuch. Als sie sprach, klang ihre Stimme belegt – von Trauer beschwert, schien es Jung.

»Das Geheimnis, das meinen Freund umgibt, ist so groß, daß auch ich nur Teile davon kenne. Was ich Ihnen jetzt sage, sage ich nicht gern, aber es hilft nichts. Sie sollten wissen, daß ein Tagebuch existiert. Persönliche Aufzeichnungen. In die er mir zu einem Teil Einblick gewährt hat. Seine Schilderung diverser, sagen wir, Episoden in seinem Leben. Und als Sie sagten ...« Sie schob ihre unberührte Pampelmuse weg. »Als Sie mich fragten, ob ich Mister Pilgrim je von jemandem namens Angelo hätte sprechen hören, habe ich das verneint. Was der Wahrheit entsprach. Der Wahrheit im engsten Sinne. Daß er den Namen nie laut ausgesprochen hat, stimmt ... aber ich habe ihn geschrieben gesehen. In seinen Tagebüchern.«

Jung seufzte auf. *Da.*

Ein winziger Lichtschimmer zeigte sich. Ein erster Stein war aus der Mauer gebrochen worden, die seinen Patienten umgab.

Gierig begann er seine Grapefruit zu essen. »Gibt es ihn wirklich, diesen Menschen? Angelo?«

»Es gab ihn.«

»Gab ihn?«

»Ja. Es ist ein Name aus der Vergangenheit. Einer sehr fernen Vergangenheit.«

»Und es ist kein erfundener Name? Keine erfundene Person?«

»Keine Erfindung. Nein. Ganz und gar nicht.«

»Und wer war er?«

»Ein Verwandter von Mister Pilgrim.«

»Ein Verwandter – und Italiener. Interessant.«

»Wenn Sie meinen.«

Von Jungs Grapefruit war inzwischen nichts mehr übrig, und Sybil goß ihnen beiden Kaffee nach.

»Wer wohl den Kaffee erfunden hat?« sagte sie.

»Der liebe Gott, nehme ich doch an.«

»Gott. Natürlich. Wie drollig.« Sie trank. »Glauben Sie an Gott, Dr. Jung?«

»Wenn mir jemand diese Frage stellt, Lady Quartermaine, drängt es mich jedesmal, eine überhebliche Antwort zu geben. Jetzt gerade war ich zum Beispiel versucht, auf die Uhr zu sehen und zu sagen, nicht vor neun Uhr morgens.«

Sybil lächelte. »Anders ausgedrückt«, sagte sie, »es geht mich nichts an.«

»Nicht doch. Ich meinte nur ... Ah!«

Der weißbehandschuhte Kellner brachte Jungs Schinkenomelett.

Jung dankte mit einem Kopfnicken und fuhr fort: »Der Grund ist einfach, daß ich keine so befrachteten Diskussionen führen kann, bevor ich nicht zu Ende gefrühstückt habe.«

»Touché.«

»Erzählen Sie mir ein bißchen mehr über die Tagebücher«, bat er und schnitt sein Omelett an. Das Innere war erfreulich flüssig. »Wie kamen Sie zu dem Privileg, darin lesen zu dürfen?«

Sybil sah auf ihre Pampelmuse – zog sie wieder zu sich heran und begann zu essen, immer noch mit dem Taschentuch in der Hand.

»Sie wurden mir in einem Paket überbracht.«

»In einem Paket?«

»Ja. Gepackt von Forster, Pilgrims Kammerdiener.«

»Und das war ... wann?«

»Unmittelbar nachdem Pilgrim sich aufgehängt hatte. In der Woche vor unserer Ankunft hier, als er langsam wieder zu Kräften kam und ich mit den Reisevorbereitungen beschäftigt war.«

»Aha. Und jetzt befinden sie sich ...«

»Jetzt befinden sich die Tagebücher in meiner Suite hier im Hotel.«

Jung starrte sie an, sagte aber nichts.

Er säbelte ein Stück Schinken ab und steckte es in den Mund. Dann schnitt er ein weiteres Stück ab und schob es auf seinem Teller hin und her, um das Eigelb aufzutunken.

Sybil zählte, fast ohne es zu merken, die Pampelmusenschnitze mit, während sie aß ... *zwölf ... dreizehn ... vierzehn ...*

Sie sahen einander nicht an. Unbewußt boten sie ein Bild häuslicher Gewohnheit: ein Ehepaar am Frühstückstisch, das über die Affäre – oder mögliche Affäre – eines gemeinsamen Freundes mit einer geheimnisvollen Fremden spekuliert. Jeden Augenblick würde einer von ihnen den anderen bitten, die Erdbeerkonfitüre herüberzureichen – sie danklos entgegennehmen und sich etwas davon auf den Teller löffeln.

»Um auf die Tagebücher zurückzukommen«, setzte Jung erneut an.

»Ja? Was ist damit?«

»Ich wage Sie das kaum zu fragen …« Er schnitt einen weiteren Streifen Schinken ab und aß ihn.

»Aber Sie wüßten gern, ob Sie eventuell selbst einen Blick hineinwerfen könnten.«

»Genau.«

Jung versuchte den nächsten Bissen zu nehmen, ohne Sybil aus den Augen zu lassen – und scheiterte.

»Ihnen ist ein Stück Schinken auf den Schoß gefallen.«

»Entschuldigen Sie.«

»Entschuldigen Sie sich nicht bei mir. Entschuldigen Sie sich bei dem Schinken.«

Jung fing den Ausreißer ein und deponierte ihn auf dem Tellerrand.

»Sie haben meine Frage nicht beantwortet«, sagte er.

»Frage?«

»Die Tagebücher. Ob ich sie unter Umständen einsehen dürfte. Wenn ich Mister Pilgrim heilen soll …«

»Niemand verlangt eine Heilung von Ihnen, Dr. Jung. Ich habe Sie um Hilfe gebeten. Ich habe Sie gebeten, ihm zu helfen – nicht ihn zu heilen. Das ist ein Unterschied. Ein himmelweiter Unterschied.«

»Meine Aufgabe …«, begann Jung.

»Ihre Aufgabe ist es, zu tun, worum Ihre Auftraggeber Sie ersuchen.« Sybil griff nach Zigarettenetui und Feuerzeug und zündete sich eine neue Zigarette an.

Jung kniff die Augen zusammen und lehnte sich zurück. Rauch kräuselte sich zwischen ihnen empor.

»Lady Quartermaine, Sie enttäuschen mich. Sie sind eine hochintelligente Frau, und doch haben Sie offenbar keine Ahnung – machen sich keinerlei Begriff davon, was es heißt, Arzt zu sein. Wir haben nicht das Recht, die Suche nach Heilungsmethoden schleifen zu lassen. Wir müssen alles in unserer Macht Stehende tun, um eine Heilung zu erreichen, Patient für Patient. Nur deshalb bin ich hier. Das ist der Zweck – der alleinige Zweck meines Daseins.«

Sybil hinter ihrer Brille maß ihn mit steinernem Blick. Der Rauch ihrer Zigarette stieg vor ihrem Gesicht auf und fing sich in einem Sonnenstrahl über ihrem Kopf. »Für Mister Pilgrim gibt es keine Heilung«, sagte sie nüchtern. »Für keinen von uns, Dr. Jung. Vom Leben kann man nicht geheilt werden.«

Jung lehnte sich zurück und legte sein Besteck aus der Hand. Er wagte sie kaum anzusehen. Zu deutlich klang in ihren Worten wider, was er selbst über die Gräfin Blawinskaja gesagt hatte: *Vom Mond kann man nicht geheilt werden.*

Er senkte den Blick auf das Tischtuch, auf seine leeren Hände.

»Helfen Sie ihm«, wiederholte Lady Quartermaine. »Nur darum bitte ich Sie. Helfen Sie ihm, sein Leben zu überleben. Nicht seine Krankheit – nur die Bedingungen, unter denen er es leben muß. Finden Sie einen Weg, ihm zum Überleben zu verhelfen. Überleben, Dr. Jung. Nur das verlange ich von Ihnen. Einen einzigen kleinen Hoffnungsstrahl. Einen Grund – irgendeinen Grund, zu leben.«

Jung sagte: »Wenn ich diese Tagebücher zu sehen bekäme, Lady Quartermaine ...«

Er brach ab und wartete.

Sybil erhob sich jäh. »Nun gut«, sagte sie. Sie drückte ihre Zigarette aus und raffte ihre Handtasche und den Kaschmirschal an sich. Und indem sie den Schal um die Schultern schlang, fügte sie hinzu: »Ich werde sehen, was sich machen läßt.«

Jung stand von seinem Stuhl auf und beugte sich über ihre ausgestreckte Hand.

»Danke«, sagte er. »Und auf bald.«

»Ja. Auf bald.«

Damit ging sie.

Jung setzte sich wieder und schob seinen Teller von sich. Der Gedanke durchzuckte ihn, daß er in Pilgrim nicht *einen* Patienten gewonnen hatte, sondern zwei. Pilgrim selbst – und seinen Schatten, Lady Quartermaine.

Als er sich wieder seinem Kaffee zuwandte und eine Zigarre ansteckte, wurde ihm bewußt, daß das nettaussehende junge Paar die Servietten niedergelegt, die Stühle zurückgeschoben und den Tisch am Fenster verlassen hatte, um aus dem Speisesaal ins Foyer zu eilen.

Sonderbar, dachte Jung. Als wäre Lady Quartermaines Aufbruch ein Signal für sie gewesen – als verfolgten sie sie.

Ihm fiel wieder ein, wie Sybil sich weggedreht hatte, als sie des jungen Paares ansichtig geworden war, und sofort ihre dunkle Brille aufgesetzt hatte. Kannte sie die beiden? Hatte sie verhindern wollen, daß sie sie erkannten? Oder war es alles Zufall und völlig unerheblich?

Jung, der wußte, daß er seine Beobachtungen leicht mit Bedeutung überfrachtete, gelangte zu dem Schluß, daß er ihrem hastigen Abgang zuviel Gewicht beimaß. Es war Morgen. Alle eilten davon, um ihr Tagwerk zu beginnen. Mehr steckte nicht dahinter. Sie waren lediglich in die Berge unterwegs, nicht auf irgendeiner Fährte.

Anders als Jung selbst. Dessen war er sich jetzt sicher.

2

Jung konnte kaum atmen. Die plötzliche Milde nach der langen Kälteperiode war schier unglaublich.

Mitternacht, und die Fenster offen, ein unleugbarer Geruch nach Frühling in der Luft, vermischt mit dem brenzligen Geruch der Kaminfeuer, die er eben eigenhändig gelöscht hatte – Feuer im Salon, im Schlafzimmer und in seinem Arbeitszimmer, die den Tag über gebrannt hatten und denen er nun mit der Gießkanne zu Leibe gerückt war.

Oben im Schlafzimmer schlummerte Emma wie ein Kind. Jung konnte fast nicht glauben, daß sie wirklich schon schlief, so früh war es gewesen, als er sie verlassen hatte. Aber sie hatte gesagt, daß sie müde sei, *von dem Stimmengewirr und der Aufregung heute abend ...*

Da lag sie, den Anflug eines Lächelns um die Lippen, in ihrem Flanellnachthemd mit den überlangen Ärmeln und dem hochgeschlossenen Kragen, Hände und Hals verschanzt hinter einem Wall aus Stoff, Geiseln ihrer ewigen Verfrorenheit.

Sonntag, der 5. Mai 1912.

Frühlingsnacht – nein, Frühlingsmorgen.

Jung in seinem Korbstuhl am Schreibtisch machte sich nicht die Mühe, das Datum in seinem Notizbuch zu berichtigen, das offen vor ihm lag, in einem Meer von Papieren, Streichhölzern, Flaschen, Gläsern, halbleeren Zigarrenkisten und halbvollen Aschenbechern.

Inmitten all diesen Strandguts – der verstreuten, kaum mehr

zivilen Rückstände dessen, was sich normalerweise auf dem Tisch in seinem Arbeitszimmer türmte – lag ein elegantes, ledergebundenes Bändchen mit handbeschriebenen Seiten, auf dessen Frontispiz in klaren Lettern der Name PILGRIM zu lesen stand.

Das Tagebuch war an der Stelle aufgeschlagen, die Lady Quartermaine herausgesucht und mit einem violetten Bändchen gekennzeichnet hatte – passend zu der Farbpalette ihrer Garderobe. Die Seiten in ihrem ledernen Einband waren am Spätnachmittag geliefert worden. Der silberne Daimler hatte sie gebracht, gelenkt von Lady Quartermaines Schweizer Chauffeur Otto. Daß ein Chauffeur Otto heißen konnte, erheiterte Sybil sehr. Es verschmolz, so fand sie, Mann und Automobil zu einer Einheit.

Aus Otto war wenig mehr herauszuholen gewesen, als daß der Herr Doktor schon Bescheid wisse. Eine Erklärung sei nicht vonnöten.

Aus dem Umschlag war neben dem Tagebuch ein Brief in Lady Quartermaines Handschrift zum Vorschein gekommen:

> Hier die Seiten, die ich gelesen habe – und von denen ich meine, sie könnten Ihnen von Nutzen sein. Sie werden einsehen, wie richtig und wichtig es ist, daß ich Ihnen zu diesem Zeitpunkt nicht mehr als den vorliegenden Band übersende. Über den Rest können wir uns gegebenenfalls später unterhalten. Unter bestimmten Bedingungen. Aber seien Sie gewarnt, es ist unwahrscheinlich, daß ich mich erweichen lasse.
>
> Wie Sie sehen werden, habe ich Ihnen die Passage gekennzeichnet, mit der Sie Ihre Lektüre meiner Meinung nach beginnen sollten. Die Tagebücher meines Freundes geben das ganze Spektrum seiner Erfahrung wieder – seine Gedanken und Träume ebenso wie seine tagtägliche Existenz. Antwort auf die Fragen, die Sie im Moment beschäftigen, finden Sie jedoch in erster Linie auf den markierten Seiten. In dieser Episode wird sich Ihnen die Identität des jungen Mannes enthüllen. Ich will jetzt schon so weit gehen, Ihnen seinen Namen zu nennen: Angelo Gherardini. Und ich verrate Ihnen außerdem, daß er im Florenz des ausgehenden fünfzehnten Jahrhunderts geboren wurde. 1479, um genau zu sein. Auch dem Maler werden Sie begegnen, der den jungen Angelo skizziert hat. Soviel vorweg – mehr nicht.

Ich halte es für entscheidend, daß Sie alles weitere selbst entdecken. Nur dann werden Sie imstande sein, das, was Sie lesen, auch zu begreifen. Denn der Unterschied zwischen Verstehen und Begreifen, das wissen Sie so gut wie ich, ist ein gewaltiger. Meinen Freund lediglich zu *verstehen* würde ihm unrecht tun. Wer das Pech hat, *verstanden* zu werden, wird nur allzu leicht in die Ecke gefegt oder unter dem Etikett FALL ABGESCHLOSSEN ad acta gelegt. Sie werden den Fall Pilgrim nie ad acta legen können, wenn Sie nicht bei der Tatsache ansetzen, daß ich derzeit die einzige bin, die ihm glaubt. Solange Sie dieses Dilemma nicht von Grund auf begreifen, sind Sie für ihn völlig nutzlos.

Ich setze mein ganzes Vertrauen in Sie. Mehr habe ich nicht zu bieten. Mein Vertrauen, und selbstredend ausreichend Geldmittel, um zu gewährleisten, daß Ihre Bemühungen um ihn ungehindert ihren Fortgang nehmen können.

Ich verbleibe in Verbundenheit,

Ihre Sybil Quartermaine

Und nun lagen die Seiten aufgeschlagen vor ihm.

Er begann zu lesen.

3

Florenz, 1497. Ein Pestjahr – ein Jahr der Hungersnot.

Die große Kirche, Santa Maria Novella, ragt über der Piazza auf. In allen Ecken brennen Feuer, zwischen denen ruhelos Menschen hin und her trotten. Vor einem der Feuer hat ein Streit begonnen. Waffen – meist Knüppel – und Stimmen werden gegeneinander erhoben. Etwas ist gestohlen worden, wahrscheinlich etwas Eßbares, und der Dieb – eine Frau – wird von einer Horde zerlumpter Gestalten eingekreist.

Andere, vom Lärm herbeigelockt, nähern sich der Ansammlung, die nun ein Gewirr schwingender Arme und wogender Kleider ist, ein Fluß der Bewegungen, wie ein Ballett ohne Musik.

Die Diebin reißt sich los und läuft in die Mitte der Piazza. Kinder sind ihr auf den Fersen, zerren an ihren Kleidern, aber sie schüttelt sie ab, will das offene Portal der Kirche erreichen. Freistatt. Bereits auf der Treppe wäre sie in Sicherheit.

Aber die Frau, abgemagert und schwach, ist schon erschöpft, und ein Rudel junger Männer und Knaben auf der anderen Seite der Piazza überholt sie mühelos, begleitet von anfeuernden Rufen und einer Meute kläffender Hunde. Kurz vor der Kirche, aus der noch die Totenmesse erklingt, schwenkt der Mob ein; eine geschlossene Phalanx schneidet der Frau den Weg ab.

Ihre Röcke hängen längst in Fetzen; nur ein fadenscheiniger Schal schützt sie gegen die Kälte. Sie zieht ihn sich um die Schultern und bleibt unschlüssig stehen, sieht sich in allen Richtungen nach einem Fluchtweg um. Vergeblich.

Die Menge ist jäh verstummt; deutlich hört man das Prasseln der Feuer. Der süße Gesang der Chorknaben, der einen Augenblick zuvor allem Irdischen entrückt schien, schwillt an.

Die Frau stößt einen Schrei aus und reckt die Arme zum Himmel. Doch da ist niemand, der sie retten könnte – kein Gott und keiner seiner Engel, nur der Himmel hinter dem Rauch und die Sterne hinter dem Himmel und die Finsternis hinter den Sternen. Verzagt sinkt sie auf die Knie, schlägt das Kreuz. Sie betet, schlägt noch ein Kreuz, vergräbt das Gesicht in den Händen.

Die Menge verharrt zunächst stumm, fast bewegungslos, wie ein Kämpfer, der wachsam beobachtet, ob der niedergeworfene Gegner sich noch einmal erhebt.

Nichts passiert. Ein Hund bellt. Erst einer, dann noch einer.

Der Mob – immer noch schweigend – blickt auf die betende Frau. Fünf oder sechs, deren Rachegelüste verflogen sind, schütteln den Kopf und kehren zu ihren Feuern zurück. Für sie ist die Angelegenheit beendet.

Als es schließlich den Anschein hat, daß sie doch nicht angegriffen wird, daß man sie gehen läßt, nimmt die Frau die Hände vom Gesicht, greift in ihren Rock und holt einen Kanten Brot hervor.

Während sie ißt, geht sie in die Hocke, den leeren Blick auf das Pflaster gerichtet, und beginnt langsam, wie in Ekstase, zu schaukeln. Essen. Nahrung zu sich nehmen. Endlich etwas in den Magen bekommen, auch wenn das Wenige den Magen nicht annähernd zu füllen vermag. Abermals greift sie in den Rock, wo nur Krumen übriggeblieben sind. Nichts als Krumen, und die steckt sie sich – eine letzte Ernte – einen nach dem anderen in den Mund, verzückt, als wären es in Zucker gerollte und in Rahm getunkte Erdbeeren.

Ein Mann tritt vor. Dann ein zweiter. Keiner der beiden sagt ein Wort.

Noch ein paar treten vor. Die Frau, die Hände vor dem Mund, hebt den Blick.

Der Chor in der Kirche verstummt. Kein Amen.

Wieder tritt ein Mann vor, und noch einer und noch einer. Jetzt zwei Frauen. Dann ein Kind.

Ihre spärliche Bekleidung und die knochendürren Körper lassen keinen Zweifel daran, daß sie genauso bettelarm sind wie die Frau, die vor ihnen kauert. Ihre Zahl nimmt zu, obwohl manche sich abwenden und beklommen zu ihren Feuern zurückgehen.

An die zweihundert Menschen stehen jetzt wenige Meter vor der geduckten Gestalt, die sie mit großen Augen anstarrt.

Jemand hebt einen Knüppel, derb und tödlich, bewehrt mit den Stummeln der von einem Messer abgeschnittenen Äste und Zweige.

Noch ein Ruf. Dann ein Schrei – der unausbleibliche Schrei einer Kreatur im Angesicht des Todes.

Die Menge auf der Piazza, die sich bis dahin mit militärischer Präzision auf die kauernde Frau zubewegt hat, löst sich schlagartig auf. Aus der geschlossenen Phalanx wird eine wild kreischende Meute einzelner. Jeder stürmt auf eigene Faust los, als sei es ein Privileg, den ersten Schlag zu führen. Ein Wettkampf, ein Rennen, bei dem ein Preis ausgesetzt ist.

Die Schreie der Frau sind aus dem Triumphgeheul ihrer Mörder nicht mehr herauszuhören. Man hört nur ein einziges, unmenschliches Gebrüll – sonst nichts. In Minuten ist es vorbei.

Die Leute wenden sich ab, starren zu Boden – manche mit hängenden Schultern, manche die Hände ineinander verkrallt wie im Schmerz. Schweigend gehen sie zurück zu den Feuern, wo die anderen, die sich an der Bluttat nicht beteiligt haben, auf sie warten.

Von der Frau in der Mitte des Platzes scheinen nur noch Zerrbilder ihrer Kleidung übriggeblieben zu sein, zerrissene Ärmel, Unterwäsche, Röcke, Reste eines Mieders – alles entstellt, alles blutig, alles leer. Es ist, als hätte sie sich in Luft aufgelöst.

Von den Feuern, um die sich jetzt wieder menschliche Gestalten drängen, schleichen sich Hunde mit angelegten Ohren und eingezogenen Schwänzen zu den Kleiderfetzen, schnüffeln daran, wenden sich ab.

Alle bis auf einen, der am Boden liegenbleibt, mit der Schnauze auf den Pfoten, und trauert, wie alle Hunde trauern, lautlos.

Jung hörte auf zu lesen.

Eine Fremde war vor seinen Augen ermordet worden – eine Fremde aus einer Zeit so fern seiner eigenen, daß er sie nicht hätte heraufbeschwören können, wenn Pilgrim sie nicht so lebhaft in seinem Tagebuch geschildert hätte.

Tagebuch. Eine Chronik des täglich Erlebten. Was Jung gelesen hatte, war in der Gegenwart geschrieben, so als wäre …

Als wäre Pilgrim selbst dabeigewesen. Aber wie konnte das sein? Wie in aller Welt konnte das angehen?

Gar nicht. So einfach war das.

Die Buchstaben waren so klein und seine Augen so müde, daß sein Kopf dem Zerspringen nahe schien.

Was las er da bloß?

Er blätterte durch die Seiten und fragte sich, wieviel er um diese Stunde überhaupt noch aufnehmen konnte. Wer – Pilgrim inbegriffen – hätte Ereignisse der Vergangenheit dermaßen anschaulich aufzeichnen können? Die Feuer – das Gewand der Frau – die singenden Chorknaben – die Hunde – die Kinder … Verdankte sich all dies einer heroischen Rechercheleistung? Oder war es pure Erfindung – der Entwurf zu einem Roman?

Er rieb sich die Augen und wollte sich gerade den nächsten Stumpen anstecken, als die Tür zum Flur langsam aufging.

»Carl, es ist drei Uhr. Komm ins Bett.«

Im Türrahmen stand Emma, ihr Gesicht scheinbar körperlos, ein freischwebendes Rund in dem Dunkel, aus dem sie so plötzlich auftauchte. Der Klang ihrer Stimme war so unerwartet – fast geisterhaft –, daß Jung Pilgrims Tagebuch mit einer Hast zuschlug, als hätte Emma ihn über seinen japanischen Erotikdrucken ertappt. Von diesen befanden sich mehrere Exemplare in dem verschlossenen Glasschrank hinter ihm, *rein aus technischem Interesse, Emmalein – rein aus beruflichen Gründen, nur damit ich nachprüfen kann, was tatsächlich möglich ist und was nicht, nur damit ich das Reale trennen kann von den exzessiven und gefährlichen Phantasien meiner am schwersten gestörten Patienten. Und ich …*

»Was liest du da?«

»Nichts.«

»Du kannst doch nicht um drei Uhr nachts hier sitzen und *nichts* lesen.«

»Das sind nur …«

»Ja?«

»Es ist bloß …«

»Bloß was?« Emmas Ton war kühl. Sie war gekommen, um ihren Mann ins Bett zurückzubefördern, nicht um irgendwelchen Ausflüchten zu lauschen.

Jung strich über den Ledereinband unter seiner Hand und schenkte sich noch einen Schluck Weinbrand ein.

»Möchtest du auch einen?« Er schwenkte die Flasche in Emmas Richtung.

»Natürlich nicht.«

»Natürlich nicht. Sicher. Ja, also …«

»Also?«

»Emmalein, du darfst dich nicht in meine Arbeit einmischen.«

»Das habe ich nie getan und werde es auch nie tun. Himmelherrgott, ich arbeite dir zu, ich lese deine Manuskripte Korrektur und verbessere jeden einzelnen deiner zahllosen Fehler. Nennst du das Einmischung?«

»Ich mache nicht zahllose Fehler.«

»Du beherrschst die Rechtschreibung nicht, Carl. Du beherrschst die Rechtschreibung nicht, du stehst mit der Zeichensetzung auf Kriegsfuß, und deine Schrift ist so haarsträubend, daß außer mir kein Mensch auf der Welt sie entziffern kann. Nicht einmal du selbst. Mein Gott! Allein die unzähligen Male, die du zu mir gekommen bist, damit ich dir sage, was du geschrieben hast! Wenn das Einmischung ist, dann höre ich auf der Stelle damit auf und lerne kochen!«

»Nicht gleich böse werden. Ich hab doch nur gemeint …«

»Du hast nur gemeint, daß du mir nicht sagen willst, was du hier treibst.«

»Ich breche das Gesetz.«

Emma trat ins Zimmer und setzte sich ihrem Mann gegenüber auf den Patientenstuhl.

»Du brichst das Gesetz?« wiederholte sie, während sie die Falten ihres Morgenmantels über den Knien ordnete. »Du brichst das Gesetz? Inwiefern? Wodurch?«

»Manchmal ist es notwendig.«

»Das Gesetz zu brechen? Wie? Warum?«

»Trink einen Schluck. Da.« Er hielt ihr sein Glas hin.

»Ich bin schwanger, Carl. Ich brauche keinen Alkohol, und ich möchte keinen.«

Sie sah zu, wie ihr Mann sich weitere drei Fingerbreit eingoß.

»Ich höre«, sagte sie. »Auf welche Weise hast du das Gesetz gebrochen? Wirst du verhaftet? Kommst du ins Gefängnis?«

»Ich hoffe nicht.«

»Was hast du denn getan?«

»Ich habe ein moralisches Gesetz gebrochen, ein ethisches Gesetz, das meine berufliche Laufbahn ernsthaft gefährden kann, wenn die falschen Leute davon erfahren. Es kann mir ein Disziplinarverfahren einbringen – es kann mich sogar meine Stelle kosten. Ich weiß es nicht.«

»Carl, hör auf, um den heißen Brei herumzureden, und sag mir, was du getan hast.«

»Dieses Buch …«, er tippte mit dem Zeigefinger darauf, »… enthält die persönlichen Aufzeichnungen eines meiner Patienten.«

»Und?«

»Nun ja – ich lese sie ohne seine Erlaubnis.«

»Ist er denn in der Verfassung, dir die Erlaubnis zu geben?«

»Nein.«

»Wo liegt dann das Problem?«

Jung strahlte. »Emmalein«, sagte er, »ich bete dich an. Genau diese Antwort wollte ich hören.«

»Ah so. Und wenn du verhaftet wirst, bin vermutlich ich schuld.«

Jetzt lachte sie endlich doch, stand auf und zog ihren Morgenmantel um sich.

»Ich gehe schlafen«, sagte sie. »Bleib auf, solange du willst, aber gib nicht mir die Schuld, wenn du morgen übernächtigt bist. Du hast einen Neun-Uhr-Termin.«

»Mit wem?«

»Woher soll ich das wissen? Ich bin nicht deine Sekretärin, ich bin nur deine Frau. Frag Fräulein Unger. Um neun, mehr weiß ich nicht.«

»Ich komme bald nach.«

»Tu, was du tun mußt. Gute Nacht.«

An der Tür drehte sie sich noch einmal um.

»Carl«, sagte sie, »eine Ehefrau kennt ihren Mann wie niemand sonst auf der Welt – nicht einmal er selbst. Wenn ich Josef Furtwänglers Frau wäre und ihn über einem fremden Tagebuch ertappen würde, wäre ich in Sorge. Aber ich bin nicht Heidi Furtwängler, dem Himmel sei Dank. Ich bin Emma Jung, und wenn ich mich jetzt wieder in mein Bett lege, werde ich süß und selig schlummern.« Sie machte einen übermütigen kleinen Knicks. »Gute Nacht, mein Liebster. Eines Tages wirst du mir ja sicher verraten, was es mit alledem auf sich hat.«

»Und ob«, versprach er. »Sogar eher, als du glaubst, weil du nämlich ein paar Dinge für mich nachschlagen mußt. Gute Nacht.«

Sie verschwand wieder in der Dunkelheit. Jung horchte ihren Schritten auf der Treppe nach und schloß momentlang die Augen.

Wie gut habe ich es getroffen, dachte er, und dann schlug er Pilgrims Tagebuch wieder auf.

Während er nach der alten Stelle blätterte, sprang ihm ein Satz ins Auge, der ihn jäh stocken ließ. In Klammern stand da, mitten in der Erzählung: *Noch jetzt, in der Erinnerung, wühlen die alten Erlebnisse mich so auf, daß meine Finger die Feder umklammern, als wollten sie sie entzweibrechen.*

Erinnerung ... alte Erlebnisse.

Seltsam.

Als hätte Pilgrim das, was er hier schrieb, nicht einer historischen Darstellung nachempfunden, sondern am eigenen Leib erfahren. Als glaubte er es aus erster Hand zu kennen.

Doch das war natürlich unmöglich. Absolut unmöglich.

Oder?

Jung legte Pilgrims Tagebuch zur Seite und zog sein eigenes heran. Dann nahm er einen Stift zur Hand und schrieb: *Das Leben der Psyche ist unabhängig von Zeit und Raum ... es spielt sich in seinem eigenen Rahmen ab, der unbegrenzt ist. Ohne Beschränkungen. Ohne Einengungen. Frei von den Geboten der Vernunft.*

Weiter jetzt, sagte er sich. *Lies weiter.* Die Frage nach dem Sprecher würde sich von selbst klären, wenn er der Stimme nur Gelegenheit gab, ungehindert zu sprechen. Ob sie Pilgrim gehörte oder einem anderen, spielte im Moment kaum eine Rolle. Entscheidend war, daß sie da war – und daß sie trug.

Jung beugte sich vor.

Es war vier Uhr morgens. Viertel nach vier.

Er hätte es vorgezogen, innezuhalten, nachzusinnen, weitere Fragen zu stellen – aber wenn er das Rätsel Pilgrim auch nur ansatzweise lösen wollte, mußte er erst einmal mehr wissen.

Das Tagebuch lag offen vor ihm.

Er begann wieder zu lesen.

4

Inzwischen ist Wind aufgekommen, ein Wind, der die Fahnen bauscht, die aus jedem Fenster, von jedem Erker der Piazza Santa Maria Novella hängen – scharlachrote Fahnen zu Ehren des päpstlichen Nuntius, dessen Mission, Savonarola zum Schweigen zu bringen, eben erst gescheitert ist. Einige sind bereits ausgefranst, zerrissen von den begehrlichen Händen erfrierender Bürger. Man sieht nur noch winkende Fetzen – *Addio! Scher dich zurück nach Rom!* – wie windgepeitschte Gestalten auf dem Deck eines sinkenden Schiffes.

Und nun beginnen die Glocken zu läuten. Die mächtige Glocke des Doms, der Tenor der Glocken von Santa Maria Novella – verwehtes Geläut von überallher, als sei der Wind selbst der Glöckner. Auf allen Seiten der Piazza drängen sich vermummte Gestalten vor den Feuern zusammen, ziehen sich, was ihnen an Lumpen geblieben ist, über die Ohren. *Montag, Montag.* Morgen, verkünden die Glocken, ist der letzte Tag des Karnevals, der Tag des heiligen Matthäus, an dem wir früher zusammengesessen und gefeiert haben – getafelt und getrunken und getanzt. Doch dieser Tag ist jetzt verboten. Dank Savonarolas Edikt.

Jung schloß instinktiv die Augen, als sein Blick auf diesen Namen fiel. Savonarola, ein Heiliger und ein Ungeheuer, und wenn man Jung fragte, weit mehr Ungeheuer denn Heiliger. Kein Zweifel konnte daran bestehen, daß er ein Fanatiker war – und alle Fanatiker fordern ihre Opfer.

Er machte sich eine Notiz: *Recherche Emma: Savonarola.*

Von Aufwinden angefacht lodern die Feuer empor, malen flackernde Schatten auf die Häuserwände. Der Gesang in der Kirche schwillt an, als fürchteten sich die Sänger.

… Chorus Angelorum te suscipit
et cum Lazaro, quondam paupere
aeternam habeas requiem.

… Möge der Chor der Engel dich empfangen,
und mit Lazarus, der einst arm war wie du,
mögest du ewige Ruhe finden.

Ein Trupp grauer Reiter sprengt quer über die Piazza, die Männer kaum mehr als Schattenrisse mit fliegenden Haaren und peitschenden Armen.

Da plötzlich …

Jung wollte umblättern, aber es ging nicht. Er mußte mehrmals mit dem befeuchteten Zeigefinger auf das Papier tupfen, bevor es gelang.

Da plötzlich erscheint ein Mann. Barhäuptig, so wirkt es zunächst. In einem Umhang, den er sich fest um die Hüften gegürtet hat. Hochgewachsen. Stattlich. Gut gebaut – in schweren Kleidern. Ein Reisender vielleicht? Ein Pilger?

Er hat die Piazza von Nordosten betreten, von der Via Maronni her. Er wirft seinen Schatten zunächst auf die zerfledderten Fahnen über und hinter ihm, doch als er näher kommt, überholt der Schatten ihn, legt einen Weg zu seinen Füßen aus, den der Mann entlangschreitet wie ein Fürst. Er blickt um sich beim Gehen, scheinbar unbeeindruckt von dem, was er sieht.

Vom Rand des Feuers nähern sich ein paar Hunde, mißtrauisch, aber ohne Furcht – wachsam und doch unaufhaltsam angezogen von einer Witterung. Der Pilger – denn als ein solcher erscheint er noch immer – bleibt stehen und dreht sich um, läßt die Hunde herankommen.

Es sind mindestens zehn oder zwölf. Einen Moment lang verharren sie, aber sie weichen nicht zurück.

Einer der Hunde wedelt zögernd mit dem Schwanz.

Offenbar sagt der Pilger etwas zu ihm, denn der Hund macht einen Satz nach vorn, begrüßt ihn, schmiegt sich an ihn und blickt in das vom Feuer beschienene Gesicht hinauf.

Der Mann beugt sich herunter. Kauert sich hin. Streckt beide Hände aus. Die Hunde umdrängen ihn. Ein Jäger und seine Meute.

Dann zieht der Mann unter seinem Umhang einen Ranzen hervor, und die Hunde drängen noch dichter heran, die hinteren steigen den vorderen auf die Schultern, alle zitternd vor Erwartung.

Zweifellos gibt er ihnen zu fressen, denn sie stürzen sich gierig darauf, jaulen und kläffen nach mehr, bis der Ranzen leer ist.

Von den Feuern sehen die Bürger zu – schweigend. Der Mann müßte Ziel allgemeiner Entrüstung, ja sogar Wut sein: *Eßbares an Köter zu verfüttern!* Aber niemand sagt etwas.

Vielleicht kennen sie den Pilger. Zweifellos kennen die Hunde ihn.

Er dreht sich um und geht zur Mitte der Piazza, wo noch immer der trauernde Hund liegt, der sich während der Fütterung nicht gerührt hat.

Das Tier hebt den Kopf, richtet sich aber nicht auf. Sie blicken sich in die Augen. Der Pilger kniet nieder.

Was ist hier passiert? Etwas ist passiert. Was?

Der Hund verharrt reglos. Der Pilger streckt die Hand aus. Der Hund läßt den Kopf sinken, er rührt sich nicht von der Stelle.

Der Mann geht hinüber zur nächsten Schar Zerlumpter und winkt einen Jungen herbei. Der Junge nimmt eine Fackel zur Hand und folgt dem Pilger zurück zu dem Hund.

Das Licht der Fackel fällt auf das Gesicht des Pilgers.

Er trägt eine Kappe auf dem Hinterkopf. Sein langes Haar ist von einem dunklen, warmen Rot, der Farbe toskanischer Erde; weiße oder silberne Strähnen schimmern darin. Er trägt einen Bart, wie französische oder spanische Könige ihn tragen – abgezirkelt und getrimmt wie ein mit Kohlestift schraffierter Umriß von Kiefer, Mund und Wangen. Seine Augen sind groß und liegen weit auseinander, und spräche man von einer Zeichnung oder einem Gemälde, müßte man sagen, er habe eine Nase im Stil Lorenzos des Prächtigen. In der Tat könnte der Mann ein Medici sein, der zurückgekehrt ist, um seine Stadt wieder in Besitz zu nehmen. Jede seiner Bewegungen, jede Geste ist geprägt von fürstlicher Autorität.

Der Junge muß warten, während der Pilger den Umhang ablegt und neben dem Hund auf dem Boden ausbreitet.

Dann läßt er sich darauf nieder und zieht einen Skizzenblock aus einer Tasche seines langen, gewebten Mantels. Einen Skizzenblock und ein Stück Zeichenkreide.

Der Junge tritt näher heran. Die Fackel wirft ihren flackernden Schein über das Blatt auf den Knien des Pilgers.

Und dann beginnt der Pilger zu zeichnen.

Ich habe das Blatt gesehen, las Jung. Ich habe es gesehen, voll Staunen und voller Gram. Es zeigt Kopf, Schultern und Vorderpfoten eines trauernden Hundes. Und es zeigt eine grausam zugerichtete Hand. Eine Hand, die ein Stück Brot hält.

Darunter, vielleicht erst später hinzugefügt, in dieser seltsamen Spiegelschrift, für die er berühmt war, stand folgende Notiz:

Hand einer Florentiner Frau, gezeichnet bei Fackelschein am Abend des 6. Februar 1497. Der Hund wollte sie nicht verlassen; er starb in den Morgenstunden. Dunkelblauer Baumwollärmel. Ein Knopf, aus Holz geschnitzt.

Das war meine erste Begegnung mit Leonardo.

5

Zehn Minuten später starrte Jung noch immer blind auf die Seite vor ihm.

Leonardo.

Natürlich. Über welche Figur im Florenz des fünfzehnten Jahrhunderts hätte Pilgrim sonst schreiben sollen?

Und zweifellos war die Zeichnung auch in Pilgrims Buch über Leonardo da Vinci abgebildet: das erste Leonardo-Original, das er – seinem Nachsatz zufolge – erblickt hatte. Ebenso, wie es vermutlich das erste Mal gewesen war, daß er die berühmte Spiegelschrift des Malers vor Augen gehabt hatte.

Jung drehte die Lampe aus. Es war Dämmerung geworden, und dann Morgen. Die Sonne schien.

Ihn fror. Er konnte jetzt nicht weiterlesen. Der Knabe Angelo würde warten müssen. Leonardo kennengelernt zu haben war fürs erste genug.

Er schlug den Kragen seines Morgenmantels hoch – saß einen Moment lang da, die Arme um sich geschlungen, und trauerte um eine Frau, die seit nunmehr vierhundertfünfzehn Jahren tot war.

Ein Knopf, aus Holz geschnitzt.

Er sah auf das Tagebuch hinunter, auf die aufgeschlagene Seite, die umgeblättert sein wollte.

Nein. Nicht jetzt. Noch nicht. Genug. Genug.

Er stand auf und trat mit seinem halbvollen Glas ans Fenster.

Hatte Emma durch all diesen Aufruhr hindurch geschlafen?

Welch seltsame Frage. Welch seltsame Vorstellung. Wie seltsam, zu denken, sie könnte Zeugin der Szene geworden sein, die er eben miterlebt hatte – hätte die Windstöße gehört, das Trappeln der Pferdehufe, die kläffenden Hunde – gesehen, wie die Schatten zuckten.

Und doch war ihm, als habe die Szene sich vor seinen Augen abgespielt, als habe er selbst am Fenster gestanden und die Gestalt des Pilgers ins Licht treten sehen. Leonardo.

Jung hörte das Dienstmädchen an seiner offenen Tür vorbeigehen.

Grundgütiger Himmel – wie hieß sie noch gleich? Sie war neu. Frau Emmenthal hatte sie erst in der Woche zuvor eingestellt. Wie konnte er ihren Namen vergessen? Er war ihm so viele Male mit solcher Beflissenheit zu Gehör gebracht worden. Ein Lächeln – ein Knicks – eine leise Stimme: *Ich heiße ... ich heiße ... ich heiße ...*

»Verdammt, wer bist du?«

Sie trug ein Tablett mit Butterbroten und heißer Schokolade zu Emma hinauf und blieb verwundert an der Tür stehen. Der Herr Doktor hatte gesprochen, aber doch gewiß nicht mit ihr?

Sie spähte in das Halblicht, um zu sehen, ob noch jemand im Zimmer war.

»Ich, gnädiger Herr?«

»Ja. Du.«

»Lotte heiß ich, Herr Doktor. Charlotte, das neue Mädchen. Frau Emmenthal ...«

»Jaja.« Er machte sich zum Narren. »Ist in der Küche noch mehr Schokolade?«

»Ja, Herr Doktor.«

»Gut. Dann bring das Tablett hier herein und mach der Frau Doktor ein neues.«

»Ja, gnädiger Herr.«

Lotte, deren honigfarbenes Haar ihr in einem dicken Zopf über den Rücken hing, drückte sich an ihm vorbei und stellte das Tablett zwischen die Bücherberge auf den Schreibtisch, ehe sie hastig die Flucht ergriff.

Eine Uhr schlug.

Sieben.

Schlaf würde es keinen geben. Nur Butterbrote und Schokolade – *und in Ruhe rasieren werde ich mich … mir den Schnurrbart stutzen … ein schönes Bad nehmen* – und von da direkt weiter zu Pilgrim.

Jung mußte lächeln, während er sich seine Tasse vollschenkte. Was für ein Bild! *Aus der Badewanne direkt zu Pilgrim!* Und schau an – es schneite wieder.

Er trank den ersten großen Schluck Kakao, schloß die Augen und malte sich aus, wie er, frisch dem Bad entstiegen, nackt und dampfend durch lautlosen Flockenfall zog.

Bewaffnet mit nichts als meinem Notizbuch. Und meinem Federhalter. Und vielleicht einem Stab.

Einem Stab. Jawohl.

Ein nackter Pilger.

6

Das Musikzimmer, eingerichtet für Patienten, bei denen man sich von Musik therapeutische Erfolge versprach, hatte einundzwanzig Fenster. Sieben plus sieben plus sieben. Hoch und schmal.

Hier wartete Jung um neun Uhr am selben Morgen, mit dem Rücken zur Tür. Der Schnee vor den Fenstern fiel, als würden die Wolken Groschen auszählen, riesige weiße Geistergroschen aus den Tagen, als die Geldstücke noch so groß waren wie Taschenuhren. So jedenfalls hatte Jung es in Erinnerung.

Zwei Uhren tickten, aber nicht im Takt. Kontrapunktisch.

In einer Ecke stand ein Flügel, sein Deckel erwartungsvoll aufgeklappt. An der Wand lehnte ein verhülltes Cello, verzagt und verlassen. Auf drei goldenen Stühlen schmiegten sich, unsichtbar, drei Geigen in ihre Geigenkästen.

Kommt denn keiner?

Eine Schar von Notenständern drängte sich in der Ecke zusammen. Klatschbasen. *Habt ihr gehört …? Wußtet ihr …?* Zwei Flöten, eine Oboe und eine Klarinette, ebenfalls in ihre Kästen verstaut, lagen in einem Regal, und in dem Fach darunter stapelten sich säuberlich Noten von Bach und Mozart. Schumanns Klavierkonzert a-Moll stand aufrecht, mit dem Gesicht zur Wand. Ein Schemen in einer anderen Ecke, der an das eingedrückte Ohr eines Riesen denken ließ, entpuppte sich bei näherem Hinsehen als Harfe.

Jung hatte sich durch Fräulein Unger für das Musikzimmer

vormerken lassen. Nach ihrem Telephonat mit dem Hausmeister war sie zu Suite 306 hinaufgeeilt, wo sie Kessler anwies, Mister Pilgrim um Punkt neun Uhr herunterzubringen.

Jetzt war es zwanzig nach neun. Hatte Kessler die Order falsch verstanden? Hatte Fräulein Unger sie falsch ausgerichtet?

Jung überprüfte die Bilder und Schriftstücke, die er auf dem meilenlangen Tisch ausgelegt hatte. Der Tisch stand so, daß Jung, wenn er daran Platz nahm, die hellsten Fenster im Rücken haben würde. *Eine Meile lang. Eine halbe. Auf jeden Fall … lang.* An die tatsächlichen Maße zu denken hätte seiner Länge unrecht getan. Es galt schließlich, Eindruck zu machen – den Patienten zu überwältigen durch die Dimensionen der Realität.

Auch das blendende Licht kam Jung zupaß, nicht etwa, weil Pilgrim ihn nicht erkennen durfte, aber wenn er sprach, mußte seine Stimme körperlos klingen. Sein Ziel war eine direkte Konfrontation Pilgrims durch indirekte Mittel, sprich durch seinen Assoziationstest. Jung hatte große Freude an paradoxen Wendungen wie *direkte Konfrontation durch indirekte Mittel.* So widersinnig sich die Formulierung anhören mochte, beschrieb sie doch sehr treffend die Funktionsweise des Testes. *Hier hast du ein Wort … einen Gegenstand … ein Bild … was fällt dir dazu ein?*

Furtwängler rümpfte die Nase über diese Technik, die Jung entwickelt hatte – oder richtiger, zu entwickeln im Begriff war, und zwar durch Ausprobieren. Im Verlauf einer Sitzung äußerte Jung einzelne Worte, kurze Wortfügungen, Lautgebilde – *zack! zack! zack!* –, auf die der Patient mit dem ersten Gedanken zu antworten hatte, der ihm in den Sinn kam. Manchmal hielt Jung auch wortlos Bilder hoch – Zeichnungen, Photographien, Gemälde – und wartete auf eine Reaktion. Das Schweigen eines Patienten, das lernte er allmählich, konnte genauso vielsagend sein wie Worte.

Von innerer Unruhe getrieben, ging Jung zum Klavier hinüber und setzte sich auf den Hocker.

Was?

Etwas Einfaches. Das Schlaflied vielleicht, das seine Mutter immer gesungen hatte – wenn ihm nur die Melodie wieder einfiele. Seine Finger tupften über die Tasten, aber die Noten wollten sich nicht einstellen. Oder lag es daran, daß er sich in Wahrheit gar nicht erinnern wollte? Er begnügte sich mit Akkorden.

Mit einemmal hörte er Kesslers Stimme.

»Hier ist niemand«, sagte der Pfleger. »Aber wir sind natürlich auch spät dran. Vielleicht ist er schon fort.«

Jung erhob sich.

»Guten Morgen«, sagte er auf englisch.

Kessler schlug die Hacken zusammen und nickte.

Pilgrim in seinem Rollstuhl schwieg.

Jung trat lächelnd auf sie zu.

»Das Klavier müssen Sie aber doch gehört haben«, sagte er. »Vielleicht ist es ja ein Geisterklavier. Glauben Sie an Gespenster, Mister Pilgrim?«

Pilgrim schaute weg.

Jung gab Kessler einen Wink.

Kessler nickte, verließ den Raum und zog die Tür hinter sich zu.

Jung ging um den langen Tisch herum.

»Möchten Sie nicht ein bißchen näher kommen?« fragte er.

Pilgrim rührte sich nicht.

»Ich habe da etwas, von dem ich glaube, Sie würden es gern sehen.«

Pilgrim, immer noch schweigend, schloß die Augen. Es war, als lausche er einer Musik.

»Hier vor mir liegt eine menschliche Hand«, sagte Jung. »Nicht meine eigene. Eine fremde.«

Pilgrim saß völlig reglos.

»Eine Frauenhand.«

Die Uhren tickten.

Ein Sonnenstrahl suchte sich seinen Weg schräg über den Boden zu Pilgrim – fand seine Lederpantoffeln, die Hosenbeine, die Knie.

»Sie kennen diese Hand, glaube ich«, sagte Jung leichthin. »Eine Frauenhand, leicht gekrümmt ...«

Er wartete.

Dann sagte er: »Und sie hält ...«

Der Wind blies. Er rüttelte an den Fenstern.

Da will jemand herein, dachte Pilgrim.

Jung wedelte ein wenig mit dem Blatt in seiner Hand.

»Es ist nur eine Zeichnung«, sagte er. »Keine echte Hand.« Er behielt den nonchalanten Tonfall bei. *Eigentlich*, besagte dieser

Tonfall, *ist es nicht wichtig. Ich dachte nur, Sie könnten es amüsant finden.*

Pilgrims Augen öffneten sich einen Spaltbreit, wie bei einer dösenden Katze, die schlitzäugig Schlaf mimt.

Jung schwenkte das Blatt hin und her.

»Haben Sie Angst vor Papier, Mister Pilgrim? Vor Buchseiten? Aufzeichnungen? Skizzen?« Jung hielt noch mehr Blätter in die Höhe und wedelte mit dem ganzen Bündel, als würde er ein Staubtuch ausschütteln. »Macht Ihnen das angst? Und wenn ja, warum?«

Er legte sämtliche Seiten weg bis auf eine.

Pilgrim senkte den Kopf und betrachtete seine Hände, die in seinem Schoß ruhten.

»Die Wahl des Malers, Mister Pilgrim«, fuhr Jung fort, »wird nicht von ungefähr auf diese Hand gefallen sein. Was, meinen Sie, hat ihn dazu bewogen?«

Ihre Schönheit.

»Erinnern Sie sich, was ich über die Hand gesagt habe? Sie ist leicht gekrümmt, und sie hält ...«

Leicht gekrümmt. Und hält ...

Pilgrim öffnete den Mund, bewegte die Lippen, als wollte er ein Wort formen – doch es kam kein Laut.

Jung stand auf und überbrückte den Abstand zu dem Rollstuhl und seinem Insassen.

Pilgrim sah die Schuhe des Arztes, die Hosenaufschläge, den weißen, ungeknöpften Kittel. Und das Blatt Papier, das an den Kittel gedrückt war. Leer. Ganz und gar leer.

Da ist nichts.

Er lügt.

Keine Hand, und darum auch nichts, das sie hält.

Nichts kann nichts halten.

Sehr langsam drehte Jung die Seite um und streckte sie ihm hin.

Die Geste hob so sachte an, daß Pilgrim ihrer kaum gewahr wurde. Eine Brise ging durch das Zimmer – ein Luftzug – und das Papier gleißte – blendete ihn.

Er riß den Arm vors Gesicht.

»Mister Pilgrim?«

Jung trat noch einen Schritt näher und ergriff Pilgrims erhobenen Arm, bog ihn nach unten.

Jede ihrer Gebärden, so schien es, folgte einer Choreographie – Doktor und Patient, zwei Tänzer in einer Tanzfigur.

Jung reichte Pilgrim das Blatt.

»Sehen Sie hin«, befahl er, aber sanft. »Haben Sie keine Angst. Sehen Sie einfach hin.«

Pilgrim neigte langsam den Kopf. Er nahm das Blatt und hielt es sich vor die Augen.

Einen Moment lang starrte er ausdruckslos auf das Bild.

Dann ließ er den Kopf sinken und weinte.

Jung wartete, ehe er sprach, und dann sagte er: »Sehen Sie? Kein Grund zur Angst, Mister Pilgrim. Es ist alles gut.«

Und er streckte die Hand aus, nahm das Blatt wieder an sich und kehrte damit auf die andere Seite des Tisches zurück, wo er sich hinsetzte.

Das Bild, den Zeichenbüchern Leonardos entnommen, trug den Titel: *Hände einer Frau, 1499.*

Pace.

Eine Hand, leicht gekrümmt, hielt die andere.

7

TRAUM: Noch immer der Rauch. Noch immer die Feuer. Feuer überall. Auch im Zimmer.

Strazzi kauerte vor dem Kamin und wärmte sich die Hände. Gherardini am Fenster blickte auf die windige Piazza hinunter. Der Pilger war verschwunden, und mit ihm der Junge mitsamt seiner Fackel. Nur der Hund lag noch da, entkräftet, mit angelegten Ohren, die lange, graue Schnauze auf die Pfoten gebettet; im Nackenfell, in den Schwanzhaaren spielte der Wind. Gherardini schloß die Augen, aber das Bild blieb. Schatten huschten ihm über die Lider, wie winkende Arme. *Jemand winkt mir – zum Abschied?*

Gherardini hob die rechte Hand, bis die Finger an die Scheibe stießen. Das Glas war kalt.

Wink zurück.

Strazzi wandte sich um. »Ist ja gut«, sagte er. »Ist ja gut. Sag auf Wiedersehen.«

Auf Wiedersehen.

Der Kopf der Hundes rollte auf die Seite. Er war tot.

Auf diesen Augenblick hin hatte Jung sich durch einen langen Arbeitstag gekämpft: den Augenblick, in dem er Pilgrims Tagebuch weiterlesen durfte.

Aber was las er da eigentlich? Was in den bisherigen Passagen wie Wirklichkeit geklungen hatte, war nun auf einmal ein *Traum*.

Ein *Traum*.

Ein Traum, in dem offenbar zwei Männer Zeugen der Mordzene auf der Piazza geworden waren. Und einer der beiden war der junge Mann, dessen Namen Lady Quartermaine ihm genannt hatte – der Mann, von dem Pilgrim im Schlaf gesprochen hatte: Angelo Gherardini.

War alles nur ein Traum gewesen? Alles? Oder fand Pilgrim – falls er tatsächlich ein Medium war – seine Stimmen manchmal in Zuständen wieder, die er dann Träume nannte? Die er Träume nannte, obwohl er etwas anderes meinte: Beschwörungen, Erinnerungen, Botschaften. Störungen. Fremde Stimmen, die in seine Wirklichkeit eindrangen. Das entsprach zweifellos dem Erleben mancher Schizophrener, wenn sie, wie aus einem Versteck, den Gesprächen von Eindringlingen lauschten. Als würde ihr Haus von Plünderern überfallen, denen sie hilflos zusehen und zuhören mußten.

Und nun war das Gehörte und Gesehene plötzlich Erinnerung, nicht mehr Gegenwart.

Also gut – der Traum:

Geruch nach brennendem Holz – mehr als nur Lampenöl. Mehr als der Weihrauch, der aus der erleuchteten Tür von Santa Maria Novella heraufzog. Mehr als die in den Kohlenpfannen glimmende Holzkohle. Brennendes Holz. Harz. Wachs. Gherardini dachte an die Wälder rund um Florenz, die Pinienwälder, die sich über sanfte Hügel nach Süden erstreckten. Sie brannten – alles brannte ... alles in seinem Blickfeld stand in Flammen.

Eine Tür wurde geöffnet. Ein Luftzug wehte ihn an. Der Duft eines Körpers – parfümierte Luft.

Strazzi sagte: »Willkommen. Ich hatte Euch nicht erwartet.«

Gherardini öffnete die Augen. Das Fensterglas spiegelte den von Fackeln beleuchteten Gang hinter der Tür – gleißendes Orangerot mit goldenen Zungen. Ein Schatten, kein Umriß, verdunkelte nach und nach das Licht, kam näher, bis die offene Tür ganz verdeckt war.

Er wollte sich umdrehen, aber er konnte es nicht. *Nein!* War jemand gekommen, um sie zu töten?

Nein!

Er langte nach dem Messer unter seinem gegürteten Wams.

Als Strazzi wieder sprach, klang seine Stimme fern, gedämpft – wie durch ein Tuch: »Ich habe Feuer gemacht.«

Der Schatten ging zur Tür zurück und stieß sie zu. Ein selbstbewußtes Geräusch: *Hier bin ich.*

Hinter Gherardini raschelte es; ein Mantel wurde abgelegt. Er spürte den Lufthauch an der Schulter.

Wein plätscherte in ein Glas. Jemand trank. Das Glas wurde auf den Tisch gestellt und nachgefüllt.

»Ich habe dich lange nicht mehr gesehen.« Die Stimme klang belegt vom Wein.

Schau ihn an. Du mußt ihn anschauen.

Gherardini drehte sich um. Das Licht der Feuer, das von der Piazza herauf durch das Fenster fiel, hatte den Schleier gehoben und ließ alles im Raum in schrecklicher – *warum schrecklicher?* – Klarheit erscheinen.

Ein Mann stand vor ihm, ein Mann in einem purpurroten Lucco mit besticktem, offenem Stehkragen, unter dem ein weißweinfarbenes Wams und ein gefälteltes Hemd sichtbar wurden. Jedes Detail der Stickerei glitzerte silbern.

Es war der Pilger. Leonardo.

Er legte den Skizzenblock auf die Fensterbank – auf dem obersten Blatt die Hand der toten Frau und ihr sterbender Hund. Die Zeichnung, mit dem flinken, sauberen Strich eines Meisters auf das Papier geworfen, lag so, daß Gherardini sie in allen Einzelheiten erkennen konnte. Er schloß einen Moment die Augen. Ein Blick, und das Bild hatte sich für alle Zeiten eingeprägt.

Leonardo trat einen Schritt näher, beugte sich vor, schaute Gherardini lächelnd in die Augen. Die Hand ohne Weinglas – eine riesige Hand, so schien es – kam heran und legte sich an Gherardinis Wange.

Strazzi stand ein Stück entfernt und sah zu, wie man einem Adler zusieht, der sich auf seine Beute stürzt – furchtsam und doch fasziniert von seiner Zielsicherheit.

Leonardo – die Hand noch an Gherardinis Wange, die Fingerspitzen auf den feuchten Locken des Jungen – neigte den Kopf leicht zur Seite und küßte ihn mitten auf den Mund.

»Ich dachte schon, ich sehe dich gar nicht mehr wieder. Wie lange ist es her? Ein Jahr? Anderthalb?«

Gherardini konnte nicht antworten.

Leonardo hatte sich Haare und Bart parfümiert. Iriswurzel, Rosmarin, irgend etwas ... Er legte Gherardini zwei Finger auf die Lippen. Sein Körper schob sich an ihn heran, der rechte Oberschenkel, nah, sehr nah an Gherardinis Lenden, teilte den Lucco wie ein weidendes Tier das Gras, an dem es sich gütlich tun will.

Gherardini zitterte. Er wollte zurückweichen, aber der Fensterflügel hinderte ihn.

Leonardo teilte die Lippen des Jungen und steckte ihm die Finger in den Mund.

Sie schmeckten nach Kreidestaub und parfümierten Handschuhen.

»Weißt du noch, wie wir Mutter und Kind gespielt haben? Wie du an meinen Fingern gesogen hast, während ich dir übers Haar strich ...?«

Er warf den Lucco ab und ging zu der Kommode, in deren großen Schubladen Bücher und Skizzen wild durcheinanderlagen.

Strazzi warf Gherardini einen Blick zu und wandte sich mit einem Achselzucken ab.

Leonardo durchwühlte die Schubladen, riß sie auf, stieß sie wieder zu – mit wachsendem Zorn.

Im Kamin brannten, wie in einem Traum, der sich ohne erkennbaren Bezug zum realen Geschehen durch Zeit und Erleben bewegt, zwei frische Pinienscheite. Wann hatte Strazzi nachgelegt?

Von der Piazza schallte wieder Hufgetrappel herauf. Wegen des Karnevals waren die Wachen um einen Trupp berittener Soldaten aus dem Palazzo Vecchio verstärkt worden. Sie trugen gedeckte Farben. Savonarola. Nicht mehr das Gold und Scharlachrot der Medici, sondern triste olivgrüne Tuniken und mönchsgraue Kutten. Ihre Rüstungen waren aus stumpfem Stahl. Sie spiegelten einen Schimmer des Mondes.

Auch er war aus dem Nichts hervorgekommen.

Der Wind mußte ihn hergeweht, die Wolken vertrieben, sie wie graue steinerne Burgen übereinandergetürmt haben und ...

»Hier. Ich hab dich gefunden.«

Leonardo holte einen Leuchter, fegte den Zierat beiseite und legte ein in Leder gebundenes Skizzenbuch von der Länge eines

Meterstabs auf den Tisch. Beim Umschlagen der schweren Seiten murmelte er: »Die kennst du, und an die wirst du dich auch erinnern – da hab ich dich in die Kunst der Verführung eingeweiht … Finger für Finger, Haar für Haar. Na? Weißt du nicht mehr?«

Strazzi neben dem Kamin trat verlegen von einem Bein aufs andere.

Gherardini rückte näher und sah zu, wie Leonardos Hand über Seiten hinwegblätterte. Wie viele Knaben und Jünglinge und junge Männer lagen hier in Kreide und Kohle und Tusche begraben …? Auch Strazzi war dabei – und Dutzende von anderen, beigesetzt zwischen zwei Buchdeckeln – jeder Strich geprägt von Leonardos leidenschaftlichem Streben nach Vollkommenheit, seiner besessenen Suche nach dem Detail. *Zeichne nach der Natur. Zeichne das Ding, wie es ist. Vergiß alle Lehrer. Der einzige Lehrer ist die Wirklichkeit.*

»Hier. Siehst du? Das bist du. Schau nur hin. Der schönste Junge, den ich je gesehen habe.«

Gherardini starrte auf das Blatt. Sein Kopf im Profil, mit gesenktem Blick. Sein Rücken von der Schulter bis zum Gesäß. Nackt. Seine Füße. Seine Arme. Sein Mund. Seine Hände.

Und noch einmal er – sitzend, ein Bein gestreckt, eine Hand auf der Brust – die Genitalien entblößt – die Augen halb geschlossen, der Kopf geneigt, das Haar die Schulter streichelnd, die Lippen atmend – als würde er jeden Moment einschlafen.

Leonardo stieß einen Seufzer aus. Er hatte die nächste Seite aufgeschlagen, wischte mit der offenen Hand darüber, als müßte er einen Schleier oder einen Schatten beiseite fegen. In seinen Augen glitzerten Tränen.

Gherardini blickte auf das Blatt. Er strich mit den Fingern über die Umrisse des gezeichneten Körpers – als könnten sie warm sein.

Ein Lufthauch. Die Kerzen flackerten. Eine Tür wurde geöffnet und wieder geschlossen. Strazzi hatte sie verlassen. Gherardini war allein mit dem Bild seines Bruders – und die Hand, die es auf Papier gebannt hatte, lag auf seiner Schulter.

Jung schloß die Augen.

Das Bild seines Bruders …

Schön. Es war also nicht Angelo – sondern sein Bruder. Auch gut. Diese Geschichte, diese Phantasie, dieser Traum – was immer es war – hatte erneut eine Wendung genommen.

Und ich folge ihr, egal, wohin sie mich führt.

Aber wie stand es um den Geist, der diese Szenen heraufbeschworen hatte? Wie bekam man Zugang zu ihm – zu Pilgrims Geist? Wie half man ihm, mit alldem fertig zu werden – den Phantasien, deren Wirklichkeit stärker war als die reale Wirklichkeit? Stärker als die »konkrete« Welt des Hier und Jetzt, vor der Pilgrim sich in das Schweigen geflüchtet hatte und vor der er in den Tod flüchten wollte.

Mit anderen Worten, dachte Jung und schlug das Buch zu, *wie mache ich von hier aus weiter, wenn »hier« der letzte Ort ist, an dem Pilgrim sein möchte?* Denn inzwischen lebte Pilgrim, seinen Aufzeichnungen nach zu urteilen, vollständig in der Vergangenheit. *Gut,* dachte er und erhob sich, *das ist meine Aufgabe. Meine Aufgabe. Ja. Aber wie gehe ich sie an?*

8

Zum letzten Weihnachtsfest hatte Emma Jung ihrem Mann einen Photoapparat geschenkt – ein Spielzeug, nannte sie es. *Jedes Kind braucht zu Weihnachten wenigstens ein Spielzeug,* hatte sie auf die Karte geschrieben, *und das hier ist für mein jüngstes und liebstes Kind.*

So sah sie ihn. Sicher, er hatte genialische Züge – aber dasselbe ließ sich vom achtjährigen Mozart behaupten. Und wie sie Frau Emmenthal im vorigen Sommer einmal beim Erbsenenthülsen anvertraut hatte: gerade in dem Kind in ihm zeigte sich sein Genie. *Er sieht und träumt und staunt, wie sonst nur Kinder es können – ohne den Schatten eines Zweifels. Was er weiß, das weiß er. Und genauso weiß er, was er alles nicht weiß. Das ist das untrüglichste Merkmal eines Genies: es hat keine Furcht vor der eigenen Unwissenheit.*

Der Photoapparat war eine Kodak, eine Klappkamera, die sich auffaltete wie eine Ziehharmonika. Meine Quetschkommode, nannte Jung sie. *Ein Liedchen gefällig?*

Am 8. Mai 1912, der auf einen Mittwoch fiel, sah Jung beim Frühstück aus dem Fenster und entdeckte eine Osterglocke auf dem Rasen.

»Da blüht eine Osterglocke im Garten«, teilte er Emma mit. »Gleich nach dem Frühstück gehe ich hinaus und photographiere sie.«

»Laß dich nicht von einer Osterglocke täuschen, Carl. Zieh deine Galoschen an und leg einen Schal um, bevor du hinausgehst.

Du hast nicht die Zeit, krank zu werden, und ich habe nicht die Zeit, dich zu pflegen.«

»Yes, Ma'am.« Jung drückte seiner Frau lächelnd die Hand.

»Ma'am?« wiederholte Emma. »Ma-am? Was ist das?«

»Das sagt man in England. Eine respektvolle Anrede für eine ältere und weise Frau. Die zusammengezogene Form von *Madam*, was die Engländer ohne *e* schreiben, um sich von den Franzosen abzusetzen, die sie verabscheuen. Zumindest tun sie so. Die Engländer stehlen den Franzosen alle ihre Worte und verändern sie auf Weisen, die ungefähr so subtil sind wie ein Fausthieb. Sie behalten die Schreibweise bei und sprechen die Wörter falsch aus – oder sie behalten die Aussprache bei und schreiben die Wörter falsch. Oder auch beides. Wie bei Madam. *Mäh-dum.* Ha! Klingt eher wie ein verirrtes Schaf. *Madame* ist ja so grauenhaft französisch. So grauenhaft ausländisch. So grauenhaft gestelzt! Und im nächsten Augenblick drehen sie sich um hundertachtzig Grad und reißen sich ein Wort wie *embuscade* unter den Nagel, das sie mit geziertem französischem Genäsel aussprechen – aber mit *a* schreiben statt mit *e*.«

»Hochinteressant, Carl. Und danke für die kleine Vorlesung.« Emma setzte ihre Tasse ab und wischte sich die Lippen. »Warum *embuscade*?«

»Wie, warum?«

»Warum wählst du ausgerechnet ein Wort als Beispiel, das Hinterhalt bedeutet?«

»Es wird das erste Wort gewesen sein, das mir eingefallen ist. Keine Ahnung.«

»Ich an deiner Stelle würde mir Gedanken machen. Offen gestanden würde ich mir sogar Sorgen machen.«

»Sorgen? Wieso denn Sorgen? Es ist doch bloß ein Wort.«

»O nein, das ist es nicht. Es ist eine verkappte Drohung. Eine Warnung. Ein Hinweis auf deinen Seelenzustand. Oder möglicherweise auch auf dein schlechtes Gewissen gegenüber der armen Osterglocke da draußen im Schnee. Da sitzt du und planst schon deinen Feldzug hinaus in den Garten, nur damit du das arglose Ding *schießen* kannst. Sagt man nicht so, ein Photo *schießen*? Carl Gustav hat heute morgen eine Osterglocke geschossen. O weh, o weh, was machen wir nur mit ihm?«

Emma sagte es lächelnd, und Jung lächelte mit ihr. Aber als sie wieder ernst wurde, blieb sein Lächeln unverändert.

»Andererseits«, sagte Emma und reichte ihm die Streichhölzer, »wäre es natürlich auch möglich, daß du in einem Winkel deines Inneren einfach Angst hast, etwas oder jemand könnte im Dunkeln lauern, um sich auf dich zu stürzen. Denk darüber nach. So, jetzt nehme ich mir Savonarola vor, und du schießt derweil deine Osterglocke.«

Draußen im Garten, wo ihm der Schnee in die offenen Galoschen fiel, redete Jung mit der Osterglocke – erklärte ihr, daß er nur ein Bild von ihr machen und sie nicht etwa abschneiden wolle, um sie in eine Vase zu stellen. »Ganz ruhig«, sagte er laut.

Emma, die ihn vom Fenster aus beobachtete, sah, wie seine Lippen sich bewegten. *Da,* dachte sie, *schon wieder. Er spricht mit den Dingen.* Und dann – mit einem Lächeln: *noch so ein untrügliches Zeichen von Genialität.*

Als Jung in der Klinik ankam, erspähte er draußen im Garten Lady Quartermaine.

Verflixt. Pilgrim ist bei ihr. Jetzt kann ich sie nicht über das Tagebuch ausfragen.

Die beiden wanderten scheinbar ziellos den freigeschaufelten Weg zum Kiefernwäldchen entlang, vorbei an der Psyche-Statue und der Büste von Auguste-Henri Forel auf ihrem Sockel. Professor Forel hatte dem Burghölzli zu Weltgeltung verholfen. Er galt weithin als Koryphäe, auch wenn er nach Jungs Überzeugung längst ausgedient hatte und sich nur weigerte, abzutreten. Seine Visiten – immer unangekündigt – zogen sich endlos hin, und seine Lust daran, anderen ins Handwerk zu pfuschen, schien schier unerschöpflich. *Sind Sie denn blind?* wetterte er. *Haben Sie gar nichts begriffen? Merken Sie nicht, wo Sie mit Ihrer Behandlung hinsteuern? Geradewegs in die Katastrophe!* Und dann mußte man jedesmal Stunden damit zubringen, die eigenen Methoden zu rechtfertigen. Es konnte einen in den Wahnsinn treiben.

Lady Quartermaine führte Pilgrim über den schneebedeckten, sacht abfallenden Rasen auf das Vordach zu, unter dem ihr Automobil wartete. Sie hätten Mutter und Kind sein können. Oder, dachte Jung, der sie beobachtete, ein Liebespaar.

Pilgrim war vom Kinn bis hinab zu den Zehen in seinen weiten Mantel gehüllt, umflattert von den Enden zahlloser Schals. Sein langes Gesicht beschattete ein weicher, breitkrempiger Hut aus dunklem Filz, den er schräg aufgesetzt hatte und mit einer Hand festhielt. Mit der anderen Hand klammerte er sich an Lady Quartermaine, als habe er Angst, zu fallen.

Jung holte sie auf der Höhe der Psyche-Statue ein.

»Guten Morgen«, sagte er. »Gestatten Sie, daß ich mich Ihnen anschließe?«

Heute hatte Sybil kein Lächeln für ihn übrig. »Wenn Sie möchten«, sagte sie nur. Sie sah aus, als hätte sie seit Wochen nicht mehr geschlafen. Ihr Teint war fahl. Unter dem sorgfältig aufgetragenen Puder lagerten bläuliche Schatten, und ihr Blick glich dem eines scheuen Tieres. Furcht vor dem Tageslicht flackerte darin.

»Guten Morgen, Mister Pilgrim.« Jung ließ sich nicht beirren. »Machen Sie einen kleinen Verdauungsspaziergang? Ihr *constitutional*, wie man in England ja wohl sagt?«

»Ja, so sagt man in England, Dr. Jung«, erwiderte Sybil. »Und wie ist Ihr Befinden heute morgen?«

Sein Befinden sei bestens, versicherte Jung und fügte hinzu, daß er seine Kamera mitgebracht habe. »Ich habe heute nach dem Frühstück eine Osterglocke photographiert«, teilte er ihr mit. »Die erste in diesem Jahr. Ein sicheres Zeichen, daß der Frühling vor der Tür steht. Nicht lang, und sie blühen überall.«

»Hoffentlich«, sagte Sybil. »Dieser ewige Schnee schlägt aufs Gemüt. Ich frage mich, wie Sie das aushalten.«

Jung blickte zu Psyche hinauf.

Sie war aus Marmor gehauen, was nur passend war. Sie hob sich kaum ab gegen den Schnee – schwebte wie hingehaucht über dem zugefrorenen Teich, umrahmt von schlanken Birken. Ihre Schmetterlingsflügel hatten eine Eisschicht.

»Weiß«, murmelte Jung. »Alles weiß.«

»Ja«, sagte Sybil. »Weiß.« Und dann: »Gibt es hier eine Bank? Irgend etwas, wo wir uns einen Augenblick hinsetzen könnten? Ich weiß nicht warum, aber ich fühle mich recht matt.«

»Da drüben steht eine Bank, gleich neben Professor Forel.« Jung ging voraus.

Sybil wartete, während er mit seinem Taschentuch den Schnee von der Bank wischte. Er trug keine Handschuhe. Um seinen Hals baumelte die Kamera.

Wie ein toter Vogel, dachte Pilgrim.

Als alles bereit war, nahm Sybil Platz, und Pilgrim setzte sich neben sie.

Jung trat einen Schritt zurück und betrachtete die beiden mit einer Mischung aus Sorge und Wohlgefallen. Lady Quartermaine war unübersehbar unpäßlich oder aber zutiefst unglücklich, und Pilgrims hartnäckiges, kämpferisches Schweigen belastete ihn ohnehin. Andererseits gaben sie ein schönes Paar ab vor dem Hintergrund des verschneiten Gartens, wo Psyche sich über ihren zugefrorenen Teich neigte. Ein Stück entfernt sah Jung eine Gestalt dem Eingang der Klinik zustreben.

Archie Menken, sein amerikanischer Kollege.

Was würde wohl Archie von Pilgrims Tagebuch halten?

Pah! würde er höchstwahrscheinlich sagen. *Die Hirngespinste eines zerrütteten Geistes, C.G. Hör auf, dem Wahnsinn einen Sinn abgewinnen zu wollen.*

Jung wandte sich wieder seinen Begleitern zu und fragte: »Würden Sie mir wohl gestatten, ein Photo von Ihnen zu machen? Sie bieten einen ganz prächtigen Anblick auf Ihrer Bank. Ich würde mir gern ein Andenken bewahren. Rein privat selbstverständlich. So ein schöner Tag. Die Sonne – der Schnee. Darf ich sagen, ein Bild von Freunden?«

Sybil sah Pilgrim an.

»Hättest du etwas dagegen«, fragte sie ihn, »dich photographieren zu lassen?«

Pilgrim drehte das Gesicht weg wie ein Kind, das aufgefordert wird zu lächeln.

»Ja, bitte«, sagte Lady Quartermaine. »Eine Photographie würde uns sehr freuen. Als Andenken für uns alle.«

Archie Menken stand an seinem Fenster und blickte einen Moment lang auf das Trio im Garten hinab.

Dann schüttelte er den Kopf und ging zu seinem Schreibtisch.

Es gab genug zu erledigen, auch ohne daß er sich den Kopf über den guten C.G. und seine Probleme zerbrach.

Archie Menken war ein Jünger von William James. Seine Lehrzeit in Harvard hatte ihn knieweich vor Ehrfurcht gemacht. Alles, was er sagte und tat – auch (und gerade) im Hinblick auf seine Patienten –, lebte vom Diktum des Meisters: *Es gibt nur das, was da ist. Sonst interessiert uns nichts.*

Seine Botschaft an die Gräfin Blawinskaja lautete: *Auf dem Mond kann man nicht leben; komm heim.* Seine Botschaft an Pilgrim: *Du hüllst dich in das Schweigen des Todes, dabei stehst du mitten im lebendigen Strom des Bewußtseins. Hör auf mit dem Unfug und sprich!* Pilgrims Antwort darauf war ein sphinxhaftes Lächeln gewesen sowie die stumme Bemerkung, daß der lebendige Strom des Bewußtseins eiskalt ist.

Was Jung anging, dessen Leidenschaft Menken bewunderte, so war er dennoch der Meinung, daß diese Leidenschaft praktischere Anwendung finden konnte. Er war zu unerfahren, um zu merken, daß sich seine eigene »Leidenschaft« so vollständig aus den Maximen seines Mentors speiste, daß für nichts anderes Raum blieb. Seine Aufzeichnungen ebenso wie seine Diskussionsbeiträge waren gespickt mit Bezugnahmen auf James' *Es gibt nur das, was da ist* und den *Strom des Bewußtseins*, und nichts wies darauf hin, daß er den Studenten, der er einmal gewesen war, hinter sich lassen wollte, um erste Schritte in Richtung des Analytikers zu tun, der vielleicht noch aus ihm werden konnte. James war seit zwei Jahren tot, aber für Menken saß er immer noch im Nebenzimmer und wartete darauf, konsultiert zu werden.

Jung konnte Archie zur Weißglut bringen mit seiner unendlichen Bereitschaft, auf die Kapitulationsbedingungen seiner Patienten einzugehen.

»Wir müssen sie in unsere Mitte zurückholen«, hatte Archie ihn einmal angeschrien, »statt ihnen in ihren Phantasien Gesellschaft zu leisten! Hör auf mit deinen Ausflügen zum Mond, C.G.! Schaff die Blawinskaja in die Wirklichkeit zurück, wo die Schwerkraft gilt und das Leben gelebt wird, nicht geträumt!«

Was Pilgrim betraf: »Du kostest seine Not aus. Du aalst dich darin. Du hast ihn Josef weggenommen, der mittlerweile schon erste Heilungserfolge erzielen könnte, nur damit du in Ruhe diesen ganzen unterschwelligen Sturm und Drang erforschen kannst, der Pilgrim zu Selbstmord und Schweigen treibt. Du bist wie ein Kind, das einem Spielkameraden seine Sprechpuppe mißgönnt. Wenn sie spricht, dann muß sie deine Sprache sprechen – nicht ihre eigene und erst recht nicht die eines anderen! In mancher Hinsicht«, hatte Archie erregt gerufen, »bist du ein Ungeheuer, C.G.! Dein Lieblingswort ist *mein* – und ich schwöre zu Gott, du würdest einen Menschen eher sterben lassen, als daß du zuläßt, daß er unter Josefs Obhut wieder ins Leben zurückkehrt – oder meiner – oder wessen auch immer!«

Alle diese Anwürfe wurden laut schreiend vorgebracht. Für Jung freilich war Archies Gebrüll, sein jungenhaftes Ungestüm, eine seiner liebenswertesten Eigenschaften. Zwischen ihnen beiden war mittlerweile nur wenig ungesagt geblieben. Mit Josef Furtwängler dagegen erübrigte sich jede Diskussion. Für Furtwängler war das Thema Jung erledigt.

Aber Jung ließ Schweigen nicht gelten. Er stritt einfach ab, daß es existierte. In jeder »schweigend« verbrachten Stunde mit Pilgrim fanden – aus seiner Sicht – genauso viele Gespräche statt, wie er sie mit seinem redseligsten Patienten hätte führen können. Er und Pilgrim hatten sich schweigend über Pilgrims Befinden »ausgetauscht«, über die Musik, die er am liebsten auf dem Grammophon hörte, über die Fenster, aus denen man den schönsten Blick hatte, über seine Freude am Wein und seine Abneigung gegen alle möglichen Speisen. Desgleichen über seine Vorlieben bei Krawatten – seine strikte Weigerung, irgend etwas Gestreiftes zu tragen. In Jungs Augen lieferten Ablehnung und Zustimmung, selbst wenn sie nur mit einer Geste zum Ausdruck gebracht wurden, einen vollgültigen Ersatz für wortreichste Dispute. Und was die Nuancen anging: ein Senken des Blicks, ein Achselzucken, ein Verlagern des Gewichts waren Adjektive genug. Eine Gebärde konnte beredter sein als jedes Wort. Jung sah seine Aufgabe nicht minder im Beobachten als im Zuhören. Menken hatte das noch nicht begriffen.

Pilgrim war Jung ans Herz gewachsen, trotz seines halsstarrigen Schweigens und seiner unwirschen Zurückweisung aller psychiatrischen Bemühungen. Er würde ihm fehlen, wenn er erst wieder gesund war und nach England zurückkehrte. Falls es jemals dazu kam.

Falls es jemals dazu kam …

Warum dachte er so etwas?

Da war er. Der Hinterhalt.

Hinterrücks überfallen von Verzagtheit.

Er wird nicht gesund.

Und du kannst nichts dagegen tun.

Nein. Sag das nicht. Das darfst du nicht sagen.

Also gut. Er wird gesund. Völlig gesund. Und wir übersiedeln alle auf den Mond. Hurra!

O Gott.

O Gott.

Was hatte das zu bedeuten? Wer sprach da? Eine Stimme wurde ungebeten in seinem Kopf laut – eine Stimme, die ihm krittelnd und abfällig Scheitern einflüsterte, wo es kein Scheitern geben durfte.

Ist es nicht denkbar, fuhr diese Stimme nun fort, *daß du zu ihnen gehörst, nicht zu uns, Carl Gustav? Darf ich dich an deine Mutter erinnern? Denk an deine Mutter. All ihre schlaflosen Nächte – all ihre gemurmelten Verwünschungen – ihre Drohungen und Warnungen an alle und alles, dich inbegriffen. Ihre Träume – ihre Alpträume – ihr Schreien und Zischeln im Dunkeln. Sie hat zu ihnen gehört, nicht zu uns, Carl Gustav. Du hat es selbst gesagt – oder wenigstens gedacht. Oder …?*

Ja.

Eben, warum also nicht auch du? Wer sagt, daß ein Arzt nicht krank werden kann?

Jung schlug sich mit dem Handballen gegen die Stirn. »Sei still«, flüsterte er. »Sei still da drin. Geh weg.«

Ich will nur helfen, sagte die Stimme. *Ich will mich nur nützlich machen.*

Am nützlichsten machst du dich, indem du ganz einfach Ruhe gibst.

Gut. Dann sage ich jetzt nichts mehr.

Eine winzige Pause entstand.

Für den Augenblick, fügte die Stimme hinzu. *Aber verschwinden werde ich nicht. Ich bin hier, um zu bleiben, Carl Gustav. Um zu bleiben.*

Diese bemerkenswerte »Unterhaltung« – Jung hätte kein anderes Wort dafür gewußt – fand gegen elf Uhr vormittags statt, an jenem selben 8. Mai, an dem Jung seine Photos von Pilgrim und Lady Quartermaine geschossen und die Osterglocke in seinem Garten begütigt hatte.

Jung fuhr über Mittag nicht nach Küsnacht zurück, sondern blieb allein in seinem Büro, wo er einen Schluck Weinbrand trank, einen Stumpen rauchte und in sinnender Haltung dasaß, als warte er darauf, daß jemand ihn ansprach.

9

Um drei Uhr am selben Nachmittag war Archie Menken gerade von einer aufreibenden Sitzung mit einem Patienten zurückgekehrt, den nichts und niemand zum Schweigen bringen konnte. Unzählige Stunden waren im Lauf der vergangenen Wochen mit Zuhören verbracht worden, unzählige weitere mit Experimenten mit Äther, Chloralhydrat, Laudanum, Bädern, Zwangsjacken und anderen Mitteln, die dem hysterischen Redefluß Einhalt gebieten sollten. Aber bislang hatten diese Maßnahmen nicht etwa Schweigen gezeitigt, sondern nur weitere Wortschwälle – wenn auch Wortschwälle durchaus intelligenter Natur. Die Geschichte der Dänen, die Straßen Londons in alphabetischer Reihenfolge, das Leben von Königin Alexandra sowie eine Erklärung dafür, warum die Guillotine nicht ausgereicht hatte, um den Adel mundtot zu machen. Letzteres Thema hatte es Archie Menken besonders angetan, denn sein Patient entstammte selbst einem alten französischen Adelsgeschlecht.

Um fünf nach drei, als er sich eben ein Gläschen verbotenen Bourbons einschenkte und eine Zigarette ansteckte, klopfte es an der Tür.

»Nein«, rief er und versteckte hastig Flasche und Glas für den Fall, daß es sich bei dem Besucher um Bleuler handelte. »Ich kann nicht. Ich habe zu tun.«

Die Tür öffnete sich dennoch.

Es war Jung.

»Geh weg, C.G. Ich möchte allein sein«, befahl Archie.

In der Hand hielt er einen Stoß Photographien, frisch abgezogen.

Er trat an Archies Schreibtisch und ließ sich in den Patientenstuhl sinken.

»Du lieber Gott, was ist denn mit dir los?« fragte Archie. »Ich hab doch gesagt, es paßt mir nicht. Ich muß einen Moment allein sein.«

»Tu dir keinen Zwang an.« Jung machte eine wegwerfende Geste. »Laß dir ruhig Zeit. Ich sitze einfach nur da.«

»Aber du kannst nicht einfach dasitzen. Verdammt – allein heißt allein.«

»Tu so, als wäre ich Luft.«

Archie holte sein Glas wieder hervor und trank.

»Was hast du gemacht – warst du Bergsteigen?« fragte er. »Warum schnaufst du so?«

»Das erklär ich dir, wenn du mit dem Alleinsein fertig bist. Ignorier mich einfach.«

Archie lehnte sich zurück und seufzte. Er gab auf.

»Möchtest du einen Drink?«

»Was dachtest du denn?«

»Natürlich. Dumme Frage.«

Archie drehte sich um und nahm ein zweites Glas aus dem Schrank, goß einen kräftigen Schluck Bourbon hinein und schob es über den Tisch. Dann schenkte er sich selber nach und stellte die Flasche weg.

Er sah Jung zu, wie er trank. Jung hatte seine Bilder noch immer in der Hand. Seine Lippen bewegten sich. Er konnte nicht stillsitzen. Er schlug die Knie zusammen wie ein zappliger Halbwüchsiger.

»Also? Was ist?«

»Bist du fertig mit dem Alleinsein?«

»Sei nicht so kindisch. Sag schon, warum du gekommen bist.«

Jung fächerte die Photographien auf wie ein Blatt Spielkarten. »Da«, sagte er. »Ich möchte gern, daß du einen Blick darauf wirfst.«

Menken beugte sich vor und nahm sie – acht leicht klebrige Rechtecke.

»Ich habe sie heute früh gemacht«, sagte Jung, »und von Valbreque entwickeln lassen. Ich habe sie gerade erst bekommen.«

»Jürgen Vallabreque?«

»Wie viele Vallabreques arbeiten denn deiner Meinung nach hier? Achtzig? Natürlich Jürgen, du …«

»Sag's ruhig, C.G. Sprich's dir von der Seele.«

»Du Volltrottel.«

»Danke. Darauf warte ich schon eine ganze Weile.«

»Himmelherrgott, jetzt schau dir endlich die Bilder an!«

Jung erhob sich, kippte seinen Bourbon hinunter und ging um den Tisch herum, um sich nachzuschenken. Er stand jetzt hinter Archie Menkens rechter Schulter.

Archie zog die Lampe näher heran und breitete die Photographien auf seiner Schreibtischunterlage aus – zwei Viererreihen. Fast eine Minute lang studierte er sie, eine nach der anderen.

Drei Osterglocken – dreimal Lady Quartermaine und Pilgrim – Psyche – ein Automobil (Marke Daimler).

Schließlich fragte Jung: »Fällt dir etwas auf?«

»Hm«, sagte Archie, vage. Dann: »Sie sind ziemlich gut.«

»Das meine ich nicht. Irgend etwas Ungewöhnliches?«

Archie betrachtete die Bilder der Reihe nach noch einmal.

»Hast du eine Lupe da?« fragte Jung.

»Nein.« Und dann: »Lady Dingsda sieht ein bißchen traurig aus. Ist es das? Unwohl?«

»Stimmt – aber das meine ich auch nicht.«

Archie hielt jedes Bild einzeln unter die Lampe.

Jung beugte sich über seine Schulter.

»Und?«

»Nicht auf den Blumenbildern, nehme ich an?«

»Nein.«

»Ist das immer dieselbe Blume? Sie sind wirklich hervorragend. Du könntest sie veröffentlichen. Der Schnee … die Schatten …«

»Nicht die Blumenbilder!«

Archie legte sie beiseite.

»Psyche?«

»Ja und nein.«

»Sie ist viermal drauf – dreimal mit Lady Dingsda und Pilgrim, und einmal allein.«

»Ja.«

»Hmm – ihre Flügel sind mit Eis überzogen. Das sieht man. Und …«

»Schau dir Pilgrim an.«

Archie legte die drei Photographien von Lady Dingsda und Pilgrim direkt unter die Lampe, stand auf und beugte sich über sie.

»Und?« drängte Jung.

»Nein.«

Und dann: »Na ja …«

Und dann: »Auf dem hier …«

Archie hob das mittlere Bild auf und hielt es sich dichter vor die Augen, ging damit zum Fenster hinüber, ans Tageslicht – Winterweiß statt Gelb.

»Hmm …«, sagte er endlich. »Auf dem hier hat Pilgrim irgendwas auf der Schulter.«

»Gott sei Dank«, sagte Jung und ließ sich in Archies Sessel fallen.

»Wieso Gott sei Dank?«

»Weil es bedeutet, daß ich nicht verrückt bin.«

Archie lachte. »Nicht verrückt, weil Pilgrim etwas auf der Schulter hat?«

»Sag mir, was es ist.«

»Das kann ich nicht. Es ist zu undeutlich.«

»Schau genauer hin. Du sollst hinschauen.«

»Also komm, C.G., das ist lächerlich.«

»SCHAU HIN!«

Verdutzt über Jungs Heftigkeit, schwieg Archie und wandte sich mit dem Photo wieder dem Fenster zu.

Dann sagte er: »Es sieht aus … wie ein Schmetterling. Das ist natürlich unmöglich. Es wird Schnee sein … aber es sieht aus wie ein Schmetterling.«

Jung schloß die Augen und preßte die gefalteten Hände an den Mund.

Archie kam mit dem Bild an den Tisch zurück und legte es zu den anderen.

»Also?« sagte er. »Was ist es?«

Jung gab keine Antwort.

Er stand auf, löste die Hände voneinander und sammelte die

Photographien ein, steckte sie in die Tasche, trank seinen Bourbon aus, ging zur Tür, winkte und sagte: »Danke sehr, Mister Menken.«

Und fort war er.

Archie setzte sich hin.

»Es ist kein Schmetterling«, sagte er laut. »Unmöglich.«

Aber es war einer.

Am nächsten Tag fuhr Jung zum Mittagessen wieder heim nach Küsnacht.

»*Psyche*«, las Emma aus dem Lexikon neben ihrem Suppenteller vor: »*die Seele des Menschen, das nachbleibende Ebenbild der Person, das in der antiken Kunst oft als Mädchen mit Flügeln oder als Schmetterling dargestellt wird.*«

Emma blickte zum Fenster hin, wo Jung stand und zu seiner Osterglocke hinausstarrte. »Und?« fragte sie. »Hilft dir das weiter?«

»Danke. Ja.«

Seine Stimme war kaum mehr als ein Flüstern.

Dann sagte er: »Sag mir, daß du es auch siehst.«

Emma hob das Vergrößerungsglas vors Auge und betrachtete das strittige Photo. »Doch«, sagte sie. »Ich sehe es auch.«

»Archie meint, es ist nur Schnee.«

»Das dachte ich anfangs auch«, erwiderte Emma. »Es ist eisig draußen. Wie sollte ein Schmetterling da überleben? Halten sie nicht Winterschlaf, solange es kalt ist? Winterstarre? Wo kann er bloß hergekommen sein?«

»Psyche.«

Emma hätte beinahe gelächelt. Sie schlug das Buch zu und griff nach ihrem Suppenlöffel. Carls Rücken wirkte mit einemmal so rührend. So verloren.

Das kann er doch nicht ernsthaft glauben, dachte sie. Und dann: *Aber genau das tut er. Er glaubt – oder möchte glauben –, daß die Psyche-Statue auf irgendeine Weise den Schmetterling auf Mister Pilgrims Schulter gezaubert hat. Was natürlich Unsinn ist. Völlig unmöglich.*

»Komm jetzt und iß«, sagte sie. »Hast du heute noch Patienten?«

»Einen.«

»Nun, dann iß. Das gibt dir Kraft.«

Jung setzte sich an den Tisch und steckte sich die Serviette in den Kragen wie ein Kind. Oder ein Bauer.

»Leweritsch und seine Bären«, sagte er.

»Ach je. Der ist immer so unternehmungslustig. Fühlst du dich ihm auch gewachsen? Du schaust müde aus.«

»Bin ich auch. Aber ich schaffe es schon. Ich muß ja. Solange er nicht seine Hunde auf mich hetzt.«

»Ich dachte, damit hätte er aufgehört?«

»Kommt ganz darauf an, wie verfolgt er sich fühlt. Aber stimmt, die letzte Woche war hundefrei.«

Otto Leweritsch glaubte, in einem Bärenzwinger zu leben. Diese Wahnidee mochte mit seiner Herkunft zu tun haben. Er war in Bern aufgewachsen, dessen Gründer im zwölften Jahrhundert – so zumindest wollte es die Legende – verfügt hatte, die Stadt solle nach dem ersten Tier benannt werden, das bei der nächsten Jagd erlegt würde. Daher führt Bern einen Bären in seinem Wappen.

Zoobären, Tanzbären, Bären in Zwingern und Bären bei der Hatz, das waren Leweritsch' ständige Begleiter, und ab und zu war er selbst einer von ihnen. Wenn es ganz schlimm kam, wurde er von Hunden gehetzt, und während dieser Phasen half nur die Zwangsjacke. Anfänglich war Jung von dem Problem des armen Mannes fasziniert gewesen, aber jetzt, nach drei Monaten der Behandlung, begannen ihn die Sitzungen mit Leweritsch zu ermüden. Zu viele Hunde.

»Wie spät ist es?« fragte er.

»Kurz vor eins. Entspann dich. Iß. Du mußt ein bißchen mehr auf dich aufpassen.«

Jung führte den leeren Löffel zum Mund und ließ ihn sinken.

Emma, die über ihn hinweg in den Garten hinaussah, beobachtete ihn verstohlen. *Es wird alles gut,* sagte sie sich. *Es wird alles gut. Es geht vorbei.*

Bären, Hunde, Schmetterlinge. Männer, die längst tot sein sollten und es doch nicht waren. Frauen, die auf dem Mond lebten. Das war das Los, das er erwählt hatte, und dafür mußte sie ihn bei Kräften halten. Die schlimmsten Augenblicke – Augenblicke wie dieser – würden vorübergehen. Er war überarbeitet, überreizt, über... was? Überspannt, das traf es. Er hatte weiter gegriffen, als er reichen konnte. Trotzdem, da saß er – und indem sie ihn betrachtete, dachte sie nicht ohne Stolz: *Er wird sich durchkämpfen. Das hat er noch jedesmal ...*

10

TRAUM:

War da Musik? Es schien so. Jemand sang.

Leonardo trat ans Fenster. Sein Wams stand offen, alle Knöpfe aufgeknöpft, die Schnüre des Hemdes hingen herab. Das Band hatte er aus dem Haar genommen, den Gürtel beiseite geworfen.

Das Feuer beleuchtete seinen Rücken, orangerote Streifen flackerten auf weinfarbenem Samt, als wären die Flammen Finger, die ihn kratzten.

Komm her.

Gherardini zögerte.

Komm her. Ich zeig dir etwas.

Was?

Das wirst du schon sehen. Komm her.

Gherardini rührte sich nicht vom Tisch weg, den Blick immer noch auf die Bilder des nackten Jünglings gerichtet. *Mein Bruder.* War es auch ihm so ergangen? Eine scheinbar harmlose Einladung: *Komm her,* und die Leuchter begannen zu flackern, der Feuerschein streckte seine Arme über den Fußboden, und über allem der Duft nach Iriswurzel, Rosmarin, Orangen …

Gherardini ging zum Fenster. Im nächsten Augenblick lag Leonardos Arm um seine Schultern.

Da. Siehst du? Die Messe ist vorbei.

Von Umhängen und Kapuzen verhüllte Gestalten strömten zu den Portalen von Santa Maria Novella heraus.

Leonardos Arm glitt zu Gherardinis Hüfte hinab.

Ich bin müde. Du mußt mir helfen.

Ich wüßte nicht, wie.

Welch ein Unsinn. Natürlich weißt du es.

Leonardo beugte sich vor und küßte die Lippen des Jungen, zog ihn ganz zu sich heran und machte sich mit der freien Hand an den Schnüren von Gherardinis Wams zu schaffen.

Gherardini riß sich los.

Ich habe ein Messer.

Leonardo trat zurück, befremdet, aber lächelnd.

Ein Messer?

Ja.

Du mußt verrückt sein. Was hab ich getan? Nichts, was ich nicht schon ein dutzendmal getan hätte.

Ihr habt nicht verstanden. Ich fürchte mich.

Aber du hast dich nie gefürchtet. Nie. Nie. Nicht vor mir.

Ihr habt mich nicht verstanden. Ich bin nicht …

Wie? Nicht in mich verliebt?

Leonardo lachte.

Gherardini blickte auf die Piazza hinunter. Der Hund war tot. Die Trauergemeinde hatte sich zerstreut. Die Kirchentore waren verschlossen. Die Feuer brannten noch, aber die Gestalten in ihrem Schein saßen alle vom Schlaf gebeugt. Ihre Silhouette hatte nichts Menschliches; es hätte ebensogut eine Kette von fernen Bergen und Hügeln sein können.

Leonardos Hand fiel wieder auf Gherardinis Schulter.

Als Ouvertüre hab ich dich immer von hinten genommen. Erinnerst du dich? Im Stehen. So.

Fordernd drängte er sich an Gherardinis Rücken, zwängte dem Jungen die Finger der freien Hand in den Mund.

»So, so, so«, murmelte er dabei vor sich hin. »Das gefällt dir, ja?«

Seine Lippen preßten sich gegen Gherardinis Ohr. Mit der Linken streifte er dem Jungen das Wams ab, warf es zur Seite und griff nach den Schnüren, die Gherardinis Bundhose auf den Hüften hielten.

Du riechst noch so wie damals, hörte der Junge ihn sagen. *Dein Haar, dein Hals, deine Haut.*

Und dann faßte Leonardo seine Hand und legte sie sich auf das steife Glied.

NEIN!

Gherardini fuhr herum und schlug Leonardo ins Gesicht.

Leonardo schlug zurück, so heftig, daß Gherardini stürzte.

Er zerrte den Jungen hoch und riß ihm das Hemd auf.

Gherardini streckte abwehrend die Hände aus.

Leonardo schlug ihm zweimal ins Gesicht. Zweimal – und ein drittes Mal.

Der Junge hatte die Arme fest vor der Brust verschränkt.

Leonardos Stimme war kaum zu hören.

Niemand sagt nein zu mir. Niemand. Auf die Knie! Und bitte mich um Vergebung.

Der Junge sackte auf die Knie.

Es tut mir leid.

Noch mal. Wie heißt das?

Es tut mir leid, Herr.

Steh auf.

Gherardini vermochte sich nicht zu rühren.

STEH AUF!

Leonardo riß den Jungen am Haarschopf hoch. Dann packte er ihn an den Armen, stieß ihn zum Tisch hinüber, drückte ihn zu Boden, riß ihm Hose, Stiefel, sämtliche Kleidungsstücke vom Leib und warf sie ins Feuer.

Gherardini – die Augen geschlossen – hielt eine Hand schützend vor die Scham.

Zu spät.

Leonardo hatte es bereits gesehen und wandte sich ab.

Gherardini setzte sich auf.

»Ich wollte es Euch sagen«, flüsterte sie. »Aber Ihr habt nicht zugehört.«

11

Es war Mitternacht, als Jung das las. Er saß in seinem Arbeitszimmer, in Pyjama und Morgenrock, und tastete blindlings nach seiner Zigarrenkiste, nahm einen Stumpen heraus und riß ein Streichholz an.

Geistesabwesend hob er das brennende Streichholz an die Lippen; es fehlte nicht viel, und er hätte es sich in den Mund gesteckt.

»Bäh!« sagte er. »Verfluchter Mist!«

Er stand auf, schenkte sich das Glas voll Weinbrand.

Das ist das Verhalten eines Säufers, Carl Gustav.

Und wenn schon. Ich brauch das. Außerdem bin ich stocknüchtern.

Es zeugt nicht gerade von Nüchternheit, wenn man sich selbst in Brand steckt. Du liebe Güte... Ein ganzes Glas Weinbrand. Du wirst nicht lange nüchtern bleiben.

Laß mich in Frieden.

Du trinkst zuviel, Carl Gustav. Das solltest du nicht. So ein schöner Geist ...

»Himmelherrgott, laß mich in Frieden!«

Jungs Worte ließen die Fensterscheiben erzittern.

Mit wem redest du, Carl Gustav? Es ist niemand hier außer uns beiden.

Geister.

Hier gibt es keine Geister.

Du mußt's ja wissen.

Ich weiß es auch.

Jung setzte sich und trank. Dann kehrte sein Blick zu Pilgrims ungeheuerlichem Tagebuch mit seiner ungeheuerlichen Geschichte zurück, die einem der größten Männer, die je auf Erden gelebt haben, die ungeheuerlichsten Dinge unterstellte, und das so ruhig und sachlich, daß es sich wie ein von einem Gerichtsschreiber protokollierter pornographischer Bericht las.

Und jetzt das. Noch eine Wendung.

»*Ich wollte es Euch ja sagen*«, flüsterte sie.

Sie. Sie. Sie.

Die ganze Zeit ist es um irgend so eine verdammte Frau gegangen!

Na, na. Nichts gegen Frauen. Warum liest du nicht weiter und findest heraus, wer sie ist?

Weil ich das nicht wissen will. Sie hat hier verdammt noch mal nichts zu suchen.

Warum dieser Affekt, Carl Gustav? Solche Tiraden sind unter deiner Würde.

Na und, das ist mir doch egal!

Offensichtlich. Aber das sollte es nicht. Du verwahrlost. Und noch etwas: Mir ist nicht entgangen, wo du beim Lesen mit deiner Hand warst.

Ich habe mich nicht berührt. Ich habe mir die Hose zurechtgezogen. Sie hat gezwickt.

Gedenkst du den Stumpen zu rauchen?

Worauf du dich verlassen kannst.

Jung steckte sich die Zigarre in den Mund und zündete sie an.

Um deinen berühmten Freund – Ex-Freund – Dr. Freud zu paraphrasieren: Manchmal ist ein Stumpen einfach nur ein Stumpen.

Hör auf mit dem Unsinn. Das ist kein Phallus.

Sag ich ja.

Du hast damit andeuten wollen … Die Verführung junger Männer erregt mich nicht im geringsten. Also verschon mich mit deinen Anspielungen.

Sie ist doch gar kein junger Mann. Sie ist eine junge Frau.

Und trotzdem erregt es mich nicht.

Dann bist du nicht normal.

»Oh, bitte, halt endlich den Mund!«

Siehst du, du wirst schon wieder laut.

Also gut. Da du keine Ruhe gibst, lese ich jetzt eben weiter, und ich werde ganz genau herausbekommen, was in diesem gottverdammten Tagebuch passiert – und warum es passiert!

Stille.

Bis auf das Rascheln der Seiten.

Dann ein Laut der Befriedigung.

Da.

Eine Art Kleid – offenbar ein Kostüm ...

Eine Art Kleid – offenbar ein Kostüm – kam auf sie zugeflogen. *Zieh das an,* befahl ihr Leonardo, und mit Ekel in der Stimme erinnerte er sie daran, daß er an ihrem Körper keinerlei Interesse habe, es sei denn für seine anatomischen Studien.

Los.

Das Mädchen erhob sich mühselig und drehte sich um. Noch nie war sie dem Blick eines Mannes so ausgeliefert gewesen.

Das Kleid sah aus, als hätte einer von Leonardos jungen Männern es getragen, beim Karneval, vor der Zeit Savonarolas. Es war dunkelblau und mit Sternen übersät – silbernen Papiersternen, die nach den Mustern der Sternzeichen auf den Stoff geklebt waren: Orions Gürtel an der Taille, die Plejaden über der Brust, auf dem Rücken die Kassiopeia und entlang des Saums die Milchstraße. Wäre sie nicht so verängstigt und so müde gewesen, hätte sie das Kleid staunend betrachtet, es vielleicht sogar lauthals bewundert. Aber nicht jetzt.

Statt dessen drehte sie sich wieder um, nachdem sie sich in dieses unwirkliche Kleidungsstück gehüllt hatte, und blickte auf die Gestalt, die reglos am Fenster stand und hinausstarrte.

Schließlich hob sie den Kopf.

Erlaubt Ihr mir zu sprechen?

Schweigen.

Ich möchte Euch sagen, wer ich bin. Warum ich in dieser Verkleidung hergekommen bin ...

Ihr versagte die Stimme. Sie krallte die Hände in den Stoff des Kleides.

Leonardo stand stumm da, ohne sich zu rühren. Die einzigen Geräusche kamen aus dem Kamin. Ein zorniges Knistern.

Bitte laßt mich wenigstens versuchen, es zu erklären. Laßt mich Euch von Angelo erzählen.

Endlich, zwischen den Lippen hervorgepreßt, ein Wort.

Rede.

Und sie begann zu reden.

Angelo war mein Zwillingsbruder.

Unser Vater …

Der Grund tut nichts zur Sache – aber ich habe ihn gehaßt. Warum es beschönigen oder verschweigen? Es gab ihn – diesen Haß. Es gibt ihn noch immer. Er wurde zum Stein in meiner Hand. Mein Leben lang habe ich die Männer gehaßt. Alle – bis auf einen. Angelo.

Meinen Angelo. Meinen Engel.

Ein Engel der Hölle! Und wie habe ich ihn dafür geliebt. Ihn angebetet. Für seine Dreistigkeit. Seine Wildheit. Seine Freude am Schabernack.

Denn nichts anderes war es. Eine wunderbare, eine herrliche Lust an Schabernack. *Komm, wir machen uns einen Spaß,* sagte er immer.

Und am meisten Spaß hatten wir, wenn wir die Kleider tauschten. Ach, wie schön er war! Was für ein hübsches Mädchen.

Nein, das stimmt nicht. Hübsch wäre zu wenig. Seine Schönheit strahlte so hell, daß er in einem Raum ganz still zwischen richtigen Mädchen sitzen konnte, und alle Männer lagen ihm zu Füßen. Er liebte dieses Spiel. Er war ein viel, viel überzeugenderes Mädchen als ich – und ich ein überzeugenderer Junge als er.

Das ist die Wahrheit. War die Wahrheit.

Wir haben das Spiel so gespielt, daß immer einer von uns die Vollkommenheit des anderen spiegelte. Vielleicht nicht bewußt. Es war unser wahres Ich.

Erst in Angelos Kleidern wurde mir klar, wie frei ihr Männer euch in Hosen und Wams fühlen müßt. Ich konnte mich endlich bewegen!

O ja. Und sich selber zu sehen! Nicht versteckt zu sein. Nicht maskiert.

Gesehen zu werden!

Das da vor mir im Spiegel, das waren meine Beine! Meine Füße!

Sie waren schlank, schön geformt und – *zu sehen*!

Angelo dagegen konnte sich verstecken, wenn er meine Kleider trug, konnte sein Tempo selber bestimmen – mußte nicht rennen, um mit den anderen Schritt zu halten. War nicht mehr gezwungen, eine männliche Pose einzunehmen.

Zuerst war es nur ein Spiel – nichts als ein Spiel. Nur der Spiegel bekam uns zu sehen, und außer den Kleidern wußte niemand Bescheid.

Eines Tages jedoch, als wir uns wieder einmal verkleidet hatten, packte uns der Übermut. Es war, als forderte das Spiel selber uns heraus, es vor Publikum zu erproben. Es war Frühling – die ausgelassene Zeit, wenn die wunderbarsten Dinge geschehen können. Die Schwalben waren wieder da, der Himmel über Florenz wimmelte von ihnen – Tausende und Abertausende von Schwalben, die über unseren Köpfen kreisten und zu uns herunterriefen: *Kommt heraus! Kommt heraus und tanzt mit uns über den Himmel!* Alle Fenster standen offen, in den Gärten blühten die Bäume, und Angelo sagte: *Es ist Zeit, daß wir uns auf der Straße zeigen.*

»Aber die Leute werden es merken«, wandte ich ein. »Sie merken es bestimmt.«

»Wie denn? Wie sollten sie es merken? Die meisten sind Fremde, und wer uns kennt, wird denken, du bist ich und ich bin du.«

Er zog mich vor den Spiegel, und ich mußte mich neben ihm aufstellen.

»Sieh doch«, sagte er. »Wüßtest du es – wenn du es nicht wüßtest?«

Darüber mußte ich lachen. Wir machten es zum Motto unseres Spiels: *Wüßtest du es – wenn du es nicht wüßtest?*

Ich muß gestehen, er hatte recht. Selbst ich hätte glauben können, mich selber neben mir stehen zu sehen.

Und als ich mich an diesem Tag – wann immer er war – im Spiegel sah, spürte ich ein Erwachen, eine nicht gekannte Welle des Selbstvertrauens. Des *Hochmuts*, wenn Ihr so wollt. Ich war ich selbst, wie ich es als Betta nie gewesen war. Nie. Aber als Angelo habe ich mich gespürt, wie einen Knoten tief in meinem Inneren, und es ging eine Kraft davon aus, wie ich sie als Mädchen – als Frau – nie verspürt hatte.

Unser Palazzo liegt auf einem der steileren Hügel, die auf die Stadt hinunterblicken. Wir hatten es nicht weit zum Campo di Santa Maria della Salute, wo alle zusammenkamen und von wo aus man den Fluß sehen konnte. Angelo mußte mich ständig ermahnen, langsamer zu gehen. Ich war so aufgeregt. Es trieb mich vorwärts.

Es herrschte immer viel Betrieb auf den Straßen, schmalen wie breiten, aber an diesem Tag waren so viele Menschen, Hunde und Reiter unterwegs, daß man meinen konnte, in ganz Florenz sei das Frühlingsfieber ausgebrochen.

»Du gehst auf der falschen Seite«, sagte ich zu ihm. »Du mußt links gehen und zwei Schritte hinter mir.«

Angelo drehte sich um und machte einen Knicks. »Bitte um Vergebung, Signore«, sagte er. »Soll nicht wieder vorkommen.«

Wir wechselten die Plätze, kurz bevor wir den Campo betraten.

Unter dem Portikus von Santa Maria della Salute spielten Straßenmusikanten, aber ihre Musik war kaum zu hören, so laut schrien die Schwalben, so laut lärmte die festlich gestimmte Menge. Und alle Hunde bellten – ein fröhlicher, kein bedrohlicher Lärm.

Nie, nie wieder wollte ich eine Frau sein. Ich durfte rennen, wann immer ich wollte. Ich durfte mich über Brüstungen schwingen und Verse deklamieren. Ich durfte einem anderen Mann auf die Schulter schlagen und bekam zum Dank seine Hand zu spüren. Ich durfte meine Beine zeigen, die Schöße meines Wamses lüften, um der Welt mein Hinterteil zu präsentieren – und kein Mensch wußte, daß ich kein Mann war.

Nicht lange, und ich wurde auf eine Stimme hinter uns aufmerksam, nah genug, um sie aus allen anderen Stimmen herauszuhören.

»Das wäre ein Rücken für dich«, sagte sie. »Ein Donatello-Rücken. Ein David.«

Eine Männerstimme.

»Ja«, sagte eine andere, jüngere Stimme. »Ein guter Rücken, passable Schultern. Nicht übel.«

»Kennst du ihn?« fragte die erste Stimme.

»Ich müßte sein Gesicht sehen. Irgendwie kommt er mir bekannt vor.«

Beide Stimmen schwiegen.

Von wem hatten sie gesprochen?

Wessen Rücken. Wessen *Donatello-Rücken*?

Ich spähte nach links, vorbei an Angelos Profil, diesem Spiegelbild meiner selbst, und sah einige Männer und Jünglinge beisammenstehen.

Sie scharten sich um einen hochgewachsenen, bärtigen Mann mit roten Haaren und einem Hut aus Samt. Er sah direkt zu mir her.

Noch nie hatte mich jemand so angesehen. Kein Zweifel, ich gefiel ihm – aber es lauerte etwas Gefährliches in seinem Blick, so als hätte er Lust, bei mir zu liegen und mich im nächsten Moment zu schlagen wie ein ungezogenes Kind.

Ein Schauer lief mir über den Rücken. Mein Nacken wurde starr. Ich konnte den Blick nicht abwenden. Es war verblüffend und peinigend – erregend und erschreckend zugleich. Ich hätte nicht sagen können, was ich empfand, denn bis auf eine große Beklommenheit ließ sich kein Gefühl klar benennen. Mein Geist zerbarst in tausend Stücke, und ich wußte nicht, wie ich ihn wieder zusammensetzen sollte.

Der Mann hatte sechs oder sieben Jünglinge von außerordentlicher Schönheit bei sich, die ihren Blick gewaltsam von mir abwenden mußten. Es reichte, daß ihr Meister mich gesehen hatte – denn zweifellos war der Mann auf irgendeine Weise ihr Meister. Sie erschienen mir wie edle Windspiele mit langen Beinen und vollen, lockigen Mähnen. Drei oder vier ältere Männer – wenngleich jünger als der Meister – standen unmittelbar neben ihm, und ich kannte einen von ihnen, Antonio Pelligrini, den Sohn eines der Händler in der Gilde, der auch mein Vater angehörte.

Hatte er uns in unseren vertauschten Rollen erkannt – oder würde er lediglich eine Bemerkung über unsere Ähnlichkeit mit den Kindern eines gewissen Seidenhändlers machen?

Ich trat vom Geländer zurück in den Schatten der Mauerbögen. Vergeblich. Er hatte uns beide gesehen und erkannt.

Aber ich war es, die er benannte.

Er deutete auf mich, und ich hörte, wie er zu seinem Meister sagte: »Das ist der junge Angelo Gherardini. Mit seiner Schwester Elisabetta.«

Ich wollte rufen: *Ich bin seine Schwester. Der da ist Angelo.*

Und dem Meister mit dem lüsternen Blick wollte ich zurufen: *Seht mich nicht so an! Laßt mich gefälligst in Ruhe!*

Natürlich sagte ich nichts. Nicht ein Wort.

Antonio Pelligrini wandte sich ab, um seinem Meister etwas ins Ohr zu flüstern, was diesen nicht daran hinderte, seine gründliche Musterung meiner Person fortzusetzen.

Ich sah, wie er sich am Bart zupfte, über eine Antwort nachsann, den Kopf schüttelte. Dann nahm er Antonio am Arm und führte ihn fort, und das Rudel von Windspielen folgte den beiden. »Wer waren die?« flüsterte ich Angelo zu. »Was waren das für Männer? Und der mit dem Hut – wer war das?«

Ich zitterte.

Aber Angelo hatte die Szene gar nicht mitbekommen und konnte mir keine Antwort geben.

Ein Mönch jedoch, der uns zugehört hatte, lächelte und sagte: »Einen wie ihn siehst du nicht alle Tage, mein junger Freund. Das war Leonardo – der größte Künstler unserer Zeit.«

Leonardo.

Ja.

Ihr. Ihr hattet mich angesehen. Mich angesehen und mit Blicken verschlungen.

Er ist gestorben, mein Angelo. An der Pest nach den großen Überschwemmungen letztes Jahr.

Und als mein geliebter Angelo tot war, habe ich mir geschworen, seinen Platz in der Welt einzunehmen, zu werden, was er hätte werden können. Ein Künstler, ein großer Reiter, ein Musiker, sogar ein Soldat! Gleichgültig was, solange ich nur nicht wieder die Rolle spielen mußte, die mein Geschlecht mir diktierte! Die Vorstellung, nicht zu zählen, herumkommandiert zu werden, auf ewig degradiert und nie gehört zu werden, war mir unerträglich geworden. Für mich war es ein Fluch, als Frau zur Welt gekommen zu sein. Ich hatte immer schon ein Mann sein wollen. Immer.

In meinem Zimmer zog ich die Kleider meines Bruders an.

Meine Katze Cornelia lag auf meinem Bett und sah zu, wie ich mich von Betta in Angelo verwandelte. Ich steckte mir die Haare hinten in den Halsausschnitt und setzte eine von Angelos Mützen auf. Ich drückte meine Brüste flach, und zum Zeichen der Rebellion trug ich rote Strumpfhosen und Stiefel, die bis zu den Waden reichten.

Ich war schamlos. Ich stopfte mir ein zusammengerolltes Tuch in den Hosenlatz, um ganz und gar wie ein Mann auszusehen. Es war herrlich.

Und Cornelia schnurrte und schnurrte, bis sie sang. Und wenn alle anderen nachts in ihren Betten lagen, ging ich auf die Straße hinaus, und ich ging wie ein Mann, unbehindert vom Gewicht der Röcke, und schwang die Arme nach Herzenslust.

In dieser Tracht – eine Verkleidung mag ich es nicht mehr nennen –, in dieser Tracht wollte ich Euch ein zweites Mal unter die Augen treten. Aber ich brauchte Hilfe. Ich hatte gehört, daß einer von Angelos Kameraden aus der Kinderzeit zum Kreis Eurer … jungen Freunde gehörte. Ich war noch so unschuldig, ich wußte nicht einmal, daß Männer Männer lieben können. Niemand hatte es mir gesagt. Also legte ich Angelos Kleider an und suchte diesen jungen Mann auf – Alfredo Strazzi. Ich verschwieg ihm Angelos Tod, und er hielt mich für meinen Bruder. Er hat es wirklich geglaubt. Ihm kam kein Verdacht. Er schien sich auch nicht zu wundern, daß ich nicht allein zu Euch ins Atelier gehen wollte. Inzwischen ist mir klar, daß er über Euch und Angelo Bescheid gewußt haben muß – aber er hat nichts gesagt. Wahrscheinlich nahm er an, es sei zu irgendeiner Verstimmung zwischen uns gekommen, und ich wollte um Eure Vergebung nachsuchen – wäre ich Angelo gewesen – aber der bin ich nicht.

Ich weiß nicht einmal genau, was mich zu diesem Wiedersehen mit Euch getrieben hat. Ich weiß nur, daß ich den Blick Eurer lüsternen Augen nicht vergessen konnte – und die Ehrfurcht, mit der die anderen Euch begegneten, als wärt Ihr ein Gott.

Jung starrte auf die Seite.

Es war inzwischen halb zwei Uhr morgens.

Ein Vogel schlug an. Einmal – dann ein zweites Mal. Eine Nachtigall?

Jung streckte die Arme durch, rieb sich die Augen, rückte die Brille zurecht und beugte sich wieder über das Buch.

Leonardo war in eine unpersönliche Stimmung verfallen, kalt und bar jeden Gefühls. Er sprach mit tonloser Stimme – fragte sie aus wie ein Arzt oder Advokat, der statistische Daten erhebt. *Dein Name? Dein Alter. Wie alt war dein Bruder Angelo, als er gestorben ist?*

Betta Gherardini.

Achtzehn, im Juni neunzehn.

Bist du verlobt?

Nein. Aber es gibt Bewerber.

Bist du noch Jungfrau?

Er fragte es in spöttischem Ton und mit einem Lächeln, als gäbe es nichts Jämmerlicheres auf der Welt als Jungfrauen.

Ja, natürlich.

Natürlich? Seltsam, das von einem Mädchen deines Alters zu hören – in der Zeit, in der wir leben.

Ich bin keine Hure.

Habe ich das behauptet?

Es hat sich so angehört.

Das wird immer seltsamer. Du benutzt Worte nicht nur als Waffe, du hörst auch Angriffe aus ihnen heraus.

Eure Beschreibung – und ein paar Eurer Skizzenblätter – stellen Angelo als männliche Hure hin. Aber das war er nicht.

Bei mir war er's – Gott sei's gedankt.

Das glaube ich nicht. Das kann ich nicht glauben.

Er war verlogen, durch und durch. Wird Zeit, daß du es weißt.

Mich hat er nie belogen.

Belogen hat er dich vielleicht nicht, mein Fräulein, aber er hat dir zweifellos eine Menge verschwiegen.

Habt Ihr ihn geliebt?

Darauf antwortete Leonardo nicht. Statt dessen wandte er sich ab, stellte sich ans Fenster und fragte nach anderen Dingen.

Du nennst dich Betta?

Ja.

Wieder so eine Merkwürdigkeit. Ihr müßt exzentrische Eltern haben.

Den Namen hat Angelo mir gegeben.

Ich verstehe. Betta …

Kurzform von Elisabetta, meinem Taufnamen. Caterina Elisabetta Francesca Gherardini. Er hat mich Betta genannt, ich ihn Gelo.

Gelo. Reizend.

Es hat zu ihm gepaßt.

Gelo, ja. Aber nicht Angelo. Obwohl ich ihm einmal Flügel angelegt habe …

Leonardo verstummte.

Betta betrachtete ihn. Wie jung er aussah, dachte sie, mit seinen breiten Schultern, den wohlgeformten Beinen des Reiters. Sein Oberkörper hätte einem halb so alten Mann gehören können. Sein Haar, das jetzt offen herabhing, schien zu glühen. Das Hemd war naßgeschwitzt. Es klebte ihm am Körper wie ein Schmetterlingsflügel, fein geädert und durchscheinend, so daß die weiße Haut und der sehnige Nacken darunter sichtbar wurden. Die Hände hingen hilflos an den Seiten herunter, die Finger um etwas Imaginäres gekrümmt – eine andere Hand, eine Haarlocke – ein Wort. Sie schlossen sich um leere Luft, öffneten sich und schlossen sich wieder – um nichts.

Ein schwacher, kaum spürbarer Impuls ihrer Seele wollte ihm vergeben. Irgend etwas in ihr wollte aufstehen, ihn verteidigen – als sei es zu einer Abstimmung gekommen, als würde eine überwältigende Mehrheit *Schande* rufen und nur ein einziger Andersdenkender stellte sich dagegen. *Sein Herz ist zerbrochen,* dachte sie. *So wie meins, wenn auch aus anderen Gründen. Vielleicht hat er meinen Bruder auf seine Weise ja doch geliebt. Zumindest in seinen Zeichnungen hat er Angelo gepriesen, wie nur Liebende es können – vorbehaltlos und ohne Furcht. Mit jedem Strich, jeder Schattierung zeigt er ihn, wie er war. Wie er in Leonardos Gegenwart gewesen sein muß – eine männliche Hure, auch wenn ich ihn nie so nennen würde. Und wenn es doch stimmte, dann war Angelo wenigstens eine glorreiche Hure und hat sich gesonnt in seiner Macht.*

So machte sie ihren Frieden mit dem Bruder, den sie nicht kannte, dem Angelo, den Leonardo schon bald nach jenem ersten Moment, da er sie in seinen Kleidern gesehen hatte, zu seinem

Liebling erkoren und bis zu seinem Tod nicht von ihm abgelassen hatte. *Pace. Pace.* Immerhin – er hatte gelebt.

In den trägen, hitzeflimmernden Stunden, wenn er dalag und der Meister ihn malte – in den weinseligen Stunden, wenn er ihn aufs Bett warf, immer hatte sein Lächeln die gleiche Botschaft verkündet: *Ich bin für dich da, nur für dich – wer immer du bist.* Nicht nur für Leonardo, nein, für jeden, dessen Blick zufällig auf sein Konterfei fiel. So gesehen bewies Leonardo mit jeder neuen Zeichnung seinen Heldenmut. Jedesmal, wenn er zur Feder, zur Kreide griff, gab er den Geliebten preis, teilte ihn mit jedem, der Augen im Kopf hatte.

Sie schenkte sich ein Glas voll Wein und wartete, ob Leonardo sich bei dem Geräusch umdrehen würde.

Dann endlich sprach er.

Angelo hat auch so gern Wein getrunken. Trebbiano. Malvasia. Colli Fiorentini. Einmal habe ich ihn in die Weinberge mitgenommen.

Wir haben selber einen.

Davon hat er mir nichts erzählt. Ich glaube, er wollte nicht, daß ich zuviel von ihm erfuhr. Er hat auch nie einen Zwilling erwähnt. Nur Brüder und Schwestern. Sein Vater sei ein Tyrann, hat er behauptet ...

Das ist wahr.

... und seine Mutter sei tot.

Das ist nicht wahr.

Leonardo lachte.

Wahrheit und Lügen! Ach, er war wundervoll. Hast du einen zahmen Geparden?

Nein. Eine ganz gewöhnliche Straßenkatze. Cornelia.

Eine seiner Schwestern habe eine Gepardin mit Namen Poppea, hat er gesagt. Das stimmt also nicht?

Absolut nicht. Cornelia ist zwei Jahre alt und höchst unscheinbar.

Keine Flecken?

Keine Flecken.

Leonardo lachte und schüttelte den Kopf.

Er war ein begnadeter Lügner. Der tyrannische Vater scheint die einzige Wahrheit zu sein, die ich von ihm erfahren habe.

Alle Väter sind Tyrannen.

Leonardo wandte den Kopf und hob eine Augenbraue.

Das ist zweifellos wahr.

Er wandte sich wieder ab.

Jedes Kind muß für seine Freiheit zahlen, sagte er.

Wenn jedes Kind ein Junge wäre, würde ich Euch vielleicht zustimmen. Für Mädchen und Frauen gibt es keine Freiheit – sie tauschen nur den Tyrannen.

Du haßt Männer?

Ja.

Und ich hasse Frauen. Meine Mutter war Schankmädchen. Sie hat mich verlassen. Ich war zehn, als mein Vater mich einmal zu ihr mitgenommen hat. Sie hat meinen Vater um Geld angebettelt. Für mich hatte sie keinen Blick.

Er stand auf und fing an, die Fenster zu öffnen. Drei Fenster. Vier. Fünf.

Betta saß auf einem Stuhl mit kalter lederner Sitzfläche. Die Unterseiten ihrer Brüste juckten. Ihre Brustwarzen, die bei jeder Bewegung an den Sternen scheuerten, brannten wie Feuer. Am liebsten hätte sie die Finger in etwas Eiskaltes getaucht und sie betupft oder sie mit einem in Gebirgswasser getränktem Tuch gekühlt.

Das Feuer gab auf und erlosch. Betta schloß die Augen. Ein feiner Duft nach Weihrauch wehte zu den Fenstern herein. Auch wenn Seine Meßdiener nach Hause gegangen waren, Gott war noch da draußen, irgendwo auf der Piazza – mit Seinem Klingelbeutel und dem Rauchfaß, das Er vor den Gesichtern der Schlafenden schwenkte: *Wacht auf! Wacht auf! Gebt acht!* Auch wenn Seine Kirche dunkel war, Er war allgegenwärtig, der Nachhall Seiner Messe summte noch in der Luft. *So sehr habe ich die Welt geliebt, daß ich meinen eingeborenen Sohn gab, euch zu nähren. Eßt von seinem Fleisch und trinkt von seinem Blut …*

Ein paar der Alten und der Kinder auf der Piazza würden am Morgen tot sein. Verhungert, trotz des Karnevals. Es geschah Tag für Tag. Betta hatte es im letzten Jahr so oft mit ansehen müssen, daß sie inzwischen nur noch Ohnmacht empfand. Sie schlug die Augen wieder auf, weil sie fürchtete, im Geiste die Toten zu erblicken.

Selbst tausend Brotlaibe, tausend Liter Milch oder Wein, tausend Bottiche Käse wären nur Tropfen auf den heißen Stein. Nichts konnte die Not lindern. Als bei den Aufständen im Dezember die Kornspeicher endlich geöffnet worden waren, hatten Frauen und Kinder sich gegenseitig totgetrampelt. Und dann war der Regen gekommen – und nach dem Regen eisiger Wind, Schlamm; verängstigte Hunde, die verängstigten Menschen die Essensreste streitig machten – und nur die Pest war furchtlos gewesen. Morgen, zum Ende des Karnevals, stand wieder ein Scheiterhaufen der Eitelkeiten an, gefolgt von der nächsten Fastenzeit, dem nächsten Osterfest. Christus würde wieder am Kreuze sterben und nichts würde anders werden, und wenn doch, sich allenfalls verschlimmern. Das alles hatte Leonardo sich erspart; er war nach Mailand gereist, um dort Kostüme und Masken für einen Ball zu entwerfen. Jetzt, bei seiner Rückkehr, waren das erste, was er gesehen hatte, eine menschliche Hand und ein sterbender Hund gewesen.

Nun, dachte Betta, er ist ein Künstler. Was soll man erwarten? Er will das Leben wiedergeben in all seinen Maskeraden, mit all seinen Unwägbarkeiten.

Ihr haßt also die Frauen. Ist Eure Mutter der einzige Grund?

Für mich ist sie Grund genug.

Aber Ihr müßt doch Dutzende, Hunderte anderer Frauen kennengelernt haben. Wie alt seid Ihr?

Fünfundvierzig. Aber was heißt das schon?

Es muß etwas heißen. Erst fünfundvierzig, und man hält Euch bereits für den größten Künstler unserer Zeit.

Pah!

Pah?

Natürlich, pah! Es gibt so viele andere – Filippino Lippi, Botticelli, Perugino, Michelangelo –, und jeder von uns ist auf seine Weise unvergleichlich. Wer wollte angesichts solcher Genies Größe bemessen? Das ist lächerlich. Ich weise das zurück. In meinen Augen bin ich ein Versager.

Wer sollte Euch das abkaufen? Der Herzog von Mailand hat ein Vermögen für Eure Arbeit ausgegeben. Die Medici …

Das ist nicht Größe, kleines Fräulein. Das ist Ruhm – und Ruhm ist etwas ganz anderes.

Und – werdet Ihr Euch nie ein Weib nehmen?

Ein Weib nehmen? Schwerlich! Achte auf deine Worte. Ein wenig mehr Zartgefühl, wenn ich bitten darf.

Darüber mußte Elisabetta lächeln; Leonardo, der dem Zimmer noch immer den Rücken zuwandte, konnte sie ja nicht sehen. *Ein wenig mehr Zartgefühl, wenn ich bitten darf!* Wunderbar. Welch ein Hohn. Welch ein Hochmut. Ob er es nun eingestand oder nicht, dem Meister fehlte es nicht an Selbstironie.

Hat sich jemals eine Frau in Euch verliebt?

Ich lasse nicht zu, daß mich jemand liebt.

Aha. Es ist also verboten.

Ich an deiner Stelle würde mich vorsehen, kleines Fräulein. Du begibst dich auf gefährliches Terrain.

Und doch seid Ihr geliebt worden.

Von Männern oder Knaben geliebt zu werden ist etwas anderes, als von Frauen geliebt zu werden.

Was Ihr nicht sagt.

Männer und Jungen sind furchtlose Liebhaber. Frauen sind feige – Dulderinnen, wenn man sie mit Reichtümern entlohnt. Für Schmuck, für Ringe und Ketten und Broschen und Schuhe, für Silber und Gold und Seide, für Dienstboten, für Paläste, Pferde und Macht tun sie alles. Frauen nutzen ihren Körper wie die Medici ihre Banken – sie treiben Wucher mit ihrem Pfunde. Sie geben Kredit, und die Männer zahlen sich tot an den Zinsen! Nein – sag nichts! Ich verbiete es dir! Du bist doch auch eine von ihnen – nutzt deine weiblichen Schliche, um dir einen Vorteil zu verschaffen! Du kommst als Knabe verkleidet zu mir! Du bedienst dich sogar seines Namens – des Namens eines Toten, um deinen Ehrgeiz zu befriedigen, was immer das für ein Ehrgeiz sein mag –, und jetzt zeigst du dich mir als Frau. Was willst du von mir? Was willst du?

Nichts. Euch kennenlernen. Euch verstehen. Sonst nichts.

Verstehen? Was willst du verstehen? Wie ich deinen Bruder verführt habe?

Vielleicht.

Er hat es geliebt, geliebt zu werden. Er hat es geliebt! Mehr wollte er nicht von mir. Ich habe nur seinen Körper bekommen – nicht sein Herz. Er hat niemanden geliebt.

Leonardo fing an, im Zimmer auf und ab zu gehen – nahm Bücher zur Hand und legte sie wieder hin, verschüttete Wein, trat gegen Tischbeine, schob Stühle hin und her. Unter den Fenstern schlugen die Hunde an. Im oberen Stockwerk sangen junge Männer unflätige Lieder und warfen ihre Stiefel gegen die Wand. Dreimal hintereinander hörte man unter grölendem Gelächter Gläser zerbrechen.

Hörst du das?

Leonardo deutete zur Zimmerdecke.

Sie wollen, daß ich zu ihnen hinaufkomme. Und wenn ich in einer halben Stunde noch nicht oben bin, kommen sie herunter. Sie kommen in Hemdsärmeln zur Tür hereingetaumelt und bitten mich, es ihnen zu besorgen. Vornübergebeugt und mit nackten Ärschen! An dem Tag, an dem eine Frau so etwas tut, ohne nach dem Lohn zu fragen, ohne ein halbes Dutzend Seidenkleider zu bestellen – an dem Tag geht die Welt unter! Sie hamstern und heucheln, und wehe dem, der ihnen vertraut! Niemals! Und du wagst es, in seinen Kleidern zu mir zu kommen! Daß du dich nicht schämst! Widerlich ist das! Du bist widerlich!

Elisabetta in ihrer Angst schloß die Augen, hielt sich die Ohren zu. Deshalb merkte sie nicht, wie nahe er ihr gekommen war. Sie sah nicht die Röte, die ihm ins Gesicht stieg, nicht die Hände, die sich nach ihr ausstreckten. Sie wußte nur, daß ein Sturm zum Fenster hereinfegte, der sie rücklings auf den Tisch warf und ihr den Kopf auf die Bohlen schlug, ehe alle Lichter erloschen und ihr die Sinne schwanden.

In einer Art Halbschlaf dämmerte sie dahin, bis sie schließlich,auf dem Tisch liegend, wieder zu sich kam – auf ihre blutbefleckten Schenkel, ihre gespreizten Knie starrte und sich nicht vorzustellen wagte, was noch alles mit ihr passiert war.

Ihre Eingeweide schmerzten. Sie war verletzt, so schien es ihr, auch wenn der Ort des Schmerzes sich nicht bestimmen ließ – er war tief in ihr, in einem bislang unbekannten Gebiet. Sie war naß, und die Nässe war zweifellos Blut, aber sie mochte nicht hinsehen.

Leonardo war nur ein Schatten irgendwo an der Decke. Das

Licht einer Lampe mußte ihn dort hingeworfen haben – einer Lampe, die ihn von unten anstrahlte. Aber wo?

Mühsam rollte sie sich zum Rande des Tisches, um ihre Beine – wenn sie ihr nur gehorchen wollten – über die Kante zu schieben. Das erschien ihr jetzt das Wichtigste: Boden unter den Füßen zu haben, aufrecht zu stehen, wieder ins Gleichgewicht zu kommen. Aber es wollte nicht gelingen. Sie mußte die Hände zu Hilfe nehmen, um die Knie zusammenzudrücken und die Waden nach vorn zu schieben, bis ihre Füße ins Leere stürzten, als gehörten sie nicht mehr zu ihrem Körper.

Als sie saß, glitt das hochgestreifte Gewand ihr wie etwas Flüssiges über Brüste und Bauch hinab, der Saum sammelte sich wie in einer Lache in ihrem Schoß.

Blau. Mit silbernen Sternen. Blutbesudelt, wie alles an ihr.

Noch im Herabrutschen drehte sie sich halb, um sich an der Tischkante abzustützen. Da, wo sie gelegen hatte, zeigte das aufgeschlagene Zeichenbuch noch ihren nackten Bruder – auch er blutverschmiert. Die Lache aus Stoff ergoß sich über Schenkel, Knie und Schienbeine bis auf den Boden. Es war ein Geräusch, wie Cornelia es machte, wenn sie von der Fensterbank sprang. Könnte sie doch in ihrem Bett erwachen, Cornelia an ihren Rücken geschmiegt – und alles wäre nur ein Traum gewesen, ein Alptraum.

Was immer es gewesen war, es war vorbei.

Leonardo kauerte, nackt bis aufs Hemd, vor dem Kamin. Er mußte Holz nachgelegt haben, denn die Flammen loderten wieder, und ihr Schein warf seinen Schatten an die Decke. Er sprach kein Wort und blickte sich nicht um.

Ich habe keine Schuhe, wollte Betta zu ihm sagen. *Ich habe keine Schuhe mehr.*

Sie sah ihn an wie ein geprügelter Hund den nächsten Menschen, der sich nähert. Dann wandte sie sich ab und ging zu dem Schrank, aus dem Leonardo ihr Gewand geholt hatte. Sie fand darin Schuhe und Stiefel, Hüte, Umhänge, Kutten und andere Kostüme. *Maskeraden für die Opfer seines Zeichenstiftes,* dachte sie.

Sie zog ein Paar Stiefel an, die einem seiner Knaben gehört haben mußten. Sie reichten ihr bis zu den Waden und waren weich wie Handschuhe. Dann nahm sie einen schweren Umhang mit

Kapuze heraus – vielleicht eine Mönchskutte – und legte ihn sich um die Schultern.

Jetzt verlasse ich dich, sagte sie sich. *Ich verlasse dich, und gebe Gott, daß ich dich niemals wiedersehe.*

An der Tür drehte sie sich noch einmal um und warf einen letzten Blick auf das Zimmer und den Mann, mit dem sie so gewaltsam vereint worden war. Der Meister und seine Stühle und Tische waren jetzt an der Decke zu sehen, schwankend wie Tang in einem Tümpel.

Die Tür stand offen. Irgendwie mußte sie sie geöffnet haben. Dann klappte die Tür zu, und sie war ihn los. So, wie er sie los war.

Auf der Piazza blieb Betta neben dem toten Hund stehen, aber sie mochte nicht hinschauen, aus Angst, die Hand der Frau könnte noch daliegen – der dunkelblaue Baumwollärmel – *ein Knopf, aus Holz geschnitzt*. Doch die Hand war fort, auch wenn sie in Bettas Erinnerung für immer gegenwärtig sein würde.

Sie schlug das Kreuz und wandte sich nach Osten, ging hinter all den kauernden Gestalten und all den Feuern entlang, bis nichts mehr von ihr zu sehen war – und nichts mehr zu hören.

Jung stellte zu seiner Bestürzung fest, daß er auf der vorletzten Seite von Pilgrims Tagebuch angelangt war.

Warum blätterst du nicht um?

Weil ich nicht will. Noch nicht.

Es muß schon spät sein. Vielmehr früh. Wäre es nicht klüger, du liest die letzte Seite und legst dich dann schlafen?

Ich lege mich schlafen, wann ich will. Und ich lese, wann ich will.

Wovor hast du Angst?

Vor gar nichts.

So ziemlich vor allem, würde ich sagen.

WER BIST DU? WARUM LÄSST DU MICH NICHT IN FRIEDEN?

Ich bin der Stoff, aus dem die psychotischen Träume sind …

Ha-ha!

Und was das In-Frieden-Lassen betrifft – meinst du nicht, wenigstens einer von uns sollte ein wenig moralische Verantwortung zeigen?

Ich glaube fast, Furtwängler hat dich geschickt, damit du mich ausspionierst.

Du lieber Gott! Was für ein sonderbarer Humor!

Du redest genau wie er.

Paranoide Schizophrenie nennt sich das, oder? Wenn ein feindlicher Agent, der in deine Gedanken eindringt, einen Revolver dabei hat, kann er dir das Gehirn von innen aus dem Schädel pusten. Ist es das? Warum liest du nicht weiter, Carl Gustav? Bist du so unreif, daß du dich vor dem Umblättern einer Seite fürchtest?

Unreif?

Ein Wort, nichts weiter. Es bezeichnet infantile Hilflosigkeit in alltäglichen Situationen: Fenster öffnen, Seiten umblättern …

ICH FÜRCHTE MICH NICHT DAVOR, EINE SEITE UMZUBLÄTTERN.

Dann blättere sie doch um.

ICH BLÄTTERE SIE UM, WANN ICH WILL!

Gut. Wie du willst. Dann sitzen wir eben hier …

Jung erhob sich.

… und das seelische Gleichgewicht unseres Patienten Pilgrim schwebt zwischen einer gelesenen und einer nicht gelesenen Seite.

Es war halb fünf. Jung blickte zum Fenster. Die Erde drehte sich und würde jeden Moment die Sonne hereinlassen.

Die Sonne geht exakt um sechs Uhr dreiundvierzig auf. Dir bleiben noch zwei Stunden und dreizehn Minuten.

Jung wollte das Glas mit Weinbrand vollschenken, überlegte es sich jedoch anders und begnügte sich mit einem Drittel.

Zwei Stunden und zwölf Minuten.

Jung kehrte zum Schreibtisch zurück und widmete sich wieder dem Tagebuch.

Auf der Piazza blieb Betta neben dem toten Hund stehen …

Mein Gott, wer war sie? Und warum hatte Pilgrim ihre Geschichte aufgeschrieben? Was trieb ihn dazu, Leonardo da Vinci zu verunglimpfen? Ihn einen Vergewaltiger zu schimpfen, um Himmels willen?

Darf ich deinem Gedächtnis nachhelfen? Das Folgende – zumindest sinngemäß – haben wir 1907 geschrieben: »Der Patient macht zunächst einen völlig normalen Eindruck … – ich zitiere –

... er könnte ein Amt bekleiden, eine gehobene Position, er könnte sogar Arzt an einer berühmten psychiatrischen Klinik sein. Wir ahnen nichts Böses. Wir führen ein normales Gespräch mit ihm, bis an irgendeiner Stelle das Wort Leonardo *fällt. Schlagartig verändert sich darauf sein Gesichtsausdruck; er durchbohrt uns mit einem Blick, aus dem abgrundtiefes Mißtrauen und unmenschlicher Fanatismus funkeln. Vor unseren Augen verwandelt er sich in ein gejagtes, gefährliches Tier, umstellt von unsichtbaren Feinden – von denen nicht wenige bewaffnet sind. Das andere Ich ist an die Oberfläche gekommen ...* « *Zitat Ende. Interessantes Konzept: Das andere Ich.*

Jung beugte sich über die Seite, die Augen geschlossen.

Vergiß nicht, daß Pilgrims letzte Arbeit eine Abhandlung über Leonardo da Vinci war. Wir selbst haben ihn dafür bewundert, auch wenn sie uns manchmal etwas zu freimütig erschien. In seiner Verteidigung von Leonardos Homosexualität zum Beispiel ... Dennoch, es war ein beherztes, fundiertes Plädoyer – nicht so sehr für die Homosexualität an sich, als vielmehr für Leonardos Recht, so zu sein, wie er wollte. Du erinnerst dich doch, daß man Leonardo im April 1476 vor den Rat der Stadt Florenz zitiert und nach seinem allzu offensichtlichen Hang zu schönen jungen Männern befragt hat?

Ja.

Dann wirst du auch nicht vergessen haben, daß Leonardo viele dieser jungen Männer zum erstenmal bei seinen Besuchen in den öffentlichen Bädern gesehen hatte – wo er jeden Samstag hinzugehen pflegte, vor allem deshalb, weil er sie dort nackt betrachten konnte. Herr Pilgrim hat diese dekadente Gewohnheit mit einiger Vehemenz verteidigt, und du hast ihm nicht minder vehement widersprochen. Ist das richtig?

Natürlich ist das richtig. Ich habe widersprochen, weil es für einen alten Mann eine verabscheuungswürdige Gewohnheit ist.

Aber er war kein alter Mann, Carl Gustav. Er war noch keine fünfundzwanzig.

Und wenn er erst zehn war. Das macht es nicht weniger verabscheuungswürdig, in einem öffentlichen Bad herumzuschleichen und nackte Männer anzugaffen. Jeder Mensch hat ein Recht auf den Schutz seiner Privatsphäre.

In einem öffentlichen Bad?

Du weißt genau, was ich meine! Ich rede vom Schutz vor den lüsternen Blicken eines Perversen.

Leonardo ist also ein Perverser.

JA!

Meine Güte. Dieser Affekt. Beruhige dich.

Ich bin absolut ruhig.

Du bist alles andere als ruhig. Und wenn ich dich, so ganz nebenbei, auf deine Erektion hinweisen dürfte. Erregt dich das Thema öffentliche Bäder?

Woher soll ich das wissen? Ich war noch in keinem.

Carl Gustav …

Gut, gut. Zweimal.

Eben. Und warum?

Jung sagte nichts. Dachte nichts.

Wir wissen beide, warum du dort warst. Wir wissen es ganz genau. Du wolltest sehen, ob du, verglichen mit anderen Männern, gewisse Defizite hast. Ist es nicht so? Dafür muß man sich nicht schämen. Jeder Mann will irgendwann eine Antwort auf diese Frage. Das ist das Normalste von der Welt.

Schon möglich. Ja. Meinetwegen. Aber ich habe mich in keine Ecke verkrochen und geglotzt. Ich bin nicht herumgeschlichen …

Nein. Du hast bloß geschaut. Ich war dabei. Ich erinnere mich genau. Aber wie kommst du darauf, Leonardo hätte sich in eine Ecke verkrochen – sei »herumgeschlichen«, wie du das so feinfühlig ausdrückst. Was du nicht akzeptieren kannst, Carl Gustav, ist die Tatsache, daß manche Männer gesehen werden wollen. *Gerade junge Männer. Sie machen eine Aussage damit: »Hier bin ich, und das habe ich anzubieten.« Sie stellen nicht ihre homosexuellen Neigungen zur Schau, sondern ihre Potenz und ihre Zeugungsfähigkeit. Bringt mir eure Töchter, und ich zeuge ihnen Söhne.«*

Das ist widerlich.

Möglich. Aber wenn du homosexuell wärst …

Jetzt fang nicht mit so etwas an.

Wenn du homosexuell wärst, fändest du es aufschlußreich. Ermutigend. Wie Leonardo. Er hat dafür bezahlt. Während du für deine kleinen Ausflüge ins Reich der Lust nie bezahlen mußtest.

Er wurde eingesperrt – vor den Rat von Florenz zitiert, gedemütigt und mit einer Geldstrafe belegt. Geschmäht. Und das alles nur, weil er so war, wie er war. Zwei Monate nach seiner ersten Konfrontation mit den Behörden haben sie ihn eingekerkert. Nicht, weil er auf frischer Tat ertappt worden wäre oder weil sich jemand über sein Verhalten entrüstet hätte. Nein, sie haben ihn bestraft, weil sie von seiner Homosexualität wußten und ihn demütigen wollten. Herr Pilgrim weist in diesem Zusammenhang nur darauf hin, daß Leonardos Bestrafung ungerecht war. Daß sie ihn für sein Leben verbitterte – was tatsächlich stimmt –, daß er nie darüber hinweggekommen ist und es der Gesellschaft nicht verzeihen konnte, daß sie so etwas zuließ. Aber Herrn Pilgrims Nachforschungen haben auch die Episode mit dem Mädchen zutage gefördert, die du gerade gelesen hast. Selbst wenn er sie – aus welchen Gründen auch immer – in seiner Abhandlung nicht erwähnt, so hat er sie doch in sein Tagebuch geschrieben. Deshalb möchte ich in aller Bescheidenheit die Frage aufwerfen, ob die Begegnung mit dem Meister, seinem Leiden und seinem Genie auf der einen und seiner Brutalität und Unmenschlichkeit auf der anderen Seite nicht vielleicht eine so traumatische Erfahrung für Herrn Pilgrim war, daß er darüber die Sprache verloren hat.

Und den Lebenswillen gleich mit.

Denk an den letzten Absatz.

Jung schlug die Augen auf, führte den Zeigefinger unter den Zeilen entlang und las laut: »Sie schlug das Kreuz und wandte sich nach Osten, ging hinter all den kauernden Gestalten und all den Feuern entlang, bis nichts mehr von ihr zu sehen war – und nichts mehr zu hören.«

Bis nichts mehr von ihr zu sehen war – und nichts mehr zu hören.

Und?

Fällt dir dazu nichts ein? Zum Beispiel die Möglichkeit, daß Pilgrim etwas von dieser Frau weiß, etwas, das er lieber nicht gewußt, das er lieber unterdrückt hätte – etwas, das ihn in den Abgrund gerissen hat?

Wenn es sie je gegeben hat – was ich bezweifle –, ist sie seit mehr als vierhundert Jahren tot. Wie kann die Geschichte einer

Frau, die seit mehr als vierhundert Jahren tot ist, einen Mann in den Abgrund reißen, der im Jahre 1912 lebt? Das ergibt doch keinen Sinn.

Wirklich nicht?

Absolut nicht.

Schlag die Seite um.

Jung seufzte und lehnte sich zurück.

Zwei Stunden und fünf Minuten, Carl Gustav.

Er beugte sich vor, legte den Daumen unten rechts auf die Seite. Dann schloß er die Augen, öffnete sie wieder, trank einen Schluck, schlug die Seite um und las.

Folgendes aus Leonardos privaten Aufzeichnungen: Der Akt der Fortpflanzung und die daran beteiligten Organe sind so widerwärtig, daß die Natur, gäbe es nicht die Schönheit der Gesichter, die Kostüme der Schauspieler, den aufgestauten Trieb, längst auf die Spezies Mensch verzichten müßte.

Darunter stand etwas, das wie ein Nachtrag aussah – mit einem kleinen Sternchen versehen, was darauf schließen ließ, daß es Pilgrims Nachtrag war.

* *Hätte er diese Zeilen vor jenem Montagmorgen geschrieben, sie hätten mir womöglich zur Rettung gereicht. So aber bedurfte ich, als der Mittwoch herankam, der Asche – nicht nur für die Stirn allein, sondern für mein ganzes Sein – und meinen Geist.*

Und an den Rand hatte Pilgrim geschrieben: Datum: Freitag, der 10. Februar 1497, zwei Tage nach Aschermittwoch. Drei Tage nach dem Scheiterhaufen der Eitelkeiten, auf den ich mich selbst hätte werfen sollen.

12

Etwas stimmte nicht mit ihrer Ladyschaft. Die Tür zu ihrem Schlafgemach war fast immer abgeschlossen. Ihr das Frühstück zu bringen war zur Sisyphusarbeit geworden. Madam pflegte es am Abend zu bestellen, und wenn der Page das Tablett morgens ablieferte – pünktlich auf die Sekunde –, rief sie: *nein, nicht jetzt,* und Phoebe Peebles mußte sich damit plagen, es auf dem Rechaud warm zu halten.

Viel Erfolg hatte sie damit nicht. Aus weichen Eiern wurden harte. Rühreier gerannen. *En cocotte* klumpte die Butter in der Milch, und das Eigelb bekam Risse. Der Toast bog sich an den Rändern hoch, Tee, Kaffee oder Kakao wurden lauwarm und fad. Die Marmeladen und Gelees überzogen sich mit einem Film, und die Pampelmusen schrumpelten und vertrockneten. Es war ein Alptraum.

Jeden Morgen klopfte Phoebe so zart an die Tür, wie sie nur wagte (schließlich wollte man ja gehört werden), erst in viertelstündigen Abständen, dann in halbstündigen, bis sie zu guter Letzt aufgab und mit der Küche telephonierte. Dann kam der Page gelaufen und trug das Tablett weg, während Phoebe die Achseln zuckte und sagte: *Nichts zu machen.*

Dieses Spiel begann allmorgendlich um acht, und um halb elf wurde das Tablett entfernt. Um elf hörte Phoebe, die bis dahin halb verhungert war, endlich den Schlüssel im Schloß und die Stimme ihrer Ladyschaft: *Wo steckst du?*

Als ob man einfach fortgegangen sein könnte!

Im Schlafzimmer hieß es nun schnellstens die Vorhänge aufziehen und die Heizkörper aufdrehen. Ihre Ladyschaft liebte es, bei offenem Fenster zu schlafen, und beschwerte sich dann stets, daß ihr kalt sei, als wäre das Phoebes Schuld.

Ist Frühstück da? kam als nächstes, während Madam mit den Federbetten kämpfte, sich in eine sitzende Position emporhievte und dabei zappelte und um sich schlug, als seien die Kissen und Plumeaus ihre Mitpassagiere auf einem sinkenden Schiff.

Daraufhin mußte Phoebe ihre Ladyschaft davon in Kenntnis setzen, daß das Frühstück in die Küche zurückgeschickt worden war, da es zum Verzehr leider nicht mehr taugte.

Dann bestell neues.

Ja, Madam.

Vier Tage hintereinander ging das so. Jedesmal wurde ein zweites Frühstück geordert, gebracht und ignoriert. Jedesmal rührte ihre Ladyschaft nur den Kaffee, Tee oder Kakao an – was nicht hieß, daß sie ihn austrank.

Dafür wurden große Mengen von Zigaretten geraucht und eine Anzahl von Weinflaschen geleert. An dreien der vier Tage wünschte Mylady nicht gestört zu werden und kleidete sich nicht einmal an. Nach ihrem Bad mußte Phoebe ihr Rücken und Schultern mit einem schwach duftenden Öl einreiben (es roch nach Rosen) und ihr ein frisches Nachthemd sowie ihr malven- und fliederfarbenes Negligé bringen. Dann saß sie eine halbe Stunde oder länger da und starrte auf die Berge vor ihren Fenstern.

So groß war Phoebe Peebles' Sorge, daß sie beschloß, die Angelegenheit Mister Forster vorzutragen. Folglich suchte sie ihn an einem der Nachmittage, als ihre Ladyschaft sich wieder mit ihren Weinflaschen und Zigaretten eingeschlossen hatte, in seiner Kammer auf.

»Was kann nur los sein mit ihr?« fragte sie, nachdem sie ihre Geschichte erzählt hatte. »Es macht mir angst. Sie ist so gar nicht sie selbst.«

Forsters Zimmer befand sich im obersten Stock, *unterm Dach,* wie er sagte. *Unterm Dach, wie es sich für einen lebenslangen Diener gehört.*

Phoebe saß auf dem einzigen Stuhl, Forster auf dem Bett. Er bot ihr ein Glas Bier an, das sie ablehnte.

»Madam trinkt für zwei – obwohl ich zugeben muß, daß ich mir zum Abendbrot recht gern einen Schluck gönne. Aber mit einem Herrn in seinem Zimmer sitzen und mit ihm trinken, nein, das geht nicht. Sie nehmen es mir doch nicht krumm?«

»Nicht im geringsten.«

Phoebe wandte den Blick ab und biß sich auf die Lippe. »Ach, was soll ich nur tun?« sagte sie.

»Am besten, Sie warten ab«, meinte Forster. »Schauen Sie mich an – ich sitze ja auch hier und warte, während sie da drüben weiß Gott was mit ihm anstellen.« Er wies zum Fenster.

»Mit Mister Pilgrim, meinen Sie.«

»Ja. Mister Pilgrim. Fünfmal habe ich jetzt schon versucht, ihn zu besuchen, aber sie lassen mich nicht zu ihm. Er ist stumm, sagen sie. Er redet mit keinem Menschen. Und immerzu sind Ärzte um ihn. Den lieben langen Tag hat jemand ein Auge auf ihn, heißt es. Sie trauen ihm nicht über den Weg – denken, er probiert es noch mal. Der Ärmste. Ich an seiner Stelle würde nur noch heim wollen.«

»Ich will auch heim«, sagte Phoebe. »Ich finde es gräßlich hier. Ich mag die Leute nicht. Überall nur Ausländer, außer Ihnen – und ihrer Ladyschaft. Keiner lächelt einen an. Alle reden sie deutsch. Sie sind so von oben herab zu mir, sie behandeln mich wie den letzten Dreck, und ich habe es satt. Und Briefe kommen von fremden Leuten – werden einfach zur Tür hereingereicht. Von einem Laufburschen, der kein Wort sagt.«

»Und Sie wissen nicht, von wem sie sind?«

»Wie denn? Ich kann sie ja wohl nicht aufmachen, oder? Außerdem sind die Umschläge zugeklebt, da wüßte sie gleich Bescheid.«

»Neulich ist sie im Foyer von jemandem angesprochen worden«, sagte Forster. »Ein nett aussehendes junges Paar. Hat sich eine ganze Weile mit ihr unterhalten. Wußten Sie das?«

»Nein. Ihre Ladyschaft? Wann? Was heißt neulich?«

»Vorgestern. Oder vorvorgestern. Ich weiß es nicht mehr. Ich war auf dem Weg zu Mister Pilgrim, und da stand sie mit diesen Wildfremden. Kam mir seltsam vor. Sie hat mich auch gesehen, glaube ich, aber sie hat sich nichts anmerken lassen. Ich hab noch ein Glas in der Bar getrunken, und als ich herauskam, war sie immer noch da.«

»Wie lange? Ich meine, wie lange waren Sie in der Bar?«

»Zwanzig Minuten – höchstens fünfundzwanzig. Wie gesagt, ein nettes junges Paar. Gut gekleidet. Aus Lady Quartermaines Kreisen, ganz zweifellos. Er hatte so was Militärisches an sich. Hätte fast ihr Sohn sein können. Wenn ich den Sohn nicht kennen würde. Earl Hartford, meine ich. Das gleiche Alter. Vielleicht war es ja ein Freund von ihm, jetzt, wo ich so drüber nachdenke. Jemand aus der Schule. Sie wissen schon – jemand aus Sandhurst vielleicht.«

»Aber es waren doch Fremde. Das haben Sie doch gesagt.«

»Ja. Eindeutig. Sie hatte die beiden noch nie gesehen. Das hat man ganz deutlich gemerkt. Aber vielleicht kannten sie ja Lady Quartermaine – durch den Earl, wissen Sie, ihren Sohn. Möglich wäre es. Obwohl, jetzt fällt es mir wieder ein, sie haben eine Fremdsprache gesprochen, als ich das erste Mal an ihnen vorbeikam. Französisch vielleicht. Ich konnte es nicht so genau hören.«

»Und haben Sie sie seitdem wiedergesehen?«

»Von weitem, ja. Am Fahrstuhl – am Empfang – auf dem Weg in den Speisesaal. Bei solchen Gelegenheiten.«

»Sah es denn nach einem richtig ernsthaften Gespräch aus?«

»Mit Lady Quartermaine? Doch, ja. Ziemlich ernsthaft. Gelächelt wurde nicht viel. Der junge Mann ist die ganze Zeit über stehengeblieben, aber die junge Dame – seine Frau, nehme ich an – hat sich neben ihre Ladyschaft gesetzt.«

»Dann schicken die diese Briefe. Wenn sie von einem von Mister Pilgrims Ärzten kämen, müßte ja ein Absender draufstehen. Außerdem waren sie auf Hotelbriefpapier geschrieben. Das heißt, sie müssen von ihnen sein.«

»Schauen Sie doch, daß Sie einen davon in die Finger bekommen, ohne daß Lady Quartermaine es merkt. Bescheid zu wissen schadet nie. Und bis dahin, Kopf hoch. Wenn es schlimmer mit ihr wird, kommen Sie und holen mich.«

Phoebe stand auf und ging zur Tür, wo sie sich noch einmal umdrehte, um Forster für seine Anteilnahme zu danken. »Es ist ein bißchen einsam da unten, mit niemand zur Gesellschaft außer Madam – in diesem Zustand.«

»Keine Sorge«, sagte Forster. »Denken Sie daran, wie es mir geht – ganz allein hier oben, und Mister Pilgrim quasi im Gefängnis. Aber irgendwie werden wir es alle überstehen. Sie werden's schon sehen. Halten Sie die Ohren steif.«

»Ja«, sagte Phoebe etwas melancholisch. »Sie auch, Mister Forster. Auf Wiedersehen.«

Am dritten Tag orderte Lady Quartermaine Hotelbriefpapier, um ihre eigenen schwindenden Vorräte an blauem und grauem Portman-Place-Pergament aufzustocken. *Mit Umschlägen, bitte.* An diesem Tag aß sie gar nichts, sondern ließ nur Wein und Whisky kommen und trank stetig, aber nüchtern den Nachmittag hindurch, bis es dämmerte. Dabei führte sie mehrere Telephonate, aber Phoebe konnte keine Worte ausmachen – bis auf eines: *Bote.* Als sie hineinging, um zu fragen, ob ein Abendessen gewünscht wurde, fand sie ihre Ladyschaft der Länge nach auf dem Boden hingestreckt. Im Aschenbecher qualmte noch eine Zigarette.

Auf dem Schreibtisch lagen Briefe an jedes ihrer fünf Kinder, ihren Mann, Dr. Jung und Mister Pilgrim. Dieses letztere Schreiben schien unvollendet und ragte halb aus seinem Kuvert hervor. Keiner der Briefe war an einen Fremden adressiert.

Phoebe versuchte ihre Herrin zu wecken, vergebens. Sie erwog es, telephonisch Hilfe anzufordern, besann sich jedoch eines Besseren. *Denk an den Skandal,* ermahnte sie sich und deckte Madam mit einer Kaschmirdecke zu – einer karierten Decke aus blauem und violettem Madras, die ihre Ladyschaft abgöttisch liebte und auf sämtliche ihrer Reisen mitnahm.

Als Phoebe um neun nochmals nach dem Rechten sah, hatte ihre Herrin sich zu Bett begeben. Sie lehnte die Tür an, ließ das Licht im Badezimmer brennen und nahm sich heraus, nach belegten Broten und Bier zu klingeln. Um Mitternacht zog sie sich in ihre eigene kleine Schlafkammer zurück, die vom Salon abging, und als sie um sechs Uhr aufstand, fand sie die Tür ihrer Ladyschaft erneut verriegelt.

Am vierten Tag schickte Madam um Packpapier, Schnur und Schere.

Ein kleiner Lunch wurde verzehrt, bestehend aus einem Dutzend Austern und einer Flasche Champagner.

Nachmittags um vier wurde Phoebe hereingerufen, um ihre Herrin zum Tee anzukleiden. Ein Gast wurde erwartet – kam jedoch nicht. Was kam, war ein weiterer Brief.

Ob Forster da war?

Phoebe ging hinauf, um nachzusehen, traf ihn aber nicht an. Den Brief hatte sie mitgenommen. Nun drehte sie ihn in den Händen. Wie sollte sie ihn aufbekommen?

Hinter einer der Türen auf Mister Forsters Etage erspähte sie ein Zimmermädchen, das Kissenbezüge bügelte.

Phoebe trat ein, hielt den Umschlag hoch und lächelte.

»Ja, bitte?« fragte das Zimmermädchen auf deutsch.

Phoebe machte eine Bewegung, als versuche sie den Briefumschlag zu öffnen. Sie zeigte auf das Bügeleisen und streckte den Brief in seine Richtung. Das Mädchen nahm ihn mit einem wissenden Lächeln.

Mit flinker Hand sprenkelte sie ein paar Wassertropfen auf die Rückseite des Briefes und bügelte leicht darüber. Dampf stieg auf. Dann löste sie triumphierend die Gummierung und sagte: »Neugierig, ja?«

Phoebe griff nach dem Brief und sagte: »Danke« – ein deutsches Wort, das sie von den vielen Malen her kannte, die sie das Frühstückstablett hatte in Empfang nehmen müssen. Dann knickste sie, weil ihr sonst nichts einfiel, und ging wieder hinaus auf den Korridor.

An der Treppe zog sie einen gefalteten Briefbogen aus dem Umschlag. Darauf stand: *Morgen.* Unterschrift: *Messager.* Mehr nicht. *Morgen – Messager.* Es war bar jeder Bedeutung.

Phoebe faltete das Blatt wieder und steckte es zurück, feuchtete den Umschlag mit der Zunge an, drückte ihn zu, strich das Kuvert an ihrem Rock glatt und stieg die Stufen hinunter.

Eine halbe Stunde später ließ ihre Ladyschaft einen Kurier rufen, und als er kam, übergab sie ihm einen Brief für Herrn Dr. C.G. Jung, Psychiatrische Universitätsklinik Burghölzli, Zürich. Dazu sechs braune Päckchen, ebenfalls an die Adresse des Herrn Doktor.

Als der Bote, dessen straffes Gesäß und muskulöse Beine Phoebe Peebles wohlgefällig beäugt hatte, seines Weges gezogen war, erklärte Madam, daß sie bis sieben Uhr zu ruhen gedenke, und verschloß ihre Tür. Um sieben Uhr dreißig bestellte sie Roastbeef, dazu spanische grüne Bohnen, Kartoffelgratin in einer Wärmepfanne, zwei Flaschen Wein und eine Karaffe Cognac. Um acht brachte der Zimmerkellner das Mahl und wurde angewiesen, es im Salon auf einem kleinen Tisch nahe dem Fenster anzurichten. Als alles an seinem Platz stand und der Kellner sich empfohlen hatte, erhielt Phoebe Bescheid, daß sie für den Abend Ausgang nehmen dürfe, vorausgesetzt, sie sei um zehn Uhr zurück.

Phoebe aß in einem Bierlokal ein paar Häuser weiter und blieb dort bis halb zehn sitzen, halb hoffend, halb träumend, ihr strammer Bote könnte sich zu einem Abendtrunk einfinden. Doch soviel Glück hatte sie nicht. Immerhin, Träumen war besser als nichts. Als sie zum Hôtel Baur au Lac zurückging, roch die Luft schon nach Frühling.

Madam hatte weitgehend aufgegessen und eine der Flaschen geleert. Die zweite Flasche und die Karaffe hatten sie in ihr Schlafzimmer begleitet.

Auf ihrem eigenen Bett fand Phoebe einen Umschlag mit einem Bogen Papier darin, auf dem stand: *Ich habe den Wagen für elf Uhr bestellt und plane eine Ausfahrt ins Gebirge, von der ich nicht vor dem späten Nachmittag zurück sein werde. Verbringe den Tag, wie es Dir beliebt. Ich hoffe, Du hattest einen angenehmen Abend.*

Im Umschlag steckte ein Fünffrankenschein. Fast ein Wochenlohn.

Am Morgen des fünften Tages, der auf den 14. Mai fiel, entriegelte ihre Ladyschaft um acht Uhr ihre Tür. Ein leichtes Frühstück war angefordert worden und wurde verzehrt. Madam nahm ihr Bad, und Phoebe war ihr beim Ankleiden behilflich – blaues Tweedkostüm, schwarze Stiefeletten und der schwarze Lammfellmantel.

Um elf fuhr Otto mit dem silbernen Daimler vor. Sehr zu Phoebes Verwunderung küßte ihre Ladyschaft ihr mit großer Wärme die Wange, bevor sie aufbrach.

Sie sollten einander nicht wiedersehen. Statt dessen wurde

Phoebe am nächsten Tag, einem Mittwoch, gebeten, aus Madams Kleiderschrank ein schwarzes Kleid auszuwählen und es ins Leichenschauhaus zu bringen. Bei dieser Gelegenheit nahm Phoebe Abschied von ihr.

Hoch auf dem Albispaß westlich des Zürichsees, auf einer Serpentinenstraße, die sich geradewegs zur Sonne emporzuschrauben schien, war eine Lawine niedergegangen und hatte Lady Quartermaine, ihren Chauffeur Otto Mohr und den silbernen Daimler ins Nichts hinabgerissen.

Auf dem Schreibtisch, an dem sie ihre letzte Botschaft an Dr. Jung abgefaßt hatte, lagen sieben Umschläge, grau, blau und hotelbeige, sowie eine Nachricht auf einem zusammengefalteten Zettel.

Die Nachricht war an Miss Phoebe Peebles adressiert und schloß mit der Ermahnung, ein braves Mädchen zu sein und zu tun, was Mister Forster riet. *Du wirst sehen, es wird sich alles finden. Bis dahin hab Dank, mein Liebes. Leb wohl.*

Es war der erste warme Tag des Jahres. Rund um den See blühten zwischen den letzten Schneeresten die Krokusse und Osterglocken, genau wie Jung prophezeit hatte, und von den Türmen des Münsters flogen Tauben herab auf den Platz und wandelten unter den Menschen.

13

Am Abend des 13. Mai – Jung war noch nicht lange von seinen nachmittäglichen Pflichten in der Klinik heimgekehrt –, kam Lotte zu ihm ins Arbeitszimmer und meldete, es sei ein Bote da, der sich nicht fortschicken lassen wollte, ehe er nicht mit Jung persönlich gesprochen habe.

»Wie lästig. Woher kommt er denn?«

»Von Lady Quartermaine im Hôtel Baur au Lac, Herr Doktor. Er sagt, sie hat ihn angewiesen, seine Sendung an niemand anders als Sie auszuhändigen.«

»Also gut, führ ihn herein.«

Als der Kurier eintrat, legte er sechs in Packpapier eingeschlagene Päckchen auf den großen Eichentisch und überreichte Jung einen Umschlag.

»Ich habe den Auftrag, so lange hier zu warten, bis Sie diesen Brief gelesen haben, Herr Doktor.«

»Soso.« Jung schlitzte den Umschlag mit einer Schere auf und begann zu lesen, während der Kurier ein Stück entfernt stand und sich den Schenkel kratzte.

Mein lieber Dr. Jung,

wie wohltuend und trostreich war es, Ihre Bekanntschaft zu machen. Nun da ich meinen lieben alten Freund in Ihrer Obhut lassen muß, meine ich, dies vertrauensvoll tun zu können. Niemand erscheint mir besser dazu befähigt, ihn durch seine gegenwärtige Krisis zu lotsen, als Sie.

Haben Sie Geduld. Er wird es Ihnen danken. Davon bin ich überzeugt, so wie ich überzeugt bin, daß Sie wiederum von Ihren Bemühungen um ihn nicht ablassen werden. Welch ein Jammer, daß ich Ihnen dabei nicht weiter zur Seite stehen kann, aber Umstände, die sich meinem Einfluß entziehen, führen mich fort von hier.

Daher übersende ich Ihnen per Kurier Mister Pilgrims restliche sechs Tagebücher, jeweils separat verpackt. Das hat seinen guten Grund, dem Sie sich, wie ich nur hoffen kann, beugen werden. Die Reihenfolge, in der die Bände gelesen werden, ist von entscheidender Bedeutung. Wenn es in meiner Macht stünde, Sie in diesem Punkt zum Gehorsam zu verpflichten, so täte ich es. Ursprünglich hatte ich ja vorgehabt, Ihnen immer nur einen Band auf einmal zukommen zu lassen. Das kann nun leider nicht geschehen. Bitte glauben Sie mir, alles hängt von der richtigen Reihenfolge ab. Anders muß Ihnen Mister Pilgrims Bedrängnis unbegreifbar bleiben. In jedem Leben gibt es Entscheidungen, die wir allein treffen müssen – und manche von ihnen gebieten vollständige Verschwiegenheit. Das ist die Lage, in der ich selbst mich in diesem Moment befinde. Mir steht nicht zu, Ihnen irgend etwas zu enthüllen, das ein Licht auf meine gegenwärtigen Handlungen werfen würde. Die Zeit mag es an den Tag bringen, wie so oft. Wir werden sehen.

Ich habe vor einiger Zeit gesagt – ob zu Dr. Furtwängler oder zu Ihnen, weiß ich nicht mehr –, daß bestimmte Aspekte von Mister Pilgrims derzeitigem Zustand mit dem Verstand nicht zu erklären sind. Ich bitte Sie, schenken Sie den vermeintlichen Hirngespinsten meines Freundes Glauben, und sei es nur, weil ihm dies ein so verzweifeltes Anliegen ist. Seine scheinbaren Lügen sind Wahrheiten, die darum ringen, sich Gehör zu verschaffen. Vielleicht hilft Ihnen dieser Hinweis ja weiter. Er sehnt sich nach Erlösung von der, wie er es nennt, furchtbaren Unausweichlichkeit des Seins – von einer Identität, deren Bürde er nicht länger zu tragen vermag. Noch tieferen Einblick in das Innere meines Freundes kann ich Ihnen nicht geben.

Bei einer unserer Begegnungen habe ich Sie gefragt, ob Sie an Gott glauben. Ihre Antwort habe ich damals, wenn ich mich recht erinnere, als drollig bezeichnet. Sie sagten, vor neun Uhr morgens könnten Sie grundsätzlich nicht an Gott glauben. Wenn ich Sie beim Wort nehme, kann ich das nur so verstehen, daß die Frage nach dem Allmächtigen Sie ein wenig bange macht und daß Sie der Ansicht sind, mit bloßem Plaudern ließe Er sich nicht erfassen. Darin stimme ich mit Ihnen überein, auch wenn ich bedauere, daß wir das Thema nicht weiterverfolgt haben. Ich hätte gern Ihren Standpunkt kennengelernt, bevor ich Abschied nehme. Sie werden mit Mister Pilgrim über Gott sprechen, seien Sie dessen versichert. Wenn es soweit ist, sagen Sie ihm doch, daß ich in der Frage des Glaubens zu folgender Antwort gefunden habe: Inmitten der Wildnis steht ein Altar mit der Inschrift: DEM UNBEKANNTEN GOTT ... Und so habe ich mein Opfer gebracht.

Ich danke Ihnen für alles, was Sie für Mister Pilgrim getan haben und noch tun werden, und verbleibe in aufrichtiger Verbundenheit

Ihre Sybil Quartermaine

P.S. Der beigelegte Scheck sollte die anfallenden Kosten bis auf weiteres decken.

S. Q.

Besagter Scheck war über eine hohe Summe ausgestellt, nicht auf Jungs Namen, sondern den der Klinik. Dennoch war es Jung nicht wohl bei der Vorstellung, ihn anzunehmen.

Er wandte sich an den Kurier, der mittlerweile die Titel in den Bücherregalen studierte und sich bis zu Goethes Gesammelten Werken vorgearbeitet hatte.

»Wenn Sie einen Augenblick warten, gebe ich Ihnen eine Antwort an Lady Quartermaine mit ...«

Doch der Kurier sagte: »Ich habe strikte Anweisung, keinerlei Antwort entgegenzunehmen.«

»Das ist ja seltsam.«

»Antwort ist tabu, Herr Doktor. Das hat sie gesagt: tabu.«

»Soso. Hm. Dann vielen Dank.«

Jung gab dem jungen Mann ein maßvolles Trinkgeld für seine Mühen und schickte ihn seiner Wege.

Vor ihm lagen sechs Päckchen – sechs Bände von Pilgrims Tagebüchern. Sie waren numeriert. Jung ordnete sie der Reihe nach auf dem Tisch an und betrachtete sie, wie man das Weihnachtspaket eines Unbekannten betrachten mochte. Was konnte darinnen sein …?

»Immer nur eins auf einmal«, sagte er laut. »Immer nur eins.«

Und wenn er sie alle zugleich aufmachte – wer würde es merken?

Ich. Ich würde es merken.

Du. Das hätte ich mir denken können, daß du deinen Senf dazugibst.

Dazu bin ich da.

Wozu – um mich verrückt zu machen?

Möglich.

Jung stapelte die Tagebücher übereinander und trug sie zu seinem Schreibtisch, wo er sie alle bis auf das erste in die unterste Schublade einschloß und den Schlüssel abzog.

Dann trat er ans Fenster und sah in den Garten hinaus.

Die erste Osterglocke – die von ihm photographierte – welkte jetzt und wurde runzlig und dürr. Ein Windstoß in der Nacht konnte sie forttragen. Aber andere – ein Heer von anderen – drängten empor ans Licht.

Seine Gedanken wanderten zurück zu Lady Quartermaines Brief. Wie traurig er klang – und wie sonderbar.

Inmitten der Wildnis steht ein Altar mit der Inschrift: DEM UNBEKANNTEN GOTT … *Und so habe ich mein Opfer gebracht.*

Es ging ihr nicht gut, kein Zweifel. Sie hatte schon vorige Woche so schlecht ausgesehen. Elend. Übernächtigt möglicherweise. Auf jeden Fall leidend. Hätte er nur gestern nachmittag ihre Verabredung zum Tee eingehalten. Aber das Schicksal hatte eingegriffen, oder besser der Mond: Die Gräfin Blawinskaja hatte einen Anfall gehabt, und darüber war ihm der Besuch bei Lady Quartermaine vollständig entfallen.

Nun gut.

Jetzt war nicht die Zeit, darüber nachzudenken. Jetzt hieß es erst einmal ein Glas Wein trinken, zu Abend essen und mit Emma die Ergebnisse ihrer Savonarola-Recherchen erörtern. Und die

Kinder – und die Hunde – und die Frage, was mit den Gartenmöbeln geschehen sollte, nun da es Frühling wurde.

Morgen früh würde er zu lesen beginnen.

Morgen früh. Morgen früh.

Die Sonne sank sehr schnell.

Drittes Buch

1

Am Morgen des 14. Mai, etwa um die gleiche Zeit, als Otto Mohr Lady Quartermaine in den Fond des silbernen Daimlers half, schob Kessler im dritten Stock des Burghölzli Pilgrim in den Fahrstuhl.

Sybil breitete die blau-violett-karierte Kaschmirdecke über ihre Knie, die Otto Mohr ihr reichte; über Kesslers Arm hingen indessen zwei große Leintücher, in die er seinen Patienten einhüllen wollte, wenn sie in den Bädern angelangt waren.

Während Sybil sich zurücklehnte und die Aussicht auf diverse Brücken, kopfsteingepflasterte Gassen und Wasser bewunderte, saß Pilgrim stocksteif vor Kessler und zählte die Etagengeschosse, die nach oben wegglitten. *Eins. Zwei. Drei. Vier.*

Otto Mohr bog links ab und schaltete.

Der Fahrstuhlführer, leeren Blickes wie immer, zog die Falttür zur Seite.

»Sehen Sie?« sagte Kessler. »Nichts, wovor Sie Angst haben müssen.«

Sybil im Daimler faßte nach dem Haltegriff, der aus weißweinfarbenem Marmor war. Ihr grauer Glacéhandschuh sah vor dem blassen Hintergrund aus wie eine aquarellierte Hand, mit schwarz getuschten Strichellinien statt Fingern. *Ich bin gegenstandslos wie ein Farbklecks auf einem Blatt Papier*, dachte sie. Und dann: *Wie merkwürdig, sich so körperlos zu fühlen und doch so lebendig …*

Pilgrims Stuhl rollte aus seinem gläsernen Käfig auf den Marmorboden hinaus und kam auf dem Läufer zum Stehen. *Wir sind in einem Mausoleum*, dachte er. *Jemand ist gestorben.* Salziger Dunst hing in der Luft. Er konnte ihn schmecken.

Als sie an Höhe gewannen, beugte Sybil sich vor, um auf den Zürichsee hinabzublicken. *Wie schön er ist*, dachte sie, *mit all den Bäumen an seinen Ufern und all seiner Blumenpracht. Genau wie Dr. Jung vorhergesagt hat.*

»Hier entlang bitte.«

Kessler nickte der grimmig blickenden Schwester zu, die den Eingang zu den Bädern hütete. Mit dem Rücken drückte er die schwere Glastür auf, vor der sie ihre Wache hielt. Kein Eindringling gelangte an ihr vorbei. Und erst recht kein Flüchtling. Nach ihrer Miene zu urteilen, konnten letztere von Glück sagen, wenn sie mit dem Leben davonkamen.

Kessler wendete den Rollstuhl und schob ihn vorwärts.

Türen, Türen und noch mehr Türen. Kabinen – Vorhänge – Chaiselongues, auf denen Tote zu liegen schienen, aufgebahrt in ihren Bademänteln. Dampf überall, und das Plätschern von Wasser.

In der Ferne sang wieder der Mezzosopran.

Mein Schatz ist nicht da,
Ist weit übern See,
Und so oft ich dran denk,
Tut mein Herz mir so weh …

Sybil beugte sich vor. Mitten auf der Straße stand ein Hund.

Er salutiert mir, dachte sie. *Irgendeine gütige Seele hat ihn von der Kette gelassen …*

»Wo sind wir jetzt?« fragte sie.

»Dort drüben am anderen Ufer sehen Sie das Dorf Küsnacht, gnädige Frau. Jetzt fängt bald der Wald an.«

»Fehlt dem Hund irgend etwas?«

»Nein, gnädige Frau.«

»Bitte hupen Sie doch, damit er weggeht. Vielleicht hört er uns nicht.«

»Er hört uns schon, gnädige Frau, keine Sorge«, sagte Otto.

Vielleicht war es ja ein Bernhardiner. Sybil hatte noch nie einen so großen Hund gesehen. Tatsächlich trottete er an den Straßenrand, als der Daimler sich näherte und an ihm vorbeifuhr. Als Sybil sich umdrehte, stand er da und blickte ihnen nach, sein Schwanz eine Flagge, sein Kopf schräg gelegt, als wollte er ihre verwehende Witterung einfangen.

Etwas veranlaßte sie, die Hand zum Gruß zu heben – zum Abschied –, und im selben Moment hob der Hund den Kopf und bellte.

Welch seltsame, glückliche Fügung. *Wie zuvorkommend vom Schicksal, ihn loszubinden und uns entgegenzuschicken.*

Als sie nochmals zurückschaute, war der Hund verschwunden. Und als sie sich wieder nach vorn wandte, sah sie, daß um sie der Wald begann, ein Mischwald aus Espen und Pappeln, schattigen Kiefern, deren Äste geschwungen waren wie die Arme von Kandelabern, und den Tannenbäumen der Kindheit. Asphodelus blühte. Es schien undenkbar – doch so war es. Und sang nicht auch eine Nachtigall?

Schön blau ist der See,
Und mein Herz tut mir weh,
Und mein Herz wird nicht g'sund,
Bis mein Schatz wiederkommt.

Wo in aller Welt kamen plötzlich diese Zeilen her?

Jetzt drifte ich wieder, dachte sie. Und lehnte sich zurück, um einen besseren Blick auf die schräg einfallenden Lichtfinger und das Flechtwerk der Zweige zu haben, die von beiden Seiten die Straße überwölbten. Ihre Hand hob sich ganz leicht, wie um sie willkommen zu heißen.

Mein Schatz ist nicht da,
Ist weit übern See …

… und weiter weiß ich nicht.
Der Schlaf war ganz nah.

Am Beckenrand zog Kessler Pilgrim den Bademantel aus und sah seinem Patienten zu, wie er aufstand und ans Wasser trat.

Der ausgemergelte Körper glich einem aufgezogenen Kadaver. Jeder Schritt folgte so zaghaft auf den vorherigen, als müßten die Regeln lang vergangener Kinderspiele dazu bemüht werden. *Ging es so – oder vielleicht so?*

So und vielleicht so. So und vielleicht so.

Pilgrim hob die Arme.

Seiltanzen, entschied Kessler. *Er will seiltanzen. Auf seinem Hochseil. Meilen über uns allen.*

»Soll ich Ihnen helfen, Mister Pilgrim?«

Die Arme sanken herab.

Seine Haut schimmerte bläulich, so bleich war sie. Die Farbe von Perlmutt. Und über seinen Rippen spannte sie sich durchsichtig. Er hätte Strümpfe und Ärmel und Handschuhe aus Haut tragen können, mit violetten Adersäumen und den schneeweißen Knöpfen der Finger- und Zehennägel. Und doch waren seine Muskeln fest und seine Hinterbacken, bei aller Magerkeit, straff.

Der Schmetterling zwischen seinen Schulterblättern hatte die Flügel gespreizt, und die Abschürfungen, die der Strick an Hals und Nacken hinterlassen hatte, waren verschorft und würden bald abfallen wie die Hüllen eines Kokons.

»Möchten Sie, daß ich Ihnen helfe, Mister Pilgrim? Nicht daß Sie ausrutschen.«

Pilgrim stand jetzt dicht am marmornen Beckenrand, die Zehen um die Kante gekrümmt.

»So schön heißes Wasser. Das wird Ihnen gefallen. Sehr wohltuend. Entspannend, wie eine warme Massage, könnte man sagen.«

Schwester Dora und die Gräfin Blawinskaja glitten vorbei, Arm in Arm. Ein schmuckes Paar, dachte Kessler – und lächelte. In dem Dunst sah es aus, als hätten ihre Füße den Boden verlassen, und so, wie die Gräfin dahintänzelte, hatten sie das vielleicht wirklich.

Pilgrim schob eine schamhafte Hand vor sein Geschlecht, als sie vorüberschwebten, auch wenn keine der beiden Frauen in seine Richtung blickte.

Dann endlich ließ er sich ins Wasser hinab. Rings um ihn wallten die Geister von Wesen, die einmal Menschen gewesen sein mußten, manche verirrt, andere nur verwirrt. Alle waren sie in Grabtücher gehüllt.

Pilgrim schloß die Augen und breitete Arme und Beine aus. Er saß auf der in die Beckenwand eingelassenen Stufe, und Wasser umgab ihn von allen Seiten, erkundete jede Fläche und jede Ritze seines Körpers – die Ebene des Bauches und die Vorberge der Brust, die Gipfel der Schultern. *Ich bin die Erde selbst,* dachte er, *tailliert vom Äquator, gegürtet von den Breitengraden, gevier-*

telt und geviertteilt von den Wendekreisen, mit ein paar treibenden Inseln – Finger, Penis, Zehen und Testikel –, und wenn ich mich zu einer Kugel zusammenrollte, könnte ich gleich ein Globus sein …

Er lächelte. *Daß ich so tief gesunken bin,* dachte er. *Tailliert vom Äquator, daß ich nicht lache! Gegürtet von den Breitengraden. Geviertelt und geviertteilt von den Wendekreisen … Bin ich Dante Gabriel Rossetti? Da sei Gott vor! Trage ich schon Lilien in der Hand und Sterne im Haar?*

»Mister Pilgrim?«

Kessler beugte sich über ihn und zog ihn an den Schultern zurück, so daß er mehr oder weniger aufrecht saß.

»Sie dürfen nicht mit dem Kopf untertauchen, Mister Pilgrim. Das ist gegen die Vorschrift. Wir sind hier, um uns zu entspannen, nicht um Fisch zu spielen.«

Pilgrim legte die Arme auf den Beckenrand.

»So ist es besser«, lobte Kessler. »Nicht daß Sie uns noch ertrinken!«

Am höchsten Punkt des Albispasses bietet ein kleines Plateau einen atemberaubenden Blick in die Weite wie auch in die Tiefe.

Sybil Quartermaine, die Otto gebeten hatte, den Wagen anzuhalten, schlang sich ihre Wolldecke um die Schultern und teilte ihm mit, daß sie aussteigen wolle, worauf sie wartete, bis er den Schlag öffnete und ihr die Hand reichte.

Sie neigte den Kopf, sog die Luft ein.

»Oh«, sagte sie, indem sie die Augen schloß. »Wie der Wind hier duftet. Riechen Sie die Bäume? Es ist der Himmel auf Erden!«

»Ja, gnädige Frau. Der Himmel auf Erden.«

»Begleiten Sie mich bis ganz vor. Ich möchte hinunterschauen.«

Otto bot ihr den Arm und geleitete sie an die Kante. Zu ihren Füßen breitete sich der Zürichsee, und steil in der Tiefe sah man einen Fluß und eine Straße. Otto zeigte ihr den fernen, schleirigen Schemen der Jungfrau – eine majestätische Fata Morgana, die in einem Meer aus Dunst trieb.

Sybil mußte ihre Decke festhalten.

»Der Wind«, sagte sie. »Der Wind …«

»Das ist der Föhn, gnädige Frau. Er kommt von Italien herüber und bringt schlimme Dinge mit sich.«

»Schlimme Dinge?«

»Regen und Sturm und manchmal auch Lawinen.«

Sybil zog die Decke enger um sich, betrachtete noch einen Moment lang die Aussicht und wandte sich dann wieder dem Daimler zu.

»Fahren wir weiter«, sagte sie.

Das waren ihre letzten Worte.

Pilgrim fröstelte mit einemmal.

Er stand auf.

Er packte die Hand des verdutzten Kessler und umklammerte sie, wie ein Ertrinkender eine Rettungsleine umklammert.

Ist hier ein Hund? Hier muß irgendwo ein Hund sein.

Kessler half seinem Patienten aus dem Becken und legte ihm ein Laken um die Schultern. Es wollte ihm nicht in den Kopf, daß Pilgrim so frieren konnte, während er selbst im Dampf schwitzte, aber der Mann schlotterte ganz unbestreitbar.

»Möchten Sie gehen, Sir? Möchten Sie auf Ihr Zimmer zurück?«

Nein, nein, nein. Ich muß den Hund finden.

Pilgrim machte ein paar Schritte in den Dunst.

»Nicht«, flüsterte er. »Nein. Nicht jetzt. Das darfst du nicht.«

Kessler lief ein Schauder über den Rücken.

Pilgrim hatte gesprochen.

Worte. Nicht einfach Laute – sondern Worte.

Hatte gesprochen – und war verschwunden.

Kessler folgte ihm, so gut er konnte – musterte jede der dampfumhüllten Gestalten, denen er begegnete, bis er seinen Schützling schließlich am Boden fand, auf einer Hüfte lehnend, die rechte Hand auf die Fliesen gestützt. Neben ihm hockte ein glatzköpfiger nackter Mann, dem sein Wärter eine Baumwolleine ums Handgelenk gebunden hatte, und starrte mit leerem Blick und offenem Mund zur Decke empor.

Pilgrim war so bleich wie der Dunst selbst.

»Ist er gestürzt?« fragte Kessler den Wärter, einen Praktikanten mit Namen Fröhlich.

»Nein. Er saß einfach da«, sagte Fröhlich. »Mein Patient ist über ihn gestolpert und hat versucht, ihn in die Hand zu beißen. Ist das Ihrer?«

»Ja. Er heißt Pilgrim.«

Kessler kauerte sich nieder und sagte: »Kommen Sie, Sir. Schön aufstehen.«

Er griff nach Pilgrims Hand und merkte, daß sie blutete.

»Er blutet«, sagte er anklagend zu Fröhlich. »Sie sollten diesen Mann nicht hierherbringen. Er ist gefährlich.«

»Ich mach's nicht noch mal«, sagte Fröhlich, »aber Dr. Furtwängler war der Meinung, es würde ihm guttun. Ich sag Ihnen was« – Fröhlich grinste und kicherte und beugte sich dicht zu Kesslers Ohr, »der Bursche hält sich für einen Hund, und manchmal muß ich ihm seinen Teller auf den Boden stellen, damit er ißt.«

»Darüber sollten Sie nicht lachen«, sagte Kessler. »Es ist nicht komisch. Er hätte jemanden schwer verletzen können. Wenn Sie mich fragen, muß Dr. Furtwängler verrückt sein.«

Er zog Pilgrim vom Boden hoch und wickelte ihn in das zweite Laken.

»Wir zwei holen jetzt Ihren Bademantel und gehen wieder hinauf in Ihr Zimmer«, sagte er. »Ich verarzte Ihre Hand, und dann trinken wir eine schöne Tasse Tee. Das wird uns jetzt guttun – ein heißer, starker schwarzer Tee. Und dann legen wir uns noch ein Stündchen hin vor dem Essen.«

Und er lenkte Pilgrim in Richtung des fernen Rollstuhls, wo sein Bademantel lag und wo er abgetrocknet und angezogen werden konnte.

Wie ein Kind, dachte Kessler. *Genau wie ein Kind – mit mir als Mutter. Zu großer Vorwitz zahlt sich oft nicht aus. Schon gar nicht in einer Welt, in der Männer herumlaufen, die sich für Bären halten, und jetzt auch noch einer, der meint, er sei ein Hund. Gebe Gott, daß nicht als nächstes Löwen und Tiger kommen.*

Und dann dachte er: *Aber er hat gesprochen! Er hat gesprochen! Mein Patient hat gesprochen!*

2

Hätte er diese Zeilen vor jenem Montagmorgen geschrieben, sie hätten mir womöglich zur Rettung gereicht. So aber bedurfte ich, als der Mittwoch herankam, der Asche – nicht nur für die Stirn allein, sondern für mein ganzes Sein – und meinen Geist.

Jung hatte diese rätselhafte Randnotiz mittlerweile wohl zwanzigmal gelesen.

Das Datum: Freitag, der 10. Februar 1497 ...

Wie kam Pilgrim dazu, sich eine solche Äußerung anzumaßen? Und die Worte selbst – auf welcher Grundlage waren sie formuliert? Wer war dieses Ich, das sich hier so jäh in die Erzählung drängte?

Es trieb ihn zur Verzweiflung.

Inmitten von Pilgrims Traumbildern plötzlich eine klar definierte Stimme. *Ich.* Und nicht nur das: Dieses Ich führte Buch und datierte seine Aufzeichnungen. Einen Traum festzuhalten, gut und schön – aber die Traumereignisse in der Zeit zu verankern, bis hin zu Tag, Monat und Jahr, das war etwas anderes. Zumal wenn das genannte Datum Hunderte von Jahren vor der Zeit des Träumenden selbst lag.

Zunehmend ertappte sich Jung bei dem Wunsch, er hätte dem Impuls widerstanden und nicht weitergeblättert. Aber sein verdammter Inquisitor hatte ihn in die Falle gelockt.

Schieb es nicht auf mich.

Wieso nicht? Du warst es doch.

Du kannst das Umblättern noch so lange hinauszögern – was geschrieben steht, löschst du dadurch nicht aus. Den Kopf in den Sand stecken führt nirgends hin, Carl Gustav. Weiterblättern führt wenigstens zu etwas.

Auch wieder wahr.

Na siehst du. WEITERBLÄTTERN! sollte dein Leitspruch werden.

Ich brauche keinen Leitspruch.

Zu spät. Jetzt hast du einen. Weiterblättern!

Ich kann nicht, ehe ich nicht weiß, was es bedeutet. Wer war – wer ist dieses Ich?

Pilgrim.

Red keinen Unsinn. Er war nicht dabei.

Im Traum war er es.

Nur als Beobachter. Er hat es nicht selbst erlebt – diese Vergewaltigung.

Das sagst du.

Natürlich sage ich das! Erstens ist Pilgrim ein Mann.

Elisabetta auch.

Es klingelte.

»Ich geh schon!« rief Jung und stand vom Schreibtisch auf, froh um die Gelegenheit, die Diskussion zu beenden.

In der Diele sah er eine verschwommene Gestalt durch das Milchglasfenster neben der Tür.

Die Sonne ging unter. Der Himmel leuchtete orangerot.

Der Bote vom Vortag war aus irgendeinem Grund zurückgekehrt. Um seinen goldenen Kopf loderte ein Flammenkranz. Die Mütze hielt er in der Hand.

»Kommen Sie herein.«

»Wenn ich Sie vielleicht unter vier Augen sprechen könnte, Herr Doktor.«

»Natürlich. Gehen wir in mein Arbeitszimmer.«

»Danke.«

Jung schloß die Tür hinter sich und nahm an seinem Schreibtisch Platz, ehe er den Kurier zum Sprechen aufforderte.

»Ich habe eine traurige Nachricht für Sie«, sagte der junge Mann.

»Oh.« Jung setzte die Brille ab und legte sie auf Pilgrims Tagebuch. Die Übermittlung schlechter Nachrichten – so oft eine heikle Aufgabe für den Überbringer – war ein Schauspiel, dem man am besten so diskret wie möglich beiwohnte. Konzentriert lauschen, war Jungs Devise, aber ohne Blickkontakt. Blind lauschen, die Aufmerksamkeit auf den Mund des Sprechers gerichtet – die Lippen – die Worte.

»Am Albispaß ist eine Lawine abgegangen. Heute vormittag, kurz vor zwölf. Lady Quartermaines Wagen ...«

Alle Uhren im Haus schienen mit einem Schlag stillzustehen.

»Ich verstehe.«

»Ja, Herr Doktor. Danke, Herr Doktor.«

Jung erhob sich und trat ans Fenster.

Osterglocken.

Abenddämmer.

Und so ...

»Hat man sie gefunden?«

»Ja, Herr Doktor. Sie und ihren Chauffeur. Die Suchhunde haben sie aufgespürt.«

»Gibt es noch weitere Opfer?«

»Nein, Herr Doktor. Die Bergwacht hat eine Meldung herausgegeben. Nur die Dame aus England und ihr Fahrer. Keine anderen Fahrzeuge. Keine anderen Personen. Ein Omnibus auf dem Weg zum Obersee war auf der unteren Straße unterwegs, aber ihm ist nichts passiert.«

»Und wer hat Sie hergeschickt?«

»Lady Quartermaines Zofe, Herr Doktor. Sie war völlig gebrochen, aber sie meinte, Sie müßten in jedem Fall benachrichtigt werden.«

»Wie heißt sie?«

»Fräulein Peebles, Herr Doktor.«

»Ist sie allein?«

»Nein. Ein Engländer ist bei ihr, ein Herr Forster.«

»Ah ja. Von dem habe ich gehört.«

Jungs Gedanken schweiften ab zu der todbringenden Paßstraße am anderen Seeufer.

Der Bote hüstelte.

Jung drehte sich um.

»Brauchen Sie mich noch, Herr Doktor?« fragte der junge Mann.

»Nein – und vielen Dank.«

Jung drückte ihm einen Franken in die Hand und klopfte ihm auf die Schulter.

»Ich bringe Sie zur Tür«, sagte er.

Der Bote hatte sich schon abgewandt, da fragte Jung, ob irgend jemand einen Mann namens Pilgrim erwähnt habe.

»Nein, Herr Doktor. Niemand.«

»Sehr gut. Dann auf Wiedersehen.«

Jung ging zurück in sein Arbeitszimmer.

Die Nachricht konnte warten, entschied er. Sinnlos, es jetzt schon Emma zu sagen. Oder Mister Pilgrim. Erst mußte er mehr wissen.

3

Unter Bezugnahme auf Giorgio Vasaris *Leben der ausgezeichnetsten Maler, Bildhauer und Baumeister,* Walter Paters *Renaissance* und die neueste Ausgabe von *Meyers Großem Konversationslexikon* hatte Emma die folgenden Notizen zusammengestellt und Jung zur Durchsicht auf den Schreibtisch gelegt. In den Nachwehen von Sybil Quartermaines Tod kamen sie ihm als Ablenkung gerade recht.

Fast das ganze Jahr 1496 und die ersten Wochen des Jahres 1497 hielt sich Leonardo am Hofe Ludovico Sforzas, des Herzogs von Mailand auf. Zwar war er nicht müßig dort, aber der größere Teil seiner Arbeit war eine frivole Vergeudung seiner künstlerischen Talente. Die Hauptursache für diese Vergeudung war offenbar Leonardo selbst. Ihn schien es nicht zu kümmern, hatte Emma geschrieben. *Die Vormittage verbrachte er damit, Bühnenbilder für Maskenspiele zu entwerfen, nachmittags übertrug er wissenschaftliche Daten in seine Skizzenbücher, abends zeichnete er phantastische Entwürfe futuristischer Donnerbüchsen, Armbrusten, Katapulte und Bombarden und ähnlichem mehr – und nachts lag er in den Armen seiner Knaben.*

Andrerseits, hatte sie hinzugefügt, *hatte er 1495 mit der Arbeit am* Letzten Abendmahl *begonnen, das er erst drei Jahre später, 1498, für vollendet erklärte. Ende Februar 1497 war er kurz nach Florenz zurückgekehrt, im Juni ein zweites Mal.*

Das Letzte Abendmahl *ist ein Fresko an der Nordwand des Re-*

fektoriums im Dominikanerkloster Santa Maria delle Grazie in Mailand. Ich habe es gesehen, Du nicht – aber ich habe Dir ja oft davon erzählt. Zu Leonardos Zeit ging das Gerücht, daß er nach Lust und Laune im Kloster auftauchte, zu jeder Tages- oder Nachtzeit, um einen einzigen Pinselstrich zu setzen oder einen Schatten zu entfernen. Wenn Du Mister Pilgrims Abhandlung gelesen hast, dann wirst Du wissen, daß Leonardo das Gesicht Jesu nicht selber gemalt, sondern leer gelassen hat.

Richtig. Das hatte Jung vergessen.

Als nächstes folgten Aufzeichnungen zu Savonarola.

Girolamo Savonarola war Dominikanermönch, geboren 1452, im selben Jahr wie Leonardo da Vinci. Die beiden müssen so verschieden gewesen sein, wie zwei Männer es nur sein können. Wo Leonardo, der Künstler, nicht wagte, dem Sohn Gottes das Gesicht eines Menschen zu geben, sah Savonarola, der Priester, sich selbst als Abgesandten des Himmels – womöglich gar als Gottes Zweitgeborenen. L. ließ das Gesicht seines Christus aus Furcht vor der Blasphemie ungemalt, S. dagegen schuf Christus nach seinem Bilde und behauptete, mit Seiner Stimme zu sprechen. Er war in der Hierarchie seines Ordens schnell aufgestiegen und hatte die Aufmerksamkeit Roms erregt. Bis 1497 hatte er sich Tausende von Gefolgsleuten zugelegt, war in den Rat berufen worden und stand kurz davor, der nächste Regent von Florenz zu werden.

Es folgten Ausführungen zu Savonarolas Aufstieg zur Macht, dem Tod Lorenzo de' Medicis im April 1492, der Kapitulation der Stadt Florenz vor Karl VIII. von Frankreich, der Flucht Piero de' Medicis, Lorenzos Sohn, im Oktober 1494. Die Tatsache, daß zwischen dem Tode Lorenzos des Prächtigen und Savonarolas Herrschaft keine fünf Jahre vergangen waren, lieferte dem Geschichtskundigen einen hinreichenden Beweis für die charismatische Kraft des Priesters.

Und der Scheiterhaufen der Eitelkeiten?

Jung schlug die nächste Seite auf.

Am 7. Februar 1497, am Vorabend des Aschermittwoch, hatte Emma geschrieben, *fand auf der Piazza della Signoria in Florenz ein außergewöhnliches Ereignis statt.*

Der Priester – der verhaßte Priester, wie ihn manche nannten – hatte zu einem gewaltigen Autodafé gerufen, bei dem die Bürger von Florenz ihre wertvollsten und teuersten Besitztümer den Flammen überantworteten. »Verbrennt alles, woran euer Herz hängt«, hatte er gesagt, »denn die Liebe zu den Dingen ist von Übel und versperrt den Weg zu Gott.«

Es war nicht das erste Feuer dieser Art, aber es würde das größte sein. »Sein Rauch soll bis zum Himmel steigen.« So verkündete Savonarolas Erlaß.

Während des Karnevals waren die Chorknaben des Priesters durch die Straßen patrouilliert, hatten Glücksspielen ein Ende bereitet, Prostituierte mit Knüppeln angegriffen und den Frauen der Kaufleute Spitzen und Schmuck von den Kleidern gerissen. »Seine Kleine Schar der Hoffnung« hatte Savonarola diese Knaben getauft. Vorgeblich sammelten sie Almosen für die Kirche, wobei diese Almosen alles sein konnten, von vollen Geldbörsen über silberne Armreifen und kristallene Ohrgehänge bis hin zu Kinderspielzeug – einem Holzpferd, einem bemalten Ball, einer Puppe im roten Kleid.

(Was für eine schreckliche Zeit!) hatte Emma geschrieben.

Seit zwei Jahren beaufsichtigte der Priester nun bereits die Gestaltung von Gesetzen, mittels derer die »lasterhafte Verbreitung unmoralischer Werte und die Vorherrschaft der Sünde« unterbunden werden sollten. Die Signoria und der Rat der Fünfhundert mußten diese Gesetze beschließen, aber Savonarola als Mitglied des Rates formulierte sie und überredete die anderen Ratsherren, dafür zu stimmen.

Pferderennen waren untersagt, das Würfelspiel wurde mit Folter bestraft, das Fluchen verboten, und wer Gott lästerte, dem durchstach man die Zunge. Weltliche Lieder waren ebenso verpönt wie Tanzen und Spielen. (Liebe Güte! Das hätte Bleuler sich nicht schlimmer ausdenken können! E.J.) Vor Beginn der Fastenzeit wurden Juden durch die Straßen getrieben und von der Bevölkerung mit Pferdemist beworfen. Bordelle wurden niedergebrannt und die Huren zu den Stadttoren hinausgejagt. Diener machte man zu Spionen gegen ihre eigene Herrschaft, und der Vergeltung entzogen sie sich, indem sie ihre Beschuldigungen im Beichtstuhl erhoben.

Und doch, trotz aller Sittenstrenge und Kirchenzucht, genossen die Signoria und der Rat unter Savonarolas Herrschaft Achtung beim Volke, besonders bei den Kaufleuten der mittleren und oberen Schichten, deren Steuerlast zu ihren Gunsten korrigiert wurde, während die Steuern der ganz Reichen zwar ebenfalls angepaßt worden waren, jedoch, wie manche behaupteten, zu ihrem Ruin.

Es war eine Zeit des religiösen Eiferertums und des Pietismus auf der einen Seite, eine Zeit latenter Rebellion und wachsender Unruhe auf der anderen.

Seinen Höhepunkt erreichte all dies 1497 mit dem Scheiterhaufen der Eitelkeiten.

(Ich hoffe, das hilft Dir weiter, aber ich muß sagen, mir dreht sich bei diesen Schilderungen der Magen um, und ich bin froh, daß ich damals noch nicht gelebt habe. Was Du wohl auf den Scheiterhaufen der Eitelkeiten geworfen hättest, mein Liebster? Ich wüßte nichts. Selbst das kleinste Opfer wäre zu groß. E.)

Jung hatte den Bindfaden bereits durchtrennt – so sehr ihm der Anblick von Sybil Quartermaines geneigter Handschrift ins Herz schnitt, dieses mit blauer Tinte geschriebene *Herrn Dr. C.G. Jung* und der Hinweis, daß es sich um das *Päckchen Nr. 1* handelte. Letzteres war ohne Lineal dreimal dick unterstrichen. Als er das braune Packpapier zur Seite schob, stellte er fest, daß Pilgrims Geschmack in puncto Bucheinbänden nicht weniger gewählt war als seine Handschrift. Dieser Band war, im Gegensatz zu dem ersten, den er gelesen hatte, in rauchgrauen Wollstoff gebunden und erinnerte an das Logbuch eines Schiffes. Ob die Farbe ein Tribut an Leonardos *sfumato* war – jenen »Dunst der Zeit«, den er über seine Gemälde gelegt hatte? Durchaus möglich.

Einen Moment lang ließ Jung die Hand auf dem Einband liegen, strich abwesend darüber und ermahnte sich, weiterzublättern.

Ach, dachte er, *warum ist das alles so traurig?*

Und dann: *Weil die letzte Hand, die diesen Stoff berührt hat,*

Lady Quartermaines Hand war, die nun unterm Schnee begraben ist.

Seite eins war nahezu leer. Rechts unten in die Ecke hatte Pilgrim geschrieben: *Betet gegen die Verzweiflung an.* Und darunter die Buchstaben *S.l.J.*

S.l.J. sagte ihm nichts, aber Jung würde nachfragen.

Auch auf Seite zwei eine impertinente, aufreizende Ziffer, die scheinbar bezugslos über den Wörtern schwebte.

7.

Und dann:

Ihr Frauen, die ihr euch eures Zierats, eurer Haare, eurer Hände rühmt, laßt euch sagen: Ihr seid häßlich. Wollt ihr wahre Schönheit schauen? Dann blickt auf die frommen Männer und Frauen, in denen der Geist die Materie überstrahlt, seht den an, der betet und seht, wie über ihm das Licht Gottes leuchtet, wenn er sein Gebet beendet hat. Aus seinem Antlitz strahlt die Schönheit Gottes, und ihr blickt in das Angesicht eines Engels.

Auf solche Weise ermahnte uns der Priester.

Als nächstes:

Ein Traum

Antonio Gherardini, seine Frau, seine Töchter und seine Dienerschaft trafen Vorbereitungen für den Scheiterhaufen der Eitelkeiten auf der Piazza della Signoria. Ein jeder von ihnen war aufgerufen, seinen Beitrag zu dem Fanal auszuwählen. Zugelassen war alles, was sich nicht jemand anders im Haus bereits ausgesucht hatte. Sie würden mit der Kutsche hinfahren, als Zeichen ihrer Frömmigkeit jedoch auf ihre Insignien verzichten.

Nachmittags um vier stand Elisabetta in ihrem Schlafzimmer und legte ihre Opfergaben auf einem großen weißen Tischtuch aus, das sie an den Ecken zusammenbinden wollte, um es besser tragen zu können. Das Tuch lag ausgebreitet im Sonnenlicht auf ihrem Bett, und nur noch ein Ding fehlte.

Ihre Katze Cornelia saß in der offenen Tür, zu der Sonnenlicht hereinfiel. Ihre Augen waren geschlossen, ihr Fell schimmerte rot und grau. Ihr Schwanz ringelte sich wie ein Fragezeichen im Staub.

Die Fenster standen offen. Die Villa auf ihrem Hügel blickte nach Süden und Westen, und Elisabetta konnte auf Campanile und Domkuppel hinuntersehen, die sich über den Flußnebel und den Rauch früher Feuer erhoben.

Sie setzte sich.

Ein letztes Opfer noch.

Ihr Blick stahl sich zu Cornelia.

Niemals. Nein. Ein Tier ist kein eitler Besitz.

Auf dem Tischtuch lagen bereits Angelos Lieblingshose und sein Wams, seine rehledernen Stiefel, seine Handschuhe, das samtene Barett, die gefältelten Hemden. Und nun noch ein letztes Ding.

Elisabetta hatte sich entschieden, sie hielt es bereits in der Hand. Ihr teuerster Schatz. Das silberne Medaillon mit dem Porträt ihres Bruders Angelo in seinem fünfzehnten Jahr. Und ihm gegenüber, vom selben Künstler gemalt, eine zweite Miniatur, Elisabettas eigenes Porträt. Beide trugen sie ihre Lieblingsfarben, Grau und Blau. Keiner von beiden lächelte. Lächeln war verboten gewesen.

Jetzt war sie eine Frau. Sie trug Frauenkleider. Ihr Busen war nicht mehr flach geschnürt, ihr Haar schicklich verschleiert. Sie trug keinen Schmuck, keine Handschuhe, kein Schultertuch und die schlichtesten Schuhe.

Die blauen Flecken an Hüften, Schenkeln und Handgelenken waren verdeckt, niemand hatte sie zu sehen bekommen. Nicht einmal Violetta, ihre Amme.

An diesem Morgen, nach dem Gebet, hatte Elisabetta ihrem Vater gesagt, sie sei jetzt bereit, Bewerber zu empfangen. Die Zeit der Trauer um Angelo sei vorüber. Das Leben müsse weitergehen. Sie wolle nun ihre Pflicht tun – heiraten, Kinder zur Welt bringen, ihren bescheidenen Platz in der Gesellschaft einnehmen.

Diese Liste von Gemeinplätzen hatte sie wie eine Litanei heruntergebetet und dabei auf ihres Vaters Hände gestarrt, die gefaltet auf dem Tisch lagen. Sie war müde. Am Ende ihrer Kraft.

Sie hatte resigniert. Und der Männerkleidung auf immer entsagt.

Ihr Vater war freundlich gewesen, erfreut. Er hatte sie geküßt und gesegnet. Sogar gelächelt hatte er.

Jetzt würden sie alle zum Scheiterhaufen der Eitelkeiten fahren, ihren Beitrag leisten, ihren Tribut zollen und wieder heimkehren. Dann war es ausgestanden.

Als es zu dämmern begann, hielt die Kutsche vor dem Haus. Die lindgrünen Türen mit dem gemalten Monogramm des Vaters und dem Wappen der Gilde waren schwarz verhängt. Elisabetta lächelte. Schließlich waren sie zu einer Art Begräbnis unterwegs – der Verbrennung ihres früheren Ich, dem nur ein so kurzes Leben beschieden war.

Es waren so viele Kutschen da, so viele Menschen strömten zu Pferde und zu Fuß aus allen Richtungen herbei, daß Signor Gherardini dem Kutscher befahl, vom Bock zu steigen und die Pferde am Geschirr durch die Menge zu führen, bis er nicht mehr weiterkam. Erst dann würden sie aussteigen.

Ein Zug singender Priester und Ministranten kreuzte ihren Weg. Angeführt wurde er von vier Engelskindern, die Donatellos Jesuskind auf den Schultern trugen – die Engel in weißen Kleidchen mit Papierflügeln, die Priester in grauen Kutten.

Alle Kirchenglocken innerhalb der Stadtmauern begannen zu läuten. In jedem anderen Jahr hätte hier ausgelassenes Karnevalstreiben geherrscht – mit bunten Fahnen in allen Fenstern, mit Tänzern, Musikanten, fliegenden Händlern, kostümierten Männern und maskierten Frauen. Die Pferde hätten getänzelt, die Hunde gebellt. Nicht so an diesem Tag.

Die Eiferer klagten und skandierten die Namen von Heiligen; zu beiden Seiten der Kutsche schleppten selbsternannte Märtyrer schwere Kreuze, die Luft war erfüllt vom Weihrauchduft. Ein jeder Bürger hatte sein Opfer dabei – in Säcken und in Kästen, Gemälde und Bücher, Masken und Bänder, Karnevalskostüme, Hüte und bunte Fahnen – Symbole der Entsagung, des Verzichts auf eitle Freude am Leben.

Es dauerte eine Weile, bis der Scheiterhaufen selbst in Sicht kam. Er hatte die Form einer Pyramide, sechzig Fuß oder mehr ragte er in die Höhe und maß zweihundertvierzig Fuß im Umfang, wie später zu hören war. Alle sieben Etagen waren bereits mit Opfergaben beladen, und auf der Spitze thronte eine rot bemalte Satansfigur.

Vier Knaben und vier junge Mädchen, *die Reinsten der Reinen*, waren aus über hundert von ihren Eltern vorgeschlagenen Kandidaten ausgewählt worden, um paarweise und an vier vorher bezeichneten Punkten den Scheiterhaufen in Brand zu stecken.

Während die Sprechchöre und der Gesang über der Piazza aufstiegen, sah Savonarola von einem Fenster im Turm des Palazzo Vecchio aus zu – im Schatten, das Gesicht unter der Kapuze verborgen.

Als das Zeichen gegeben wurde und die Auserwählten mit ihren Fackeln vortraten, wurde es totenstill, und als ahnten sie, was passieren würde, schwangen die Tauben auf den umliegenden Simsen und Mauervorsprüngen sich mit einem einzigen Flügelschlag in die Luft und schwärzten, bevor sie davonflogen, für einen kurzen Moment den Abendhimmel.

Elisabetta streckte die Hand aus, damit Alessandro, der Stallbursche ihres Vaters, ihr aus dem Wagen half. Ihre Amme Violetta folgte ihnen, dann die Eltern. Ihre Schwester Ginetta stieg nicht mit aus. Sie vertraute der Mutter ihre Opfergabe an – einen kostbaren Kragen aus Brüsseler Spitzen – und blieb zurück beim Kutscher, der bei den Pferden wachen sollte.

Es war fast kein Durchkommen. In dem Augenblick, da das Feuer entzündet worden war und die Opfergaben auf allen sieben Stufen zu brennen begannen, war die Menge nach vorn gewogt.

Elisabetta legte Violetta einen Arm um die Hüfte, und gemeinsam kämpften sie sich unter Einsatz von Schultern und Ellenbogen zum lodernden Scheiterhaufen durch.

Signor Gherardini nahm seine Frau Alicia bei der Hand, und gefolgt von Alessandro, der ihre Opfergaben trug – ein Wams aus scharlachrotem Taft, einen cremefarbenen, mit Glasperlen bestickten Seidenumhang, schritten sie in das Menschenmeer hinein.

Die Hitze war so groß, daß Elisabetta einen Moment lang meinte, selbst in Flammen zu stehen. Sie und Violetta hatten die äußere Begrenzung erreicht, einen Kordon waffentragender Soldaten, die die fanatischsten Eiferer davon abhalten sollten, sich selbst zu opfern. Dahinter hatten Priester einen inneren Kreis gebildet und streckten die Hände aus, um neue Opfergaben in Empfang zu nehmen und in die Flammen zu werfen. Violetta, die ihre Gabe bis zu diesem Moment verborgen hatte, zog ein grobgeschnitztes hölzernes Kruzifix aus der Tasche, hielt es vor den Priestern in die Höhe und schleuderte es über ihre griffbereiten Hände hinweg in das Feuer. »Ich opfere das hier, denn der Scheiterhaufen selber ist Eitelkeit und Ausdruck einer verderbten Gottesliebe!« rief sie, aber außer Elisabetta hörte sie niemand.

Bevor Elisabetta ihr Bündel über die Mauer aus Armen hob, zog sie rasch das silberne Medaillon zwischen den Falten hervor und machte sich dann, den Arm wieder fest um Violettas Hüfte gelegt, auf den Weg zurück zur Kutsche.

Keine zehn Meter vor ihrem Ziel blieb sie plötzlich wie angewurzelt stehen.

»Was ist? Was ist los?« fragte Violetta.

Elisabetta sagte nichts.

Ein Stück entfernt saß Leonardo auf einer Fuchsstute und blickte aus schmalen Augen herüber. Seine Lippen waren leicht geöffnet, die Haare hatte er aus der Stirn gestrichen und unter den breitkrempigen Hut gesteckt.

Elisabetta erwiderte seinen Blick ausdruckslos. *Ja – Ihr kennt mich. Ja – ich bin es. Gehabt Euch wohl, mein werter Herr.*

Als hätte er ihre Gedanken gelesen, wandte Leonardo das Pferd und ritt davon.

Elisabetta schloß die Augen. Alles in ihr tat weh. Ihre Knie gaben nach, sie strauchelte, fiel gegen Violetta.

Irgendwie erreichten sie die Kutsche. Ginetta streckte ihr die Arme entgegen und half ihr beim Einsteigen.

Es fiel kein Wort. Sie saßen da und warteten.

Ringsum streckten die Menschen die Hände in die Höhe, als wollten sie den Mond einfangen – aber der Mond entkam und schwebte für den Rest der Nacht auf einem Schleier aus Rauch, und unter ihm trieb die Stadt auf einem Meer singender Flammen.

Tyrannus impius non habet spem,
Et si quidem longae vitae erit,

In nihilum computabitur.
Der gottlose Herrscher ist ohne Hoffnung,
Und lebte er ewig,
Er wäre ein Nichts.

Gegen Mitternacht war alles zu Asche verbrannt, und gegen Morgen kam Wind auf.

Als bei Tagesanbruch die Laternen gelöscht wurden, packte Leonardo den Ranzen und die Satteltaschen, verließ mit Strazzi zusammen das Atelier und drehte den Schlüssel dreimal im Schloß.

Als letzter sah sie der Torwächter, wie sie durch die Porta Milano nach Norden davonritten.

Elisabetta auf ihrem Hügel sah unten in der Stadt die ersten Sonnenstrahlen auf Türme und Dächer fallen, und ihr war, als fiele eine Last von ihr ab. Sie rief Cornelia, kletterte wie ein schlaftrunkenes Kind zurück in ihr Bett und lag dort, die Katze an ihrem Bauch, schloß die Augen und ließ sich hineintreiben in das, was ihr vom Leben geblieben war – als sei es ein längst geträumter Traum, eine längst gelebte Zukunft.

Ich bin ein Kreis, dachte sie, *ein Kreis in einem Kreis, der in sich noch mehr Kreise trägt, bis in die Unendlichkeit, denn nun, da er fort ist – wie sollte ich jemals sterben?*

4

Musik gab es, das ja. Zwerge – nein, obwohl Ihr es versprochen hattet. Dafür einen Jongleur. Und einen Engel mit Flügeln, deren Federn aus Papier ausgeschnitten, mit blauer, goldener und rosa Tusche bemalt und Stück für Stück in einen eigens von Euch gefertigten Rahmen eingepaßt worden waren. Für meine Zerstreuung war nichts zu teuer.

Mein Mann hatte zu Euch gesagt: *Ich will sie so, wie sie ist, bevor sie verwelkt.*

Das hattet Ihr mir erzählt, wohl in der Hoffnung, mich zum Lächeln zu bringen.

Und ich lächelte.

Das *Welken* mag man sich noch nicht recht vorstellen, wenn man erst vierundzwanzig und im Herzen noch ein Mädchen ist, aber ich hatte bereits vier meiner Kinder zur Welt gebracht, und, ja, etwas in mir welkte schon.

Erinnert Ihr Euch an den Affen, der sich gelegentlich neben mich setzte? Einmal ist er mir auf den Kopf geklettert und ein paarmal auf die Schultern. Als er mir auf den Kopf kletterte, haben wir alle gelacht, und sein Herrchen mußte ihn mit Früchten locken, damit er herunterkam, ohne mir den Schleier abzureißen. Natürlich lüftete er den Schleier ein wenig und entblößte mein Muttermal – und Ihr wart böse und verlangtet, daß man den Affen hinausschaffte. Ich aber bestand darauf, daß er bleiben durfte. *Ich sitze Euch nur*, sagte ich, *wenn der Affe bleibt*.

Ja. Alles war mir vertraut: Die Fenster nach Norden, in deren

Licht ich saß, die riesige Kommode, deren Schubladen vollgestopft waren mit Zeichenbüchern, Skizzen, Kreidekästen und zerknülltem Papier, der Kamin, dessen Rauchfang zwei aufgerichtete Löwen stützten, der Kleiderschrank mit Spielzeug und Kostümen, Masken und Hüten und Schuhen und dem blauen Kleid mit den silbernen Sternen – den Überbleibseln Eurer glücklichen Tage. Auch die schweren Sessel, jeder einzelne von ihnen, und die Leuchter, deren Ständer die Form von Greifen hatten. Und der Tisch.

Und der Tisch.

Ja, der Tisch.

Jemand – ich habe vergessen, wer, vielleicht einer Eurer Freunde oder ein Liebhaber – kam an manchen Tagen, um zu singen. Es war nicht seine Stimme, die mir mißfiel, sondern die Art seines Vortrags. Er sang seine Lieder für Euch, nicht für mich. Eines Tages sagte ich: *Warum singt Ihr sie nicht dem Affen vor?* Er hat sich nicht wieder blicken lassen.

Ich erinnere mich an Lauten und Flöten und Oboen und ein Instrument, das einer Laute ähnlich sah und *Mandoline* hieß. Auch ein Chorknabe kam, der sehr schön gesungen hat. Meine Kleinen wurden mir gebracht – auch wenn Ernesto mit seinen vier Jahren natürlich gar nicht mehr so klein war. Aber er war und ist mein Kleiner und wird es immer bleiben. Wie alle meine Kinder – inzwischen sechs an der Zahl. Und die beiden, die gestorben sind.

Mehr Kinder will ich nicht. Ich habe es ihm gesagt. Francesco hat die geforderten Söhne; ich habe meinen Teil getan, damit sein Name und sein Blut nicht untergehen. Die Zeit, die mir noch beschieden ist, soll ausschließlich dem Heranwachsen meiner Kinder gehören.

Einmal Mutter, ein Leben lang Mutter. Von Vätern kann man das nicht behaupten. Väter verteilen ihre Nachkommenschaft über das ganze Land, ich glaube fast, die Hälfte aller Kinder wird nie erfahren, wer ihr Vater ist – oder war. Oder sein könnte. Und die Hälfte aller Väter kennen von der Hälfte ihrer Kinder weder Namen noch Aussehen, noch Geschlecht, weder ihr Lächeln noch die Berührung ihrer kleinen Hände, wenn sie im Dunkeln Geborgenheit suchen.

Wie traurig, ein Vater zu sein.

Und wie verwerflich.

Manchmal, wenn ich auf meinem Platz in dem gefilterten Licht saß und Euch beobachtete, spielte ich mit dem Gedanken, es Euch zu erzählen. Ein- oder zweimal dachte ich sogar, Ihr hättet ein Recht, es zu wissen. Aber ich schwieg. Klugerweise.

Ich wollte mich rächen, irgendwie. Aber nichts, was mir einfiel, schien mir grausam genug. Bis auf das Kind. Das Kind war meine heimliche Waffe, wie das Messer, mit dem ich Euch vor all den Jahren so gern erstochen hätte. Zuerst solltet Ihr erfahren, daß Ihr ein Kind habt. Einen Jungen. Einen wunderschönen, goldenen Jungen – der Euer Haar hat, Eure Augen, Eure Züge. Ich wollte Euch zum Wahnsinn treiben mit Schilderungen seiner Schönheit, seines Duftes, seines Lachens und Lächelns, seines unbändigen Lebenswillens, seiner wunderbaren Neugier auf alles, was ich ihm zeigte, all die Türen, die ich ihm aufstieß.

Und dann wollte ich Euch von seinem Tod erzählen.

Seinem schrecklichen, sinnlosen, gottlosen Tod.

Aber dann habe ich gedacht, und ich erinnere mich an die Klarheit dieses Gedankens – *nein, sein Tod geht Euch nichts an.*

Es war auch mein Tod. Mehr als seiner war es mein Tod. Er hat ja gar nicht mitbekommen, was mit ihm geschah. Er hat ja geschlafen. Er ist eingeschlafen – und in der Nacht ist er gestorben.

Einfach gestorben.

Mehr kann ich Euch nicht sagen.

Er war ein Jahr alt.

Er konnte ohne fremde Hilfe quer durchs ganze Zimmer laufen.

Er nannte mich *Mama* und Cornelia *Nelia* und Violetta *Nanna*. Und eine Puppe hatte er, die nannte er *Da*.

Mehr will ich Euch nicht erzählen.

Aber wie stolz ich darauf war, damals geschwiegen zu haben. Ihn vor Euch zu verheimlichen war meine Waffe gegen die Verzweiflung. Denn ich wußte, was auch immer mir zustieß: seine Existenz, von so kurzer Dauer sie war, würde mich behüten, sie war der Beweis, daß man alles überleben kann.

Das war sein Geschenk an mich: daß ich Euch überlebte und ihm – Eurer tödlichen Niedertracht zum Trotz – das Leben schenkte.

Warum hätte ich Euch von ihm erzählen sollen – unserem Kind? Er ging Euch nichts an. Auch wenn wir ihn »gemacht« haben, es war keine Vereinigung – nur Gewalt. Worte wie *Verschmelzung, Kopulation, Fortpflanzung,* selbst *Paarung* – so deutlich in ihnen die Schwernis einer Zeugung ohne Liebe zum Ausdruck kommt – erscheinen geradezu wie Verniedlichungen im Angesicht der Art und Weise, wie unser Sohn zustande gekommen ist. Es war ein *Kampf*. Habt Ihr das vergessen?

Ihr habt mich ausgeräubert. Mir mein Leben gestohlen.

Und mir seines geschenkt.

Und dabei habt Ihr es widerwillig getan und nicht einmal Spaß daran gehabt. Mein Mann seufzt wenigstens, wenn er auf mir liegt. Ihr hattet keinen Seufzer für mich – nicht einmal ein triumphierendes Raunen. Nur ein einziger, lauter Schrei ist mir von diesem Augenblick in Erinnerung geblieben – nicht meiner, sondern Eurer. Ein Schmerzensschrei, Leonardo. Ein Schrei der Todesangst. Und es ist meine tiefe Überzeugung, daß Ihr in diesem Augenblick begriffen hattet, was es bedeutet, zu töten. Es war der Schrei eines Mörders, einer Bestie, die ihre Beute reißt. Der Schrei des Siegers, der den Feind an der Gurgel gepackt hat, ihm den Bauch aufschlitzt wie der Panther oder der Leopard, der seine Beute ausweidet.

Es ist wahr.

Das ist alles wahr.

Ihr hättet ebensogut schreien können: *Ich schlachte und werde geschlachtet!* Es war nur die Frage, wer von uns als erster sterben würde. Denn während Ihr mir meine tödliche Wunde beibrachtet, versetzte ich Euch die Eure. Ich habe es gespürt. Doch selbst wenn der Himmel über Euch einstürzt: Ich bin Euch zuvorgekommen. Ihr sterbt, Leonardo da Vinci – aber ich bin schon tot. Ihr habt mich vor langer Zeit getötet. Nicht meinen Leib – aber meine Liebe zum Leben.

Meine Eltern wußten von dem Kind und haben es, zu meiner großen Verwunderung, lieben gelernt. Sie ahnten nicht, daß es Eures war – auch wenn ich zögere, es so zu nennen. *Eures,* das hieße Sorge, Sehnsucht und Freude, das hieße Stolz auf einen geliebten Besitz. Ja. Erinnert Euch an den Scheiterhaufen der Eitelkeiten, auf den wir unsere liebsten Dinge geworfen haben. Ich habe an jenem Abend meine Freiheit geopfert. Ich habe Angelos Kleider verbrannt, um ihrer Lockung nicht länger zu erliegen. Und mir ist nicht entgangen, daß Ihr nichts hineingeworfen habt. Ihr habt Euch umgedreht und seid davongeritten. Und so wußte ich, daß Ihr nichts als Eures betrachtet habt, daß nichts Euch so lieb war, daß es ein Opfer wert gewesen wäre. Bis auf eines – Eure persönliche Eitelkeit. Und die – soviel ist gewiß – habt Ihr nicht preisgegeben.

Ihr sagtet, Ihr hättet meinen Bruder geliebt. Ich will es Euch glauben. Ich habe ihn auch geliebt, wenngleich der Angelo, den ich liebte, ein anderer Angelo war als der, den Ihr Euren Liebhaber nanntet. Wenn er zügellos war, dann macht mich das glücklich, denn es bedeutet, daß er seine Freiheit erlangt hat, bevor er sterben mußte. Das wird mir nie beschieden sein. Aber versteht mich nicht falsch: Es gibt eine männliche Zügellosigkeit, die nichts gemein hat mit der Freizügigkeit der Frauen. Würde ich jetzt meine Freiheit erlangen, wäre ich nicht länger ich selbst. Hätte ich sie damals erlangt, wäre ich eine andere, als ich heute bin. Ich habe nur noch die eine Sehnsucht, daß meinen Kindern – denen, die mir geblieben sind – ein erfülltes Leben vergönnt ist. Und daß die beiden, die gestorben sind, niemals vergessen werden. Von dem einen wißt Ihr jetzt – das andere war von meinem Mann, ein Mädchen, Alida; sie starb sechs Monate, bevor ich Euch saß.

Ich habe Euch in Samt und Satin gesessen. Ihr batet mich, mein Haar ein wenig zu verschleiern, und habt die Oberlichter mit demselben blassen Tüll verhängt. Er war blau. Ihr wolltet das Licht immer verteilen – so habt Ihr es mir erklärt. Um sein Spiel berechenbar zu machen.

Ihr habt Euch geweigert, mein Muttermal zu malen, als beleidigte Euch die Form des Schmetterlings. Auch das silberne Medaillon, das ich um den Hals trug, habt Ihr ausgespart. Das ist wahr. Und den Ehering und das Rückenkissen, das Violetta Cappici für mich genäht hatte, die während sämtlicher Sitzungen mit meinen Kindern und einem Buch beim Fenster saß. Vielleicht erinnert Ihr Euch, daß sie einen bemalten Fächer bei sich trug, mit dem sie mir hin und wieder die Stirn kühlte. Es war ein südlicher Garten darauf, mit Pfauen und einem Lorbeerbaum – einem Lorbeer in voller Blüte.

Und ich hatte die Schuhe ausgezogen und bekam sie nicht wieder an, weil mir vom langen Sitzen die Füße geschwollen waren. Und der Engel mit den Papierflügeln mußte sich hinknien und sie in einer Schale mit duftendem Wasser kühlen. Rosen. Erinnert Ihr Euch daran? Ich ja. Und jetzt seid Ihr in Frankreich. Weit, weit fort, so scheint es zumindest. Ich kann die Entfernung nicht ermessen. Man sagt, daß es bergab geht mit Euch. Es wird Euch freuen, zu hören, daß man in Florenz wenigstens noch über Euch redet – sich Eurer erinnert und, ja, Euch in manchen Häusern noch verehrt. Daß Ihr sterben werdet, ist gewiß. Doch darüber will ich nicht weiter sprechen. Ich will nur, daß Ihr die Wahrheit über Euren Sohn erfahrt, bevor Ihr sterbt. Wenn es einen Himmel gibt, dann werdet Ihr ihm dort begegnen.

Es heißt, Ihr habt mich mit Euch genommen. Manche sagen, Ihr wollt Euch nicht von mir trennen, andere behaupten, es stimme nicht, daß mein Mann das Porträt nicht im Haus haben wollte. Ihr wärt es gewesen, der mich ihm nicht überlassen hat. Es geht ein Gerücht, daß Ihr das Bild für unvollendet haltet. Und ein anderes, daß Ihr mich liebt.

Daran glaube ich nicht.

Während all der Sitzungen habt Ihr Euch nicht ein einziges Mal anmerken lassen, daß wir uns kannten. Und erst recht nicht, daß wir *gekämpft* haben und Ihr der Sieger wart. Statt dessen habt Ihr versucht, mich zu zerstreuen – mit dem Chorknaben, der Mandoline, dem Engel und dem Affen. Für die Anfertigung meines Porträts mußten wir über Jahre gegenseitig unsere Gesellschaft ertragen. Ich mußte zwischen Felsen und Flüssen und unter Kolonnaden sitzen, und man gab mir dafür einen Küchenstuhl. Der Stuhl war echt, alles andere Kulisse. Und es gab nichts, auf dem mein Geist sich ausruhen konnte – oder mein Herz. *Wenn die Nachwelt mich betrachtet,* dachte ich, *wird sie nur an den Mann denken, der mich gemalt hat.*

Und wenn ich trotzdem lächle, dann wissen nur wir zwei, daß sich hinter diesem Lächeln die Erinnerung an ein goldenes Kind verbirgt. Nicht Eure – aber meine. Und ich nehme sie mit mir ins Grab.

Habt keine Angst, ich wünsche Euch nichts Böses. Wir beide werden schweigend in die Zeit eingehen. Auch wenn ich mich frage, ob Ihr über mich schreiben werdet, bevor Ihr sterbt: *Bildnis einer Florentinerin – gemalt in bläulichem Licht, 1503-1506. Dunkelgrüne Samtärmel. Ein Knopf, aus Holz geschnitzt.*

Ihr werdet niemals wieder von mir hören. Der Knopf, den ich in den Umschlag lege, ist von seiner Jacke, die ich immer bei mir habe. Er ist das einzige, das Ihr je von ihm besitzen werdet.

Geht in Frieden, so Ihr Frieden finden könnt.

Elisabetta Gioconda
Die Florentinerin
12. April 1519

Am 2. Mai desselben Jahres starb Leonardo da Vinci in Cloux, im Tal der Loire. Er war siebenundsechzig Jahre alt.

5

Ein wenig schien es wie der erste Tag der Genesung nach langer Krankheit. Ruhe hatte sich herabgesenkt, eine Ruhe, die mit Sonnenlicht und dem Öffnen von Fenstern einherging. Ein leichter Wind blähte die Gardinen und blätterte in den Seiten aufgeschlagener Bücher. In etlichen Zimmern blickten die Bewohner auf von dem, was sie gerade beschäftigte, und fragten sich – manche laut –, was der Grund sein mochte für diese Stille, die, einen Moment nur, alles einschloß.

Am Montag, dem 20. Mai, sechs Tage nach Sybil Quartermaines Tod, ging Jung um acht Uhr morgens den Korridor entlang zur Suite 306. In der Hand trug er eine braune Ledermappe, die aussah wie die Notenmappe eines Klavierschülers. In der Tat gehörte sie seiner sechsjährigen Tochter Gret, die sie ihm nur gegen das Versprechen abgetreten hatte, daß sie sie wiederbekam, sobald ihr Vater einen geeigneten Ersatz gefunden hatte. Seine eigene Aktentasche war verschollen.

In der Mappe befanden sich Auszüge von Jungs Aufzeichnungen über Pilgrim, ausgewählte Fragmente, die er aus seinen Notizbüchern abgeschrieben hatte – einige auf losen Blättern, andere auf alten Briefumschlägen, wieder andere auf der Rückseite von Visitenkarten und klinikinternen Mitteilungen, auf Papierfetzen, steifen Pappstückchen, Zeitschriften, ehemaligen Speisekarten von Restaurants oder den Innenseiten von Streichholzschachteln – alle vollgekritzelt – Sätze – einzelne Wörter – ganze Absätze, und in einem oder zwei Fällen Fräulein Ungers Abschriften von Passagen aus Jungs Notizbüchern, Fachbüchern und Fallprotokollen.

Die Mappe enthielt außerdem einen Umschlag mit Photographien, eine Reproduktion der Mona Lisa, die Jung aus einer Zeitschrift ausgeschnitten hatte, eine mit blaßgetönten Illustrationen ausgestattete Monographie über die Schmetterlingsfamilie der Psychidae, eine handgefertigte Kopie von Elisabetta Giocondas Zeilen an Leonardo (in einem Kuvert, als müßte man sie nur noch zur Post bringen), und schließlich Sybil Quartermaines Brief an Pilgrim.

Die Kopie des Gioconda-Briefes war für Archie Menken bestimmt, dessen Meinung Jung unbedingt einholen wollte – und da er Archie nicht das Tagebuch selbst zeigen konnte, gedachte er ihm mit dieser Kostprobe zumindest den Mund wäßrig zu machen. Der Name als solcher tauchte in keiner Form auf – Elisabetta del Giocondo, La Gioconda, Madonna Elisabetta (im Lauf der Zeit zu Mona Lisa verkürzt). Alles war so, wie Jung es bei Pilgrim vorgefunden hatte, nur ohne die Unterschrift. Von wem könnte dieser Brief sein? wollte Jung fragen. Einfach, um zu sehen ... einfach, um zu sehen, was für eine Reaktion er hervorrufen würde. Emma hatte den Text für ihn abgeschrieben – und Emma hatte geweint.

Alles andere aber waren Waffen, bereit für den Einsatz in Jungs immer wütenderem Krieg gegen Pilgrims aufreizendes Schweigen. Zwar hatte Kessler Jung mittlerweile von jenen kurzen Sätzen unterrichtet, die Pilgrim am Tag von Sybil Quartermaines Tod geflüstert hatte, doch ein Flüstern im Badegewölbe ersetzte nicht das Gespräch mit dem Arzt. In leere Luft flüstern hieß nicht reden. Vielleicht waren es ja nicht einmal richtige Worte gewesen, Kesslers Angaben hin oder her. Hinzu kam, daß Pilgrim nach seiner Rückkehr aus den Bädern langsam, aber sicher in einen Zustand verfallen war, der komatöse Züge trug und aus dem er nur manchmal halb auftauchte, um zum Klosett zu torkeln und wieder zurück ins Bett. Auch davon hatte Kessler Jung in Kenntnis gesetzt und war angewiesen worden, jedes Wort zu protokollieren, das Mister Pilgrim sprach, seine Atmung und seinen Puls zu überwachen und unverzüglich Bescheid zu geben, wenn irgendeine gravierende Veränderung eintrat. Diese jedoch blieb aus, und

Mister Pilgrim schwieg. Er schnarchte nicht einmal, wie Kessler notierte, was letzterem einen ungestörten Nachtschlaf ermöglichte.

Trotz ihres gewichtigen Inhalts kam die Notenmappe Jung federleicht vor. Was er hier bei sich trug, konnte ihm vielleicht helfen, einen Waffenstillstand auszuhandeln. Wenn irgend etwas Pilgrim zum Sprechen bringen konnte, dann dies. Dies – und die erschütternde Botschaft von Lady Quartermaines Tod.

Was letzteren Punkt betraf, so hatte Jung ursprünglich erwogen, die Nachricht für eine gesonderte Gelegenheit aufzusparen – sie abzukoppeln von den übrigen Waffen in seinem Arsenal …

Also wirklich, Carl Gustav! Waffen! Arsenal! Für wen hältst du dich eigentlich?

Ich habe lediglich das Wohl des Patienten im Auge.

Indem du ihm mit einem Hammer auf den Kopf schlägst? Mit einem Schlegel auf ihn eindrischst? Ihn vors Schienbein trittst und an den Haaren reißt?

Manchmal ist Härte die beste Medizin.

Ach!

Doch, ganz bestimmt. Ich habe ihn zu lange verhätschelt.

Hier wird niemand verhätschelt außer dir selbst. Dein eigenes Wohl hast du im Auge, nicht das von Herrn Pilgrim. Wenn du ihm wenigstens den Respekt erweisen würdest, ihn wie einen Patienten zu behandeln. Aber du nimmst ihn als Siegespreis. Als Trophäe. Seht, was ich hier habe! Das Kurioseste vom Kuriosen. Den Mann, der nicht sterben kann. Und er gehört mir. Mir!

Die beschämende Wahrheit ist, daß ich Angst vor ihm habe.

Er ist ein Mensch, wie all die anderen auch, Carl Gustav. Ein Mensch, wie du sie tagtäglich vor dir hast.

Habe ich das?

Schau den Korridor entlang. Was siehst du? Ein Dutzend Türen, hinter denen sich die Gattung Mensch in all ihren verschlungenen und wundersamen Ausformungen verbirgt. Auf 308 ein Bärenzwinger – auf 309 der Mond. Da hinten auf 301 eine begnadete Musikerin, deren Hände ihr nicht gehorchen, weil es die Hände von Robert Schumann sind. Auf 304 ein Mann, der unentwegt in ein eingebildetes Notizbuch kritzelt. Seit Jahren öffnest du Tag für Tag diese Türen, und kein einziges Mal hast du auch nur eine Sekunde lang an deiner Fähigkeit gezweifelt, mit den Menschen dahinter Verbindung aufzunehmen. Was ist denn so anders an Mister Pilgrim, daß du dir nicht zutraust, einen Zugang zu ihm zu finden? Nichts, Carl Gustav. Nichts. Für jede deiner Expeditionen hier oben mußtest du dich ins Dunkel wagen, bewehrt einzig und allein mit deiner Intelligenz, deinem Interesse, deinem Instinkt, deiner Erfahrung und deiner Hingabe an die Medizin. Alles, was dir fehlt, ist die Bereitschaft, das Ausmaß deiner Unwissenheit einzugestehen.

In diesem Augenblick bog am anderen Ende des Korridors Furtwängler um die Ecke, begleitet von einer heftig gestikulierenden jungen Frau im weißen Kittel. Jung fühlte sich augenblicklich an Emma erinnert – an eine schlankere und auch jüngere Emma, gewiß, aber dennoch. Ihr Haar war dunkler als Emmas, ihre Statur ein wenig schmaler, ihre ganze Art lebhafter. Zweifellos hatte sie Furtwänglers ungeteilte Aufmerksamkeit, und ebenso zweifellos machte sie intensiv davon Gebrauch. Darin unterschied sie sich von Emma. Emma hätte sich niemals so überschwenglich gebärdet. Sie hätte Furtwängler nie in den Genuß eines auch nur annähernd so großen Enthusiasmus kommen lassen, wie diese Frau ihn an den Tag legte. Aber sie hätte eine nicht minder fesselnde Gefährtin abgegeben. Früher. Als Jüngere …

Carl Gustav.

Ja. Ja, natürlich. Mein Termin bei Mister Pilgrim. Wobei ich doch sicher kurz warten könnte, bis ich der jungen Dame vorgestellt worden bin. Einer so anziehenden … so …

Nichts da, Carl Gustav. Die Pflicht ruft. Der Fall Pilgrim.

Zu Befehl.

Jung sah Furtwängler vor der Tür zu Zimmer 308 stehenbleiben.

»Herr Leweritsch haust in einem Bärenzwinger«, sagte er zu seiner jungen Begleiterin. »Seien Sie gewarnt.«

Und im Hineingehen bedachte er Jung mit einem Lächeln, das dieser nicht erwiderte. Statt dessen betrat er die Suite 306.

»Da sind Sie ja endlich«, sagte Pilgrim.

Sonnenlicht flutete Jung entgegen, und als er in dem Gleißen endlich Formen unterscheiden konnte, erblickte er seinen Patienten auf einem Sessel im Schlafzimmer. Der Rollstuhl war in eine dunkle Ecke verbannt.

Kessler stand hinter Pilgrim, eine Hand beschützend auf seiner Schulter. »Guten Morgen, Herr Doktor«, sagte er. Er lächelte breit.

»Ja. Guten Morgen«, antwortete Jung, noch immer halb blind. Aus den Augenwinkeln spähte er vorsichtig zu Pilgrim hinüber. Hatte er tatsächlich gesprochen – oder war Kessler ein Bauchredner? Oder spielte ihm am Ende seine eigene kampfwütige Phantasie Streiche?

Pilgrim war vollständig angekleidet; sogar ein Paar eleganter Stiefel trug er, so weiß wie Hose, Sakko und Weste. Dazu eine bunte Frackschleife, die unter einem hohen Stehkragen saß wie ein Schmetterling. Die Schleife war blau mit einem Stich ins Violette – weder ganz die eine Farbe noch ganz die andere. Fast sah es aus, als hätte sie sich aus eigenem Antrieb dort niedergelassen. Aus Pilgrims Brusttasche kräuselte sich ein Tüchlein ähnlicher Tönung, ein anmutiges Rauchwölkchen.

Der Ausdruck auf Pilgrims Gesicht war der eines Kindes, das eine freudige Überraschung erwartet hat und nun plötzlich begreift, daß die Überraschung eine böse ist.

Jung wandte auswegsuchend den Blick ab.

Ein Stuhl stand am Fuße des Bettes – ein Stuhl und ein Tisch, und auf dem Tisch ein Aschenbecher. *Da.*

Jung setzte sich hin und legte die Notenmappe neben sich auf den Bettüberwurf.

Pilgrim folgte der Bewegung mit den Augen. Er ballte beide Hände zur Faust und drückte die Knie zusammen. Selbst jetzt, im Sitzen, war seine Größe unübersehbar. Über seiner Stirn stand eine Tolle in die Höhe, wie bei einem Knaben, dem der Wind oder eine achtlose Handbewegung das Haar nach hinten gestrichen hat. Bei aller Blässe waren seine Wangen gerötet, als sei er eben von einem strammen Marsch zurückgekehrt.

»Haben Sie mir gar nichts zu sagen?« fragte er Jung. »Ich hatte mit einem Kompliment gerechnet. Mein weißer Anzug ... der verwaiste Rollstuhl ... das unzweifelhafte Vergnügen, meine Stimme zu hören ...« Ein nervöses Lächeln. »Obwohl Sie sie, wie ich glaube, bei ... einer gewissen Gelegenheit schon einmal gehört haben. Auch wenn ich mich nicht recht erinnern kann, wann das war – die Zeit ist so … was? Aus dem Tritt? Doch, ich glaube, das trifft es. *Aus den Fugen.* Das hat irgend jemand vor mir gesagt. Im Zweifel Hamlet. Hamlet sagt ja alles, nicht? Was immer einem in den Sinn kommt – solange es in Blankvers ist …«

Er verstummte.

Kessler verschob seine Hand auf Pilgrims Schulter. Er trat von einem Fuß auf den anderen. Seine Schuhe knarzten. Er hustete hinter vorgehaltener Hand.

Pilgrim senkte die Lider.

Jung sah auf.

»Mister Pilgrim … es ist ein …«

»Unfall passiert.«

Pilgrims Stimme war heiser, als hätte er sie tagelang rücksichtslos strapaziert. Er hob den Kopf und wandte den Blick zum Fenster.

»Schön blau ist der See«, flüsterte er, »und mein Herz tut mir weh.«

»Wie bitte?«

»Das ist ein Lied. Nur ein Lied. Ist sie tot? Meine Freundin?«

»Leider ja.«

Pilgrim stand auf. Kesslers Hand fiel herunter.

Pilgrim rückte seine Frackschleife zurecht. »Das alles habe ich ihr zu Ehren angezogen«, sagte er. »Ich nehme an, ich habe es geahnt. Nein … ich wußte es. Ich habe nur gehofft, Sie …« Er ging zum Fenster. »Ich dachte, vielleicht sind Sie gekommen, um mir zu sagen, daß ich mich getäuscht habe.«

»Leider nein.«

»Ein Unfall.«

»Ja. In ihrem Wagen. Sie war augenblicklich tot, das wenigstens kann ich Ihnen versichern.«

Pilgrim zuckte die Achseln.

»Warum fühlen sich die Leute immer bemüßigt, das zu sagen?« fragte er. »Es stimmt nie. Und Sie wissen, daß es nicht stimmt. Wenn ich Ihnen vertrauen soll, müssen Sie sich schon mehr anstrengen, Herr Doktor.«

»Es tut mir leid.«

»Sie können es mir in einem Wort sagen. Nur sagen Sie es.«

»Lawine.«

»Lawine.«

»Ja.«

»So.« Pilgrim seufzte. Vor seinem geistigen Auge überschlug sich der silberne Daimler und stürzte zu Tal, eine Schneekugel in den Händen eines Kindes, das einen Riesenschneemann baut. Im Wageninneren purzelten die Insassen übereinander wie Mäuse in einem Rad. Er streckte die Hand aus und fuhr mit den Fingern den Saum der Tüllgardine zu seiner Rechten nach. »War Miss Peebles bei ihr?«

»Nein.«

»Das dachte ich mir.«

»Nur ihr Chauffeur.«

»Er muß einen Namen gehabt haben, Dr. Jung. Menschen haben Namen.«

»Ja. Er hieß Otto Mohr.«

»Zweifellos noch so ein augenblicklicher Tod.«

»Das kann ich nur hoffen.«

Pilgrim wandte sich wieder dem Zimmer zu.

»Wie ich sehe, haben Sie einen Kinderranzen mitgebracht.«

Jung, der nicht erwartet hatte, daß Pilgrim die Mappe bemerken, geschweige denn ihren wahren Besitzer erraten würde, konnte nur murmeln: »Von meiner Tochter geborgt ...«

Pilgrim deutete auf das Bett, wo die Mappe lag. »Ist da auch etwas für mich drin?« fragte er. Er sagte es weniger kokett als tückisch. Jung kam es fast vor, als verspotte der andere ihn, und er wußte nicht recht, was er erwidern sollte.

Pilgrim war vom Fenster weggetreten und stand nun links von Jung. »Ein Spielzeug vielleicht?« sagte er. »Ich habe viel von einem Kind an mir, müssen Sie wissen«, fuhr er fort. »Und in einem Kinderranzen sollte doch mindestens ein Spielzeug sein. *Schenkst du mir ein Spielzeug, schenk ich dir mein Herz.* Wie Kinder eben sind.«

Jung stand auf.

»Spielzeug habe ich leider keins dabei«, sagte er. »Aber einen Brief.«

Er ging zu der Mappe, öffnete sie und holte ein Kuvert heraus.

»Bitte«, sagte er – und reichte es Pilgrim.

Pilgrim zog sich an das hinterste Wohnzimmerfenster zurück, ehe er den Brief aus seinem weißen Umschlag nahm.

Weiß – weiß – alles weiß, dachte Jung. *Wo ist das Brauch? Japan? Weiß für die Trauer, schwarz für die Freude? Etwas, das ...*

Der Brief entglitt Pilgrims Hand. Er konnte nicht mehr als einen oder zwei Sätze gelesen haben.

Unruhig wartete Jung darauf, daß Pilgrim die heruntergefallenen Blätter aufhob. Der Mann mußte doch wissen wollen, was seine Freundin ihm zum Abschied schrieb. Aber Pilgrim rührte sich nicht. Den Umschlag hielt er noch zwischen den Fingern. Langsam, in stummer Panik öffnete Jung die Notenmappe. Ein einziger Blick machte ihm klar, was er getan hatte. Da lag Lady Quartermaines Brief.

Er ging ins Wohnzimmer, bückte sich, hob die verstreuten Seiten auf und nahm Pilgrim den Umschlag aus der Hand.

Und indem er zu seiner Notenmappe zurückkehrte, blickte er voll böser Ahnungen auf die Schrift vor ihm nieder.

Musik gab es, das ja. Zwerge – nein, obwohl Ihr es versprochen hattet ...

Er hatte ihm den Brief der Gioconda gegeben, der natürlich niemals für Pilgrims Augen bestimmt gewesen war. Wenn Pilgrim erfuhr, wo seine Tagebücher sich befanden, konnte er sie jederzeit zurückfordern, und Jung verlor eine kostbare Handhabe im Kampf um den Verstand seines Patienten. Er ertappte sich dabei, wie er darum betete, daß der Brief nicht Pilgrims Phantasie entsprungen war, sondern aus irgendeinem obskuren Archiv stammte, in dem auch Jung ihn halbvermodert hätte entdeckt haben können. *Prie Jésu.*

Natürlich – das Ich-ging-im-Walde-so-für-mich-hin-Syndrom, dem so viele Träumer erliegen.

Ich dachte, du wolltest dich nicht mehr einmischen.

Ich bin nur als Beobachter da, Carl Gustav. Un témoin, wie die Franzosen sagen. Ein Zeuge. Gut, ich könnte natürlich gehen. Aber mit mir ginge auch jede Hoffnung auf eine wahrheitsgetreue Erinnerung an dieses Treffen. Schließlich bin ich dein Gedächtnis, nicht nur dein Gewissen.

Ich will gar kein Gewissen.

Das trifft sich schlecht, denn du hast eins. Und warum willst du keines, wenn ich fragen darf?

Weil es der Spontaneität im Weg steht.

Daß ich nicht lache, Carl Gustav. Daß ich nicht lache. Wann hätte dein Gewissen dich je an etwas gehindert? Du befragst es doch immer erst nach getaner Tat. Deshalb bist du ja auch Mediziner und nicht Philosoph – Psychiater und nicht Chirurg. Alles, was du tust, beruht darauf, daß du erst vorpreschst und dann nachdenkst. Wenn du mich früher zu Rate gezogen hättest, hättest du Herrn Pilgrims Tagebücher gar nicht erst angenommen. Du hättest sie postwendend an Lady Quartermaine zurückgeschickt. Deine Vorgehensweise war bis dato noch immer empirisch. Ich komme nie zum Zuge, bevor es zu spät ist. Aber …

Der Inquisitor seufzte und holte tief Atem.

… du bist mit mir geschlagen und ich mit dir. Wir gehören zusammen, ob es uns paßt oder nicht. Und ich finde, du solltest wissen, daß dein Patient dich erwartungsvoll anschaut. Eines seiner letzten Worte, bevor du ihm diesen fatalen Brief in die Hand gedrückt hast, war: Schenkst du mir ein Spielzeug, dann schenk ich dir mein Herz.

Jung steckte die verräterischen Seiten wieder in ihr Kuvert und schob den Brief in die Notenmappe zurück. Griffbereit lagen dort die beiden anderen Umschläge, der mit den Photographien und der mit Sybil Quartermaines Brief. Dazu die Monographie über die Schmetterlinge, die *Psychen*.

Jung zog das Buch heraus – und die Bilder.

Spielzeug?

Fast. *Divertissements.* Das brauchte Pilgrim jetzt. Nicht den Brief einer toten Freundin, sondern etwas völlig anderes. Die unverhoffte Konfrontation mit den Zeilen der Gioconda konnte bereits ausreichen, um ihn in das Schweigen zurückzutreiben, und das mußte um jeden Preis verhindert werden.

Jung ging wieder zu Pilgrim hinüber.

»Ich dachte, vielleicht möchten Sie die gerne anschauen«, sagte er und zog die Photos aus ihrem Kuvert. Einige davon waren für Pilgrim natürlich ohne Bedeutung. Die Osterglocke, die Büste von Professor Forel, die Fassade von Jungs Haus in Küsnacht. Emma mit Schwangerschaftsbauch, die Kinder – Agathe, die Älteste, mit Nesthäkchen Marianne auf dem Arm – Grethli und Fränzli. Und die Hunde, Philemon und Salome.

Nein. Die zeigst du ihm nicht. Zu viele fröhliche Gesichter. Ein andermal vielleicht. Nicht jetzt.

Aber Pilgrim und Lady Quartermaine im Garten.

Otto Mohr mit dem silbernen Daimler? Auf keinen Fall.

Dafür den Schmetterling.

»Ich habe Ihnen ein paar Photographien mitgebracht«, sagte Jung noch im Gehen. »Ich habe sie letzte Woche gemacht, wie Sie sich erinnern werden. Sie zeigen Sie beide zusammen. Im Garten. Der Garten gleich hier draußen, auf der linken Seite der ...«

Sag nicht Anstalt.

»... Anlage.«

Jung ordnete die Bilder um. Spielkarten.

Zieh eine Karte. Irgendeine. Sag mir nicht, welche es ist. Merk sie dir und steck sie zurück ...

Er fächerte sie auf und hielt sie Pilgrim hin, das Schmetterlingsphoto zuunterst. Das mußte als letztes kommen.

Pilgrim ergriff den Fächer und schob ihn zusammen.

Er sah darauf hinab. Ja, da saß Sybil.

Wie schön sie ist, dachte er. *Ist, war und immer sein wird.*

»Darf ich das hier behalten?« fragte er. »Nur dieses eine.«

»Selbstverständlich. Gern.«

Jung nahm die übrigen Bilder wieder an sich.

»Da drüben auf der Kommode steht ein Silberrahmen«, sagte Pilgrim träumerisch. »Mit einer Photographie der Frau, die meine Mutter gewesen sein will, aber ich weiß es besser. Ich habe keine Verwendung mehr für sie. Ich werde kurzen Prozeß mit ihr machen, endlich – sie verbrennen und das Klosett hinunterspülen.«

Er sah auf und lächelte Jung an wie ein bösartiges Kind, dessen Eltern man eines Tages massakriert auffinden wird. Ein Schauder durchlief Jung. Er versuchte seine Bestürzung zu verbergen, aber schon das Nicken bereitete ihm Mühe.

»Und dann werde ich dieses Bild von Sybil an ihre Stelle setzen und es jeden Tag betrachten. Ich danke Ihnen dafür. Sie sind ein gütiger Mensch. Ein sehr gütiger. Mehr als das. Sie sind zartfühlend und rücksichtsvoll. Sie denken mit dem Herzen. Sie fühlen mit. Welch eine Last das sein muß, eine solche Nächstenliebe. Überwältigend, stelle ich mir vor. Überwältigend, ungeheuerlich. Seelenverzehrend – verderbenbringend fast. Selbstzerstörerisch. Sich auszumalen, daß ein Mensch etwas so Zartfühlendes, Edelmütiges, Hochherziges tut, wie Photos von Verstorbenen auszuteilen. Es übersteigt jede Vorstellungskraft. Es ist fast ein kleines Wunder: ein Mann, dem die Milch der frommen Denkart aus allen Poren quillt. Was allein das Katalogisieren Sie kosten muß! Ganze Kellergewölbe voller Bilder! Die gesamte Menschheit! Und alles mit einer einzigen kleinen Kamera! Darf ich Ihr Archiv sehen? Eines Tages würde ich es mir gern ansehen. Wirklich. Wirklich und wahrhaftig. Dr. Jung und seine Camera compassionata. Nicht zu fassen! Die ganze Menschheit in Schwarzweiß ...«

All dies war schläfrig gesprochen worden, beiläufig, mit schleppender Stimme. Das Bild baumelte träge in Pilgrims lässig erhobener Hand, so wie ein Taschentuch in der Hand eines Fin-de-siècle-Dandy, der seinen Gastgeber mit geistreichem Klatsch unterhält. Doch Pilgrims Augen straften jeden Anschein von Scherzhaftigkeit oder Leichtigkeit Lügen. Sie verengten sich mehr und mehr, bis sie am Ende seiner Schmährede schließlich ganz geschlossen waren.

Dann mit einemmal schrie er: »Warum zwingen Sie mich, sie anzuschauen? Sie ist tot. Sie hat erreicht, was ich nie erreichen werde. Warum haben sie mir das Bild gezeigt? WARUM?«

Jung faßte Pilgrim am Arm und führte ihn zu einem Sessel, woraufhin er Kessler nach einem Glas Wasser schickte.

Pilgrim saß zusammengesunken da – die Photographie mit dem Gesicht nach unten auf dem Schoß.

Jung trat einen Schritt zurück und verwahrte die anderen Photos, Schmetterling inbegriffen, in seiner Tasche.

Der Wortschwall mußte bedeuten, daß irgendwo ein Fenster aufgestoßen worden war, wenn nicht eine Tür. Soviel stand fest. Aber er wußte nicht recht weiter. Warum hatte Pilgrim nichts zu Elisabettas Brief gesagt? Erkannte er ihn tatsächlich nicht – oder hatten die Zeilen an etwas so tief in seiner Psyche Vergrabenes gerührt, daß er nicht davon sprechen konnte?

Als Kessler zurückkam, trug er ein großes Glas Wasser für Pilgrim in der Hand und ein zweites für Jung. In einem Krieg, so hatte er sich gesagt, sind beide Seiten durstig.

6

Ein Spaziergang im Garten, das tat ihr jetzt sicher gut. Carl würde zum Mittagessen nicht nach Hause kommen; er rechnete damit, daß seine Zusammenkunft mit Mister Pilgrim *traumatisch* verlaufen würde. Dieses Wort hatte er gebraucht, wenn auch natürlich nicht im klinischen Sinn. Es hatte lediglich die Bandbreite dessen andeuten sollen, was sich zwischen ihm und seinem störrischen Kontrahenten abspielen konnte.

»Also wirklich, Carl«, hatte Emma gesagt, »du darfst von deinen Patienten nicht als Kontrahenten sprechen. Sie sind doch nicht deine Feinde.«

»Doch, das sind sie«, hatte Jung erwidert. »Auf ihre Weise sind sie genau das. Jeder einzelne Patient ist ein Kriegsgebiet – ein Stück Heimat, das zurückerobert werden muß. Irgendein Aspekt ihrer Krankheit hat sie abtrünnig gemacht und ihnen suggeriert, daß sie jetzt Bürger eines anderen Landes sind. Deshalb wehren sie sich so heftig. Sie sind der Propaganda ihrer Dämonen erlegen und beten einen fremden Katechismus nach. Und über kurz oder lang glauben sie ihn – diesen fremden Katechismus. Nur darum geht es bei der Geisteskrankheit, Emma. Nein, bei jeder Krankheit. *Jedes Ding will leben, sogar die Seuche* – das schreibt Pilgrim selber in seinem Tagebuch, auch wenn er die Worte Leonardo da Vinci in den Mund legt. Die Schwierigkeit besteht darin, daß der Krieg nicht nur gegen die Krankheit selbst geführt werden muß, sondern auch gegen das infizierte Opfer. Deshalb ist es so wichtig, daß man zuhört und daß man glaubt. Deshalb ermutige ich die

Gräfin, ruhig weiter auf dem Mond zu leben. Ehe ich nicht die Stimme des Mondes erkenne – die Mondstimme der Blawinskaja –, kann ich ihr auch nicht helfen. Es reicht nicht aus – es reicht nicht aus – es reicht nie und nimmer aus, es wie Furtwängler zu machen und ihr einfach zu sagen, daß man auf dem Mond nicht leben kann. Wenn sie daran glaubt, müssen wir herausfinden, warum.

Denk daran, wie deine Schwester mit ihrer Tuberkulose gekämpft hat«, fuhr er fort. »*Ich muß sterben,* hat sie gesagt. Geheult. Weißt du noch? *Oh! Oh! Oh! Ich sterbe,* hat sie geschrien, *so sicher wie das Amen in der Kirche!* Erinnerst du dich? Reine Propaganda. Nicht mehr und nicht weniger. Die Seuche richtet ein Unterrichtsministerium ein und gibt Handzettel und Parolen aus. *Ihr seid eine besiegte Nation. Leistet keinen Widerstand. Die Hinrichtung ist euch gewiß!* Ja? Weißt du noch? Aber wir haben gewonnen. Und warum? Weil wir sie nicht aufgegeben, sondern unser eigenes Ministerium eingerichtet haben, um sie zurückzufordern – sie zurückzuerobern. Wir haben die Existenz des anderen Ministeriums keine Sekunde lang geleugnet. Wir haben gehört, was es ihr gesagt hat, und wir haben zurückgeschossen. Wir haben ihr gesagt, daß Heilmittel gegen die Tuberkulose entwickelt werden. Wir haben ihr gesagt, daß ihr Tod keineswegs eine Gewißheit ist. Wir haben ihr gesagt, daß sie die Waffen nicht strecken darf. Wir haben sie in das beste Sanatorium in der ganzen Schweiz gebracht. Wir haben ihr Hoffnung gegeben – und ein Jahr später war sie kerngesund.«

»Und noch ein Jahr später ist sie gestorben.«

»Das schon«, hatte Jung gesagt. »Das schon. Aber nur, weil sie wieder unter den Bann der Verzweiflung geraten ist. Und Verzweiflung ist immer tödlich.«

Emma zog ihren Mantel über, wickelte sich einen Schal um den Hals und stülpte sich eine grüne Wollmütze über die Ohren. Ich sehe aus wie ein Bär, dachte sie, als sie sich im Dielenspiegel erblickte. Eine große, dicke, schwangere Bärenmama.

»Bis nachher, Mama«, sagte sie zu ihrem Spiegelbild und winkte mit ihrem Fäustling.

Fünf Monate, fast auf den Tag genau. Der zehnte Dezember letzten Jahres. Sie hatte es gleich am Morgen des elften in ihr Tagebuch eingetragen. *Ein Treffer! Ein Treffer! Ich weiß es genau!* hatte sie geschrieben. *Eine Frau spürt so etwas.*

Der Abend des zehnten war wie im Märchen gewesen. Weihnachten stand vor der Tür. Für die Mädchen würde bald die Schule enden. Fränzli saß mit Albertine, dem Kindermädchen, im Spielzimmer und bastelte an einer Krippe. Der zweite Advent. Schnee. Tannenzweige. Musik. Und Gäste.

Vor ihrem inneren Auge tanzte ein Reigen freundlicher Gesichter, alle rosenwangig und weintrunken. Gelächter. Tanz. Grethli am Klavier, die mit einem Finger »Frère Jacques« klimperte. *Und Carl, der mich vom Kopfende des Tisches ansah mit diesem unverkennbaren Blick in den Augen …*

Und dann, im Bett, nahmen wir uns nicht einmal die Zeit, Nachthemd und Schlafanzug anzuziehen, sondern warfen die Decken zurück, und er spielte mit mir, als hätte er eben erst entdeckt, was ich bin. Da! Hier! Und das! EINE FRAU! *Und er schob den Kopf zwischen meine Schenkel und öffnete mich, als würde er einen Pfirsich schlürfen – und noch einen – und wieder einen – und ich der Baum – ein ganzer Pfirsichhain. Und als er zu mir kam, da wollte ich ihn so sehr, daß ich weinte. Und wir ritten miteinander, meine Knöchel an seine Flanken gepreßt – mein Pferd – und wir ritten und ritten, und ich biß ihn in den Nacken …*

Emma lachte laut auf bei der Erinnerung.

Und als es geschah …

Als es geschah, habe ich es gespürt. Ich habe gespürt, wie er in mein Innerstes vordrang, und ich habe gespürt, wie sein Samen aus ihm herausspritzte, herausschoß, so deutlich, als wäre ein Geschütz abgefeuert worden. Ein Treffer! Ein Treffer!

Das ist die Wahrheit. Genau so war es. Und schon in dieser Sekunde wußte ich es. Das ist ein Kind, dachte ich. Ein Kind. Wir haben ein Kind gezeugt.

Emma blieb mit einem Ruck stehen. Wie war sie hierhergekommen – aus dem Haus heraus in den Garten? Sie hätte es nicht sagen können. Es spielte auch keine Rolle. Die Erinnerung an ihre Liebesnacht hatte sie getragen, die Strömung des Nacherlebens – des Nacherzählens.

Ein Pfirsichhain – das gefällt mir.

Sie lächelte und zupfte an einem Zedernzweig und schlenderte weiter in Richtung See.

So ein schönes Haus haben wir hier – so einen schönen Garten. Und alles haben wir uns selbst geschaffen. Nach unserem eigenen Plan. Wir waren – wir sind hier so glücklich. Carl – ich – die Kinder – sogar die Dienstboten. Wir haben es alle so gut.

Nur dieses eine Mal. Dieses unselige eine Mal. Es hat mich so überrumpelt. So unglücklich gemacht – so unsicher. Spielrein. Wenigstens der Name hat gepaßt.

Wieder lachte sie auf.

Sie ging bis zum kiesigen Seeufer vor und sah auf das Wasser hinaus.

Sabina Spielrein.

Erst war sie Carls Patientin gewesen. Dann seine Schülerin. Er hatte sie wegen *Hysterie* behandelt.

Was immer das sein sollte …

Es war eines von Freuds Lieblingswörtern, und Carl hatte es übernommen, weil es einen so weiten Deutungsspielraum bot. Hysterie. Sexuell bedingt natürlich. Aufgeladen mit sexuellen Spannungen und ihren möglichen Manifestationen. Und das arme Mädchen – dies aus Carls eigenem Mund –, *das arme Mädchen hatte nun mal das Pech, sich in mich zu verlieben!*

Ach, das arme liebe Mädchen! Ach mein armer lieber Mann! Der arme liebe unschuldige Onkel Doktor und das arme liebe unschuldige Judenmädchen mit seinen unschuldigen schwarzen Augen so groß wie Mühlräder. Ach, wie arm und lieb hatten sie dagesessen, die beiden, und sich mit den armen lieben Wimpern angeklimpert! O weh, o weh, was sollen wir nur tun? Ja, was – kopulieren natürlich, nach gutem altem Hysterikerbrauch!

Mein Gott. Und ich habe ihm verziehen.

Warum habe ich ihm verziehen? Und wie?

Die Spielrein wollte ein Kind von ihm. Herr im Himmel – und wie sie es wollte. Das hat sie ihm selbst gesagt. Siegfried sollte es heißen. Sogar den Namen wußte sie schon.

Aber ich …

Ich bin seine Frau.

Ich bin die Mutter seiner …

Ich bin sein Pfirsichhain.

Ich bin …

Ich.

Es gibt Suppe heute mittag. Tomatensuppe, köstliche Tomatensuppe aus spanischen Tomaten, außersaisonalen spanischen Tomaten, mit spanischen Zwiebeln und spanischem Salat. Im Mai, im Wonnemonat Mai, the merry, merry month of May.

Englisch. Warum auf einmal Englisch?

Diese Frau. Die Marquise von Q. La Duchesse du Baur au Lac. Die Lawinengräfin. Gevatterin Tod persönlich.

Die hat er auch gehabt. Das wette ich.

Es wenigstens gewollt. Darüber nachgedacht. Davon geträumt. Sie im Sturm genommen, verkleidet als der Retter ihres Freundes. Wie viele solcher Eroberungen es wohl schon gegeben hat? Mehr, als ich je erfahren werde. Patientinnen – Krankenschwestern – Studentinnen – die adeligen Damen, die ihre Schützlinge zu ihm bringen, damit er sie rettet. Und er richtet sein Unterrichtsministerium ein und beginnt die Kampagne. Selbst mit mir hat er es ja so gemacht. Die eheliche Invasion im Dezember 1911. Und die darauffolgende Besetzung durch kaiserliche Truppen. Das hier – sein Kind. Unser Kind.

Nun, wie du mir, so ich dir. Wieso eigentlich nicht?

Aber wen soll ich wählen? Einen spanischen Gärtner. Einen spanischen Gärtner mit dichtem schwarzem Haar und muskelbepackten Armen, der mir Zwiebeln und Tomaten in seinem nackten Schoß bringt. Üppige reife Tomaten, die sich in schwarzgekräuseltes Haar schmiegen und deren Saft ihm über die Schenkel rinnt, und ich …

Was Carl kann, kann ich schon lange.

Aber nein.

Ich bin Emma Jung, seine Frau. Ich bin Emma Jung, die Mutter seiner … Ich bin sein Pfirsichhain. Ich bin …

Ich.

Geh heim, seufz einmal tief und sei zufrieden. Hier gibt es keine spanischen Gärtner. Hier gibt es nur Tomatensuppe. Und diesen sonnenhellen Tag. Diesen hohen, blauen, liebeleeren Tag.

Emma stemmte ihre Füße in den derben Gummistiefeln breitbeinig in den Kies, so daß sich um ihre Fersen wäßrige Gruben bildeten. Sie schob die Hände unter den Mantel und wölbte sie um ihren Bauch. *Ich gehe mit froher Botschaft schwanger,* dachte sie. *Ich bin die Verkünderin eines neuen Lebens. Und das Neue wird das Alte retten. Nur das zählt.*

Draußen auf dem Wasser wiegten sich drei weiße Möwen.

In Emmas Bauch zappelte es.

Sie lächelte.

»Willkommen«, sagte sie. »Da schaukeln drei weiße Möwen auf dem See. Drei weiße Möwen auf dem See, und rings um uns … kannst du es riechen? Oh, ich hoffe, du kannst es … der Garten, in dem wir wohnen, erwacht wieder zum Leben, und ich – ich und du – wir sind geborgen hier im Paradies, und nichts, nichts, nichts kann unserem Glück je wieder etwas anhaben. Ich lasse es nicht zu.«

Es hatte kein Kind namens Siegfried gegeben. Sabina Spielrein hatte einen russischen Arzt geheiratet und war weggezogen. Die Engländerin war gestorben, wenn auch eines tragischen Todes, den Emma keinem Menschen gewünscht hätte. Aber sie war fort – eingegangen in die Gefilde der Erinnerung, und alles war gut.

Emma wandte sich um und ließ den Blick über den Garten schweifen – über seine Blumenbeete und sacht ansteigenden Rasenflächen, seine Bäume, die Pfade mit all ihren Zielen: Pappelgruppe und Sommerhaus und die Bänke in ihrem Laubenschatten und, hinter alledem, das Haus selbst, das nach Westen schaute, zur Sonne. Und sie dankte dem Himmel, daß so vieles Grund zur Hoffnung gab und so wenig Grund zur Verzweiflung in dieser Stunde, *meiner Stunde allein mit meinem Kind, sonnenbeschienen im Garten meiner Liebe, die Hand schon erhoben, um den Löffel einzutauchen in einen Teller Tomatensuppe aus Spanien.*

7

Ich bin immer wieder beeindruckt von diesem Blick«, sagte Jung. »Der Blick aus den Fenstern in meinem Sprechzimmer ist fast der gleiche – Bäume und dahinter, in der Ferne, die Berge. Ich muß zugeben, daß ich immer aufstehe und hinausschaue, wenn ich müde bin – oder bedrückt. Es ist alles so friedvoll.«

»Wenn es einmal nicht stürmt«, sagte Pilgrim.

Jung hatte sich erhoben. Pilgrim nicht. Er saß nach wie vor etwas schief im Sessel, das nunmehr leere Wasserglas in der Hand, auf dem Schoß die Photographie. »Am Frieden bin ich nicht interessiert«, fuhr er fort. »Was ich will – das einzige, was ich will –, ist der Tod. Und den gönnen Sie mir nicht.«

»Ich kann ihn Ihnen nicht gönnen«, sagte Jung. »Ein Arzt ist per definitionem dem Leben verpflichtet. Das wissen Sie so gut wie ich.«

»Allerdings weiß ich das. Deshalb seid ihr ja auch alle so unnütz.«

»Ich habe Ihnen das schon einmal gesagt, Mister Pilgrim. Wenn Sie sich umbringen wollen, bitte, bringen Sie sich um. Wenn das wirklich Ihr Wunsch ist, kann ich wenig tun, um Sie daran zu hindern.«

»Warum haben Sie es dann?«

»Warum habe ich was?«

»Mich daran gehindert.«

»Ich kann Ihnen nicht beim Sterben helfen – genausowenig, wie ich Ihnen dabei zuschauen kann, Mister Pilgrim. Sie werden sich Ihren Traum irgendwo außerhalb meiner Reichweite erfüllen müssen. Aber man hat Sie in meine Obhut gegeben, und solange ich für Sie zuständig bin, verpflichtet mich mein Eid dazu, Sie am Leben zu erhalten – ganz gleich, wie nahe Sie dem Tod schon sind.«

Pilgrim stülpte das Glas in seiner Hand um und blickte auf die Photographie, deren Rückseite zu ihm emporstarrte.

»Da es meine Freundin war, die mich Ihnen anvertraut hat«, sagte er, »und da meine Freundin nun barmherzigerweise tot ist – darf ich gehen?«

»Nein. Sie bleiben hier, bis wir Ihrem Problem auf den Grund gekommen sind und herausgefunden haben, warum Sie so dringend sterben wollen.«

»Ich will sterben, weil ich nicht sterben kann.«

»Sterben hat bis jetzt noch jeder gekonnt, Mister Pilgrim. Das ist die Conditio humana. Aber warum warten Sie nicht einfach, bis die Natur ihren Lauf nimmt und Sie hinwegrafft, wie sie uns alle hinwegrafft, durch Alter oder Krankheit oder Krieg oder einen Unfall? Warum verleugnen Sie Ihr Menschsein?«

»Ich verleugne mein Menschsein ja gar nicht. Das Menschsein verleugnet mich. Ich bin ausgeschlossen davon – ich genieße keines seiner Privilegien.«

»Was für eine vollkommen unsinnige Aussage. Ich brauche Sie doch nur anzusehen – einen lebendigen, atmenden, aufrechten Menschen. Einen unglücklichen Menschen meinetwegen – einen leidgeprüften Menschen. Aber daß Sie von den Privilegien des Menschseins ausgeschlossen sein sollen, ist absurd. Sie haben ein Dach über dem Kopf – Essen auf dem Tisch – Geld in der Tasche – Kleider am Leib ...«

»Das sind alles Trostpreise, Dr. Jung. Erkaufte Privilegien. Der Lohn für meine Mühen. Ich rede von dem Privileg, frei zu handeln – frei zu entscheiden –, nicht von vornherein zu wissen, daß all mein Streben zum Scheitern verurteilt ist. Ich fordere das Privileg, mich nie, nie, nie mehr dreimal verneigen und murmeln zu müssen: dein Wille geschehe. Immer nur dein Wille. Niemals meiner.«

»Ich bin mir nicht bewußt, irgendwelche Befehle erlassen zu haben, Mister Pilgrim.«

»WIE KOMMEN SIE DARAUF, DASS ICH VON IHNEN SPRECHE, SIE AUFGEBLASENER IDIOT!«

Pilgrim stand aus seinem Sessel auf und ging zur Verbindungstür.

»Es gibt auch noch höhere Mächte als Carl Gustav Jung, Herr Dr. Großmaul! Dr. Narziß, Sir! Dr. Laffe! Es gibt sogar höhere Mächte als Gott!«

Er verschwand im Wohnzimmer, und Jung und Kessler hörten Glas splittern.

Kessler machte einen Schritt nach vorn, aber Jung streckte die Hand aus.

»Nein«, sagte er. »Überlassen Sie das mir. Bleiben Sie hier.«

Als er zur Tür ging, waren seine Hände leer. *Nein*, dachte er. *Ich muß etwas haben, um ihn abzulenken.*

Pilgrim stand am geöffneten Fenster, mit dem Rücken zu Jung. Das Wasserglas lag in Scherben unter einem großen gesprungenen Wandspiegel.

»Wissen Sie nicht, daß ein zerbrochener Spiegel Unglück bringt?« Jung sagte es so leichthin, wie er nur wagte, um seinen Patienten nicht aufzuschrecken.

»Wenn sonst nichts verfängt, kramt man die Ammenmärchen hervor. Stimmt's? Angst vor schwarzen Katzen? Angst davor, auf einen Spalt zu treten? Angst davor, eine Spinne im Haus totzuschlagen?« Pilgrim drehte sich nicht um, sondern blieb reglos stehen – kerzengerade und starr. Selbst seine Finger waren steif, gegen die Fensterscheibe gespreizt, als wolle er jeden von ihnen einzeln in Augenschein nehmen. »Mir kann nur ein einziges Unglück widerfahren, Dr. Jung. Daß ich am Leben bleibe.«

»Das müssen Sie mir erklären, Mister Pilgrim. Als jemand, der das Leben liebt, finde ich Ihre Einstellung etwas verwirrend. Sie sind nicht krank. Sie leiden keine körperlichen Schmerzen. Sie sind nicht arm. Sie sind nicht untalentiert. Sie sind nicht verkannt. Sie haben Freunde, soweit ich unterrichtet bin, und führen ein recht komfortables Leben. Sie sind noch nicht alt, und Sie leben in einer Epoche, die in den Augen aller zu den größten Hoffnungen berechtigt. Und doch schließen Sie die Fenster, verriegeln die Tür und drehen den Gashahn auf. Das ist mir unbegreiflich, und ich möchte gern aufgeklärt werden. Sehen Sie mich als Ihren Schüler an, als einen besonders begriffsstutzigen Schüler.«

Während Jung sprach, trat er langsam ins Zimmer, ohne sich um den zersplitterten Spiegel und die Glasscherben zu kümmern. Die Korbmöbel hier waren alle in einem ansprechenden Grünton gehalten, mit Sitzpolstern mit blauen Baumwollbezügen und Rückenkissen aus rostrotem Drillich. Drei Sessel und ein kleines Sofa umstanden ein paar aneinandergerückte Tischchen, die reichlich Platz für Aschenbecher, Zeitschriften und Bücher boten. Pilgrim an seinem Fenster hatte die Gardinen – die aus weißem Musselin waren, wie in sämtlichen Patientensuiten – beiseite geschoben, so daß sie ihn einrahmten wie zwei wartende Grabtücher. Nichts, so dachte Jung bei sich, während er den weißgekleideten Rücken seines Patienten betrachtete, konnte mit Pilgrim in Berührung kommen, ohne auf irgendeine Weise den Tod zu beschwören.

Er setzte sich auf den entferntesten Stuhl und legte seine geplante »Ablenkung«, das Bändchen über die Schmetterlinge, zur Seite.

»Wenn ich Ihnen die Wahrheit sagen wollte, Dr. Jung, ganz gleich wie wortgewaltig, würden Sie mir nicht glauben. Als Lehrer – als mein Prüfer auf dem Gebiet meiner persönlichen Lebensumstände – würden Sie mich unverzüglich durchfallen lassen und den nächsten Kandidaten hereinbitten.«

»Machen Sie die Probe.«

»Sie werden mir nicht glauben. Selbst Sybil Quartermaine, meine älteste, liebste und verständnisvollste Freundin, hat nicht bis ins letzte begriffen, wie das, was ich ihr erzählt habe, wahr sein konnte.«

»Versuchen Sie es trotzdem«, sagte Jung. »Stellen Sie sich vor, Sie seien Darwin in jenen frühen Tagen, als er die gesamte herkömmliche Naturwissenschaft gegen sich hatte. Oder Galilei, als er der Welt beizubringen versuchte, daß die Sonne sich nicht um die Erde dreht. Oder Louis Pasteur, der gegen den ignoranten Zorn des gesamten Medizinerstandes ankämpfen mußte. Auch diesen Männern hat niemand geglaubt. Keine Menschenseele – zu Anfang. Heute wissen wir, daß Darwin, Galilei und Pasteur recht hatten mit ihren Behauptungen, und die Vorzeichen haben sich umgekehrt. Also geben Sie mir eine Chance. Kommen Sie mir entgegen. Vergessen Sie nicht, ich bin ein Kind. Lernwillig, aber unbedarft. Verwundbar in Glaubensdingen. Aber ich habe mich hingesetzt, wie Sie sehen, also werde ich nicht umkippen und mir den Kopf anschlagen, ganz gleich, was Sie sagen.«

Pilgrim sagte nichts.

Dann bewegten sich seine Finger. Die Finger seiner Rechten preßten sich noch flacher gegen die Scheibe, während die der Linken sich zu einer behutsamen Faust krümmten, als hielte er ein kostbares Insekt in der Hand, dessen Flügel er nicht beschädigen wollte.

»Es ist wahr«, sagte er, immer noch mit dem Rücken zu Jung, »daß ich nicht sterben kann. Und daß ich schon ewig lebe, ist auch wahr. Aber Wahrheit und Wahrheit sind zwei Paar Stiefel. Der Himmel ist blau. Eine unzweifelhafte Wahrheit, nicht? Wir alle wissen das. Aber was ist Blau, Dr. Jung? Was ist, wenn ich Ihr Blau als Grün sehe? Wir sagen beide, der Himmel ist blau – aber woher will ich wissen, daß das, was Sie als Blau sehen, auch das ist, was ich sehe? Und darum kann ich zwar zu Ihnen sagen, ich lebe schon ewig – aber wie soll ich Ihnen begreiflich machen, was ich damit meine? Schließlich läßt sich *ewig* auf so viele unterschiedliche Arten auslegen. Nicht wahr? Zum Beispiel gibt es Leute, die glauben, daß sie nach ihrem Tod augenblicklich in eine neue Existenz eintreten, daß sie bis in alle Ewigkeit leben und sterben werden, bald in dieser Inkarnation, bald in jener. Andere glauben an Vampire – deren Lebenskraft sich immer wieder erneuert, wenn sie Menschenblut trinken. Aber ich war nie ein Fuchs, eine Libelle oder ein Baum. Ich bin immer ich selbst gewesen – manchmal in männlicher Gestalt, manchmal in weiblicher, aber immer unverkennbar ich selbst. Ich. Und ich bin auch kein Spukwesen, das in einem Sarg haust. Sie werden mir nie einen Pflock ins Herz treiben müssen, Dr. Jung – und täten Sie es, wäre ich deshalb nicht tot. Nichts kann mich töten. Nichts. Nicht einmal ich selbst. Und ich bin müde. Ich bin es müde, an die Conditio humana gefesselt zu sein. Ich bin es müde, für immer Mensch sein zu müssen.«

»Solche Gedanken plagen jeden von uns zuweilen, Mister Pilgrim.«

»Wieso – leben Sie auch schon ewig?«

»Manchmal kommt es mir fast so vor.« Jung lächelte, aber Pilgrim sah es nicht.

»Ich bin natürlich verrückt. Wahnsinnig«, sagte Pilgrim. »Immer wieder glaube ich, daß jemand mir glauben wird. Aber niemand tut mir den Gefallen, und vielleicht versuche ich deshalb so beharrlich, mir das Leben zu nehmen – weil ich denke, wenn die Experten sehen, daß ich tot sein sollte und es doch nicht bin, müßte doch einer von ihnen, irgendwann, endlich sagen: Hier ist ein Mann, der nicht sterben kann. Aber es geschieht nicht. Nie.«

Jung schwieg.

»Und selbst Sie, der vielgerühmte Patron des Unmöglichen, glauben mir nicht. Was soll ich also tun?«

Jung schloß die Augen. Pilgrim litt so sichtlich. Er war wie jener Mann in dem Sprichwort, der als einziger eine Sternschnuppe gesehen hat und nun die Welt nicht davon überzeugen kann, daß der Himmel einstürzt. Oder wie die kleine Bernadette, der die Heilige Jungfrau erschienen war – aber welcher klar denkende Mensch konnte ihr glauben?

Pilgrim sagte: »*Muero porque no muero.*«

»Wie bitte?«

»*Ich sterbe, weil ich nicht sterbe.* Juan de la Cruz, ein verrückter Spanier, hat das gesagt. Geschrieben. Aber niemand begriff, was er meinte.«

»Ich verstehe.«

»Das bezweifle ich.«

»Skepsis ist der Schutzmantel des Toren, Mister Pilgrim.«

»Ja. Aber wer ist hier der Skeptiker? Ich oder Sie?«

Jung dachte an Lady Quartermaines Worte: *Ich bitte Sie, schenken Sie den vermeintlichen Hirngespinsten meines Freundes Glauben, und sei es nur, weil ihm dies ein so verzweifeltes Anliegen ist.*

»Ich habe nicht gesagt, daß ich Ihnen nicht glaube«, lenkte er ein. »Aber ich brauche konkrete Beweise. Ihr Überleben allein reicht nicht.«

Pilgrim wandte sich vom Fenster ab und blickte um sich. Er sah Sonnenlicht, er sah Schatten, er sah treibende Staubgirlanden. Er sah blitzende Glasscherben und einen Spiegel, dessen zersplittertes Glas noch im Rahmen steckte. Und Schmetterlinge. Dutzende von Schmetterlingen. Sie waren überall.

Und da saß Jung – der Feind.

Über seinem Kopf gaukelten drei Schmetterlinge. Ihre Flügel hatten die Farbe von Perlmutt, und blaßblaue Tupfer glänzten darauf.

Pilgrim lächelte.

Die Welt war voll des Unglaublichen. Einhörner und Elfen, Meerjungfrauen und Mondweibchen, geflügelte Pferde und die Boten des Charon.

Und ich. Mit dem Unterschied nur, daß ich sichtbar bin.

Pilgrim trat an den Spiegel und strich mit den Fingerkuppen über das gesprungene Glas, bis es ihm leicht die Haut ritzte. Den Blick starr auf sein aufgesplittertes Bild gerichtet, begann er seinen gespiegelten Zügen mit dem eigenen Blut nachzufahren.

»Alle Gedanken und Erfahrungen dieser Welt«, flüsterte er, »verbergen sich hinter diesem Antlitz ... die Sinnlichkeit Griechenlands, die Lasterhaftigkeit Roms, der Mystizismus des Mittelalters, die Rückkehr der heidnischen Ideale, die Verbrechen der Medici und der Borgia ... Ich bin älter als die Berge vor diesen Fenstern, und gleich dem mir verhaßten Vampir habe ich viele Male gelebt, Dr. Jung. Wer weiß, als Leda war ich vielleicht die Mutter Helenas – oder als Anna die Mutter Marias. Ich war Orion, der sein Augenlicht verlor und es wiedererlangte. Ich war ein verkrüppelter Schafhirt, der sich nach der Gnade der heiligen Teresa von Avila verzehrte, ein irischer Stallbursche und ein Glaser in der Kathedrale von Chartres. Ich habe auf dem Wall von Troja gestanden und Hektor sterben sehen. Ich habe der ersten Vorstellung des *Hamlet* beigewohnt und dem letzten Auftritt Molières. Ich war der Freund Oscar Wildes und der Feind Leonardos ... Ich bin Mann und Frau in einem. Ich bin alterslos, und mir bleibt der Tod versagt.« Er drehte sich um. »Da auf Ihrem Daumen sitzt übrigens ein Schmetterling.«

Damit ging er zum Fenster und stieß es auf. »Sie müssen ihn herbringen und freilassen«, sagte er.

Jung konnte sich kaum rühren. Er verspürte Beklommenheit und Erregung zugleich.

»Decken Sie die Hand über ihn«, befahl Pilgrim, »und kommen Sie her.«

Jung stand auf, wölbte eine Hand locker über die andere.

»Kommen Sie. Schnell.«

Jung ging zum Fenster – und glaubte mit Staunen und Schrecken etwas unter seinen Fingern zu spüren. Ein Flattern wie von Flügeln.

Er hielt beide Hände aus dem Fenster und öffnete sie.

»Da fliegt sie«, sagte Pilgrim. »Sie haben Ihrer Phantasie endlich die Freiheit geschenkt.« Und er schloß das Fenster.

8

Der silberne Daimler, der Sybil Quartermaine bei ihrer Ankunft erwartet hatte, war nicht da, um ihr am Mittwoch, dem 22. Mai, das letzte Geleit zu geben. Dafür rollte gegen zwei Uhr nachmittags der von Pferden gezogene Leichenwagen mit Sybils Sarg auf den Vorplatz des Zürcher Hauptbahnhofs, gefolgt von zwei offenen Landauern. Die Pferde trugen schwarze Federbüsche, die Kutscher schwarze Zylinder und violette Armbinden.

Im ersten der beiden Wagen fuhr Phoebe Peebles mit Pilgrims Diener, Forster. Sie waren in Begleitung des »netten jungen Paares« namens Messager, das Forster im Foyer des Hôtel Baur au Lac im Gespräch mit Lady Quartermaine beobachtet hatte. Alle vier waren in Schwarz gekleidet.

In der zweiten Kutsche saß Jung neben Pilgrim; Kessler hatte den Platz ihnen gegenüber eingenommen, mit dem Rücken zum Kutscher. Jung und Kessler trugen schwarze Anzüge. Pilgrim war unter seinem Ulstermantel nach wie vor in Weiß gekleidet. In der Hand hielt er ein kleines Veilchengebinde. Sein breitkrempiger Trilby hatte die Farbe von Portwein.

Ein Karren stand schon bereit, um Sybils Sarg an den Zug zu befördern, der am Perron 3 seine Kessel heizte.

Es war ein strahlender Tag – *luftig und blau*, wie Jung in seinen Aufzeichnungen notieren sollte. Und als der Leichenwagen einrollte, stieg über ihm ein Schwarm Tauben auf und ließ sich auf dem Glasdach nieder, das den Bahnhofseingang überwölbte.

Auf der anderen Seite des Vorplatzes wuchsen Bäume, das

Gelände senkte sich in sanften Wellen zur Limmat hinab, und die Passanten dort wandten sich ab und schlugen einen Bogen, wie die Menschen es im Angesicht fremden Leids tun sollten und zumeist auch tun. Beschürzte Kindermädchen mit Kinderwagen, Soldaten in fremdländischen Uniformen, Gelehrte mit Büchern unterm Arm, schuleschwänzende Jungen auf bändergeschmückten Fahrrädern. Und Liebespaare – *natürlich*, sollte Jung schreiben, *wie könnte es anders sein?* Kinder mit Reifen, Ballons und bellenden Hunden. Nonnen in Grau und Weiß, und unten am Ufersteg Fischer, und Frauen, die Limonade feilboten, und andere mit Körben, aus denen sie Schleifchen und Sträuße verkauften.

Das Vordach verstärkte das Hallen der Pferdehufe auf dem Kopfsteinpflaster. Pilgrim richtete sich höher auf, wenn das überhaupt möglich war, und im vorderen Wagen erhob sich Phoebe Peebles, während Forster ausstieg und seine Hand Madame Messager entgegenstreckte. Letztere war außerordentlich jung und hübsch, aber verschleiert. Sie schwang sich so leichten Fußes aus dem Landauer, als wäre eine Feder zu Boden geschwebt. Ihr folgte Monsieur Messager und, als letzte, Phoebe Peebles – die noch nie Trauerkleidung getragen hatte und sich in ihrem Schleier und dem Krepp so verloren vorkam wie ein kleines Mädchen im Kleid der Mutter. Wer die Messagers waren, blieb unklar. Zwar hatten sie sich Phoebe und Forster als *Freunde der Verstorbenen* vorgestellt, doch wurde nicht ersichtlich, worauf diese Freundschaft beruht hatte und in welchem Maße sie ihnen das Recht gab, Trauer zu tragen. Sie waren Franzosen, das war alles, was sich ihnen außer Anteilsbekundungen entlocken ließ.

Erst als der vordere Wagen leer war, stieg auch Kessler aus und trat zur Seite, um Platz für Dr. Jung und Mister Pilgrim zu machen, der als letzter folgte.

Pilgrim zog Hut und Mantel aus, legte sie hinter sich auf den Sitz und warf die Tür zu. Dann, ganz in Weiß, die Veilchen in der Hand, setzte er eine dunkle Brille auf und sah zum Himmel empor.

Jung, der all dies bei sich verzeichnete, bemerkte auch, daß Pilgrim der Sonne zunickte, als sei sie ein Würdenträger, dem er bei einem öffentlichen Auftritt seinen Respekt erwies, ein ranghöherer Adliger etwa – ein Kirchenfürst – eine niedere Gottheit. Interessant.

Auf der anderen Seite des Vorplatzes, für Jung und Pilgrim erst im Vortreten sichtbar, stand vollzählig die Familie Quartermaine aufgereiht. Alle Frauen waren verschleiert, alle Männer hielten die Hüte in der Hand, und das jüngste Kind, ein Mädchen von etwa vierzehn, führte einen Wasserspaniel an der Leine, der eine schwarze Kreppschleife am Halsband trug.

Lord Quartermaine war ein gutes Stück älter als Sybil. Er mochte Anfang Fünfzig sein, schütterhaarig und grau und traurig. Seine älteste Tochter, Lady Margot Pryde, stand neben ihm und vermittelte den deutlichen Eindruck, daß nur ihr stützender Arm ihn davor bewahrte, zu taumeln – wenn nicht zu fallen. Auf seiner anderen Seite stand David, der älteste Sohn und Earl of Hartford, dessen Haltung durch und durch militärisch war. Nur die Uniform fehlte. Von ihm hatte Sybil Dr. Furtwängler anvertraut, daß sie ihn nicht sehr mochte. Aber er war hier, um seine Pflicht zu tun, und er machte seine Sache gut. Nicht der leiseste Anflug einer Gemütsregung zeichnete sich in seinen Zügen ab – es sei denn, Beherrschung war auch eine Gemütsregung. Er hatte sich ganz und gar im Griff.

Jungs unmittelbarer Eindruck war der einer Familie von ausnahmsloser, mustergültiger Schönheit. Jeder einzelne von ihnen war ein vollendetes Exemplar angelsächsischer Züchtung, blond und blauäugig, poliert und geschliffen, mit makelloser Contenance und untadeligem Auftreten.

Lord Toby, der erst sechzehn war, stand zwischen den beiden anderen Schwestern, Lady Catherine und Lady Temple, dem Mädchen mit dem Hund. Der Hund hieß Alice – *weil sie so gern in Kaninchenbaue kriecht. Bloß kommt sie nie sehr weit.*

Jung und Pilgrim gingen zu den Passagieren der anderen Kutsche hinüber, die sich auf dem Trottoir zusammengefunden hatten und nicht recht weiterzuwissen schienen. Jung fiel auf, daß Forster, wiewohl er mit Argusaugen zu ihnen hersah, es unterließ, Pilgrim anzusprechen. Und auch Pilgrim schwieg.

Dafür warf Kessler, wie Jung bemerkte, Forster einen fast verächtlichen Blick zu. *Jetzt gehört er mir, und wer weiß, ob du ihn je zurückbekommst.* Jung mußte sich ein Lächeln verkneifen. Diener waren schon seltsame Geschöpfe, dachte er. So besitzergreifend – wie Kinder, die mit ihrem Spielzeug prahlten.

Man machte sich miteinander bekannt. Die Messagers waren zweifellos Fremde für Pilgrim, Jung jedoch wurde das Gefühl nicht los, die beiden schon einmal getroffen oder zumindest gesehen zu haben. Aber Madame Messagers Schleier war zu dicht, um einen rechten Blick auf ihre Züge zuzulassen. Und ihr Mann sah zwar gut aus, aber in keiner Weise bemerkenswert. Gesichtern wie seinem – freundlich, unmarkant und offenkundig harmlos – begegnete man tagtäglich in Restaurants, Banken und auf der Fähre nach Küsnacht.

Nachdem man sich reihum vorgestellt hatte, übernahm Jung die Führung und trat an den Leichenwagen. Einer nach dem anderen verneigten sie sich kurz vor dem Sarg hinter seiner Glasscheibe, und die Katholiken unter ihnen bekreuzigten sich. Dann überquerten sie den Vorplatz, der für diesen Anlaß für den öffentlichen Verkehr gesperrt worden war, defilierten an der Reihe der Hauptleidtragenden vorbei und gaben ihnen die Hand.

Forster beobachtete die Messagers scharf, während sie der Familie kondolierten. War der junge Ehemann mit Lord David bekannt? Waren sie Schulkameraden, wie er gemutmaßt hatte? Aber nein. Ganz eindeutig nicht. Keiner der jungen Männer zeigte irgendein Anzeichen des Wiedererkennens.

Pilgrim schüttelte Quartermaine und den beiden Söhnen die Hand und wurde von allen drei Töchtern umarmt, mit besonderer Herzlichkeit von Lady Temple. Pilgrim für seinen Teil blieb fast völlig stumm, und Jung konnte sehen, daß er mit den Tränen kämpfte. Das mochte seinen Grund nicht nur darin haben, daß Sybil ihre letzte Reise antrat, sondern auch darin, daß Pilgrim sich erstmals seit so langer Zeit wieder im Kreis alter Freunde fand.

Einen Augenblick lang herrschte Schweigen. Dann, ohne daß ein erkennbares Signal gegeben worden wäre, traten Lord David und Lord Toby an das hintere Ende des Leichenwagens, und gemeinsam mit dem Kutscher und seinen Helfern zogen sie den Sarg ans Licht hervor und trugen ihn zu dem wartenden Karren.

Lord Quartermaine, immer noch an Lady Margots Arm, beugte sich schwankend nieder und küßte den Mahagonideckel – drückte die Stirn gegen das Holz, die Arme ausgebreitet, wie um die Darunterliegende zu umarmen, und verharrte so, bis Lady Catherine und Lady Margot ihn zur Seite zogen.

Der Karren setzte sich in Bewegung. All die Schleier vor den Gesichtern all der Damen wehten wie Flaggen und Standarten, und alle Köpfe waren gebeugt – außer Pilgrims.

Dann, im allerletzten Moment, legte Pilgrim seine Veilchen auf den Sarg und sagte, für alle hörbar: *ave atque vale,* und wandte sich ab.

Lady Temple steckte er einen Penny zu; *du weißt ja, was du damit zu tun hast,* sagte er, woraufhin sie nickte.

Die Zeremonie war beendet. Die ihren hatten Sybil ins Dunkel geleitet, und sie war fort.

9

Nach dem Abendessen saß Jung bedrückt im Lichtkreis seiner Schreibtischlampe und ließ die Ereignisse des Tages an sich vorüberziehen. Vor ihm lag aufgeschlagen sein Tagebuch, in dem er bereits den Abschied von Sybil Quartermaines sterblichen Überresten und die deprimierende Rückfahrt zur Klinik festgehalten hatte.

Phoebe Peebles war ihrer Herrin nach England gefolgt, um dort in den Dienst von Lady Catherine Pryde zu treten – jener Quartermaine-Tochter, die von allen Kate genannt wurde und die eines Tages Berühmtheit als einer der strahlendsten Sterne am britischen Theaterhimmel erlangen sollte.

Forster war ins Hôtel Baur au Lac zurückgekehrt, in Begleitung des liebenswürdigen, wenn auch reichlich mysteriösen Ehepaars Messager, dessen Verbindung zu Lady Quartermaine völlig im dunkeln geblieben war. Beim Aufbruch hatten weder Forster noch Pilgrim einander auch nur zugenickt – auch das mysteriös.

In dem Landauer, der Pilgrim, Kessler und Jung selbst durch die Waldstücke und Gärten unterhalb der Klinik zum Burghölzli hinauftrug, hatte Pilgrim unnahbar in der Ecke gesessen wie ein entthronter König und seine Mitpassagiere wie auch die Welt als solche mit Nichtachtung gestraft. Sein Blick war vollständig nach innen gekehrt, seine Hände lagen reglos und leer, während über seine dunklen Brillengläser Bäume am Wegrand und ziehende Wolken wanderten.

Kessler trauerte, wie er seiner Mutter am Abend anvertrauen

sollte, um den *Hingang eines Engels – vielleicht des schönsten, den ich je gesehen habe*. Am Bahnhof, beim Anblick des Sarges, hatte er sich gefragt, was wohl aus Engeln wurde, wenn sie starben. Seine Mutter dachte sich ihren Teil, als sie das hörte. Sie fürchtete jegliche Anspielungen auf Flügelwesen und sagte nur: *Sie kehren in den Himmel zurück wie wir alle.*

Während er Pilgrim beobachtete, konnte Jung nicht umhin, sich seine eigene tiefe Niedergeschlagenheit einzugestehen. Daß das Schicksal es so schlecht meinte mit manchen Menschen. Daß Triumph, so er denn erlangt wurde, nur um den Preis verlorener Träume, geraubter Hoffnungen und verdorrter Beziehungen zu haben war. Freunde wandten sich von einem ab oder wurden zurückgewiesen – brüskiert – verstoßen. Eheleute und Liebende wurden auseinandergerissen, Kinder im Stich gelassen. Heimat galt nichts mehr. Der Körper verfiel, an die Stelle der Tatkraft trat Mattigkeit, an die der Freude Furcht, an die der Besonnenheit Skrupellosigkeit. Dann der Tod. Das war die Geschichte seiner Eltern gewesen, nicht nur beider für sich, sondern als Paar. Er hatte seine gesamte Kindheit im Schatten ihres Kummers verbracht – seines Vaters zunehmender Entfremdung von Gott und seiner Mutter endgültiger Entfremdung von der Realität. Und doch hatten sie beide ihr Leben lang gegen diese Entfremdung angekämpft. Es war mehr als traurig, sagte Jung sich. Es war ungerecht.

Dennoch ließ sich nicht abstreiten, daß in Sybil Quartermaines letzten Stunden und letzten Gesten eine gewisse Größe lag. Ihr Leben war durch ein Opfer abgerundet worden, ein Opfer für den unbekannten Gott, wie sie selbst geschrieben hatte – der vielleicht der Gott der Vernunft war und auch Pilgrim erlösen würde. Immerhin hatte sie alles in ihrer Macht Stehende unternommen, um Pilgrim zu einem sicheren Ort zu geleiten, in dessen Schutz er den Rest seines Lebens beginnen konnte.

Allein im Kreis seiner Lampen, umringt von Dunkel und Schlaf, sah Jung seinen eigenen Weg plötzlich in aller Klarheit vor sich. Es war, wie sich zeigen sollte, die erste in einer Reihe solcher Erleuchtungen – eine Art Epiphanie, beinahe religiös, und doch nicht ganz. Er mied die Religion, wo er nur konnte. Unversehens schrieb er in das offene Tagebuch vor ihm, daß *unser Ziel nicht das Glück ist.* Und weiter: daß *das Glücksstreben uns nur von unserer wahren Bestimmung ablenkt, welche in der vollständigen Verwirklichung des Selbst besteht.*

Die vollständige Verwirklichung des Selbst.

Jung lehnte sich zurück und zog ein Taschentuch hervor, mit dem er seine Brille putzte, mit dem er sich die Stirn wischte, die Lippen.

Als ich hierherkam, schrieb er, *in die Klinik Burghölzli bei Zürich, war das der Eintritt ins Weltkloster und die Unterwerfung unter das Gelübde, nur an das Wahrscheinliche, das Durchschnittliche, das Banale und das Sinnarme zu glauben, allem Fremden und Bedeutendem abzusagen und alles Ungewöhnliche auf das Gewöhnliche zu reduzieren. Es gab nur Oberflächen, die nichts verbargen – Furtwänglers kategorisches: »Wir müssen durchgreifen!« Menkens: »Es gibt nur das, was da ist!« Mein eigenes: »Der Mond! Der Mond!« Nur Anfänge ohne Fortsetzungen, Erkenntnisse, die sich zu immer kleineren Kreisen verengten, Horizonte von drangvoller Enge und die unabsehbare Wüste der Routine …*

Er zog die Karaffe heran, füllte sein erst einmal geleertes Glas nach und zündete die Zigarre wieder an, die im Aschenbecher ausgegangen war. Aber all das lenkte nur ab. Der Weinbrand brannte, wo er sollte, der Rauch öffnete ihm die Kehle wieder, und von dem Schwefelgeruch des Streichhölzchens mußte er sich abermals die Augen wischen.

Er griff erneut nach dem Füllfederhalter.

Für ein halbes Jahr schloß ich mich in die Klostermauern ein, um mich an das Leben und den Geist einer Irrenanstalt zu gewöhnen, und las mich durch die fünfzig Bände der »Allgemeinen Zeitschrift für Psychiatrie« hindurch, seit ihrem Anfang, um die psychiatrische Mentalität kennenzulernen. Ich wollte wissen, wie der menschliche Geist auf den Anblick seiner eigenen Zerstörung reagiert, denn Psychiatrie erschien mir als ein artikulierter Ausdruck jener biologischen Reaktion, die den sogenannten gesunden Geist im Anblick der Geisteskrankheit befällt.

Und doch … Und doch …

Die Feder geriet ins Stocken.

Jung legte sie weg und schrieb nur im Geiste weiter.

Die Verwirklichung des Selbst ist alles, was es gibt oder geben kann oder geben sollte. Das Ich, das jedem von uns innewohnt und ans Licht zu gelangen sucht.

Das Ich in mir. Das Ich in Pilgrim. Das Ich in der Blawinskaja. Das Ich in Emma. Das Ich in dem Kind, das dort oben in Emmas Bauch schon in unserem Bett liegt.

Das Ich in Sybil Quartermaines Lawine. Das Ich in Pilgrims Schmetterling.

Doch! Der Schmetterling war so wirklich wie ich hier an meinem Schreibtisch, als er hinausflog in seine Berge vor dem Fenster. Und ich – mein blindes Ich – konnte ihn nicht sehen, doch das Ich in Pilgrim konnte es zum Glück, und so öffnete er das Fenster und ließ ihn frei!

Jung schloß die Augen, nahm die Brille ab und schob sie aus dem Lampenschein.

»Ich glaube ihm«, flüsterte er. »Ich glaube ihm. Denn wer nicht glaubt, kann sich auch nicht bewähren.«

10

Auch Pilgrim saß in dieser Nacht allein. Er hatte die Vorhänge zur Seite gezogen und sah von seinem Schlafzimmerfenster aus zu, wie der Mond am Himmel emporstieg. In seinen Gedanken freilich hatte der Mond keinen Platz. Dort war eine andere Frage aufgestiegen, ungebeten und daher zunächst verwirrend.

... ja, und dann die Geschichte von dem abenteuerlustigen Kaninchen. Es hieß Peter Rabbit, und seine Mutter war eine Witwe namens Josephine. Peter hatte drei Schwestern: Mopsi, Flopsi und Wollschwanz. Und es gab einen Vetter, der hieß ...

Barnabas?

Nein. Das klingt nicht richtig – obwohl B stimmen müßte.

Bobby?

Nein. Nie im Leben. Doch nicht Bobby Rabbit. Bobby paßt nicht zu Rabbit – nicht so wie Peter und Mopsi, Flopsi, Josephine und Wollschwanz. Das sind echte Hasennamen, aber ...

Barraclough.

Barraclough. Schon besser. War das nicht dieser Junge, dieser junge Mann an der Christ's School, der sich nur von Salat ernährt hat? Salat, Erbsen und Kohl. Grünzeug, das Allheilmittel. Und niemand wußte, wie man seinen Namen aussprach. Barracloe – Barra-cluff. Er wurde immer gehänselt, nein, mehr als gehänselt, schikaniert – bekam sogar ein Schild um den Hals gehängt, auf dem stand:

Ich heiße Barra–
Wie-ihr-wollt.
Ich weiß nicht, wie
Ich's sprechen sollt'.
Doch prügelt ihr
Den Arm euch schlaff,
Bekenn ich mich
Zu Barra-klaff.
Und pißt ihr mir
Den Schuh voll – so –
Dann werde ich
Zu Barra-klo.

Das ist nun einmal Bubenart. Ist es und wird es immer bleiben. Kriege im Schulhof, die dann übergreifen aufs Spielfeld. Und von da nach Waterloo. Armer alter Barraclough. Er hätte gleich selber ein belgisches Schlachtfeld sein können, so, wie sie ihm zugesetzt haben. Und dann ist er im Sudan gefallen, bei Omdurman. Wo immer das liegt.

Alles nur, weil er Salat mochte.

Er wollte Dramatiker werden. Ein zweiter Ibsen.

Ibsen.

Von allen absurden und wundervollen ... Als ob ein Engländer ein Ibsen sein könnte. Und doch war er es – hatte sich voll und ganz Ibsens Credo verschrieben: der Wahrheit und den nackten Tatsachen des Lebens, so, wie es wirklich gelebt wird.

»Ich würde sämtliche Türen von nun an bis in Ewigkeit hinter mir zuschlagen, wenn man mich nur ließe!« hat er immer gesagt. »Wenn Ibsen sie nicht schon vor mir zugeschlagen hätte. Alle Türen – nicht nur die in einem Puppenheim. Und sämtliche Wildenten dieser Welt würde ich aufpäppeln! Und alle Gewehre abfeuern, auch wenn es immer heißt, daß das in Wirklichkeit gar niemand tut ... Aber Hedda hat es getan, und sie hatte recht. Sie hatte recht, weil andere Frauen vor genau derselben Entscheidung gestanden und genau dasselbe getan haben. Aber jetzt muß es für jede Hedda, die abdrückt, eine Vielzahl von Frauen geben, die nicht abdrücken – die nicht zu sterben brauchen. Doch, Pilgrim! Doch! Glaubst du nicht daran? Ich schon. Ich glaube daran.

Nur dafür werden Stücke geschrieben – oder sollten es wenigstens. Um die Ketten zu sprengen. Um uns zu befreien, voneinander und von all den dummen, einengenden, todbringenden Regeln, nach denen wir leben. Genau das will ich – und das werde ich, eines Tages, wenn ich auch nur die kleinste Gelegenheit dazu bekomme!«

Drum auf nach Omdurman. Und in den Tod.

Barraclough.

Aber so hieß er nicht.

Brainerd?

Kaum.

Beverly?

Möglich.

Beverly und sein Vetter Peter. Doch, das wäre denkbar. Hat er nicht am Schluß eine von Peters Schwestern geheiratet? Ich glaube schon.

Nein. Es hörte sich immer noch falsch an.

Pilgrim nahm »Die Geschichte von Peter Rabbit« aus der obersten Kommodenschublade und schlug die Titelseite auf. *Temple Pryde*, las er. *In Liebe von Mommy, Weihnachten 1905.* Er hielt das Buch zwischen seinen Taschentüchern versteckt; die Gefahr, daß ein anderer Kenner es fand und ihm stahl, war zu groß. Mit dem gleichen sicheren Instinkt, mit dem Peter sich in Mister McGregors Garten geschlichen hatte, um dort ein paar Lattichblätter zu stibitzen, würde jeder auch nur halbwegs aufgeweckte Leser dieses Buch erspähen und sich damit davonmachen und es nie wieder hergeben.

Da stand Peter in seiner blauen Jacke und den schwarzen Pantoffeln.

Möglicherweise der vollendetste Roman, den die englische Sprache je hervorgebracht hatte, dachte Pilgrim. Sehr wahrscheinlich sogar.

Die Geschichte vereinte sämtliche Merkmale, die einen großen Roman ausmachten. Spannung. Gefahr. Eine Prüfung, die es zu bestehen galt. Armut. Aufwärtsstreben. Arglist und Aufrichtigkeit. Verbrechen und Strafe. Problem und Lösung. Nicht zu vergessen das moralische Element, und sogar eine Liebesgeschichte gab es, wenngleich eine traurige. Denn war Josephine nicht eine

Witwe, die ganz allein vier kleine Kinder aufziehen mußte, während ihr Mann zu einer Pastete verbacken wurde, und zwar von einer richtiggehenden Medea?

Gut, das vielleicht doch nicht.

Aber dennoch eine Schreckensgestalt, deren Macht groß war in der Hasenwelt ... die grauenerregende, abscheuliche, alptraumhafte Mrs. McGregor mit ihren Kochlöffeln und Töpfen und Messern. Und dazu Mister McGregor, dem es an nichts und abernichts mangelte, womit eine arme Kreatur geschlachtet werden konnte.

Und das alles eines Kohlblattes wegen, einer Schwäche für Radieschen und grüne Bohnen.

Barraclough. Kohl. Knabenkriege. Waterloo. Omdurman.

Was auf den Tisch kommt, wird gegessen, Freundchen. Friß oder stirb.

Pilgrim ließ den Daumen über das kleine Buch in seiner Hand gleiten.

Mein Liebstes. Oder war das töricht – sentimental – verrückt?

Ein erwachsener Mann mit einem Kinderschatz. Einem Schatz, der gleichzeitig einen ersten Vorgeschmack der rauhen Wirklichkeit vermittelte – ganz gewiß für ein Kind in privilegierten Umständen. Für ein Kind in der behüteten, heilen Welt der Kinderzimmer mit ihrem gemütlichen Kaminfeuer und ihrem gesüßten Tee, ihren Spielzeugsoldaten, ihrem Geschichtenerzählen, ihrem Herzen und Küssen und der langen Treppe, die hinunterführte zu den Eltern und der Erwachsenenwelt.

Irgend so ein Buch werde ich auch gehabt haben, auch wenn ich nicht mehr weiß, was es war. Die Fabeln des Aesop vielleicht ...

Er lächelte.

Von all den vielen Kindheiten, die ich durchlebt habe, ist mir keine klar im Gedächtnis. Ich weiß, daß ich in düsteren Kellern gelegen habe und in hellen, spielzeugübersäten Mansarden, in Schlössern, Hütten und Höhlen, und ganz schwach blitzt hie und da die Erinnerung an den Ausblick vom Arm einer Mutter, von den Schultern eines Vaters auf. Wie viele Mütter – wie viele Väter –, um die ich alle trauern müßte, wenn ich ein normaler Mensch wäre. Aber das bin ich nicht. Bin es nicht und war es auch nie. Ich habe alle meine Kindheiten verschlafen, so scheint es, jede einzel-

ne davon, auch wenn ich mich an andere Kinder erinnere, die meine Geschwister oder Spielgefährten gewesen sein müssen – einen Bruder in Florenz – eine Schwester in Spanien – einen Jungen irgendwo in Griechenland. Aber ansonsten, scheint mir, habe ich geschlafen. Und im Schlafen geträumt.

Niemand versteht das. Die einzige Kindheit, die ich je gekannt habe – oder wenigstens außerhalb meiner Träume als Kindheit erkenne –, ist das, was ich bei anderen Kindern beobachtet habe. Bei Temple, Toby, Kate, Kassandra … Antigone … Astyanax … Zu sagen, ich hätte meine Zeit verträumt, hieße nicht einmal annähernd die Wahrheit erfassen. So viele Kindheiten, und nicht ein Kinderzimmer, an das ich mich erinnern könnte.

Ich schlief. Ich erwachte. Und wurde gefunden. Immer gefunden. Ein Findling. So wie Sybil mich gefunden hat. Unter einem Baum liegend. Einer Kastanie? Einer Eiche? Ich weiß es nicht mehr.

Achtzehn. Achtzehn Jahre alt. Immer war ich achtzehn bei meiner Geburt. Oder so schien es. Was auch immer sich vorher zugetragen hatte, war nichts als ein Traum.

Vielleicht war das ja komisch. Amüsant. Er lächelte, konnte aber nicht laut lachen. Nicht richtig.

Es müßte interessant sein, hochinteressant, sich an das eigene Kindsein zu erinnern, statt es zu träumen. Dieses Buch in meiner eigenen kleinen Hand gehalten zu haben. Mit eigenen Augen diesen Buchstaben einen Sinn abgetrotzt zu haben. Mit dem Finger die Sätze entlanggefahren zu sein, so, und so …

»Es war eine blaue Jacke mit Messingknöpfen, ganz neu.«

Und:

»Peter fragte sie nach dem Weg zum Gartentor …«

Und:

»Mister McGregor hängte die kleine Jacke und die Schuhe zu einer Vogelscheuche zusammen, um die Amseln damit zu erschrecken.«

Und:

»Seine Mutter steckte ihn ins Bett, kochte einen Kamillentee und gab Peter einen Schluck:

›Einen Eßlöffel voll vor dem Schlafen!‹«

Pilgrim strich die Seiten glatt und schlug das Buch zu.

Barnabas? Bobby? Barraclough?

Wenn ich einen Vetter hätte, dessen Name mit B beginnt, wie sollte er heißen?

Benedict vielleicht. Oder Benedick.

Der Verräter, Arnold – oder Shakespeares zungenfertiger Eiferer – ein Hagestolz wie ich. All diese Zeit – und verheiratet nur als Frau.

Aber einen Verräter würde ich doch bestimmt nicht zum Vetter wollen – nur weil sein Name mit B beginnt?

Ich bin nicht sicher. Ein Verräter weiß wenigstens, wo er steht. Wir anderen schwafeln und geben uns patriotisch. Besser jemand, der sich ein für allemal auf die andere Seite geschlagen hat. Das bedeutet zumindest, daß er gewählt hat – daß sein Gewissen wach ist und er die Fähigkeit zum Dissens besitzt. Einfach nur als Amerikaner geboren zu werden, als Engländer, als Grieche heißt noch gar nichts, ehe man es nicht auch durch freie Wahl wird. Jeder sollte die Chance haben, in Opposition zu seinen Überzeugungen geboren zu werden. Bloßer Patriotismus ist gleichbedeutend mit Knechtschaft.

Soviel also zu Benedict Arnold.

Und soviel zu Benedict Bunny.

Nein. Soviel zum vorschnellen Aus für Benedict Bunny.

Und Vetter Benedick? Mit ihm könnte ich mich anfreunden, wäre da nicht jener eine entscheidende Makel: Er hat geheiratet.

Pilgrim legte das Buch weg und setzte sich aufs Bett.

Armer alter Barraclough. Bei Omdurman.

Weltreich.

Sein Blick glitt zurück zu dem Einband.

Blaue Jacke. Messingknöpfe. Radieschen. Rotkehlchen. Spatengriff. Und Zehen, die in Pantoffeln steckten.

Das Rotkehlchen sang. Peter mümmelte – selig. Und grüne Bohnen rankten. Die Erde frisch geharkt – satt und gesund. Strotzend. Und das Rotkehlchen hatte einen Fuß angehoben, und Peter hatte einen Fuß über den anderen geschlagen – Inbegriff des Singens. Inbegriff der Zufriedenheit.

Und beide fielen sie in ein fremdes Reich ein: Mister McGregors Garten.

Warum klang das alles so vertraut?

»Laß mich dieses Land abstecken und meine Kohlköpfe darauf pflanzen«, sagte Pilgrim zum Mond vor dem Fenster. »Denn die Kohlköpfe sind Flaggen – meine Flaggen –, und mit diesen Flaggen mache ich mir dies Land untertan. Und wenn du hier eindringst, um mit meinen Flaggen und mit meinem Vorrecht deinen Scherz zu treiben – verbackt meine Frau dich zu einer Pastete ...«

Er lächelte und schloß die Augen.

Sperren wir den Mond aus – er hat keine Flaggen, aber eines Tages wird er sie haben –, und Barraclough wird dort oben fallen, wie es ihm bestimmt ist. Um eines Kohlkopfs und eines Lattichblatts willen.

Vetter Benedict, ich grüße dich. Ich stehe in dieser Debatte schon jetzt auf der anderen Seite. Ich habe zu viele Kriegsherren erlebt, die ihre Gärten mit Kanonen sicherten.

Wie – oh, wie, wie, wie hieß er nur?

Benedict? Benedick? Abu Ben Adhem?

Pilgrim lächelte.

Benedictus qui venit in nomine Domini ...?

Gebenedeit sei, der da kommt im Namen des Herrn ...

Peter Rabbit.

Und nun ist sie fort, die mich als letzte fand – die zu mir unter den Baum kam und fragte: Hast du dich verirrt? Kann ich dir helfen, nach Hause zu finden?

Und in der Hand trug sie ein Buch – ein Kindheitsbuch wie dies hier – Grimms Märchen.

Ich bin zwölf, sagte sie. Eigentlich schon viel zu alt, um Märchen zu lesen. Aber es stand im Regal, und ich konnte nicht schlafen, und so ... Kennst du die Geschichte von Hänsel und Gretel?

Und ich sagte: Nein. Ich heiße Pilgrim.

Und sie war Sybil – deren Tochter Temple mir fünfundzwanzig Jahre später »Die Geschichte von Peter Rabbit« geschenkt hat.

Temple Pryde, las er wieder. *In Liebe von Mommy, Weihnachten 1905.*

Barraclough. Kohlköpfe. Weltreich. Tod.

Wenn ich mich nur erinnern könnte ...

Er löschte das Licht und legte sich hin, die Decke bis unters Kinn gezogen.

Ich will hier liegen, dann kommt der Name von selbst.

Brahms. Beethoven. Bach. Boccherini. Bellerophon. Baal. Beelzebub. Bacon. Bleat. Brontosaurus. Belsazar. Barnum. Bartholomäus. Blake. Borgia. Bulwer-Lytton. Benjamin …

Benjamin. Das war es. Mein Vetter Benjamin, sei mir willkommen.

Vor seinem inneren Auge stand Temple, wie sie am Nachmittag vor dem Bahnhof gestanden hatte, so klein zwischen ihren Brüdern und Schwestern, und neben ihr die schwarzbeschleifte Alice. Ihre Mutter, Sybil, war gestorben. Umgekommen. Von ihr gegangen. Gegangen im wahrsten Sinne des Wortes: mit Hänsel und Gretel hinaus in den Wald, wo er und Sybil sich vor all diesen Jahren gefunden hatten – und wer konnte wissen, ob er ihr je würde folgen dürfen?

11

Der Mond war voll in dieser Nacht, und Tatjana Blawinskaja konnte nicht schlafen. Sie war gekleidet wie für das Solo der Königin der Wilis im zweiten Akt von *Giselle*. Ihre wohlgerundeten Arme waren nackt bis auf ein paar blasse Chiffonstreifen, die von den Schultern locker bis zu den Handgelenken hinunterhingen. Unter den wadenlangen Röcken trug sie ihre besten weißen Strümpfe, und um die Taille eine enge Schärpe aus blaßgrünem Taft, deren Schleifenbogen abstanden wie Flügel. Ihr Haar war zu Zöpfen geflochten und im Nacken aufgesteckt. Um ihre Handgelenke hatte sie grüne Bänder geschlungen, und in ihrem Schoß lag ein Paar Spitzenschuhe.

Sie saß am Fenster und sah zum Mond empor, der über den Bergrücken hinter der Klinik aufgestiegen war und nun so hell leuchtete, daß sich jedes einzelne junge Blatt an jedem Baum zählen ließ.

Schwester Dora kauerte auf dem Bett, zu besorgt, um ihre Patientin in einer so melancholischen Stimmung allein zu lassen. Den ganzen Abend spielte die Gräfin schon mit ihren Kostümen – zerrte sie eines nach dem anderen aus dem Kleiderschrank und dem Schrankkoffer in der Ecke, hielt sich jedes an, um sich damit im Spiegel zu begutachten, und warf es dann aufs Bett, über Stuhllehnen oder sogar auf den Boden.

Prinzessin Florines gefiedertes Leibchen für den »Blauer Vogel«-Pas-de-deux in *Dornröschen*. Das hochtaillierte scharlachrote Tutu (*und der Fächer!*) für die *Don-Quixote*-Variationen.

Die Schmetterlingsflügel für die *Papillons*. Das purpurn-violette Kostüm der Zuckerfee aus dem *Nußknacker* mit dem unechten Amethystkrönchen und dem Zauberstab. Drei Schwäne, zwei weiße und ein schwarzer – und dann die Prinzessin Aurora: »Die ganze Pracht des russischen Zarenreichs! Schau diese Perlenstickerei an, da, und da, und da. Und hier: meine allerliebste Lieblingsrolle! Eine Mondscheinrolle – zu tanzen im Licht des Mondes – Myrtha, die Königin der Wilis! Ach – hätten wir doch nur ein Publikum – ein Orchester – ein Ballettcorps –, ich würde tanzen bis in die Morgendämmerung!«

Die Blawinskaja betrachtete sich in dem hohen Spiegel. »Dir wird nicht klar sein«, sagte sie, »wie ich um die Rolle der Myrtha betteln mußte. Ich habe nicht die Figur dafür, verstehst du. Und doch war es mein größter Triumph. Traditionsgemäß ist sie hochgewachsen – das bin ich nicht. Traditionsgemäß ist sie schmal wie ein Wasserstrahl, das bin ich auch nicht ...« Sie lächelte. »Und traditionsgemäß ist sie kalt – und auch das war ich nicht. Aber ich wollte es so sehr ... so sehr ... ich *mußte* sie tanzen. Gebettelt und gefleht habe ich um die Rolle, und schließlich habe ich sie ihnen vorgetanzt, da haben sie nachgegeben. Sie hatten keine Wahl!« Sie lachte. »Ich war großartig!« Ihre Stimme wurde leiser. »Großartig«, flüsterte sie, »weil auch ich als Jungfrau gestorben war ...«

Schwester Dora hielt immer ein Beruhigungsmittel griffbereit – eine Phiole mit Äther und eine zweite mit Laudanum. Aber sie zögerte, davon Gebrauch zu machen, es sei denn in der äußersten Not. Heute allerdings saß sie schon seit drei Stunden mit der Gräfin im Dunkeln, es war zwei Uhr vorbei, und noch immer bahnte sich keine Ruhe an. Der Atem der Gräfin ging rasch – dabei saß sie. Man hätte meinen können, sie habe eben einen Auftritt hinter sich.

»Wir tanzen als Tote«, sagte die Blawinskaja in ihrem russisch gefärbten Deutsch. »Und immer im Mondlicht. Immer im Licht des Mondes. Wir sind die toten Jungfrauen, die sterben mußten, ehe sie ins Brautbett stiegen. Und doch ... sind es die Lebenden, die uns zuschauen. Die Lebenden sehen uns.«

Sie bückte sich und streifte die Atlasschuhe über die Füße, bevor sie sich hinstellte, um die langen Bänder festzuziehen. »So ist es gut«, sagte sie schließlich. »Obwohl *gut* nie das treffende Wort für Spitzenschuhe ist. Sie sind gestaltgewordener Schmerz. In der Hölle erdacht – von einem Mann natürlich. Dennoch, im Lauf der Zeit passen sich die Füße ihnen an. Der eine formt den anderen – der Fuß den Schuh, der Schuh den Fuß –, und der Schmerz läßt ein wenig nach. Aber niemals ganz.«

Sie zog die Bänder nach, wickelte sie noch enger um ihre Fesseln und verknotete sie sorgsam, worauf sie jedem Fuß einen befriedigten Klaps mit ihrer rundlichen Hand gab.

»*Bon! Je suis prête.* Gehen wir – und ich tanze im Mondschein.«

Und indem sie sich rasch einen Kaschmirschal griff, trippelte sie an Schwester Dora vorbei zur Tür.

»Aber Frau Gräfin!«

»Kein Aber, Schwesterlein. Auf in den Garten. Du kommst mit mir.«

Mit diesen Worten fegte die Blawinskaja auf den Gang hinaus und weiter in Richtung Treppe.

Schwester Dora, die sich in einen weißen Schwan, einen schwarzen Schwan und ein scharlachrotes Ballettröckchen verheddert hatte, kämpfte sich mühsam frei, nur um zu ihrer Erbitterung festzustellen, daß ihr linkes Bein eingeschlafen war.

»Verdammt! Oh, verdammt!«

Sie fiel auf die Knie, rappelte sich wieder auf und folgte humpelnd Myrtha, der Königin der Wilis, den Gang entlang, die Treppe hinunter, durch die Eingangshalle und vorbei am dösenden Pförtner hinaus in die Nacht.

12

In Küsnacht sickerte das Mondlicht durch die Vorhänge und fiel auf das Fußende des Bettes, in dem Jung mit Emma wach lag.

Seine Hand ruhte auf ihrem Bauch. Einen ersten Stupser hatte er schon gespürt und darauf mit einer getippten Morsebotschaft geantwortet: *Na, du da drin! Guten Abend!*

»Das Strampeln hat erst vor zwei Tagen angefangen«, sagte Emma. »Ich höre sie richtig rufen: Ich will mehr Platz! Ich will mehr Platz!«

»Sie?« wiederholte Jung. »Wer so fest zutritt, muß ein Junge sein. Unser zweiter Sohn.«

»Nein, es ist ein Mädchen. Wir haben uns unterhalten, und sie hat es mir gesagt.«

»Unterhalten? Was redest du da?«

»Du kannst denken, was du willst, Carl, aber eine Mutter und ihr Kind sprechen miteinander. Nicht immer mit Worten – auf alle möglichen Arten. Ich schicke Gedanken zu ihr hinunter, und ich weiß, daß sie bei ihr ankommen. Sie schickt mir Wellen als Antwort, oder sogar als Frage, und ich spüre sie im ganzen Körper. Es ist wahr. Ganz bestimmt. Glaub es nur. Sie ist mein kleiner Fisch, und ich bin ihr Ozean. Sie ist meine Schwimmerin und ich ihr Meer. Erinnerst du dich, was für ein Gefühl das war, im Meer zu treiben? Weißt du noch, damals auf Capri – als wir uns Hand in Hand treiben ließen? Als wir so weit hinausgetrieben wurden, daß sie uns mit dem Ruderboot wieder zurückholen mußten?«

»Wir hätten ertrinken können.«

»Unsinn. Nicht miteinander. Wir waren doch zusammen – Hand in Hand, und alles warm und friedlich – blau und leuchtend und sicher. So ungefähr, denke ich mir, muß es sich für mein kleines Fischchen anfühlen, im Fruchtwasser zu schwimmen.«

»Mmm«, murmelte Jung durch seinen Schnurrbart und beugte sich hinunter, um Emmas Bauch zu küssen. Dann fuhr er mit der flachen Hand den Umriß des Kindes nach. »Hast du je den Satz gehört: *Die Ontogenese rekapituliert die Phylogenese?*« fragte er.

»Ich glaube, daran würde ich mich erinnern.« Emma lachte. »Ich habe nicht die leiseste Ahnung, was er bedeuten könnte.«

»Ein Mann namens Haeckel. Ernst Haeckel. Biologe. Deutscher. Längst emeritiert – aber recht umstritten zu seiner Zeit. Wir haben seine Lehren an der Universität durchgenommen. Er hatte einen Haufen Theorien, einige davon brauchbar, andere weniger. In mancher Hinsicht könnte man ihn als Schüler – nein, nicht als Schüler, als Jünger – Darwins bezeichnen. Jünger und Ausleger. Er ist noch ein paar Schritte weitergegangen als der Meister, könnte man sagen. Zum Beispiel mit dem Satz: Die Ontogenese rekapituliert die Phylogenese.«

»Guter Gott – was für große Worte!«

»Ontogenese: Ursprung und Entwicklung des Individuums.« Jung sprach die Worte wie ein Lehrer, der vor einer Klasse steht – klopfte sie auf Emmas Bauch mit, als wäre es ein Pult. »Wie dein Fischchen da drinnen«, fügte er hinzu. »Und Phylogenese«, dozierte er: »die stammesgeschichtliche Entwicklung der Lebewesen in der Erdgeschichte. Verstehst du? Und Haeckels Idee – Haeckels Theorie war, daß der kleine Fisch hier in deinem Bauch einige der gleichen Stadien durchläuft, die wir bei der Evolution der Gattung Mensch kollektiv durchlaufen haben. Verstehst du?«

»Nicht so ganz.«

»Noch einmal von vorn.« Jung stieg aus dem Bett und setzte sich in einen Sessel. »Haeckel sagt: Die Ontogenese rekapituliert die Phylogenese. Nicht, daß er statt rekapitulieren nicht auch *wiederholen* hätte sagen können, aber er war Biologe – Naturwissenschaftler –, da mußt du ihm ein paar geschwollene Formulierungen nachsehen. Also ...«

Er nahm eine Zigarre aus dem Kistchen auf dem Tisch neben

ihm und riß ein Streichholz an. Im Mondlicht sah er aus wie ein weihrauchumwölkter chinesischer Buddha.

»Haeckels These war, daß sich zwischen Zeugung und Geburt eines jeden Lebewesens, vom Menschen bis hinunter zum Frosch, in der zunehmenden Komplexität des Embryos die Evolutionsgeschichte seiner eigenen spezifischen Art wiederholt. So hat dein Fischchen als einzelne Zelle begonnen – als befruchtetes Ei –, was einer der primitivsten Lebensformen entspricht, nämlich den Einzellern, den Protozoen. Kannst du mir folgen?«

»Was sind Protozoen?« Emma rutschte im Bett ein Stück nach oben und schob sich ein Kissen in den Rücken. »Ich glaube, ich weiß es schon, aber ich höre es dich so gern sagen.«

Jung, der sich in der Rolle des Mentors gefiel, warf sich in Positur – Zigarre in der Hand, sein Profil mondbeglänzt, sein kurzgeschnittenes Haar strammstehend.

»Proto-zoen«, sagte er. »Die ersten Lebewesen. Die sogenannten Urtierchen. So, und jetzt wird es spannend. Während nämlich das befruchtete Ei heranreift, beginnt es sich zu teilen und zu multiplizieren ...«

»Addiert und subtrahiert es auch?« fragte Emma mit einem Lächeln.

»Unterbrich mich nicht. Indem es sich also teilt und multipliziert, wächst es zu einer Masse von Zellen heran – einer unstrukturierten Masse, ähnlich einem Schwamm. Denk an deinen Badeschwamm und an all die verschiedenen Formen und Größen, die er annehmen kann. Als nächstes kommt ein Stadium, in dem es einer Qualle gleicht ... Später dann beginnt es sich zu strecken, die Nervenzellen verlagern sich nach hinten, und um sie herum bildet sich eine Knorpelhülle. Diese Hülle versteift sich nach und nach zu einem Knochen – einem Rückgrat mit Rückenmark –, und nun weist es die Merkmale der frühesten Meereswirbeltiere auf. Kiemen entwickeln sich wie bei einem Fisch ...«

»Meinem kleinen Fischchen ...«

»Ganz genau. Und mit der Zeit werden diese Kiemen dann durch Lungen ersetzt. Und so weiter und so fort. Verstehst du? All das ist mit deinem Fischchen bereits geschehen, und so geht es immer weiter und weiter, bis endlich der Zeitpunkt kommt, da es aus dem Meer steigt und ...«

»Und geboren wird.«

»Und geboren wird, meine Liebste. Und so spiegelt der Entwicklungsprozeß des Embryos den gesamten Evolutionsprozeß wider. Die Ontogenese wiederholt die Phylogenese. *Hier endet das Wort der Heiligen Schrift,* wie mein Vater auf seiner Kanzel zu sagen pflegte. Und doch ist an Haeckels Theorie mehr dran als nur reine Biologie ...«

»Nein, Carl. Nein. Nicht noch mehr. Ich bin müde. Es ist zwei vorbei.«

»Aber das ist wichtig. Ungeheuer wichtig. Verstehst du nicht? Es betrifft meine Arbeit. Es betrifft ...«

Alles.

O nein. Jetzt fang du nicht an.

Ich dachte, es interessiert dich vielleicht, daß ich zugehört habe. Und ich bin ganz deiner Meinung: Es ist noch mehr dran.

»Emma, bitte, bleib noch eine Sekunde wach. Nur eine letzte Sache noch.«

»Also gut, Carl. Aber mach es kurz.«

Jung beugte sich vor. Er hatte – wie kam das? – eine Erektion.

Du bist zu erregbar, Carl Gustav. Ideen erregen dich zu sehr.

Ich kann ... ich kann nichts dafür. Oje. Hoffentlich sieht sie mich nicht.

Und wenn, wäre es auch egal. Sie ist nicht interessiert. Nicht jetzt.

Ich habe an nichts dergleichen gedacht – und auf einmal ... Du meine Güte. Schau dir das an.

Das brauche ich nicht. Ich spüre es schließlich. Du leidest – unter anderem – an nichts geringerem als intellektuellem Priapismus. So einfach ist das. Du hast eine Idee – und schon steht er.

Hör auf.

Warum sagst du nicht endlich dein Sprüchlein? Emma dämmert schon weg, und wenn du nicht bald mit deinem Vortrag anfängst, ist sie hinüber, bevor du ihren Geist mit deiner Genialität befruchten kannst. Ein Bild, das dir doch zusagen müßte, oder? ... Denk an Sabina Spielrein. Denk an die rassige Praktikantin, die du mit Furtwängler auf dem Gang gesehen hast. Denk an deine traumatisierte Pianistin, deren schöne Hände so gern etwas zu tun bekämen. Sag dein Sprüchlein. Sag dein Sprüchlein. Wir sind alle begierig, es zu hören … Wir können es kaum erwarten, daß du endlich deinen geistigen Hosenstall aufmachst und unser Hirn mit deinen Theorien überflutest. Bitte. Bitte fang an.

Du Schwein.

Ich sage nun einmal gern die Wahrheit. Du hörst sie nur nicht gern. Sprich, wundersamer Seelendoktor. Was hast du uns mitzuteilen?

Es war nur …

Sag es laut. Schließlich ist es Emma, bei der du Eindruck schinden willst.

»Es war nur … es ist nur, daß ich – da Haeckels Theorie ja ganz offensichtlich richtig ist – nicht umhin kann, mich zu fragen … die Möglichkeit zu erwägen, daß die Ontogenese die Phylogenese vielleicht nicht nur im biologischen Sinne wiederholt, sondern auch im psycholgischen. Daß jeder einzelne die Psyche – oder vielmehr einen Teil der kollektiven Psyche – der ganzen Menschheit geerbt haben könnte. Verstehst du? Wenn Haeckel recht hat – und das hat er –, beinhaltet sein Prinzip dann nicht mehr als lediglich die Widerspiegelung und Wiederholung eines physischen Prozesses durch einen anderen? Könnte es nicht sein, daß die Natur des einzelnen bei aller Einzigartigkeit gleichzeitig in irgendeinem Maße die Natur und die Erfahrungen seiner Vorfahren widerspiegelt und wiederholt? Der ganzen Menschheit? Warum nicht? Nur deshalb wissen wir doch alle möglichen Dinge, ohne daß wir sie lernen müßten. Emma? Emma …?«

Zu spät. Sie war eingeschlafen.

Jung drückte die Zigarre im Aschenbecher aus und eilte zur Kommode hinüber, wo er unter dem aufgehäuften Inhalt seiner Taschen Notizbuch und Füllfederhalter hervorkramte.

Im Badezimmer setzte er sich auf den zugeklappten Klosettdeckel und schrieb, die Kladde auf den Knien:

Ich verkörpere die Träume meiner Mutter. Ich verkörpere die atavistischen Ängste meines Vaters. In dieser Höhle, in der ich sitze …

Er sah auf und blinzelte.

Die Lichter über dem Spiegel blitzten zu ihm herab, reflektiert in jeder Kachel, jeder blanken Oberfläche.

Was für eine Höhle?

Warum hatte er *Höhle* geschrieben?

In dieser Höhle, in der ich sitze …

Mit einemmal war er dem Weinen nahe und wußte nicht, warum.

Eine Idee hatte von ihm Besitz ergriffen.

Eine intellektuelle Erektion.

Die genauso heftig war und genauso absolut wie die Erektion, die den dünnen weißen Baumwollstoff seiner Schlafanzughose ausbeulte.

Raus. Raus.

Konnte es so etwas wie eine intellektuelle Ejakulation geben?

Warum nicht?

Du hältst dich da raus.

Das kann ich nicht. Ich bin ja selbst ein Teil davon. Dein Gewissen. Schon vergessen? Dein Gewissen und dein Gedächtnis, die die dünne weiße Membran deines Gehirns ausbeulen. Diese Höhle, in der du sitzt, Carl Gustav, das ist dein Inneres. Schau dich um. Womit sind ihre Wände bemalt? Was für Tiere sind das? Was für andere Geschöpfe – was für Menschen?

Jung starrte zur Decke hinauf.

Wessen Hand hat sich da abgedrückt? Wessen Götter waren das? Wessen Totems – Embleme – Zeichen und Symbole …? Hab keine Angst davor. Steh auf und schau.

Das Notizbuch klatschte auf den Boden, als Jung sich am Rand des Waschbeckens hochzog. Der offene Füllfederhalter entfiel seiner Hand und sauste den weißen Emailhang hinunter ins Becken.

Er stieg auf den Klosettdeckel und hob die Arme.

Schatten in den Ecken – Risse an der Decke. Waren das die Umrisse von Wesen, die er selbst nie gesehen hatte? Oder stellten sie Flüsse und Bergketten dar – Landkarten von Territorien, die andere vor ihm durchmessen hatten …

Jung kam sich wie ein Bittsteller vor mit seinen ausgestreckten Armen, den gespreizten Fingern, dem tränengetrübten Blick.

So weite, weite Wege bin ich gegangen bis hierher, dachte er in einer Stimme, die er nie zuvor gehört hatte. *So weite, weite Wege sind wir gegangen. Und ich weiß sie noch alle …*

Ich erinnere mich an sie …

Die Ontogenese hatte soeben die Phylogenese wiederholt, mit

einer Klarheit, einer Deutlichkeit, als hätte jemand laut zu ihm gesprochen.

Wissen, was man nie gelernt hat. Erinnern, was man nie selbst erlebt hat.

Jung stieg auf den Boden hinunter und weinte.

Nichts würde je wieder sein wie zuvor.

13

Es gibt Menschen, deren Erleben so weit von dem unseren entfernt ist, daß wir sie »verrückt« nennen. Das ist reine Bequemlichkeit. Wir geben ihnen ein Etikett und entziehen uns damit der Verantwortung, ihnen einen Platz in unserer Gesellschaft zu schaffen. Wir sperren sie in Asyle, in geschlossene Anstalten, wo von ihnen nichts mehr zu sehen und zu hören ist. Für diese Menschen gibt es keinen Unterschied mehr zwischen Realität und Träumen – oder Alpträumen. Was wir »Visionen« nennen und in den Bereich der Mystik verbannen – die Wunderheilungen Christi, die Heiligen-Legenden, die apokalytischen Offenbarungen des Johannes –, das ist ihr täglich Brot. Sie finden Heiligkeit in Bäumen oder Kröten, sehen Götter im Feuer und im Wasser, hören Stimmen im Wirbelsturm, auf die sie uns aufmerksam machen würden, wenn wir nur zuhören wollten. Unter solchen Bedingungen existieren Menschen, die unter Dementia leiden. Sie leben nicht in »anderen Welten«, sondern in einer Dimension »dieser« Welt, vor der wir aus Angst die Augen verschließen.

Dies hatte 1901 ein Mann geschrieben, von dem 1912 und auch später kaum noch jemand sprach. Seine Familie hatte sogar ihren Namen geändert, weil die Schande, die er auf sich geladen hatte, ihnen so groß und universell erschienen war, daß man nicht einmal im engsten Kreis an das Thema rühren durfte. Sein Niedergang und Tod hatte alle, die mit ihm verbunden waren, mit in den Abgrund gerissen.

Robert Daniel Parsons war ein amerikanischer Psychologiestudent. 1898 war er nach Europa gekommen, um sein Studium an der Salpêtrière in Paris bei dem damals herausragendsten Lehrer für Psychopathologie, Pierre Janet, und bei Eugen Bleuler am Burghölzli in Zürich abzuschließen.

Sowohl Janet als auch Bleuler erfreuten sich bei ihren Studenten einer geradezu ehrfürchtigen Bewunderung. Gemeinsam mit dem Österreicher Krafft-Ebbing hatten sie die Trennwand zwischen der Psychiatrie und den anderen medizinischen Disziplinen niedergerissen. Freud war mit seiner *Traumdeutung* noch nicht auf der Bildfläche erschienen, um ihnen das Feld streitig zu machen. Zwischen Janet und Bleuler gab es zwar Differenzen, aber keine wirkliche Spaltung. Sie waren nicht so sehr Begründer unterschiedlicher Theorien als vielmehr die selbsternannten Sprecher unterschiedlicher Schulen.

Als Student hatte Jung die Vorlesungen dieser beiden Giganten gehört – Giganten ihrer Epoche, wie man einschränkend sagen muß. Vor 1912 konnte noch nicht die Rede davon sein, daß Jung sie einmal überflügeln würde. Inzwischen allerdings wurde ihm selbst und wohl auch seinen wenig erbauten Lehrern immer klarer, daß er und Freud auf dem Gebiet der Psychiatrie und Psychotherapie das gesamte Augenmerk des zwanzigsten Jahrhunderts auf sich ziehen würden. Während Janet und Bleuler sich auf dem gesicherten Terrain ihres unantastbaren Ruhmes ausruhten, schritt Jung furchtlos voran in die sich immer weiter erschließenden Sphären eines zuweilen beunruhigenden, manchmal sogar bedrohlichen, aber nicht mehr widerlegbaren Verstehens. Und nach dem 12. Mai 1912, dem Tag der »Badezimmer-Epiphanie«, gab es endgültig kein Zurück mehr. Entsetzen ja – und Entsetzen ist exakt das richtige Wort, wie wir noch sehen werden –, aber kein Zurück.

Was Robert Daniel Parsons und seinen Platz in der Geschichte betraf, so machte er sich zum Anwalt der »beklagenswerten Masse der Verrückten« – er widmete ihnen sein Leben und ging schließlich elend daran zugrunde.

1901 erlebte er in Paris eine ähnliche Offenbarung wie Jung 1912, nur war sie nachhaltiger, weil sie politischer war – und revolutionärer.

Die Verrückten seien *nicht verrückt, sondern lediglich anders,* erklärte Parsons, und wurde damit zum Anarchisten auf dem Gebiet der Psychiatrie. Anarchie wendet sich gegen jede Form von Herrschaft, also forderte Parsons die Abschaffung jeglicher Herrschaft über die Verrückten. *Nieder mit Sanatorien, nieder mit geschlossenen Abteilungen, nieder mit Irrenanstalten und psychiatrischen Experimenten.* Und mit Zwangsmedikation und Zwangsmaßnahmen. Nieder mit Laudanum, Äther und Chloralhydrat. Nieder mit der Hydrotherapie. Nieder mit Zwangsjacken, verschlossenen Türen und vergitterten Fenstern.

Zunächst fand man diesen Robert Daniel Parsons und seine überdrehten Ansichten äußerst unterhaltsam. Er war gerade erst zweiundzwanzig geworden – ein hochgewachsener, schlaksiger, lockenköpfiger Amerikaner aus Wyoming, dessen anziehende Erscheinung mit dem *bubenhaften Engelsgesicht,* wie jemand es nannte, ihm binnen kurzem die Aufmerksamkeit seiner Kommilitonen sicherte. Sie lauschten begeistert, wenn er Professor Janet mitten in der Vorlesung widersprach, und selbst Janet erlag seinem Charme. Zu Anfang.

Aber Parsons' Ideen loderten hell und gaben sich mit vereinzelten Ausbrüchen im Hörsaal nicht zufrieden. Sie fanden ihren Weg über die Korridore und durch die Türen der Salpêtrière hinaus auf die Straße. Sie bemächtigten sich der Studenten in Cafés und Bistros. Man konnte bereits in den Zeitungen darüber lesen. Schnell bildete sich eine Schar von Jüngern und Mitstreitern, darunter viele Frauen. *Gleiches Recht für Verrückte* wurde zum oft gehörten Schlachtruf, und Trupps von *Parsoniten* versuchten, die Insassen der Anstalten aus ihren »Gefängnissen und Folterkammern« zu befreien.

Parsons wurde der Salpêtrière verwiesen; er durfte das Gebäude nicht mehr betreten, und man strich seinen Namen aus der Matrikel der Studierenden. Professor Janet bestritt, ihn als Doktoranden akzeptiert zu haben, und behauptete, der Name Parsons sei ihm lediglich durch dessen extracurriculare Eskapaden bekannt.

Dann »verschwand« Parsons für zwei Jahre. Er verdingte sich in der Nähe des Alpenstädtchens Rossinière nordöstlich von Montreux als Landarbeiter. Nur mit seiner jüngeren Schwester Eunice, die damals an einem Frauencollege in New Hampshire studierte, stand er in Briefwechsel.

Eunice Parsons war zu dieser Zeit wohl seine einzige Freundin. Sie war siebzehn und schon auf dem besten Wege, eine passable Autorin in einem Genre zu werden, das sie selbst als »journalistische Fiktion« bezeichnete. Es war die Zeit von Stephen Crane und Jack London, die Zeit, als Mark Twain Amerikas literarischer Übervater war und amerikanische Schriftsteller eine neue Form der Belletristik schufen, hinter der als treibende Kraft die journalistische Kompetenz ihrer Autoren stand – eine Entwicklung, die ihren Höhepunkt in den Werken eines Ernest Hemingway und John Dos Passos finden sollte.

Robert Daniel Parsons verfaßte während seines zweijährigen »Forschungsurlaubs« in Rossinière lediglich ein Manifest, mit dem er eine Lanze für die Verrückten brach. Er nannte es *Plädoyer für die Dementia,* und es ist noch in manchen Universitätsbibliotheken, wissenschaftlichen Instituten und in den Archiven des Jung-Instituts in Zürich zu finden. Das Motto entnahm er den Werken Christopher Smarts, der viele seiner Verse in die Mauern einer Irrenanstalt geritzt hatte. Ein Satz aus Smarts religiösem Testament *Ein Lied für David* hatte es Parsons besonders angetan:

Wo Bitten Haben ist und Suchen Finden,
Wo sich dem Klopfenden das Tor auftut.

Parsons' Manifest war eine Sensation. Er beschuldigte Janet, Bleuler und Freud ganz offen, eine *Masse* bevormunden zu wollen, die *ihres Rechts auf persönliche Integrität längst schon beraubt* sei. Das Wort *Masse* schien auf Parsons eine besondere Faszination auszuüben, denn er gebrauchte es häufig in seinen Beschreibungen der Gruppe von Menschen, der sein Interesse galt – der *Verrückten.*

Eunice Parsons hegte einen unerschütterlichen Glauben an Robert Daniel, den sie Rad nannte, und setzte sich mit solcher Leidenschaft für die Veröffentlichung seines Manuskripts ein, als sei sie Johannes der Täufer, der das Kommen Jesu Christi verkündete. Sie entsagte allen Hoffnungen auf eine eigene akademische Karriere und verließ das College, um Rads Fürsprecherin zu werden und einen Verleger zu finden, der das Wagnis eingehen mochte, die radikalen Thesen ihres Bruders zu veröffentlichen. Und so konnte die amerikanische Ausgabe des *Plädoyers für die Dementia* schließlich im September 1904 bei Pitt, Horner und Platt erscheinen.

Das Buch schlug ein wie eine Bombe.

Die Türen öffneten sich – die Verrückten strömten auf die Straßen.

Natürlich geriet es zur Katastrophe. Keinerlei Vorkehrungen waren getroffen. Es gab keine Unterkünfte. Es standen keine Helfer bereit. So hatte Parsons es sich nicht vorgestellt. Er hatte Betreuer gefordert, Institutionen, die man später *offene Häuser* nannte, und finanzielle Absicherung durch den Staat. Nichts von alledem war veranlaßt worden, und die Feuersbrünste, die folgten, gehörten zu den traurigsten Dramen ihrer Zeit.

Als Eunice Parsons das Manifest ihres Bruders europäischen Verlegern vorlegte, waren die Auswirkungen der amerikanischen Veröffentlichung im Ausland noch so wenig publik, daß das *Plädoyer für die Dementia* begeistert aufgenommen wurde, als ein intellektuelles Aperçu, das auf der Welle des öffentlichen Interesses an allen »Freudschen« Themen wie Triebtheorien und ähnlich gefährlichen Dingen wunderbar mitschwimmen konnte.

Das Wort *gefährlich* hörte man jetzt allenthalben: Die Literatur verfolgte *gefährliche* Ziele – Kunst hatte *gefährlich* zu sein – Ideen galten nichts, wenn sie nicht wenigstens *gefährlich* waren. André Gide, Pablo Picasso und Isadora Duncan waren *gefährlich*. Und nun setzte man der Öffentlichkeit auch noch ein *Plädoyer für die Dementia* vor.

Jung sah in dem Aufruf einen nützlichen Diskussionsbeitrag. Freud konnte dem nur beipflichten – aber sie standen allein. Janet, Bleuler, Krafft-Ebing und andere Protagonisten der Disziplin zeigten Parsons' Manifest die kalte Schulter.

Trotzdem kehrte Robert Daniel »Rad« Parsons aus seinem Exil nach Paris zurück, wo die Türen aufgebrochen, die Tore weit geöffnet, die Verrückten befreit worden waren.

Mit den Tantiemen aus dem Verkauf seines Buches und Eunice an seiner Seite eröffnete Parsons in der Rue de Fleurus Nr. 37, einem Gäßchen im Schatten des Palais Luxembourg, das *Hospice des aliénés*. Ein paar Häuser weiter war Alice B. Toklas gerade zu Gertrude Stein in ihre Atelierwohnung gezogen. Im Herbst 1904 führten Miss Stein und Miss Toklas täglich ihren Hund in den Jardin du

Luxembourg, und jedesmal, wenn sie an der Nr. 37 vorbeikamen, winkten sie den Bewohnern, von denen viele splitternackt im Garten hinter den schmiedeeisernen Toren zwischen verblühten Geranien saßen, freundlich zu. In Miss Toklas' Tagebucheintrag vom 14. Oktober 1904 heißt es: *Heute morgen waren sie wieder da, die parsonitischen Sonderlinge; in all ihrer herrlichen Nacktheit hockten sie auf winzigen marokkanischen Teppichen und webten Vorhänge. G.S. bemerkte dazu, daß es, wenn man auf dem Boden sitzen will, keinen schöneren Untergrund gibt als einen marokkanischen Teppich. Die Farben, sagt sie, sind so empfänglich für menschliche Haut. Ich muß – ich werde darüber nachdenken.*

Außer von Gertrude Stein und Alice B. Toklas wurde den Parsoniten wenig Aufmerksamkeit zuteil. Zumindest nicht von offizieller Seite. Patrouillierende Polizisten schauten weg, solange die Tore geschlossen blieben. Angesehene Bürger und solche, die sich dafür hielten, mieden die Rue de Fleurus überhaupt. Kinder und Hunde wurden eilig in den Park getrieben. Niemand führte Beschwerde.

Und dann geschah es.

Unter den aus der Salpêtrière »geretteten« Patienten war ein gewisser Jean-Claude Vainqueur, ein Mann, der glaubte, er sei von einem *anderen Ort* – der nie näher bezeichnet wurde – auf die Erde gekommen, um den Antichrist und alle, die an ihn glaubten, aufzuspüren und zu töten.

Fünfunddreißig Jahre vor seiner »Rettung« aus dem Asyl hatte er zum erstenmal auf sich aufmerksam gemacht, als er in der Nähe von Marseille zusammen mit seiner toten Mutter an den Strand gespült worden war. Sie waren zwei von zweihundert Passagieren einer überfüllten Schaluppe, die zwischen Algier und der französischen Küste im Mittelmeer gesunken war. Bis auf den Jungen waren alle ertrunken. In der Schürze der nicht identifizierten Frau hatte man ein Stück Papier gefunden, einen Zettel, auf dem mit Bleistift geschrieben der Name Jean-Claude Vainqueur stand, zweifellos der Name des Mannes, mit dem sie nach der Landung in Frankreich hatte Kontakt aufnehmen wollen.

Der Junge war höchstens vier Jahre alt – wahrscheinlich jünger. Niemand konnte seine Sprache verstehen oder vermochte zu sagen, aus welchem Land er stammte. Er wurde in ein Waisenhaus nach dem anderen gesteckt – und provozierte jedesmal seinen Rauswurf, indem er Feuer legte und die Aufsichtspersonen, die zum Löschen herbeieilten, mit Schmähungen überschüttete.

In dem letzten Waisenhaus, in dem er untergebracht war, nahm sich ein Jesuit, ein Mann mit beinahe engelhafter Geduld, der in dem Unvermögen, sich mitzuteilen, den Hauptgrund für die Verbitterung des Jungen ausgemacht hatte, seiner Sprache an. Das Ergebnis war ein Gemisch aus französischen Brocken, noch mehr lateinischen Brocken und einem festgelegten Wortschatz aus Grunzlauten, Gemurmel und Seufzern. Gott hieß *Deo-Dieu*, Christus *Corpus* und der Antichrist *Diabolo*.

Eines Tages fand man den Körper des Priesters – in Stücken. Zerlegt und verstreut. Der Kopf blieb verschwunden. Jean-Claude Vainqueur wurde, lebenslänglich bis auf Widerruf, in einem Gefängnis für geistesgestörte Straftäter in *L'Avoir Paix* am Stadtrand von Paris eingekerkert. Einen Monat vor Parsons' Rückkehr aus dem Exil war Vainqueur als Fallstudie für die Sprache Geisteskranker in die Salpêtrière gebracht worden.

Und dann hatte man angefangen, die *Verrückten* zu entlassen.

Jean-Claude Vainqueur landete im *Hospice des aliénés* in der Rue de Fleurus, wo ihn irgendeine böse, undurchschaubare Logik zu dem Schluß kommen ließ, Parsons selber sei die Inkarnation des Teufels. Auslöser dieses Gedankens mag die banale Tatsache gewesen sein, daß Parsons für sich den Platz an der Stirnseite des gemeinsamen Eßtisches beanspruchte. Vainqueur und seine Jünger zerrten Parsons aus seinem Bett, zogen ihn nackt aus und nagelten ihn an ein Kreuz. Das Kreuz hängten sie mit dem Kopf nach unten über einen Scheiterhaufen im geschlossenen Hinterhof des Hauses Nr. 37. Ehe sie selbst aus dem *Hospice* getrieben wurde, mußte Eunice Parsons noch den qualvollen Tod ihres Bruders mit ansehen.

Diese Ereignisse fanden in der Nacht von Sonntag, dem 16., auf Montag, den 17. Oktober 1904, statt. Am Montag stürmte die Miliz die Tore und legte Jean-Claude und die fünfzehn Parsoniten, die zu diesem Zeitpunkt dort lebten, in Fesseln.

Alice B. Toklas notierte in ihrem Tagebuch, daß *Feuer und menschliche Todesschreie* die Nacht erfüllt hätten. *Viele Hunde fingen an zu bellen. G.S. erwachte und sagte zu mir: »Nicht die*

Lampe anmachen, nur ein paar Kerzen. Es sind viele Russen in der Stadt, wer weiß, vielleicht ist es ein Pogrom, und wir machen besser nicht auf uns aufmerksam.« Gehorsam entzündete ich nur eine Kerze und stellte sie mitten im Raum auf, damit sie durch die Fenster nicht zu sehen war.

Die Presse reagierte mit den üblichen Schlagzeilen: PARSONITEN-EXPERIMENT GEHT IN FLAMMEN AUF! PARSONISMUS STIRBT DEN KREUZESTOD! Et cetera. Es kam zu weltweiten Reaktionen. Das war die Zeit, als die Familie Parsons in Wyoming und anderswo ihren Namen änderte, um sich auf diese Weise ein für allemal von ihrer traurigen Berühmtheit zu verabschieden. Zwei Jahre lang versuchte Eunice vergeblich, ihre eigenen Arbeiten zu veröffentlichen – bis sie schließlich Selbstmord verübte. In Toronto hielt Ernest Jones, ein Anhänger Freuds, eine Vorlesung über die Gefahren, die all jenen drohten, die bei der Suche nach neuen Wegen auf dem Gebiet der Psychopathologie mit dem Parsonismus liebäugelten. In Paris und Zürich frohlockten Janet und Bleuler über ihren Triumph und den Untergang des *Verrücktesten aller Verrückten,* und in Wien verbrannte Freud sein Exemplar des *Plädoyers für die Dementia.*

Nicht so in Küsnacht. Immerhin schlug Jung sein Exemplar vorsichtshalber in braunes Wachspapier aus dem Metzgerladen ein, verschnürte es mit einer Kordel und verwahrte es in dem Schrank, der ansonsten privaten Aufzeichnungen, Briefen und der eisernen Cognacreserve vorbehalten war.

Nach seiner »Badezimmer-Epiphanie« zog sich Jung im ersten Tageslicht den Morgenmantel an, schlüpfte in die Pantoffeln und ging nach unten.

In seinem Büro öffnete er Fenster und Läden, trat an den verschlossenen Schrank, sperrte die Tür auf und nahm das verschnürte Päckchen heraus, in dem sich das *Plädoyer für die Dementia* verbarg.

Pilgrim, dachte er. *Blawinskaja. Haeckel.* Und: *In dieser Höhle, in der ich sitze.*

Er knotete die Schnur auf und legte sie beiseite. Dann schlug er das braune Metzgerpapier auseinander und schob das Buch ein Stück weg, so daß er es nur noch aus den Augenwinkeln sah. Der schmale Band, kaum fünfzig Seiten stark, hätte frisch aus der Buchhandlung sein können – der blaugraue Deckel fleckenlos, die Lettern ein sattes Schwarz. Jung legte die rechte Hand flach auf den Einband, als wollte er sagen: *Pace, Pace.*

Noch ein Märtyrer. Das erkannte er jetzt sonnenklar. Furchtbar im Irrtum – und zweifelsfrei im Recht.

Ein neuer Luther. Ein neuer Rousseau. Ein neuer Leonardo. Wieder hatte sich ein Ungeheuer in einem Heiligen verborgen – ein Heiliger in einem Ungeheuer.

Und wenn man den Heiligen befreite, befreite man auch das Ungeheuer.

... Stimmen im Wirbelsturm, las er, *auf die sie uns aufmerksam machen würden, wenn wir nur zuhören wollten ...*

Pilgrim. Die Blawinskaja. Emmas kleiner Fisch – unser Kind.

Und er schrieb:

In Pilgrims Erleben lagen zwischen dem Blatt in Leonardos Hand und dem Blatt in meiner weder Raum noch Zeit. Sie sind eins, so wie für die Blawinskaja ihr Leben auf dem Mond und das Leben hier bei uns eins sind. Sie verschmelzen, so wie der Ozean von Emmas Schoß mit dem Ufer verschmilzt, an dem wir bald unseren kleinen Fisch angeln werden.

Alles eins. Ein Ort und eine Zeit.

Ja.

Wie wir die Dinge sehen – nur das zählt.

Und woran wir uns erinnern.

Ja. Und was wir fühlen.

Und uns erzählen.

Es gehört alles zusammen. Es ist alles eins.

Jung beugte sich vor.

Die Hand mit dem Füllfederhalter zitterte über der Seite, und dann schrieb er:

Mir gehört aller Raum – alle Zeit. Die Erinnerung der gesamten Menschheit ist hier bei mir, in dieser Höhle – meinem Gehirn. Und wenn ich mit dieser Feststellung einer der ihren werde, einer der Verrückten, dann sei's drum: Ich bin verrückt.

14

Hôtel Baur au Lac
Zürich, den 13. Mai 1912

Und so, mein liebster Freund, nehme ich Abschied von Dir. Es schmerzt mich, daß dies in einem Brief geschehen muß und nicht, wie das sonst zwischen uns beiden Brauch war, mit einem Händedruck und einem Kuß.

Wie Du Dir vorstellen kannst, habe ich Angst – wie auch nicht? Nach so viel Leben – mein Tod. Wie gewiß wir waren, daß er niemals kommen würde! Und zu denken, wie oft wir ihn herbeigewünscht haben, wohl wissend, daß das, was die Sterblichen »Tod« nennen, uns nie und nimmer vergönnt sein würde. Die Götter duldeten es nicht. Sie billigten ihn uns nicht zu. Sie erlaubten uns nicht einmal den Gedanken daran – doch nun ist er hier.

Die Gesandten, zwei an der Zahl, trafen gleichzeitig mit Dir und mir in Zürich ein. Du wirst Dich erinnern, daß wir inmitten eines Schneesturms ankamen – und es scheint, daß eben dieser Schneesturm sie hergebracht hat. Ihr Name ist Messager. *Bote.* Sie geben sich als Franzosen aus und beherrschen die französische Sprache perfekt, haben aber ansonsten wenig Menschliches an sich. Ich habe sie sofort erkannt, auch wenn mir der Zweck ihrer Mission nicht gleich aufging. Ich vermutete eine Zusammenkunft im Heiligen Hain – und natürlich schlug mein Herz höher, da ich annahm, eine solche Zusammenkunft könnte Deine Erlösung aus Deinen gegenwärtigen Umständen bedeuten. Das war nicht der Fall.

Vielleicht belustigt es Dr. Jung – solltest Du je dazu aufgelegt sein, ihn dies wissen zu lassen –, daß er selbst von der Gegenwart meiner Besucher Notiz genommen hat, denn beide Messagers saßen als jungvermähltes Paar an dem Morgen unserer ersten ausgiebigeren Unterhaltung mit uns im Speisesaal. Er war, das konnte ich nicht umhin zu bemerken, nicht wenig beeindruckt von ihrer ätherischen Schönheit.

Ätherisch ist genau das richtige Wort. Sie waren sichtlich nicht von dieser Welt – doch wie sollte ein Sterblicher das ahnen? Welch Jammer, um unser aller willen, daß die Götter und ihre Günstlinge sich nicht öfter zeigen.

Auch wenn mein »Leben« an Dauer längst nicht an deines heranreicht, wirst Du mir sicherlich die Mischung aus Freude und Zagen nachfühlen, mit der ich den beiden entgegenharrte. Denn so gebietet es ja die Etikette: Nicht wir treten an sie heran, sondern sie an uns. Immerhin habe ich alles getan, um es ihnen leichtzumachen – mir einen gut sichtbaren Platz in der Hotelhalle gewählt und Sorge getragen, daß man mich namentlich ausrief.

Ich kann nicht sagen, wie lange ich brauchte, um zu begreifen, daß sie gekommen waren, um mich »heimzuholen«. In der Vergangenheit hat für mich, und für Dich gewiß um so mehr, immer außer Zweifel gestanden, daß der Aufenthalt verlängert werden würde. Nun zeigt sich, daß mein Aufenthalt doch begrenzt ist. Ich hatte eine Aufgabe zu erfüllen, und anscheinend ist diese Aufgabe beendet. Ich sitze hier, und mir bleibt nichts anderes übrig, als mich achselzuckend zu fügen, denn der Sinn …? Ich muß mich damit abfinden, daß ich ihn wohl nie erfahren werde.

Du hast mir im strengsten Vertrauen von diesen Dingen gesprochen – und glaube mir, Lieber, es ist ein Vertrauen, das niemals gebrochen wurde. Deine Begegnungen mit den Anderen, so hast Du mir gesagt, spielten sich ausnahmslos an jener Stätte ab, die Du mich den Heiligen Hain zu nennen gelehrt hast. Diese Ehre ist mir nur einmal widerfahren – und ohne daß ich damit in irgendeiner Weise gerechnet hätte. Aber laß mich Dir gestehen, daß es eine Ehre war, von der ich hoffte, sie würde mir noch viele Male zuteil werden, solange Du mit mir auf der Welt weiltest – auch wenn Du in Deiner Verbitterung einmal zu mir bemerkt hast, die Ehre bestehe darin, entehrt zu werden.

Daß Du gelitten hast, kann ich bezeugen. Und zu wissen, daß Dein Leid nicht enden darf, ist mir der größte Kummer, nun da ich abgerufen werde. Doch abgerufen werde ich.

Daß sie Messager heißen, ist beinahe komisch, so wenig Takt beweisen sie darin. Aber ansonsten haben sie mich äußerst zuvorkommend behandelt, mit untadeligem Respekt. Monsieur hat mich mit einem Freesiensträußchen begrüßt, Madame mit einem Knicks. Stell Dir das vor! Für einen Moment war ich eine königliche Hoheit. Dir wäre ihr Anblick sicher vertraut gewesen, denn sie gleichen den Athleten des Altertums, lorbeerbekränzten Siegern, jung auf eine Weise, wie man sie so selten findet, ohne das Stigma der Sterblichkeit – ganz Atem und Haut und klaräugiges Staunen.

Ach, Lieber – zu leben – zu sterben. Was wissen wir? Nichts. Oder vielleicht doch dies eine: daß leben schlimmer als sterben ist.

Oh, das Leben endlich abstreifen zu dürfen – seiner ledig zu sein – erlöst. Nichts mehr zu müssen. Nie wieder frühmorgens aufstehen zu müssen – Verantwortung übernehmen – sehen, was wir sehen – Trauer empfinden – seine Lieben vermissen – toten Kindern, Tieren, Fremden den letzten Dienst erweisen. Nie wieder sagen zu müssen: *Ich kann nicht, aber ich will es versuchen. Ich kann es nicht, aber ich tu's.* All die »menschlichen« Attribute werden nun von mir abfallen, und während ich darüber frohlocke, bricht mir doch das Herz, daß ich, indem ich sie verliere, auch Dich verlieren muß.

Es gibt nichts mehr, was ich für Dich tun kann. Nichts.

O Gott. O Götter. O ihr alle.

Dieses Gefühl der Ohnmacht schmälert bereits das Lebendigsein.

Wir waren einander nützlich, und wir sind es nicht mehr. Schon darin offenbart sich mir die Unumgänglichkeit meines Endes.

Mein Ende. Ja. Wir müssen beginnen, die Wörter für *Tod* einzuüben. Ableben. Hinscheiden. Erlöschen. Vorbei. Aus. Schluß. Nichts.

Es ist alles so banal. So sinnlos. Ich hoffe, du lachst darüber. Ich lache. Findest du es nicht auch komisch?

Je suis passée, monsieur. Das Leben selbst ist passé.

Lache, Pilgrim, lache. Einer von uns ist am Ende des Weges angekommen. Ich habe keine Station ausgelassen. Ich habe einen Sterblichen geliebt – sterbliche Kinder geboren –, mich der Sterblichkeit in ihren allzu mannigfachen Formen ausgesetzt. Ich durfte mich zu den Privilegiertesten meiner Zeit und meines Landes zählen. Ich habe Mißstände bemerkt und sie beseitigt. Einige habe ich auch auf sich beruhen lassen. Ich war sehr – ganz und gar – menschlich. Und dennoch ...

Wir alle üben Nachsicht mit uns selbst, nicht wahr. Alle verzeihen wir uns selbst und schieben die Schuld auf andere – auf Namenlose, die wir gerade im rechten Moment erspähen. Immer, wenn wir ihn brauchen, ist ein Sündenbock zur Stelle. Aber niemals wir selbst. Nie, nie wir selbst.

Nun da der Tod nahe ist, bedauere ich dies am meisten – neben der Trennung von Dir, Pilgrim. Ich bedauere, daß ich so oft andere verantwortlich gemacht habe – für Ungerechtigkeiten und Probleme, die ich selbst verschuldet hatte. Oder wenn auch nicht verschuldet, so doch geduldet. Daß Männer nicht Männer lieben dürfen oder Frauen Frauen, daß die Armen sich ihre Armut selbst zuzuschreiben haben (wie konnte ich so etwas denken!) und daß Regierungen darüber bestimmen können, was gut und was schlecht ist, als ließe sich per Dekret anordnen, wo anderer Menschen Bedürfnisse, ihre Freuden und ihr Vertrauen beginnen und enden. Welcher Hochmut, anderen zumessen zu wollen, was uns selbst geschenkt worden ist.

All dies – wie wenig! – habe ich in dem Augenblick begriffen, da ich erfuhr, was mich erwartet. Ich habe begriffen, daß ich – außer in meiner Freundschaft zu Dir – noch kaum gelebt habe. Meine Liebe zu Harry und allen meinen Kindern – selbst meine dunkle Liebe zu David, dessen vorhersehbare Zukunft meinen sämtlichen Glaubenssätzen zuwiderläuft – war »nur menschlich«. Ich hatte Geld, Status und Ansehen. All diese Privilegien ... ungenutzt, es sei denn, Du warst im Spiel, lieber Freund. Wie seltsam (aber ist es das wirklich?), daß mir bei solchem Reichtum so viel entgangen ist.

Ich denke an so viele – sogar meine eigenen geliebten Kinder –, an all die Male, da ich es versäumt habe, sie wahrzunehmen. Sie nicht gesehen habe, es nicht konnte, nicht wollte, während ich sie doch zu lieben behauptete.

Es ist vorbei. Das ganze Leben. Mit all seinen Chancen. Einmal gegeben, einmal versäumt – für immer verloren. So breit das Spektrum. So beschränkt die Erfahrung. Gelebt zu haben. Am Leben gewesen zu sein.

Ich soll in irgendein Tal gebracht werden, hieß es. Ein Automobil wird eine Rolle spielen. Schnee. Mehr weiß ich nicht. Wozu auch?

Dies eine noch bleibt hinzuzusetzen – und ich habe es auch Dr. Jung in meinem Abschiedsbrief an ihn gesagt: *Inmitten der Wildnis steht ein Altar mit der Inschrift: DEM UNBEKANNTEN GOTT ... Und so habe ich mein Opfer gebracht.*

Ich weiß, Du wirst das verstehen (Dr. Jung wahrscheinlich nicht).

Und nun ist es an der Zeit, Dir zu sagen, was Du nie zu mir wirst sagen können:

Leb wohl.

In – darf ich schreiben, *ewiger* Liebe?

Sybil

Jung steckte den Brief wieder in seinen Umschlag und verwahrte ihn ruhigen Gewissens in Grethlis Notenmappe.

Mit einem Seufzer lehnte er sich tiefer in den Sessel zurück. War dies der Beweis, daß er es nicht mit einer geisteskranken Person zu tun hatte, sondern mit zweien? Von denen eine auch noch tot war.

Über kurz oder lang würde er Pilgrim den Brief natürlich aushändigen müssen. Aber vorher, das war ihm klar, mußte er selbst zu Rande kommen mit der Vorstellung – wenigstens der *Vorstellung* –, daß die Zeilen, die er eben gelesen hatte, an einen Unsterblichen gerichtet gewesen waren.

Viertes Buch

1

Cheyne Walk,
Freitag, den 30. November 1900

Heute, kurz nach Mittag, ist Oscar Wilde in Paris gestorben. Ich frage mich, wie – und ob überhaupt – die Zeitungen darauf reagieren werden. So gründlich, wie sie ihn in den letzten Jahren totgeschwiegen haben, sollte es mich nicht wundern, wenn sie auch jetzt nichts verlauten lassen. Mein heutiger Abendgang war seinem Andenken gewidmet.

Emma blickte fasziniert auf die Seite hinab. Oscar Wilde. Sie erinnerte sich noch, wie sie als junges Mädchen über ihn gelesen hatte – über sein Leben, seinen Prozeß, seinen Tod. Sie sah noch einmal das Datum an. 1900. Drei Jahre, bevor sie und Carl geheiratet hatten.

Was mochte Mister Pilgrim wohl zu sagen haben über diesen berüchtigten Mann? Und über all die anderen? Sie war noch immer überrascht, freudig überrascht, daß Carl ihr die Erlaubnis gegeben hatte, in den Tagebüchern zu lesen. Nein, mehr als die Erlaubnis: den Auftrag.

Ich muß mehr über ihn in Erfahrung bringen, hatte Jung an diesem Morgen beim Frühstück gesagt. *Ich muß herausfinden, warum er diese unglaublichen Geschichten schreibt – oder was immer es sind, Träume, Fabeln ... Ich muß wissen, was in seinem Leben passiert ist, das ihn dazu treibt, sich so etwas auszudenken.*

Und so hatte Emma nun Anweisung, in den Tagebüchern nach Einträgen zu suchen, die mit Mister Pilgrim selbst und seinem Leben in London zu tun hatten. Bisher kannte sie nur jenen erstaunlichen Brief an Leonardo da Vinci, von dem sie die Abschrift angefertigt hatte. Die Tränen waren ihr beim Schreiben aufs Papier getropft.

Nun also lagen vor ihr erstmals Mister Pilgrims eigene Erinnerungen – an einen Abendgang im Jahre 1900 und an Oscar Wilde.

Ich hatte allein diniert, Agamemnon wie immer zu meinen Füßen, schnaubend und niesend, der Gute. Er hat einen Schnupfen, der ihm freilich nicht bleiben wird – zu seinem Leidwesen, denke ich manchmal, so eilig hat er es, in der ersten Winterkälte mit dem Schniefen zu beginnen, das ihm, wie er sehr wohl weiß, Abende in seinem Körbchen vor dem Kamin und Schälchen mit warmer Milch bescheren wird. Forster hat eine Engelsgeduld mit ihm, obwohl er auf Schritt und Tritt über ihn stolpert, denn Aga hält seine Schläfchen bevorzugt in den Schattenstreifen der Diele ab.

Serviert wurden eine tüchtig mit Sherry angereicherte Konsommee, Schollenfilet in einer vorzüglichen Sauce, ein Rinderbraten *au jus*, Rosenkohl (noch bißfest, was mir sehr lieb ist) und Kartoffelkroketten. Und zum Abschluß ein Reispudding voll der dicksten, süßesten Rosinen, die ich seit Jahren gekostet habe. Dazu eine Flasche Nuits-St.-Georges. Ein Gedicht. Ich muß Mrs. Matheson unbedingt darauf ansprechen und sie beglückwünschen. Ihre Desserts und Saucen sind unübertroffen, und das Fleisch zerging auf der Zunge.

Als ich in die Eingangshalle trat, meinen Gehstock in der Hand, tat der arme kleine Aga so, als wolle er mitkommen – wahrscheinlich glaubt er sich verpflichtet, mich auszuführen. Aber er hielt sich eng an Forster dabei, und sobald ich ihm den Rücken zukehrte, hörte ich ihn in sein Körbchen in der Bibliothek zurückflitzen.

Ich überquere nie den Fluß. Damit stehen mir nur drei Richtungen offen. Werde ich dessen jemals müde werden? Ich bezweifle es. Jede Richtung birgt ihre eigenen Freuden und Geheimnisse. Allein mir die Leben derer auszumalen, an deren Fenstern ich vorüberkomme, ist ein Spiel, das mir Unterhaltung genug bieten würde, sollte ich nichts anderes zu denken haben. Wobei es wirkliche Leben hinter den Fenstern gibt, mit denen ich nur allzu vertraut bin und die ich preise oder verfluche, ehe ich meinen Weg fortsetze – ihnen im Geiste Blumensträuße oder Ziegelsteine gegen die Scheibe werfe, je nachdem. (Als ich später Whistlers Haus passierte – in dem er längst nicht mehr wohnt –, verwünschte ich ihn laut im Namen Oscars und ließ die Steine nur so prasseln. Whistler der Widerling.)

Ich ging ein Stück die Cheyne Row hinauf, dann über die Oakley Street zurück zum Cheyne Walk, weiter die Flood Street hinauf und von da nach rechts, die Redburn Street entlang zum Tedworth Square. Mit diesem Auf und Ab fädle ich oft ganze Labyrinthe. Wieder so ein Spiel. Sich zu verirren, denke ich manchmal, müßte herrlich sein. *Wo bin ich?* Und welche Freude dann, wie durch Zufall nach Hause zurückzufinden. Verirrt sein. Verlorengehen. Und keiner mehr kennt mich …

London ist so unglaublich sicher und zivilisiert geworden in diesen letzten Jahren. Nichts Sichtbares zwingt das Auge zum Wegschauen, und das Nahen des neuen Jahrhunderts mit all seinen Verheißungen verleiht uns ein Gefühl der Unverwundbarkeit, als hätten wir den bergenden Hafen erreicht, wo nichts mehr uns etwas anhaben kann.

Und doch …

Heute morgen um sechs, im Dunkeln, hatte ich wieder einen dieser Träume, die mich seit einiger Zeit heimsuchen. Ich erwachte in kalten Schweiß gebadet, blind nach der Lampe tastend – fast hätte ich sie umgestoßen, bekam sie aber gerade noch zu fassen. Als ich mein Notizbuch und die Feder aus der Schublade neben mir holte, zitterten meine Finger so sehr, daß sie mir kaum gehorchen wollten. Schließlich aber hatte ich mich halbwegs wieder in der Gewalt und begann mit der Niederschrift der Traumgesichte – die mir jedoch genauso rätselhaft blieben wie die Male zuvor. Das Wort war diesmal *Menin*. Ich habe jetzt drei in einer Reihe, drei Namen, alle wie einst in Delphi durch einen Ring von Feuer und Rauch gesprochen.

Arras.

St. Quentin.

Und heute: *Menin.*

Und den Satz: *Es gibt nur noch Kiefern hier, sonst will nichts mehr wachsen.*

Was verbirgt sich dahinter? Von den drei Namen ist mir nur einer ein Begriff: Arras, die Stadt im Artois, in der im Mittelalter die berühmten Wandteppiche gewirkt wurden. Mit Heiligen kenne ich mich nicht gut genug aus, nehme jedoch an, daß Quentin französisch ist. Und wer mag Menin sein? Mir fällt nur ein müder Witz ein: daß Menin und St. Quentin wie dereinst Polonius hinter einem Wandteppich kauern. Aber wer wird sie abstechen? Hamlet bestimmt nicht. Hamlet hat in meinen Träumen nie eine Rolle gespielt. Und auch sonst niemand, der mit dem Theater zu tun hat – bis auf jenes eine Mal, als Sarah Bernhardt falsch herum unter die Guillotine kam und ihre Beine verlor. Und zwar deshalb, weil sie es sich nicht nehmen ließ, einen ihrer Monologe aus *L'Aiglon* zu Ende zu sprechen. In meinem Traum wurde sie portionsweise an das Messer verfüttert. Ihre Lippen bewegten sich immer weiter, auch als ihr Kopf längst vom Rumpf getrennt war. Grausig – wenn auch erheiternd. Ich weiß noch, daß ich beim Aufwachen dachte: Das ist es, was alle großen Künstler gemeinsam haben – einen langen Atem.

Für die Kiefern habe ich gar keine Erklärung. Auch dieses Bild ist Teil einer Gruppe, einer Sequenz. Vor vier Nächten träumte ich von einer Landschaft, die ein mir unbekannter Fluß überschwemmte, weil seine Wehre und Schleusen mit toten Tieren verstopft waren, Schafen und Pferden, Kühen. Und vor einer Woche zogen mehrere Gestalten in alten Ritterrüstungen mit Eisenhelmen, Visieren und Brustpanzern über einen namenlosen Hügel und sprühten Feuer aus Geräten, die Gartenschläuchen glichen. Sie hinterließen einen Pfad der Verwüstung.

Alle diese Namen und Bilder habe ich in dem Notizbuch an meinem Bett aufgezeichnet. Wenn sie fortdauern, kann ich daraus nur einen Schluß ziehen, nämlich daß ich aufs neue in jenen gefürchteten Zustand zurückfalle, von dem erlöst zu werden ich so inbrünstig gebetet habe. Nicht auf Knien. Ich bete nie auf Knien. Das ist würdelos und kindisch. Wenn Gott wahrhaftig existiert, meine ich, wird er uns lieber von Angesicht zu Angesicht begegnen wollen. Auge in Auge. So habe ich es immer mit ihm gehalten, und ich glaube, er mit mir auch. Aber sollte die Situation es gebieten, werde ich nicht zögern, niederzuknien.

Ich wandte mich in Richtung des Chelsea Embankment, wo mir über den Fluß die fernen Lichter von Battersea entgegenblinkten, und bog in die Tite Street ein.

Die Nummer 16 war dunkel. Seit Wilde das Haus aufgeben mußte, um seine Schulden abzuzahlen, und die gesamte Einrichtung zu einem Spottpreis verkauft wurde, scheint niemand mehr dort wohnen zu wollen. Die schlanken weißen Balkone hoch über der Straße strömen in dem Licht von Mond und Laternen eine Aura großer Verlassenheit aus. Niemand mehr wird von dort oben auf die Straße hinunterblicken oder hinaus auf den Fluß. Vorbei. Und Constance so tot wie er. Weiß der Himmel, was aus ihren Söhnen geworden ist. Die Zeitungen bringen kein Wort.

Ich sehe ihn noch in der offenen Tür stehen, ein Hüne. »Da sind Sie ja – ich habe schon gewartet.« Das war sein Gruß: Ausdruck nicht des Vorwurfs, sondern der Vorfreude. Er verstand es wie kein anderer, jedem das Gefühl zu geben, Ehrengast zu sein, ganz gleich, wer sonst noch Teil der Runde war. Ich habe in Gesellschaft der größten Künstler an Wildes Tafel gespeist, mit Malern, Schauspielern, Schriftstellern. Er geizte mit nichts: edelste Weine, erlesenes Essen … *und all die Perlen, mit denen ich um mich werfe, ohne eine Sau weit und breit.* Ich zitiere ihn selbst.

Das letzte Mal, daß ich Wilde sah, hatte etwas Prophetisches an sich. Es war im vergangenen Sommer. Ich war, zusammen mit dem Rest der Menschheit, nach Paris gefahren, um die Wunder der Weltausstellung zu bestaunen.

Nur wenigen wurde die Ehre zuteil – und ich weiß nicht, warum ich zu den Auserwählten zählte –, zu einem Besuch in Rodins Atelier geladen zu werden. Während die Werke von Bildhauern aus aller Welt gemeinsam im Grand Palais ausgestellt wurden, waren die Werke Rodins in einem eigenen Pavillon zu sehen. Es ist und bleibt eine Tatsache, daß dieser außerordentliche Mann die menschliche Gestalt mit soviel Leidenschaft und Kraft zum Leben erweckt hat wie kein zweiter Künstler seit Michelangelo.

Aber nicht der Rodin-Pavillon war es, in den ich gebeten wurde, sondern sein privates Atelier in der Rue de l'Université, zur Besichtigung des noch unvollendeten *Höllentors.* Und dort traf ich

Wilde an, in Begleitung zweier Freunde. Der eine war sein neuer Gespiele, ein junger französischer Marineinfanterist von ausnehmender Schönheit und makellosen Proportionen, der Rodin später als eines seiner Aktmodelle dienen sollte. Er hieß Gilbert, glaube ich, ob mit Vor- oder Nachnamen, weiß ich nicht mehr. Die zweite Person war eine überschwengliche Frau, die sich Wilde erst kürzlich angeschlossen hatte.

Ihr Name war Seonaid Eggett, und sie war so irisch wie Wilde selbst. Während Rodin seine Verabredungen für den Abend traf, gab sie mir ihre Karte – *damit Sie wissen, wie man mich schreibt. Bei uns in Irland ist das ein Allerweltsname, aber meine Erfahrung ist, daß viele von euch Engländern sich damit schwertun. Man spricht es Shay-nid.* Laut Oscar war es keinen Monat her, daß Mrs. Eggett ihn auf der Straße angehalten, beim Revers gepackt und mitten auf den Mund geküßt hatte. *Und ich hoffe, die ganze Welt hat mich gesehen!* hatte sie ausgerufen. *Ich bete Sie an.*

Wiewohl nicht wenig befremdet ob dieser überschäumenden Begrüßung, hatte Wilde doch rasch Gefallen an ihrer Gesellschaft gefunden. *Eine verwegene Abenteurerin im Urwald der Kunst*, so beschrieb er sie mir gegenüber.

»Mein lieber Junge«, sagte Wilde, nachdem die Vorstellungen abgeschlossen waren. *Junge*, ungeachtet der Tatsache, daß ich auch schon auf die Vierzig zugehe. »Ich habe nicht damit gerechnet, Sie noch einmal wiederzusehen.«

»Ich bin nur Ihretwegen gekommen«, log ich. »Was wäre passender? Wo sonst kann man hoffen, den Meister des Wortes anzutreffen, als neben dem Meister des steinernen Schweigens? Keiner da, der Sie maßregeln würde. Keiner da, der Sie in Ihrem eigenen Spiel schlägt.«

»Wer könnte das schon?« fragte er mit einem Lächeln. Ich sah, daß er ein paar Zähne verloren hatte.

Wir gaben uns die Hand.

Seine Augen waren feucht – und seine Hand erschreckend leblos. Alle Kraft hatte ihn verlassen, jede Regung schien ihm Mühe zu bereiten.

Es ist ein schreckliches Schauspiel: einen Riese fallen zu sehen. Da stand Wilde, nur Monate vor seinem Tod, am *Höllentor*, als sei er gekommen, um seinen Platz in der Rodinschen Bilderwelt einzunehmen. *Soll ich hier innehalten – oder lieber dort?* schien er zu fragen. *Soll ich beide Arme heben oder nur einen? Mich so hinstellen oder so? Sagen Sie mir, wie Sie mich haben wollen. Wie Sie vielleicht zu bemerken geruhen, erinnert nichts an meiner Haltung an die Reue von gestern. Damit habe ich abgeschlossen. Das ist alles vorbei.*

»Mein lieber Junge«, sagte er, als unsere Finger sich voneinander lösten, »kommen Sie und sehen Sie sich mit mir die Hölle an. Es gibt hier nichts, was ich nicht erklären könnte.«

Wir sonderten uns von den anderen ab und standen allein vor einem gewaltigen Gipsabguß des *Höllentors*. Er war an die sieben Meter hoch und fast vier Meter breit. Ursprünglich, so hatte Rodin erläutert, war es eine Auftragsarbeit gewesen: das »Portal«, wie er sagte, eines geplanten Kunstgewerbemuseums. Das Museum – das natürlich in Paris hätte stehen sollen – wurde nie gebaut. Seit zwanzig Jahren schon feilte Rodin an den einzelnen Teilen, und einige von ihnen waren bereits zu eigenständigem Ruhm gelangt.

Seine »Arche Noah« hatte Rodin das Höllentor genannt: *Ich kann es bevölkern, mit wem immer ich will – schließlich gibt es außer Dante niemanden, der aus der Hölle zurückgekehrt ist und mich widerlegen könnte.* Er hatte dazu gelacht, doch mir entging das leichte Beben nicht, das auch jetzt noch in seiner Stimme mitschwang, wenn er von diesem seinem wundersamen Mammutwerk sprach.

Oben auf dem Sturz saß brütend jene Figur, die wir mittlerweile als den *Denker* kennen. Den *Kuß*, der ebenfalls für das Höllentor vorgesehen war, hatte Rodin herausgenommen, weil er sich nicht zu seiner Zufriedenheit in den Kreis der übrigen Motive einfügte. Ähnlich berühmt ist die Gruppe, die die entsetzliche Tragödie des Ugolino darstellt, jenes Edelmannes, der, blind und vom Wahnsinn befallen, im Kerker seine eigenen Kinder auffraß.

Aber am meisten hatte es Oscar die Gestalt des fallenden Ikarus angetan, der stürzen muß, weil er der Sonne zu nahe gekommen ist. »Ich habe es selbst zur Meisterschaft im Absturz gebracht«, bemerkte er, den Blick zu Ikarus emporgerichtet. »Ich könnte bei ihm in die Lehre gegangen sein.«

Mit Rodin, dessen Aufmerksamkeit von der übersprudelnden Mrs. Eggett in Beschlag genommen war, wechselte ich nur wenige Worte. Immerhin dankte ich ihm für seine Einladung und die Gelegenheit, seinem Werk Tribut zu zollen.

Als ich mich zum Gehen anschickte, sah ich, daß Wildes junger Marineinfanterist ihm einen Holzstuhl herbeigeholt hatte, auf dem Oscar nun saß, direkt vor dem Höllentor, den Hut in der Hand, im Mund eine türkische Zigarette mit goldener Spitze – und neben sich einen schmucken Burschen in Uniform, der ihm in den Augen der »anständigen« Gesellschaft an Verworfenheit in nichts nachstand.

Wilde erwähnte, daß er auf seinen jungen kanadischen Freund Robert Ross warte, der mit ihm und seinen Begleitern im Jardin des Lilas dinieren werde, einem der wenigen Cafés, in dem der heimatlose Schriftsteller noch gelitten war. Danach planten sie eine Exkursion ins Pariser Nachtleben. Ob ich mich ihnen anschließen wolle?

Mit Vergnügen.

Wilde hatte Ross, der klein von Statur war, einmal als einen Mann mit dem Gesicht eines Puck und dem Herzen eines Engels beschrieben. Als ich ihn nun kennenlernte, stellte ich zu meiner Überraschung fest, daß er außerdem die Statur eines Athleten hatte. Es ging das Gerücht, Ross habe 1886, als er selbst siebzehn war und Wilde zweiunddreißig, den Älteren »verführt« und in die physischen Mysterien der Homosexualität eingeweiht. In letzter Zeit freilich hatte Ross gezeigt, daß sehr viel mehr in ihm steckte als nur ein charmanter junger Lebemann; er war einer der ganz wenigen Freunde, die Wilde bis zum Ende in jeder Weise die Treue hielten.

Es war angeregt worden, das »Nachtleben« – *zur Vervollständigung von Mrs. Eggetts halbweltlicher Erziehung* – mit einem Besuch in einem der berühmtesten Pariser Bordelle abzurunden – La Vieille Reine, »Die Alte Königin«.

»Bei La Vieille Reine«, so hatte Wilde ihnen angekündigt, »herrschen Stil, Pomp – und Dezenz. Sie brauchen keinerlei Peinlichkeit zu befürchten. Die Schönheit der Damen ist ebenso untadelig wie ihre Umgangformen. Nichts ist primitiv, nichts beleidigt das Auge. Ich gehe immer wieder hin, nur weil ich mich an dem

Spektakel nicht sattsehen kann. Alles ist verlockend, alles bezaubert.«

Robert Ross konnte das nur bestätigen. »Man kommt sich vor wie in einem Blaustrumpf-Salon«, sagte er.

Und wie ich feststellen sollte, war dem tatsächlich so – mit einem entscheidenden Unterschied allerdings. Die Strümpfe waren schwarz.

Die Gastgeberin war als Madame la Madame bekannt. Ihren richtigen Namen wußte niemand als ihre Eltern, und die waren tot.

Madame la Madame empfing Wilde mit Handküssen und liebevollem Armtätscheln. Ross wurde mit einem etwas förmlicheren *bisou* auf beide Wangen begrüßt. Mrs. Eggett erhielt ein Nicken, ich ebenso. Gilbert dagegen wurde an beiden Ellbogen gefaßt und an Madames Busen gedrückt, als wäre er ein lang vermißtes Kind – der verlorene Sohn, der endlich heimkehrt. »Oh!« rief sie ein ums andere Mal. »Wie ganz und gar hinreißend! Welch vollendete Schönheit! Was für eine Entdeckung! Monsieur Wilde, wie konnten Sie ihn so lange versteckt halten? Mon dieu, bald ist er vierzehn, und wem wäre dann noch die Freude vergönnt, ihn in die Künste der Lust einzuführen? Haben Sie ihn hergebracht, weil Sie ihn mir schenken wollen? Ist er ein Mitbringsel?«

Selbst Wilde wirkte etwas bestürzt über soviel Verzückung. Gilbert entwand sich Madames Umarmung und suchte hinter Mrs. Eggett Schutz. Doch Madame la Madames Ambitionen gingen in eine andere Richtung.

»Ich kaufe ihn Ihnen ab«, sagte sie zu Wilde.

»Nein, Madame. Nein«, wehrte Wilde lächelnd ab. »Ich kann ihn so wenig verkaufen, wie Sie ihn erwerben können. Er ist sein eigener Herr, und ich habe ihn nur zu Ihnen gebracht, um ihm das Leben von einer Seite zu zeigen, von der er bisher nur träumen konnte. Wir sind weder als Kundschaft hier, Madame, noch als Kundschafter. Wir kommen als Zuschauer an Ihren prachtvollen Hof.«

»Wie jammerschade«, sagte Madame. »Dennoch, seien Sie alle willkommen. Ich schicke Ihnen Roselle, damit sie sich Ihrer annimmt.«

Damit führte sie uns zu einem Tisch in der Ecke des Salons und eilte davon.

Der Raum war groß, überfüllt und elegant möbliert. Die augenfälligste Note war eine große Glyzinie – geschickt aus bemaltem Gips modelliert. Sie rankte und schnörkelte sich über die ganze Decke und ein Stück die Wände hinab. Von ihren grünbeblätterten Zweigen hingen die »Blüten« herab, eine nicht enden wollende Reihe von winzigen Kronleuchtern aus venezianischem Glas, schimmernde blaßblaue Blütendolden, deren sanftes Licht von Rauchschwaden umdunstet war. Dazwischen waren Lampions aufgehängt, ganz wie in einem Garten.

»Entzückend!« rief Mrs. Eggett. »Ganz und gar entzückend!«

Mrs. Eggett war nur drei- oder viermal in Paris gewesen, und das als Kind, mit ihren Eltern. Damals wären ihr Männer wie Wilde und die erlauchten Kreise, in denen er sich bewegte, natürlich gar kein Begriff gewesen. Nun aber hatte sie gleich mir an der Seite Wildes Auguste Rodin von Angesicht zu Angesicht gegenübergestanden.

»Es war absolut atemberaubend«, verkündete sie. »Wissen Sie, was er zu mir gesagt hat? Er hat gesagt: *In der klassischen Bildhauerei haben die Künstler die Logik des menschlichen Körpers abzubilden versucht, während es mir um seine Psychologie geht.* Ist das nicht wundervoll? Ist das nicht zu großartig, um es in Worte zu fassen? Die Logik und die Psychologie des menschlichen Körpers! Das werde ich bis an meinen Todestag im Ohr haben, genau in dem Ton, in dem er es gesagt hat. Ganz, ganz wunderbar. Und natürlich vollkommen zutreffend. Vollkommen zutreffend. Ich mag Maler, die sich auszudrücken wissen. So viel befriedigender, als wenn sie den Mund nicht aufbekommen.«

Ich gelangte allmählich zu dem Schluß, daß Mrs. Eggett selbst den Mund entschieden zu weit aufbekam.

Wenig später erschien Roselle – hochgewachsen und meisterlich geschminkt. Sie trug ein Wams aus rosafarbenem Satin und Pluderhosen von einem tiefen Schokoladenbraun. Ihr bronzegefärbtes Haar war hochgetürmt und mit silbernen Sternen und roten Pailletten besteckt. Mit einem gemessenen Selam fragte sie, ob die Herrschaften etwas wünschten.

Wilde bestellte Champagner.

Mir fiel auf, daß etliche Frauen auf die gleiche Art wie Roselle gekleidet waren, nur in anderen Farbkombinationen – blau und grün – violett und orange – gelb und grün – rot und blau. Sie waren alle sehr groß, zwischen einem Meter siebzig und einem Meter achtzig. Zu den Pluderhosen trugen sie türkische Pantoffeln und lange fransenbehängte Schärpen. Sie schienen ausschließlich für das leibliche Wohl der Gäste zuständig zu sein – brachten Getränke, Zigarren, Aschenbecher und Kissen und verteilten Fächer, die mit weiblichen Akten verziert waren.

Als Roselle gegangen war, wandte sich Ross zu mir und bemerkte sotto voce: »Ihnen ist natürlich klar, daß unsere Kellnerin ein Mann ist?«

»Du lieber Himmel, nein!«

»Es sind alles Männer«, sagte Ross mit leisem Lächeln. »Damit die Kunden sie nicht etwa um die Dienste ersuchen, um deretwillen sie ein solches Etablissement letzten Endes frequentieren.«

Ich sah um mich und konstatierte belustigt, daß die pantoffeltragenden »Kellnerinnen« allesamt außerordentlich große Hände und Füße hatten und ein Übermaß an Theaterschminke trugen. Nun, einen interessanten Anblick boten sie allemal, und sie würden den Stoff zu einem nicht minder interessanten Tagebucheintrag abgeben.

Irgendwann blickte Wilde durch sein erhobenes Champagnerglas auf die Glyzinienlüster und bemerkte dazu, eine Kanalüberfahrt sei doch mehr als ein Länderwechsel. *Gleich an der französischen Küste öffnet sich der Weinhimmel. Die Engländer dagegen,* sagte er, *besitzen die unfehlbare Gabe, Wein in Wasser zu verwandeln.*

Alles lachte, und Wilde brachte einen Toast auf diesen *glorreichen Urlaub vom Sterben* aus.

Und ich dachte: Hier sitzen wir beisammen, in einer lauen Sommernacht in einem Pariser Bordell, wo das Ende einer Epoche und der Beginn einer neuen keine größere Bedeutung zu haben scheint als die Ablösung der Wache vor dem Buckingham-Palast. Wache? Wache worüber? Über die Ewigkeit? Warum zweifle ich daran?

Der Gang durch Chelsea, die Gedanken an Wilde und an Rodin brachten mich wie von selbst auf einen anderen Künstler.

James McNeill Whistler hat vor gut zwanzig Jahren in der Tite Street Nr. 13 gewohnt und davor, wenn auch nur kurze Zeit, in dem unseligen »Weißen Haus« mit der Nummer 35. Jetzt wohnt er ärgerlicherweise am Cheyne Walk Nr. 21. Ärgerlicherweise, sage ich, denn das macht ihn zu meinem Nachbarn.

Trotz seines unbestreitbaren Talents – manche würden von Genialität sprechen –, trotz seines berühmten Esprits und Temperaments ist Whistler bigott, ein Kleingeist, der nicht davor haltmacht, seine Freunde zu verraten. Er hat sich Wilde herangezogen und sich mit ihm geschmückt, bis er es dann mit der Angst zu tun bekam, weil Wildes Stern immer höher stieg. Daß irgend jemand – und erst recht ein Protegé – heller glänzte, daß man ihn lauter pries und stärker hofierte als Whistler, war unverzeihlich.

Durch Whistlers zahlreiche Briefe und Wildes ebenso zahlreiche enthusiastische Repliken fing die Presse Feuer. Zwei Dandys rüsteten zum Schlagabtausch, und die Zeitungen taten das ihre dazu – spielten Whistler gegen Wilde aus und vice versa. Es war das übliche Spektakel: rote Tücher und schnaubende Stiere, eine Menge aufgewirbelten Staubs und großes Geschrei. Wilde hatte seine Freude daran; Whistler nicht. Whistler war immerhin schon einmal vor Gericht gezogen, um seinen Ruf zu verteidigen, der, wie er behauptete, durch Ruskins Attacken auf seinen Malstil schweren Schaden genommen hatte. Ruskin befand sich damals natürlich auf der Höhe seines Ruhms als Kritiker. War das 1877? 1878? Ich weiß es nicht mehr. Was ich noch gut weiß, ist Ruskins berühmte Äußerung, James McNeill Whistler hätte der Öffentlichkeit einen Farbtopf ins Gesicht geschleudert!

Diese Meinung habe ich damals so wenig geteilt wie heute. Als Maler bewundere ich Whistler sehr, und auch wenn er mir als Mensch zuwider ist, war Ruskin doch eindeutig zu weit gegangen.

Wenn ich mich recht erinnere, erklärte der Richter bei seiner Belehrung der Geschworenen, daß gewisse Formulierungen von John Ruskin ohne jeden Zweifel den Tatbestand der Verleumdung erfüllten. Etwas in der Art. Für die Geschworenen blieb lediglich zu entscheiden, ob der Schaden, der Whistlers Ruf aus diesen Formulierungen erwachsen war, die von Whistler geforderten tausend Guineen wert sei – oder nur einen roten Heller.

Whistler bekam den roten Heller zugesprochen.

Und damit wirtschaftlichen Ruin. Unter anderem verlor er sein geliebtes, eben erst erbautes »Weißes Haus«, in dem zu guter Letzt ausgerechnet ein Kunstkritiker Wohnung nahm.

Dafür besitzt Whistler meine Anteilnahme. Als jedoch Wilde durch öffentliche Beschimpfungen weit größere Schmach erlitt, war von Whistler nichts zu sehen. Nur zu hören war er. Er gefiel sich, wieder und immer wieder, in den bereits erwähnten niederträchtigen und bigotten Bemerkungen auf Wildes Kosten. Sicher, der Mann kann witzig sein. Seine vielleicht berühmteste Retourkutsche rührt noch aus den frühen Tagen seiner Hetze gegen Wilde her, als Oscar eine geistreiche Bemerkung von ihm mit den Worten quittierte: »Bei Gott, Jimmy – ich wünschte, ich hätte das gesagt.« Worauf Whistler entgegnete: »Das werden Sie, Oscar. Das werden Sie.«

In einem Pariser Restaurant, an dessen Namen ich mich jetzt nicht erinnere, saßen Whistler und seine Korona einmal an einem Tisch ganz in meiner Nähe, und Teile ihrer Unterhaltung drehten sich unüberhörbar um Oscar Wilde. Schon der Name rief unanständige Geräusche und Lachsalven hervor. Daß Wilde, der samtgekleidete Dandy, Häftlingstracht tragen mußte, gab Anlaß zu großer Heiterkeit.

»Und wo in seiner Zelle hat er wohl seine Lilien stehen?«

»Im Pißpott so gelb, so gelb, so gelb!« sang jemand auf die Melodie der *Schönen blauen Donau*.

»Und was für Schmuck trägt man im Gefängnis?« fragte ein anderer.

»Keine Ahnung. Sagen Sie's uns.«

»Fußkettchen.«

Wieherndes Gelächter.

Wein wurde nachgeordert. Zigaretten angesteckt. Gäste von den umstehenden Tischen stimmten in die Fröhlichkeit ein, da die Äußerungen Whistlers und seiner Anhängerschaft ganz offenkundig zum Mithören gedacht waren.

Ich konnte nichts anderes denken als: Oscar hätte sich niemals so benommen. Schon gar nicht gegen jemanden, der am Boden lag, wie Whistler selbst einmal am Boden gelegen hatte.

Wildes öffentliche Spitzen gegen berühmte Freunde und Feinde waren nie bösartig. Sie stellten nie bloß – es sei denn, eine Gesinnung –, und sie nahmen ganz gewiß nie das Privatleben ihrer Opfer aufs Korn.

Nun, dachte ich, etwas muß zu Oscars Ehrenrettung unternommen werden – und zwar jetzt.

Ich zahlte, holte meinen Hut und meinen Gehstock, und indem ich eine Karaffe Rosé von einem vorbeigetragenen Tablett nahm, trat ich an Whistlers Tisch und goß ihm den Wein ins Gesicht.

»Für Oscar Wilde«, sagte ich. »Ein Genie. Einen Gentleman. Und einen Freund.«

Whistler erkannte mich natürlich. Ein dünnes, sehr beklommenes Lächeln erschien unter seinem Schnurrbart.

»Einen angenehmen Abend wünsche ich Ihnen«, sagte ich. Und wandte mich ab.

Alle Blicke folgten mir. Und im Weggehen hörte ich in meinem Rücken Whistlers nasale Stimme mit ihrem unverkennbaren amerikanischen Schleppen: »Schau an! Und immer noch mit Oscar befreundet! So, so, so. Da zieht er hin – wahrscheinlich, um den großen Meister in seinem Rattenloch zu beehren, wo Oscar an seiner Autobiographie schreibt, die – ja, welchen Titel trägt sie wohl?«

»Welchen? Welchen?« jauchzten seine Kumpane.

»*Im Loch!*«

Da brüllten sie vor Lachen. Ich bezahlte den Rosé beim Ober und ging meiner Wege. Oscar hätte es vielleicht genauso gemacht, wenn er dagewesen wäre. Er hat Rosé nie gemocht.

»Ein bloßer Abglanz der göttlichen Kräfte, mein lieber Junge, die im Wein schlummern. Ein blasser Abglanz in einem getönten Glas.«

Was keine schlechte Beschreibung von Oscars derzeitiger Reputation ist.

Ruhe er in Frieden.

Endlich.

Ich will diesen Eintrag mit einem letzten Salut an Oscar beschließen, der nun seit zehn Stunden tot ist. (Zehn Stunden erst? Es kommt mir vor wie zehn Jahre. Vielleicht ist er in Wahrheit im Zuchthaus zu Reading gestorben.)

Irgendwann im letzten Jahre sagte er zu der Witwe seines Bruders: *Ich sterbe über meine Verhältnisse.*

Das war Bravour.

Er schrieb auch, man solle *leben, als gäbe es keinen Tod.*

Das war tapfer. Und, auf mich angewandt, auch bemerkenswert passend.

Emma hörte auf zu lesen. Die Worte verschwammen vor ihren Augen. Sie griff nach ihrem Taschentuch und mußte lächeln dabei. Wohin sollte das führen, wenn alles, was dieser rätselhafte Patient ihres Mannes schrieb, sie so mitnahm?

2

Pilgrim studierte die Unterschiede zwischen den Haus- und den Wildtauben auf seinem Balkon und den Fenstersimsen und stahl im Speisesaal, wo er seit einer Woche sein Frühstück einnahm, Brot und Toast, um sie zu füttern. Zumindest hätte er es Stehlen genannt. Wenn das Essen nicht für einen selbst war, durfte man es auch nicht nehmen. Die Saaltöchter staunten über seinen scheinbar grenzenlosen Appetit auf Toast und Brot, von dem Pilgrim bis zu dreimal während einer einzelnen Mahlzeit nachbestellte. Die überzähligen Stücke ließ er in einem großen roten Schnupftuch in seiner Tasche verschwinden. Darin beförderte er sie dann auf sein Zimmer, wo er sie zerkrümelte und den Vögeln hinstreute.

Während er seinen Tauben (für Pilgrim waren es *seine*) beim Fressen zuschaute, öffnete er gern die Fenster, um die Vögel nicht nur zu sehen, sondern auch zu hören.

Er stellte Betrachtungen über ihre Kopfform an, über die Zeichnung ihrer Flügel und Körper. Die Wildtauben, von denen es zwei verschiedene Arten gab, waren eindeutig die hübscheren, auch wenn sie es an Buntheit fehlen ließen. Dafür waren die Haustauben entschieden prächtiger, das hatte Pilgrim schon immer gefunden. Ihr Gefieder schillerte in den verschiedensten Violett-, Blau- und Grüntönen, unterlegt mit sämtlichen Grauschattierungen, die ein Mensch sich nur vorzustellen vermochte.

Wie viele Morgenstunden hatte er zu Hause in Chelsea, in seinem Garten am Cheyne Walk, damit zugebracht, seine und Forsters Haustauben mit teurem Saatgut zu füttern. Wie nach Nummern aufgerufen waren sie der Reihe nach aus ihrem Schlag herabgeflattert, jede anders gezeichnet, jede eine eigene Persönlichkeit – *mit geblähten Hälsen stolzierend wie eine Schar Hofdamen*, hatte er in sein Tagebuch geschrieben, *wo eine die andere beiseite drängt, auf daß ihr Glanz beim Hofball am herrlichsten strahle! Ah, Lady Perlweiß-und-Burgunderrot! Baroneß Violette! Herzogin Rose! Und dazu all die Täuberiche mit ihren gespreizten Flügeln, damit ihre Epauletten und Orden besser zur Geltung kommen! Wunderbar!*

Doch, wie sie nickend durcheinanderspazierten und sich leise girrend anredeten, schien es tatsächlich ein Tauben-Hofstaat, mit all dem dazugehörigen Klatsch, dem Prunk, den Rangordnungen.

Die Wildtauben waren da ganz anders. Sie waren schlanker, oft auch kleiner, und unfehlbar die eleganteren. Und sie hielten auf ihre Würde. Sie blieben fast immer in sittsamen Paaren beisammen, statt Rotten zu bilden wie die Haustauben – zogen es vor, den Tänzen vom Geländer aus zuzusehen, während die Haustauben sich zu Quadrillen und Achtern formierten und nicht einen Zoll des Tanzbodens preisgaben.

Außerdem waren die Wildtauben nuancierter in den Farben, deren Schattierungen von Braun über Ocker bis hin zu Rosenrot reichten. Manche hatten rubinrote Augen, manche nicht, aber alle hatten sie blaue Zehen, rote Füße – die Füße zartgliedriger als die der Haustauben. Die größeren Wildtauben trugen Ringe um den Hals, wie Schoßtiere ihr Halsband. Es waren Jane-Austen-Vögel, fand Pilgrim, die Elliot- und Bennett-Schwestern bei einem Hausball, wo keiner der Freier in Betracht kam und …

Es sind nur Vögel, du Vollidiot.

Pilgrim am offenen Fenster erstarrte mit seinen Toastkrumen in der Hand.

Jemand hatte gesprochen.

Wer hatte gesprochen?

Gewispert.

Nicht, wollte Pilgrim sagen. Bitte nicht. Aber er blieb stumm.

Jemand mußte mit ihm im Zimmer sein, doch er wußte, daß es weder Kessler noch Dr. Jung sein konnten. Jung würde erst in einer Stunde kommen, und Kessler war heim zu seiner Mutter gegangen, um ein neues Paar Stiefel abzuholen.

Pilgrim sah auf den Fenstersims hinab.

Nur Vögel.

Tat es etwas zur Sache, daß es nur Vögel waren?

»Was tut das zur Sache?« fragte er laut.

Es kam keine Antwort.

Langsam drehte er sich um.

»Ist hier jemand?« fragte er.

Gewiß niemand aus Fleisch und Blut.

Manchmal gaben Stimmen vor, sie kämen von Gott. Das wußte Pilgrim nur zu gut. Oder auch vom Teufel. Oder aus dem Orkus.

Das Wohnzimmer, in dem Pilgrim stand, und das Schlafzimmer dahinter waren unbestreitbar leer – bis auf die Möbel.

Hatten die Möbel gesprochen? Ein Stuhl? Ein Tisch? Eine Lampe vielleicht, oder ein Lampenschirm. Ein Spiegel. Ein Bilderrahmen. Ein Teppich, erbittert darüber, daß Pilgrim einen Haustauben-Hofstaat und ein keusches Kränzchen Austenscher Wildtauben erschuf und keinen Gedanken an die handgreiflichen Gegenstände hier im Raum verschwendete, an ihre Bedürfnisse und Wünsche, ihre Gefühle und Träume. An die Verlassenheit, die sie empfinden mußten, auseinandergerissen, verteilt und zerstreut in einem starren, immerwährenden Muster – wo doch das Leben, das Lebendigsein nach Abwechslung verlangte, nach Neuordnung, nach etwas anderem als nur dem ewiggleichen Rechteck an der Wand, dem ewiggleichen Quadrat auf dem Boden, dem ewiggleichen trockenen Staubregen auf sämtliche Flächen, der einem den Blick und das Antlitz trübte. Welch ein Schicksal – ein Stuhl zu sein, auf dem wochenlang niemand saß. Eine Schublade, die kein Mensch je aufzog, oder eine Lampe, die nie angezündet wurde. Ein unbenutztes Kissen, niemals umgedreht oder aufgeschüttelt oder gehalten. Eine heruntergefallene Stecknadel, die nie gefunden wurde. Ein abgebrochener Bleistift, den keiner je spitzte – oder ein angelaufenes Stück Glas, das niemand polierte. Für immer mit dem Rücken zur Wand und dem Gesicht zum Licht hängen zu müssen. Ein unangerissenes Streichholz oder ein ungelesenes Buch zu sein. Ruß zu sein. Der Staub selbst zu sein oder der nicht aufgekehrte Lehm von einem Stiefel. Sein ganzes Dasein so zuzubringen, ohne Gruß, ohne Dank. Nichts anderes zu sein als ...

Möbel, du Schwachkopf!

Vor den Fenstern flatterten und gurrten die Tauben und wollten weitergefüttert werden.

Pilgrim setzte sich hin.

Der Sessel seufzte: *endlich.*

Pilgrim schlug die Hände vors Gesicht, ohne zu merken, daß sie voller Krumen waren. Toastkrümel hingen ihm an den Wimpern, Toastkrümel im Haar.

Er beugte sich vornüber, bis er mitten im Zimmer auf den Knien lag.

»Ich flehe euch an«, flüsterte er. »Rettet mich denn niemand vor diesem Augenblick?«

Aber nur Schweigen antwortete ihm. Die Tauben waren alle fortgeflogen, um ihre Krumen anderswo zu erbetteln.

Als Kessler in seinen knarzenden neuen Stiefeln zurückkehrte, kniete Pilgrim noch immer wie im Gebet.

»Mister Pilgrim? Sir?« sagte der Pfleger. »Kann ich Ihnen helfen?«

Pilgrim schwieg.

»Sie können nicht einfach so am Boden knien«, fuhr Kessler fort. »Wir müssen uns für Dr. Jung fertigmachen.«

Nichts. Wortlos, reglos.

Zwanzig Minuten später erschien Jung mit Grethlis Notenmappe in der Hand, mit offenem Kittel, das Haar zerzaust.

Nachdem Kessler ihn ins Schlafzimmer gewinkt und ihm die Lage erklärt hatte, kam Jung allein zurück und sagte zu Pilgrim: »Mister Pilgrim, soll ich mit Ihnen beten?«

Pilgrim nickte.

Jung, stets zum Äußersten bereit, wenn es galt, die Launen oder Leiden eines Patienten zu entschlüsseln, kniete sich Pilgrim gegenüber.

»Und worum beten wir?« fragte er, sanft und ohne Herablassung.

»Bäume«, sagte Pilgrim.

»Bäume?« wiederholte Jung. »Sie meinen, wir sollen für die Bäume beten?«

Pilgrim schüttelte den Kopf.

»Bringen Sie mich hin«, flüsterte er. »Ich muß zu den Bäumen.«

»Zu den Bäumen«, sagte Jung. »Also gut. Warten Sie, ich helfe Ihnen auf.«

Zehn Minuten später betraten Jung und Pilgrim, beide in offenen Frühjahrsmänteln, den Garten an der Ostseite der Klinik. Kessler folgte in diskretem Abstand, obgleich die knarzenden Stiefel die Diskretion nicht leichtmachten.

Pilgrim war auffällig unsicher auf den Beinen. Er hielt Jungs Arm fest umklammert und schleppte sich wie ein Invalide den Pfad entlang.

Mit einemmal sah er auf – und fiel erneut auf die Knie.

»Mister Pilgrim – Mister Pilgrim«, sagte Jung und bückte sich, um seinem Patienten auf die Füße zu helfen.

Aber Pilgrim stieß ihn weg. »Nein, nein – schauen Sie! Sehen Sie sie nicht?«

Wen? Jung vermochte nichts Ungewöhnliches zu entdecken.

»Da«, flüsterte Pilgrim. »Da.«

Und er hob den Finger.

Jung richtete sich auf und blickte nach oben. Ein Stück über ihnen, auf dem Ast einer gewaltigen Tanne, saß ein Eisvogel, blaugrün schillernd und mit einem Fisch im Schnabel. Einen Moment lang schien er die Menschen auf dem Pfad unten der Reihe nach ins Auge zu fassen, dann schlang er seine Beute hinunter und flog mit einem hellen Schrei davon.

Jung setzte sich ein Stück abseits auf eine Bank. Von dort aus beobachtete er seinen Patienten, der nach wie vor auf dem Kies kniete, einen Ausdruck fast schon religiöser Verzückung im Gesicht.

Schau an, dachte er, *da haben wir ihn endlich. Den Seher – und seine Visionen.*

Eine halbe Stunde verharrten sie so, Jung auf der Bank, Pilgrim kniend und Kessler an einen Baum gelehnt.

Schließlich stand Pilgrim auf und klopfte sich den Staub von den Knien. In seinen Haaren hingen immer noch Toastkrümel, die er abzupfte und in der Handfläche sammelte. Dann schickte er einen letzten Blick zu dem Baum hinüber, zu der verlassenen Tanne, deren leere Zweige in der Sonne glänzten.

Ich komme wieder, sagte er sich. *Ich komme wieder her und setze ein Zeichen.*

Und er wandte sich um und ging allen voran den Pfad zur Klinik zurück, nicht mehr unstet, nicht mehr gebrechlich, sondern mit großen Schritten, eine Spur von Krumen hinter sich lassend.

Jung erhob sich mit einem Achselzucken. Was mochte hinter dieser plötzlichen mystischen Anwandlung stecken? Mensch – Baum – und Vogel. *Eisvogel.* Die gab es hier am Zürichsee selten genug. In Küsnacht hatte Jung nur einmal einen gesichtet, und das lag nun drei oder vier Jahre zurück. Und doch hatte es mit diesem seltenen und schönen Vogel offensichtlich eine besondere Bewandtnis für Pilgrim. Aber warum? Inwiefern?

Vielleicht sah man sie in England häufig, und Pilgrim hatte einfach Heimweh nach ihnen. Immerhin lebte er ja an einem Fluß – auch wenn es ein Fluß war, den der Handel prägte. Weiter stromaufwärts ... Wo entsprang er, dieser Fluß, die Themse? Oxfordshire ... irgendwo dort oben ... Jung konnte sich nicht auf die anderen Grafschaften nordwestlich von London besinnen. Nicht daß es eine Rolle gespielt hätte: Wo auch immer, die Themse entsprang zweifellos in pastoraler Idylle fernab von all den brackigen Wassern und sterbenden Landschaften der Großstadt. In einer Gegend, wo man sich in einem Nachen flußabwärts treiben lassen konnte, im Einklang mit allem, was die Natur noch zu bieten hatte.

Vor Jungs innerem Auge entstand das Bild Pilgrims, wie er, ganz in Weiß gekleidet, in einem flachen Kahn am oberen Themselauf saß, nein, ruhte. Ein Sonnenschirm vielleicht noch – ein Hut aus geflochtenem Stroh – ein auf den Knien aufgeschlagenes Notizbuch – und dazu ein Eisvogel, der in einem unberührten Altwasser nach Fischen tauchte ...

Sie hatten das Vordach erreicht. Jung sah zu, wie Pilgrim die Stufen erklomm und durch die Tür trat, gefolgt von dem stiefelknarzenden Pfleger.

Als er selbst oben stand, drehte er sich noch einmal um und sah über die dichten Baumkronen hinweg in die Berge. Der Zürichsee war von hier aus nicht sichtbar. Dafür hatten die Gründer des Burghölzli Sorge getragen, die die Bäume zwischen Klinik und See hatten pflanzen lassen, um den Blick auf das Wasser zu versperren; so viele der Patienten waren potentielle Selbstmörder, und zum Ertrinken gehörte so wenig. Aber die Berge sah man –

die Höhen, den Himmel und die fernen Bergketten am Horizont, lilagrau und umdunstet.

Eisvogel, dachte Jung.

Eisvogel. Gesichte. Seher.

Nun denn, sagte er sich, *warten wir ab.*

3

Lange brauchte er nicht zu warten.

Zwei Tage später gingen Jung und Archie Menken ebenjenen Pfad entlang, auf dem Pilgrim im Kies gekniet hatte. Sie erörterten die Differenzen zwischen Freud und Jung, die sich seit Anfang des Jahres nicht mehr ignorieren ließen und sich zunehmend zum Zerwürfnis ausweiteten. Auf lange Sicht sollten sie zum vollständigen Bruch führen, aber noch war es nicht soweit. Trotzdem war das Verhältnis extrem angespannt, schwankend zwischen vorsichtigen Aussöhnungsversuchen und Freuds immer wieder neu aufflackerndem Zorn darüber, daß sein designierter Stellvertreter, sein adoptierter Erbe, der Kronprinz der Psychoanalyse es wagte, sich gegen Freuds ehernes Gesetz aufzulehnen, dem zufolge alle Psychosen ihren Ursprung in sexueller Unterdrückung, sexueller Frustration und sexuellem Mißbrauch hatten. Jung machte diese Entwicklung sehr zu schaffen. Seine Bewunderung für Freud war nahezu grenzenlos. Dennoch konnte er seinen Standpunkt immer weniger teilen. Je mehr er lernte – je weiter er vorstieß –, desto sicherer war er sich, daß Freud irrte.

»Es ist wie ein Kampf auf Leben und Tod mit dem eigenen Vater«, sagte er zu Archie Menken. »Es gibt Augenblicke, da meine ich es nicht zu ertragen. Und was noch schlimmer ist, manchmal – ich wage es kaum auszusprechen – manchmal empfinde ich einen regelrechten Haß auf ihn. In vieler Hinsicht ist er ganz einfach ein Tyrann, und das kann ich nicht hinnehmen.«

Archie Menken zuckte die Achseln und lächelte. »Du hast selber etwas von einem Tyrannen, C.G.«, sagte er.

»Mag sein«, räumte Jung ein. »Mag sein.« Er wußte, daß es stimmte. Aber der eigentliche Tyrann war die Genialität. Das war die Krux bei ihm wie auch bei Freud.

Sie hatten die Bank erreicht, von der aus Jung zwei Tage zuvor Pilgrim beobachtet hatte, und Jung packte Archie Menken plötzlich beim Arm.

»Schau dir das an«, sagte er.

»Was?«

»Die Tanne. Da. Siehst du, was ich sehe?«

Archie kniff die Augen zusammen.

»Möglich«, sagte er. Aber er konnte nichts Ungewöhnliches entdecken.

Jung trat dicht an den Baum heran und beugte sich vor, eine Hand gegen den Stamm gestützt.

»Hier«, sagte er. »Das da.«

Archie kam näher und betrachtete die Stelle, auf die Jung zeigte.

Jemand hatte ein *T* in die Rinde geschnitzt, und Harz perlte aus der Wunde.

»Fehlt da nicht das Herz drum herum?« fragte Archie trocken.

»Ich glaube nicht«, sagte Jung.

Sein Ton war so durch und durch ernsthaft, daß Archie Menken ihn von der Seite ansah.

»Sagt es dir etwas?« erkundigte er sich.

Das bejahte Jung, auch wenn ihm die Bedeutung des Zeichens alles andere als klar war. Er wußte nur, daß es von Pilgrims Hand stammte – und dieses Wissen genügte vorerst.

Nicht Jung, sondern Emma sollte entdecken, was es mit dem *T* auf sich hatte. Sie fand die Erklärung in einem weiteren von Pilgrims Tagebüchern – einer Geschichte, die noch niemand gelesen hatte als der Verfasser selbst.

4

In den Bergen der Sierra de Gredos nordwestlich von Avila in Kastilien fließt ein Fluß namens *La Mujer* – die Frau. Das Land dort ist olivgrün und staubig – keine Ödnis, doch ein reinigender Regen läßt zu oft auf sich warten. Der Staub hat einen goldenen Schimmer und überzieht alles mit einer Patina. Die Haare der Männer, die Röcke der Frauen, die Dächer der Häuser und das Laub der Bäume sind vergoldet. Die Schafe in den Hügeln und das Rindvieh in den Tälern schimmern so golden, daß ihr Fell und ihre Wolle zur Herstellung von Stiefeln und Teppichen weithin begehrt sind.

Tief in der Sierra gab es eine Stelle am Fluß, die *Las Aguas* genannt wurde. Hier hatte ein Landbesitzer, ein gewisser Pedro de Cepeda, La Mujer mit einem Wehr aus Schilfgeflecht zu einem kleinen See aufgestaut, an dem er zweimal jährlich seine Herden zusammentreiben ließ, um das Zwillingsritual des Scherens und Schlachtens abzuhalten.

Die zum Schlachten bestimmten Rinder und Schafe – zumeist junge Ochsen und Lämmer – wurden hier aussortiert und über die Berge nach Süden getrieben, zu den Schlachthöfen von Riodiaz, von wo aus ihr Fleisch auf die Tische der Hauptstadt Madrid gelangte. Jedesmal stimmte der Zusammentrieb der todgeweihten Tiere, bei deren Geburt sie geholfen und die sie gehegt und gepflegt hatten, die Hirten ein wenig traurig. Um dieser Melancholie zu begegnen, sorgte Don Pedro de Cepeda für Wein und Musik und ritt selbst hinaus, um bei seinen Leuten zu sein.

Im Jahre 1533 gab es unter den Schafhirten einen achtzehnjährigen Simpel namens Manolo. Seine Einfalt hinderte ihn nicht daran, seinen Pflichten nachzukommen. Er liebte die ihm anvertrauten Schafe ebensosehr wie das Land, auf dem sie weideten. Etwas anderes als diese Berge und Täler hatte er nie kennengelernt, seine Welt war begrenzt auf die zehn Quadratmeilen, auf denen er lebte, diese *Tierra dorada* mit ihrem goldenen Schimmer und den grünen Schatten. An seine Mutter konnte er sich nicht erinnern. Der Mann, der behauptete, sein Vater zu sein, und der dem Jungen alles beigebracht hatte, was ein auch simpler Geist begreift, lebte jetzt ein Stück entfernt – nach wie vor im Dienste Don Pedros, aber getrennt von seinem Sohn.

In den heißen Sommermonaten war es Manolos größte Freude, während der Siesta in dem kleinen See von Las Aguas zu schwimmen. Er ließ seine Herde in einem schattigen Eichenhain zurück und seine Kleider am Ufer, wo Perro, sein Hund, auf beides ein Auge haben konnte. Manchmal sprang Perro ins Wasser, um ein Stück mit Manolo zu schwimmen, doch er flüchtete sich sehr bald wieder ans Ufer und in den Schatten. Die Hitze war so drückend, daß man wenig Lust verspürte, etwas anderes zu tun als zu dösen.

Manolo war ein schlaksiger, sehniger Bursche mit langen Beinen. Wäre El Greco damals schon geboren gewesen, so hätte er in dem Jungen das Idealbild seiner mageren Männerkörper erblickt, bis hin zu der Tönung der Haut und seinen tänzerischen Verrenkungen.

Wenn Schönheit eine eigenständige Qualität ist, die schmükkenden Beiwerks nicht bedarf, dann war Manolo schön – solange man ihn im Schlaf sah oder im Wasser. Im Schlaf hielten seine sonst so ruhelosen Gliedmaßen still, und wenn er schwamm, sich treiben ließ oder mit Perro planschte, wenn ihm am Ufer das Wasser in langen, glänzenden Schlieren vom Körper lief, wirkten seine langen, knabenhaften Arme und Beine vollendet proportioniert. Doch sobald er anfing, nach seinem Hemd, seinen zerlumpten Hosen und den Sandalen zu suchen, ging jeglicher Zusammenhalt verloren – jeder einzelne Muskel schien gegen alle anderen um die Herrschaft über seine Bewegungen zu kämpfen. Ihn als *spastisch* zu bezeichnen, wäre eine Verharmlosung gewesen – auch wenn er allzu starkes Zucken vermeiden konnte, indem er sich auf seine Krücken stützte.

Don Pedro hatte ihm diese Krücken eigenhändig geschnitzt, gerührt von dem unbändigen Willen des Jungen, aufrecht durchs Leben zu gehen.

Beim Sprechen stotterte Manolo. Es begann schon im Gehirn, wo der Drang zu sprechen eine Sturzflut von Worten auslöste. Darum brachte er sie oft nicht in die richtige Reihenfolge. *Schlafen ich will,* sagte er dann zum Beispiel, um mit einem Blick auf Perro hinzuzufügen: *Schlaf du auch du? Jetzt du dich und lege ich mich hin.*

Es war an einem Nachmittag Anfang Juli 1533. Manolo ließ sich mit dem Gesicht nach oben im Wasser treiben, als Perro, der am Ufer gedöst hatte, sich plötzlich aufrichtete und zu den Bäumen hinüberwitterte, in deren Schatten die Schafe ruhten.

Seit Wochen hatte es keinen Tropfen mehr geregnet, und der goldene Staub lastete schwerer als sonst auf Blättern und Boden. Auch Perros Fell starrte vor Staub.

War ein Wolf in der Nähe?

Ein verwilderter Hund?

Ein Dieb?

Hoch oben am Himmel kreisten auf gestreckten Schwingen zwei Adler. Oder waren es Geier? Lag irgendwo bereits ein Kadaver – oder folgten die Vögel einfach der Jagdfährte eines anderen Tieres, in der Gewißheit, daß am Ende etwas für sie abfallen würde? Manolo hatte schon öfter beobachtet, daß Raubvögel ein bestimmtes Verhalten bei Wölfen, wilden Hunden und Füchsen vorausahnten und ihnen zum unvermeidlichen Finale folgten.

Zwischen den Steineichen standen auch Fichten, Pinien, vereinzelte Korkeichen und Platanen, und letztere überragten zusammen mit ein paar Pinien das Gehölz. In ihren Wipfeln ließen sich oft ganze Scharen von Elstern, Krähen oder Staren nieder. Des vielen Krächzens und Zwitscherns wegen nannte Manolo diese Bäume den *Platz der Stimmen*.

Manolo trat im Wasser auf der Stelle und richtete den Blick – wie Perro – auf die höchsten Bäume an dem Hang über dem See.

In einem von ihnen saß ein Vogel, zumindest sah es so aus. Ein riesiger Vogel, der die Flügel breitete, als wollte er sich damit an den Zweigen festhalten – oder sie in der Sonne trocknen wie ein Pelikan.

Was mochte das sein?

Kein Vogel auf der ganzen Welt war so groß und so weiß und so mächtig.

Manolo vergaß das Treten und ging unter.

Als er prustend wieder auftauchte, mit Wasser in den Augen und fast blind, weil die Sonne so grell schien, begriff er, daß er einen Engel vor sich hatte. So weite Schwingen haben nur Engel, und nur Engel sitzen so still.

Manolo schwamm ans Ufer, stieg aus dem Wasser und nahm die Krücken zur Hand.

Perro hatte die Nackenhaare aufgestellt und den Schwanz eingezogen.

»Komm du mit mir«, flüsterte Manolo, faßte den Hund am Ohr und führte ihn zwischen die Bäume.

Als er in dem scheckigen Schatten zwischen den dösenden Schafen hindurchhumpelte, wirkte Manolo wie ein halbfertiges Wesen, dessen Einzelteile sich gerade erst zu einer Gestalt fügten. Er stolperte, zuckte mit den Armen, und das flimmernde Licht und die goldenen Schatten zerstückelten seine Glieder, seine Krücken, seinen Oberkörper in Segmente, die so zusammenhanglos erschienen, daß sie kaum noch als menschlich zu erkennen waren.

Sie kamen, etwas außer Atem, am Fuß des Baumes an, in dem der Engel saß. Aus der Nähe schien es, als säße er nicht freiwillig dort oben, sondern hätte sich in den Zweigen verfangen.

Manolo blickte hinauf.

Perro legte sich hin und war still.

Der Engel hatte das Gesicht zum Himmel gewandt. Zwischen den Blättern sah er aus wie ein Mensch, der allein eine große Kathedrale betreten hat und von den Sonnenstrahlen beschienen wird, die durch die bunten Fenster fallen. Als Kind hatte Manolo das einmal gesehen, in Avila, wo sie ihn hingebracht hatten, damit ein Wunder ihn von seiner Lähmung heilte. Ein Wunder war nicht geschehen – aber Manolo hatte geglaubt, daß die Figuren in den Fenstern atmeten und lebendig waren. Sie leuchteten so hell, daß sie in Flammen zu stehen schienen, und ihr Flimmern ließ ihn glauben, sie bewegten sich.

Und jetzt saß dort oben ein Engel.

Manolo wagte nicht zu sprechen.

Endlich neigte der Engel den Kopf und erblickte ihn. Es war ein weiblicher Engel.

»Bist du hergekommen, um zu beten?« fragte der Engel.

»Nein, Señora. Zu betrachten Euch.«

»Ist das dein Baum?«

»Nein, Señora. Der Baum ist eigen.«

»Ich verstehe.«

Der Engel klammerte sich fester an seinen Ast.

»Hilfst du mir herunter?«

»Ihr könnt nicht fliegen?« fragte Manolo.

»Nein.«

»Und wie auf den Baum gekommen seid Ihr?«

»Ich weiß es nicht. Es passiert – aber erklären kann ich es nicht.«

»Passiert?«

»Ich schwebe in die Höhe. Manchmal so hoch wie jetzt, manchmal auch nicht so hoch. Aber ich tue nichts dazu. Es passiert einfach.«

»Tut das weh?«

»Nein. Aber mir dreht sich alles. Und dann muß ich lachen.«

»Perro fürchtet sich vor Euch.«

»Wer ist Perro?«

»Mein Hund. Er denkt, Ihr seid ein großer Vogel und fliegt fort mit ihm, ihn zu fressen.«

»Ich fresse keine Hunde – und fortfliegen kann ich auch nicht. Ich habe keine Flügel.«

Als er die Stimme des Engels und seinen Namen hörte, hob Perro den Kopf und wedelte mit dem Schwanz.

Dann sagte der Engel: »Das Dumme beim Aufsteigen ist, daß man wieder herunter muß. Du hast nicht zufällig eine Leiter?«

»Kenne keine Leiter.«

»Sprossen. Stufen. Wie eine Treppe.«

»Kenne keine Treppe.«

»Gut, dann muß ich eben auf den Ästen herunterklettern.«

Und damit machte sich das Engelmädchen an den Abstieg. Zuerst mußte es sein Kleid aus den Zweigen befreien, allem voran die Flügel, die in Wirklichkeit weiße, flatternde Ärmel waren.

Manolo trat zurück, um nicht im Weg zu stehen, und Perro versteckte sich hinter ihm. Das Engelmädchen stellte sich ungeschickt an, und zweimal wäre es fast abgestürzt, aber schließlich hatte es wieder festen Boden erreicht und schüttelte sich den Rock aus.

Es betrachtete Manolo offen und kein bißchen verlegen. »Du bist nackt«, sagte es.

Manolo antwortete: »Ich bin oft nackt. Hier ist ja keiner nie.«

Das Engelmädchen lächelte. »Mein Name ist Teresa de Cepeda y Ahumada«, sagte es. »Ich bin in die Sierra de Gredos gekommen, um meinen Onkel zu besuchen. Don Pedro ist der Bruder meines Vaters.«

Manolo hinkte zu einem Baum, um sich dahinter zu verstecken. »Will zurück ins Wasser«, sagte er.

»Richtig, das Wasser. Ich hab es von dort oben gesehen. Las Aguas. Mein Onkel hat mir davon erzählt.«

Teresa ging voraus.

»Gebt auf die Schafe acht«, sagte Manolo, als sie durch den Wald hinabstiegen. »Sie halten Siesta, bevor sie gehen weiden wieder.«

Perro lief in langen Sätzen voraus und bahnte sich geübt einen Weg zwischen Schafen und Lämmern hindurch, ohne auch nur eines von ihnen in seiner Ruhe zu stören.

Als sie hinaus ins Sonnenlicht traten, blieb Teresa wie angewurzelt stehen, blickte auf den künstlichen See und breitete die Arme aus, als wollte sie ihn umfassen. »Oh«, sagte sie. »Ich habe noch nie so etwas Schönes gesehen.«

Im Schilf am anderen Ufer ruhte ein Schwarm Pelikane auf dem Wasser. Ihr Federkleid war mit goldenem Staub gepudert.

»Machen auch Siesta hier«, sagte Manolo. »Und jeden Tag Enten und Schafe und Perro und ich – schlafen wir zum Gesang der Zikaden. Hört Ihr?«

Sie gingen zum Ufer hinunter, wo Manolos Kleider verstreut lagen. Daneben lag ein Schlauch voller Wein und ein Tuch, in dem Reste von Brot und Käse verschnürt waren. Perro lief zum Wasser, um zu trinken.

»Schließt Ihr Eure Augen«, sagte Manolo. »Ihr sollt nicht sehen, wenn ich gehe.«

Teresa bedeckte das Gesicht mit den Händen und sagte: »Jetzt bin ich blind.«

Manolo humpelte auf seinen Krücken zum Wasser, ließ sie fallen, stolperte in den See und watete so weit hinaus, daß er noch stehen konnte und seine Blöße doch bedeckt war.

»Jetzt dürft Ihr wieder schauen.«

Aber Teresa hatte längst geschaut. Sie hatte die Finger einen Spalt geöffnet und gesehen, daß Manolo ohne die Krücken hilflos war. Sie hatte seinen holpernden Schritt gesehen und das Muttermal auf seinem Rücken, das die Form eines Schmetterlings hatte.

Sie nahm die Hände herunter, setzte sich neben seine Kleider und fragte ihn nach seinem Alter.

»Achtzehn«, antwortete er. »Hab ich gezählt. Kann ich bis hundert zählen.«

»Ich wünsche dir, daß du so alt wirst!«

Aus den Bäumen am gegenüberliegenden Ufer flog ein Eisvogel herüber und streifte über das Wasser. Blau. Grün. Leuchtend.

»Das war ein Bote Gottes«, sagte Teresa. »Hast du das gewußt? Pelikane, Reiher und Eisvögel – sie alle sind Boten, geschickt von unserem Herrn, Jesus Christus. Denn Jesus war ein Fischer wie sie, ein Menschenfischer. Und ein Hirt seiner Schafe. Gottes Schafhirt.«

Manolo ließ die Hände langsam durchs Wasser gleiten. »Ich bin nicht von Gott«, sagte er verträumt und strich ein paar kleine Wellen glatt. »Meine Schafe sind nur Schafe.«

»Aber die Schafe sind Gottes«, sagte Teresa. »Wir alle sind Gottes.«

»Ich nicht«, sagte er. »Ich bin zu zerbrochen. Bei meiner Geburt war Gott nicht. Und einmal hat Don Pedro, Euer Onkel, mich nach Avila mitgenommen, damit ich in der Kathedrale den Segen der Jungfrau empfange, und ich bin heimgekehrt, wie ich aufgebrochen war – auf Krücken.«

Teresa stand auf und warf einen Stein ins Wasser. »Gott ist überall«, sagte sie.

Manolo senkte den Blick.

»Er ist bei dem Stein, der dort untergeht«, fuhr Teresa fort.

»Und bei jedem Vogel, der auffliegt.« Sie setzte sich wieder hin und breitete die Röcke aus. Sie war in die Tracht der Karmeliterinnen gekleidet, nur das rötlich schimmernde Haar ließ sie frei über die Schulter fallen. An den Füßen trug sie Sandalen, und ein Rosenkranz schaukelte an einer seidenen Kordel um ihre Hüften.

»Ich glaube an Gott, den Vater. Und ich glaube, daß Gott der Vater an mich glaubt ...«, sagte sie. Und lächelte. »Und ich weiß, daß Gott der Vater an dich glaubt. Weil er an jeden von uns glaubt. Eines Tages wirst du das begreifen. Er ist überall – in jedem von uns.«

Teresas Mutter, Doña Beatriz, war fünf Jahre zuvor gestorben, als Teresa dreizehn war. Sie hatte ihrer Tochter eine gehörige Portion Romantik mit auf den Weg gegeben, die alle Bereiche des Lebens umfaßte, von Literatur und Musik bis hin zu Fragen der Kleidung und dem Auftreten in einer Welt, in der man eines Tages einen Ehemann für sich gewinnen mußte. Als Teresa de Cepeda heranwuchs, waren Ritterlichkeit, Märtyrertum und andere edle Ziele ihre tägliche Speise. Im Alter von sechs Jahren war sie zusammen mit ihrem zehnjährigen Bruder Rodrigo aufgebrochen, um unter den Mauren Nordafrikas das Martyrium zu suchen. Don Pedro war den verschwundenen Kindern zufällig auf der Straße nach Salamanca begegnet und hatte sie zu ihren Eltern zurückgebracht.

Das war die Sehnsucht hinter Teresas Überzeugungen: sich auf die Suche nach dem heiligen Gral zu machen, mit den Entdeckern nach Amerika und in den Orient zu segeln, in den Himmel emporzusteigen, um den Allmächtigen zu finden, sich in die Erde zu graben, um den Leibhaftigen ans Tageslicht zu zerren. Sie las Gedichte. Sie las Legenden. Sie kleidete sich wie die Königin Isabella. Sie legte die Tracht der Karmeliterinnen an. Sie experimentierte mit theatralischer, beinahe hurenhafter Schminke – und hatte sich eines Tages das Haar mit Henna gefärbt. Aber die Entdeckung des wahren Selbst hat weniger mit dem Ziel an sich zu tun, als mit der Fähigkeit, es zu erreichen. Zweifellos war das eigentliche Ziel von Teresa de Cepedas Träumereien Gott – aber konnte man Ihn denn erreichen?

Sie wurde auch von den schwindelerregenden Höhenflügen der Levitation heimgesucht und, schlimmer noch, von den grellen

Visionen der Epilepsie. Sie neigte zu Ohnmachten; sie fastete endlos; sie verkroch sich im Bett; stundenlang kniete sie im Gebet, um ihrem Refugium dann von einem Moment auf den anderen den Rücken zu kehren und mit ihren Brüdern hinaus in die Sierra zu reiten, bis zum Horizont zu galoppieren und nicht vor Einbruch der Dunkelheit zurückzukehren.

Sie war ein Ausbund an Widersprüchen, dabei gab es nichts, was sie nicht mit völliger Hingabe getan hätte. Alles war von Belang. Spiel und Spaß waren ernsthafte Beschäftigungen. Und ihre Liebe zu Gott war so groß, ihre Andacht beim Gebet so tief, daß ihr Vater Don Alonso fürchtete, seine einzige Tochter an die Nonnen zu verlieren.

In den Monaten vor ihrer Reise in die *Tierra dorada* war sie schwer erkrankt und hatte Anlaß zu ernster Sorge gegeben. Sie war zahlender Gast im Nonnenkloster Unserer Lieben Frau in Avila gewesen. Die Nonnen gehörten dem Augustinerorden an und waren hoch gerühmte Lehrerinnen. Teresa lauschte den Lektionen höflich und gelehrig, aber mit wachem Ohr. Sie suchte sich heraus, was sie gebrauchen konnte, und verwarf im stillen alles andere. Und dann wurde sie plötzlich krank, so krank, daß die Nonnen um ihr Leben bangten.

Don Alonso und seine Söhne machten sich zum Kloster auf und holten sie nach Hause, wo sie sich langsam erholte – allerdings mit mehreren Rückfällen, die sie stark schwächten. Und so hatte ihr Vater sie zu Don Pedro gebracht, damit sie in der Sonne, der Luft und dem goldenen Licht der *Tierra dorada* wieder zu Kräften kam.

Während Teresa jetzt am Ufer von Las Aguas saß, Perro zu ihren Füßen und Manolo wie ein Täufer im Wasser, ertönte plötzlich ein lautes Eselsgeschrei.

»Gütiger Himmel!« rief Teresa und sprang auf. »Mein armer Picaro! Den hab ich ganz vergessen.«

Sie hätte sich keine Sorgen machen müssen. Esel sind nicht abenteuerlustig. Es war ihm nicht eingefallen, davonzulaufen. Statt dessen hatte er sich durch das Wäldchen auf den Weg zu seiner Herrin gemacht.

»Picaro«, rief sie und warf ihm die Arme um den Hals. »Es tut mir so leid, mein Picaro.« Lachend wandte sie sich zu Manolo um.

»Er ist ein Schlingel, aber ich hab ihn lieb.« Sie gab dem Esel einen Kuß zwischen die Ohren. »Er trägt mich überallhin – und ich lasse ihn ganz allein dort oben stehen. Ach, es tut mir so leid.«

»Bringt ihn her, damit er trinken kann.«

Teresa führte Picaro ans Wasser und sah ihm nach, wie er zu Manolo hinauswatete, den Kopf in die Höhe warf und vor lauter Freude über das viele kühle Wasser iahte. Beim Klang seiner Stimme schwiegen die Zikaden, und die Pelikane hoben schon die Flügel, erkannten aber, daß keine Gefahr drohte und blieben sitzen.

Teresas Blick wanderte über die Berge, den See, den Himmel, das Wäldchen, die Schafe, den Hund, den Esel, die Vögel und den nackten Mann. »Gott selber ist bei uns«, sagte sie zu Manolo. »Dieser Ort und wir alle zusammen, wir sind Gott.«

Von den Bäumen am gegenüberliegenden Ufer flog mit staubigem Flügelschlag eine Schar Ringeltauben auf, umkreiste dreimal den See und flog davon in die Berge.

»Es ist wahr«, sagte Teresa. »Was ich sage, ist wahr. Gott selbst hat es mir gerade gesagt.«

5

T.

In die Rinde eines Baumes geschnitzt.

T.

Jung lehnte sich zurück.

Emma war es, die den Zusammenhang erkannt hatte. In den vergangenen Wochen hatte sie sich immer mehr in Pilgrims Tagebücher vertieft – von denen die meisten nach wie vor ungelesen in der verschlossenen Schublade in Jungs Arbeitszimmer lagen. Carl hatte ihr den Schlüssel gegeben und sie gebeten, an seiner Stelle weiterzulesen, weil seine Beschäftigung mit Pilgrim selbst und andere Patienten seine Zeit zu sehr in Anspruch nahmen. Emma hatte freie Hand, solange sie die Tagebücher nicht aus dem Arbeitszimmer entfernte und sie nach der täglichen Lektüre wieder an ihren Platz legte. Daran hatte sie sich gehalten.

Vielleicht gab es auch irgend etwas an den Tagebüchern, das Jung einschüchterte. Emma schien es zumindest so. Schon seit Tagen machte er einen Bogen darum, und sie vermutete, daß sie ihm zu »persönlich« waren, zu sehr aus dem Blickwinkel eines einzelnen geschrieben – daß sie zu wenig Raum für die Art von Einsichten ließen, wie Carl sie im direkten Gespräch suchte. Im Zusammenhang mit einem anderen Patienten hatte er einmal zu ihr gesagt: »Der Mann ist mein Ressort, nicht das Werk.« Die Rede war von einem Künstler gewesen – einem Maler –, und Jung hatte abschließend bemerkt, manche Menschen würden »sich mit voller Absicht hinter dem verstecken, was sie erschaffen, weil sie unerkannt bleiben wollen.« Darauf hatte Emma geantwortet: »Und? Spielt das eine Rolle? Kunst handelt nicht vom Künstler. Kunst handelt von sich selbst.«

Jung hatte nur die Achseln gezuckt.

Drei Tage, nachdem ihm und Archie Menken das geschnitzte *T* aufgefallen war, hatte Emma ihrem Mann ein paar Tagebuchpassagen gezeigt, die sie gerade gelesen hatte und in denen es um Bäume, Eisvögel und Teresa ging.

Teresa.

Das war eine Gestalt, die Jung ein Begriff war. Aber er mißtraute ihr auch. Sie war eine Mystikerin gewesen – eine äußerst fragwürdige noch dazu, und aller Wahrscheinlichkeit nach eine Schwindlerin. Allein schon die Levitationen. *Hokuspokus,* hatte er geknurrt.

Emma beharrte darauf, daß sie ganz einfach ein Teil von Teresa waren. Die Leute hatten gesehen, wie es geschah, während sie betete.

»Zeugen kann man kaufen«, sagte Jung, als sie am selben Abend mit zurückgeschlagenen Decken im Bett lagen. »Ich postuliere nur«, fügte er hinzu. »Reine Spekulation.«

»Würdest du auch über Haeckels Foschungsergebnisse postulieren und spekulieren?«

»Früher schon. Jetzt nicht mehr.«

»Weil du jetzt überzeugt bist.«

»Weil ich jetzt überzeugt bin.«

»Und wo ist dein Beweis?«

»Beweis?«

»Beweis, ja. Du verlangst von Teresa den Beweis, daß sie das Opfer von Levitationen geworden ist ...«

»Sag nicht Opfer!«

»Gut. Du verlangst von Teresa den Beweis dafür, daß sie zu Gott emporschwebte, wenn sie betete. Könnte das nicht allegorisch zu verstehen sein? Denn das war schließlich ihre ganze Sehnsucht: dahin aufzusteigen, wo Gott war – aufsteigen im wahrsten Sinne des Wortes. Sie sprach von Gott als von *Seiner Majestät,* und nichts zählte für sie, als zu dem Ort aufzusteigen, wo Er ist, wo Er existiert. Was für ein besseres Sinnbild gibt es für die Levitation? Ich verstehe beim besten Willen nicht, was dich daran stört.«

»Sie war ein Scharlatan.«

»Sie war eine Katholikin – das meinst du damit. Sie war eine gläubige Katholikin. Und du bist ein abtrünniger Protestant – wegen deines gottverlassenen Vaters in seiner gottverlassenen Pfarrei. Du glaubst an nichts. Das ist dein eigentliches Problem, mein Lieber – du hegst ein tiefes Mißtrauen gegen jeden, der an Gott glaubt. Vielleicht sogar gegen jeden, der an irgend etwas glaubt.«

»Warum bist du so zornig?«

»Ich bin nicht zornig, ich versuche dir etwas zu erklären, dir begreiflich zu machen, was du hier tust. Du weigerst dich, dich auf diese Frau einzulassen, weil du nicht zugeben willst, daß Mister Pilgrim dir voraus ist.«

»Mir voraus ist? Was willst du damit sagen? Wieso ist er mir voraus?«

Emma legte sich auf die Seite, mit dem Rücken zu ihm.

»Du erträgst es nicht, daß jemand dir den Rang abläuft, mein Liebster«, sagte sie. »Daß Mister Pilgrim etwas weiß, von dem du keine Ahnung hast. Er kannte eine Heilige und hat sie verstanden. Von so etwas kannst du nur träumen. Laß es mich so sagen: Vielleicht bist du in diesem Fall der Schüler, und Mister Pilgrim ist der Lehrer.«

Sie bettete sich zurecht, legte eine Hand auf ihren Bauch und ließ sie ganz ohne tastende Neugier dort liegen.

»Versuch dir vorzustellen, du hättest keine Fragen«, sagte sie. »Versetz dich in Teresa hinein. Sie hat keine Fragen gestellt. Sie hat einfach gewartet. Das war ihr Wunder: nicht alles vorherzuwissen, nicht immer gleich sagen zu können, es passiert so oder so. Sie hat kein Wissen gefordert. *Und du forderst Wissen.* So gesehen bist du ein Ungeheuer.«

Jung wälzte sich zu ihr hinüber.

Ungeheuer?

»Ich liebe dich«, sagte er – zu seinem eigenen Erstaunen.

»Ich werd's bedenken«, antwortete Emma. Und lächelte.

Jung legte ihr die Hand auf die linke Hinterbacke. Er machte sich an ihrem Nachthemd zu schaffen.

»Ich hab dich noch nie von hinten genommen«, sagte er, überrascht von seiner eigenen Stimme – von der Lüsternheit, die plötzlich hervorbrach. Pure, ungeschminkte Lüsternheit. Ohne den Deckmantel ehelichen Anstands.

Er schnürte die Schlafanzughose auf und zog sie herunter.

Jetzt vergewaltige ich dich, dachte er. *Ich besorg es dir nach allen Regeln der Kunst. Und ich kann dir jetzt schon sagen, das dauert.*

»Carl?«

»Ja.«

Sie hatte gesprochen. Was fiel ihr ein?

»Nimm deine Hand von meinem Hintern.«

Jung gehorchte. Seine Hand bewegte sich. Als hätte er keinerlei Gewalt über sie. Sie räumte einfach ihren Platz. Er rückte von Emma ab, erigiert und verwirrt.

»Gott existiert«, sagte Emma, schon halb im Schlaf. »Das weißt du doch, oder?«

Wußte er es? Möglich. Auch wenn er es niemals aussprechen würde, er wußte, da war jemand – oder etwas. Denn wenn es nichts und niemanden gab, dann war sein Streben nach Erkenntnis ohne Sinn.

»Ja«, sagte er. Flüsterte er.

»Was ist Gewißheit?« fragte Emma.

»Nichts zu wissen«, sagte Jung.

»Bravo«, seufzte Emma. »Du lernst dazu.« Sie rutschte noch ein Stück weiter weg. »Möchtest du, daß ich dir mit meiner Hand ein bißchen beim Spekulieren helfe? Oder wird die Eruption auch ohne mein Zutun Gewißheit?«

Jung stöhnte. *Ach, warum nimmt sie ihn nicht in den Mund?* dachte er.

Er spürte den Schlaf näher kommen. Er war schon ganz nah, ein Fisch, der den Köder umkreiste. *Gleich hab ich ihn eingefangen und weg bin ich.*

Welch ein befriedigendes Bild. An einem strahlenden Septembermorgen bis zu den Knien im See stehen. Sonnenaufgang und Sonnenfische. Kühle Luft. Kühles Naß.

Eisvogel.

Was ist Gewißheit? hatte Emma ihn gefragt. Nichts zu wissen, hatte er geantwortet.

Die Fische sind da – aber findet man sie auch?

Das Sonnenlicht gleißte auf dem Wasser. Einen Moment lang blendete es ihn.

Und Gott?

Er ließ sich treiben.

Gott ist in dem gleißenden Licht.

Möglich. Durchaus möglich.

Etwas zupfte am Angelhaken.

Nicht soviel zweifeln – mehr glauben, sagte der Großinquisitor. *Gerade eben hast du dich an der Levitation versucht, Carl Gustav.*

Unsinn.

Schon im Halbschlaf.

Unsinn? Und wie definierst du einen Orgasmus? Da erhebst du dich doch auch auf eine andere Ebene? Denk mal darüber nach.

Vielleicht.

Vielleicht? Etwas mehr Glaube, wackrer Fischersmann. Du willst doch Seelen fangen. Verzeih den Kalauer. Humor war noch nie meine Stärke. Vielleicht hätte ich von Geistern sprechen sollen. Darum geht es doch. Emmas kleiner Fisch. Pilgrims verlorene Mitte. Blawinskajas Mond. Dein verlorener Glaube …

Vielleicht hast du recht.

Gute Nacht, Carl Gustav.

Ja, ja. Gute Nacht. Alter Mistkerl.

Er lächelte.

Gute Nacht – genau die passenden Worte. Eine gute Nacht, auch wenn Emma sich ihm verweigert hatte.

Würde er sie jemals dazu zwingen? Mit Gewalt? Nein, wahrscheinlich nicht. Nicht, weil sie schlecht über ihn denken würde, das nicht, sondern weil er selbst schlecht über sich denken würde. Sie konnte über ihn denken, was sie wollte, solange sie nicht die Achtung vor ihm verlor, vor ihm als …

Künstler?

Wo kam das Wort jetzt her?

Als *Wissenschaftler,* hatte er sagen wollen. Solange sie nicht die Achtung vor ihm als Wissenschaftler verlor.

Eines Tages würde die Welt seine Größe erkennen. Seine wissenschaftliche Pionierarbeit, seine Entdeckungen, seinen Vorstoß zu neuen Ufern.

Ein tröstlicher Gedanke.

Nein. Er würde Emma nie dazu zwingen. Das hatte er gar nicht nötig. Sie würde von ganz allein kommen und darum betteln. Und bis dahin gab es andere. Während er sein eigentliches Ziel ins Visier nahm – die Unanfechtbarkeit seiner Genialität.

Darüber schlief er ein.

Als Emma morgens erwachte, war Carl schon fort. Sie hatte von seinem Aufbruch nichts mitbekommen. Doch als sie ins Badezimmer ging, war seine Anwesenheit noch überall zu spüren. Der Wäschekorb quoll über von nassen Handtüchern. In der Luft lag noch der Geruch nach Seife und dem Zitronenduftwasser, mit dem ihr Mann seine Taschentücher besprenkelte. Der Spiegel war noch beschlagen.

In der unteren rechten Ecke hatte Jung ein *T* auf das Glas gemalt. Sehr groß. Sehr bedeutsam.

T. Teresa. Tanne.

Wie würde sie ihn nur dazu bringen, diese schwierige Frau zu tolerieren. Diese Heilige. Wie konnte sie ihn lehren, ihr einzigartiges Genie zu verstehen?

Nein. Belehren durfte sie ihn nicht. Er ließ sich nicht belehren, es sei denn, er bat selbst darum.

Pilgrims Tagebücher waren voll der Offenbarungen. Leonardo, die Mona Lisa. Hunde, die Perro und Agamemnon hießen. Vergewaltigungen und Verführungen. Entdeckungen und Verluste. Spanische Schafe und geträumte Schafe. Mister Bleat und Henry James. Schafhirten. Heilige und goldene Landstriche. Eisvögel, Pelikane, Tauben und Adler … Und im Zentrum von alledem dieser hochgewachsene einsame Mann, der vom Lieben und Geliebtwerden nur dann geschrieben hatte, wenn er die Geschichten anderer erzählte und nicht seine eigene.

Oder waren es doch seine eigenen Geschichten? fragte sich Emma. Waren sie Einbildung, freie Erfindung, oder glaubte er am Ende wirklich, dies alles erlebt zu haben? Und wenn ja: Auf welche Weise hatte er es erlebt? In Form von Träumen? Tagträumen? Waren es Fiktionen oder Tatsachen?

Die Sorgfalt, mit der er Buch führte, ging über bloße Schilderungen von Träumen oder Tagträumen weit hinaus. Carl hatte erzählt, daß Mister Pilgrim im Schlaf redete, zuweilen mit präzisester Deutlichkeit – daß er manchmal regelrecht diktierte. Das allein warf ein hochinteressantes Licht auf die Natur der Träume.

Carl hatte die Theorie, daß Traumerlebnisse der Wirklichkeit gleichzustellen waren – daß der Schrecken eines Alptraums dem Schrecken wirklichen Erlebens in nichts nachstand. Daß ein Mann, der davon träumte, lebendig begraben zu werden, das gleiche Trauma erlitt wie einer, der tatsächlich lebendig begraben wurde. Der Alptraum hinterließ die gleichen seelischen Wunden. Deshalb mußte man auch so viele Patienten mit Chloralhydrat oder Äther sedieren, bevor man sie davon überzeugen konnte, daß Ärzte, Pfleger und Krankenschwestern sie nicht wieder in das Grab legen wollten.

Mister Pilgrim dagegen sehnte sich so sehr nach dem Grab und konnte sich diese Sehnsucht nicht erfüllen. Wie traurig er war, dieser große, imposante Mann. Emma hatte ihn von weitem gesehen, als er mit Lady Quartermaine durch den Schnee spaziert war. Sein Haar wurde immer weißer, hatte Carl erzählt, und seine Einsamkeit immer größer. Stundenlang saß er im Musikzimmer und hörte sich Schallplatten mit der Musik Mozarts, Beethovens, Verdis und Puccinis an – oder er saß am Klavier und klimperte Sonaten von Schumann oder Schubert. Und wenn ihn jemand störte, stand er auf und stampfte hinaus. Soviel unterdrückter Zorn in diesem großen, imposanten Mann – so viele stürmische Ausbrüche.

Emma kehrte ins Schlafzimmer zurück und zog den Morgenmantel über. Sie würde den Vormittag in Carls Arbeitszimmer verbringen, die magische Schublade aufschließen (denn so erschien sie ihr inzwischen) und weiterlesen, was unter der Sonne der *Tierra dorada* geschah. Als sie die Treppe hinunterstieg, die eine Hand am Geländer, die andere auf ihrem Kind, meinte sie bereits das ferne Gebell eines Hundes und den staubigen Flügelschlag der Pelikane zu hören.

6

Alle drei Tage zogen Reiter aus, um Don Pedros Hirten an den Ufern von La Mujer mit Vorräten zu versorgen. Brot, Wein, Zwiebeln, Käse und Oliven waren die Grundnahrungsmittel, zu denen die Hirten getrocknete Bohnen und das Fleisch erjagter Vögel oder Kaninchen, in seltenen Fällen auch eines erlegten Wildschweins beisteuerten. Die Rinderhirten speisten gemeinsam, die Schafhirten meist allein.

Lagerfeuer brannten. Die Männer schliefen unter groben Decken auf der nackten Erde, mit Sätteln, Stiefeln oder zusammengerollten Jacken als Kopfkissen. Jeder Schafhirt hatte einen oder zwei Hunde. Die Rinderhirten hatten Hunde und Pferde und ließen ein paar Esel in der Herde mitlaufen, denn Esel hielten die Wölfe fern. Alle fünf bis sechs Wochen wurden die Männer abgelöst und durften sich zwei, drei Tage ausruhen.

Das waren gute Bedingungen. Es gab andere, weniger reiche oder geizigere Landbesitzer, deren Leute fünf bis sechs Monate in den Bergen auf Ablösung warten mußten.

Drei Tage nach ihrer ersten Begegnung mit Manolo saß Teresa de Cepeda wieder auf ihrem Esel und brach mit den Reitern auf, um den Jungen zu besuchen und Las Aguas wiederzusehen. Die Landschaft ging ihr nicht mehr aus dem Sinn, und Manolo hatte sie bei aller Sprachlosigkeit und Ungeschicklichkeit *mit seiner Unschuld bezaubert*. So hatte sie es ihrem Erinnerungsbuch anvertraut, das gefüllt war mit Gedichten, gepreßten Blumen und Untersagungen persönlicher Sünden, zu denen auch die Levitation zählte. Alles, was Aufsehen erregte, war zweifellos Sünde – es sei denn, es geschah auf Geheiß Seiner Majestät. Wenn man im Mittelpunkt eines spektakulären Ereignisses stand, meinten die anderen unweigerlich, man wolle sich nur hervortun. Inzwischen betete sie in Scheunen und Erdlöchern.

Als die Reiter von Teresas Ziel hörten, gaben sie ihr die Vorräte für Manolo mit und ließen sie das letzte Stück allein ziehen. Die Männer konnten sie gut leiden. Sie betrachteten sie als *Tochter des Hauses*, als eine von ihnen.

Don Pedros Gut trug den Namen *El Cortijo Imponente* – der große Bauernhof. Außer Teresa bot es fünf Kindern ein Zuhause, und fünf weitere hatte es schon in die Welt hinausgeschickt – in den Ehestand, aufs Priesterseminar, zu den Soldaten. Zwei Kinder waren vor vielen Jahren noch als Säuglinge gestorben.

Insgesamt hatte Doña Aña de Cepeda y Caridad zwölf Kindern das Leben geschenkt. Wie Don Pedro ging auch sie bereits auf die Fünfzig zu, doch anders als er verfiel sie oft in lange Perioden der Schwermut, saß am Fenster, den Rosenkranz in der Hand, blickte auf die *meseta* und den Horizont hinaus und vergaß das Beten. In den Zeiten der tiefsten Melancholie glaubte sie, die ganze Welt hätte sich hinter diese Linie zurückgezogen. Am Ende ihres Lebens, so sagte sie sich, würde sie allein sein, von allen verlassen, denen sie das Leben geschenkt und die sie geliebt hatte, ohne auch nur ein einziges Mal in einer der großen Kathedralen Madrids gekniet zu haben oder durch die blühenden Kreuzgänge der Alhambra spaziert zu sein. Das war ihr Traum, und wie ein Kind stellte sie sich manchmal vor, sie würde davonlaufen und ihn sich erfüllen.

Teresa liebte ihre Tante, aber sie war doch froh, ihrer Gesellschaft für einen Tag entronnen zu sein. Es fiel schwer, so viele Stunden mit Tagträumen vergeudet zu sehen – Stunden, die zumindest in erbaulichem Gebet hätten verbracht werden können. Doña Aña erinnerte Teresa zu sehr an ihre eigene Mutter – zuviel Brüten, zu wenig Tatkraft.

Es war noch recht früh, als sie das Wäldchen über dem See erreichte, die achte, allenfalls die neunte Stunde. Hier war sie zum Beten niedergekniet und zu den Baumwipfeln emporgeschwebt.

War es Gottes Hand gewesen?

Warum hätte es Gottes Hand sein sollen?

Warum hätte Seine Majestät mehr Interesse an ihr haben sollen als an anderen Menschen? Die Frage war berechtigt – und trotzdem versuchte sie, Seine Aufmerksamkeit zu gewinnen. Sie wußte, daß Seine Majestät ganz andere Sorgen hatte, und doch wollte sie Ihm von Manolos Armen und Beinen erzählen. Wenn Sein Auge auf dem Sperling ruhte, warum nicht auch auf dem geringsten der Menschen?

Teresa stand zwischen den Bäumen und fragte sich, ob sie es wagen durfte, ein zweites Mal an einem solchen Ort zu beten.

War es der Baum gewesen, der Boden, der Wald oder der Himmel über dem Wald, die dafür gesorgt hatten, daß sie aufgestiegen war?

Levitation – das wußte sie gut – war das Privileg der Heiligen. Und sie war keine Heilige. Auch das wußte sie.

Vielleicht war ja ihre Ernährung schuld?

Wenn man sich so aushungerte, wie sie es (unter größter Mühe) oft tat, dann verließ einen womöglich die Erdenschwere, die einen sonst auf dem Boden festhielt. Und ließ man los, dann stieg man auf. Sie mußte darüber lachen. *Ich bin ein Drachen,* dachte sie, *und der Wind kann mich haben, wann immer er will.*

Aber sie hatte noch bei keinem anderen Betenden beobachtet, daß er vom Boden aufgestiegen wäre.

Picaro drängte zum Wasser, doch sie zügelte ihn und saß ab, um zu warten.

Die Zikaden sangen.

Die Erde neigte sich. Sie konnte es spüren.

Es war keine Wolke am Himmel, kein Schatten, wo sie stand, keine Stimme, die ihr sagte, was zu tun war.

Sie war allein, bis auf den Esel.

»Ist jemand hier?« fragte sie. »Ist irgend jemand hier?«

Flügelschlag.

Ein Klatschen.

Teresa blickte nach oben.

Eine Taube.

Und, nach einer Sekunde:

Mäh.

Schafe.

Schafslaute – Scharren, Rascheln, Stampfen unter ihr im Wäldchen.

Mäh. Mäh.

Gottes Stimme.

Bete.

Aber sie fürchtete sich.

Und doch zog alles sie vom Boden fort, ihre Seele, ihr Geist, ihr Körper. Die Knie wurden ihr weich. Ihr Gehirn war leer. Sie verlor das Bewußtsein.

Sie erwachte vom Gesang eines Vogels – einer dieser gewundenen, endlosen Melodien, wie Drosseln sie singen. Der Vogel selbst war nicht zu sehen. Vielleicht, weil Teresas Blick noch getrübt war. Sie war aufgestiegen und wieder zur Erde gestürzt, auf Blätter und Tannennadeln des letzten Jahres.

Hier könnte ich für immer liegenbleiben, dachte sie, *das Gesicht an die Erde geschmiegt. Ich könnte hier liegenbleiben und zu Erde werden – verschmelzen, mich vermischen wie alles Tote … Ich bin verderblich, und eines Tages werde ich in dieser Erde verrotten.*

Sie lächelte und seufzte. Picaro kam heran und stupste sie mit dem Maul an.

»Alles ist gut«, sagte sie. »Ich bin noch am Leben.«

Sein Maul war weich wie Samt, sein Atem süß wie das Gras, das er gefressen hatte, seine Augen voller Sorge.

Unter ihr zwischen den Bäumen rupften die Schafe ihre Halme, und die Lämmer sprangen durch den Staub. Teresa kniete nieder.

Mehr als einmal war sie bei ihren Ohnmachtsanfällen für tot gehalten worden. Sie hatte so still gelegen, daß man nicht sagen konnte, ob sie noch atmete oder nicht. Sie selbst hatte während dieser Trancen keinerlei Gefühl für Zeit oder Ort. Sie war *nirgends*. Das war ihr Wort dafür: *nirgends*. Irgendwo zwischen Leben und Tod, wo es weder Gefühle noch Bewußtsein gab.

Ich bin am Leben, sagte sie zu Gott. *Ich danke Eurer Majestät für das Leben.*

Sie schlug das Kreuz und stand auf. »Komm«, sagte sie zu Picaro. »Laß uns zum Wasser hinuntergehen.«

Die Verpflegung für Manolo und ihr eigenes Brot und der Wein steckten in Satteltaschen, die sie über eine Wolldecke auf Picaros Rücken gehängt hatte. Die Decke diente ihr als Sattel, wenn sie auf dem Esel ritt. Lederne Sättel taugten nicht für Esel. Niemand benutzte einen Ledersattel. Die meisten ritten auf dem nackten Eselsrücken, aber Teresa stellte sich gern vor, daß Picaro sich über die Decke freute. Außerdem war sie so schön bunt, scharlachrot mit gelben Streifen, fast wie ein Banner oder eine Flagge.

Nachdem sie sich einmal bergab gewandt hatten, brauchte Teresa den Esel nicht mehr zu führen.

Es war kühl unter den Bäumen; die Schafe hatten sich zerstreut, so daß man zwischen grasenden und schlafenden Tieren leicht einen Pfad fand. Sie ließen sich durch nichts stören. Ein Mensch konnte kommen und gehen, beinahe so, wie Gott kommen und gehen konnte, unbemerkt und doch allgegenwärtig.

»Picaro, Picaro, pscht-pscht-pscht«, flüsterte Teresa. Der Esel hätte Hufe aus Filz haben können; man hörte nichts als den dumpfen Druck seines Gewichts und die raschelnden Küsse der Blätter an seinen Flanken, wenn Zweige sich teilten, den Weg öffneten und frisch entstäubt zurückfederten. Hier und da warf eines der Schafe einen kurzen Blick auf die gerafften Röcke des einen Eindringlings und den schlenkernden Schwanz des anderen. Ein goldenes, grünliches Licht herrschte, und es roch nach faulendem Laub, dem Atem der Tiere und breitgetrampeltem Dung.

Am Fuße des Abstiegs, wo die Bäume den Blick freigaben, empfing sie eine wassergekühlte Brise und der Geruch des Lagerfeuers vom Vortag.

»Manolo?«

Nichts war von ihm zu sehen. Auch nicht von Perro. Es schien ihr ungewöhnlich, daß Manolo die Schafe ohne Aufsicht ließ.

»Manolo? Manolo?« rief Teresa, nun etwas lauter.

Sie zog Picaro die Decke und die Satteltaschen vom Rücken, gab ihm einen Klaps auf das Hinterteil und ließ ihn zum Wasser trotten.

Eine Entenschar sonnte sich am anderen Ufer. Die Zikaden schwiegen und würden die Stimmen erst wieder erheben, wenn die Sonne in drei Stunden ihren höchsten Stand erreichte. Ein kleines Tier, ein Wiesel oder ein Hermelin, führte seine Jungen neben dem Wehr zur Tränke – huschte erst allein hinunter ans

Wasser wie der Schatten einer Hand, ließ einen Blick zu der Frau am Ufer und dem Esel im flachen Wasser hinüberschnellen, dann pfiff es die Jungen herbei. Die Jungen, drei an der Zahl, glitten zur Mutter hinunter. Sie setzte sich auf die Hinterbeine, nachdem sie getrunken hatte, schimmernd im Sonnenlicht, während ihre Brut sich zum Wasser hinabbeugte. Kein Laut war zu hören.

Teresa rührte sich nicht, bis sie fertig waren. Wo Manolo nur stecken mochte? So viele Schafe und kein Hirte. Wäre er ein Hund gewesen, hätte sie ihn herbeipfeifen können wie das Tier unten am Wasser seine Jungen. Sie hätte nicht einmal seinen Namen rufen müssen.

Ob er auch heute wieder nackt war? Gegen ihren Willen sah sie ihn vor sich, wie er ganz still am Fuße ihres Baumes gestanden hatte. *Männer müssen nicht schön sein und sind es doch,* dachte sie. Auch wenn die Nonnen anderes predigten. *Du sollst nicht verweilen beim Bilde eines Mannes, damit es dich nicht in Versuchung führe.*

Das Wort *Versuchung* stand für den Teufel. Die Finsternis. Das Böse. *Aber Schwester,* hatte Teresa gefragt, *ist der Mann denn nicht nach dem Bild Gottes geschaffen?*

Diese Frage hatte heftiges Erröten und erregtes Gestotter ausgelöst. »Ja, ja.« Und: »Nein, nein. Das verstehst du nicht. Der Mann ist fleischlich. Gott ist der Geist. Der *Geist* des Mannes ist nach Gottes Bild geschaffen, nicht sein Körper.«

Aha. Und: *Na ja …* Lächeln.

Warum bringt man uns das Lügen bei? dachte Teresa. *Gott will nicht, daß wir wegsehen. Gott will, daß wir sehen.*

»Manolo?«

Noch immer keine Antwort.

Das Tier am Wehr war mitsamt seinen Jungen wieder verschwunden, darum ging Teresa jetzt hinunter zu der Stelle, wo Manolo am Abend zuvor in einem Kreis aus Steinen sein Lagerfeuer entzündet hatte. Es hatte eine Mulde in den Boden gebrannt, in der noch ein Rest warmer Asche lag.

»Manolo?«

Keine Antwort. Teresa lauschte.

Irgend etwas näherte sich. Von wo? Jemand schritt über trockenes Laub.

»Manolo?«

Teresa wandte sich zu den Bäumen um. Das Geräusch schien ihr von hinten zu kommen. Aber sie täuschte sich. Es kam vom anderen Flußufer.

Picaro schnaubte. Etwas war ins Wasser gefallen oder hineingeworfen worden. Teresa drehte sich wieder um.

Unter den Bäumen auf der anderen Seite stob ein Reiter davon. Ihr blieb keine Zeit, sein Gesicht zu erkennen, oder auch nur die Farbe seiner Kleider.

Manolo lag dort drüben am Ufer, offenbar bewußtlos und halb im Wasser.

Teresa konnte nicht schwimmen. Sie war wasserscheu. Sie raffte die Röcke und rannte zum Wehr.

Manolo mußte einen Schlag auf den Kopf erhalten haben. Auch die Hände bluteten. Hemd und Hosen waren blutbefleckt, und neben ihm lagen seine zerbrochenen Krücken. Von Perro war weit und breit nichts zu sehen.

Was sollte sie nur tun?

Sie lief zurück über das Wehr auf die andere Seite, packte Picaros Strick und führte ihn an die Stelle, wo Manolo halb im Wasser, halb am Ufer lag. Der Junge atmete. Er war noch am Leben. Aber wie sollte sie ihn auf Picaros Rücken schaffen? Wenn sie ihn nur dazu bringen könnte, sich zu erheben …

Beten.

Beten?

Sie führte Picaro noch näher an Manolo heran und kniete sich neben den Jungen in den Staub. »Euer Majestät …« Nein. *Sag nichts*. Ein Gebet braucht keine Worte.

Teresa verstummte. Ihre Augen waren weit geöffnet. Sie betete fast nie mit geschlossenen Augen. Falls Seine Majestät erschien, mußte sie Ihn sehen können.

Der Schafhirt erhob sich nicht. Aber Teresa. Sie beugte sich hinab, faßte Manolo am Kragen seines zerrissenen Hemdes und zog ihn langsam hoch. Er schien leichter als Luft zu sein. Sie legte ihn mit dem Gesicht nach unten quer über Picaros Rücken.

Als ihre Sinne zurückkehrten, wußte sie nicht einmal, wie sie von den Knien auf die Füße gelangt war. Sie stand neben Picaros Kopf, eine Hand an seinem Strick.

»Komm«, sagte sie. »Laß uns gehen.«

Gemeinsam überquerten sie das Wehr und blieben in der Mitte einen Moment lang stehen. Teresa blickte über den See zum unteren Ende. Da lagen die Pelikane, gelb und staubig, im seichten Wasser. Drei Damtiere, eine Kuh mit zwei Kitzen, waren zum Trinken ans Ufer gekommen.

Ein Eisvogel schoß herbei, tauchte ins Wasser – und verfehlte die Beute.

Ein fernes *Hallo* verriet Teresa, daß noch andere Menschen im Tal waren – wahrscheinlich die Reiter, mit denen sie am Morgen von *El Cortijo Imponente* aufgebrochen war. In der Ferne bellte ein Hund.

Perro?

Die Hitze war drückend und feucht. Die Kleider klebten zuerst an der Haut, dann aneinander.

Ein Fisch sprang. Glücklicher Fisch. Er hatte es kühl dort in der Tiefe.

Teresa ruckte an Picaros Strick, und sie setzten ihren Weg fort, auf die Bäume und die schattige Böschung zu.

Manolo vom Esel zu ziehen war nicht weiter schwer. Sein schlaffer Körper leistete keinen Widerstand. Er rutschte einfach herunter. Als er auf dem Boden lag, untersuchte Teresa seine Wunden. Er war auf den Kopf geschlagen worden, vielleicht mit seinen eigenen Krücken, und die Hände sahen aus, als wären schwere Stiefel auf ihnen herumgetrampelt.

»Manolo?«

Er regte sich nicht.

Teresa riß den Saum von ihrem Rock ab, ging zum Wasser und spülte den goldenen Staub aus dem Stoff. Dann wusch sie Manolo den Kopf und die Hände und machte ihm einen Wickel.

Etwa eine halbe Stunde verstrich, ehe er wieder zu sich kam. »Ihr«, sagte er, aber kein Wort mehr.

Picaro trottete weiter, bis er ganz im Schatten der Bäume stand.

Manolos erwachende Arme und Beine zuckten und schlugen nach allen Richtungen aus. Eine Hand traf Teresa im Gesicht. Als er endlich wieder zur Ruhe kam, glich er einem Soldaten in Habacht-Stellung, nur daß er auf dem Rücken lag.

»Was ist passiert?« fragte ihn Teresa. »Und wo ist Perro?«

Zuerst war Manolo kaum zu verstehen, doch dann bekam der Wortschwall allmählich einen Sinn. Ein Trupp Reiter – drei? – dreihundert? – war aus dem Wald auf der anderen Seite über den Fluß gekommen, und die Männer hatten zwei Schafe und fünf Lämmer gestohlen. (Manolo zählte sie an den Fingern ab.) Natürlich hatten er und Perro versucht, den Diebstahl zu verhindern, aber die Gegner waren zu viele an der Zahl und auf ihren Pferden ohnehin überlegen.

Einer der Reiter war abgestiegen, hatte Manolo zu Boden geworfen und ihn mit dem Schwertgriff geschlagen.

Und Perro?

Die Reiter hatten mehrmals versucht, ihn niederzutrampeln, aber die Pferde hatten die Hufe instinktiv neben das rasende Tier gesetzt. Manolo hatte noch gesehen, wie der Hund hinter den Räubern her in den See gelaufen war. Er selbst hatte sich in einen Pferdeschweif verkrallt und war bis in den Wald auf der anderen Seite mitgeschleift worden. Was dann passiert war, wußte er nicht mehr.

Das konnte ihm Teresa sagen, die Zeugin geworden war, wie einer der Räuber den Jungen zurück ans Ufer von Las Aguas geschleift und ihn dort liegengelassen hatte, bevor er seinen Gefährten folgte.

Manolo war völlig verzweifelt. Er würde seine Arbeit verlieren. Er würde nie wieder eine Herde anvertraut bekommen. Er würde verhungern müssen. Aber vor allem wollte er seinen Perro wiederhaben.

Teresa versuchte ihn zu trösten. Der Hund, die Schafe und die Lämmer waren verschwunden, und es war nicht damit zu rechnen, daß sie zurückgebracht wurden.

»Ich will meinen Hund!« rief Manolo. »Ich will meinen Hund!«

Es war mittag. Teresa spannte Picaros Decke wie ein Zelt über ihre Köpfe und stützte das eine Ende mit einem gegabelten Stock. Dann setzte sie sich und bettete Manolos Kopf in ihren Schoß.

Die verbliebenen Schafe zogen sich tiefer in das Gehölz zurück. Picaro stand mit dem Hinterteil an einem Baum. Die Vögel waren verstummt. Die Zikaden sangen wieder.

Teresa betete. *Du mußt dich sammeln. Und keine Worte. Vergiß das nicht.*

Mit ihrem Erinnerungsbuch fächelte sie Manolo Luft zu. Die Zeit verging. Eine Stunde. Noch eine. Die Vögel begannen wieder zu singen. Die Fliegen kamen.

Teresa fächelte.

Picaro stampfte ungeduldig mit dem Huf, schlug mit dem Schwanz und wechselte auf die andere Seite des Baumes, wo ihn vielleicht ein Wind von den Fliegen befreien würde. Aber da war kein Wind. Nur die erbarmungslose Sonne und Stille.

Auf einmal ertönte ein Planschen. Teresa blickte zum anderen Ufer hinüber. Das Wasser schimmerte grell. Sie blinzelte. Sie hatte keine Hand frei, um sich den Schweiß aus den Augen zu wischen. Eine Hand hielt das Buch, die andere den Stock, der ihren Baldachin stützte.

Da draußen in der dunstigen Hitze bewegte sich etwas. Eine Luftspiegelung – eine Gestalt, die über dem Wasser zu schweben, mit dem Schilf zu verschmelzen schien …

»Manolo!«

Der Junge schlug die Augen auf. Teresa ließ das Buch fallen und zog ihn an den Schultern hoch, bis er aufrecht saß.

»Sieh doch«, flüsterte sie, »da kommt etwas.«

Ein goldener Kopf wurde sichtbar. Ein Fließen im Sonnenlicht. Etwas Lebendiges hob sich aus dem Wasser. Augen.

Perro.

Gleich darauf sprang der Hund ans Ufer, schüttelte sich und stürzte sich schwanzwedelnd in Manolos fuchtelnde Arme. Trotz der triefenden Nässe klebte ihm getrocknetes Blut an den Rippen – aber sonst schien er unverletzt. Er deckte Manolos Gesicht mit einer solchen Überfülle von Küssen ein, daß Teresa in lautes Lachen ausbrach.

»Was für ein Freudenfest!« rief sie aus. »Man sollte viel öfter heimkehren!«

Einige Augenblicke später sah Manolo zu ihr auf und sagte: »Das wart Ihr, *Doña hermosa* – holde Frau. Ihr habt das vollbracht – Ihr und Euer Gott.«

Der Ausdruck in seinem Gesicht erschreckte Teresa. Er spiegelte ihre eigene Sehnsucht wider, Seine Majestät zu schauen – und sie wußte, in Manolos Augen verkörperte sie Ihn, als hätte sein Blick sie verwandelt. *Er hält mich für Gott,* schoß es ihr durch den Kopf, und die Vorstellung raubte ihr den Atem.

»Es gibt keine Wunder«, sagte sie leise, »nur den Willen Gottes.«

Sie blickte auf Perro – einen Hund. Auf Manolo – einen Mann. Auf die davonziehenden Damhirsche, die Pelikane im Schilf, die trägen Bäume. Die Natur.

Sie blickte auf ihre Hand, die auf Manolos Schulter lag. Fleisch. Knochen. Nerven. Fingernägel. Sie blickte auf Las Aguas. Das Wasser.

Das sind die wahren Wunder, dachte sie. Wozu brauchen wir andere?

7

Emma stieß ihren Schreibtischstuhl zurück. Pilgrims Tagebuch lag aufgeschlagen vor ihr. Sie klappte es zu und drehte sich zum Fenster, die Hände über dem Bauch gefaltet.

Guten Morgen, Kind, sagte sie, wenn auch nicht hörbar. Es stimmte: Mutter und Kind hatten ihre eigene Art, miteinander zu sprechen, was immer Carl davon halten mochte. Das Kind stieß nach oben, mit dem Ellbogen etwa, oder mit einem Fuß. Kein Tritt, einfach ein Zeichen. Es machte sie immer wieder froh, sich das rosenfarbene Licht vorzustellen, in dem es schwamm – seine ganze Welt ein verflüssigtes Petra. Vor vielen vielen Jahren war sie mit ihrem Vater dorthingereist – nach Petra. Sogar die Luft war rosenfarben, erinnerte sie sich, und rings um die Ruine breitete sich trostloses, verlassenes Wüstengeröll nach allen Seiten.

Hier gibt es keine Wüste, ließ sie das Kind wissen. *Wir leben in einem Garten.*

Teresa hatte recht. Es war ein Wunder, alles, überall, immerzu.

Die Uhr schlug.

Halb zwölf.

Lieber Himmel! In einer halben Stunde würde das Essen fertig sein, und sie war noch nicht einmal angezogen.

Sie verwahrte das Tagebuch wieder in seinem Versteck – schob die Schublade zu und verschloß sie.

Vielleicht kam Carl ja wieder nicht zum Essen. In letzter Zeit war er immer öfter fortgeblieben; die Fahrt riß ihn zu sehr aus seiner Arbeit, sagte er, und die Mittagspause dauerte zu lang. Er würde statt dessen in der Personalkantine essen. Auf diese Weise konnte er in weniger als einer Stunde wieder am Schreibtisch sitzen.

»Aber du fehlst mir«, hatte Emma zu ihm gesagt.

Darauf hatte Jung nicht geantwortet.

Eine halbe Stunde später stand Emma in einem hübschen blaßblauen Morgenkleid bei Frau Emmenthal in der Küche.

»Was haben Sie denn heute Schönes für uns?« fragte sie.

Frau Emmenthal machte sich am Herd zu schaffen, wo sie mit einem hölzernen Löffel in einem großen Eisentopf rührte, aus dem es köstlich duftete. Mit der anderen Hand schwenkte sie einen antiken Wiener Fächer, ein Erbstück von ihrer Großmutter, die dereinst als kaiserliche Küchenmagd gedient hatte. Als sie sprach, betonte sie jedes Wort gesondert, so als würde sie in einem Restaurant die Speisenfolge vortragen.

»Kartoffel-Lauch-Suppe. Dann gebratenen Lachs und einen grünen Salat dazu. Eine Platte geschälte Tomaten, mit Zwiebeln garniert, und dann hätte ich noch ein paar frischgebackene Parker-House-Wecken.«

»Parker-House-Wecken?« fragte Emma.

»Wie in Amerika. Davon habe ich in einer Zeitschrift gelesen, wo lauter verschiedene Brotsorten beschrieben waren. Das Parker House ist ein berühmtes Hotel in Boston, und da sind diese Wecken die Spezialität. Möchten Sie Wein dazu oder das Übliche?«

Das *Übliche* war Buttermilch.

»Das Übliche«, sagte Emma mit einem Seufzer. »Ein Schluck Wein wäre wunderbar, aber ich lasse es lieber. Aber wenn der Herr Doktor kommt, will er sicher welchen.«

»Ich habe einen Riesling kaltgestellt.«

»Sehr gut. Wo ist das Mädchen?«

»Lotte? Die deckt den Tisch.«

»Guter Gott! Dann dauert es ja mindestens noch eine Stunde!«

Lotte war eine Säumerin und Träumerin, und immerzu stand ihr der Mund offen. Emma hatte versucht, ihr das abzugewöhnen; es war nicht nur peinlich, wenn Gäste kamen, die Kinder zogen das arme Mädchen manchmal so sehr damit auf, daß Lotte in Tränen ausbrach und aus dem Zimmer rannte.

Zur Zeit freilich waren die Kinder – zum Segen aller – bei Emmas Eltern in Schaffhausen, wo das Haus groß genug war, um ein ganzes Heer von Kindern in einem einzigen Flügel zu beherbergen. Großmutter Rauschenbach betete sie an und unternahm die herrlichsten Dinge mit ihnen. Sie würde ihnen den Rheinfall zeigen, wo der Fluß in einer Reihe atemberaubender Kaskaden fast fünfundzwanzig Meter in die Tiefe stürzte. Und sie würde mit ihnen eine Bootsfahrt machen, damit sie hinausklettern und sich auf die großen Felsen unterhalb des Wasserfalls stellen konnten. Das waren die Freuden aus Emmas eigenen Jugendtagen gewesen, und sie war dankbar, daß auch ihre Kinder sie noch kennenlernen durften. Noch dankbarer aber war sie dafür, die *Blagen* in diesem Stadium ihrer Schwangerschaft eine Weile los zu sein. Die *Blagen* hatten das »schwierige« Alter erreicht.

Nun gut – aber wann war es nicht schwierig, ein Kind zu sein? *Von unserem ersten Schrei an sind wir über Kreuz mit unserem Platz im Leben und den Menschen, die um uns sind.*

Frau Emmenthal sagte: »Ich kann die Suppe auch heute abend servieren, wenn Ihnen das lieber ist ...«

»Das wäre vielleicht das beste«, sagte Emma. »Jetzt ist es schon nach zwölf, da kommt der Herr Doktor wohl doch nicht mehr.«

Als sie aus der Küchentür trat, sah sie Lotte mit dem leeren Tablett in der Hand aus dem Eßzimmer kommen. Sobald das Mädchen Emma erblickte, klappte es den Mund zu.

Immerhin, dachte Emma. *Sie lernt dazu.*

Frau Emmenthal zog den großen Eisentopf vom Herd, worauf sie sich unter vehementem Fächerwedeln an den Küchentisch setzte und zu Lotte sagte: »Riesling bitte. In einem möglichst großen Glas. Und zwar schnell.« Dann fügte sie hinzu: »Du darfst dir auch einen Tropfen einschenken. Bei uns hängt der Haussegen schief, jetzt, wo der Herr Doktor fast gar nicht mehr heimkommt – da brauchen wir alle Stärkung, die wir kriegen können.«

8

Beim Lachs, noch vor den Salaten, las Emma das letzte Kapitel von Teresas und Manolos Geschichte. Es würde ihren Blick auf das Leben verändern, aber das konnte sie noch nicht wissen. Aus Mister Pilgrims Worten sollte sie etwas über sich selbst und das Thema Glauben erfahren – und über ihren Mann und seinen Mangel an Glauben. *Wir haben uns beide von Jesus abgewandt,* schrieb sie später an ihre Mutter, *aber nur ich habe meinen Glauben auf jemand anderen als mich selbst gerichtet.*

Ein alter Schafhirt, der schon längst im Ruhestand war, sprang manchmal noch für Manolo ein, wenn der Junge und sein Hund ihre freien Tage hatten. Der alte Mann hieß Orlando und hatte zwei Hunde, die er aus naheliegenden Gründen *Negro* und *Blanco* nannte – nur daß Blanco schwarz und Negro weiß war. Auf diese Weise, hatte er sich gedacht, würde ein Hund ihn an den anderen erinnern, wenn einmal einer fehlte. Beim Anblick Negros würde er an *blanco* denken. Und umgekehrt. Nicht, daß sie zum Streunen neigten, aber beim Schafehüten kam es immer wieder vor, daß sie einen halben Tag unterwegs waren.

Einige Jahre vor dem Hirten, dessen Nachfolger Manolo geworden war, hatte Orlando die Herde von Las Aguas unter seinen Fittichen gehabt, und er behauptete, Manolos Vater gekannt zu haben, der inzwischen in einem anderen Teil des *raino,* des Königreiches, wie Orlando Don Pedros Ländereien nannte, seine Arbeit tat. »Er war kein guter Mann«, sagte Orlando. Er sprach stets in der Vergangenheitsform von dem Abwesenden. »Kein guter Mann, kein guter Ehemann, kein guter Vater. Er hat nur an sich gedacht. Ich mochte ihn nicht leiden. Meine Hunde mochten ihn nicht leiden. Und die Schafe auch nicht. Er scherte sich um nichts. Menschen und Schafe konnten krank werden und sterben – Manolos Vater schaute weg, ein Lächeln im Gesicht und den Bauch voller Wein.«

Diese schlechten Eigenschaften waren Manolo nichts Neues, aber es schadete nicht, sie ab und an bestätigt zu bekommen, sonst hätte er sich womöglich nach der Rückkehr des Vaters gesehnt. Über seine Mutter erfuhr Manolo nicht viel. »Eine Frau von woanders, nicht von hier.« Orlando seufzte. »Wir wissen nur, daß sie jung gestorben ist.« Das war immerhin ein passender Schlußstrich unter das Leben eines Menschen, um den Manolo sich sonst gegrämt, nach dem er bis ans Ende seiner Tage vergeblich gesucht hätte. Sie war tot, also hatte er ihr gegenüber auch keine Verpflichtung. Zu ihr beten konnte er, auch ohne ihren Taufnamen zu kennen. *Madre,* sagte er, *por favor.* Zu seinem Vater betete er nicht.

Und so geschah es, daß Teresa nach Las Aguas hinausritt, einen zweiten Esel an der Leine, und am 13. Juli 1533 – einem Montag – mit Manolo und Perro nach El Cortijo Imponente zurückkehrte.

Sie hatte sich ausbedungen, daß man Manolo gut behandelte und ihm eine Pritsche in einer Vorratskammer hinter der Küche zuwies. Nur fühlte sich Manolo, der seit seinem neunten Lebensjahr gewohnt war, auf dem Erdboden zu schlafen, in einem Bett gar nicht sonderlich wohl. Er konnte sich auch nicht überwinden, sich über der Grube zu erleichtern, wie alle anderen, aus Angst, er könnte hineinfallen. Also schlief er im Stall und verrichtete seine Notdurft im Freien. Eine von Teresas Cousinen, ein siebenjähriges Mädchen, sah ihn im Küchengarten sein Wasser abschlagen und posaunte sogleich in die Welt hinaus, daß Männer anders waren als Frauen. *Sie können es in die Hand nehmen,* verriet sie ihren Schwestern. Don Pedro war nicht erbaut und befahl Manolo, für seine Notdurft den Stall zu benutzen.

Ansonsten genoß Manolo die Aufmerksamkeiten, mit denen man ihn überschüttete, in vollen Zügen. Seine Kleider wurden geflickt und gewaschen, und er bekam zwei Paar neue Hosen, zwei

Hemden und ein Paar Sandalen. Und eine Decke. Und ein heißes Seifenbad in einem Zuber, den Perro mit ihm teilen durfte. Für dieses Unterfangen erntete er ein lauteres Gelächter, als er es je gehört hatte.

Don Pedro überwachte höchstpersönlich die Anfertigung neuer Krücken für Manolo. Ein uralter Mann namens Ferdinand schnitzte sie aus dem Holz einer Steineiche und umwickelte die Armstützen mit in Leinöl getränkten Tüchern, die zu festen Polstern trockneten und jedesmal, wenn Manolo sich auf sie stützte, einen angenehmen Duft ausströmten. Bis sie endlich fertig waren, hatte das unablässige Zucken seiner Glieder ihn schon ganz entkräftet.

Seine Anwesenheit bedrückte Teresa. Damit hatte sie nicht gerechnet. Er war nur ein Schafhirt. Der Zufall hatte sie zusammengeführt. Er war gelähmt. Behindert. Wenn sie ehrlich war, fand sie ihn trotz seiner Schönheit grotesk. Dennoch mochte sie ihn – hatte sich von Anfang an zu ihm hingezogen gefühlt. Nicht wegen seiner Nacktheit.

Das wiederholte sie ein ums andere Mal. *Nicht wegen seiner Nacktheit.*

Er war nicht Adam. Sie war nicht Eva. Die Sierra war nicht der Garten Eden. Sie war eine Einöde. Hinterland. Wildnis. *La tierra ferez.* Teresa war auf dem Weg zu Gott – Seiner Majestät. Da durfte ihr kein Mann im Wege stehen.

Am Dienstag verlegte Manolo sein Quartier in den Stall. Am Mittwoch erhielt er seine neuen Krücken. In dieser Nacht hatte Manolo einen Traum, in dem er sich – Wunder über Wunder – leicht und graziös bewegte und ohne irgendwelche Hilfe.

Der Rest des Traumes war eine Abfolge unverständlicher Bilder.

Er war an einem fremden Ort, seine Kleider engten ihn ein, und um ihn herum wimmelte es von Menschen – Fremde, einer wie der andere. Manche waren wie Soldaten gekleidet – Soldaten, wie Manolo sie noch nie gesehen hatte. Andere waren ihm nicht so fremd – Priester, die mit lauter Stimme fromme Lieder sangen. Viele Menschen in der Menge trugen Kreuze vor sich her, während andere die Arme voller Gaben hatten – Gemälde in vergoldeten Rahmen, vornehme Gewänder, sogar Möbelstücke, von denen einige mit Zierat so überfrachtet waren, daß Manolo sich fragte, wie man sie noch gebrauchen wollte.

An einem Punkt des Traumes erblickte er vier Engel, weißgekleidete Engel mit riesigen Flügeln, die ein Kind auf den Schultern trugen. Das mußte der Heiland sein, Jesus Christus, in Windeln gewickelt.

Mit einemmal verstummten alle Stimmen. Es wurde still – eine Stille, durch die gleich darauf das Prasseln eines Feuers klang. Als Manolo sich umwandte, traute er seinen Augen nicht. Über ihm türmte sich ein Berg aus Feuer, dessen sengende Hitze alle zurücktrieb. Er wandte sich zur Flucht und begegnete dem starren Blick eines Mannes, der ihn unter der Krempe eines großen dunklen Hutes hervor drohend fixierte. Es war ein Mann, den er noch nie gesehen hatte.

Manolo rannte los, eine Erfahrung, die ihm so fremd war wie anderen das Fliegen. Er rannte durch unbekannte Straßen, vorbei an namenlosen Häusern, durch eine endlose Folge von offenen Toren, bis er vor einem Abgrund stand – und erwachte.

Kerzengerade saß er im Stroh seines Lagers im Stall. Sein Hemd war durchgeschwitzt, seine Glieder zitterten in der kalten Nachtluft.

In seinem Kopf hatte nur ein Gedanke Platz: *Da war ein Feuer, und ich bin gerannt, ich bin gelaufen, und ganz ohne Krücken …*

Früh am nächsten Morgen – es war Donnerstag, der 16. Juli – erwachte Teresa und fand Manolo schon bei sich im Zimmer. Sie dachte an nichts Böses. Sie hatte keine Angst vor ihm.

»Teresa …«

Der Schlaf und seine Behinderung lagen ihm schwer auf der Zunge. Ihr Name klang für ihre Ohren, als hätte er sie *Tierra* genannt. Erde.

»Ja?«

»Ich brauche Euch.«

Er kauerte im ersten Licht, das durch das Fenster hereinfiel.

Teresa setzte sich auf und zog sich die Decke um die Schultern. »Ich bin hier«, sagte sie. »Was ist?«

Manolos Krücken lagen in seiner linken Armbeuge. Seine rechte Hand zitterte vor seinem Gesicht, als wollte er es berühren und konnte es nicht. Es schien, als gäbe es keine Stelle an seinem Körper, die er erreichen konnte. Seine Nase entzog sich ihm, Mund, Kinn und die Augen waren so weit weg, als gehörten sie einem anderem. Nur seine Ohren bekam er zu fassen, und er krampfte die Finger darum – zuerst um das eine, dann auch um das andere. Es sah aus, als hätte er einen schwebenden Kopf aus der Luft gefangen und hielte ihn nun fest.

Teresa war über die »Bedürfnisse« der Männer unterrichtet. Es war ein Wort, gegen das sie tiefstes Mißtrauen hegte; nur zu gut wußte sie, daß die Bedürfnisse der Männer mit einiger Gewißheit schuld am Tod ihrer Mutter und nicht ganz unschuldig am kranken Gemüt ihrer Tia Aña waren. Und dennoch empfand sie – wie die meisten Frauen ihres Standes – keinen Haß auf die Männer, sondern lediglich Verachtung. Und Mitleid. Sie waren hilflose Geschöpfe, gefangen in einem Teufelskreis des Verlangens, der mit ihrer Person begann und endete – *ich und mir und meins*. Frauen kannten nur *dir* und *deins*. Sie waren Mütter, Dienerinnen, Köchinnen und Krankenschwestern. Damit sie frei wurden, mußte erst jemand sterben – entweder sie selbst oder ein anderer. Das machte den größten Teil eines Frauenlebens aus: das Warten auf den eigenen Tod oder den eines anderen. Und bis es soweit war, die Sorge um die Lebenden.

Nun kauerte dieser zerschundene, verkrüppelte Junge unter ihrem Fenster. Sie hatte sich seiner angenommen, und sie hatte ihn ins Herz geschlossen. Er hätte ihr Kind sein können. Ein Findling. Eine schutzbedüftige Waise. Nicht mehr, aber auch nicht weniger. Er war ihr lieb und teuer.

Manolo sagte: »Ihr habt Wunder bewirkt, Teresa. Ihr habt mir das Leben gerettet und mir meinen Hund zurückgebracht.« Seine Worte – vielleicht, weil sie aus so großer Not heraus gesprochen waren – fanden die richtige Reihenfolge.

»Perro. Ja«, sagte Teresa.

»Heute nacht habe ich noch ein Wunder geträumt, und ich glaube, Ihr könnt auch das geschehen lassen. Ihr könnt mich wieder gesund machen«, sagte Manolo. Und lächelte. »Dank Euch kann ich schon besser sprechen. Ihr habt mir meine Krücken wiedergegeben. Ihr habt mich genährt und gekleidet und bei Euch aufgenommen.«

Teresa nickte. »Ja«, sagte sie. »Und ich habe es gern getan, Manolo.«

»Nehmt den Fluch von mir«, sagte er. »Zerschlagt ihn. Ihr und Euer Gott. Macht mich so, wie ich in meinem Traum war.«

Teresa schloß die Augen. *Oh, bitte nicht,* dachte sie. *Nur das nicht. Wunder kann es nicht geben.*

Manolo kam näher. Auf Knien – ein Bittsteller.

»Das kann ich nicht«, sagte Teresa. »Das darfst du nicht erwarten. Es ist nicht recht.«

»Es ist nicht recht, aufrecht gehen zu wollen?«

»O nein. Nein, nein, nein. Der aufrechte Gang ...« Gibt dem Menschen seine Würde, hatte sie sagen wollen. Statt dessen sagte sie: »Ich kann es nicht. Sieh das doch ein. Ich kann nicht.«

»Aber Ihr habt mich gefunden und mich gerettet.«

»Nein, Manolo. Du bist mir von dem Reiter, der dir deine Verletzungen beigebracht hat, vor die Füße gelegt worden. Weil ich zufällig dort war.«

»Ihr habt mir Perro zurückgebracht.«

»Nein. Perro ist zurückgekommen. Ganz von alleine.«

»Aber Ihr und Euer Gott – Ihr habt mit ihm gesprochen.«

»Vielleicht. Aber mehr als beten kann ich nicht.«

Ich bin keine Heilige.

Teresa wußte, daß es Heiligen nicht um Wunder ging, sondern darum, Not zu lindern. Der Bittsteller ist es, der die Kluft zwischen Erde und Himmel zu überbrücken trachtet, weil ein unerträgliches Unglück auf ihm lastet – der Verlust des Augenlichts, der Tod eines Kindes, die Aussicht auf unabwendbares Morden. Der Heilige kann nur den rechten Weg weisen. Den Rest muß Gott besorgen.

Das alles wußte Teresa. Außerdem wollte sie keine Heilige sein. Sie wollte nur Seine Majestät kennen und Sein Werk tun, ganz gleich, welches Werk.

Die Zahl der Zusammenbrüche und Ohnmachten, die sie überstanden hatte, war so groß, daß sie über ihre eigene Unverwüstlichkeit zu staunen begann. Sie konnte nicht anders als sich zu fragen, warum sie am Leben geblieben war. Die Antwort, die sie sich gab, war einfach: *Es wird etwas von mir erwartet. Nicht gewünscht, sondern erwartet.*

Bestand ihre Aufgabe – oder ein Teil dieser Aufgabe – darin, daß sie Manolo dazu verhalf, zu gehen und seine Arme zu gebrauchen wie jeder andere Mensch? Sie bezweifelte es.

Das hieß nicht, daß Manolos Bedürfnisse unwichtig waren oder er selbst in irgendeiner Weise unwürdig. Niemand, der von einem Leiden erniedrigt wurde, war unwichtig. Und kein Mensch war unwürdig. Alles das wußte Teresa, und sie glaubte daran. Jedoch …

Sollte sie die Mittlerin sein? War das ihre Bestimmung? Eine Bestimmung, die selbst Jesus Christus von sich gewiesen hatte. Jedes einzelne seiner Wunder hatte er gleichsam gegen seinen Willen vollbracht. *Das Wunder liegt nicht in mir, sondern in dem Glauben des Bittstellers, daß Gott alles möglich machen kann.*

Sie sah zu Manolo hinunter.

Da kauerte er, in den ersten Sonnenstrahlen, das Haar frisch gewaschen und glänzend, die Finger ineinander verkrallt, damit sie nicht in sinnloses Fuchteln ausbrechen konnten, sein kostbares weißes Hemd – ein Geschenk Doña Añas – bereits befleckt vom Schweiß seiner Ernsthaftigkeit, die Augen glühende Kohlen, aus denen gleich Flammen schießen würden. Es war unerträglich, um seine Pein zu wissen und mit ansehen zu müssen, wie er litt.

Auf Knien rutschte er zu ihr ans Bett. Er hätte ein Kind sein können, das zur Nacht betet.

»Gebt mir Euren Segen«, sagte er, »damit ich gehen kann wie alle Menschen. Wie ich in meinem Traum gegangen bin.«

Aber nur die Gesalbten dürfen segnen. Und keine Frau ist gesalbt. Bis auf die Heilige Jungfrau natürlich, und heute – daran erinnerte Teresa sich plötzlich – war der Tag Unserer Lieben Frau vom Berge Karmel. *Sie* hätte die Hand auflegen können, aber nicht Teresa.

»Ich kann nicht«, sagte sie zu Manolo, »denn ich habe die Gnade nicht.«

»Warum seid Ihr dann aus dem Nichts zu mir gekommen? Ich habe Euch betend auf einem Baum gefunden.«

»Ich kann es dir nicht sagen. Ich weiß es selber nicht.«

Teresa fürchtete sich. Er drängte sie in eine Rolle, die sie nie hatte spielen wollen und mit der sie sich nicht auskannte. Sie konnte Manolo nähren und kleiden, sie konnte ihn bis zu einem gewissem Grad auch beschützen, aber gesund machen konnte sie ihn nicht.

»Liebt Ihr mich denn nicht mehr?« fragte er.

Was ließ sich darauf antworten?

»Doch«, sagte sie. »Du bist mein Freund in der Wildnis.«

»Was ist Wildnis?« fragte Manolo.

»Sie ist nirgends, vermute ich, und überall«, antwortete Teresa.

»Ihr wißt es nicht?«

»Sie ist überall«, beeilte sie sich zu sagen.

Manolo sah sie mit einer Mischung aus Enttäuschung und Feindseligkeit an. »In meinem Traum waren Priester und Kreuze, das Christuskind und Engel. Es war ein Zeichen. Aber Ihr wollt mir Euren Gott nicht bringen. Ihr wollt mich nicht zu Eurem Gott bringen. Ich hasse Euch.«

Teresa saß völlig starr, in ihr Nachtkleid und das Laken gehüllt. Sie sah Manolo nicht an. Sie fühlte eine Gefahr nahen. Irgend etwas würde geschehen.

»Ich fühle mich nicht gut«, sagte sie – aber so leise, daß Manolo sie nicht hörte.

»Meinst du, du kannst meine Tante suchen gehen«, fragte sie laut, »und sie zu mir bringen?«

In einem Winkel ihres Schädels brach ein Feuer aus. Ein Lärm erhob sich in ihrem Gehirn.

»Bitte«, sagte sie.

»Ich kann Eure Tante nicht holen«, erwiderte Manolo. »Ich kann nicht gehen.«

Er drehte sich um und kroch auf die andere Seite des Zimmers hinüber.

»Du mußt. Ich bin krank.«

»*Ihr müßt, ich bin krank!* Waren das nicht meine Worte?«

»Ja, ja, ja. Aber ich konnte nichts tun. Ich kann dir nicht helfen. Ich vermag es nicht!«

Sie brach in Tränen aus. Der Lärm in ihrem Kopf wurde schriller. Es war ein Kreischen, als würde jemand Holz sägen, als schrie das Holz vor Schmerzen wie ein Mensch.

»Nein! Nein! Nein!« rief sie. »NEIN!«

Manolo setzte sich neben seine Krücken.

»Ich kann Euch nicht helfen«, sagte er. »Ich kann nicht gehen. Weil Ihr mich so laßt, wie ich bin.«

Es fing an. Das Bett begann zu zittern. Teresa steckte sich einen Zipfel des Lakens in den Mund und fiel rückwärts in die Kissen.

Leute kamen gelaufen. Eine Zofe. Eine Cousine. Ein Stalljunge, der die Schreie durch das Fenster gehört hatte, und schließlich Doña Aña.

Sie trat ans Bett. Die anderen wagten sich nicht näher, weil sie Teresas Anfälle nicht kannten. Doña Aña baute sich vor der Zofe auf und schlug ihr ins Gesicht.

»Komm her! Aber schnell!«

Das Mädchen schlich auf die andere Seite des Bettes.

»Wir müssen ihr die Arme festhalten«, sagte Doña Aña. »Damit sie sich nichts tut.«

Sie hielten ihr die Arme fest.

»Sachte, sachte«, mahnte Doña Aña. »Ganz sachte …«

Nach und nach kam das gerüttelte Bett zur Ruhe, und als Manolo aus seiner Ecke des Zimmers herüberschielte, erblickte er das Spiegelbild seines eigenen Unvermögens.

Dann endlich war es überstanden, Teresa lag still in den Kissen, ihre Hand in den Händen der Tante, und Manolo dachte: *Ihr Gott kommt und hilft ihr, aber ich muß bleiben, wie ich bin.*

Und doch hatte er sie immer noch lieb, auch wenn er es nie wieder sagen würde.

In den letzten Wochen des Sommers und den ersten Herbsttagen ritt Teresa noch oft in die Sierra de Gredos hinaus und setzte sich ans Ufer von Las Aguas, während Picaro unter den verwachsenen Eichen und Korkbäumen Schatten suchte. Die goldbestäubten Pelikane, die Enten und Wiesel kamen immer noch, nur die Damkuh mit ihren Kitzen, der Reiher und der Eisvogel ließen sich nicht mehr blicken. Und auch Manolo nicht. Er hatte seine Herde in den hintersten Winkel der *Tierra dorada* getrieben, und das goldene Land mit dem verkrüppelten Hirten würde bald nur noch Erinnerung sein.

Teresa würde ihn nie wiedersehen. Nur in ihren Träumen würde ein nackter Mann auf Krücken unter den Ästen stehen, auf denen sie betete, und sie nach dem Weg zu Gott fragen.

Neben ihm hob ein staubiger goldener Hund den Kopf und wedelte mit dem Schwanz. Seine Augen hatten einen fröhlichen und seltsam wissenden Blick. *Menschen sitzen nicht in Bäumen, nur Engel, und Wesen aus anderen Gefilden als unseren.*

Was den Weg zu Gott betraf, so schrieb Teresa eines Tages in ihr Buch: *Gott erscheint nur dem, der nicht länger wie Gott sein will.*

Das hatte Manolo sie gelehrt, unwissentlich und zu seinem Leidwesen. Aber es war die Wahrheit. Wunder konnte es nicht geben, ehe man nicht die Einfachheit als Geschenk Gottes erkannte und danach lebte.

Wie jeden Tag malten die Tauben ihre Kreise auf den Himmel. Wie jeden Tag sangen die Zikaden. Wie jeden Tag wartete Teresa auf Gottes Offenbarung – doch wie es schien, wartete auch Er.

Zwei Jahre später stand eine junge Frau von zwanzig Jahren vor der Klosterpforte der Karmeliterinnen in Avila und bat darum, als Novizin aufgenommen zu werden. Das war im Jahre 1535. Im Laufe ihres Lebens sollte diese Frau das Gesicht ihrer Religion verändern. Und genau hundert Jahre nach ihrer Geburt wurde Teresa de Cepeda y Ahumada als Wundertäterin heiliggesprochen.

9

Emma legte das Buch in die Schublade zurück und drehte den Schlüssel um.

Die Episode, die in Pilgrims Chronik gerade zu Ende gegangen war, beschäftigte sie noch zu sehr, als daß sie gleich hätte weiterlesen können. Vielleicht war heute ein guter Tag, um hinauszugehen und sich ein bißchen Bewegung zu verschaffen. Dr. Walter, ihr Hausarzt, würde zufrieden mit ihr sein. Er hatte sie erst kürzlich gerügt, weil sie zu wenig Zeit an der frischen Luft verbrachte.

»Laufen regt den Kreislauf an«, hatte er ihr erklärt. »Es kräftigt die Gesundheit. Zuviel Sitzen schadet dem Rücken, und wenn es soweit ist, werden Sie froh sein, daß Sie vorgebeugt haben.«

Damit sagte er Emma nichts Neues, und sie war etwas pikiert, daß er ihr dergleichen vorhalten zu müssen glaubte. Schließlich war es nicht ihre erste Schwangerschaft.

Sie steckte den Schlüssel in die Tasche und ging in die Küche, um Frau Emmenthal Bescheid zu geben, daß sie einen Spaziergang machen und vielleicht ein Weilchen fortbleiben würde.

Sie warf einen leichten Frühjahrsmantel über, griff nach Stock und Hut und schlenderte den Gartenpfad hinab zum See, um ein Stück am Ufer entlangzugehen.

Dann kann ich nach runden Steinen suchen und dabei über Teresa von Avila nachdenken.

Zehn Minuten später stand sie am Seeufer, in der Hand einen großen, kreisrunden Stein, der sich paßgenau in ihren Handteller schmiegte, und schaute über die Wasserfläche.

Wie schön es sein müßte, dort draußen zu sein, dachte sie. *Wie schön es sein müßte, über den See zu fahren.*

Da drüben lag die Stadt. Sie konnte den Fähranleger sehen, und ein gutes Stück davon entfernt die Fähre selbst auf dem Rückweg von Zürich.

Emma zückte ihre Taschenuhr. Wenn sie sich sputete, konnte sie die Drei-Uhr-Fähre noch erreichen.

Als sie wenig später an Deck stand, die Hand an der Reling, fühlte sie sich wie neugeboren. Eine Brise trug Nadelduft heran, und über dem Kielwasser der Fähre segelten ein paar kreischende Möwen, die auf den einen oder anderen Brotbrocken vom Bordimbiß hofften. Kinder fütterten sie oft, aber Emma verspürte wenig Lust dazu. Sie wollte einfach dastehen, auf das Wasser hinausblicken und dabei von Manolo träumen. Was wohl aus ihm geworden wäre, wenn das Wunder geschehen wäre und seine Gliedmaßen ihm endlich gehorcht hätten? Der Satz: *Er war nur ein Schafhirt,* verfolgte sie, und sie fragte sich, warum. Spielte es denn eine Rolle, daß er nur ein Schafhirt war? Natürlich nicht. Und doch ...

Sie würde Carl fragen, wo diese Empfindung herrührte – und ob sie bedeutete, daß es ihr an Mitgefühl mangelte. Sie hoffte, nein, aber es beunruhigte sie. Sie hatte ihren Vater einmal eine unselige Bemerkung zu ihrer Mutter machen hören, auf einem ihrer Sonntagsspaziergänge in Schaffhausen. Es war im Frühling des Jahres gewesen, in dem Emma zehn geworden war. 1892. Wie lange das zurückzuliegen schien.

Ein älterer Herr mit langem weißem Bart war auf der Straße gestürzt, und niemand hatte ihm aufgeholfen. Emmas Mutter hatte sich angeschickt, zu ihm zu gehen, aber Emmas Vater hatte sie zurückgehalten und gesagt: *Schau gar nicht hin. Das ist nur ein alter Jude.*

Das Kind Emma hatte von den Juden gehört, aber ihre Vorstellung von ihnen war verschwommen. Sie wußte, daß die Juden Jesus Christus umgebracht hatten, doch darüber hinaus wußte sie nichts. Das wenige, was zu Hause oder in der Schule zu dem Thema verlautete, bekräftigte nur diesen einen, immer gleichen Tatbestand. Und Emma stellte die Verlautbarungen nie in Frage.

Nichts gab ihr je Anlaß dazu. Mit Juden durfte man keinen Umgang pflegen, man durfte nicht mit ihnen spielen, ja, nicht einmal mit ihnen sprechen. Man durfte sie nicht nach dem Weg oder der Uhrzeit fragen, nichts von ihnen kaufen oder an sie verkaufen und ihnen ganz gewiß keine Gefälligkeit erweisen.

An jenem lang vergangenen Sonntag hatte sich Emma nach dem weißbärtigen alten Mann umgedreht, der sich inzwischen auf die Knie erhoben hatte und aussah, als würde er beten. Er hätte Grund zum Beten gehabt, denn es war schwierig, ja fast unmöglich für ihn, auf die Füße zu kommen. Aber endlich gelang es ihm doch, und der letzte Blick, den sie auf ihn erhaschte, zeigte ihn in dem Moment, als er seinen Hut aufhob, die Krempe an seinem Bein abklopfte und ihn wieder auf den Kopf setzte. Er tat dies mit derselben Präzision, mit der er einen Punkt an das Ende eines Satzes hätte setzen mögen.

Nur ein alter Jude.

Nur ein Schafhirt.

So hatte man es sie gelehrt – und sie hatte blind in diesem Denken verharrt, ohne sich je zu fragen, welche Folgen es zeitigen konnte. *Was wäre, wenn andere so über mich dächten?*

Nun ja!

Sie lachte laut auf.

Das tun sie ja längst, dachte sie. *Ich bin »nur« eine Frau!*

Nur ein Jude. Nur ein Schafhirt. Nur eine Frau.

Andererseits wußte sie natürlich, daß ihr, sollte sie auf der Straße stürzen, Hilfe gewiß war. Teils, *weil* sie eine Frau war – und Frauen waren *schwach und ganz und gar hilfsbedürftig*. Frauen mußten gehätschelt werden, Frauen mußten beschützt werden. Ihr war außerdem klar, daß die Leute ihr zu Hilfe eilen würden, weil sie Frau Dr. Jung war, und der Frau Doktor geholfen zu haben war etwas, dessen man sich rühmen konnte.

Und Manolo? Wenn ihre Eltern auf der Straße an ihm vorbeigegangen wären und ihn hätten stürzen sehen, hätten sie ihm dann aufgeholfen und seine Stöcke aufgeklaubt? Hätte sie selbst das getan? Nein. Emma wußte, die Antwort hätte nein gelautet, denn Manolo war nur ein Schafhirt und ihrer Aufmerksamkeit nicht würdig. Damals – aber nicht heute. Jetzt wußte sie es besser. Jetzt wußte sie mehr von der Welt und ihrer beiläufigen Grausamkeit. Jetzt war sie eine erwachsene Frau, die ihren eigenen Kopf hatte. Und ihren eigenen Willen.

Die Fähre näherte sich der Stadt, und Emma sah schon die ersten Brücken über die Limmat, das Großmünster mit seinen Zwillingstürmen, die zwischen die Quais getüpfelten Gärten. All dies war ihr mittlerweile so vertraut geworden, vertraut und auch lieb, so sehr Zürich sie anfangs eingeschüchtert hatte mit seiner religiösen Kompromißlosigkeit – seinem Extremismus. Hier hatte Zwingli im sechzehnten Jahrhundert die katholische Kirche in die Knie gezwungen, und hier würde ihr Mann, Carl Gustav Jung, im zwanzigsten Jahrhundert die Welt der Psychiatrie in die Knie zwingen.

Mein geliebter Mann – Vater meiner Kinder und Vater meines Geistes …

Sie würde eine Droschke nehmen. Auf diese Weise konnte sie schneller bei Carl sein und brauchte das kräftezehrende letzte Stück bergauf nicht zu Fuß zu erklimmen.

Als Emma im Burghölzli ankam, mußte sie den alten Konstantin fast mit Gewalt davon abhalten, sie anzumelden.

»Ich will den Herrn Doktor überraschen«, sagte sie. »Ist er in seinem Zimmer?«

»Ja, Frau Doktor – aber ich bitte Sie, lassen Sie mich vorgehen.«

»Ich denke ja gar nicht daran!« Emma lachte. »Wo bleibt denn meine Überraschung, wenn die ganze Welt weiß, daß ich komme?«

»Schon, aber …«

»Nein. Ich bestehe darauf. Und daß Sie mir ja nicht zum Telephonhörer greifen! Er darf nichts ahnen.«

Damit eilte sie den Korridor entlang, während Konstantin an seinen Platz zurückkehrte, die weißen Handschuhe auszog und sie gegen ein Paar frische vertauschte.

»Herrje-herrjemine«, murmelte er. »Herrje-herrjemine.«

Emma klopfte dreimal kurz, wie immer, und stieß, schon zum Sprechen ansetzend, die Tür auf.

Die Szene, die sich ihren Blicken bot, konnte nicht wirklich sein. Nichts daran ließ sich mit dem Verstand erfassen. Sie stammte samt und sonders aus Emmas schlimmsten Alpträumen.

Jung saß breit in seinem Sessel, Weste und Hemd aufgeknöpft, die Hose offen und halb heruntergelassen. Seine Schenkel waren gespreizt, und zwischen ihnen, mit dem Rücken zu Emma, kniete eine Frau.

Die Vorhänge waren zugezogen, das Licht gedämpft, die Luft roch nach Parfum, Rauch und alten Büchern.

Emma blinzelte – und als sie die Augen wieder aufschlug, war die Frau – oder die Erscheinung – wie vom Erdboden verschwunden. Es war, als hätte es sie nie gegeben.

Jung stand jetzt, von Emma abgewandt, und brachte seine Kleider in Ordnung.

Emma lehnte sich an die Tür. Sie fühlte sich dem Umsinken nahe, aber die Stühle waren so unerreichbar weit weg.

»Was machst du hier?« fragte Jung.

Sie konnte nicht sprechen.

Ich wollte dich überraschen, dachte sie.

»Ist dir klar, daß ich einen Patienten hätte dahaben können? Wie kannst du es wagen, so hereinzuplatzen! Wie kannst du es wagen!« Jung kehrte ihr immer noch den Rücken zu. Er zitterte.

Schließlich zog er seinen weißen Kittel über, strich sich das Haar glatt und drehte sich um.

»Das Wetter war so schön«, sagte Emma. »Ich ...«

»Wie bist du hergekommen?« wollte Jung wissen. Seine Stimme war wie ein Messer, das sich gerade durch einen Eisblock gearbeitet hat.

»Ich bin mit der Fähre gefahren«, sagte Emma. »Ich muß mich hinsetzen.«

»Mit der Fähre? In aller Öffentlichkeit? Daß die ganze Welt dich sehen konnte? Ja, bist du denn wahnsinnig?«

»Ich weiß nicht, wovon du redest, Carl. Bitte – kannst du nicht Licht anmachen? Ich muß mich setzen.«

Jung trat an seinen Schreibtisch und knipste die Leselampe mit dem grünen Schirm an. Das Schattenmuster, das von unten auf ihn geworfen wurde statt wie sonst von oben, verlieh seinen Zügen etwas Dämonisches.

Emma, auf ihren Stock gestützt, tastete sich am Bücherregal und der Wand entlang zu einem Stuhl und setzte sich hin. In ihrem Kopf hatte nur ein einziger Gedanke Platz: *Bloß nicht ohnmächtig werden.*

Jung starrte sie an, schweigend – schien seine nächsten Worte abzuwägen. Dann hob er die Schultern, ließ sie wieder sinken, seufzte und sagte: »Wie konntest du so etwas tun? Ausgerechnet du. Wie in aller Welt konntest du mir das antun?«

Er beugte sich vor ins Licht.

»Was denn, Carl?« Emma hörte ihre eigene Stimme kaum. »Dir was antun?«

»DEN GANZEN WEG VON KÜSNACHT HIERHER MIT DER FÄHRE KOMMEN! VOR ALLER AUGEN – IN DIESEM ZUSTAND!«

Der Schreibtisch bebte.

Emma war so durcheinander, daß sie ihn nicht verstand. Sie schlug die Augen nieder, berührte die Knöpfe an ihrem zauberhaften neuen Frühjahrsmantel und flüsterte zu ihnen hinab: »Was – was – was für ein Zustand denn?«

»Du bist *schwanger*!« sagte er. Ebensogut hätte er sagen können: *Du bist schwarz-blau-rotkariert.*

Emma sagte: »Das weiß ich. Das weiß ich doch, Carl. Aber das Wetter war so schön …«

»Dir ist klar, was das für ein Gerede geben wird«, fuhr Jung fort, ohne auf ihre Worte zu achten. »Endloses Gerede. *Da war sie, auf der Fähre, schamlos, die Frau vom Doktor Jung, im siebten Monat!*« Er äffte eine hohe Frauenstimme nach. »*Vor aller Augen – daß jeder sie sehen konnte!*«

Emma wandte den Blick ab und sagte: »Du hast deine Weste falsch geknöpft, Carl.« Sie hätte gern geweint, aber sie widerstand der Versuchung. Statt dessen sagte sie: »Die Zeiten ändern sich, weißt du. Es ist kein Verbrechen, sich als Schwangere in der Öffentlichkeit zu zeigen.«

»Das magst du denken, aber mir ist davon nichts bekannt. Und ich will dich keine Sekunde länger hier sehen. Konstantin ruft dir eine Droschke, die dich auf schnellstem Wege nach Küsnacht zurückbringt – ganz egal, was es kostet. Grundgütiger Himmel – wenn nun jemand dich gesehen hat …!«

»Aber … ich wollte dich doch besuchen, Liebster.«

»Und sag nicht *Liebster* zu mir.« Jung versuchte die Weste richtig zu knöpfen, scheiterte jedoch. »Du hast mir einen irreparablen

Schaden zugefügt, und es wird lange dauern, bis ich dir verzeihen kann – wenn ich dir überhaupt jemals verzeihe. Komm jetzt.«

Nun endlich löste er sich von seinem Schreibtisch, und indem er ihren Ellbogen mit schraubstockartigem Griff umfaßte, drehte er sie um und führte sie wie eine Gefangene aus seinem Sprechzimmer und den Korridor entlang zur Pforte.

Lieber Gott, laß mich nicht hinfallen, dachte Emma. *Laß mich nicht stolpern und hinfallen.*

In einem Ton, als gälte es einen Triebtäter zu übergeben, befahl Jung Konstantin, eine Droschke zu rufen. Dann machte er ohne ein weiteres Wort kehrt, und nur seine Absätze hämmerten noch über den Marmorboden, bis der Knall seiner zuschlagenden Tür einen Schlußpunkt setzte.

Die ganze Heimfahrt über kämpfte Emma die Tränen nieder. Die Droschke war ein zweirädriger Hansom, und sie konzentrierte ihren Blick auf den wiegenden Trab des Pferds.

War Carl wahnsinnig? Hatte er irgendwann den Verstand verloren, und sie hatte es nur nicht gemerkt?

Seine Anschuldigungen gegen sie waren völlig verrückt. Niemand auf der Fähre hatte auch nur im geringsten auf ihren »Zustand« geachtet. Zugegeben, es war nicht unbedingt üblich, daß sich Frauen – besonders Frauen aus Emmas Gesellschaftsschicht – in der Öffentlichkeit zeigten, wenn man ihnen die Schwangerschaft ansah. Aber es war nicht *verboten.* Es gab Ausnahmesituationen. Es gab Anlässe, die einem keine Wahl ließen. Anlässe, die es sogar erforderten – Abendgesellschaften – Empfänge …

Emma versuchte, nicht an die Frau zu denken, die zwischen den Schenkeln ihres Mannes gekniet hatte.

Ich habe sie nicht gesehen. Sie war nicht da. Ein Mensch kann nicht einfach verschwinden. Das ist unmöglich.

Aber sie *war* dagewesen.

Emma hatte sie gesehen.

Und sie wußte es.

Auf ihrem Stuhl sitzend, benommen von Carls Angriffen, hatte sie eine Gestalt unter dem Schreibtisch kauern sehen, versteckt, aber nicht gut genug.

Der schwache Lichtschimmer vom Korridor her war auf ihr Haar gefallen.

Sie hatte gesehen, was die beiden getrieben hatten.

Sie hatte gesehen, wie ihr Mann verzweifelt seine Kleider richtete und sich verknöpfte.

Sie hatte die Hand gesehen, mit der die geduckte Gestalt sich am Boden abstützte.

Sie hatte ihre Fingernägel gesehen.

Sie hatte ihr Parfum gerochen und den Damenhut gesehen, der auf dem Schreibtisch ihres Mannes hinter einem Bücherstapel lag.

Lieber Gott, mein Leben ist vorbei, dachte Emma.

Ich sterbe. Ich bin tot.

Es spielte keine Rolle, wer die Frau war. Wen interessierte es, ob sie einen Namen hatte? Es gab sie, nur das zählte. Und seit wann?

All die Tage, an denen sie allein zu Mittag gegessen hatte, Carls leeren Platz zur Gesellschaft. All die Abende, an denen sie zu Bett gegangen war, bevor er heimkam. Und all die Morgen, an denen er das Haus schon verlassen hatte, wenn sie aufstand. Wochen? Monate? Wie sollte sie sich erinnern, wie lange es schon so ging? Woran es messen?

Es war aus. Alles war aus.

Am selben Abend – es war Freitag, der 31. Mai – erhielt Jung einen Anruf aus Küsnacht. Richard Walter wollte ihn sprechen, Emmas Arzt.

»Sie sollten wissen, Herr Jung, daß Ihre Frau einen Unfall hatte. Ich rate Ihnen dringend, kommen Sie so schnell wie möglich nach Hause.«

Sie war die Treppe hinuntergefallen, nachdem sie sich zum Abendessen umgezogen hatte, und der Sturz hatte eine Fehlgeburt ausgelöst. Das Kind war tot, und Emma lag im Koma.

Zwei Stunden vergingen, ehe Jung nach Hause zurückkehrte. Die andere Frau mußte verständigt, beschwichtigt und die Beziehung fürs erste auf Eis gelegt werden. Von dem Vorfall in seinem Büro sollte nie mehr die Rede sein.

1910, während seiner Affäre mit Sabina Spielrein, hatte Jung Freud über Emma geschrieben, sie habe ihm *einige grundlose Ei-*

fersuchtsszenen geboten. Die Voraussetzung einer guten Ehe scheine die Erlaubnis zur Untreue zu sein. Und er hatte hinzugefügt: *Ich habe wiederum sehr viel gelernt.*

Er hatte gelernt, wie er seine Frau *wieder ins Geleise* brachte. Seine Frau – aber nicht die Mutter seiner Kinder.

10

Emma lag so still, daß Jung im ersten Moment dachte, sie sei tot.
Er griff nach ihrer Hand und hielt sie in seiner.

Dr. Walter stand ein paar Schritte entfernt.

»Kann sie noch einmal ein Kind bekommen?« fragte Jung.

»Eines Tages vielleicht. Wobei es mich nicht wundern würde, wenn sie darauf lieber verzichtet.«

»Verständlich. Verständlich.« Jung drückte Emmas Hand und legte sie auf die Bettdecke zurück. »Konnten Sie feststellen, welches Geschlecht es hatte?«

»Ja. Sie hätten einen zweiten Sohn bekommen.«

»O mein Gott.«

Jung wandte sich vom Bett ab.

Eine Krankenschwester sollte die Pflege übernehmen, bis das Schlimmste überstanden war. Eine Woche mindestens, vielleicht länger, sagte Dr. Walter. Sie hieß Bertha. Schwester Bertha. Sie war groß und ruhig und wortkarg. Sie las gern und würde sich die langen Stunden von Emmas Schweigen durch die Lektüre von *Tod in Venedig* verkürzen. Nachdem Dr. Jung und Dr. Walter den Raum verlassen hatten, rückte sie einen Stuhl ans Fußende des Bettes, von wo aus sie die Patientin im Auge behalten konnte, und schlug das schmale Bändchen auf – ließ den Buchrücken dreimal knacken und hob es dicht an die Nase, um seinen Duft einzusaugen. Papier, Leim – Venedig. Mehr brauchte es nicht.

Als sie die Treppe hinuntergestiegen waren und Jung den obligaten Weinbrand eingeschenkt hatte, fragte er Walter: »Wie wird in solchen Fällen normalerweise mit den Überresten verfahren?«

Walter, der Emma betreute, seit ihre Heirat sie nach Zürich und dann nach Küsnacht geführt hatte, sagte: »Wenn Sie gestatten, die einfachste Art wäre Verbrennen.«

»Ja. Kann ich das Kind sehen?«

»Davon würde ich abraten. Es ist zu traurig.«

»War es gesund und wohlgebildet?«

»Ja.«

»Und ein Sohn, sagen Sie?«

»Ja.«

»Seien Sie ganz ehrlich«, sagte Jung. »Glauben Sie, daß es tatsächlich ein Unfall war?«

»Das kann ich nicht beurteilen.«

»Wer hat sie gefunden?«

»Frau Emmenthal.«

»Und?«

»Sie hörte es poltern und lief sofort hin. Ihre Frau war bewußtlos. Ich wurde herbeigerufen. Die Fehlgeburt fand in meinem Beisein statt, eine knappe Stunde später. Ich hatte so etwas schon befürchtet und war vorbereitet. Emma hat nichts gespürt.«

»Wo ist das Kind jetzt?«

»Ich habe es in ein Handtuch gewickelt und in die Küche gebracht, damit man es gleich in den Ofen stecken kann. Frau Emmenthal ist bei ihm – und das Mädchen.«

»Es in den Ofen stecken.« Jung schauderte. »In den Ofen.«

»Das Kind war zu klein, um zu überleben, Herr Dr. Jung. Darüber dürfen Sie jetzt nicht nachdenken.«

»Kann ich mitkommen? Ich würde es gern erledigt wissen.«

»Natürlich. Wenn Sie es wünschen.«

In der Küche saß Frau Emmenthal, das Handtuchbündel im Schoß und ein Glas Riesling neben sich. Es herrschte vollkommenes Schweigen. Lotte, die geweint hatte, kauerte in einer Ecke, wo das Licht nicht hinreichte. Beide standen auf und knicksten, als die Männer eintraten.

»Ach, Herr Doktor, es tut mir so leid«, sagte Frau Emmenthal.

»Ich danke Ihnen«, erwiderte Jung. »Ich danke Ihnen. Setzen Sie sich doch wieder.«

»Nein. Wir stehen lieber«, beharrte Frau Emmenthal. »Sitzen wäre nicht recht.«

Jung wandte sich an Dr. Walter und sagte: »Lassen Sie es mich machen, ginge das? Ich möchte es gern einen Moment lang halten.«

»Natürlich.«

Ob das Feuer im Herd heiß genug brenne, wollte Dr. Walter von Frau Emmenthal wissen. Jawohl.

Jung empfing das stumme Bündel aus den Händen der Köchin und drückte es an seine Brust.

Ich habe keinen, zu dem ich beten kann, dachte er. *Keinen, zu dem ich beten kann – und dies eine Mal bedauere ich es.*

»Du liebes Kleines«, flüsterte er. »Bitte vergib uns, daß wir so an dir versagt haben. Wir werden dich nie vergessen.«

Unschlüssig stand er da, gepeinigt von dem Wissen, daß er loslassen mußte.

Hoch oben an der Wand tickte eine Uhr. Sonst war alles still.

Jung drehte sich um und ging zum Herd.

»Also gut«, sagte er. »Wir sind soweit.«

Dr. Walter hob ein paar Ringe aus der Herdplatte. Ein Schwall Funken stob empor, Flammen knisterten.

Jung beugte sich vor und küßte den in das Handtuch eingeschlagenen Embryo dreimal. Dann hielt er das Bündel rasch über das Feuer, machte die Augen zu und ließ es fallen.

Es fiel ohne Laut.

Dr. Walter schob die Ringe an ihren Platz zurück und sagte zu Frau Emmenthal: »Ich komme in einer halben Stunde wieder.«

»Ja, Herr Doktor.«

Die beiden Männer gingen hinaus, und Frau Emmenthal schenkte sich noch ein Glas Wein ein.

Lotte setzte sich zu ihr an den Tisch, und dann warteten sie wortlos auf die Rückkehr des Arztes, den Blick vom Herd abgewandt.

11

Unter dem Dach des Hôtel Baur au Lac sann Forster auf Mittel und Wege, wie er mit Mister Pilgrim in Kontakt treten könnte.

Er konnte sich verkleiden (denn ihn selbst kannten sie mittlerweile zu gut) und als ein Freund aus London vorsprechen, der von Mister Pilgrims Zustand nichts wußte. Er konnte sich als Kurier ausgeben, der strikte Weisung hatte, seine Botschaft keinem anderen als Mister Pilgrim persönlich zu übermitteln. Er konnte ein Geschenk bringen – er konnte Frauenkleider anziehen und als Mister Pilgrims Schwester auftreten – er konnte … er konnte … Nein. Er konnte gar nichts tun. Für solche Tricks waren sie zu schlau dort oben im Burghölzli – mißtrauisch und wachsam und durch Maskerade nicht zu narren.

Er erstand einen Feldstecher und suchte die Fassade der Klinik ab. Eine glückliche Fügung wollte es, daß seine Kammer ihm einen direkten Blick auf das Gebäude gewährte. Hätte er es darauf angelegt, er hätte es nicht günstiger treffen können, also beabsichtigte er auch einen entsprechenden Gebrauch davon zu machen.

Am Morgen des 1. Juni, einem Samstag, trat Pilgrim auf den Balkon, um seine Vögel zu füttern.

Forster erspähte ihn augenblicklich.

»Ich hätte es wissen müssen«, sagte er laut. Seit zwei Tagen war dieser Balkon von Tauben umflattert. »Wer außer ihm könnte so hofhalten?«

Pilgrim trug seinen blauseidenen Schlafrock und den weißen

Pyjama. Bei seinem Anblick regte sich in Forster Sehnsucht nach den alten Zeiten: nach den Düften von Toast und Earl Grey aus Mrs. Mathesons gemütlicher Küche, nach der unausgesetzten Stolpergefahr durch das Schoßhündchen Agamemnon, nach all den Frühstückstabletts, Zeitungen und Briefen, die er Mister Pilgrim aufs Zimmer gebracht hatte. Nach all dem Wetzen und Kratzen, mit dem Agamemnon zu seiner leidenschaftlichen Begrüßung losschoß, wenn die Zimmertür aufging und der Tag begann. Nach all diesen geheiligten Ritualen, ausgeführt in dem tröstlichen Bewußtsein, daß wieder eine Nacht vergangen war ohne einen versuchten …

Forster weigerte sich, das Wort *Selbstmord* auch nur zu denken.

»Guten Morgen und guten Tag«, sagte er – wiederum laut, so als stünde Mister Pilgrim dicht vor ihm.

Da war er, und wenn man die Hand ausstreckte …

Forster zählte die Balkone links und rechts von Pilgrim. *Da wohnt er,* rechnete er sich aus: *ganz genau da. Jetzt kann ich ihn jeden Tag beobachten. Ich kann es – und ich werde es. Es muß – und es wird – ein Ende haben damit.*

Ein Ende haben womit?

Mit unserer Trennung.

Forster ließ den Feldstecher auf seine Brust sinken.

Lady Quartermaine war tot. Forster war jetzt Pilgrims einzige Verbindung zur Außenwelt. Er allein stand bereit, ihn zu empfangen.

Und so würde er wachen und warten. Er würde gerüstet sein.

12

Das Essen war nicht nach Pilgrims Geschmack. Den Fisch – schon am Vortag hatte es mittags Fisch gegeben – schob er so heftig von sich, daß der Teller fast über die Tischkante kippte.

Das Mädchen, das ihn bediente, stand ängstlich ein Stück entfernt. Sie sprach kein Englisch, und Pilgrim weigerte sich, deutsch zu sprechen. Seine Begründung war denkbar kindisch: *Ich kann kein Schweizerisch. Geh weg.*

Der Fisch – es war Scholle – blieb unberührt.

Als ihm zum Nachtisch Reispudding vorgesetzt wurde, kleckerte Pilgrim mit Bedacht einen Löffelvoll auf den Boden, knüllte die Serviette zusammen und stieß seinen Stuhl zurück.

»Ich lebe in einem gastronomischen Alptraum«, verkündete er und stand vom Tisch auf. An der Tür des Speisesaals drehte er sich noch einmal um und sagte zu dem unglücklichen Mädchen: »Wenn ihr hier genießbares Essen serviert, können wir weitersehen. Bis dahin, gehabt euch wohl – du und deine ganze kuhgleiche Sippschaft.«

Damit verließ er den Saal.

Das Mädchen, das lediglich verstanden hatte, daß es beleidigt worden war, floh weinend in die Küche. Pilgrim unterdessen marschierte zum Fahrstuhl, ließ den Blick während der Fahrt auf dem ausdruckslosen Gesicht des Fahrstuhlführers ruhen und dachte: *Ich bin umgeben von Rindvieh – einer ganzen weiten Welt von hirnlosem, wiederkäuendem Rindvieh!*

In seiner Suite angelangt, öffnete er die Balkontür, entledigte sich seiner Jacke und der Schuhe, lockerte seine Krawatte und legte sich aufs Bett.

Es war warm, beinahe heiß, und er mußte noch einmal aufstehen und die Läden zuziehen, um die Lichtflut zu dämpfen.

Zehn Minuten später stand er erneut auf und ging ins Bad, wo er urinierte, ein Glas Leitungswasser trank und den Blick in den Spiegel vermied.

Er entfernte die Krawatte ganz, dann auch die Weste – streifte die Hosenträger von den Schultern, zog den Reißverschluß auf und legte sich wieder hin.

Einige Tauben landeten hinter den geschlossenen Fensterläden und fingen an zu schwatzen.

»Haut ab«, flüsterte Pilgrim. »Haut ab«, sagte er. »Haut ab!« schrie er.

Eine Viertelstunde später war er eingeschlafen.

Schlamm überall. Ich weiß nicht, wo ich bin.

Dunkel, aber nicht Nacht. Morgenlicht am Himmel, diffuser Horizont.

Alles braun, grau, naß. Erdgeruch – überwältigender Gestank. Abstoßend, und doch vertraut. Tod, das ja – aber Friede im Herzen. Grün – Grün. Und Braun.

Weiß nicht, wo meine Füße sind. Habe Stiefel an. Stiefel und Kleider, die mich hinabziehen. Nirgends unter mir ein fester Halt. Will schwimmen, kann aber mit Mühe und Not den Kopf oben halten. Der Schlamm so zäh wie Haferbrei. Vereinzelte Lichtgarben, aber weit entfernt. Nicht in der Nähe.

Um mich die Gestalten anderer Männer. Alle gekleidet wie ich. Unsere triefenden, bleischweren Kleider bestätigen, daß wir Soldaten sind. Soldaten – aber wann? Und wo?

Uhrenschlagen. Ich kann nicht zählen. Ich versuche zu schreien, habe aber keine Stimme.

Irgendwo geht ein Tor auf – in mir hallt es: Portal. P-P-P-Portal *– der Buchstabe wie eine Gewehrsalve. Ein Luftzug erhebt sich. Windgepeitschter Regen stürzt auf mich ein.* P-P-P-P-P-P-Portal.

Meine Arme strecken sich nach einer Hand aus – Menschenhand, glatte Finger – doch sie entgleitet mir.

Warum bin ich hier? Ich weiß keine Antwort. Hier ist nirgendwo. Nichts.

Auf einmal ein Lärm, den ich nicht einordnen kann – ein monotones Dröhnen, wie das Tuckern eines Automotors bei offener Haube. Ein Stampfen, ein Knattern direkt über mir.

Dann mehrere kleine Explosionen, aus denen ich nicht schlau werde. Und nun ein anderes Geräusch – ein Rufen, aber wiederum über unseren Köpfen –, und ein Schatten schiebt sich über mich wie der Schatten eines riesigen Vogels – ein Flugzeug – eines, ein zweites.

Ich kenne Flugzeuge nur von Photographien, aber es sind mindestens zehn – zwölf – vielleicht noch mehr, die über uns hinwegfliegen, Schüsse abfeuern und Granaten abwerfen. Die Erde platzt auf.

Rings um mich hasten gebückte Gestalten vorwärts, an mir vorbei. Sie sehen mich nicht. Sie schauen nicht her. Jeder hat Angst.

Eine Stimme sagt: Ich darf dich nicht ansehen. *Das sind die einzigen Worte, die ich vernehme.*

Ich schließe den Mund. Das nächste Geschwader dröhnt über mich hinweg.

Ich sinke. Schlamm dringt mir in die Nase. Ich ertrinke –

Pilgrim, klatschnaß, saß aufrecht im Bett.

Ertrinken. Flugzeuge.

Was er da eben durchlebt hatte, konnte kein Traum aus der Vergangenheit sein – das war ein Traum aus der Zukunft.

Aus der Zukunft – Herr im Himmel. O Herr im Himmel!

Vier Uhr.

Pilgrim schlug die Hände vors Gesicht und senkte den Kopf.

Das Licht im Zimmer war golden, und die Ritzen in den Fensterläden fädelten es zu schrägen, schwebenden Mustern, die an Leonardos *sfumato* erinnerten, gebrochen durch Staubsäulen und das Gitter von Pilgrims Fingern.

»O Gott«, sagte er laut. »Nicht noch mehr. Nicht noch mehr. Es muß ein Ende haben.«

Er stand auf.

»ES MUSS EIN ENDE HABEN!«

13

Der im folgenden beschriebene Vorfall ereignete sich am selben Nachmittag um 4 Uhr 15. Er ist sowohl in Jungs privaten Aufzeichnungen als auch in Pilgrims Akte und in den Stationsberichten von Kessler und Schwester Dora festgehalten. Diese können in den Archiven eingesehen werden.

Es gab sechs Zeugen: vier Patienten und zwei Klinikangestellte, Kessler und Schwester Dora. Bei den Patienten handelte es sich um die Gräfin Blawinskaja, die Schizophrene, deren Hände Robert Schumann gehörten, den Mann, der mit der imaginären Feder schrieb, sowie einen Mann, der die Sprache als Mittel der Verständigung vollkommen aufgegeben hatte. Sie alle – mit Ausnahme Kesslers – waren im Musikzimmer versammelt.

Aus dem Grammophon ertönte Saint-Saëns' *Karneval der Tiere*. Die Blawinskaja tanzte den Sterbenden Schwan.

Sonnenlicht fiel ins Zimmer. Die Fenster standen offen. Der Mann mit der imaginären Feder verspürte den Drang, sich mitzuteilen, und war aufgestanden, um seine Botschaft an die Wand neben der Tür zu schreiben. Schwester Dora strickte an einem Schal für ihre geliebte Patientin. Die anderen saßen da, zuschauend und lauschend, ein jeder eingesponnen in seine Welt.

Plötzlich erhob sich draußen im Korridor ein Lärm. Jemand schien verfolgt zu werden, eine Stimme rief: »Halt! Halt! Halt!«

Sekunden später flog die Tür auf, und herein stürzte Pilgrim in Bademantel und Pantoffeln. Kessler hatte ihn in die Bäder hinunterbringen wollen, um den Aufruhr zu besänftigen, in den sein

Traum ihn versetzt hatte, aber Pilgrim war davongerannt in Richtung Musikzimmer und hatte dabei mit den Fäusten an alle Türen geschlagen.

Als Pilgrim ins Zimmer stürmte, näherte sich die Blawinskaja dem Ende ihres Solos. Sie kauerte auf dem Boden, das linke Bein vor sich ausgestreckt, und begann gerade den berühmten *dénouement* mit seinen flatternden Armen, dem gewölbten Schwanenhals und dem gesenkten Kopf.

Pilgrims Gesicht war bis zur Unkenntlichkeit verzerrt. Er hatte jegliche Herrschaft über seine Züge verloren. Sie schienen eine Maske der Wut – die Augen aufgerissen und starr, der Mund geifernd, sprudelnd von Schaum. Mit beängstigender Geschwindigkeit durchquerte er den sonnendurchfluteten Raum, riß den Tonarm des Grammophons aus seiner Halterung und warf ihn gegen den nächsten offenen Fensterflügel. Glassplitter spritzten.

Die Blawinskaja sah auf, in der festen Gewißheit, daß ein Wirbelsturm über die Klinik hereingebrochen war. Die Frau mit Schumanns Händen stieß einen Schrei aus und duckte sich in eine Ecke. Der Mann mit der imaginären Feder hielt im Schreiben inne, war jedoch außerstande, sich umzudrehen. Er blieb an der Wand stehen, den rechten Arm erhoben, die Stirn nur Zentimeter vom Putz entfernt.

Schwester Dora legte ihr Strickzeug weg und sprang auf, um zu der Gräfin zu eilen, aber der Sturm, der nun lostobte, bannte sie an ihren Platz.

Pilgrim hob das Grammophon hoch und schmetterte es auf den Boden, so daß es zerbrach und seine mechanischen Innereien bloßlagen. Dann zog er systematisch die Schallplatten mitsamt ihren Hüllen aus dem Regal und schleuderte sie eine nach der anderen an alle vier Wände, so fest, daß die Platten zersprangen. Schumanns *Kinderszenen* trafen die kauernde Pianistin, sei es durch Zufall oder aufgrund dementen Kalküls, und brachten ihr eine Wunde bei, die später genäht werden mußte.

Währenddessen versuchte Kessler seinen Patienten einzufangen, aber Pilgrim war zu schnell. Eine manische Energie erfüllte ihn. Er hätte ein jugendlicher Athlet sein können – ein Ringer – ein Läufer – ein Turner. Er zerrte das Cello aus seinem Kasten und begann auf seinen hingestreckten Leib einzutreten, und dazu schrie er: »Zur Hölle mit aller Musik. Zur Hölle mit aller Kunst! Zur Hölle mit aller Schönheit. Töten! Töten! Töten!«

Als nächstes schlug er die Geige entzwei und hieb mit ihrem geborstenen Rumpf auf die Glasschränke mit den Libretti und Partituren ein, auf die der Musikbibliothekar so stolz war.

Schließlich gelang es Kessler, ihm ein Bein zu stellen, als er Schwester Doras Stricknadeln samt Wolle an sich riß, um sich damit ins Gesicht zu stechen.

In dem Moment, da Kessler seinem knienden Patienten die Arme auf den Rücken bog, rief die Gräfin Blawinskaja laut: »NICHT!«, und Pilgrim stürzte.

Schwester Dora lief, um Hilfe zu holen, während Kessler auf Pilgrims Beinen saß und ihm bei jedem Aufbäumen die Arme verdrehte.

Fünf Minuten später traf ein Quartett von Pflegern ein, die Pilgrim mit vereinten Kräften in eine Zwangsjacke steckten. Zum Abschluß spuckte er Kessler noch ins Gesicht, worauf er ein tierhaftes Brüllen ausstieß und das Bewußtsein verlor.

Später, als Pilgrim fortgebracht war und Kessler Jung Meldung machte, fragte dieser, ob Kessler eine Ahnung habe, was den Ausbruch ausgelöst haben könnte.

»Er hat seinen Mittagsschlaf gehalten«, berichtete Kessler, »und muß wohl geträumt haben. Als ich hereinkam, stand er da und schrie – ich weiß nicht, was, jedenfalls schrie er. Ich habe ihn ausgekleidet und ihm seinen Bademantel angezogen, um ihn in die Bäder zu bringen – ich dachte, das Wasser würde ihn vielleicht beruhigen. Er schrie in einem fort: *Es wird niemals enden – es wird niemals enden!* Aber was niemals enden würde, war nicht zu erfahren. Sonst hat er nur ein einziges Wort gesagt, und das hatte ich noch nie von ihm gehört. *Flugzeug.*«

»Flugzeug?«

»Flugzeug. Das hat er immer und immer wieder gesagt. *Flugzeug.* Und dann hat er sich losgerissen und diese ganzen Sachen zertrümmert.«

Jung schüttelte den Kopf. »Hm«, sagte er. »Flugzeug. Das ist ja was ganz Neues.«

»Ja, Herr Doktor. Ich habe noch nie eins gesehen«, sagte Kessler.

»Ich auch nicht«, erwiderte Jung. Und zu seiner eigenen Verwunderung setzte er mit gedämpfter Stimme hinzu: »Aber das wird wohl kaum so bleiben.«

»Nein, Herr Doktor. Das wird wohl kaum so bleiben.«

Fünftes Buch

1

Pilgrim wurde in eine Gummizelle gesperrt, wo er sich nichts antun konnte. Er hatte jetzt zwei neue Pfleger – »Wärter« nannte man sie in der geschlossenen Abteilung. Kessler wurde für eine Woche nach Hause geschickt, wozu er sich unter der Bedingung bereit fand, daß man ihn sofort zurückrufen würde, wenn Mister Pilgrim nach ihm verlangte.

Der eine Wärter war ein blonder, friedliebender Riese, der Wolf hieß. Er war ausschließlich seiner Körperkraft wegen angeheuert worden und brachte seinen Patienten nichts entgegen als die Bereitschaft, sie ruhigzustellen, wann immer und wie immer der Anlaß es erforderte. Ansonsten war er so harmlos, wie sein gutmütiger Gesichtsausdruck es erwarten ließ. Mit seinen großen Augen und dem sanften Lächeln glich er einem unschuldigen Kind, das glaubt, Weihnachten dauere das ganze Jahr.

Der andere Wärter, Schwarzkopf, war das genaue Gegenteil: ein Mann, der aus seinen sadistischen Neigungen kein Hehl machte. Er stierte Pilgrim an und ließ dabei die Knöchel knacken, als stünde er im Geiste mit ihm im Ring. Er kniff die Augen zusammen, wenn er sein Opfer anstarrte, die Zunge zwischen den Zähnen. Auch er war kräftig gebaut – nicht groß, aber schwer und kompakt.

Die ersten zwei Tage nach seinem Tobsuchtsanfall war Pilgrim vollständig sediert und mußte umsorgt werden wie ein Säugling. Er näßte ins Bett. Er verunreinigte seinen Schlafanzug. Sie mußten ihm Flüssigkeit zuführen, damit er nicht austrocknete.

Am dritten Tag wachte er auf.

Er sprach nur zweimal. *Wo sind meine Tauben?* fragte er. Und: *Warum ist alles weiß?*

Er wirkte im großen und ganzen friedfertig, und so ließ Dr. Jung ihn am vierten Tag losbinden.

Schwarzkopf sagte: »Er ist groß – wir müssen auf die Beine aufpassen.«

Wolf übernahm es, die Riemen zu lösen, mit denen Pilgrims Arme am Bett festgeschnallt waren. Schwarzkopf saß derweil auf Pilgrims Füßen und hielt ihm die Knie fest.

Der Raum war niedrig und fensterlos. Luft gelangte nur durch einen mehrfach vergitterten Schacht herein. Schwarzkopf war nicht sehr sauber. Er stank. Das war eine seiner Einschüchterungsmethoden. Pilgrim beobachtete ihn durch halbgeschlossene Lider.

Die Riemen waren eine komplizierte Angelegenheit. Das Abschnallen dauerte seine Zeit. Wolf, der sanfte, wollte Pilgrim nicht weh tun.

Schließlich waren Hand- und Fußgelenke frei, und Pilgrim spürte, wie das Blut wieder zu fließen begann.

Er sagte nichts. Er tat nichts.

Er rührte kein Glied und schloß auch nicht die Augen.

Schwarzkopf richtete sich auf.

»Du jetzt aufstehen«, befahl er in seinem gebrochenen Englisch.

Pilgrims Blick glitt zu Wolf hinüber.

Wolf beugte sich herab und zog ihn an den Schultern hoch, bis er aufrecht saß.

»Beine«, sagte Pilgrim.

Schwarzkopf packte Pilgrims Waden und ließ seine Füße auf den Boden fallen, wo sie mit einem knochenstauchenden Aufprall landeten – ein Geräusch, so empfand Pilgrim, als knallte eine Tür.

Wolf stand daneben.

Schwarzkopf beobachtete Pilgrim und rieb sich mit dem Daumen das Kinn, als wolle er einen nicht vorhandenen Bart zum Sprießen bringen. Dann trat er einen Schritt zurück und sagte: »Sprechen.«

Pilgrim sagte: »Ich will meine Tauben.«

Schwarzkopf lächelte. »Tauben magst du, ja?«
»Ja.«
Worauf Schwarzkopf sagte: »Morgen kriegst du.«
Pilgrim nickte. »Ich hätte gern etwas Suppe«, sagte er.

Am nächsten Tag half Wolf Pilgrim bei seiner Morgentoilette, als Schwarzkopf zur Tür hereinkam, einen Lappen in der Hand, in den etwas eingewickelt war. Obwohl die Zunge zwischen seinen Zähnen klemmte, lächelte er.

»Du solches wollen«, sagte er und legte das Bündel am Fußende des Bettes nieder.

»Ich will im Moment gar nichts«, erwiderte Pilgrim.

»Nein«, sagte Schwarzkopf. »Du hast gewollt, ich habe gebracht.«

Womit er das Bündel aufschlug und zwei Taubenkadaver enthüllte, einen rosafarbenen und einen grünen.

»Sie können Frühstück sein«, sagte er, »wenn du so wünschst.«

Eine ganze Woche mußte Pilgrim daraufhin ans Bett geschnallt bleiben. Kessler kam zurück, und Jung sorgte dafür, daß Schwarzkopf entlassen wurde.

Von Tauben war nicht mehr die Rede. Kessler nahm es auf sich, die toten Vögel unter einem Baum im Garten zu begraben. Er bettete sie in die Erde, strich ihnen die Flügel glatt und flüsterte ein einziges Wort. *Verzeiht.* Die rubinroten Augen waren geschlossen, und die Erde, die auf sie träufelte, roch nach Tannenzapfen, Pilzen und Regen.

2

Am Samstag, dem 8. Juni, stand Emma erstmals seit ihrer Fehlgeburt wieder auf – und Wolf schnallte Pilgrim zum letzten Mal die Riemen um Hand- und Fußgelenke ab.

Emma ließ sich das Frühstückstablett von Lotte an den Fenstersitz bringen, zusammen mit der *Neuen Zürcher Zeitung* – letztere auf ihren ausdrücklichen Wunsch. *Das Leben da draußen geht weiter,* hatte sie sich gesagt, *also sollte ich besser Anteil daran nehmen.*

Pilgrim saß auf der Bettkante, wo Kessler ihn mit Orangenschnitzen, Marmeladentoast und Tee fütterte. Die Vögel wurden nicht erwähnt. Wolf indessen saß kaffeetrinkend in der Personalküche und starrte auf die Öfen und Herde, als warte er darauf, daß sie zu sprechen begännen. Er für seinen Teil blieb stumm.

Emma schlug die Zeitung auf. Der italienisch-ottomanische Krieg dauerte an, wobei sich das Blatt zugunsten der Italiener zu wenden schien. Auf dem Balkan herrschte der übliche Aufruhr – Bomben, Attentate, Krawalle und Anarchie. Griechenland machte Anstalten, sich gleichfalls unter die Streitenden zu mischen ... Es nahm und nahm kein Ende.

Serben, Mazedonier, Bulgaren, Türken, Italiener, Griechen – wer schert sich darum? dachte Emma und ließ die Zeitung auf den Boden fallen. Fünfhundert Jahre der Invasionen und Annexionen, und nicht ein Konflikt war aus der Welt geschafft. Seit Alexander dem Großen ging das schon so – seit Troja –, und nichts, nichts, nichts hatte sich geändert. All diese Menschen, immer und überall, die keine Sekunde des Friedens erleben durften, keine Sekunde frei von Angst. Gnädiger fast, gar nie geboren zu werden. Gnädiger fast der Tod.

Um elf Uhr am selben Vormittag traf Jung in der geschlossenen Abteilung ein, wo er erst nach einigen anderen Patienten sah und um 11 Uhr 35 Pilgrims Zelle betrat.

Wolf war mittlerweile zurückgekehrt und wartete auf dem Gang, während Kessler sich Pilgrims Toilette annahm. Ein frischer Pyjama lag bereit, desgleichen ein frisch gewaschener und gebügelter Bademantel, und zum ersten Mal seit fast zwei Wochen kam Pilgrim in den Genuß einer Rasur und geputzter Zähne.

Jung bedeutete Kessler, daß er sich zurückziehen dürfe und erst in etwa einer halben Stunde wiederzukommen brauche.

Als Kessler – unter Mitnahme des schmutzigen Pyjamas und des Frühstückstabletts – den Raum verlassen hatte, stellte Jung den einzigen Stuhl in der Zelle so auf, daß er die Tür im Rücken hatte.

Er setzte sich, zog einen Zettel aus der Notenmappe und sah seinen Patienten an. Er hatte kaum geschlafen; er grämte sich noch über den Tod des Kindes, und er verwünschte sich dafür, daß Emma von der anderen Frau erfahren hatte.

Was ersteren dieser unerquicklichen Vorfälle betraf, so verspürte er sowohl Schuld als auch Reue. Sein Verdacht, daß Emma sich absichtlich die Treppe hinuntergeworfen hatte, war mehr oder minder bestätigt worden. *Ich bin nicht gestolpert,* hatte sie ihm gesagt. *Ich bin gefallen.* Was die *andere Frau* anging, so bereute er nichts, sondern bedauerte nur, daß er bis auf weiteres ohne sie würde auskommen müssen. Er vermißte sie nicht nur in sexueller Hinsicht, sondern auch in intellektueller. Sie hieß Antonia Wolff, und wie Sabina Spielrein war sie eine ehemalige Patientin des Burghölzli, die nach ihrer Heilung zu einer qualifizierten Praktikantin von bemerkenswerter Begabung und Intuition geworden war.

Sie war dieselbe junge Frau, die Jung einige Wochen zuvor an der Seite Furtwänglers im Korridor gesehen hatte. Es war hilfreich gewesen – und auch wieder hinderlich –, daß sie vom Äußeren her das fast vollkommene Ebenbild Emmas war (nur das Haar trug sie offen, während Emma ihres zurückband). Ihre ganze Erscheinung strahlte Sinnlichkeit aus, und sie … Antonia … Toni … sie …

Schlag dir das aus dem Kopf. Du bist wegen Pilgrim da.

»Guten Morgen«, sagte Jung. »Was für ein schöner, sonniger Tag«, log er. Dabei goß es in Strömen, und sein Kind war tot.

Pilgrim antwortete nicht und sah weg.

»Möchten Sie irgend etwas sagen?« fragte Jung.

»Nur, daß Sie mich mit einer Horde Irrer ins Dunkel gesperrt haben.«

»An was für Irre denken Sie da?«

»Schwarzkopf hat zwei von meinen Vögeln umgebracht.«

»Sie haben Vögel?«

»Tauben. Haustauben, Wildtauben. Ich füttere sie. Wie Sie sehr gut wissen.«

»*Ihre* Vögel? Das ist mir neu. Ich stand immer unter dem Eindruck, daß Vögel sich selbst gehören.«

»Sehr scharfsinnig, Dr. Jung. Selbstverständlich …«, Pilgrim hob eine Hand und ließ sie wieder aufs Knie fallen … »haben Sie recht. Nichtsdestotrotz lagen sie mir am Herzen.«

»Herr Schwarzkopf ist bereits entlassen worden«, sagte Jung. »Sonst irgendwelche Beschwerden?«

»Kessler ist wahnsinnig.«

»So?«

»Er glaubt an Engel.«

»Und Sie nicht?«

»Natürlich nicht. Wozu sollen Engel nütze sein?«

»Kessler scheinen sie recht gute Dienste geleistet zu haben. Wußten Sie, daß er selber einmal Patient hier war?«

»Nein. Warum sollte mich das interessieren? Es beweist lediglich, daß ich recht habe. Sie nennen mich irr und überantworten mich der Obhut von Irren. Vielleicht sind Sie ja selbst nicht ganz richtig im Kopf.«

»Das ist möglich.« Jung lächelte. »Das ist durchaus möglich.«

Eine Pause trat ein.

»Wie fühlen Sie sich, Mister Pilgrim? Erholt? Erleichtert?«

»Entfesselt.«

Jung lachte.

»In der Tat«, sagte er. »Das wurde ja auch Zeit.« Er wartete einen Augenblick, bevor er fragte: »Hätten Sie Herrn Schwarzkopf umgebracht, wenn man Sie gelassen hätte?«

»Ich wollte es gern, aber ich habe Gnade vor Recht ergehen lassen. Ich kann nicht töten – was mehr ist, als sich von Schwarzkopf behaupten läßt. Ich habe ihn schon Fliegen fressen sehen.«

»Zählen Fliegen denn?«

»Alles zählt. Das müssen Sie doch am besten wissen. Wenn Schwarzkopf zu viele Fliegen frißt, könnte es schließlich sein, daß für Sie nicht genug übrigbleiben.«

Jung lehnte sich zurück.

»Tja«, sagte er, »wir haben da offensichtlich ein Problem. Sie mögen mich nicht – sehe ich das richtig?«

»Im Moment, ja.«

»Vergessen Sie nicht, ich bin Ihr Arzt. Ärzte sind einem nicht immer sympathisch.«

»Dessen bin ich mir bewußt.« Pilgrim heftete den Blick auf Jung. »Was wollen Sie von mir, Dr. Jung? Kann ich etwas für Sie tun?«

»Ja. Sie können mir ein paar Fragen beantworten.«

»Ich bekomme die Fragen, Sie die Antworten. Ist das gerecht?«

»Wäre es Ihnen lieber, wir würden die Rollen tauschen?«

»Mir war nicht klar, daß wir Rollen spielen.«

»Mister Pilgrim, diese Verdunklungsmanöver bringen uns nicht weiter – mich nicht, und Sie auch nicht.«

»Für jemanden, der nicht seine Muttersprache spricht, drücken Sie sich bemerkenswert gewandt aus. Verdunklungsmanöver. Erstaunlich. Ihr Wortschatz ist beispielhaft umfassend. Wie in so vieler Hinsicht sind Sie auch hierin – wie sagt man? – eine *Leuchte*.«

»Ich weiß nicht recht, ob ich Sie verstehe.«

»O doch, das tun Sie. Verschanzen Sie sich bitte nicht hinter falscher Bescheidenheit. Sie kennen keine Bescheidenheit, weder falsche noch sonstige. Anders ausgedrückt, Dr. Jung, Sie können sich nicht verstecken.«

»Sieh einer an.«

»Sehen Sie lieber sich an. Im englischen Pennälerjargon würde man Sie als *useless prick* bezeichnen.«

Jung legte seine Fragenliste beiseite. Er brauchte sie nicht mehr.

Das Gespräch mit Pilgrim hatte eine eigene Wendung genommen, zwar nicht die, auf die er gehofft hatte, aber dennoch eine, die sich vielleicht als fruchtbar erweisen würde.

»*Prick?*« wiederholte er. »Wie der Stachel im Fleisch?«

»Nein, Sir. *Prick* ist Schülersprache für Penis. Für einen unappetitlichen, übelriechenden, unzulänglichen Penis, der zu nichts anderem taugt als zum Pissen.«

»Ich verstehe.«

»Tatsächlich?«

»Ich denke schon.«

»Ich bezweifle es. Sehen Sie, der Schuljunge reibt nächtelang seinen Penis, immer in der Hoffnung, eines baldigen Tages in den Genuß des Samenausstoßes und des damit verbundenen Höhepunktes zu kommen. Er hat von diesen Genüssen gehört, und vielleicht ist er ihrer sogar bei seinen älteren Kameraden Zeuge geworden. Aber sein eigener Penis läßt sich nicht drängen, weil die Hoden noch nicht herabgestiegen sind. So viele Erektionen er ihm auch abtrotzt, er lernt keine Befriedigung kennen, sondern nur einen entfernten Verwandten von ihr, den man *blush* nennt. Er ist weniger als eine Jungfrau. Er ist unbrauchbar. Und damit: *a useless prick*.«

»Das heißt, ich bin ein unerreichter Orgasmus.«

»Jawohl, Sir. Ich bitte zu beachten, daß ich Sie mit *Sir* anspreche, wie sich das für einen Schuljungen gehört.«

»Sie sind kein Schuljunge, Mister Pilgrim.«

»Sind Sie denn nicht mein Präfekt?«

Schweigen.

»Ich hasse diesen Raum. Diese Zelle. Muß ich für immer hierbleiben?«

»Nein.«

»Aber Sie haben den Schlüssel?«

»Einen der Schlüssel, ja.«

»Wer hat die anderen?«

»Kessler. Wolf. Der Stationsarzt. Er heißt Raddi.«

»Ernst Raddi, richtig. Der war zur Visite hier – oder sollte ich besser sagen, zur Patrouille? In seiner Gegenwart war ich immer in Ketten.«

»Sie waren nicht in Ketten, Mister Pilgrim. Nie.«

»Es hat sich wie Ketten angefühlt.«

»Das glaube ich Ihnen aufs Wort.«

»Wie großmütig von Ihnen.«

»Ich wüßte gern, warum Sie mich als *prick* empfinden.«

»Die Beschreibung gefällt Ihnen nicht?«

»Es wäre förderlich, wenn ich mehr wüßte. Wenn ich Ihnen helfen soll, muß ich wissen, wie Sie mich sehen.«

»Wie kommen Sie darauf, daß ich Hilfe brauche?«

Jung hätte fast laut gelacht, nahm sich aber zusammen.

»Der Schlüssel ist in meiner Tasche, Mister Pilgrim. Nur ich kann Sie herauslassen.«

»Sie sagten doch, es gäbe noch andere Schlüssel in anderen Taschen.«

»Ja – aber nur der meine bringt Ihnen die Freiheit. Außerdem ist es sonnenklar, daß Sie Hilfe brauchen. Das wissen Sie doch selbst. Also ... Ihre Antwort?«

»Warum ich Sie als *prick* sehe? Weil Sie so eingenommen von sich selbst und der Handvoll unbedeutender Erfolge sind, die Sie auf Ihrem Fachgebiet vorweisen können ...«

Jung schloß die Augen, sagte aber nichts.

»Weil Sie ein arroganter Dogmatiker sind, der sich unbegrenzte Macht anmaßt. Weil Sie keinerlei Vorstellung von Ihrer eigenen Ignoranz und dem Unheil haben, das diese Ignoranz anrichtet. Weil Sie nicht zur Buße bereit sind. Weil Sie den Intellekt anderer dazu mißbrauchen, Ihre eigenen Schwächen zu vertuschen. Und weil Sie Schweizer sind!«

Jung stand auf – drehte sich weg – nahm die Brille ab und tupfte sich mit einem Taschentuch die Augen.

»Eine lange Liste«, sagte er.

»Das ist erst der Anfang«, erwiderte Pilgrim.

Jung verlagerte sein Gewicht auf das andere Bein. Er spielte mit dem Gedanken, sich wieder umzudrehen, verwarf ihn jedoch.

»Wäre es Ihnen lieber, daß ein anderer Arzt Sie übernimmt?« fragte er.

»Mich übernimmt? Bin ich ein Gegenstand? Eine lästige Pflicht? Eine schlechte Angewohnheit?«

»MISTER PILGRIM!« Nun fuhr Jung doch herum, zornbebend. »Jetzt reicht es!«

»Welch ein Jammer. Ich amüsiere mich recht gut.«

»Zweifellos. Aber Sie haben ein Problem, Sir. Nicht mit mir – sondern mit sich selbst. Ich muß hier meine Arbeit tun, und das werde ich auch. Ich stehe nicht allein in meiner Arroganz, und ich stehe auch nicht allein in meiner Ignoranz, und ich stehe erst recht nicht allein in meiner dogmatischen Anmaßung von Macht …«

»Unbegrenzter Macht.«

»Sie sind der Altmeister auf all diesen Gebieten, mein Herr, und wenn ich das hinzufügen darf: Sie sind mindestens ein solcher *prick* wie ich!«

Pilgrim blinzelte. Er war aufrichtig verblüfft. Er erhob sich vom Bett, stellte sich mit dem Gesicht zur Wand hin und sagte: »Ich will ein Fenster.«

»Sie bekommen aber keins! Kein Fenster, ehe ich nicht meine Antworten habe.«

Pilgrim setzte sich wieder.

»Ist das klar?« fragte Jung.

»Ja.«

»Gut …« Jung setzte sich ebenfalls. »Das wäre vom Tisch. Fahren wir fort.«

Pilgrim starrte auf seine Knie. Das Weiß seines Schlafanzugs schien ihn völlig zu bannen. »Wohin gehen wir?« fragte er fast flüsternd.

»Wir werden entdecken, wer wir sind«, sagte Jung. »Sie, und ich auch. Wir haben keine Karte, aber wir müssen den Weg trotzdem finden. Und wir werden es.«

3

Eine knappe Woche später, am Donnerstag, dem 13. Juni, stand ein Mann mit Melone und einem maßgeschneiderten grauen Überrock auf der Esplanade des Lindenhofs, der prächtigen Aussichtsplattform hoch über dem westlichen Limmatufer mit ihren Bänken und Tischen, einem Café, einem Springbrunnen sowie einem Blick auf Zürich, der seinesgleichen suchte.

Rechter Hand das Großmünster – zur Linken die Predigerkirche und dahinter die Universitätsgebäude, über denen sich das Burghölzli erhob, umgürtet von einem Wall schützender Bäume.

Bäume. Sie waren überall. Das Laub der Linden, die dem Lindenhof den Namen gegeben hatten, der Eichen, der Kastanien, der Eschen und Erlen, die zwischen den Läden und Häusern am jenseitigen Flußufer wuchsen, verwob sich zu einem Teppich schleierigen Grüns, auf dem die Dächer und Türme dahinzutreiben schienen wie auf Wasser.

Der Mann mit der Melone trug einen Feldstecher an einem Lederriemen um den Hals. In der Hand hielt er ein kleines, in Leder gebundenes Notizbuch. An einem zweiten Lederriemen, der über seiner Schulter lag, hing ein Stoffutteral mit einer Kodak-Kamera, die der Mann mit dem Ellbogen gegen die Rippen drückte. Ein Bilderbuchtourist.

Er wanderte die Balustrade entlang, völlig versunken in das Panorama, das sich vor ihm ausbreitete. Gelegentlich blieb er stehen, hob den Feldstecher, starrte auf einen bestimmten Punkt und trug dann etwas in sein Büchlein ein. So machte er es nun schon seit über einer Stunde, ohne zu bemerken, daß er seinerseits beobachtet wurde – von einer Frau, die hinter ihm auf einer Bank unter den Bäumen saß.

Die Frau mochte Ende Zwanzig sein, höchstens Anfang Dreißig, eine schlanke, adrette Gestalt ganz in Marineblau. Sie trug einen leichten Frühjahrsmantel mit Schildpattknöpfen und dazu einen blauen Strohhut mit einem breiten blaßvioletten Band. Der Hut hatte fast die gleiche Form wie die Melone des Mannes, nur daß ihm die hochgeschlagene Krempe fehlte.

Ihre gesamte Aufmerksamkeit galt diesem kuriosen Fremden mit seinem kuriosen Feldstecher und Notizbuch. Er war so schlank und adrett und zierlich wie sie selbst, und er wirkte beinahe genauso einsam, trotz seiner Hingabe an was immer es war, das er da so konzentriert ausspähte. Was immer – wer immer.

Sie sann über Möglichkeiten nach.

Er konnte ein Geheimagent sein, überlegte sie. Oder ein Privatdetektiv. Oder auch ein eifersüchtiger Ehemann, dessen Frau mit einem glutäugigen jungen Mann tändelte. Ein Husar. Ein Marineoffizier. Ein Maler oder ein glückloser Poet. Welch ein aufregendes Leben doch manche Menschen führten.

Manche, ja. Andere nicht.

Plötzlich drehte der Mann sich um und blickte direkt zu ihr hin.

Sie schloß die Augen und lächelte. *Ich bin auserwählt*, schoß es ihr durch den Kopf.

Als sie die Augen wieder aufschlug, sah sie, daß der Mann älter war, als sie angenommen hatte. Mit seiner fast schon soldatischen Haltung, den straffen Schultern, der schlanken Taille und dem geraden Rücken hatte sie ihn auf Mitte bis Ende Zwanzig geschätzt, doch er war deutlich über Vierzig.

Über Vierzig! Ein Mann von Welt. Ein Mann mit Erfahrung. Eine Herausforderung.

Seine Augen schienen aus der Entfernung so grau wie Rauch. Seine Nase stieg senkrecht wie ein elfenbeinerner Pfeil zu einem Paar schwingengleicher Brauen empor, deren gewölbte Bögen an einen Vogel im Flug erinnerten. Sein Mund war eine breite, kräftige Linie, die Unterlippe feucht und voll, die Oberlippe verdeckt von einem dichten, eleganten Schnurrbart, dessen Enden sich zu zwei Grübchen hochzwirbelten.

O barmherziger Himmel! Was wird nun geschehen?

Er steuerte so zielsicher auf sie zu, ein Irrtum war ausgeschlossen.

Obgleich die junge Frau im Schatten der Lindenzweige saß, hob sie die Hand, um ihre Augen vor dem Licht zu beschirmen, durch das er näher kam.

»Madam«, sagte er, indem er einen guten Meter vor ihr haltmachte, »darf man fragen, ob Sie allein sind?«

»Man darf«, erwiderte sie kaum hörbar. Eigentlich hatte sie vernehmlich sprechen wollen, aber etwas schnürte ihr die Kehle zu, so daß sie über ein Flüstern nicht hinauskam. »Im Augenblick sitze ich zwar allein hier, aber ich warte auf Freunde«, log sie. Es gab keine Freunde. Seit ihrer Kindheit hatte es keine mehr gegeben. Schon das Wort klang fremd. Dennoch war es ein äußerst nützliches Wort im Gespräch mit einem Gentleman. »Sie müssen jede Sekunde zu mir stoßen.« Genau betrachtet war es sogar ein Geniestreich, fand die Frau. Es hinderte sie nicht daran, Objekt der Begierde zu bleiben, und schloß sie doch in eine schützende Umarmung.

Der Gentleman hatte den Hut abgenommen. »Um so besser«, sagte er. »Alles, was ich von Ihnen erbitten möchte, ist ein Moment Ihrer Zeit, wenn Sie so freundlich wären.«

Das enttäuschte sie bitterlich. Ein bloßer Moment ihrer Zeit würde schwerlich zu einer Romanze führen.

»Darf man nachfragen, ob Madam schottischer Abstammung ist? Ich meine da eine Färbung zu entdecken, die meinem Ohr recht vertraut klingt.«

»Aber sicher. Ich komme aus Aberdeen. Vielleicht sind Sie so freundlich, mir zu sagen, wie Sie heißen? Ich bin es nicht gewohnt, mich mit Menschen zu unterhalten, die mir nicht vorgestellt worden sind.«

»Mit Vergnügen. Ich heiße Henry Forster, aus Chelsea in London.« Letzteres sagte er fast singend, mit einem frohgemuten Auf und Ab in der Stimme.

»Aus London?«

»Ja. Chelsea an der Themse. Cheyne Walk, um genau zu sein. Wenn Madam noch nie das Vergnügen hatte, würde ich ihr dringend empfehlen, dieses zauberhafte Fleckchen Erde einmal zu besuchen. Eine Gegend von unvergleichlichem Reiz.«

War das eine Einladung?

Die junge Frau errötete.

»Mein Name«, sagte sie, »ist Miss Leslie Meikle.«

»Ein höchst ungewöhnlicher Name. Und ein aparter. Meikle – das ist keltisch, nicht?«

»Ja, und Leslie ist der Familienname meiner Mutter. Meine Eltern hatten auf einen Sohn gehofft, aber statt dessen kam ich, und so wurde mir die Ehre zuteil.«

»Sehr erfreut.«

»Ebenfalls, und wie kann ich Ihnen nun behilflich sein?«

»Ich will mich kurz fassen, Miss Meikle«, sagte Forster. »Ich befinde mich auf einer Mission, und ich benötige ein paar Photographien. Zwei, vielleicht auch drei. Wenn Sie so liebenswürdig wären?«

Er nahm die Kodak von der Schulter und befreite sie aus ihrem Futteral.

»Sie drücken einfach den Hebel hier ...« Er zog den Balgen auf und machte es ihr vor. »Ich hätte gern je eins im Profil, und eines, auf dem ich in die Linse schaue.«

Leslie Meikle stand auf, nahm die Kamera entgegen und trat damit ins Licht.

In einer ländlichen Umgebung, dachte Forster bei sich, wäre sie eine vollendete Schönheit gewesen. Die blauen Augen, die Apfelwangen, der Kirschmund ... Aber hier in der Stadt hatte ihr Anblick etwas Beunruhigendes. Solch blühendes Leben war zuviel für einen Mann, der seine Tage letzthin hoch oben in einer Hotelmansarde gefristet hatte, dieweil der Schnurrbart wuchs, der sein wahres Äußeres kaschieren würde.

Forster stellte sich im Sonnenschein auf, und Leslie Meikle richtete die Kamera aus fünf Schritten Entfernung auf sein linkes Profil. Den Hut hatte er wieder aufgesetzt.

»Darf man fragen, ob diese Photographien für einen Angehörigen bestimmt sind, Mister Forster?«

Klick!

»Sie sind für einen Kollegen, der derzeit eingesperrt ist.«

Leslie Meikle ließ beeindruckt die Kamera sinken.

»Eingesperrt? Sie meinen, im Gefängnis?«

»Nicht direkt, nein. Aber er ist in Haft. Der Freiheit beraubt.«

Leslie Meikle zückte die Kamera wieder.

Rechtes Profil.

Wie romantisch, dachte sie, einen Kollegen zu haben, der seiner Freiheit beraubt war. Dahinter mußte sich eine Kabale verbergen, die eines Elinor-Glyn-Romans würdig war, wenn nicht gar einer Geschichte von Mrs. Henry Wood.

Klick!

Die Vorderansicht als nächstes und letztes.

»Wie faszinierend, Mister Forster. Darf ich fragen, wie Sie – oder ob Sie – der mißlichen Lage Ihres Kollegen abzuhelfen gedenken?«

»Sie dürfen, aber ich muß Ihnen die Antwort schuldig bleiben. Zunächst möchte ich ihm einfach diese Photographien zukommen lassen, zur Erinnerung daran, daß jemand in der Welt draußen sein Wohl im Auge hat.«

Klick!

In der Welt draußen. Wie überaus dramatisch!

Vor Leslie Meikles innerem Auge erstand das Bild des eingesperrten Kollegen, der hinausstarrte auf ferne Berge, die Hände um die Gitterstäbe geschlungen.

»Hier, Ihre Kamera, Sir«, sagte sie und reichte Forster die Kodak zurück.

»Vielleicht«, sagte Forster so beiläufig, wie er nur vermochte, »würde Miss Meikle mir ja gestatten, zum Andenken an unsere Begegnung ein Bild von ihr zu machen.« Warum an einem hübschen Gesicht vorübergehen, wenn die Gelegenheit so günstig war?

»Mit dem größten Vergnügen.«

Leslie Meikle, sollte Forster in seinem Buch notieren – etwas unsicher, was die Schreibweise, nicht aber, was die Wirkung betraf. Und wenn er ihr lächelndes Antlitz auf der Esplanade des Lindenhofs betrachtete, sollte sich Bedauern in ihm regen, daß seine Treuepflicht gegenüber Pilgrim es ihm verboten hatte, die Bekanntschaft mit ihr zu vertiefen.

Leslie Meikle für ihren Teil sollte Henry Forster mit seiner Melone, den rauchgrauen Augen, dem Elfenbeinpfeil seiner Nase und den schwingengleichen Augenbrauen niemals vergessen – weder die Straffheit seiner Schultern noch die Taille, die so schlank war wie ihre eigene. Noch seine nie geküßten Lippen und ihre Verheißung leidenschaftlicher Umarmungen.

Nur nicht heut verlang' es,
Liebster du,
Finden muß mein banges
Herz erst Ruh …

Warum fielen einem unfehlbar solche Zeilen ein? fragte Leslie Meikle sich.

Sie würde nach Hause zurückkehren. Sie würde niemanden heiraten. Sie würde ihre Eltern pflegen und schließlich sterben. Vierzig Jahre würde es dauern. Nicht daß sie diese vierzig Jahre gänzlich im Schatten von Forsters »Avancen« verbringen würde, wie sie es bei sich bis zuletzt nannte, doch er würde immer dasein, mit all den anderen – der uneingebrachten Ernte eines jeden Jahres –, ihrer Sammlung von Schemen, dachte sie – ihrem Regiment von Gentlemen, die mehr hätten wollen können und es doch nicht getan hatten.

Man braucht die Menschheit nur durch zwei zu teilen, hatte Pilgrim über eine andere unerfüllte Begegnung geschrieben, *schon hat man sie: die Millionen, die leer ausgehen.*

Forster legte Leslie Meikles Bild zwischen die Seiten seines Notizbuchs und zog es dann und wann heraus, um diese Augen mit ihrer unterdrückten Sehnsucht zu betrachten und das zurückgenommene Lächeln, das die Lippen nicht ganz erreichte. *Was wäre gewesen, wenn?* schien sie zu fragen. *Was wäre gewesen, wenn wir uns zu einer anderen Zeit begegnet wären, an einem anderen Ort? Wenn …* Aber solche Fragen führen nirgendshin, und ihre Augen wußten es.

4

Lady Quartermaine war so freundlich gewesen, Forsters Unterkunft bis Ende Juli vorauszubezahlen. Daß der Grund dafür ihr bevorstehender Tod war, hatte sie ihm gegenüber natürlich nicht erwähnt. Sie hatte lediglich von ihrem Wunsch gesprochen, ihm seine Unabhängigkeit zu garantieren. Sie versicherte ihm, was er ohnehin wußte: daß Mister Pilgrim ihr das Geld zurückerstatten würde, sobald seine Behandlung zu einem guten Ende geführt und er wieder in London war. Daß Dr. Jung ihm helfen konnte, sagte sie, stehe außer Zweifel. Es sei einzig eine Frage der Zeit.

Bis zum Tag der Lawine – ein Tag, der schon fast einer anderen Ära anzugehören schien – war der Kontakt zu Pilgrim durch Lady Quartermaines Treffen mit Dr. Jung sowie durch Briefe von und an Jung aufrechterhalten worden. Vereinzelt hatte sie Pilgrim auch besuchen dürfen, zweimal, vielleicht sogar dreimal. Forster selbst hatte seinen Herrn nur jenes eine Mal zu Gesicht bekommen, als Lady Quartermaines sterbliche Überreste nach England überführt worden waren. Bei dieser Gelegenheit hatten sie nicht miteinander gesprochen, und Pilgrim war mit seinen Gedanken so weit fort gewesen, daß er seinen Kammerdiener möglicherweise gar nicht erkannt hatte. Außerdem hatte er *diesen Kerl* bei sich gehabt, den blonden, aufgeblasenen Schweizer, der Forsters Platz eingenommen hatte und der so sichtlich nicht für die Rolle taugte. Der Mann war ja nicht einmal in der Lage, sich korrekt zu kleiden.

In der Folgezeit hatte Forster bei fünf verschiedenen Anlässen vorgesprochen und darum gebeten, Mister Pilgrim besuchen zu dürfen, nur um zu erfahren, daß Mister Pilgrim verhindert sei. *Der Doktor ist gerade bei ihm ... er hat ein schweres Beruhigungsmittel bekommen ... er ist in den Bädern.* Rief Forster an, wurde ihm das gleiche beschieden. Die Ausreden waren ohne Zahl. Und keine seiner Botschaften schien weitergeleitet zu werden. Als er eine schriftliche Nachricht hinterlassen wollte, hieß es, das könne er gern, aber er solle bitte beachten, daß sämtliche schriftlichen Mitteilungen an oder von Patienten geöffnet würden – der psychischen Stabilität des Patienten zuliebe.

Psychische Stabilität. Psychiatrische Begrifflichkeiten und Methoden waren für Forster ein Buch mit sieben Siegeln. Er hielt sie für Hokuspokus und argwöhnte, daß sein Herr in eine Welt von Seancen, Hypnose und den dunkelsten Seiten des Wodu-Zaubers entführt worden war. Noch stärker aber quälte ihn die Furcht, es könnte Pilgrim zu guter Letzt doch gelungen sein, sich umzubringen, und die Ärzte, die um ihren Ruf bangten, versuchten nun, seinen Tod als die Folge irgendeiner Krankheit hinzustellen. In Forster wuchs die Verzweiflung. Sehr bald, das wußte er mit zunehmender Gewißheit, würde er gezwungen sein, die Angelegenheit selbst in die Hand zu nehmen.

Forster hatte einen Helden, und das war Sherlock Holmes. Ansonsten waren Bücher keineswegs seine ständigen Gefährten. Holmes aber stand auf einem anderen Blatt. Von seinen Triumphen zu lesen war für Forster der Himmel auf Erden. Wohl am meisten faszinierte ihn das Geschick, mit dem der große Detektiv sich der Verkleidung bediente. Jedes Kind träumt davon, sich in jemand anders zu verwandeln, und für Forster hatte dieser Traum nie an Gültigkeit verloren.

Man konnte alles sein, was man nur wollte, das hatte seine Sherlock-Holmes-Lektüre ihn gelehrt, vorausgesetzt, man glaubte daran.

Das war Holmes' großes Geheimnis. Verkleidung ist nichtig, solange sie rein äußerlich bleibt. So begriff Forster, daß es sinnlos sein würde, sich einen Schnurrbart stehen zu lassen und die Haare zu färben, wenn der Mann hinter der Verkleidung nicht selber ein hitzköpfiger Prahlhans war, ein schneidiger Überlebender der Indianerfeldzüge oder ein heruntergekommener Adliger, den die Sucht nach Kokain und Opium in die niedersten Niederungen der

Gesellschaft trieb. Forster hatte sich in allen drei Rollen versucht und zu seinem Leidwesen feststellen müssen, daß es eine vierte gab, die ihm besser zu Gesicht stand: die des Bankangestellten auf Reisen. Einzig in dieser Rolle war er glaubhaft, das hatten Begegnungen wie die mit Leslie Meikle ihm hinlänglich bewiesen – auch wenn er sich heimlich in der Vorstellung gefiel, ein Bankangestellter zu sein, der eine Million Pfund veruntreut hatte.

Und so kam es, daß Forster als Bankangestellter durch die Stadt streifte und beiläufig Erkundigungen über das Burghölzli einzog, unverdrossen auf der Suche nach Wegen, mit seinem Herrn in Verbindung zu treten, ohne seine wahre Identität preiszugeben.

Vermittels seines Feldstechers und der diversen ihm zugänglichen Aussichtspunkte hatte er überdies fast drei Wochen lang die Fassade der Klinik beobachtet, bis Pilgrim sich am Samstag, dem 1. Juni, endlich gezeigt hatte.

Doch so plötzlich, wie er erschienen war, war Pilgrim auch wieder von Fenstern und Balkon verschwunden, und als die neuerliche Abwesenheit den dritten Tag währte, begann Forster ernsthafte Befreiungspläne zu schmieden.

Der Bankangestellte mußte sich Einlaß in die Klinik verschaffen. Da er in Speisesaal, Bar und Foyer des Hotels die Ohren offengehalten hatte, waren Forster die Namen von einem Dutzend anderer englischer Patienten des Burghölzli geläufig. Er würde sich als Bruder oder Vetter eines dieser Patienten ausgeben ...

Und dann war Pilgrim, getreu seiner üblichen Abmachung mit dem Tod, aus dem Grab auferstanden und ans Fenster getreten. Letzten Montag war das gewesen, am 10. Juni.

Am darauffolgenden Donnerstag hatte Forster Leslie Meikle angesprochen. Die Aufnahmen, die sie gemacht hatte, sollten Pilgrim von den Veränderungen in Kenntnis setzen, derer er sich beim Anblick seines Kammerdieners gewärtig zu sein hatte, wenn sie sich wiedersahen – wann immer das sein würde.

Erste Maßnahmen, die dieses Wiedersehen ermöglichen sollten, waren bereits getroffen. Nun da Pilgrim zurückgekehrt war, war der nächste Schritt naheliegend, wenn auch schwer zu verwirklichen. *Kommunikation.*

Neben den Werken von Arthur Conan Doyle kannte Forster nur eine einzige andere Lektüre: Bücher über die Taubenzucht.

Daheim am Cheyne Walk hatte er seinen eigenen Taubenschlag, in dem er alle möglichen Arten züchtete. Jetzt, in seiner Abwesenheit, befanden sich die Vögel in der Obhut von Mrs. Matheson und ihrem Neffen, einem vierzehnjährigen Burschen namens Alfred.

Alfred kümmerte sich außerdem um den Garten und hatte sein Bett in dem Verschlag unter der Hintertreppe. Er war dunkelhaarig und mürrisch, aber die Tauben liebte er sehr. Dazu besaß er ein natürliches Gespür für ihre Bedürfnisse und Wünsche. Ein Instinkt sagte ihm, zu welchen Zeiten sie Zuwendung brauchten (und wichtiger noch, zu welchen nicht), wann sie aus dem Schlag gelassen werden wollten und wann es Zeit war, die Luken gegen die nächtlichen und frühmorgendlichen Heimsuchungen durch Sperber, Eulen, Krähen und mitunter sogar Frettchen zu verschließen.

Forster hegte eine tiefe Zuneigung zu diesem finsteren, schweigsamen Jungen, denn Alfreds Anblick versetzte ihn in seine Knabenzeit zurück und erinnerte ihn an die Tragik seines eigenen Verlusts. Ein Feuer hatte Forster damals alles Bekannte und Vertraute geraubt: sein Heim, seine Eltern, die Geschwister. Auch Alfred hatte die Mutter, den Bruder und das Dach über seinem Kopf verloren; sein Vater war ein Trinker gewesen, der die Familie mißhandelt, mißbraucht und zerstört hatte. Welchen Abgründen der Perversion Alfred ausgesetzt gewesen war, hatte er nie jemandem enthüllt, aber sie waren aus seinem Blick ebenso zu lesen wie aus seiner blindwütigen Zurückweisung der Freundschaft, die Forster, ein Mann, ihm zu bieten versuchte. Geblieben war der Junge dennoch. Er liebte seine Tante, Eulalie Matheson; er liebte »seinen« Garten und vor allem »seine« Tauben.

Auch auf dem Dach des Hôtel Baur au Lac gab es einen Taubenschlag. Er war recht groß – Forster zählte mindestens dreißig Tauben. Und die Tauben hatten ihn auf eine Idee gebracht. Er erkundigte sich nach dem Besitzer, nur um zu erfahren, daß es sich um den Sous-Chef des Baur au Lac handelte, einen Mann namens Dominic Fréjus.

Eine Zeitlang war Forster zu verstört, um weiterzuforschen. Waren die Vögel zum Braten da? Nicht auszudenken! Forster gehörte zu jenen Karnivoren, die am Verzehr von Fleisch nichts schreckt als der ihm zugrundeliegende Tötungsakt. Seine Beute zu *kennen* kam bereits einem Mord nahe. Sie *auszuwählen* war ungleich schlimmer. Und so hielt er Augen und Ohren offen und führte eine Strichliste.

Als nach zwei so verbrachten Wochen feststand, daß die Tauben im Taubenschlag nicht weniger wurden, faßte er sich ein Herz und fragte Dominic Fréjus, ob er die Vögel aus der Nähe beobachten dürfe.

Der Sous-Chef hatte dagegen nichts einzuwenden, und so durfte Forster schließlich sogar eine der Fütterungen übernehmen.

Frühmorgens am 14. Juni, einen Tag nach seiner Begegnung mit Leslie Meikle, erörterten Forster und Fréjus in großer Ausführlichkeit die verschiedenen Taubenarten, die auf dem Hoteldach vertreten waren: Felsentauben und Ringeltauben, Kropftauben, Brieftauben und die dem Untergang geweihten Wandertauben, von denen Dominic Fréjus ein Paar aus Nordamerika eingeführt hatte in der Hoffnung, er könnte mit ihnen züchten.

»Sie vermehren sich nicht in Gefangenschaft, leider Gottes«, erklärte er Forster. »Es ist eine große Tragödie, für mich und für sie. In Nordamerika sind sie schon fast ausgestorben.«

Forster schwieg und senkte einen Moment lang den Kopf wie zum Gedenken. Nicht daß seine Anteilnahme geheuchelt gewesen wäre – im Gegenteil. Aber er war in einer Mission unterwegs, und er benötigte einen Verbündeten. Wenn er zu diesem Behufe Dominic Fréjus' Sympathie gewinnen konnte, hatte er einen idealen Mitverschwörer.

»Ich bräuchte«, sagte Forster, »sechs Brieftauben.«

»Ich habe nur vier«, erwiderte Fréjus. »Wozu brauchen Sie sie?«

»Um mit einem Freund in Kontakt zu treten, der im Burghölzli in Behandlung ist.«

»Aha.« Fréjus lächelte. »Ein Opfer des Gelben Wagens.«

»Was ist das – der Gelbe Wagen?«

»Das ist der Wagen, der die Anwärter für die Klinik einsammelt.«

»Ach so.«

»Sie haben ihn noch nie gesehen?«

»Nein.«

»Früher oder später werden Sie's. Er fährt fast täglich durch die Straßen. Meistens haben die Familien von Verrückten ihn bestellt, aber gelegentlich liest er auch Leute aus den Parks und von den Treppen vor dem Münster auf – religiöse Fanatiker, Landstreicher, die sich um den Verstand gesoffen haben ... So, da wollen Sie also meine Brieftauben?«

»Nur leihweise, wenn Sie so gut wären. Sie werden natürlich zu Ihnen zurückkehren – aber ich hoffe, nicht ohne eine Nachricht an mich. Mein Freund liebt Vögel, und daheim in England verständigen wir uns oft auf diese Weise. Ich dachte, vielleicht heitert ihn das auf.« Die Lüge erschien Forster denkbar harmlos und bereitete ihm keinerlei Gewissensbisse.

Dominic Fréjus, der auf der Brüstung des Hoteldachs saß, beugte sich vor, um den Bankangestellten zu mustern, und dazu nickte er bedächtig mit dem Kopf.

»Es wäre keine schlechte Sache«, meinte er, »einem Kranken sein hartes Los zu versüßen.« Er lächelte. »Sie würden natürlich einen Käfig brauchen«, fügte er hinzu.

»So ist es.«

»Aber seien Sie unbesorgt. Ich besitze solch einen Käfig, in dem ich sie transportiere, wenn ich meine Ausflüge mit ihnen mache. Ich lasse sie ein, zwei Meilen von der Stadt entfernt frei, und sie finden alleine wieder nach Hause. Das hält sie in Übung. Ich nehme doch an, Ihr Freund füttert sie?«

»Selbstverständlich. Ich schicke ein Säckchen Körner mit.«

»Wenn dem so ist, dann stehen Ihnen meine Brieftauben zur Verfügung. Vorausgesetzt, Sie stellen mir fünfzig Franken zur Verfügung.«

»Einverstanden«, sagte Forster, und sie gaben sich die Hand.

Am Montag, dem 10. Juni, war Pilgrim aus der geschlossenen Abteilung in seine Suite im dritten Stock zurückgekehrt.

Er trug Weiß; Kessler hatte ihm den weißen Anzug, weiße Schuhe und sogar einen weißen Strohhut bringen müssen. Seine Krawatte war diesmal grün – für Pilgrim die Farbe der Freiheit. In der Hand hielt er den Spazierstock.

»Wir sehen aus«, sagte Kessler, »als seien wir unterwegs nach Venedig.«

»Vielleicht sind wir das ja«, sagte Pilgrim. »Endstation San Michele. Die Toteninsel.«

»Jawohl, Sir.«

Kessler, der in einem Leinenbeutel Pilgrims restliche Toilettenartikel trug, Schlafanzug, Bademantel und Pantoffeln sowie sein Rasierzeug, folgte seinem Schützling durch verdunkelte Gänge mit geschlossenen Türen, bis sie schließlich einen Korridor erreichten, dessen sämtliche Türen offenstanden.

Pilgrim hob die Hand und zog sich die Hutkrempe über die Augen. Er hatte so lange auf die Sonne warten müssen, daß ihn ihr Licht nun blendete.

Vor der Suite 306 angekommen, erlaubte er Kessler, voranzugehen und alle Türen der Reihe nach weit aufzustoßen, bis es schien, als könne dort drinnen für nichts mehr Platz sein als für die Sonne selbst.

Pilgrim für seinen Teil öffnete ein Fenster nach dem anderen, um die Luft und eine sanfte Brise einzulassen.

Da waren die Tauben – da warteten sie.

»Brot«, sagte Pilgrim und legte den Spazierstock weg.

Kessler eilte zur Kommode und förderte eine braune Papiertüte voller zerkrümelter Toastscheiben und Croissants, Hefezöpfe und Brötchen zutage.

»Soo-soo-soo«, sagte Pilgrim, »jaa-jaa-jaa«, und fing an, seine Gaben zu verteilen.

Von seiner Kammer im Baur au Lac hatte Forster diese Szene durch seinen Feldstecher beobachtet. Pilgrim in Weiß und hinter ihm der Kretin Kessler, der Kleider zusammenlegte.

Wieder durchzuckte Forster ein kleiner Stich nostalgischer Sehnsucht – die Erinnerung an all die Morgen, da er Pilgrims Anzüge, Hemden und Krawatten bereitgelegt hatte, an all die Abende, da er die Bettdecke zurückgeschlagen und Pyjama, Schlafrock und Pantoffeln hergerichtet hatte. Und an Agamemnon, den jammervollen, aber liebenswerten kleinen Köter, dessen Lieblingsspiel darin bestand, unter die Decke zu kriechen und seinem Herrchen dort aufzulauern. So weit schien das alles zurückzuliegen. So weit, weit zurück.

Pilgrim nahm den Hut ab und begann sich langsam das Gesicht

damit zu fächeln – hin und her, hin und her, wie eine Matrone auf einem Ball, die ihre Töchterschar überwacht.

Jetzt wandte er den Kopf. Offenbar hatte es an die Tür geklopft. Kessler legte die gefalteten Kleidungsstücke beiseite. Die Gestalt Dr. Jungs wurde sichtbar.

Forster schwenkte das Glas nach rechts, bis er das Wohnzimmer im Blick hatte. Jung machte einen erregten Eindruck.

Es war faszinierend und zugleich erbitternd, nicht hören zu können, was gesagt wurde.

Hatte Pilgrim etwas Schlimmes getan? Warum war Jung so zornig?

Nach einer Weile schien der Zorn dahinzuschmelzen, und an seine Stelle trat eine Art resignierter Fatalismus – Jung warf die Hände in die Luft – hob ein paarmal die Schultern – wischte sich über die Stirn und saß dann ganz still, den Kopf gesenkt, ein gebrochener Mann.

Pilgrim sagte etwas.

Jung antwortete.

Dann sprach Jung zu Kessler, und Kessler dienerte auf diese ekelerregende, kriecherische deutsche Art, die Forster nicht mit ansehen konnte – die ergebene Beflissenheit eines Soldaten gegenüber seinem Kommandanten, des Lakaien gegenüber dem König, des Sklaven gegenüber seinem Herrn. *Stell dich gefälligst gerade hin!* wollte Forster rufen. Tatsächlich sprach er die Worte laut. »Es reicht, wenn du einfach *ja!* sagst. Du mußt ihm nicht die Stiefel lecken!«

Jung ging hinaus.

Forster wartete auf das Klicken der ins Schloß gleitenden Tür, das natürlich ausblieb.

Dafür kehrte Pilgrim ins Schlafzimmer zurück, warf den Hut aufs Bett und rückte einen Sessel direkt vor die Balkontür.

Er sah hinaus auf die Berge.

Qual verzerrte seine Züge.

Forster ließ das Fernglas sinken. *Was ist da passiert?*

Was konnte es sein? War wieder jemand gestorben? Oder, wie schon allzuoft, *nicht* gestorben?

5

Jung büßte, ein Sünder ohne Reue. Er war heimgekehrt, um die Beziehung zu Emma zu kitten, nicht um seine Affäre mit Antonia Wolff hintanzustellen oder gar aufzugeben. Diese Affäre war eine unumstößliche Tatsache, und Emma würde sich damit abfinden müssen oder gehen.

Sie hatte sich fürs Bleiben entschieden.

Ich kann mein eigenes Leben führen, hatte sie gesagt. In der Tat, das konnte sie, nur war es nicht das Leben, das sie sich gewünscht und dessen sie sich sicher gewähnt hatte: als der alleinige Mittelpunkt von Carls häuslichem Leben. Als seine Geliebte, Gefährtin und Geistesgenossin. Und als die Mutter seiner Kinder.

Wie es sie immer erfüllt hatte, mit ihm über seine Arbeit zu diskutieren – für ihn zu recherchieren – für seine Freunde und Kollegen Abendgesellschaften zu geben, die als die anregendsten und lohnendsten weit und breit gegolten hatten! Freud hatte an ihrem Tisch gespeist, Adler, Jones und James. Der Dichter Ezra Pound, der junge Thomas Mann, kurz nachdem er den *Tod in Venedig* vollendet hatte – und Gustav Mahler, als er 1910 nach Zürich gekommen war, um seine überwältigende *Symphonie der Tausend* zu dirigieren. Diesen Besuch hatte sich Carl natürlich besonders zugute gehalten, behauptete er doch, ein (freilich illegitimer) Nachfahre Goethes zu sein, dessen *Faust* den Text für das große Chorfinale bildete.

Noch jetzt wurde Emma feierlich zumute, wenn sie an diesen Tag zurückdachte, als sie in ihrem eleganten rosenroten Abendkleid, die siebenreihige Perlenkette um den Hals, in dem großen Konzertsaal gesessen hatte, während vorn auf dem Podium die winzige Gestalt Mahlers, eingefangen im Rund des Opernglases, die Seelen der Lebenden wie der Toten aufwühlte – ihrer aller ganzes Sein emporpeitschte in den Himmel ...

Was für wunderbare Zeiten Carl und sie miteinander erlebt hatten, dachte sie. Erlebt und geteilt und heiliggehalten. Und nun ...? Nun mußte sie ihn mit Antonia Wolff teilen – und sie würde es, wenn auch niemals ohne Wachsamkeit und Gram.

Am Abend nach Pilgrims Entlassung aus der geschlossenen Abteilung war Jung sichtlich verstört nach Küsnacht heimgekommen. Etwas war geschehen, aber er schien nicht bereit, darüber zu sprechen. Diese Zugeknöpftheit war jetzt der Normalzustand.

Seit dem Untergang der *Titanic* im April hatte Jung sich eine Angewohnheit zugelegt, die Emma in höchstem Maße irritierte. Mit dem angefeuchteten rechten Zeigefinger las er jedes winzigste Essensbröckchen von seinem Teller auf, nachdem er zuvor erklärt hatte, alle Überlebenden hätten ein Anrecht auf Rettung. Das kalte Weiß des Porzellans verwandelte sich in die grausame weiße Weite des Nordatlantiks mit seinen Eisschollen. Das einzige, was von den Manövern verschont blieb, waren kleine Berge von Kartoffelpüree oder Kartoffelklößen. Diese aß Jung auch später nie auf, vielleicht aus Angst, sie könnten ihm die Zunge vereisen.

Emma hatte sich in ihr Schicksal gefügt und saß die Operation aus. Einmal, im April noch, hatte sie mit der silbernen Tischglocke nach Lotte geklingelt, ehe auch die letzte Krume geborgen war. Lotte hatte die Hand nach Jungs Teller ausgestreckt, aber er hatte ihn mit eisernem Griff auf dem Tisch festgehalten.

»Laß nur«, hatte Emma gesagt. »Ich läute, wenn der Herr Doktor aufgegessen hat.«

Aber nun wuchs ihre Sorge. Carl ging nicht nur fremd, er kam auch anderweitig zunehmend vom Wege ab. Schiffsuntergang war nicht sein einziges Spiel. Es gab das Festungsspiel, bei dem er auf dem großen Eichentisch in seinem Arbeitszimmer Bleistiftforts errichtete, Hunderte von Bleistiften zu Vierecken und Türmen ineinanderschachtelte, zu gewaltigen grünen und gelben Bergfrieden und Außenposten in der Wildnis. Es gab das Kieselspiel, das dem japanischen Go nachempfunden war, nur daß es nicht mit einzelnen Steinen gespielt wurde, sondern mit kleinen Steinhäufchen. Es gab das Kerkerspiel neben dem Geräteschuppen und das Friedhofsspiel in den Blumenbeeten. Die winzigen Gräber lagen alle offen da, als wären ihre Toten auferstanden, und der Kerker war ein dreiwändiges Zelt aus Stecken mit einem Schemel darin, auf dem Jung ganze Samstagnachmittage oder Sonntagvormittage hindurch hockte. Seinen »Wigwam« nannte er es, aber es war kein Wigwam. Es war sein Kerker im Schatten der Schuppenwand, überwölbt von tiefhängenden Ebereschenzweigen.

Über diese Spiele wurde nicht gesprochen. Sie entstanden, und sie wurden gespielt. Die Namen hatte ihnen Emma gegeben.

Am Abend des 10. Juni wurden ausschließlich Gemüsegerichte aufgetischt – Blumenkohl, Pilze, gefüllte Tomaten und Rahmspinat. Die Tomaten waren Emmas eigene Erfindung: Sie höhlte sie aus und füllte sie mit Rosinen, Wildreis und ein paar gehackten Erdnüssen. Frau Emmenthal hatte sie gedünstet und auf einem Bett von jungen Basilikumblättern angerichtet. Sie schmeckten köstlich.

An Carl waren sie verschwendet. Er schob sein Essen auf dem Teller herum, aß nur ein paar Bissen, starrte mit leerem Blick darauf hinab, sah dann weg, um sich Rat aus irgendwelchen Fernen zu holen – so jedenfalls schien es –, woraufhin er die Augen schloß, den Kopf schieflegte, die Augen wieder öffnete und den Blick auf eine neue Sichtweite einstellte.

Unvermittelt sagte er: »Heute nacht wird kein Mond scheinen.«

Es war eine vollkommen absurde Aussage.

Emma legte Messer und Gabel weg und nahm die Serviette auf.

»Wie kommst du darauf? Im Kalender steht ...«

»Es ist mir egal, was im Kalender steht. Heute nacht scheint kein Mond.«

»Ja, Carl.«

»Der Mond ist tot. Furtwängler hat ihn umgebracht.«

»Hm.«

Emma erlangte allmählich Übung in dieser Art der Unterhaltung – lernte es, unverbindliche Antworten zu geben, die alle Türen offenließen. Sie wußte, daß sie Carl nicht drängen durfte. Die Erklärung, sofern nicht der nackte Wahnsinn aus ihr sprach, würde mit dem psychologischen Dilemma eines seiner Patienten zu tun haben. Es geschah in letzter Zeit häufiger, daß er das Gespräch mit einem Satz eröffnete, der ihr Herz stillstehen ließ: *Keine Hunde mehr – sie sind alle verschwunden* – oder: *Wenn dich der Teufel zum Tanz bitten würde, welchen Rhythmus würdest du wählen?* – oder: *Wußtest du, daß Robert Schumann sich die Hände verstümmelt hat, um mehr Kraft im vierten Finger zu bekommen?*

Manche dieser Äußerungen stellten sich als simple Einleitungen zu gelösten oder ungelösten Problemen im Leben seiner Patienten heraus. Der Bemerkung über den Tanz mit dem Teufel jedoch war keinerlei Erläuterung gefolgt. Sie stand zwischen ihnen im Raum, und Emma blieb die Antwort schuldig. *Tango,* hätte sie gern gesagt, aber Carl stand vom Tisch auf und schloß sich in seinem Arbeitszimmer ein, ehe sie etwas erwidern konnte.

Nun war also der Mond gestorben.

Emma wartete.

»Eigentlich wollte ich den heutigen Tag ja ganz Mister Pilgrim widmen«, begann Jung.

»Ja. Das hast du heute morgen noch gesagt.«

»Aber er war noch nicht soweit, als ich ankam. Also habe ich erst nach ein paar anderen Patienten geschaut – nach Fräulein Schumann, dem Schreiber ohne Stift und so weiter. Und – o mein Gott ...«

Mit einer jähen Bewegung stieß Carl seinen Stuhl zurück und schluchzte auf.

Emma erhob sich.

Warte.

Sie wartete.

Carl nahm die Brille ab, tastete nach seinem Taschentuch, fand es und drückte es sich an die Augen.

»Es tut mir leid. Es tut mir leid«, sagte er. »Ich kann – ich ertrage es einfach nicht.«

»Aber ... mein Liebling ...« Emma ging um den Tisch herum und setzte sich über Eck zu ihrem Mann. Sie ergriff seinen linken Arm und hielt ihn sanft fest. »Was – was ist denn passiert?«

»Die Blawinskaja ... die Gräfin ...«

»O nein. Bitte sag, daß es nicht wahr ist. Nicht diese bezaubernde, wundervolle ...«

»Doch.«

Jung konnte gar nicht aufhören zu weinen.

»Es tut mir leid. Es tut mir leid«, sagte er wieder. »Es tut mir leid. Es tut mir so leid. Es tut mir so leid.«

»Aber du hast doch getan, was du konntest. Du hast alles getan, was in deinen Kräften stand. Es war dieser Irre Furtwängler. Er wollte sie einfach nicht gewähren lassen. O mein Gott, wie traurig. Wie tragisch. Wie furchtbar tragisch.«

Einen Moment lang saßen sie schweigend da.

Lotte kam herein.

Emma winkte ab.

»Verzeihung, gnädige Frau.«

Jung hatte begonnen, sein Taschentuch zu immer kleineren Vierecken zu falten – noch einmal und noch einmal und noch einmal, bis Emma es ihm schließlich wegnahm und ihm dafür ihr eigenes gab.

Daraufhin fiel Jung auf die Knie und barg den Kopf in ihrem Schoß, die Arme um ihre Taille geschlungen, so daß ihr von seinen Fingern der Duft ihres eigenen Cologne entgegenstieg.

»Sie war meine Trumpfkarte«, sagte er. »Sie war der unwiderlegbare Beweis, daß nicht alle von uns allen Regeln der Normalität entsprechen müssen. Aber wir haben sie hierhergeschleift und sie gegen ihren Willen hier festgehalten, und ich – ja – ich habe mitgeholfen – doch, ich habe mitgeholfen, bis ich begriff, daß sie nicht zu uns gehörte. War das – ist das – ist das nicht etwas Wunderbares! All diese Leben, die die Menschen leben ... leben müssen ... und doch nennen wir sie wahnsinnig.«

»Manche von ihnen – die meisten – sind es auch, Carl.«

»Das weiß ich. Ich weiß es – aber *sie* war so wahnsinnig, daß sie dadurch ... bei Troste war. Sie lebte dort oben am Himmel, lebendig – lebendig – bis wir sie geerdet haben. Bis wir sie heruntergezerrt haben in diese ... diese Hölle, wo alle verrückt sind und nichts funktioniert und tagtäglich die Welt untergeht. Ich hätte sie nie hergeben dürfen. Ich hätte hart bleiben müssen. Sie war meine Patientin, aber Furtwängler wollte sie für sich, und weil ich durch Pilgrim abgelenkt war, habe ich sie verloren.«

»Du kannst doch nicht ihm die Schuld geben. Nicht Mister Pilgrim.«

»Das tue ich ja nicht. Ich sage nur, wenn ich nicht abgelenkt gewesen wäre, wäre es nicht dazu gekommen.«

Ja, Carl. Wenn du nicht abgelenkt gewesen wärst.

Emma legte ihm die Hand um den Hinterkopf.

»Was ist denn nun passiert?« fragte sie.

»Mitten in der Nacht – gestern nacht ...«, setzte er an.

»Ja?«

»Mitten in der Nacht ist sie auf den oberen Balkon gegangen – du weißt doch – vier Stockwerke hoch – über dem Vordach ...«

»Ja.«

»Sie war Schwester Dora entwischt. Wie, das weiß ich nicht. Vielleicht hat Schwester Dora nur schnell eine Tasse Kakao geholt, irgend etwas völlig Harmloses. Aber gut, egal, was es war und wie lange oder kurz sie fort war, als sie wiederkam, war die Gräfin verschwunden. Weiß der Himmel, woher sie den Weg zum Balkon kannte. Weiß der Himmel, wie sie überhaupt hinausgelangt ist. Das Gebäude ist eigentlich so angelegt, daß solche Dinge ausgeschlossen sind, aber jemand hat versagt – hat eine Tür offengelassen – ein Fenster entriegelt. Weiß der Himmel.«

Jung setzte sich auf, blieb aber zu Emmas Füßen kauern.

»Erzähl weiter.«

»In ihrem Bericht heute morgen hat Schwester Dora ... sie tut mir so leid ... sie hat die Gräfin so geliebt. In ihrem Bericht steht, daß Dr. Furtwängler die Blawinskaja ans Bett geschnallt hat – sie sediert und am Bett festgeschnallt und mißhandelt hat.«

»Mißhandelt. Du meine Güte!«

»Nicht körperlich, aber er hat sie angeschrien – wiederholt angeschrien laut Schwester Dora – und sie seiner Flüsterkampagne unterzogen. Furtwänglers verfluchter Flüsterkampagne. Ich habe dir ja davon erzählt – seinen heimtückischen Einflüsterungen ins Ohr der Patienten, während sie betäubt sind und schlafen: *Du lebst nicht auf dem Mond – du hast nie auf dem Mond gelebt – der Mond existiert nicht – komm herab – komm herab und werde ein Mensch ...! Komm herab und werde ein Mensch.* Und so ...«

»... ist sie gesprungen.«

»Ja.«

Emma nahm das Weinglas ihres Mannes und trank es leer.

»Woher wissen wir, daß sie nicht einfach nach dem Mond gegriffen hat?« fragte sie. »Ich habe gestern nacht selber hinaufgeblickt und mir gewünscht, ich könnte ihn herunterholen.« Sie stand auf. »Du darfst dir keine Schuld geben, Carl. Es ist nur richtig, daß wir um sie trauern, aber sie hätte dir keinen Vorwurf gemacht. Die Ignoranz von Pfuschern ist schuld, von Männern wie Josef Furtwängler, die in der Psychiatrie nichts verloren haben, weil sie nur an das Mittelmaß glauben, an Durchschnittlichkeit und Normalität – und Gott gnade allen, die davon abweichen!«

Sie langte über den Tisch, zog die Karaffe zu sich heran und schenkte ihnen beiden ein großes Glas Wein nach.

»Trinken wir auf die Gräfin Blawinskaja«, sagte sie.

Jung rappelte sich mühevoll auf. Die Beine waren ihm eingeschlafen.

Emma betrachtete ihn und dachte: *Alle Überlebenden haben ein Anrecht auf Rettung.*

Sie erhob ihr Glas.

»Auf den Mond«, sagte sie, »und seine neueste Bewohnerin.«

Sie tranken.

Sie setzten sich.

Der Mond ging auf, leuchtend, elfenbeinweiß und lächelnd.

Bevor er am nächsten Morgen die Fähre nach Zürich bestieg, ging Jung in den Garten und blieb dort geraume Zeit. Emma beobachtete ihn vom Fenster aus, und als er fort war, inspizierte sie die Blumenbeete, an denen er so reges Interesse gezeigt hatte.

Eines der leeren Gräber war zugeschüttet worden. In seinem Inneren fand Emma eine einzelne Rose. Sie küßte sie und legte sie zurück an ihren Platz, dann klopfte sie die Erde wieder fest, damit Carl nicht merkte, daß sie weggescharrt worden war. Die Rose war schlohweiß und hieß nach Anna Pawlowa.

6

Seit seinem Aufenthalt in der »Geschlossenen« mußte Pilgrim zusammen mit anderen »rabiaten« Patienten und ihren Wärtern am täglichen Spaziergang in dem ummauerten Garten hinter der Klinik teilnehmen. Er trug dazu stets seinen weißen Anzug und den Spazierstock – sofern es nicht regnete, in welchem Falle er statt des Stockes den Regenschirm mitnahm. Sommerschwüle hatte sich über Zürich herabgesenkt, und alle bewegten sich, als stapften sie unter Wasser durch tiefen Sand.

»Mir tun die Beine weh«, beschwerte er sich bei Kessler. »Ist das denn wirklich nötig?«

»Ja, Sir. Es ist Vorschrift. Jeder Patient, der dazu in der Lage ist, muß jeden Tag eine Stunde an die frische Luft. Das fördert die Verdauung und ist gut für den Kreislauf.«

»Ist das nicht etwas simpel gedacht?« fragte Pilgrim süffisant. »Im Kreis laufen für den Kreislauf?«

Manche drehten ihre Runden zu acht, andere zu sechst oder zu viert – die meisten, wie Pilgrim mit Kessler, allein mit ihren Wärtern. Die Mauern waren aus Stein, weiß verputzt und fast vier Meter hoch. Obenauf staken Glasscherben aus einem Bett von Beton, eine Zackenlinie, die den Insassen jeglichen Fluchtgedanken austreiben sollte.

»Sträflinge«, verkündete Pilgrim Kessler. »Das und nichts anderes sind wir in diesem Hof. Er könnte ebensogut zu einem Gefängnis gehören.«

Pilgrim dachte an Wilde im Zuchthaus zu Reading, an seinen

täglichen Hofgang im Kreis der anderen Häftlinge, nicht wenige von ihnen in Fußeisen. Betrüger, Vergewaltiger, Mörder, dazu die Vielzahl derer, die nichts Schlimmeres verbrochen hatten, als Kleider von Wäscheleinen zu stehlen, sich in öffentlichen Gebäuden zu wärmen oder sich an den Hintertüren der Restaurants und Hotels von Essensresten zu bedienen – *vielleicht,* hatte Oscar reflektiert, *sogar von meinem eigenen halbgeleerten Teller im Café Royal.*

Was die Patienten betraf, die den Hof des Burghölzli bevölkerten, so verband sie außer einem gewissen Hang zur Gewalttätigkeit wenig. Einige waren unheilbar süchtig und hatten in der Panik und Pein des Entzugs nach ihren Schwestern und Pflegern geschlagen. Zwei Männer waren selbstmordgefährdet – der eine aß Steine, der andere Glas. Wieder andere hatten wiederholte Ausbruchsversuche auf dem Kerbholz – Männer und Frauen, die sich totgestellt, in Wäschekörben versteckt oder als Ärzte oder Schwestern verkleidet hatten. Eine Frau hatte sich einem Mitpatienten an den Hals geworfen, war darüber schwanger geworden und versuchte nun mit allen Mitteln, das Kind abzutreiben.

Nichts als eine ganz normale, alltägliche Versammlung menschlicher Schwächen und menschlichen Versagens, hatte Pilgrim bemerkt. *Die Ausschußware tritt an zum Appell.*

Am Samstag, dem 15. Juni, brannte die Nachmittagssonne so gnadenlos vom Himmel, daß Pilgrim seinen Regenschirm mit in den Hof nahm und als Sonnenschirm aufspannte.

Weißer Anzug – schwarzer Schatten, sagte er zu Kessler.

Einige der Patienten hatten ihre Wärter davon abbringen können, dem Ruf der Gesundheit Folge zu leisten. Pilgrim war dies nicht gelungen. Kessler blieb eisern.

Pilgrim fiel eine Patientin auf, die zum erstenmal dabei war.

»Was ist ihr Verbrechen?« fragte er.

»Sie ist gerade erst angekommen«, teilte Kessler ihm mit. »Gestern, aus Ihrer Stadt, Ihrem London. Wenn ich recht im Bilde bin, hat sie ein Bordell betrieben.«

»So sieht sie aus«, versetzte Pilgrim knapp.

Die Frau war dick geschminkt, mit grellroten Haaren und tiefschwarzen Augenlidern. Ihre Lippen leuchteten lila, und obwohl ihr Kleid nicht weiter gewagt war, zog sie es doch ständig so tief herunter, daß ihre Brüste entblößt wurden. Zwischendurch sang sie aus vollem Halse: »Sie war arm, doch sie war ehrbar, doch dann kam ein reicher Herr, der sie pflückte und dann wegwarf, da war's aus mit ihrer Ehr'!«

Schließlich blieb ihrer Wärterin nichts anderes übrig, als mit ihr den Hof zu verlassen.

»So war's immer, so wird's bleiben!« trompetete sie, während sie abgeführt wurde. »Bist du reich, hält man dich frei. Bist du arm, zahlst du die Zeche – ach, es ist 'ne Schweinerei!«

Pilgrim juckte es in den Fingern, ihr zu applaudieren, aber er unterdrückte den Impuls. Sie würde es schwer genug haben, auch ohne den Vorwurf, ihre Mitpatienten zu Sympathiekundgebungen aufzuwiegeln.

Ihre Mitgefangenen.

Pilgrim starrte düster auf die steil aufragenden Steinmauern.

Seine Gedanken verweilten bei der singenden Irren und ihrem lauten, liederlichen Benehmen. Sie konnte nicht ernsthaft ein Bordell betrieben haben. Wenn, dann hätte man sie im Burghölzli niemals aufgenommen. Vielleicht war sie Schauspielerin. Vielleicht auch eine würdige Matrone – vielleicht sogar eine Lady aus einem alten Adelsgeschlecht. Ihm waren absonderliche Dinge untergekommen.

Wir alle sind gefangen in der Rolle, die andere uns zudenken, dachte er. *Keiner darf ungesehen sein Leben leben.*

Ein Gedicht von Wilde kam ihm in den Sinn, in dem ein Passant durch die Fenster in ein Londoner Hurenhaus schaute.

Die Toten tanzen mit den Toten, hatte Wilde geschrieben. *Der Staub, er wirbelt mit dem Staub ...*

Pilgrim sagte zu Kessler: »Können wir uns setzen?«

»Selbstverständlich.«

Sie nahmen in einer Ecke Platz.

Hoch am Himmel kreiste ein Falke.

Ein Wanderfalke. *Peregrinus.*

Die Silben verselbständigten sich in seinem Innern. *Peregrinus. Pèlerin.*

Pilgrim.

Ich.

7

Kummer und Fehlschläge können auch Generosität zur Folge haben – oder zumindest, was Jung unter Generosität verstand. Er würde Mister Pilgrim den Brief von Lady Quartermaine geben, beschloß er auf Tatjana Blawinskajas Tod hin.

Das Wort *Selbstmord* vermied er konsequent, denn wahrzuhaben, daß die Frau an ihrer eigenen Verzweiflung gestorben war, hieß ja, sich einzugestehen, daß auch ihn eine Schuld traf. Er hätte dafür kämpfen müssen, daß die Gräfin ihre Mondphantasien ausleben durfte. Statt dessen hatte er sie an Furtwängler und seine stümperhaften Methoden ausgeliefert …

Auf derlei Umwegen also war Jung zu der Entscheidung gelangt, Pilgrim einen Brief lesen zu lassen, der von vornherein für ihn bestimmt gewesen war. Wenn sonst nichts verschlug, dachte er, dann vielleicht der Schock. Vielleicht ließ sich dem Mann mittels dieser Zeilen endlich entlocken, wo seine eigenen Phantasien herrührten und wie seine Todessehnsucht damit zusammenhing. *Aber ich habe ihn ja beschützt,* fügte Jung in Gedanken hastig hinzu. Er hatte Pilgrim den Schmerz erspart, den die letzten Worte seiner Freundin ihm bereitet hätten. Das war zu dem Zeitpunkt völlig legitim gewesen.

Aber sicher war es das. Fast so legitim, wie eine gewisse junge Dame in dein Leben zu bitten, um einem persönlichen Bedürfnis abzuhelfen, das, wie du glaubwürdig beteuert hast, ansonsten gedroht hätte, deine gesamte Arbeit zunichte zu machen, weil – wie hast du es noch gleich formuliert? – du dich nicht konzentrieren konntest? Genau. Du konntest dich nicht konzentrieren, solange dir sexuelle Befriedigung versagt blieb.

Ach, sei ruhig.

Ich wollte nur dein Gedächtnis auffrischen. Du hast das Wort »legitim« gebraucht. Mir geht es nur um Klarstellung. Um Rechtfertigung …

Um Verleumdung, meinst du wohl.

Gut, wenn du es so auffaßt, dann erwähne ich es eben nicht mehr.

Dafür wäre ich dir sehr dankbar.

Ich will lediglich, daß du aufrichtig bleibst, Carl Gustav. Wenigstens dir selbst gegenüber, wenn schon nicht anderen. Emma zum Beispiel …

Ich weigere mich, dir zuzuhören. Du machst mich wahnsinnig.

Vielleicht ist das ja meine Absicht.

Hör auf.

Was machen deine Spiele? Ich hätte ein neues, das dich interessieren könnte …

Laß mich in Ruhe.

Es heißt »Gräber im Zwielicht«. Alles, was du dazu brauchst, ist ein geeigneter Friedhof, von denen es in Zürich und Umgebung ja Dutzende gibt. Du gehst also auf einen Friedhof, gleich nach Sonnenuntergang, und setzt dich in eine Gruft zu den Toten. Sehr anregend – sehr belebend für den Geist …

Hör auf, um Himmels willen!

Ein Born der faszinierendsten Metaphern. Deine Phantasie wird reichlich Nahrung finden … und die Würmer natürlich auch, schließlich befindest du dich ja unter Leichen. Denk an Wörter wie Verfall und Versagen. Die Möglichkeiten sind endlos. Verfall. Versagen. Verlust. Ich könnte stundenlang weitermachen.

Bitte nicht.

Verfall. Versagen. Verlust. Feigheit. Falschheit … Gräber im Zwielicht, Carl Gustav. Denk drüber nach. Ich verabschiede mich jetzt. Gehab dich wohl.

Jung saß an Deck der Fähre, als diese innere Unterhaltung stattfand. Auf seinen Knien lag aufgeklappt die Notenmappe mit seinen Notizbüchern, seinen Stiften und Sybil Quartermaines Brief an Pilgrim, den er nun herauszog, mehr der Ablenkung halber als aus sonst einem Grund. Alles, alles war besser als der verfluchte Inquisitor mit seinen dunklen Andeutungen.

Du machst mich wahnsinnig ... *Vielleicht ist das ja meine Absicht.*

Er holte den Brief aus dem Umschlag und überflog nochmals die Seiten. Was konnte Lady Quartermaine damit gemeint haben, daß das, was die Sterblichen Tod nannten, ihr und Pilgrim nie und nimmer vergönnt sein würde? Wer waren die Gesandten, die Messagers, die offenbar ihren Tod angekündigt hatten? Und was und wo war der *Heilige Hain*, in dem die *Zusammenkunft* hätte stattfinden sollen, von der sie schrieb? Es war alles ganz und gar rätselhaft, und doch schien sie fest damit zu rechnen, daß Pilgrim all diese Anspielungen verstehen würde. Jung für seinen Teil bestärkten ihre Äußerungen in dem Verdacht, daß Lady Quartermaine um kein Haar weniger wahnsinnig gewesen war als Pilgrim.

In der Klinik angekommen, zog er seinen weißen Kittel über und fuhr geradewegs in den dritten Stock hinauf, um zu Pilgrim zu gehen. Als er jedoch die Nummer 309 passierte, bemerkte er, daß die Tür offenstand, und neugierig geworden, trat er ein.

In der Suite traf er Schwester Dora dabei an, wie sie die Ballettkostüme der Gräfin Blawinskaja zusammenfaltete und wegpackte – jedes Teil sorgsam in Seidenpapier einschlug, bevor sie es in einen der vielen Pappkartons legte, die auf Tischen, Stühlen und dem Bett warteten.

»Guten Morgen, Schwester.«

»Guten Morgen, Herr Doktor.«

Dora, beide Hände voll Tüll, deutete einen Knicks an. Er konnte sehen, daß sie geweint hatte.

»Mein Gott, ist das traurig«, sagte Jung mit einem Blick, der das ganze Zimmer einschloß. Die hellen Fenster beschienen eine Welt, die nur mehr eine Welt der Andenken war.

Einer der Kartons quoll über von Atlasschuhen, jedes Paar mit den eigenen Bändern zusammengebunden – weiße Schuhe, blaue, rosafarbene, rote.

»Das Paar, in dem sie gestorben ist, behalte ich«, sagte Schwester Dora und zeigte sie Jung. Sie lagen ein wenig abseits, zusammen mit dem Kaschmirschal der Gräfin. Sie waren blutbefleckt. »Und die Photographie von Madame als Königin der Wilis habe ich mir auch genommen. Sie ist in einem Silberrahmen mit dem Wappen von Madames Mann – ein Adler mit zwei Köpfen –, aber ich glaube nicht, daß jemand etwas dagegen hat. Es ist ja niemand mehr da … außer ihrem grausamen Vater und ihrem viehischen Bruder. Die Kostüme sollen sie von mir aus haben – oder vielleicht lieber ihre Mutter, wenn wir sie nur ausfindig machen könnten. Sie hat sich ja in ein anderes Leben geflüchtet, wie Sie sicher wissen, um dem Schicksal meiner armen Madame zu entgehen.«

»Ja. Ich will sehen, was sich machen läßt. Es scheint ein Jammer, so viel Schönes einfach wegzuräumen.«

»Ihr Vater und ihr Bruder waren Ungeheuer, Herr Doktor. *Sind* Ungeheuer. Sie haben nie für ihre Verbrechen bezahlt, wußten Sie das?«

»Ja – ja, leider, das weiß ich.«

»Madame ist als kleines Mädchen von ihrem Bruder Gewalt angetan worden – viele Male. Ist Ihnen das klar?«

»Ja. Natürlich ist mir das klar, auch wenn ich wünschte, es wäre anders gewesen.«

»Viele Male. Und dann … nach all diesem Entsetzlichen, wurde ihr armer armer Mann von ihrem Vater ermordet, und nichts ist passiert. Nichts. Sie standen unter dem Schutz des Zaren. Sie waren zu mächtig, um belangt zu werden. So etwas wäre bei uns in Europa unmöglich. Bei uns in der Schweiz. Es ist nicht gerecht. Und es hat sie um den Verstand gebracht. Es hat sie um den Verstand gebracht – meine schöne Gräfin.«

Schwester Dora setzte sich auf das Bett zwischen die Kartons und fing an zu weinen. »Was soll ich nur tun ohne sie? Was soll ich nur tun?« sagte sie und zog ein Taschentuch hervor. »Sie war mein ganzes Leben.«

»Wir müssen lernen, Abstand zu unseren Patienten zu wahren, Schwester«, sagte Jung. »Früher oder später verlieren wir sie alle, ob so oder so – entweder, weil sie gesund werden und uns verlassen, oder weil sie sterben. Das bringt unser Beruf mit sich.«

»Ich habe sie geliebt«, sagte Dora still. »Ich habe sie über alles geliebt.«

»Ja«, nickte Jung. »Das weiß ich. Und sie hat Sie auch geliebt. Sie hat Sie vergöttert. Das hat sie mir immer wieder gesagt.«

»Wirklich?«

»Ja. Viele, viele Male«, log er. »Ohne Sie hätte es für sie gar kein Glück mehr gegeben.« Das zumindest stimmte.

»Danke, Herr Doktor. Sie ahnen gar nicht, wie mich das tröstet. Jetzt kann ich wenigstens von etwas zehren.«

Jung, der nicht recht wußte, was er darauf erwidern sollte, zuckte nur die Achseln und machte eine nichtssagende Handbewegung.

»Warum hat Madames Vater ihren Mann getötet? Warum? Sie hat ihn so geliebt.«

»Angeblich war er ihr untreu«, sagte Jung. Es hatte ihm nie besonders behagt, wenn das Thema während der Sitzungen mit der Gräfin aufgekommen war. Der rächende Vater war eine Alptraumgestalt, eine Figur ähnlich dem bösen Zauberer im Märchen, der aus dem Dunkeln auffuhr und seine Opfer jedesmal zu Tode erschreckte.

»Ich muß gehen, Schwester Dora«, verkündete Jung abrupt. »Mister Pilgrim erwartet mich.«

»Ja, Herr Doktor. Und danke, daß Sie so nett mit mir geredet haben. Das hat sehr gutgetan.«

»Nichts zu danken. Mein herzliches Beileid für Ihren Verlust.«

»Danke sehr.«

Schwester Dora stand auf und knickste erneut, und das letzte, was Jung von ihr sah, als er sich in der Tür noch einmal umdrehte, war ihre Hand, die sich nach dem beiseite gelegten Paar Atlasschuhe ausstreckte. Sie hob sie an die Wange und liebkoste sie, wie eine Mutter die Hand ihres toten Kindes liebkosen mochte. Da saß sie, im Sonnenschein, umringt von den Habseligkeiten einer Frau, die den Mond mehr geliebt hatte als ihr Leben – von ihren Kleidern, getragen in den nunmehr vergessenen Stunden ihres Triumphs. Und den Schuhen. Und den Schuhen. Und den Schuhen.

8

Am Dienstag, dem 18. Juni, gab ein Mann, der sich als Mister Fowler vorstellte, die Brieftauben in der Klinik ab – vier Stück in einem Käfig, und dazu ein Säckchen Körner mit einem roten Band darum. Sie waren für Mister Pilgrim bestimmt, den Patienten in Suite 306.

Fowler mußte sich in die Kladde eintragen, in der der alte Konstantin sämtliche eingehenden Lieferungen verzeichnete.

»Tauben«, bemerkte der Pförtner. »Mal was anderes. Tauben hat hier noch keiner geliefert gekriegt. Nicht zu meiner Zeit jedenfalls. Sind sie zum Braten gedacht? Hat Mister Pilgrim irgendwelche Essenswünsche, von denen wir wissen sollten?«

»Nein, Sir«, antwortete Fowler. »Sie sind als Haustiere gedacht.«

»Na dann«, sagte der alte Konstantin. »Da werden sie aber froh sein. Hunde haben wir, Katzen haben wir und einen Käfig Finken, aber Tauben hatten wir noch nie.«

»Es sind Mister Pilgrims Lieblingstiere.«

»Sind wir uns schon mal begegnet, Mister Fowler? Ihre Stimme kommt mir so bekannt vor.«

»Vielleicht klingen alle Engländer gleich«, sagte Fowler.

»Sicher, an so einen prächtigen Schnurrbart würde ich mich ja auch erinnern. Wahrscheinlich hat mich nur die Stimme irregeführt.«

Fowler gab dem alten Konstantin ein Zwei-Franken-Stück, tippte sich an den Hut und ging.

Der Pförtner schlug das Tuch über dem Käfig zurück und blickte in stiere Taubenaugen. »Schon gut, schon gut«, brummelte er. »Wir schaffen euch rauf, so schnell es geht.«

Er läutete seine Glocke, die einen jungen Gehilfen herbeirief.

»Die sind für die Nummer 306 – Herrn Pilgrim.«

»Jawohl.«

»Und paß auf, daß du sie nicht fallen läßt«, sagte Konstantin. »Entgegen anderslautenden Behauptungen können Vogelkäfige nämlich nicht fliegen.« Auf diesen kleinen Scherz war er sehr stolz.

9

Und so, mein liebster Freund, nehme ich Abschied von Dir … Pilgrim war zum Anfang von Sybil Quartermaines Brief zurückgekehrt und wollte gerade beginnen, ihn von neuem zu lesen, als er plötzlich aufstand, an den Sekretär im Wohnzimmer trat und ihm Papier, Feder und einen Umschlag entnahm.

Sybil, Marquise von Quartermaine, schrieb er.

Ade.

Er zerriß das Blatt und fing neu an.

Auf dem Balkon war der Tanz vorbei, und nur einige wenige Vögel saßen noch in der Sonne – ein Wildtaubenpärchen, ein Trio Haustauben.

Pilgrim saß da und schrieb.

18. Juni 1912

Liebe Sybil,
ich befinde mich in einer Art Fegefeuer. Wie schon befürchtet, ist es mir weder vergönnt zu leben noch zu sterben. Man hält mich gefangen in diesem … »Irrenhaus« ist wohl das richtige Wort – diesem Irrenhaus, dem ich jeden anderen Ort vorziehen würde. Neuerdings lassen sie mich in einem ummauerten Hof im Kreis trotten. Ich weiß nicht, womit ich das verdient habe, vermute jedoch, daß ich mir irgend etwas habe zuschulden kommen lassen. Ich erinnere mich dunkel, daß ich ein paar Schallplatten zerbrochen habe. Und ein paar Instrumente. Musikinstrumente – ein Cello – vielleicht eine Geige. Ist das verwerflich – angesichts der

Tatsache, daß die Musik keine Probleme löst – keinen Wahnsinn heilt – keine Gewalt verhindert? Im Rückblick reut es mich, der Kunst in jeglicher Gestalt jemals das Wort geredet zu haben, aber die Musik ist die schlimmste von allen, brodelnd und blubbernd – zu gefühlig auf der einen Seite, zu vergeistigt auf der anderen. Bach und Mozart, daß ich nicht lache! Bach läßt mich unfehlbar an Goldfische in einem Glas denken! Rund und immer rund herum, und nichts, nichts, nichts passiert! Nichts! Da-damm, da-da-damm, da-da-damm, da-da, das ist alles. Damm-da-damm-da-verflixt-noch-mal-damm! Und Mozart! An innerer Reife übertrifft ihn jeder Zwölfjährige. Er ist nicht einmal bis zur Adoleszenz vorgedrungen, von der Pubertät ganz zu schweigen. Das Publikum hat ihn geliebt, weil er ein Talent zur Posse hatte, und die Mäzene, weil er ein Talent hatte, die Leute zum Weinen zu bringen. Nein – nicht zum Weinen. Zum Heulen. Beethoven – bombastisch. Chopin – sacharinsüß mit einer Neigung zum Aufbrausen – Tattaratta-bäng! Wagner – ein ichbezogener Langweiler. Und dieser Jungtürke Strawinsky – der Name sagt schon alles: mißtönend, ungehobelt, ein Nasentrompeter, kein Musiker.

Soll ich fortfahren?

Die Literatur. Dient sie etwa dem Frieden? Sieh Dir »Krieg und Frieden« an – nichts als ein Ruf nach neuen Schlachtfeldern. Die Russen sind allesamt solch stümpernde Toren, ihr einziger Verbündeter gegen Napoleon war der Winter. Wird es jemand unternehmen, die Übung zu wiederholen? Zweifellos: dieses furchtbare Buch ist ein offener Aufruf dazu. Tolstoi selbst hat auf der Krim gekämpft und schwelgte im Soldatenleben – dann plötzlich heuchelt er Abscheu vor dem Krieg und beschließt seine Tage als hitziger Verfechter des Weltfriedens, während er gleichzeitig seine Frau von seinem Sterbebett fortjagt. Und ich soll verrückt sein? Ich?

Ja. Darin scheint man sich einig.

Es klopfte an der Tür.

Pilgrim legte den Füllfederhalter weg.

Kessler kam aus dem Schlafzimmer, wo er Pilgrims Schuhe wichste, und öffnete die Tür zum Vorraum. Pilgrim konnte die Stimme des Ankömmlings kaum hören. *Käfig … Tauben … Körner … Fowler …*

Als der Pfleger zurückkam, trug er die Vögel. Der junge Gehilfe, ein Tessiner, folgte mit dem Körnersack.

»Dahin?«

»Ganz recht. Und vielen Dank.«

»Schulde ich ihm etwas?« fragte Pilgrim.

»Nein, Sir. Der junge Mann ist hier angestellt.«

Der Bursche empfahl sich. Eine Tür fiel zu – dann eine zweite.

Pilgrim war aufgestanden und betrachtete den Körnersack.

»Was soll das?« fragte er. »Soll ich jetzt Körner fressen?«

»Ich glaube nicht, Sir. Ich vermute, sie sind für die Vögel in dem Käfig hier.«

»Vögel?« sagte Pilgrim.

»Vögel«, bestätigte Kessler. »Die haben uns gerade noch gefehlt.« Womit er sich wieder ins Schlafzimmer zu seinen Schuhen verfügte.

Pilgrim löste das Band und fuhr mit der Hand in den Sack, um zu sehen, was für Korn er enthielt. Weizen, Hirse, Roggen und Hafer. Und einen Umschlag.

Pilgrim riß ihn auf und las:

An einen Züchtergenossen:
Sir:
Diese Tauben sind Brieftauben und können als Boten eingesetzt werden. Die beigelegten Photographien geben über mein derzeitiges Aussehen Aufschluß. Ich hoffe, es findet Ihre Billigung. Wir haben uns lange nicht gesehen, darum könnte ich mir vorstellen, daß Sie einen Tapetenwechsel begrüßen würden. Wenn dem so ist, wären einige Hinweise dienlich. Ich bin über Ihre Umgebung nicht im Bilde. Ein Diagramm wäre nützlich – ein Lageplan, eine Karte.
Ein Automobil steht zur Verfügung.
Ich wohne unweit von hier im Hôtel Baur au Lac.
Ich warte auf Nachricht.
Ich beobachte Sie.
Ich sehe Sie jeden Tag.

Ergebenst,
Ihr H. Fowler

Bei den Photographien lag ein kleiner Samtbeutel mit mehreren Metallkapseln darin, eine jede mit einem Ring versehen, mit dem man sie an den Taubenfüßen befestigte.

Pilgrim steckte Brief, Samtbeutel sowie die Photographien in seine Tasche und zog das Tuch vom Käfig.

Fast schien es, als würden die Tauben ihn kennen. Sie fingen gleich zu gurren an und spreizten ihr Gefieder. Grautöne, Ziegelrot, Violett und Weiß – die Zeichnung eines jeden Vogels wunderbar fein schattiert und ausgewogen.

»Bringen Sie sie ans Licht«, befahl Pilgrim Kessler. »Stellen Sie sie ins Licht.«

Kessler, einen Schuh in der Hand, kam und trug den Käfig ins Schlafzimmer. Pilgrim verweilte lange genug im Wohnzimmer, um seinen Brief zusammenzufalten und in der Schreibtischschublade zu verwahren, deren Schlüssel er abzog und in die Tasche gleiten ließ.

Dann nahm er die Photographien aus ihrem Umschlag und betrachtete sie eine nach der anderen. Rechtes Profil – linkes Profil – Vorderansicht. Schnurrbart – Melone – schlanke, adrette Figur. Von der Sonne beschienen.

H. Fowler.

Zweifellos jemand ihm Bekanntes.

Aber gleichermaßen jemand Unbekanntes – jemand Vergessenes.

H.

H. konnte für Howard, Henry, Herbert oder Harry stehen.

Fowler, das war ein Vogler, ein Mann, der Vögel jagt, verkauft, züchtet …

Vor Pilgrims geistigem Auge stand plötzlich das Bild eines Taubenschlags.

Wir haben Tauben gezüchtet – ich und noch jemand – in einem Garten irgendwo …

Cheyne Walk.

Pilgrim nahm das Bild, das Fowler von vorn zeigte, und verdeckte den Schnurrbart mit dem Finger.

Wie hießen sie, die Leute am Cheyne Walk?

Eine Frau gab es – Mrs. So-und-so – und einen Jungen, der Fred hieß. Nein, nicht Fred. Alfred. *Alfred.*

Pilgrim sah aus dem Fenster, hinaus auf die Berge.

Berge.

Hieß die Frau Matterhorn?

Nein. Nicht Matterhorn. Matter … Matter …

Matheson.

Mrs. Matheson. Alfred. Und ein Hund namens Aggie. Agga. Agamemnon!

Ja. Ja. Ja. Und ein Mann, der Fowler hieß.

Pilgrim stand auf und trat ans Fenster, um besser sehen zu können.

Howard Harry Henry Herbert Fowler.

»Henry?« sagte er laut.

Wieder blickte er auf das Bild herab, den Finger auf dem Schnurrbart des Mannes.

Er blinzelte.

»Forster«, sagte er.

Mit einem Schlag war alles wieder da. Irgendwo dort draußen wartete ein Mann, der ihm helfen wollte. Henry Forster, der kommen und ihn befreien würde. Seine Kerkerhaft würde ein Ende haben.

Kein Kerker mehr – niemals.

Er steckte die Bilder in die Tasche.

10

Am Mittwoch, dem 19. Juni, trat Emma um halb acht Uhr morgens an die Schlafzimmertür.

»Carl?«

Noch halb im Schlaf drehte er sich zu ihr.

Sie ging zum Bett und beugte sich über ihn.

»Laß das Kissen los«, befahl sie – und ergriff seine Hände. »Deinen Schlafanzug hast du auch schon ruiniert. Du hast sämtliche Knöpfe abgerissen. Komm – nun gib her …«

Sie nahm seine Finger und bog sie auf. »Wir sind hier nicht auf der *Titanic*«, sagte sie. »Du ertrinkst nicht. Wach auf.«

Nicht nur seine Hände, Arme und Schultern waren verkrampft, sondern auch Beine und Zehen.

»Ich kann nicht atmen«, sagte er.

»Du atmest doch. Es ist alles in Ordnung.«

»Was ist passiert?«

»Woher soll ich das wissen? Ich bin nicht mehr deine Gefährtin. Du mußt geträumt haben. Du hast laut geschrien.«

Jung setzte sich auf. Er sah seine Frau an.

»Verläßt du mich?« fragte er unvermittelt – selber überrascht von der Frage.

»Nein, Carl«, sagte Emma. »Ich gehöre zu dir, bis daß der Tod uns scheidet. Aber du, habe ich feststellen müssen, gehörst nur dir selbst und deinem eigenen Trachten.«

Sie setzte sich auf das Fußende des Bettes und zog ihren Morgenmantel enger um sich. Sie schlief jetzt immer im Gästezimmer, das hübsch war, aber normalerweise den Besuchen ihrer Mutter vorbehalten. Frau Rauschenbach hatte eine Leidenschaft für Blumen, und die Tapeten, die Vorhänge und der Bettüberwurf glichen blühenden Rabatten, leuchtend von Rosen, Schwertlilien und Päonien. Die Augen wurden ganz müde davon, aber Emma ließ nur einige wenige Lichter brennen, was half.

»Ich habe gebetet, daß du stirbst«, teilte sie Jung mit grauer Stimme mit. »Ich dachte, das solltest du wissen. Ich bete um deinen Tod und träume von einem Leben, das du nie kennenlernen wirst – in dem der Vater seine Kinder liebt und der Mann seine Frau. Ich dachte nur, das solltest du wissen. Ich kann sehen, daß es dir schlechtgeht. Ich sehe es, und ich höre es. Ich würde dir helfen, aber du läßt mich nicht. Gut, das ist deine Entscheidung. Ich dachte nur, ich sage es dir lieber. Ich liebe dich immer noch, aber ich mag dich nicht mehr. Ich werde über dich wachen, ganz gleich, was du tust – aber Liebe wird es zwischen uns keine mehr geben. Nimm deine Krankheit mit in deine Klinik. Sollen deine Patienten damit behelligt werden. Sollen sie sich anstecken. Mich kümmert es nicht mehr. Deine Tänzerin hast du schon verloren. Die Blawinskaja ist tot. Deinetwegen, Carl. Deinetwegen. Ich nehme zurück, was ich neulich gesagt habe. Ich habe darüber nachgedacht, und mir ist klargeworden, daß Carl Gustav Jung sie genauso im Stich gelassen hat wie mich – und wie seine Kinder –, weil er andere Interessen hatte.«

»Emma ...«

»Nein, Carl. Nein. Geh du deine eigenen Wege. Wir anderen überleben auch ohne dich.«

Emma stand auf und ging hinaus.

Jung ließ sich in die Kissen zurückfallen.

Viertel vor acht. Vogelzwitschern. Flatternde Gardinen.

Neuer Tag. Neues Leben.

Eines, das er wollte?

Pünktlich um zehn betrat Jung die Suite 306.

»Und wie fühlen wir uns heute morgen?« fragte er.

»Bitte«, sagte Pilgrim, »nennen Sie mich nicht *wir*.«

»Das ist nur eine Redewendung.« Jung lächelte.

»Das mag schon sein«, entgegnete Pilgrim bissig, »aber *ich* bin keine Redewendung. Ich heiße Pilgrim.«

»Ich bitte um Verzeihung.«

»Schlimm genug, daß Kessler mit degoutanter Regelmäßigkeit von *wir* und *uns* spricht, aber ausgerechnet Sie sollten es doch besser wissen. Kessler kann man wenigstens seine Dummheit zugute halten. Ihnen nicht.«

»Es tut mir leid.«

»Das glaube ich Ihnen erst, wenn Sie mich mit Namen anreden.«

»Mister Pilgrim«, sagte Jung mit einem knappen Diener.

Sie standen beide.

»Nehmen Sie doch Platz«, sagte Pilgrim und setzte sich. Er trug einen dunklen Anzug von schwer bestimmbarer Farbe – Schwarz mit Blau durchwebt? Blau mit Schwarz? Sein Halstuch war gelb. Ergänzt wurde es durch ein ebenfalls gelbes Tüchlein in seiner Brusttasche, das entfernt an eine zerfledderte Blume erinnerte. Das hatte stets zu Pilgrims besonderen Freuden gehört: den sogenannten guten Geschmack mit Füßen zu treten, ohne daß seine Eleganz auch nur das geringste zu wünschen übrig ließ. *Die Kunst,* hatte er einmal zu Sybil gesagt, *liegt darin, eine Schockwirkung zu erzielen, die ganz allmählich dem Eindruck der Gediegenheit weicht. Die Leute erholen sich nie völlig von meinen Halstüchern, aber sie finden auch nie einen ähnlich guten Schneider. Sich herausheben aus der Menge, das ist das A und O.*

Jung in seinem Tweedanzug und dem weißen Kittel bot einen trüben Anblick neben ihm. Und die schlechte Nacht ließ ihn zusätzlich grau und verbraucht aussehen. Er mußte all seine Energie aufwenden, um der vor ihnen liegenden Sitzung wenigstens halbwegs gewachsen zu erscheinen.

»Kessler hat mir erzählt, Sie haben Tauben geschenkt bekommen?«

»So ist es.«

»Darf ich fragen, von wem?«

»Von einem Vogler.«

»Einem Vogler.«

»Ein Vogler ist jemand, der Vögel jagt, verkauft oder züchtet.«

»Das weiß ich. Wir sprechen also von jemand Anonymem?«

»Ja. Von jemand Anonymem. Einfach einem Vogler.«

»Können Sie sich erklären, warum er die Tauben geschickt hat?«

»Nein. Vielleicht hat er von meiner Notlage gehört.«

»Die da wäre?«

»Meine Inhaftierung. Immerhin sind Vögel sogar im Käfig noch ein Symbol für Freiheit.«

»Und wie hat dieser anonyme Vogler Ihrer Meinung nach von Ihrer Notlage erfahren, Mister Pilgrim?«

»Ganz einfach. Die Welt vermißt mich.«

»Dies hier gehört für Sie also nicht zur Welt?« fragte Jung.

»Für Sie etwa?«

»Selbstverständlich. Hier spielt sich schließlich mein halbes Leben ab.«

»Und die andere Hälfte? Wo spielt sich die ab?«

»Zu Hause.«

»Das heißt, in Freiheit, Herr Doktor. Für Sie spielt sich Ihr halbes Leben hier ab – bedenken Sie bitte, daß es für mich das ganze ist.«

»Und das mißfällt Ihnen natürlich.«

»Dazu äußere ich mich gar nicht erst.«

»Warum sprechen Sie von Inhaftierung?«

»Darf ich denn gehen?«

»Wenn Sie gesund sind, ja. Selbstredend.«

»Und wann bin ich gesund? Wenn *ich* es sage – oder wenn *Sie* es sagen?«

»Wenn *ich* es sage – was nur vernünftig ist. Ich kann Ihre psychische Stabilität derzeit besser beurteilen, als Sie das können.«

»Meine *psychische Stabilität*? Das klingt wie eine Krankheit.«

Jung lachte. »Bei manchen Leuten ist es das wahrscheinlich auch«, sagte er.

»An was für Leute denken Sie da?«

»Leute, deren Leben an einem Mangel an Phantasie krankt.«

»Und?«

»Was, und?« fragte Jung.

»Wenn Sie von meiner psychischen Stabilität sprechen – woran gedenken Sie sie zu messen? An diesen Leuten, deren Leben an mangelnder Phantasie krankt? Das will ich doch nicht hoffen.«

»Ich messe sie an Ihrem eigenen unausgeschöpften Potential.«

»Ich habe kein Potential, das ich ausschöpfen könnte, und ich brauche auch keins. Außer in einem Punkt. Ich würde gern sterben können.«

»In dem Fall sind Sie nicht gesund.«

Pilgrim wandte das Gesicht ab.

»Sind Sie nie erschöpft, Herr Doktor?« fragte er. »Sind Sie nie müde?«

»Es gibt immer wieder Momente. Sicher.«

»Bei mir sind es keine Momente. Es ist permanent. Ich versuche Ihnen mit allen mir zu Gebote stehenden Mitteln begreiflich zu machen, daß ich schon ewig lebe, und Sie weigern sich, mir zu glauben. Das an sich ist schon unsäglich ermüdend ...«

Jung ging zum Fenster hinüber und sah hinaus.

»Wie kommt es«, sagte er, »daß ein Mensch mit solchen Gaben, ein Mensch, der zu so Großem fähig ist, nicht leben will?«

»Ich bin zu gar nichts fähig.«

»Da bin ich anderer Meinung.«

»Früher einmal vielleicht. Aber nicht jetzt. Nicht mehr. Und es ist mir herzlich gleichgültig. Mein einziger Ehrgeiz ist der Tod.«

»Und Sie sagen, Sie hätten schon immer gelebt.«

»Ich *habe* schon immer gelebt.«

»Aber wie können Sie so etwas glauben?«

»Ich glaube es nicht, ich weiß es.«

Jung seufzte. »Dann beantworten Sie mir eine Frage«, sagte er und wandte sich wieder zu Pilgrim um. »Wenn Ihre Unsterblichkeit sich, wie Sie bei früheren Gesprächen angedeutet haben, darin äußert, daß Sie ein Leben nach dem anderen leben, wieso denken Sie dann, indem Sie Ihrem jetzigen Leben ein Ende setzen, beenden Sie die ganze Folge von anderen Leben? Werden Sie nicht einfach als jemand anderes zurückkommen? Oder geht es Ihnen nur um Ihre derzeitige Existenz?«

Pilgrim hielt den Blick auf seine Hände gerichtet. Er antwortete nicht gleich. Dann sagte er: »Lange Zeit blieb mir nichts, als zu hoffen. Zu hoffen und zu beten, daß der Tod einmal doch für immer sein könnte. Der wahre Tod. Das Ende. Jetzt habe ich mehr als Hoffnung. Jetzt habe ich Grund zu glauben, daß auch mir vielleicht ein endgültiges Ende vergönnt sein wird.«

»Und was für ein Grund ist das?«

Pilgrim sah Jung an. »Ich nehme nicht an, daß Sie mir Sybils Brief gegeben haben, ohne ihn vorher zu lesen. Und wenn Sie ihn gelesen haben, werden Sie wissen, daß sie gerufen worden ist.«

»Gerufen?«

»Berufen. Abberufen. Die Boten sind ausgeschickt worden, um ihr die Nachricht zu überbringen. Ihre Mission ist beendet.«

»Ich verstehe nicht.«

»Ihr Auftrag war es, mein Zeuge zu sein. Meine Beschützerin. Meine Verbindung zu den Anderen. Und wenn es keiner dieser Funktionen mehr bedarf, lautet die logische Schlußfolgerung, daß auch ich bald gerufen werde.«

Jung beschloß, die Taktik zu wechseln.

»Waren Sie in Lady Quartermaine verliebt?«

»Gewissermaßen ja. Wenn auch nicht im körperlichen Sinne. Unsere Beziehung war unausweichlich, weil wir Schicksalsgenossen waren.«

»Können Sie mir erklären, wie Sie das meinen?«

»Ich bezweifle es.«

»Versuchen Sie es trotzdem?«

»Wenn Sie darauf bestehen.«

Pilgrim setzte sich im Sessel zurecht.

»Man könnte sagen«, begann er, »daß sie meine Schwester war. Sie war das erste menschliche Wesen, das ich kannte – ja, das erste menschliche Wesen, das ich in dieser Inkarnation erblickt habe, auch wenn ich das Wort *Inkarnation* ablehne. Manche werden wiedergeboren. Andere, darunter ich, vertauschen lediglich ein Leben gegen ein neues. Wir bleiben im Grunde ein und dieselbe Person, und unser Leben geht endlos weiter. Es ist ein anhaltender Prozeß. Man erwacht – man schläft – man erwacht erneut. Einmal erwacht man als blinder alter Mann, einmal als spanischer Hirte, dann wieder als englischer Schuljunge. Weshalb man sich danach sehnt, sterben zu dürfen und allem ein Ende zu setzen. Geburt ist nur ein Schlaf, Dr. Jung, *ein Schlaf und ein Vergessen; / die mit uns aufsteigt, als des Lebens Stern, / die Seele, hatte Heimat einst besessen / woanders – kommt von fern* … Das ist eine Anleihe bei Mister Wordsworth, der es wissen muß. Er hat auch gesagt: *Die Welt ist uns zu nahe, spät und früh* – und auch da hatte er recht. Die Welt ist mir zu nahe gewesen. Und ich bin der Welt zu nahe gewesen.«

Jung war die Anspielung auf den spanischen Hirten keineswegs entgangen, auch wenn der Name Manolos noch nie zwischen ihnen gefallen war; Jung hatte sich gehütet, die Tagebücher zu erwähnen.

»Sie sprachen von einem spanischen Hirten und einem blinden alten Mann. Können Sie mir sagen, wer diese Leute sind – oder waren?«

»Den blinden alten Mann werden Sie kennen. Sein Name – mein Name – war Tiresias. Der Hirte? Ich erinnere mich kaum an ihn, aber ich weiß seinen Namen noch. Manolo.«

Eine kalte Hand schloß sich um Jungs Herz. Er mußte sich abwenden.

»Fehlt Ihnen etwas, Dr. Jung?« fragte Pilgrim nach einer Weile.

Jung schloß die Augen. Tiresias war von den Göttern dazu verurteilt worden, nicht sterben zu können. Und wie Kassandra war er ein Seher gewesen – aber blind.

Ein Seher – aber blind.

Als hätte er Jungs Gedanken gelesen, sagte Pilgrim: »Die Priesterinnen in Delphi waren blind vom Rauch. Das war bewußt so eingerichtet. Sie saßen auf Dreifüßen über dem Feuer und sprachen mit den Stimmen der Götter, zumeist Apolls. Kassandra hingegen konnte sehen, und folglich wurden ihre Warnungen nicht ernst genommen. Sie war dazu verdammt, daß niemand ihr Glauben schenkte, obwohl sich ihre Prophezeiungen immer und immer wieder als wahr erwiesen. Ich weiß das. Sie war meine Freundin.«

Das ist eine Geschichte, dachte Jung. *Eine feingesponnene, vertrackte, raffiniert erdachte Geschichte. Dementia.*

»Und Sie«, sagte er, »sind Sie auch dazu verdammt, daß Ihnen keiner glaubt?«

Pilgrims Antwort war so beiläufig wie ernsthaft, so als führten sie eine ganz gewöhnliche Unterhaltung. »Ich bin gleich mehrfach verdammt. Es gehört nicht viel dazu, das Mißfallen der Anderen zu erregen. Vor ihren Rat zitiert zu werden. Sie haben mich zu ewigem Leben verurteilt, weil ich in meinem Bemühen, die Gefühle des einen zu schonen, die eines anderen verletzt habe. Folglich habe ich eine Ewigkeit des Unglaubens erdulden müssen. Desselben Unglaubens, den Sie nun so offenkundig meiner Geschichte entgegenbringen – der zu allen Zeiten jeglichen meiner Äußerungen entgegengebracht wurde. Ich bin darüber hinaus dazu verdammt worden, bald als Mann und bald als Frau zu leben, alles nur, weil ich als achtzehnjähriger Jüngling unwillentlich der Paarung der Heiligen Schlangen im Heiligen Hain beiwohnte. Das verstieß gegen die Regeln, die die Götter den Sterblichen auferlegt hatten. Es war ein Sakrileg.«

Jung überlegte, ob er nicht mitschreiben sollte. Der Heilige Hain. Das mußte der Hain sein, auf den sich auch Lady Quartermaine in ihrem Brief bezogen hatte. Völlig wahnsinnig, alle beide ...

Pilgrim schien in vergangenen Zeiten versunken. »Der Krieg«, sagte er. »Der erste von all den Kriegen, die ich erlebt habe. Ich weiß es noch wie heute.« Er lächelte, schloß die Augen. »In den Tagen der griechischen Belagerung waren wir Trojaner berüchtigt für unsere Dekadenz. Der Adel versammelte sich auf den Zinnen, um dem Gemetzel zuzusehen, während weißbefrackte Sklaven Tee kredenzten. Tee und mit Rosinen und Honig gefülltes Buttergebäck. Tee und Cocktails, wie wir es heute nennen würden – gebrannte Schnäpse und vielerlei Sorten Wein –, die aus versilberten Karaffen in Kelche von venetianischem Glas und Tassen von chinesischem Porzellan gegossen wurden.«

Jung starrte ihn an, wortlos – dann sah er weg.

Pilgrim fuhr fort: »Und obwohl wir uns niemals zusammenfanden, wenn die Schlacht am ärgsten tobte, saßen wir doch gern unter unseren Sonnenschirmen auf dem Wall, wenn drollige Scharmützel zu erwarten standen, und unfehlbar, wenn zwei Helden zum Zweikampf antraten, Mann gegen Mann – oder, wie manche meinten, Gott gegen Gott. So wurde ich auch Zeuge von Hektors Tod. Es regnete, als er starb, wußten Sie das? Wie aus Kübeln. Achill band ihn an den Fersen hinten an seinem Streitwagen fest und schleifte ihn hinter sich her. Seine Arme waren zurückgeworfen, das lange schwarze Haar eine Schleppe im Schlamm ... Und wir sahen ihn nie wieder. Ich erinnere mich daran, als wäre es gestern gewesen.«

Daraufhin kehrte Jungs Blick kurz zu Pilgrim zurück, der das Gesicht dem sonnenerhellten Schlafzimmer und dem Vogelkäfig zugewandt hatte.

Dunkler Anzug. Gelbes Halstuch. Untadelig. Schöne, langfingrige Hände – die Nägel poliert, penibel gepflegt. Knochige Knie, schmale Fesseln, die Schenkel mager, aber wohlgebildet. Breite Schultern (damit die Flügel besser sitzen, hätte Kessler gesagt), langer Hals, ein kräftiges Kinn, ein hageres, scharfkantiges Gesicht mit Adlernase und ausgeprägten Backenknochen. Weit auseinanderliegende brütende Augen. Sein Haar, das ihm nach wie vor kühn in die Stirn fiel, war weißer als bei seiner Ankunft im April. Verständlich. Mehr als verständlich.

»Ich hatte einmal schwarze Zähne«, bemerkte Pilgrim versonnen, den Blick immer noch auf die Vögel im Käfig gerichtet. »Buntglas, verstehen Sie? Das Blei. Das vergiftet einen. Färbt alles schwarz – Zähne, Nägel, Haut –, und dann stirbt man.«

»Aber Sie können nicht sterben«, sagte Jung, seine Stimme kaum mehr als ein Flüstern.

»Ich nicht – aber andere.«

»Wieso hatten Sie mit Buntglas zu tun?«

»Chartres. Kennen Sie es?«

»Nein. Meine Frau war dort, aber ich nicht.«

»Ihre Frau war schlau. Sie sind ein Idiot. Chartres ist eines der größten Wunder des Abendlandes.« Über Pilgrims Gesicht glitt ein Lächeln. Sie sahen einander noch immer nicht an. »Ich war Handwerker dort. Ich habe die Glasscheiben, die andere zurechtschnitten, in Blei gefaßt. Wir haben zu vielen zusammengearbeitet. Es gehört zu den erhebenderen Momenten meiner Laufbahn – über die Jahrhunderte hinweg betrachtet.«

»Und wann soll das gewesen sein?«

»Im elften Jahrhundert, wie Sie es nennen würden.«

»Wie soll ich das verstehen?«

»Ich bin älter als die christliche Zeitrechnung, Dr. Jung. In gleich welcher ihrer törichten Varianten.«

»Töricht?«

»Ist die Geburt Jesu Christi das Maß aller Dinge?«

»Manche Leute würden das bejahen.«

»Manche Leute sind schwachsinnig«, sagte Pilgrim und warf Jung einen durchbohrenden Blick zu. »Und manche nicht.«

»Sie sind heute ungewöhnlich streng, Mister Pilgrim.«

»Ich habe allen Grund. Unsere Wege trennen sich bald.«

»Das glaube ich nicht.«

»Warten Sie nur ab.«

»Um auf das Buntglas zurückzukommen. Können Sie denn beweisen, daß Sie in Chartres waren und beim Bau der Kathedrale mitgewirkt haben?« Jung machte sich zum Mitschreiben bereit.

»Ich habe meine Initialen in eine der Scheiben geritzt. Eine blaue Scheibe in dem Fenster, das heute als *Notre Dame de la Belle Verrière* bekannt ist.«

»Unsere Liebe Frau vom schönen Fenster.«

»Die Jungfrau Maria. Mit dem Jesuskind auf dem Schoß.«

»Ja. Natürlich.«

»Ja. Natürlich.« Pilgrim äffte Jungs Schweizer Akzent nach. »Ja. Natürlich, Herr Dr. Schwachkopf. Wer sonst? Ich nehme an, Sie beten tagtäglich zu ihr. Oder haben Sie einen anderen Schutzheiligen?«

»Ich habe gar keine Heiligen.«

»Präziser ausgedrückt: Sie hatten einmal welche, aber Sie sind von ihnen verlassen worden. Früher oder später verlassen die Götter uns alle. Sie gehen fort – und der Himmel ist leer.«

Jung setzte sich aufs Fensterbrett.

»Und wie haben Ihre Initialen damals gelautet, Mister Pilgrim?« Sein Stift war gezückt.

»S.l.J. – Simon le Jeune. Ich war zweiundzwanzig. Mein Vater war einer der größten Glasschneider Frankreichs. Und unerreicht, was seine Farben anging. Bis zum heutigen Tag weiß kein Mensch – nicht einer –, wie er das Blau in diesem Fenster zustande gebracht hat. Es ist einzig auf der Welt.«

Die Namen waren zweifellos echt. Simon – und sein Sohn, sein Namensträger. Pilgrim war schließlich Kunsthistoriker, dachte Jung. Natürlich wußte er über diese Dinge Bescheid. Er hatte ihnen sein ganzes Leben gewidmet. Alles, was er sagte und wußte, war hieb- und stichfest – ein lückenloses Wahngebilde.

Dann dachte er: *Ihm scheint nicht klar zu sein, daß ich Einblick in seine Tagebücher habe – trotz dieses Mißgeschicks mit dem Brief der Gioconda. Seltsam, daß er sie mit keiner Silbe erwähnt. Was mag er nur …*

Laut fragte Jung: »All diese verschiedenen Leben, Mister Pilgrim. Auf welche Weise erhalten Sie in einer Inkarnation Kenntnis von den früheren?«

»Genauso, wie ich von der Zukunft Kenntnis erhalte – in Form von Träumen. Träumen, die im Alter von etwa achtzehn einsetzen, bei jedem Ich wieder von neuem. Und nach und nach werden aus den Träumen Erinnerungen …«

»Aber Sie werden sich ja nicht an alle Einzelheiten aus jedem Ihrer Leben erinnern. Oder doch?«

»Natürlich nicht – genausowenig, wie Sie sich an alle Einzelheiten Ihres eigenen Lebens erinnern. Ich erinnere mich an meine früheren Existenzen auf die gleiche Art, auf die Sie – oder jeder andere – sich an die Menschen erinnern, die Sie einmal gekannt haben. Und mit der Zeit drängen die Erinnerungen aus vergangenen Leben die frühen Jahre des gegenwärtigen in den Hintergrund. So weiß ich auch jetzt sehr wenig über meine Jugend – meine Jugend als Pilgrim, meine ich.«

Jung wechselte seine Taktik abermals.

»Dieses Streben nach Unsterblichkeit«, sagte er. »Was war der Auslöser dafür?«

Pilgrim starrte Jung fassungslos an.

»Es ist kein *Streben*«, sagte er. »HÖREN SIE DENN NIEMALS ZU?«

Er stand auf und sah sich im Zimmer um, als suche er etwas.

»Kein Wunder, daß wir hier alle wahnsinnig sind«, sagte er. »Kein Wunder, daß wir alle den Verstand verlieren. Unsere Ärzte weigern sich, uns zuzuhören!«

Jung schwieg.

Pilgrim ging ins Bad und kehrte mit einem Glas Wasser zurück. Er hob es an den Mund, legte den Kopf in den Nacken und trank es leer, dann warf er es auf den Boden.

Jung rührte sich nicht.

Pilgrim sagte: »Sie haben gesehen, wie ich dieses Wasser getrunken habe. Sie haben es gesehen. Aber das Glas, aus dem ich es getrunken habe, ist zerbrochen. Richtig? Die Wahrheit – meine Geschichte – ist das Wasser. Sie ist in meinem Innern. Das zerbrochene Glas ist Ihre Reaktion darauf. Also sprach Zarathustra!«

Er setzte sich wieder hin und wischte sich die Lippen mit dem gelben Taschentuch, das er anschließend in der Hand zerknüllte.

Nach einer Weile fragte Jung: »Wer war Lady Quartermaine?«

Die Frage kam so unvermittelt, daß Pilgrim stutzte. Dann sagte er: »Sie brauchen sich lediglich ihren Namen vor Augen zu führen.«

»Sybil?«

»Sybil. Eine Sibylle, Herr Dr. Dummbart, ist ein Orakel – so wie in Delphi. Die Sibyllen waren von Apoll dazu bestellt, mit seiner Stimme zu sprechen. Manche nannten sie Priesterinnen, andere Weissagerinnen. Heutzutage wäre die Rede von einem Medium.«

»Das weiß ich alles«, sagte Jung. »Ich wollte nur sichergehen, daß der Name kein Zufall ist.«

»Kein Zufall. Ganz und gar nicht. Er wurde ihr von den Göttern gegeben. Denselben Göttern zweifellos, die sie nun heimgerufen haben.«

»Ich verstehe.«

Völlig wahnsinnig.

Darauf saßen sie schweigend da, Jung auf dem Fensterbrett, Pilgrim in seinem Sessel, die Hand immer noch um das gelbe Taschentuch geballt.

»Sie ist tot, Mister Pilgrim. Sie war sterblich, und sie ist gestorben.«

»Sie müssen's ja wissen.«

»Allerdings.« Dann: »Hat sie auch ewig gelebt, so wie Sie?« Jungs Stimme entbehrte fast jeglicher Betonung. Er hätte ein Priester sein können, der zu einem Beichtkind spricht, nüchtern und emotionslos.

Pilgrim zupfte am Korbgeflecht seiner Armlehne.

»Nicht ganz so lang«, sagte er.

»Und ihr Tod? Sehen Sie in ihrem Tod eine tiefere Bedeutung?«

Pilgrim beugte sich vor.

»Ich bete«, sagte er, »daß es bedeutet, daß auch meine Tage endlich gezählt sind. Vielleicht stimmt es ja, vielleicht wenden sich die Götter endgültig von uns ab, und ihr Abschiedsgeschenk ist der Tod.«

Jung schloß die Augen.

Die Pein des Mannes war nur zu real. Sie war nicht mit anzusehen.

Er ertappte sich dabei, daß er dachte: *Wie lange er nun schon wartet …*

Dann runzelte er die Stirn und schlug sein Notizbuch zu.

Er erhob sich.

»Sie verlassen mich?« fragte Pilgrim.

»Ja.«

»Ich kann nicht behaupten, daß mir das leid tut.«

Jung ging zur Tür – blieb nur kurz stehen, um die Notenmappe aufzuheben und das Notizbuch hineinzustecken.

»Mister Pilgrim«, sagte er, »lassen Sie mich Ihnen sagen, daß ich von ganzem Herzen wünschte, ich könnte Ihnen helfen. Aber so wie die Dinge stehen, ist es mir unmöglich.«

Pilgrim schwieg.

Die Hand auf der Klinke, drehte Jung sich um und sah auf die sonnenbeschienene Gestalt im Sessel.

»Ich hatte heute nacht einen Traum«, sagte er. »Nein, keinen Traum – einen Alptraum. Ich träumte, die ganze Welt stünde in Flammen und niemand könnte das Feuer eindämmen ...«

Pilgrim starrte auf seine Hand mit dem Taschentuch. *Und wenn du wüßtest, wie prophetisch dein Traum ist,* dachte er, *dann würde dir auch keiner glauben ...*

Jung fuhr fort: »Es war entsetzlicher, als ich mit Worten beschreiben kann, und ich dachte, es würde niemals enden. Es war das Inferno selbst. Aber ich habe einen Weg gefunden, ihm Einhalt zu gebieten.«

»Ach?« sagte Pilgrim und steckte das Tüchlein in die Brusttasche zurück. »Und zwar wie?«

»Ich bin aufgewacht«, sagte Jung. »Was Sie hoffentlich auch bald tun werden.«

Nachdem Jung gegangen war, blieb Pilgrim regungslos sitzen.

Ich bin ein Wild, dachte er. *Ich bin ein Wild ohne Jäger. Ich habe keine natürlichen Feinde. Wenn doch endlich jemand mit einem Gewehr käme. Wenn doch endlich irgendein ungekanntes Raubtier aus dem Wald bräche, um mich zu reißen. Wenn doch endlich die Götter ihre schützende Hand von mir abzögen und sie über einen anderen hielten. Ach, wollten die Ströme doch aufwallen und mich ertränken, oder die Berge auf mich herabstürzen und mich begraben. O wäre das Leben doch nicht so beharrlich. O ließe das Leben doch los.*

11

Am frühen Abend des 19. Juni schickte Pilgrim seine zweite Botschaft an Forster.

Die erste hatte gelautet: NACHRICHT BZGL. ANVISIERTEM TAPETENWECHSEL ERHALTEN. LANDKARTEN BESCHAFFEN: SCHWEIZ, FRANKR. AUSSERDEM £ 500 AUF ZÜR. BANK. P.

Die zweite lautete: TÄGL. HOFGANG IN GARTEN HINTER KLINIK. MAUER, VORSICHT GLAS. EVTL. GEPOLSTERTE STRICKLEITER. DATUM + UHRZEIT MORGEN OD. Ü'MORGEN. RESERVEKANISTER FÜR A'MOBIL. LANGE FAHRT. P.

Noch zwei Tauben waren im Käfig.

Tags darauf, am Donnerstag, dem 20. Juni, ließ sich Pilgrim – mit weißem Anzug und schwarzem Schirm – vom Fahrstuhl ins Erdgeschoß hinuntertragen, wo Kessler ihm das Geleit zum »Hofgang« geben durfte.

Kessler schwatzte von Engeln daher.

»Haben Sie von den neun Ordnungen der himmlischen Heerscharen gehört, Mister Pilgrim? Höchst faszinierend. Es gibt Seraphim, Cherubim, Throne, Herrschaften, Fürsten, Mächte, Kräfte, Erzengel und Engel. Meiner Einschätzung nach müßten Sie dem neunten Chor angehören. Ich habe Ihre Flügel gesehen, als Sie ankamen.«

»So, haben Sie das.«

»Ja, Sir.«

»Und wo sind meine Flügel jetzt wohl?«

»Das kann ich Ihnen nicht beantworten. In meiner Phantasie, nehme ich an. Ich weiß, daß sie keine Wirklichkeit waren – aber sehen Sie, sie schienen so wirklich, und ich wollte es so sehr. Haben Sie sich denn nie gewünscht, etwas wäre wirklich, auch wenn Sie wußten, daß es das nicht sein kann? Eine schöne Gegend aus einem Traum zum Beispiel – oder Engel …«

»Doch. Ich habe mir oft gewünscht, etwas wäre wirklich, das nicht wirklich sein kann. Oft.«

»Da sehen Sie's. Genau das meine ich.«

Pilgrim lächelte. Kesslers Einfalt war entwaffnend.

Im Garten waren schon einige Patienten versammelt, teils bekannte Gesichter, teils unbekannte. Der Mann, der sich für einen Hund hielt, war da, und der Mann, der behauptete, seine Kinder aufgefressen zu haben. Dann die Frau, die versucht hatte, ihre Wärterin umzubringen, und jetzt unter so starken Beruhigungsmitteln stand, daß sie sich kaum bewegen konnte. Und die Frau, die aussah wie eine englische Puffmutter.

Zwei weitere Gestalten fielen Pilgrim auf, die er beide zum ersten Mal erblickte. Eine davon war ein Mann, der auf einer Tischplatte ein Häuflein Sand aufgeschüttet hatte und emsig die Körner zählte. »Neuntausendzweiundfünfzig«, murmelte er, »neuntausenddreiundfünfzig …« Der Haufen wirkte nahezu unberührt.

Der andere Neuzugang war eine Frau, die sich als kleines Mädchen verkleidet hatte. Sie maß knapp einen Meter fünfzig. Ihr locker gebürstetes Haar war mit einer großen rosafarbenen Schleife hochgebunden, und ihr Kleid hätte einer Zwölfjährigen gehören können. An den Füßen trug sie weiße Strümpfe und leuchtend rote Pantoffeln. Begleitet wurde sie von Schwester Dora, die nach wie vor um die Gräfin Blawinskaja trauerte. Pilgrim bemerkte das schwarze Bändchen am Busen ihrer Schwesterntracht. Sie gaben ein trauriges Paar ab, diese beiden, wie sie Arm in Arm dahintrippelten, beschattet von einem Sonnenschirm aus Reispapier.

Was für ein seltsamer Haufen wir sind, dachte Pilgrim, als er sich in die Parade einreihte. Hunde, Kinderfresser, Sandmänner, Puffmütter, Möchtegern-Mörder und Möchtegern-Kinder. Ganz zu schweigen von Engeln, wenn Kessler seinen Willen bekäme.

Obwohl Flügel jetzt nicht schlecht wären, überlegte er. *Dann könnte ich Ikarus spielen, einen Ikarus, der seine Lektion gelernt hat und Abstand zur Sonne hält. Wenigstens käme ich auf diese Weise frei.*

Freiheit.

Was immer das war. Die andere Seite der Mauer – ein Dschungel unbekannter Möglichkeiten.

Das war um zwei Uhr nachmittags.

Um halb drei erschienen an einem offenen Fenster der Klinik die Herren Bleuler, Furtwängler, Menken, Raddi und Jung.

Ihr Aufmarsch ging einer der regelmäßigen Besprechungen in Bleulers Büro voraus, wo der Direktor sich über die Fortschritte der einzelnen Patienten berichten ließ und darüber befand.

Ihr Anblick dort oben stimmte Pilgrim unruhig. Gebe Gott, daß nicht einer von ihnen (oder irgend jemand sonst) während seines Fluchtversuchs an eines der Fenster trat. Die Mauer war bestens sichtbar von solch einem Ausguck.

Bleuler sagte: »Das werden ja immer mehr da unten. Geht es bergab mit uns?«

Jung wandte den Blick ab. Beiläufige Seitenhiebe waren das letzte, was irgendeiner von ihnen brauchen konnte. Gerade jetzt. Nein, ganz egal, wann. Wie konnte ein Mann von Bleulers Format so unsensibel sein? *WIR TUN, WAS WIR KÖNNEN!* hätte er ihn am liebsten angeschrien.

Furtwängler, beflissen wie stets, ließ Bleuler wissen, der Grund dafür, daß sich so viele Patienten in, wie er es nannte, »verstärktem Gewahrsam« befanden, liege seines Erachtens darin, daß zu viele Ärzte einander ins Handwerk pfuschten. Er nannte keine Namen.

»Ein Patient ist ein Patient«, führte Furtwängler aus, »und jeder Patient hat seinen Arzt – einen und nicht mehr. Aber in letzter Zeit hat es *Überlappungen* gegeben ...«, er sagte es merkwürdig gedehnt, »... und als Ergebnis haben wir nicht nur mehr Patienten in verstärktem Gewahrsam, sondern auch eine tote Patientin.«

»Sie sprechen von der Gräfin Blawinskaja, nehme ich an?« sagte Bleuler.

»Allerdings«, erwiderte Furtwängler. »Es sei denn, wir haben noch ein weiteres Opfer zu beklagen, von dem ich nichts weiß.«

Niemand sprach.

Dann sagte Jung: »Ich bin gerne bereit, mich zurückzuziehen, wenn Dr. Furtwängler seine Anschuldigungen aufrechterhält ...«

»Ich habe keine Namen genannt, Herr Dr. Jung«, sagte Furtwängler. »Keinen einzigen Namen.«

Schleimer, dachte Jung. *Speichellecker. Arschkriecher.*

Laut sagte er: »Ja, ich habe an der Gräfin Blawinskaja versagt. Ich habe an ihr versagt, weil ich sie nicht rechtzeitig aus den Fängen von Josef Furtwängler befreit habe.« Er wandte sich Furtwängler zu, der blaß geworden war, und sagte unumwunden: »Sie haben sie auf dem Gewissen. Sie haben ihren Geist und ihren Lebenswillen vernichtet. Sie haben ihre Fähigkeit zu überleben zerstört. Und außerdem« – seine Stimme war so schneidend, daß einige der Patienten im Hof anhielten und zum Fenster emporschauten – »außerdem gehören vier von den Leuten da unten Ihnen!«

Ein kurzes Schweigen trat ein, und dann fragte Bleuler: »Ist das korrekt?«

»Ja, Herr Professor«, antwortete Raddi, der für die geschlossene Abteilung zuständig war. »Leider, ja.«

»Um welche Patienten handelt es sich?« fragte Bleuler kühl.

Dr. Raddi nannte den Kinderfresser, die Möchtegern-Mörderin, die Puffmutter und den Sandmann.

Bleuler nickte und erkundigte sich dann: »Und der Rest?«

»Der Mann, der nicht sterben kann, gehört mir«, bekannte Jung.

Und Archie Menken sagte: »Die Frau, die sich für ein Kind hält, gehört mir.«

»Und warum haben Sie an ihnen versagt – an diesen beiden?« wollte Bleuler wissen. »In welcher Weise haben Sie versagt?«

Archie warf Jung einen Blick zu und sagte: »Ich glaube, das Problem ist beidesmal das gleiche. Keiner dieser Patienten scheint irgendeinen Bezug zur realen Welt zu haben. Sie ist für sie nicht ein Ort, den sie meiden, wie das bei den übrigen der Fall ist, sie ist ein Ort, der nicht existiert.«

»Würden Sie sich dieser Meinung anschließen, Herr Dr. Jung?« fragte Bleuler.

»Ja, Herr Professor.«

»Und Sie, Herr Dr. Furtwängler?« fuhr Bleuler fort. »Der Kinderfresser, die Möchtegern-Mörderin, die Puffmutter und der Sandmann – haben die einen Bezug zur Realität?«

Furtwängler schenkte ihm sein charmantestes Lächeln.

»Gewiß doch«, erwiderte er. »Sie leben darin.«

Bleuler sah wieder hinunter in den Hof.

Die kleine Prozession stapfte dahin, ihre Gesichter durch den Neigungswinkel mehr oder minder verdeckt.

Wenn sie wenigstens eine Tretmühle hätten, dachte Jung, *dann könnten sie Wasser aus einem Brunnen pumpen oder Weizen zu Mehl mahlen …*

»Meine Herren …«, sagte Bleuler.

Sie gingen hinein.

Die Kind-Frau stolperte und fiel hin. Sie begann laut zu weinen.

Ihre Knie waren aufgeschlagen, die Strümpfe zerrissen.

Schwester Dora hob sie auf und trug sie zu einem Stuhl, wo sie sogleich von der Puffmutter getröstet wurde.

»Ooh!« sagte die Puffmutter. »Was für eine hübsche Kleine! Kannst du denn auch singen?«

Die »Kleine«, die trockenen Auges schluchzte, wie nur Kinder es können, brachte trotz der Schluchzer eine Antwort hervor.

»*Häschen in der Grube* kann ich.«

»Worauf warten wir dann«, rief die Puffmutter und fing auch schon an: »*Häschen in der Grube* … komm, Herzchen, du auch! … *saß und schlief* …«

Die Kleine fiel zögernd ein.

»Sehr gut! Nicht aufhören … *armes Häschen, bist du krank* …«

Die anderen blieben stehen und lauschten. Die Puffmutter hatte fast einen Bariton, aber die Stimme der Kleinen war zart und klar. Sie sangen *Häschen in der Grube* zu Ende und gingen zur *Vogelhochzeit* über.

»*Ein Vogel wollte Hochzeit machen in dem grünen Walde* …«

Pilgrim in seiner Not starrte die Mauern empor.

Nichts wie fort von hier. Nichts wie fort.

Gut, aber wenn er die anderen dazu brachte, recht laut zu singen, dann sorgte das vielleicht für genügend Ablenkung, daß er entfliehen konnte. Geschwind und spurlos.

12

An diesem Abend lud Jung Emma zum Essen ins Hôtel Baur au Lac ein.

»Seine eigene Frau lädt man nicht ein«, monierte sie. »Man führt sie aus.«

»Gut, dann führe ich dich eben aus.«

Jung trug eine rote Fliege, Emma ein grünes Kleid. *Grün*, so sagte sie sich, *ist die Farbe der Hoffnung.*

Carl mußte ihr etwas unter vier Augen mitzuteilen haben, ohne Lotte und ohne Frau Emmenthal, die von der Küchentür her lauschte. Oder er hatte eine Überraschung für sie – irgendeine freudige Nachricht – eine Reise oder ein Besuch – vielleicht wollte er sie bitten, wieder ein Kind mit ihm zu bekommen – vielleicht ihr eröffnen, daß es zwischen ihm und Antonia Wolff aus war. *Sie emigriert nach Amerika ... Ach! Wäre das nicht wunderbar!* China wäre natürlich besser – aber Amerika reichte auch. Solange nur ein Ozean oder Kontinent zwischen ihnen lag.

Doch alle diese Vermutungen gingen fehl. Es war, wie Emma später begreifen sollte, einfach ein weiterer Schritt auf den Abgrund zu.

Sie fuhren mit dem Auto nach Zürich. Der Mond schien. Auf halber Strecke brachte Jung den Fiat zum Stehen und zwang sie dazu, auszusteigen und sich mit ihm an den Straßenrand zu stellen. Dann öffnete er den Kofferraum und kam mit zwei Gläsern und einer Flasche eisgekühltem Champagner zu ihr zurück.

Er entkorkte den Champagner und goß ihnen ein, worauf er

sich die Flasche zwischen die Füße klemmte. Emma war gefaßt, aber zutiefst ratlos. Sie hatte eine Abendstola umgelegt und zupfte sie sorgfältig zurecht, bevor sie ihr gefülltes Glas entgegennahm. Ihr war kalt, obwohl der Abend windstill und warm war. Grillen zirpten, und Frösche quakten. *Hier bin ich!* riefen sie. *Hier bin ich! Wo bist du?*

»Wir stehen hier, um die Himmelfahrt einer Göttin zu begehen«, sagte Jung und hob sein Glas in Richtung Mond. »Auf die Gräfin Tatjana Sergejewna Blawinskaja«, sagte er. »Mögen Trompetenschmettern und Geigensingen sie durch die Lüfte getragen haben.«

Sie tranken.

Ehe sie zum Wagen zurückkehrten, zog Jung ein selbstgemaltes Schild aus seiner Innentasche und hängte es um den Hals der wieder zugestöpselten Champagnerflasche, die er gut sichtbar an den Fahrbahnrand stellte. Er las laut vor, was er geschrieben hatte: *Ein jeder, der heute nacht hier haltmacht, hat auf den Mond zu trinken.*

Als sie um Mitternacht wieder an der Stelle vorüberkamen, war die Flasche leer.

Sie saßen am selben Tisch, an dem Jung zweimal mit Lady Quartermaine gesessen hatte. Ihr Gespräch verlief scheinbar planlos. Nichts von augenfälligem Belang wurde erörtert. Sie plauderten über ehemalige und gegenwärtige Patienten. Emma erwähnte Pilgrims Tagebücher, in denen von der großen Kathedrale in Chartres, einer Episode im Jerusalem des vierten Jahrhunderts vor Christus und Intrigen am Hofe Friedrichs des Großen die Rede war.

Jung war nicht bei der Sache.

Seine Gedanken kreisten um Lady Quartermaine, um die Blawinskaja, um Pilgrim – nur nicht um die Frau ihm gegenüber. *Sie saß dort, ich saß hier; er hat dies gesagt und ich das …*

Ein Mann mit einem prachtvollen Schnurrbart beobachtete sie von einem Tisch in der Ecke.

Jung und Emma aßen Rinderbraten mit glacierten Kartoffeln und Artischocken. Emma strahlte. Jung nicht. Er welkte zusehends, rote Fliege hin oder her.

Um halb zwölf brachen sie auf.

In ihrem Rücken hob der Mann mit dem Schnurrbart sein Glas.

»Wer den Schaden hat …«, sagte er laut.

Sie traten hinaus in die Nacht. Emma zog ihre Stola enger um sich. *Wir sind nicht wirklich hier,* dachte sie. *Das hier ist nicht die Welt. Es ist nirgendwo. Ich bin verirrt. Und Carl? Stapft blind durch den Nebel und führt uns.*

13

Am Morgen des 21. Juni, einem Freitag, überbrachte die dritte Taube Forster die folgende Botschaft: MORGEN 14 UHR. LIEDER. BEI »JETZT« STRICKLEITER ÜBER DIE MAUER. P.

Am Samstag fanden sich Pilgrim und Kessler um halb zwei zum »Hofgang« ein. Pilgrim schien zugenommen zu haben. In Wahrheit trug er seinen Pyjama unter dem Anzug. In den Taschen steckten Paß und Scheckheft sowie der Großteil seiner Lieblingstaschentücher, von denen er jedes einzelne mit Blenheim Bouquet besprengt hatte; die Flasche mußte zurückbleiben. Außerdem hatte er das Bild von Sybil Quartermaine aus seinem Silberrahmen entfernt und es zwischen die duftenden Falten des Taschentuchs in seiner Westentasche geschoben. Der Anzug, den er trug, war der blauschwarze – schwarzblaue. *Schließlich,* dachte Pilgrim, *suche ich den Schutz der Nacht.*

Nicht eine Wolke stand am Himmel. Pilgrim hielt den schwarzen Schirm auf halber Höhe, als wollte er ihn jeden Moment gegen die Sonne aufspannen. Aber er spannte ihn nicht auf. In einem unbeobachteten Augenblick warf er ihn über die Mauer, wo Forster ihn an sich nahm und auf dem Rücksitz eines kleinen Renaults verstaute. Das war ein Wagnis, aber Pilgrim war es bewußt eingegangen, um zu sehen, wieviel Aufmerksamkeit es erregen würde. Die Antwort: keine.

Um Viertel nach zwei erschien die Kind-Frau mit Schwester Dora. Sie sah heute besonders liebreizend aus. Vielleicht spielte sie Little Nell. Sie trug Blumen in der Hand, Bänder im Haar, und in ihren Augen standen Tränen. Pilgrim sprach sie an.

»Gestern hast du so hübsch gesungen«, sagte er.

»Ja. Singen macht Spaß.«

»Meine Lieblingslieder«, fuhr Pilgrim fort, »sind Abzähllieder. Weißt du vielleicht eins?«

»Ich kann *Drei* singen«, sagte Little Nell.

»*Drei*?« wiederholte Pilgrim, der von einem solchen Lied noch nie gehört hatte.

»*Eins und eins und eins ist drei*«, sang die Frau,
»*und sechs durch zwei ist eins plus zwei.*
Einmal drei ist auch nur drei,
und mein und mich und ich sind drei.«

»Das ist ja raffiniert«, sagte Pilgrim.

Die Kind-Frau lächelte. »Ich habe zehn Finger«, sagte sie. »Zehn Zehen, zwei Arme, zwei Beine, zwei Lippen, zwei Ohren und einen Kopf. Der Rest ist alles Wirrwarr.«

»Ah so.«

»Können Sie zählen?« wollte die Frau wissen.

»Aber ja. Zählen ist eine meiner Lieblingsbeschäftigungen.«

»Kennen Sie *Grün stehn die Binsen*?«

»Ich glaube schon. Es ist lange her, daß ich es zuletzt gesungen habe.«

Die Frau, deren Augen leuchtend und groß und ein wenig beunruhigend waren, weil sie ins Leere blickten, griff nach Schwester Doras Hand.

»Bilden wir einen Kreis«, sagte sie, »dann können wir dazu tanzen.«

Das behagte Pilgrim gar nicht. Er hatte die anderen zum Singen anstiften wollen, nicht etwa selbst teilnehmen.

»Ich dirigiere«, sagte er.

Die Frau war beglückt. Sie steckte ihr Blumensträußchen in den Bund ihres Rockes und streckte beide Hände aus. Die Puffmutter, der Kinderfresser und der Mann, der sich für einen Hund hielt, traten sofort hinzu, ebenso eine Anzahl von Wärtern und Pflegern, einschließlich Kessler.

»Anfangen!« rief die Frau.

Pilgrim begann.

»*Ich sing euch zwölf, ja!*
Grün stehn die Binsen.«

Alle anderen wiederholten es.

»*Ich sing euch zwölf, ja!*
Grün stehn die Binsen.«

Pilgrim sang: »*Wofür stehn zwölf, ja?*«

Alle riefen durcheinander. Manche verstanden nicht und riefen irgendwelchen Unsinn. Andere riefen: »*Zwölf für die zwölf Apostel!*« Sie rückten enger zusammen, schlossen ihren Kreis um Pilgrim.

»Elf?« fragte Pilgrim.

»*Elf für elf treue Jünger!*«

»Zehn?«

»*Zehn für die Zehn Gebote!*«

Pilgrim drehte sich um und faßte die Mauer ins Auge.

»Neun?« rief er.

»*Neun für neun Engelschöre!*
Grün stehn die Binsen!«

»Acht?«

Pilgrim duckte sich unter der Kette von Armen hinweg und ging ein paar Schritte rückwärts.

»*Acht für acht stolze Reiter!*«

»Sieben?«

»*Sieben für sieben Siegel!*
Sechs für sechs kühne Rosse!

»Fünf?«

»*Fünf für die Finger an deiner Hand!*
Vier für die Evangelisten!«

»Drei?«

Pilgrim stand jetzt dicht an der Mauer. Die Sänger hielten den Blick auf ihre Füße gesenkt, während sie in die eine Richtung tanzten und dann in die andere.

»*Drei für die Rivalen!*« sangen sie.

»*Grün stehn die Binsen!*«

»JETZT!« rief Pilgrim zur Mauer gewandt, und dann rief er in den Garten zurück: »Zwei!«

»*Zwei … zwei für zwei Brüder schlank und fein*
In ihren grünen Kleidern!«

Das Ende der Strickleiter kam auf dem Boden auf.

Pilgrim begann zu klettern.

»Eins!« schrie er über die Schulter. »Eins!«

»*Eins ist eins und ganz allein*
Und wird es immer bleiben!«

Einen Moment lang hielt Pilgrim inne. Trotz der Polsterung, mit der die Stricke verstärkt waren, bluteten seine Hände.

Und wenn schon.

Er sah zurück.

Schluß, aus, amen.

Vorsichtig stieg er auf Forsters wartende Schultern hinunter und sprang auf den Boden. Forster zerrte die Leiter über die Mauer.

»*Eins ist eins*«, sangen die Sänger, »*und ganz allein – und wird es immer bleiben!*«

Pilgrim rannte, von Forster gelenkt. Die Leiter wurde auf den Rücksitz des Wagens geworfen. Kein Wort wurde gesprochen.

Pilgrim holte zwei seiner Taschentücher hervor und verband sich damit die Hände. Die Wunden waren oberflächlich.

»Los«, sagte er.

Es war nicht mehr als ein Flüstern.

Er war frei – nur das zählte.

Am Morgen, bei Tagesanbruch, hatte er die vierte Taube losgeschickt. Ihre Botschaft war adressiert an HERRN DR. C. G. JUNG, KLINIK BURGHÖLZLI, UNIVERSITÄT ZÜRICH.

Sie enthielt nur ein Wort: ADIEU.

Sechstes Buch

1

In der Abenddämmerung erreichten Pilgrim und Forster Basel. Der Renault war klein, kompakt und gut in Schuß. Forster hatte sich von einem Gehilfen des Händlers einen Schnellkurs in Automechanik erteilen lassen und war nun über die wesentlichsten Bedürfnisse des Wagens im Bilde, die gezählt und vergleichsweise simpel waren. Er konnte einen Reifen wechseln, Öl und Wasser nachfüllen, die Kurbel betätigen und wußte, was zu tun war, wenn die Zündkerzen versagten. Überdies hatte er Fahrunterricht genommen und fand sich mit geradezu dämonischem Eifer in die Rolle des Chauffeurs. Er hatte eine Tweed-Schirmmütze erstanden, wie man sie den Illustrierten zufolge als Autofahrer trug. Die setzte er nun in schneidiger Manier mit dem Schild nach hinten auf, genau wie die verwegenen jungen Männer auf den Abbildungen, die es auf ein Tempo von sechzig Meilen pro Stunde brachten. Die Mütze wurde um eine getönte Schutzbrille ergänzt. Dazu trug er lederne Stulpenhandschuhe, denn er hatte gehört, daß man sich die Manschetten ruinieren konnte, wenn der Ölkanister während der Anwendung spuckte.

Die Vorstellung eines spuckenden Ölkanisters belustigte Forster.

Nicht nur der Kleidung drohte freilich Gefahr, man konnte sich auch verbrühen, denn anders als der Ölkanister begnügte sich der Kühler nicht mit Spucken. Er rülpste und zischte und blies einem Dampf ins Gesicht. Ein weiterer guter Grund, Stulpen, eine Schutzbrille und einen festen Mantel zu tragen. Im Falle des letzteren hatte sich Forster für einen sogenannten Sturmmantel entschieden, in dem er aussah wie der Held eines Abenteuerromans.

Den Großteil der Fahrt über schwiegen Pilgrim und Forster. Pilgrim, den die Aussicht auf endlose Gefangenschaft vorübergehend in seinem Orientierungsvermögen beeinträchtigt hatte, faßte zunehmend wieder Fuß in seinem alten Leben. Sein Kammerdiener war aus dem Dunst vager Erinnerung aufgetaucht, eine vollkommen kenntliche Gestalt nun, deren Platz in Pilgrims Welt so vertraut wie tröstlich war. Sie kannten einander zu gut, als daß viel zu sagen gewesen wäre. Außerdem war ihre Gefährtschaft stets ohne viele Worte ausgekommen. Ihre gemeinsame Taubenpassion verlangte keine Gesprächigkeit. Wie das Befinden an einem jeweiligen Tag war, ließ sich in ein paar diskreten Sätzen abhandeln, und womit man seine Stunden zu verbringen gedachte und welche Kleidung darum vonnöten war, ebenso.

Abendgesellschaften waren gegeben worden, sparsam – Pilgrim haßte es, den Gastgeber zu spielen –, aber Forster hatte jede einzelne zu einem rauschenden Triumph gemacht, der noch wochenlang in aller Munde war. Er hatte etliche Haushaltsratgeber von der ersten bis zur letzten Seite gelesen und hatte Mrs. Beetons gesammelte Werke auf seinem Bord im Anrichteraum stehen. Wenn er Mrs. Beetons Meinung nicht teilen konnte, ignorierte er sie einfach und handelte nach eigenem Gutdünken. Meistens jedoch beugte er sich ihrem überlegenen Urteil. Dem Haushalt vorzustehen befriedigte ihn tief – die Gemessenheit und Würde, die darin lag, einem Gentleman zu dienen, dessen Bedürfnisse wenige waren, aber dafür absolut. Der Hund brauchte zweimal täglich seinen Spaziergang. Kam ein Gast, so galt es exakt fünfzehn Minuten nach seiner Ankunft ein Silbertablett mit Sherrykaraffe und Gläsern zu servieren. Bäder wollten eingelassen, Kleider zurechtgelegt, Mahlzeiten aufgetragen werden.

Forsters und Mrs. Mathesons gemeinsame Herrschaft in der Küche verlief herzlich und im wesentlichen harmonisch. Sie berieten miteinander den Speiseplan und waren in sehr seltenen Fällen uneins darüber, welche Geschäfte frequentiert werden sollten. Doch, es war ein wohlgeordneter Haushalt, den Forster befehligte, und daß der Knabe Alfred zu ihnen gestoßen war, hatte sowohl sein als auch Mrs. Mathesons Dasein um eine willkommene Dimension Zukunft bereichert. Doch der Dienst an Pilgrim erschöpfte sich nicht in der Sorge für sein leibliches Wohl.

Das Haus eines Menschen ist nicht sein Leben, wußte Forster. Es ist nur der Ort, an dem sein Leben sich abspielt. Pilgrim fühlte sich außergewöhnlich leicht gestört. Er brauchte viele Stunden des Alleinseins, um zu schreiben. Desgleichen, um seine Studien zu treiben. Zu wissen, wann und wie man ihn dabei unterbrechen durfte, war von allerhöchster Bedeutung gewesen, und Forster hatte es darin zur Meisterschaft gebracht.

Während sie nun durch Täler und Hügel fuhren, lächelte er bei der Erinnerung an eine ganz spezielle Lektion in dieser Kunst. Bei einer ihrer Essenseinladungen hatte Forster, diskret natürlich, zugehört, wie sich der Historiker F.R. French über die Etikette am Hofe Ludwigs XIV. ausließ. Der Professor – der seinem Namen Ehre machte – war nicht nur einer von Englands größten Frankreichkennern, sondern sah obendrein aus wie Voltaire, mit einer gewaltigen Nase und spitzem Kinn. Er schilderte mit Verve die unappetitlichen Gewohnheiten der Höflinge in Versailles, dem Palast, den der Sonnenkönig hatte erbauen lassen und in dem er sein Leben beschloß.

Außer dem Professor und Mister Pilgrim selbst saß niemand am Tisch. Es gab Lammbraten (Mister Pilgrim verabscheute Hammel!), und die Luft war schwer vom Duft der zerstoßenen Minze, die Mrs. Matheson unter Beigabe von Essig und Zucker an die Sauce gerührt hatte. Forster wartete mit den frisch enthülsten Erbsen auf, und Professor French revanchierte sich mit folgender Mitteilung: Da die Reihenfolge, in der die Edelleute vor den König treten durften, strikt festgelegt war, gaben die Wartenden ihren Platz in dem berühmten Spiegelsaal, der zu den königlichen Gemächern führte, nur ungern auf. Aber Menschen – selbst solche von Adel – haben menschliche Bedürfnisse, und so standen zwischen den Töpfen der Orangenbäumchen Nachttöpfe verborgen, die, wie Professor French es ausdrückte, *une odeur infecte* verströmten! Und damit nicht genug, die Herren entleerten ihre Blasen hinter den Portieren, ohne auch nur ins Freie zu treten. Die visuelle Pracht damaliger Szenen, so Professor French, täuschte in infamer Weise über die Sitten ihrer Protagonisten hinweg. Gekleidet waren sie in Seide und Brokat, aber ihre Manieren waren die von Tollhäuslern.

Hierzu reichte Forster die petersilienbestreuten Butterkartoffeln.

Professor French fuhr fort: Als er noch ein Kind war, sollte der künftige König seinem Vater, dem auf dem Sterbebett liegenden Ludwig XIII., Lebewohl sagen. Die Etikette für den Eintritt in ein königliches Gemach war reich an symbolischen Gesten. Anklopfen verbot sich, aber ebensowenig öffnete man einfach die Tür und spazierte hindurch. Man kratzte sich hinein.

Kratzte? fragte Mister Pilgrim. *Kratzte?*

Ja. Man kratzte mit dem Zeigefingernagel an der Tür und wartete dann. Viele Höflinge ließen diesen Nagel sogar länger wachsen als die übrigen, um auf diese Weise ihr Zeichen zu setzen. Gut (Forster hatte mittlerweile die gedünsteten Tomaten aufgetragen), als Ludwig XIII. also im Sterben lag, kam das Kind, das sein Nachfolger werden sollte, an die Tür des Schlafgemachs und kratzte vorschriftsgemäß. Er war ein Teufelsbalg, wie wir wissen, und voller Tücke. *Wer kommt da und stört meine Sterbemomente?* fragte Louis Treize. *Louis Quatorze,* erwiderte der künftige König von Frankreich.

Darüber hatte Mister Pilgrim so lange und so herzlich gelacht, daß Forster auf der Stelle beschlossen hatte, forthin an der Tür zu kratzen, wenn er Einlaß begehrte, eine Geste, die von Pilgrim bemerkt und gebührend gewürdigt wurde, denn eine Zeitlang antwortete er auf Forsters Kratzen unfehlbar mit einem: *Immer herein, Louis! Immer herein!*

Jetzt freilich war Forster nicht mehr nur Pilgrims Kammerdiener, Butler und Chauffeur, jetzt schlugen sie beide eine Verbrecherlaufbahn ein, auf die ihr gemeinsames Vorleben sie in keiner Weise vorbereitet hatte. Dahin waren all die Attribute von Anmut und Muße; dahin auch die Tage klausnerischer Gelehrsamkeit und beflissener Handreichungen. Hatte es früher Selbstmordversuche und Phasen tiefer Depression zu überstehen gegolten, so erwartete sie nun eine zerstörerische Abwärtsspirale auf den Tod zu, die wenig gemein hatte mit den dunklen Stunden von einst. Vormals war Forster felsenfest von der Normalität seines Dienstherrn überzeugt gewesen, selbst in Zeiten schwärzester

Verzweiflung und offenkundigster Lebensmüdigkeit. Pilgrim hatte noch jedesmal zurückgefunden zum Licht.

Doch während ihrer Trennung war mit ihm eine Veränderung vor sich gegangen, und als Forster ihm an diesem Abend im Speisesaal des Hôtel du Rhein in Basel gegenübersaß, sah er ihre Spuren nur allzu deutlich. Mister Pilgrim, der einstige *arbiter elegantiarum,* bot einen abenteuerlichen Anblick. Seine Krawatte saß schief. Sein Haar stand am Scheitel in die Höhe wie bei einem jugendlichen Athleten, und seine Hände steckten immer noch in ihren Taschentuchverbänden. Vielleicht hatte Pilgrim wirklich den Verstand verloren, und deshalb leuchteten seine Augen so. Sein Blick war der eines Anarchisten, der erkannt hat, daß er und nur er die Welt retten kann.

2

Am späten Nachmittag hatte die Nachricht von Pilgrims Flucht Jung erreicht. Ein völlig verzweifelter Kessler wurde mit der Besatzung des Gelben Wagens ausgesandt, um die Parks und öffentlichen Anlagen zu durchkämmen für den Fall, daß jemand dort den Flüchtling gesichtet hatte und sagen konnte, wohin er verschwunden war.

Von der Existenz eines Komplizen ahnte zu diesem Zeitpunkt keiner etwas, darum zog auch niemand einen Wagen oder weite Strecken in Betracht. Man war sich einig, daß Pilgrim noch irgendwo in Zürich sein mußte.

Als Jung heim nach Küsnacht kam, fehlte nach wie vor jede Spur. Beim Abendessen verstieß er gegen die Hausordnung, indem er bei Tisch einen Stumpen rauchte.

»Iß«, sagte Emma.

»Nein«, sagte Jung. Und nach einer Weile: »Später.«

»Es gibt Hühnchen, Carl. Dein Leibgericht. Frau Emmenthal hat sich selbst übertroffen. Etwas so Gutes hast du noch selten gegessen.«

Der Duft war köstlich. Zu dem Huhn wurde eine Estragonsauce mit Rahmpfifferlingen gereicht, eine britische Füllung aus Brot und Zwiebeln, Salbei und Walnüssen, dazu *haricots verts* und Rübchen so klein wie ein Daumennagel. Ein Aufgebot, das an Jung völlig verschwendet war.

»Wie konnte er uns entwischen?« fragte er mit einem Schwenken der Hand. »Wie konnte das geschehen?«

»Unachtsamkeit, Carl. Es ist genau dasselbe wie bei der Gräfin. Du hast nicht gut genug aufgepaßt. Du warst in deinem Büro und hast mit dieser jungen Dame poussiert.«

Als Jung über den Tisch zu Emma hinsah, wurde ihm klar, daß er für sie nicht anwesend war. Sie nahm physisch nicht mehr Bezug auf ihn. Sie blickte ihn nicht an. Beim Sprechen schaute sie aus dem Fenster, in die Sonne, die eben erst zu sinken begann. Sie saß ganz still, aber Jung glaubte ein kaum wahrnehmbares Nicken zu erkennen, so als würde sie stumm eine immer gleiche Beschwörungsformel hersagen:

Du warst
Nicht da.
Du warst
Weit weg,
Fort von uns.
Alle haben
Wir gewartet,
Aber du warst
Anderswo.
Unerreichbar.
Wirst du das denn
Nie verstehn?

So in etwa mußten die Worte wohl lauten, vermutete er. Und schlimmer noch, ihre Trauer rechtfertigte ihr Verhalten. Ihr eigener Verlust – das tote Kind –, die so offensichtlich gescheiterte Ehe, der Tod der Blawinskaja und nun das Verschwinden Pilgrims.

Alles seine Schuld.

Jung war nicht so beschaffen, daß er dergleichen je hätte zugeben können. Nicht laut. Nicht gegenüber Emma. Das hätte seine Position in einem Maße geschwächt, das er sich nicht leisten konnte. Aber vor sich selbst gestand er es widerwillig ein. Im Dunkeln wußte er, daß es die Wahrheit war. Darum hatte er Emmas stummer Beschwörung am Abendessenstisch nichts entgegenzuhalten.

Statt dessen sagte er: »Und wenn er es doch irgendwie geschafft hat, sich umzubringen? Die Klinik wird abgesucht – der Park wird abgesucht. Wir wissen als einziges, daß er zuletzt im Hof gesehen wurde. Von einer Sekunde auf die andere war er weg. Die anderen

Patienten haben offenbar gesungen, ein englisches Lied noch dazu. Und plötzlich war er verschwunden.«

»Die Hälfte der Patienten – über die Hälfte der Patienten im Burghölzli sind Engländer, Carl. Warum sollen sie keine englischen Lieder singen?«

»Ich sage ja nicht, daß sie es nicht sollen. Ich stelle lediglich eine Tatsache fest.«

Emma trank einen Schluck Wein, setzte das Glas ab und fuhr fort zu essen.

»Wie soll er sich umgebracht haben, wenn er es schon so oft erfolglos versucht hat?« sagte sie. »Nein, es ist ihm irgendwie gelungen, in die Welt zurückzukehren. Wir werden ihn mitten unter uns entdecken. Hast du jemanden zum Albispaß geschickt – zu der Stelle, wo Lady Quartermaine verunglückt ist? Vielleicht ist er dorthin gegangen.«

»Nein. Daran habe ich noch gar nicht gedacht.«

»Du darfst nicht nur sehen, was du verloren hast, Carl, du mußt auch sehen, was er gewinnt. Denk an das, was du über ihn weißt. Wo würdest du an seiner Stelle hingehen?«

»Dahin, wo der Pfeffer wächst«, sagte Jung und lächelte endlich.

»Ich glaube nicht«, sagte Emma. »Ich glaube, Mister Pilgrim geht nach Paris.«

»Nach Paris?«

»Oscar Wilde. Rodin. Die Mona Lisa. Paris ist soviel wie seine geistige Heimat.«

Am nächsten Morgen überreichte ein grünlivrierter Bote des Hôtel Baur au Lac Jung einen Umschlag, auf dem als Absender *Dominic Fréjus* stand, und dazu Jungs Adresse. In dem Umschlag befand sich Pilgrims Abschiedsgruß – per Taubenpost zugestellt.

Emma sagte: »*Finito.* Bist du jetzt zufrieden?«

Jung antwortete nicht. Er dachte: *Mein Vorzeige-Patient ist fort – und meine Frau wetzt ihre Messer. Gehen wir in den Garten und füllen ein neues Grab.*

3

Am Freitag, dem 28. Juni, bezogen Pilgrim und Forster zwei Zimmer im Hôtel Paul de Vere in der Rue Berger am rechten Seine-Ufer, etwa sechs Häuserblocks vom Louvre entfernt.

Das Hotel war anhand eines Reiseführers ausgewählt worden und bot ausreichenden Komfort zu angemessenen Preisen. Pilgrim nahm an, in einem gutbürgerlichen Quartier würde man ihn in Paris am wenigsten vermuten – sofern überhaupt jemand sein Reiseziel erraten hatte.

Die Fahrt hatte insgesamt sieben Tage gedauert. Ihre Route war durch den Zustand der Straßen diktiert worden – die meisten waren ehemalige Viehpfade, die man in den Postkutschentagen des achtzehnten und neunzehnten Jahrhunderts zu Chausseen erklärt hatte. Die Städte und Dörfer auf ihrem Weg boten denn auch eine entsprechend reiche Auswahl an Cafés, Speiselokalen, Gasthöfen und Hotels. Von Basel hatte die Reise sie durch das Elsaß nach Belfort geführt und von Belfort über Langres und Chaumont nach Troyes.

In Troyes brachten sie den Wagen zur Inspektion in eine Mietstallung, wo der Hufschmied sich als großer Kenner von Automobilen im allgemeinen und Verbrennungsmotoren im besonderen erwies. Während Forster mit dem Hufschmied fachsimpelte und dieser die Zündkerzen reinigte und die Kurbelwelle ölte, ging Pilgrim in den Stall und sog den Geruch nach Heu und Pferden ein. Es war ein froher Augenblick in dieser ansonsten dunklen Zeit – ein Augenblick, der ausgekostet und bewahrt sein wollte. *Heu und*

Pferde, dachte er, *Pferde und Heu. Mir ist, als hätte ich ihren Geruch schon immer geliebt.*

Eine lang vergessene Erinnerung stieg in seinem Gedächtnis auf – Stallbursche war er gewesen, auf einem großen Gut. Das Wort Waterford stellte sich ein, aber außer Glas konnte er damit nichts verbinden. Glas … und Irland. *Vielleicht war ich ja einmal Ire. Wie nett …*

Immer mehr Bilder nahmen vor seinem inneren Auge Gestalt an. Er sah sich in nebliger Frühe durchs Gras stapfen, der Tau wie Eis an seinen bloßen Knöcheln. Sie hatten den Auftrag, die Pferde zu bewegen, er und ein, zwei andere Jungen, doch kaum waren die Ställe und das Herrenhaus hinter der Nebelwand verschwunden, saßen sie auf und ritten in gestrecktem Galopp hinaus in den Morgen.

Oh, dieser Geruch, oh, dieses Gefühl, flach an den Pferdehals geschmiegt … die Rappen, die Falben, die Füchse und mitunter, ganz selten, ein Schimmel. Könnte ich es nur wiederhaben – es war das beste meiner Leben, das einfachste, das ich je hatte, auch wenn ich nicht mehr weiß, wann es war, wo genau …

Er lehnte sich an eine Steinmauer im Hof der Mietstallung und blickte über die Äcker und Viehweiden hinweg auf die Stadt, Troyes, mit ihren Feuern und ihren Rauchsäulen, ihren Dächern, Bäumen und Türmen. Er machte die Augen schmal und beschwor eine andere Stadt herauf, in einem anderen Land, zu einer anderen Zeit, in einer sonnenbeschienenen Landschaft, die karger war als diese hier, weniger üppig – und weniger heiter. Troja, die Königsstadt, wuchs aus der Steppe Troas' auf, zu ihren Füßen das offene Meer und der Hellespont.

Er schmückte das Bild aus wie ein Kind einen Ort aus dem Märchen. Es war sein Camelot und sein Atlantis. Es war die Stadt seiner Träume.

Mauern hatten sie umgeben, Mauern von gewaltiger Höhe und Breite, jenseits derer sich die dunstigen Vorberge erhoben und dahinter, umschleiert von staubiger Hitze, der ferne Berg Ida. Die Platanen und Eichen auf den umliegenden Hügeln waren ausgedünnt, abgeholzt für den Bau zusätzlicher Festungsmauern, Wachtürme, Streitwagen, Rammböcke, Schlachtschiffe … *Krieg – Krieg – Krieg – Krieg.*

Pilgrim schloß die Augen.

Er roch die brennenden Kohlen im Schmiedefeuer. Er hörte die Hammerschläge.

Nichts ändert sich, dachte er. *All unsere Schöpferkraft, all unseren Erfindungsgeist stellen wir in den Dienst des Krieges. Wir sind Leonardo in die schwärzesten Tiefen seiner Phantasie gefolgt und haben vergessen, daß er auch Licht gebracht hat.*

Pilgrim öffnete die Augen wieder und betrachtete die Stadt zu seinen Füßen. Troyes. Erste Fabriken und Lagerhäuser sprossen bereits aus dem Boden. Gebäude von gewaltigen Ausmaßen und grandioser Häßlichkeit verschandelten die Außenbezirke. Züge rollten durch die Wiesen, spien Rauch und glühende Asche aus, schreckten Schafe und Kühe auf und machten Pferde scheu. Und es war alles …

Wie immer.

Kein Wunder, daß die Götter sich von uns abwenden, dachte er. *Wir vertreiben sie. Es gab eine Zeit, da war jeder dieser Bäume heilig – jeder Baum und jeder Grashalm und jede Krume Erde. Jeder Stein war heilig und jedes Lebewesen, ob groß, ob klein … jeder Elefant und jede Ameise – jeder Mann und jede Frau. Alles war heilig. Alles – das Meer, der Himmel, Sonne und Mond, Wind und Regen, der strahlendste wie der trübste Tag … All das ist vorbei, und nur ein einziger Gott ist geblieben, ein tauber und blinder Gott, der die gesamte Schöpfung für sich beansprucht. Ließen die Menschen auch nur den hundertsten Teil ihrer Liebe zu diesem Gott ihren lebendigen Brüdern und Schwestern zugute kommen, dann hätten wir vielleicht eine Chance, einander zu überleben. So aber …*

Pilgrim schloß die Augen erneut und scheuchte das Bild fort. Er kehrte zur Schmiede zurück und wandte sich an Forster.

»Unsere nächste Station ist Fontainebleau«, sagte er – ein Name, in dem Wälder dufteten und Wasser plätscherte.

Der Renault stand schon bereit, und nachdem man sich vom Hufschmied wie auch den Pferden gebührend verabschiedet hatte, wurde die Fahrt fortgesetzt.

In Fontainebleau lagerten sie im Wald, zwischen Farnen und Wildblumen, verspeisten aus einem von Forster zusammengestellten Picknickkorb belegte Brote mit Hühnerbrust, Birnen,

Boursault sowie verschiedene *petits fours* und leerten dazu zwei Flaschen Montrachet.

Nach dem Mahl legte Pilgrim sich auf den Rücken und ließ sich von dem sachten Wogen des Blätterdachs in den Schlaf wiegen. Forster ruhte ebenfalls, blieb jedoch wach. Nur noch ein Schläfer von hier an, hatte er beschlossen. Sie gingen gefährlichen Zeiten entgegen.

Nach dem Aufwachen notierte Pilgrim etwas in ein Büchlein, das Forster ihm beschafft hatte. *Von nun an bis zum Ende nür noch Erde, Luft, Feuer und Wasser*, schrieb er. *Sonst nichts.*

Und dann blickte er Forster an und sagte: *Haben Sie Dank, daß Sie jetzt bei mir sind.*

Es war das einzige Mal, daß er auch nur entfernt etwas wie Gefühl aufkommen ließ, doch es beglückte Forster unsagbar, und er zehrte lange davon.

Das Hôtel Paul de Vere war nicht groß. Es hatte nur zwanzig Betten und bot keine warmen Mahlzeiten. Dafür bekam man auf Wunsch zusammenhängende Zimmer mit Bad und WC und zum Frühstück ein Croissant mit Tee, Kaffee oder heißer Schokolade.

Am ersten Abend speisten sie in einem nahe gelegenen Restaurant in der Rue Berger. Der Sommer hatte Horden von Touristen nach Paris gelockt, und von den Nachbartischen war neben Französisch auch Englisch zu hören, Deutsch, Italienisch, Spanisch und das mittlerweile allgegenwärtige Näseln der Amerikaner.

»Ich werd verrückt, Calvin«, sagte eine Frau. »Wir sitzen in einem französischen Biii-strou! So kultiviert hab ich mich in meinem ganzen Leben nicht gefühlt!«

Die Kulturträger waren überall, und es waren beileibe nicht alles Amerikaner. Engländer beklagten sich bei ihren Kameraden darüber, daß niemand auf dem Festland recht zu begreifen schien, was Britanniens Größe ausmachte.

»Es ist unsere Durchsetzungsfähigkeit«, behauptete einer.

»Es ist unsere Industrie«, widersprach ein anderer.

»Es sind unsere zivilisatorischen Verdienste um die armen, rückständigen Neger überall auf der Welt«, erklärte der dritte.

Es ist unser Blutdurst, murmelte Pilgrim in sich hinein.

Bei Kaffee und Cognac erkühnte sich Forster zu fragen: »Darf man erfahren, Sir, warum wir uns gerade nach Paris gewendet haben?«

Pilgrim legte die Linke auf das weiße Tischtuch und spreizte die Finger, so weit es nur ging. Mit dem Zeigefinger der Rechten fuhr er den Rand seines Glases entlang, wobei er die Fingerkuppe zwischendurch mit der Zunge benetzte.

»Wir sind hier, um eine gewisse Dame zu entführen«, sagte er.

Das war Sherlock Holmes pur. Ein Schauer durchrieselte Forster. Er sollte wirklich und wahrhaftig den Part des Dr. Watson spielen!

Wie als Tribut an seine zukünftige Rolle befingerte er seinen Schnurrbart.

»Und um welche Dame handelt es sich?« erkundigte er sich.

»Um Madonna Elisabetta del Giocondo«, sagte Pilgrim. »La Gioconda.«

Die Mona Lisa.

Forster erbleichte.

»Aber das können wir nicht, Sir. Das lassen sie nicht zu!«

Pilgrim lächelte.

»Natürlich nicht«, sagte er. »Warum sollten sie? Die Mona Lisa ist das Kostbarste, was Frankreich besitzt. Und sehr bald wird sie uns gehören.«

Forster starrte ihn an und zwang sich dann, den Blick abzuwenden. *Sag nichts,* befahl er sich. *Sag kein Wort.*

Pilgrim führte sein Glas an die Lippen und bemerkte: »Was für ein angenehmer Abend, Forster. Was für ein durch und durch erfreulicher Abend.«

»Ja, Sir«, sagte Forster. »In der Tat.«

4

Am nächsten Morgen, Samstag, dem 29. Juni, machten sich Pilgrim und Forster auf den Weg in den Louvre, wo sich seit Pilgrims letztem Besuch drei Jahre zuvor einiges verändert hatte. Viele der bedeutendsten Gemälde waren jetzt hinter Glas. Auf diese – bei Ölgemälden noch nie dagewesene – Maßnahme hatten die Kuratoren des Louvre gedrungen, und der Generaldirektor der Staatlichen Museen, ein Mann namens Théophile Homolle, hatte sein Placet gegeben. Es war die Reaktion auf eine Reihe von Beschädigungen, versehentlichen wie auch gezielten, denen die Bilder in den vergangenen Jahren ausgesetzt gewesen waren. Ein Rubens war mit Kot beschmiert worden (keine bleibenden Auswirkungen), einen Botticelli hatte jemand mit einem Messer aufgeschlitzt (reparabel), und einen Giotto hatte ein offenbar glückloser Dieb halb aus seinem Rahmen geschnitten (mit bloßem Auge nicht erkennbar).

Doch obgleich alle drei Werke überlebt hatten, wuchs die Angst, ein erfolgreicherer Dieb oder Vandale könnte dem Louvre nicht wiedergutzumachenden Schaden zufügen. Glas, so schien es, war die einzige Antwort. Auf die Idee, das Wachpersonal zu verstärken, kam seltsamerweise niemand.

Kaum hingen die frisch verglasten Bilder wieder an ihren Plätzen, ging ein Aufschrei durch die Öffentlichkeit. Wie man sich die Gemälde noch ansehen solle, wenn einem lediglich das eigene Gesicht entgegenstarre, hieß es, und: der Louvre habe einen neuen Spiegelsaal, der dem in Versailles den Rang abliefe!

Nieder mit Homolle und seinen Schergen! lautete eine Schlagzeile, und in dem dazugehörigen Artikel wurden der Generaldirektor und die Kuratoren beschuldigt, die Mona Lisa hinter Glas gebracht zu haben, um zu vertuschen, daß das Original gestohlen oder beschädigt und durch eine Kopie ersetzt worden war. Homolle hatte mit einer öffentlichen Stellungnahme gekontert, deren Tenor war, daß man wohl eher die Türme von Notre Dame stehlen könne. Eine Äußerung, die er schon wenige Tage später bereuen sollte.

Im Louvre wimmelte es von ausländischen Touristen. Als Pilgrim und Forster um zehn Uhr den überfüllten Salon Carré betraten, wo die Mona Lisa zwischen Correggios *Mystischer Vermählung der heiligen Katharina* und Tizians *Bildnis des Alfonso d'Avalos* hing, konnten sie kaum einen Fuß vor den anderen setzen.

Wie sich zeigte, war es zwar die Mona Lisa, die diese Massen anzog, aber was sie so ungewöhnlich lange verweilen ließ, war ein anderes Spektakel, das im Salon vor sich ging: Ein Mann rasierte sich.

Forster brachte in Erfahrung, daß der Mann Roland Dorgelés hieß. M. Dorgelés war ein Pariser Romancier von einigem Ansehen. Er und sein Diener waren um etwa Viertel vor zehn mit dem entsprechenden Rüstzeug eingetroffen: Klappstuhl, Schüssel, Rasiermesser, -pinsel und -seife, ein Krug mit heißem Wasser sowie ein großes weißes Handtuch, das der Schriftsteller sich um den Hals gebunden hatte.

Als Spiegel diente ihm ein verglastes Selbstporträt Rembrandts. Die Szene war ebenso drollig wie skandalös – und von Dorgelés als Protest gegen das Glas vor den Gemälden gedacht. In jedem Fall erregte sie die Aufmerksamkeit der Presse, die dem sich rasierenden Romancier mehrere Karikaturen widmen sollte.

Pilgrim, mit Forster im Schlepptau, durchschritt den Saal in dem gemessenen Tempo, das die Besucherströme vorgaben. Je mehr Kustoden seiner und Forsters ansichtig wurden, desto besser. Er hatte auch beim Betreten des Museums seinen Namen genannt und seine Visitenkarte vorgelegt, damit sie dem Museumsdirektor überbracht würde, Emile Moncrieff. Moncrieff würde den Namen augenblicklich erkennen – was genau Pilgrims Absicht entsprach.

Ein flüchtiger Blick auf die Mona Lisa hatte ihm bestätigt, daß auch sie sich hinter Glas befand. Das gefiel ihm gar nicht. Schließlich konnte man nicht einfach die Scheibe einschlagen und das Bild herausreißen. Man mußte von hinten an den Rahmen gelangen.

Sein ursprünglicher Plan war gewesen, sie an Ort und Stelle zu zerstören. Aber das hätte sofortige Verhaftung und – als mindestes – die erzwungene Rückkehr nach Zürich bedeutet. Damit war ihm nicht gedient. Noch weitere Kunstwerke harrten der Zerstörung. Eine ganze Welt wollte ins Chaos gestürzt sein. Er mußte um jeden Preis auf freiem Fuß bleiben.

Wie er Forster beim Frühstück auseinandergesetzt hatte, bestand ein wesentlicher Zweck ihres heutigen Besuchs – neben dem Zweck, die Wärter mit ihrem Anblick vertraut zu machen – in der Erkundung der Entfernungen zwischen dem Eingang zum Salon Carré, seinem Ausgang und dem Terrain jenseits dieses Ausgangs – den diversen Fluchtwegen. Er wußte, daß er in seinem Alter keine längeren Strecken würde rennen können, schon gar nicht, wenn Treppen im Spiel waren.

Wenn dagegen Forster mit dem Bild entfloh, konnte er selbst möglicherweise vom Tatort wegschlendern und in aller Ruhe das Freie gewinnen, ehe der Diebstahl entdeckt wurde. Diese Überlegung hatte ihn auf die Idee gebracht, sich den allmontäglichen Ruhetag des Louvre zunutze zu machen.

Ehe sie gingen, sprach er einen der Museumswärter an und erkundigte sich, ob Monsieur Moncrieff vielleicht einen Moment Zeit habe. Das wurde bejaht, und Pilgrim und Forster wurden in die Büros der Museumsleitung geführt und gebeten zu warten. Minuten später eilte Moncrieff herbei, ein parfumduftender, wohlfrisierter Mittvierziger von überströmender Herzlichkeit, der Pilgrim wie einen lang verlorenen Freund begrüßte. Sie kannten sich natürlich nicht – nur dem Namen nach. Der Museumsdirektor, der bei Pilgrims früheren Besuchen im Amt gewesen war, lebte nicht mehr; Moncrieff, so schien es, war sein Protegé gewesen.

In ausgesucht höflichem Französisch fragte Pilgrim, ob Monsieur Moncrieff wohl die Güte haben würde, ihm einen Privatbesuch am kommenden Montag zu gestatten, wenn keine Menschenmengen Pilgrim bei der eingehenden Betrachtung eines oder zweier Gemälde stören würden, über die er zu schreiben gedächte.

Aber gewiß doch. Und wünschte Monsieur Pilgrim bei seinen Studien das Geleit Monsieur Moncrieffs oder eines der Kuratoren?

Bei anderer Gelegenheit mit dem größten Vergnügen, aber fürs erste sei es mit einer privaten Besichtigung getan.

Moncrieff bat die Herren in sein Büro, wo er einen Passierschein ausschrieb, der am Montag morgen am Haupteingang vorzulegen war.

Pilgrim beteuerte seine tiefe Verbundenheit und sagte, er werde Monsieur seine Liebenswürdigkeit niemals vergessen.

Dem folgten Händedrücke und Verbeugungen und das Angebot, eine Droschke zu bestellen, falls es den Herrschaften genehm sei.

Pilgrim lehnte dankend ab; er habe sein eigenes Transportmittel: seine Füße.

Moncrieff eskortierte sie aus seinem Büro und weiter bis hinaus auf die Place du Carrousel. Unterwegs äußerte er bedauernd, daß sie den Louvre am Montag leider nicht völlig für sich haben würden. Einige der Kustoden würden natürlich Dienst tun, und ein, zwei Handwerker würden zugegen sein, die an den Ruhetagen Reparaturen durchführten und abgestoßenen oder bröckelnden Gips ausbesserten.

Das mache gar nichts, versicherte Pilgrim dem Direktor, aber er sei dankbar für die Mitteilung.

Um zwölf Uhr traten Pilgrim und Forster durch das Portal auf den Quai du Louvre, wo Pilgrim sagte: »Mittag gegessen wird am linken Ufer! Was für ein prächtiger Tag! Was für ein prächtiger, lehrreicher, herrlicher Tag! Wenn es um diese Jahreszeit Austern gäbe, würde ich ein Dutzend essen!«

5

Jung war schon im Fiat nach Zürich aufgebrochen, als Emma am Mittwoch, dem 3. Juli, zum Frühstück herunterkam.

Der Tag war heiß und bereits jetzt, um neun Uhr, windlos und feucht. Die Fenster waren geöffnet worden in der Hoffnung auf eine kühle Brise vom See her, aber nichts rührte sich. Die Luft stand vollkommen still. Tausend Kerzen hätten brennen können, und nicht eine wäre verlöscht.

Lotte war bereits in aller Frühe im Garten gewesen, wo sie mit Frau Emmenthals Erlaubnis ein Dutzend Rosen geschnitten hatte, weiße, rosafarbene, rote und gelbe, um damit den Frühstückstisch zu schmücken. Emma, die dachte, Carl hätte sie ihr hingestellt, brach in Tränen aus.

Als Lotte mit der Kaffeekanne kam, sagte Emma: »Schau, was ich von meinem Mann bekommen habe. Sind sie nicht wunderschön? Ich bin die glücklichste Frau der Welt. Jemand liebt mich.«

Lotte knickste und schwieg. Wieder in der Küche, setzte sie sich kummervoll an den Tisch.

»Sie wird sich beim Herrn Doktor bedanken, und ich sitz in der Patsche.«

»Keine Bange«, sagte Frau Emmenthal und tätschelte ihr die Hand. »Es war sehr lieb gemeint von dir, und es wird ihr guttun. Den Herrn Doktor überlaß nur mir. Er wird schon verstehen. Wahrscheinlich ist er dir sogar dankbar.«

Emma zündete sich unterdessen gegen ihre sonstige Gewohnheit eine Zigarette zum Kaffee an.

Ich will den Rauch sehen, dachte sie, *wie er um die Rosen schleiert – ihre Konturen weich macht. Und den Garten – und die Vogelstimmen in unseren Bäumen ...*

Und hoch, hoch über dem See die Möwen, so reglos, als trieben sie auf der Stille selbst dahin, und die Berge in ihrem Dunst, die all dies einschließen, meine lautlose Welt aus Rauch und Schweigen.

Rauch und Schweigen.

Alles würde gut werden.

Die Rosen sind ein Zeichen. Alles wird gut.

Und irgendwann werden wir wieder ein Kind bekommen – und während sie es dachte, berührte sie die Blüten ihrer Rosen. *Wäre doch nur ...*

Sag das nicht. Denk das nie wieder. Nie. »Wäre doch nur« ist eine fatale Wendung. Es bedeutet, daß du aufgegeben hast. Und du hast nicht aufgegeben. Du wolltest es nur. Daß du dich nicht schämst! Daß du dich nicht schämst! Daß ich mich nicht schäme! Ich gebe nicht auf.

Sie drückte die Zigarette aus.

Auf dem Tisch wartete Orangensaft. Eine Brioche. Aprikosenmarmelade. Müesli, das sie mit Nichtachtung strafte. Und die *Neue Zürcher Zeitung.*

Emma trank den Orangensaft, brach die Brioche in vier Teile, aß zwei davon mit Butter, eins mit Aprikosenmarmelade und hob das letzte für die Vögel auf, wie Carl es ihr von Mister Pilgrim erzählt hatte.

Zum Abschluß schenkte sie sich noch einen Kaffee ein und steckte sich die zweite Zigarette an. (*Wenn schon, denn schon!*) Dann lehnte sie sich zurück und schlug die Zeitung auf.

Sie verschluckte sich.

Kaffee spritzte auf ihre Serviette.

Die Schlagzeile war fast zehn Zentimeter groß.

MONA LISA GESTOHLEN!

Sie ließ die Zeitung auf den Tisch sinken.

Ich will es gar nicht wissen, dachte sie. Als müßte sie noch mehr lesen, um zu erfahren, was sich abgespielt hatte und wer der Täter war.

Schließlich hob sie die *Neue Zürcher* doch wieder auf – hielt sich ausschließlich an die Fakten, überschlug all die Theorien, all die gesammelten Mutmaßungen und fast alle Augenzeugenberichte.

Es war vorgestern passiert, am Montag, dem Ruhetag. »Jemand« hatte sich Eintritt in den Salon Carré verschafft, möglicherweise mit einem oder mehreren Komplizen, und war mit dem Gemälde entflohen, wahrscheinlich in der Viertelstunde, während derer die einzige Aufsicht im Saal (eine Vertretung, nicht der reguläre Kustos) sich eine Auszeit auf der Toilette gegönnt hatte, um dort eine Zigarette zu rauchen.

Emma zündete sich ihrerseits eine neue Zigarette an, lächelte und sog den Rauch tief in ihre Lungen. *Natürlich. Was läge näher?*

Das Fehlen des Gemäldes war erst einige Stunden später entdeckt worden. Und selbst dann hatte man angenommen, La Gioconda sei in den Anbau hinübergebracht worden, um dort photographiert zu werden. Das geschah nicht selten. Am Dienstag bemerkte ein Zeuge, ein Maler namens Louis Béroud, wenn Frauen nicht bei ihren Liebhabern seien, dann seien sie im Zweifelsfalle bei ihren Photographen.

Emma überschlug ein paar Seiten, ungeduldig blätternd, bis sie auf die nächsten stichhaltigen Details stieß.

Bis Dienstag mittag hatte man Erkundigungen im Photoatelier und in den Werkstätten eingezogen, wo die Gemälde zur Reinigung hingebracht wurden. Nirgends wußte man etwas von der Mona Lisa. Sie war unbestreitbar fort.

An diesem Punkt waren die Sûreté und die Gendarmerie eingeschaltet worden, und der Louvre hatte sich schlagartig mit über hundert Polizisten gefüllt.

Das Gemälde, das mit vier Eisenstiften an der Wand befestigt gewesen war, mußte von einem Fachmann abgenommen worden sein, der das erforderliche Werkzeug bei sich gehabt hatte. Auch die Leinwand war kunstgerecht aus dem Rahmen gelöst worden. Der Rahmen und die Glasscheibe wurden in einem der Treppenhäuser entdeckt, nahe dem Notausgang.

Pilgrim.

Es konnte nur Mister Pilgrim sein. Emma hatte »gewußt«, daß er nach Paris unterwegs war. Jetzt »wußte« sie, warum. Wie sie zu diesem »Wissen« kam, spielte kaum eine Rolle. Sie hatte seine Gedanken gelesen – in seinem Tagebuch wie auch in dem, was Carl ihr über Pilgrims persönliche Ängste erzählt hatte.

Was würde nun geschehen? Wenn er wahrhaft verrückt war, zerstörte er das Bild womöglich. Doch das war undenkbar – undenkbar nicht aus der Sicht Pilgrims, sondern in einem umfassenderen Sinn. Die Mona Lisa war der Inbegriff der abendländischen Kultur. Sie war Ausgangs- und Endpunkt allen bildgewordenen Denkens. Sie war die Göttin der Vollendung und die Schutzheilige der Integrität. Die Ehre einer jeden Frau war in ihr verbürgt. Die Furcht der Männer vor ihr wurzelte so tief, daß ihre Kräfte ohne weiteres magisch sein mochten. *Kein Mann*, dachte Emma, *hat sie je verstanden. Kein Mann, aber jede Frau.*

Kein Mann außer Pilgrim.

Sie war ihm so vertraut wie die Luft, die er atmete.

O bitte – bitte – bitte tu es nicht, betete Emma.

Aber Pilgrim sehnte sich so verzweifelt nach dem Tod. Würde die Zerstörung eines Gemäldes – dieses Gemäldes – dieses einen Gemäldes ihn erlösen? Er war so unerschütterlich davon überzeugt, La Gioconda gewesen zu sein – vielleicht glaubte er ja, wenn er wie Dorian Gray dem Bildnis ein Messer ins Herz stieß, könne dies seinen eigenen heißersehnten Tod herbeiführen. Was, wenn Wilde davon gewußt hatte? Wenn er in Pilgrims Leidensgeschichte eingeweiht gewesen war und seinen Roman darauf aufgebaut hatte? Schließlich waren sie Bekannte gewesen – Freunde –, und Pilgrim hatte um Wilde getrauert, wie man nur um einen Menschen trauert, dem man vertraut hat.

Sie zündete sich eine letzte Zigarette an. Rauch stieg auf. Die Rosen lehnten sich über den Rand ihrer Vase hinab und öffneten ihre Kelche weiter. Ihr Duft war überwältigend – satt und süß und betörend –, aber Emma betrachtete sie voll Bitterkeit. *Wir nehmen und töten alles*, dachte sie. *Wir nehmen und töten alles, was sich uns in den Weg stellt. So wie Carl mich genommen und getötet hat. So wie ich mein Kind genommen und getötet habe. So wie Mister Pilgrim die Mona Lisa nehmen und töten wird. Weil sie zwischen ihm und der Ewigkeit steht.*

In der Klinik fuhr Jung – noch ahnunglos – in den dritten Stock hinauf und sperrte die Suite 306 auf.

Der nutzlose Taubenkäfig stand noch da, seine Tür weit geöffnet – ein Sinnbild für Pilgrims Flucht, so schamlos und unverfroren, daß Jung lächeln mußte.

Er sah sich im Zimmer um. Einige Schubladen waren offen, ebenso wie die Türen des Kleiderschranks und eines der Fenster, vor dem sich erwartungsvoll ein paar Tauben versammelt hatten.

Jung durchsuchte die Kommode und fand eine braune Papiertüte mit alten Brotkrumen, die er den Vögeln hinstreute.

In einer anderen Schublade stieß er auf die Photographie, die Pilgrim aus dem silbernen Rahmen genommen hatte (der nun leer dalag, mit dem Gesicht nach unten), um sie durch das Bild von Sybil Quartermaine zu ersetzen.

Das Bild in Jungs Hand zeigte Kopf und Schultern der traurigen, aber schönen Frau, die sich Pilgrims Mutter genannt hatte.

Sie mußte Mitte Vierzig gewesen sein, als die Aufnahme entstanden war, irgendwann gegen Ende des letzten Jahrhunderts. Seltsamerweise war die Haltung, mit der sie in die Kamera sah, die gleiche, in der Elisabetta Gherardini Giocondo Leonardo da Vinci angesehen hatte. Vielleicht war das ein bloßer Kunstgriff – oder vielleicht bot es dem Künstler den besten Blick auf das Gesicht des Modells. Leonardo selbst hatte geschrieben: *Das Modell sollte stets so sitzen, daß der Kopf einen Winkel zu den Schultern bildet.*

Da saß sie: *die Frau, die meine Mutter gewesen sein will.*

In ihrem Blick war kein Lächeln. Keine Arglist. Nur Trauer.

Pilgrim hatte sie anscheinend gehaßt – sie als Hochstaplerin abgetan, denn aus seiner Sicht hatte er keine Eltern, er *war* einfach. Eine originelle Form des Wahnsinns, das mußte man ihm lassen: nicht geboren zu sein und dennoch zu *sein.*

Jung steckte die Photographie in die Tasche. Er ließ den Blick durch Schlaf- und Wohnzimmer wandern und entschied, schon im Gehen, daß Kessler Pilgrims sämtliche Habseligkeiten – seine Kleider, seinen Schmuck, seine Bücher und Toilettenartikel – verwahren sollte, bis der Flüchtling wieder ihrer Obhut überstellt war. Bis dahin würde er dafür sorgen, daß niemand anders in diese Zimmer einzog. Sie erschienen ihm auf seltsame Weise sakrosankt. Ob bewohnt oder leer, Jung mochte sie nicht freigeben.

Deshalb kam er jeden Morgen wieder, um die Tauben zu füttern.

6

Zwei Tage zuvor, am Montag, dem 1. Juli, waren Pilgrim und Forster früh aufgestanden. Sie hatten ihre Sachen gepackt und im Kofferraum des Renault verstaut, ihre Rechnung im Hôtel Paul de Vere beglichen und waren zu einer Werkstatt gefahren, wo der Wagen für seine nächste Reise gewartet wurde. Jetzt war er vollgetankt, und auf dem Boden vor dem Rücksitz standen zwei Reservekanister bereit. Pilgrim hatte auf zwei Kanister gedrungen, trotz Forsters Beteuerungen, daß einer reichlich war und mehr als einer möglicherweise gefährlich.

»Ich habe meine Gründe«, sagte Pilgrim, und damit war die Sache erledigt.

In Pilgrims Innentasche befand sich außerdem eine Liste:

weiche Baumwollhandschuhe (2 Paar)
Halbschuhe
leichte Mäntel
Zeichenmappe mit zwölf Blatt Zeichenpapier
Zeichenkreide und Bleistifte
Klappstuhl
Pinzette
Rasiermesser
Geld
Picknickkorb: Pâté, Baguette, Obst, Schokolade, Wein

All dies war getreulich besorgt und ins Auto geladen worden.

Forster parkte den Renault an der Rue du Pont Neuf, nur ein, zwei Häuserblocks von ihrem Zielort entfernt.

Pünktlich um zehn Uhr fanden sie sich im Louvre ein und legten dem Wachmann am Eingang Monsieur Moncrieffs Passierschein vor. Pilgrim wurde daraufhin so devot begrüßt, als sei er eine königliche Hoheit.

Die großen Säle waren leer. In der Ferne hallten Schritte, aber es war niemand zu sehen, nur die schweigenden Statuen und die gleitenden Spiegelungen Pilgrims und Forsters auf ihrem Weg zum Salon Carré. Dann begann in noch weiterer Ferne jemand zu pfeifen, und eine Tür knallte.

»Merde«, sagte eine Männerstimme.

Dann wieder Pfeifen.

Das Licht, wenngleich diffus, war doch hell genug, um jedes Detail klar hervortreten zu lassen, die stuckverzierten Türstöcke, die Marmorstatuen in ihren Nischen, die kostbaren Gobelins und vergoldeten Spiegel.

Treppen wendelten sich hierhin und dorthin, und am Fuße einer dieser Treppen wies ein Pfeil den Weg zur Mona Lisa. Forster trug den Klappstuhl, die Zeichenmappe und die Schachtel mit den Kreiden, zwischen denen Pinzette und Rasiermesser verborgen lagen. Pilgrim trug den Picknickkorb. Er hätte unterwegs in die Tuilerien sein können.

Am Eingang zum Salon Carré stand ein Wärter, dem Pilgrim den Passierschein des Museumsdirektors zeigte. Neuerliches ehrerbietiges Nicken, und sie setzten ihren Weg fort.

Am hinteren Ende des Saals lehnte eine Leiter gegen den Türrahmen. Ein Handwerker im weißen Malerkittel, der offenbar zuvor den Stuck ausgebessert hatte, war dabei, die Fugen zu übermalen, wo der neue Gips auf den alten traf.

Pilgrim und Forster schlenderten durch den Saal, als hätten sie alle Zeit der Welt – aber jedesmal, wenn sie an der Mona Lisa vorbeikamen, verweilten sie ein wenig länger, bis sie schließlich ganz anhielten.

Forster klappte das Stühlchen auf und plazierte es so, daß es etwa anderthalb Meter von dem Gemälde entfernt stand.

Pilgrim nahm seinen Hut ab, zog den Überrock aus und legte beides auf eine der Bänke, die für die Betrachter aufgestellt waren. Die Handschuhe allerdings behielt er an. Dann setzte er sich und öffnete die Zeichenmappe auf seinen Knien. Forster reichte ihm die Schachtel mit den Kreiden und trat einen Schritt zurück. Sein Blick ruhte auf dem Porträt.

»Schauen Sie, daß Sie etwas über den Burschen da hinten am Ausgang in Erfahrung bringen«, sagte Pilgrim halblaut. »Es könnte sein, daß wir uns da etwas einfallen lassen müssen.«

»Ja, Sir.«

Während Pilgrim eine Skizze von dem Porträt anfertigte, das sein eigenes war, schmunzelte er im stillen über die Doppelung ihrer Bilder. Das Glas, das die gemalte Dame bedeckte, spiegelte nur vage Konturen von Pilgrims Gesicht wider – den äußeren Umriß, die Knochen, die Glanzlichter. Der Rest war ein Mischwerk von Kunst und Wirklichkeit. Ein Bildnis der Zeit selbst.

Der Name des Handwerkers stellte sich als Vincenzo Perugia heraus. Er war Norditaliener, aus Domena in der Provinz Como. Sein eigentlicher Beruf war Anstreicher, aber er hatte sein Tätigkeitsfeld auf Gips- und Reparaturarbeiten ausgeweitet. Soviel erfuhr Forster in ein paar ersten, einleitenden Sätzen, er selbst am Fuß der Leiter, während der schnauzbärtige Italiener über ihm arbeitete.

Sie erörterten auch die Pflege von Schnurrbärten, wobei Forster bekannte, daß er auf diesem abenteuerlichen Gebiet ein relativer Neuling war.

Perugia war nicht groß, ein Stück kleiner sogar als Forster, der einen Meter zweiundsiebzig maß. Er hatte ein dunkles, allzu ernsthaftes, dabei aber recht anziehendes Gesicht. Sein Körper war mager, wenn auch kompakt, seine Haltung vorbildlich. Seltsamerweise – zumindest dünkte es Forster seltsam – hatte er ungewöhnlich kleine Hände. Aber er versah seine Arbeit behutsam und geschickt und mit großer Präzision. Forster sah fasziniert zu, wie die Farben gemischt wurden, um den Übergang von alter zu neuer Stukkatur zu überdecken.

Sie unterhielten sich in einem reizvollen, fast komisch anmutenden Gemisch aus Englisch und Italienisch mit französischen Einsprengseln.

Unterdessen trat der Aufseher, ein Mann namens Verronet, zu Pilgrim und blieb hinter ihm stehen.

Es erwies sich sehr schnell, daß Verronet eine Aushilfe war, ohne wirkliches Interesse an seiner Tätigkeit. Die Mona Lisa bedeutete ihm nichts. *Sie ist ein Bild, und ich werde dafür bezahlt, daß ich die Bilder bewache* – als wären sie Gefangene und er ihr Wärter.

»Gefällt sie Ihnen?« fragte Pilgrim auf französisch.

»Geht so. Der Busen könnte ein bißchen größer sein.«

Pilgrim lächelte, als er an das Gewicht dieses Busens zurückdachte.

»Sie war eher zart gebaut, wissen Sie.«

»Wie soll man das beurteilen? Sie sitzt ja. Ich glaube nicht, daß ich Lust gehabt hätte, mit ihr anzubändeln.«

»Ach? Und warum nicht?«

»Ich mag keine Frauen, die so überlegen tun. Frauen haben bescheiden zu sein.«

»Sie empfinden sie als überlegen?«

»Ihre Haltung, ja. Ihre Schönheit nicht. Sie ist mir zu unnahbar. Sie strahlt keine Menschlichkeit aus.«

»Sind Sie Student?«

»Nein.«

»Sie klingen wie einer. Sie wissen nichts – und erlauben sich trotzdem eine Meinung.«

Das war ein Fehler.

»Ich bin kein Schwachkopf«, sagte Verronet ungehalten. »Und Sie, mit Verlaub, sind kein Künstler, wenn ich mir Ihr Gekritzel hier anschaue. Darf man denn keine Meinung mehr haben?«

»Doch, natürlich«, sagte Pilgrim. »Ich bitte um Entschuldigung. Ich finde nur, Sie tun ihr Unrecht, wenn Sie ihr einen Mangel an Menschlichkeit vorwerfen. Für mich ist sie der Inbegriff des Menschlichen.«

»Jeder nach seiner Art. Wenn ich so eine vornehme Frau hätte, dürfte sie nicht so arrogant wirken.«

»Ich verstehe.«

Eine unbehagliche Pause trat ein. Die Hand mit der Kreide stand still. Verronet hüstelte. »Ich lasse Sie jetzt allein«, sagte er. »Ich gehe auf eine Zigarette in den Waschraum. Und solange ich fort bin, könnten Sie vielleicht so gut sein und ein Auge auf den Italiener dort hinten bei der Tür haben. Jeder kann schließlich ein Dieb sein – und die Italiener sind ja berüchtigt für ihre langen Finger. So wie die Zigeuner und überhaupt alle dunkelhäutigen Menschen.«

»Aber gewiß«, sagte Pilgrim – und begann wieder zu zeichnen.

Um zwölf Uhr kehrte Forster von seiner Unterhaltung zurück und meinte, es sei vielleicht an der Zeit, einen Imbiß einzunehmen.

»Und der Mann auf der Leiter?«

»Ich glaube nicht, daß wir von ihm etwas zu befürchten haben.«

»Aber kann er uns nützlich sein?«

»Möglich, auch wenn ich nicht wüßte, wie.«

»Warum laden wir ihn nicht ein, mit uns zu Mittag zu essen?« Pilgrim lächelte wie ein listiges Kind. Dann sagte er: »Freigebigkeit öffnet Türen.«

Sie aßen auf der Place du Carrousel.

Perugia hatte selbst Brot, Käse und Wein dabei, ließ sich jedoch zu Birnen, noch mehr Wein und etwas Schokolade aus dem Picknickkorb überreden.

Die Sonne schien. Es war alles höchst idyllisch. Pilgrim verfügte über genügend Italienisch, um ein einigermaßen flüssiges Gespräch mit dem Anstreicher in Gang zu bringen. In dessen Verlauf erfuhr er, daß Perugia zweiunddreißig und unverheiratet war und daß ihn die Armut nach Paris getrieben hatte, denn in Italien war die Arbeit so knapp, daß er dort verhungert wäre.

Der Mann war halber Analphabet. Er konnte seinen Namen schreiben und sich den Inhalt der Schlagzeilen italienischer Zeitungen zusammenreimen, aber er hatte noch nie ein Buch gelesen oder aus einem Buch vorgelesen bekommen. Er war auf keine Schule gegangen, und rechnen konnte er nur mit den Fingern. Und doch war er ein erstklassiger Handwerker und hatte schon oft im Louvre gearbeitet.

Während sie aßen und tranken, versuchte Pilgrim zu ergründen, wofür Perugias Herz schlug – denn er vermutete, daß es für viele Dinge sehr leidenschaftlich schlug, wie das bei ungebildeten Menschen so oft der Fall war. Nicht lesen und schreiben zu können war überdies ein Quell steter Erbitterung; die Unfähigkeit, sich mitzuteilen, machte den Drang danach um so stärker.

Perugias größte Leidenschaft war sein Patriotismus. *Italien ist die Mutter der ganzen heutigen Welt.* So einfach war das, und so absolut. *La Donna Italia!* rief er, indem er sein Glas hob. Und er sagte, in all den Stunden, die er im Louvre gearbeitet hatte, habe es ihm nicht entgehen können, daß die bedeutendsten Kunstwerke samt und sonders aus Italien stammten. *Tizian! Tintoretto! Caravaggio! Botticelli! Leonardo!*

Er sang die Namen mit Verdischem Schmelz in der Stimme.

»Und der größte aller Schätze im Louvre ist La Gioconda! La Gioconda, das ist *La Donna Italia* selbst! Die Mutter von uns allen!«

Pilgrim lächelte und nickte, sagte aber nichts.

»Wenn Napoleon nicht gewesen wäre«, fuhr Vincenzo Perugia fort, »dann wären La Gioconda und all die anderen Wunder in Italien geblieben, wo sie geboren sind.«

»Napoleon?« Pilgrim versuchte, nicht zu verblüfft zu klingen.

»Natürlich«, antwortete Perugia. »Er hat unser Land überfallen und es all seiner großen Kunstwerke beraubt. So haben es die Franzosen doch überall gemacht. Sie sind eingefallen und haben gesengt und gemordet und geplündert. Es ist alles Napoleons Schuld. Am liebsten würde ich jedes einzelne italienische Gemälde an die Stätte seiner Geburt zurückbringen, nach Florenz oder Rom oder Venedig, damit es für immer dortbleiben kann.«

»Eine vortreffliche Idee«, sagte Pilgrim. »Aber leider unmöglich.«

»Nein, nein«, widersprach Perugia. »Überhaupt nicht unmöglich. Ich kann Ihnen zum Beispiel genau sagen, wie man die Mona Lisa von der Wand abmontiert.«

Pilgrim schwieg.

Sie dahin zurückbringen, wo sie hingehört. Ja. Das Licht zurückholen. Mit dem Licht die Dunkelheit vertreiben. Nur das will ich doch.

Er dachte an seinen Rachefeldzug im Musikzimmer zurück. An die Schallplatten, die er zertrümmert, die Geige, die er entzweigebrochen hatte. An seine Wut und die überwältigende Gewißheit, daß die Kunst – jegliche Kunst – machtlos war. Und an die kauernde Gestalt der Gräfin Blawinskaja, die zu Kessler aufgeblickt und laut gerufen hatte: NICHT!

Eine Welt schaffen, in der es licht ist. In der Licht herrscht statt

Dunkelheit. Was mußte geschehen, damit die Menschen begriffen? Die bloße Existenz von Kunst reichte nicht aus. Etwas mußte geweckt werden in der Seele des Betrachters, des Lesers, des Hörers. Etwas mußte emporgehoben werden aus dem Sumpf der Gewalt und Verkommenheit, in dem die Menschheit so willig versunken war. Konnte die Lösung von so einfachen Männern wie diesem hier kommen, von einem Mann wie Perugia mit seiner simplen, naiven Vorstellung, daß die Rückführung eines Gemäldes an seinen Geburtsort einem verkauften und verratenen Volk Licht bringen würde?

»Meine Schwierigkeit ist«, sagte Perugia, »ich bin ein Feigling. So oft war ich schon in ihrer Gesellschaft allein, aber ich besitze nicht genug Mut, um sie herunterzunehmen und mit ihr zu entfliehen.«

Pilgrim sagte: »Aber wenn jemand anderes sie heruntemähme und Ihnen in die Hand drückte – wären Sie dann wenigstens in der Lage, sie fortzuschaffen?«

Perugia saß stumm da.

Dann fragte er: »Was will Monsieur damit sagen?«

»Daß ich mit Ihnen übereinstimme«, erwiderte Pilgrim. »Ich stimme mit Ihnen überein, daß sie nach Italien gehört. Nach Florenz. Das haben Sie schön gesagt, daß Kunst geboren wird. Es ist absolut richtig. Alle große Kunst wird geboren – ihre Mutter ist ihr Land, ihre Kultur, und ihr Vater der Maler, der Bildhauer, der Komponist oder Dichter.«

Perugia lächelte. »Das hätte ich nie so ausdrücken können«, sagte er, »aber ich weiß, daß es stimmt.«

Und folgendermaßen geschah es:

Um 14 Uhr zog sich Verronet, der Wärter, abermals auf die Toilette zurück, um eine Zigarette zu rauchen.

Perugia montierte das Bild von der Wand ab.

Pilgrim löste es aus seinem Rahmen.

Perugia nahm die zwischen den Deckeln der Zeichenmappe verborgene Leinwand in Empfang.

Jeder der Männer verließ den Salon Carré durch einen anderen Ausgang, wobei Forster Rahmen und Glas im Treppenhaus deponierte, und um 14 Uhr 20 trafen sie vor dem Louvre wieder zusammen.

Pilgrim gab Perugia fünfhundert Franc und wünschte ihm eine gute Reise.

Dann trennten sie sich. Keiner von ihnen sah zurück. Pilgrim und Forster gingen zu ihrem Renault und verstauten den Picknickkorb, die Schachtel mit den Kreiden und den Klappstuhl auf dem Rücksitz über den Benzinkanistern. Pilgrim – der blendender Laune war – warf seinen Überrock auf den Picknickkorb und sagte: »Wir verlassen Paris um vier. Aber vorher wird gefeiert. Im Jardin des Lilas, mit Champagner!«

Als sie auf den Quai du Louvre bogen, sah Pilgrim die kleine Gestalt Vincenzo Perugias über den Pont Neuf eilen, ganz gebückt unter der gewaltigen Zeichenmappe mit ihrer kostbaren Fracht.

Sie ist frei, dachte Pilgrim. *Ich bin frei. Wir sind frei.*

Es war vollbracht.

Auf zum nächten Ziel. Chartres.

7

Im Jahre 1910 hatte der amerikanische Romancier und Historiker Henry Adams Pilgrims Buch über Leonardo gelesen, *Sfumato – Der Schleier aus Rauch,* und war daraufhin so frei gewesen, dem Engländer ein Exemplar seiner 1904 auf eigene Kosten veröffentlichten Studie *Mont Saint Michel und Chartres* zuzuschicken. Adams und Pilgrim hatten in der Folge miteinander korrespondiert, sich jedoch nie persönlich kennengelernt. (Sieben von Pilgrims Briefen sind im Adams-Archiv der Massachusetts Historical Society erhalten.)

Was Adams über Chartres schrieb, entsprach in vielem Pilgrims eigenen bruchstückhaften »Erinnerungen« – ein Quell nicht geringer Faszination für Pilgrim, auch wenn er sich nicht bemüßigt gefühlt hatte, dem Buch seines neuen amerikanischen Freundes mehr als akademisches Lob zu spenden. Adams dagegen empfand eine starke Geistesverwandtschaft zwischen sich und dem *Mann aus der alten Welt,* wie er Pilgrim nannte. Er war zutiefst beeindruckt von dem souveränen Urteil des Engländers über das, um mit Adams zu sprechen, *letzte große Zeitalter der Erkenntnis, bevor die Vernunft die Oberhand gewann.* Was Pilgrim zu sagen hatte, bestätigte ihn in seiner eigenen unorthodoxen Sicht der Vergangenheit. Die Frage, woher der andere sein Wissen über diese Vergangenheit bezog, stellte sich Adams nicht; er schrieb es einfach Pilgrims überragender kunstgeschichtlicher Beschlagenheit zu.

Mister Pilgrims Stimme, so vermerkte Henry Adams in seinem

Tagebuch, *ist einzigartig und mir hochwillkommen, denn gleich mir fegt er all die Schleier akademischer Spitzfindigkeiten hinweg, die den Blick der Gelehrten trüben und sie die Vergangenheit nicht sehen lassen, wie sie war, sondern wie sie sie gern hätten.*

Währenddessen lasen sich Pilgrims Tagebuchnotizen zu Adams' Traktat ein wenig wie ein Schulzeugnis. Die schlechten Noten wurden zwischen ihnen nie erwähnt. *Alles in allem,* schloß Pilgrim seinen Eintrag, *liegt er ziemlich richtig.*

Doch die Zeiten der Scholastik waren für Pilgrim vorbei. Die neue Devise, so schrieb er in das Notizbuch, das Forster ihm beschafft hatte, lautete Verweigerung. *Erkennen wir endlich die hochfliegenden Ambitionen der Menschheit als gescheitert an und stellen uns unserem Niedergang.*

Der Erfolg ihrer Eskapade hatte ihn so beschwingt, daß Pilgrim, als Forster und er auf der frisch bekiesten Chaussee zwischen Paris und Chartres nach Südwesten fuhren, allen Ernstes laut sang:

Wach auf, schöner Träumer, und sieh hinaus:
Der Tau funkelt, Sterne stehn über dem Haus ...

Vielleicht, wagte Forster zu denken, würde der viele Champagner, dem Mister Pilgrim in der vergangenen Stunde zugesprochen hatte, ihm endlich einmal wieder zum Schlaf verhelfen.

Vielleicht. Aber nicht im Auto.

»Sehen Sie den Nachen der Sonne, wie er sinkt«, schwelgte Pilgrim, während er kerzengerade neben dem schutzbrillenbewehrten Forster saß. »Sehen Sie all die Vögel in den Lüften und die Bäume – die Bäume – die Bäume ...«

Romantisches Kauderwelsch, dachte Forster bei sich. *Da geht wieder einmal der Dichter mit ihm durch.*

Unvermittelt sagte Pilgrim: »Unser Ziel ist die Kathedrale von Chartres, Forster – das gewaltigste und heiligste aller Gotteshäuser. Sie ahnt nichts Böses. Der letzte große Brand in der Kathedrale war 1194. Vor 718 Jahren. 718 Jahre. Sie weiß, daß wir kommen. Sie weiß es genau. Wir waren schon einmal da. Sie wird den Geruch meiner Schuhsohlen erkennen. Sie wird die Berührung meiner Finger erkennen. Sie wird wissen, daß ich zurückgekommen bin. Sie wird sich an mich erinnern.«

Forster schlug den Kragen seines Sturmmantels höher. Die Sonne schien ihm direkt in die Augen, und er schwor sich, eine

Schutzbrille mit dunkler getönten Gläsern zu kaufen. *Wo werden wir nur zu Abend essen?* dachte er. *Wo schlafen wir nur heute nacht?*

»Mister Henry Adams – ein Amerikaner – schreibt über die Kathedrale, sie sei Stimmungen unterworfen. Und er fügt hinzu, mitunter seien diese Stimmungen *zum Fürchten*«, sagte Pilgrim – worauf er lachte, aber nur kurz. »Ich frage mich, wie der Grande Dame heute abend wohl zumute ist. Etwas bänglich, schätze ich.«

Sie hatten nun einen ungehinderten Blick in die Sonne. In einem leuchtenden Dunkelorange loderte sie hinter den dampfenden Nebeln und Gasen der Erde. Fast konnte man ihre Flammen sehen.

»Verheerende Brände«, sagte Pilgrim gedehnt. »Drei insgesamt. Einer davon zu meinen Lebzeiten ...«

O weh, dachte Forster. *Jetzt sind wir wieder bei den vergangenen Leben angelangt.* Solche Zwischenspiele hatte es schon früher gegeben – Szenen im Garten am Cheyne Walk, wenn, um es mit Mrs. Matheson auszudrücken, die Phantasie überkochte. Wenn plötzlich eine Horde Sarazenen über die Mauer geklettert kam, weshalb man mit dem Spazierstock auf die Büsche eindreschen mußte – wenn die Schubkarre zum Schinderkarren wurde, in dem man zur Guillotine gefahren wurde – wenn man den Hund Agamemnon heftig an sich reißen mußte, damit Klytämnestra ihn nicht fand. Traumatische Szenen, das ja – aber sie waren alle überstanden worden. Nun also würden sie die Kathedrale von Chartres niederbrennen.

Sei's drum.

Sie hatten die Mona Lisa gestohlen und fortgegeben. Nicht schlecht für ein Hirngespinst. Einen Moment lang mußte Forster ernsthaft überlegen, ob es nicht nur Einbildung war. *Haben wir das wirklich getan?*

Doch. Doch, das haben wir. Und jetzt versteckt sie sich irgendwo in Paris – aller Wahrscheinlichkeit nach unter einem Bett.

Und so hielten sie auf Chartres zu.

»Wir bleiben nicht«, eröffnete ihm Pilgrim. »Wir nehmen uns Zimmer, aber gleich morgen früh um vier geht es weiter.«

Die Wahl fiel auf L'Auberge du Pèlerin. Als sie endlich ankamen, hatte die lange Fahrt Pilgrim die Laune verdorben – so gründlich, daß er Forster nicht einmal darüber belehrte, daß sie im »Gasthof zum Pilgrim« abstiegen. Sie kehrten in der winzigen Wirtsstube ein, was sie bereuten. Das Essen, ein Ragout, ließ zu wünschen übrig, der Wein noch mehr. Als sie sich auf ihre Zimmer zurückzogen, waren sie beide gleichermaßen verstimmt, wenn auch nur Pilgrim es zeigen durfte. Er schleuderte seine Stiefel gegen die Wand.

Dann erging er sich in einer zwanzigminütigen Tirade über den mangelnden Komfort von Automobilen. Im Anschluß verschwand er in der Toilette und klagte über Verstopfung. Um elf Uhr begab er sich vollständig bekleidet zu Bett, nachdem er zuvor kundgetan hatte, daß er um Punkt zwei geweckt zu werden wünsche.

8

Um vier Uhr morgens am Dienstag, dem 2. Juli, trugen Pilgrim und Forster ihre Koffer über den Hof der Auberge du Pèlerin zu dem Renault, der neben dem Stall geparkt stand.

Seit dem Aufkommen des Automobils umhing solche Stallungen ein sanfter Mischgeruch nach Pferdeäpfeln, Öllachen und Benzin. Dazu Heuduft und das graue Aroma staubiger Pflastersteine ... Pilgrim hielt inne, um es alles in sich einzusaugen. Die wenigen Stunden Schlafs hatten seine gute Laune wiederhergestellt.

All die Pilger, dachte er. *All die Pilger, die über die Jahrhunderte hinweg hier eingekehrt sind und am Ende ihrer Reise die große Kathedrale mit ihren gezackten Türmen, ihren Fenstern und Reliquien wußten. Über siebenhundert Jahre der Wallfahrten – über siebenhundert Jahre der Pilgerzüge. Und ich – der letzte Pilger, der all dies in Schutt und Asche legen wird. Wenn wir glauben sollen, daß Gott tot ist, brauchen wir Beweise. Habeas corpus. Vor den Trümmern von Chartres, dieser dem Heiland geweihten Kathedrale, werden wir begreifen, daß der Heiland nirgendwo ist und daß all seine heldenmütigen Chronisten Lügner waren. Hier hat die Kunst den ersten Todesstoß empfangen.*

Nur drei Reliquien hatten das letzte große Feuer im Jahre 1194 überlebt, und diese wurden von den Gläubigen von Chartres seither als Zeichen für die unveränderte Liebe und Gunst der Jungfrau Maria angesehen: der Schädel der heiligen Anna, der Mutter Marias, das Buntglasfenster, das die Jungfrau mit dem Jesuskind auf dem Schoß zeigt – und das geheimnisvolle Palladium.

Das Palladium, so wollten es die Frommen wissen, war das Gewand, das Maria bei der Geburt Jesu getragen hatte. Es war der ursprünglichen Kathedrale – die ebenfalls einem Brand zum Opfer gefallen war – im Jahre 876 von Karl dem Kahlen gestiftet worden, dem Enkel Karls des Großen.

Das erhaltene Fenster war jenes, in das Pilgrim seine Initialen geritzt hatte – in seinem Leben als Simon le Jeune, der die Scheiben seines Vaters, des Glasschneiders, in Blei faßte. Ein Chronist in Glas, so hatte er sich Jung gegenüber bezeichnet. Der Himmel allein mochte wissen, warum ausgerechnet dieses Fenster überlebt hatte – doch so war es.

Die Muttergottes war über zwei Meter groß. Über ihrem Haupt schwebte eine Taube hernieder, die Flügel ausgebreitet in einer Vorwegnahme des Kreuzes. Auf dem Schoß der Muttergottes saß das Jesuskind, dessen Rechte zum Segen erhoben war. In der Linken hielt es ein offenes Buch, in dem auf lateinisch ein Vers des Propheten Jesaja zu lesen stand: ALLE TÄLER SOLLEN ERHÖHET WERDEN.

Und alle Berge und Hügel sollen erniedrigt werden, erinnerte sich Pilgrim.

Heute nacht nun würde Chartres erniedrigt werden.

Die Fahrt zur Kathedrale war kurz, wenngleich aufgrund der mangelnden Straßenbeleuchtung nicht unproblematisch. Immer wieder landeten sie in krummen Sackgäßchen, deren Häuser im ersten Dämmer einen ausgestorbenen Eindruck machten. Sie kamen sich vor wie in einem verlassenen Dorf – oder einer belagerten Stadt, deren sämtliche Einwohner sich hinter geschlossenen Läden verbarrikadierten.

Auf dem Platz vor der Kathedrale schliefen die Bettler und Aussätzigen in zwei getrennten Holzpferchen. Dächer aus Brettern und Stroh waren errichtet worden, um die Lagernden vor Regen zu schützen – zwei Gemeinschaften von Ausgestoßenen, jede mit ihren eigenen Feuern, ihrer eigenen Identität. Die Feuer der Aussätzigen brannten niedrig und gaben kaum Wärme ab, denn Leprakranken war es untersagt, sich in die Stadt hineinzuwagen, um Holz und Kohlen zu sammeln. Sie waren vollständig auf Almosen angewiesen. Und auf den Segen Gottes.

Sie schienen schon seit Tausenden von Jahren zu warten, diese

Armen und Kranken. Fast meinte Pilgrim, einzelne der Gesichter hinter den Feuern wiederzuerkennen, während er an ihnen vorbeischritt.

Die einzigen Worte, die laut wurden, waren ein geflüstertes: »Pilger, hast du ein wenig Brot für uns?«

Brot nicht, aber Geld – das Pilgrim kommentarlos gab.

Die schwere Kirchentür ächzte und knarzte, als sie sie aufstemmten, so als wäre sie ein Jahrhundert lang nicht mehr geöffnet worden. Das einzige Licht im Inneren rührte von Hunderten von Votivkerzen her, aber es reichte aus, denn der Schein spann sich von Kapelle zu Kapelle, von Nische zu Nische und umkränzte die Altäre der Schutzheiligen, der Muttergottes und ihrer Mutter, Anna.

Alle großen europäischen Kathedralen sind nach Osten ausgerichtet, auf Jerusalem hin. Ein jeder Altar ist der heiligen Stadt geweiht. Das bedeutet, daß das Portal nach Westen zeigt. Am Morgen die Mette, am Abend die Vesper, die Gebete beleuchtet von der aufgehenden und sinkenden Sonne. Das Chorgestühl zieht sich die Südwand des Chores entlang – nicht immer, aber meistens, und so auch in Chartres. Und dort, an der Wand hinter dem Chor, ragte »Pilgrims« Fenster auf.

Er ging geradewegs zum Hochaltar, wo er niederkniete und sich bekreuzigte. Auch als Ungläubiger fühlte er sich dazu verpflichtet, dem Monument, das er zerstören würde, seinen Respekt zu bezeigen.

Ganz schwach, wie im Traum, glaubte er sich zu erinnern, mehr als einmal hier an dieser Stelle gekniet zu haben – *als ich meinen Gott noch kannte*. Die Stätte war immer schon heilig gewesen, noch ehe die Christen kamen. Die Druiden hatten die Erde, auf der er jetzt kniete, dem heidnischen »Wunder« einer Jungfrauengeburt geweiht. *Virgo paritura,* murmelte Pilgrim. Und dann: *Ave Maria, gratia plena, Dominus tecum …* Sei gegrüßt, Maria, voll der Gnaden, der Herr ist mit dir …

Als er geendigt hatte, stand er auf und ging zum Chorgestühl an der Südwand hinüber. Durch den Dämmer starrte er zu einem Fenster in der oberen Reihe empor. *Notre Dame de la Belle Verrière* – Unsere Liebe Frau vom schönen Fenster. Der Morgen draußen war nicht hell genug, um das unbeschreibliche Blau, das Karmesin und Rosenrot der alten Mosaikscheiben zur Geltung zu bringen, und das Fenster war zu hoch oben, als daß Pilgrim die Initialen hätte sehen können, die in eine der blauen Rauten zu Füßen der Muttergottes geritzt sein mußten. Aber er wußte, daß sie da waren. S.l.J. – Simon der Jüngere.

Nach einigen Augenblicken kehrte er zu Forster zurück, der wartend dastand, die Benzinkanister neben sich auf dem Boden.

»Wir fangen da an.« Pilgrim zeigte auf die hölzernen Chorstühle unter der Muttergottes.

Damit nahm er das Benzin, goß es großzügig über die schnitzereiverzierten Bänke und trat nach vollbrachter Arbeit einen Schritt zurück.

»So«, sagte er zu seinem Diener, indem er ihm die geleerten Kanister reichte und eine Streichholzschachtel aus seiner Tasche zog. »Nehmen Sie Abschied, Forster, dann gehen wir.«

Forster gab keine Antwort. Er war bleich vor Angst und bar jeder Hoffnung. Äußerlich mochte er heil aus der Sache herauskommen, innerlich nie und nimmer. Und Mister Pilgrim auch nicht. Es war eine Wahnsinnstat, wie sie sonst nur in Träumen vorkam.

»Sind Sie soweit?« fragte Pilgrim schließlich.

»Ja, Sir. Ja«, murmelte Forster.

»Gehen Sie vor. Ich komme nach.«

Forster setzte sich in Bewegung, ohne sich umzusehen. Das Mittelschiff schien plötzlich zwanzig Meilen lang zu sein, und während er auf das große Portal am anderen Ende zuhielt, war ihm, als wate er gegen eine hereinströmende Flut an.

Pilgrim griff in die Tasche und holte die drei Taschentücher heraus, die er vor Verlassen des Gasthofs eingesteckt hatte. Er knotete sie aneinander und drehte sie zu einem Strick, den er so auf den Boden legte, daß ein Ende den äußersten Rand einer Benzinlache berührte.

Dann entzündete er sorgfältig zwei aneinandergehaltene Streichhölzer.

Er schloß die Augen – öffnete sie – und ließ die Hölzer auf das andere Ende der Leinenschnur fallen. Er wartete, bis die Flammen dem Benzin entgegenzukriechen begannen, dann wandte er sich um und eilte mit langen Schritten durch das Mittelschiff dem Ausgang zu.

Um fünf Uhr morgens hatten sie die Straße nach Tours erreicht, während hinter ihnen die Fenster der großen Kathedrale von Chartres in einem feurigen Glanz erglühten.

9

Die größte Überschrift der *Neuen Zürcher* vom Donnerstag, dem 4. Juli, galt der zunehmenden Gefahr eines Krieges auf dem Balkan. Einer weiteren Überschrift war zu entnehmen, daß der japanische Kaiser auf seinem Sterbebett lag – und in der Tat sollte er drei Wochen später das Zeitliche segnen.

Jung, der dem ständigen Säbelrasseln der Balkanvölker schon längst keine Beachtung mehr schenkte, sah den ersten Artikel kaum an. Was den Kaiser von Japan betraf, so war der ein nicht minder großer Säbelrassler gewesen, vor allem in puncto Rußland, und sein Regime hatte ganz im Zeichen seines Machthungers gestanden. Jung überflog den Bericht nur und ging zum Rest der Titelseite über.

Ein mysteriöses Feuer in der Kathedrale von Chartres.

O du mein Gott.

Hastig las er die kurze Meldung durch: glücklicherweise geringer Sachschaden … Behörden vor einem Rätsel … Ermittlungen bereits im Gange …

Pilgrim. Es konnte nur Pilgrim sein.

Erst hatte er die Mona Lisa entführt – denn wer sonst sollte es gewesen sein? –, nun steckte er seine geliebte Kathedrale in Brand. Gedachte er ganz Frankreich seiner Kunstschätze zu berauben? Irgend jemand mußte dem Mann doch Einhalt gebieten.

In der Klinik angekommen, beauftragte er Fräulein Unger, sich mit dem französischen Botschafter in Bern in Verbindung zu setzen. Jungs Reputation würde der Mitteilung, die er zu machen hatte, Glaubwürdigkeit verleihen – daß nämlich ein entflohener Patient der Kunst den Krieg erklärt hatte und die Vorfälle in Paris und Chartres zweifellos auf sein Konto gingen. Wie er dingfest gemacht werden konnte, war eine andere Frage, aber immerhin würde es eine Hilfe sein, zu wissen, wer er war.

Emma daheim in Küsnacht erschütterte die Nachricht nicht weniger, wenn auch aus einem anderen Grund. Wenn Mister Pilgrim aufgegriffen wurde, wie sollte es ihm dann gelingen, sich die Vergangenheit neu anzueignen? Denn das schien Emma das Ziel zu sein, das Pilgrim verfolgte: Die Menschen mußten die Botschaften der Vergangenheit begreifen lernen. Nur dadurch konnten sie verhindern, daß eine unheilverkündende Gegenwart umschlug in eine verheerende Zukunft. Sämtliche Schriften Pilgrims verkündeten die aller Kunst innewohnende Integrität. SEHT HER! befahlen sie in riesigen Lettern, immer und immer wieder. Aber niemand hatte auf ihn gehört. Nun erzwang er Aufmerksamkeit für diese Integrität und ihr Doppelplädoyer von Mitgefühl und Versöhnung, indem er auszog, um ihre beredtesten Stimmen zum Schweigen zu bringen. *Erst wenn alle Spuren von Mitgefühl und Versöhnung ausgelöscht sind,* so hatte Emma in einem der Tagebücher gelesen, *wird unsere Erinnerung daran uns auf ihre wahre Bedeutung zurückverweisen.* Er hatte seinen Feldzug begonnen – wie weit würde er gehen?

10

Als Pilgrim und Forster am Mittwoch, dem 3. Juli, gegen Abend in Tours ankamen, hatte die Nachricht von dem Brand in Chartres die Presse erreicht. DIE MONA LISA, CHARTRES – WAS KOMMT ALS NÄCHSTES? lautete eine Schlagzeile. CHARTRES IN FLAMMEN! eine andere.

Photographien zeigten den aus dem Portal quellenden Rauch und das verkohlte Chorgestühl, doch die Geschichte dazu war noch viel trauriger.

Bei der Untersuchung der Brandstelle hatten die Ermittler die Überreste einen Mannes entdeckt. Einer der Aussätzigen auf dem Kirchhof mußte sich beim ersten Aufzüngeln der Flammen hinter den Buntglasfenstern in die Kathedrale geschleppt haben, um das Feuer zu bekämpfen, und war dabei ums Leben gekommen. Andere Aussätzige und Bettler hatten bereits eine Eimerkette gebildet, als die Feuerwehr eintraf, um den Brand schließlich zu löschen – aber den ersten Helfer hatte niemand retten können.

Als Pilgrim das las, verfiel er in Schweigen und mochte nichts essen. Dennoch gingen er und Forster in den Speisesaal des Hôtel Touraine, wo sie die Speisekarten hin und her schoben und Wein tranken.

»Ich glaube, ich sollte mir das Rauchen wieder angewöhnen«, sagte Pilgrim schließlich und schickte Forster zum Zigarettenholen. Er rauchte schon seit einigen Jahren nicht mehr. Er hatte damit aufgehört, als ihm auffiel, daß Sybil Quartermaine süchtig danach war. *Sehr unschön,* hatte er zu ihr bemerkt, *besonders bei einer Frau.* Aber nun brauchte er die Ablenkung – etwas zum Herumspielen – Herumfummeln –, etwas, in das er sich vertiefen konnte, wenn der Anblick von Forsters ewiggleicher Jammermiene unerträglich wurde. Forsters Ausdruck ähnelte dem des Maulwurfs aus *Der Wind in den Weiden* – verloren, eine Spur desorientiert – unendlich traurig. Wie der Maulwurf am Ende seiner Reise wollte Forster nur noch nach Hause.

In dieser Nacht träumte Pilgrim von dem fingerlosen, zehenlosen Mann, den die Zeitungsberichte beschrieben hatten – sah ihn in die Flammen kriechen, die um ihn hoch und höher loderten. Ein Mensch hatte sein Leben verloren. Das war das letzte, was Pilgrim gewollt hatte – das einzige, das in Kauf zu nehmen er nicht bereit gewesen war. Die Kathedrale stand noch, weitgehend unbeschädigt, aber ein Mann war tot. Pilgrims Traum untermalte diese Ironie des Schicksals mit so eindringlichen Bildern, daß er ihnen laut rufend Einhalt gebot und Forster ihn wecken mußte.

Am Morgen regnete es. Zu spät.

Nach einem leichten Frühstück bestiegen Pilgrim und Forster gegen Mittag den Renault und fuhren weiter nach Süden. Es war Donnerstag, der 4. Juli.

»Darf man fragen, wohin in Spanien?« Forster versuchte beiläufig zu klingen, als sei die Frage nicht von wirklichem Interesse.

»Avila«, antwortete Pilgrim. Das war alles.

Forster hatte noch nie von Avila gehört. Es sagte ihm gar nichts.

Um zwei Uhr hielten sie am Rand eines kleinen Dorfes namens Le Virage, was soviel wie Biegung bedeutet und sich auf die Flußschleife bezog, in der das Dorf lag. Der Fluß war die Loire.

An der Wegkreuzung stand ein Gasthof. Als nächste Station war Poitiers vorgesehen, aber Forster hegte Zweifel, daß sie es bis zum Abend schaffen würden.

Da ihr Frühstück nur aus Café au lait und jeweils einem halben Croissant bestanden hatte, beschlossen sie, in dem Gasthof einzukehren – L'Auberge Chandoraise, so benannt nach der Familie, die ihn schon seit dem achtzehnten Jahrhundert bewirtschaftete.

Pilgrim, mißvergnügt und unruhig, schickte Forster voraus.

»Besorgen Sie uns einen anständigen Tisch«, trug er ihm auf,

»und bestellen Sie eine Flasche Bordeaux. Sagen Sie, daß wir einen Bärenhunger haben und daß sie das gemästete Kalb schlachten sollen.«

Forster, der neben dem Wagen stand, quittierte das ohne Lächeln. Er nickte nur, schob die Mütze zurück und machte sich auf den Weg.

Er würde solange dem Fluß einen Besuch abstatten, beschloß Pilgrim, während er seinem Diener nachsah. Flüsse hatte er schon immer geliebt, und die Loire zählte mit zu den schönsten.

Der Motor lief noch. Pilgrim rutschte auf Forsters Platz hinter dem Lenkrad und legte den Gang ein.

Forster an der Tür der Auberge Chandoraise meinte den Renault wegfahren zu hören, doch da das nicht sein konnte – Mister Pilgrim war schließlich noch nie Auto gefahren –, trat er ein und machte sich auf die Suche nach den Wirtsleuten.

Pilgrim, der sich auf einem Feldweg der Uferböschung näherte, durchlebte einen Moment blinder Panik, als ihm jäh klar wurde, daß er nicht wußte, wie man den Wagen zum Stehen brachte.

Er hatte Forster mindestens zwanzigmal dabei zugesehen, aber jetzt hatte er nichts vor Augen als die Gebärde, die eine jede Fahrt beschloß. Bremsgriff. Bremsgriff. Forster zog immer an einem Griff. Aber wo, wo?

Linke Hand. Linke Hand. Es mußte die Linke sein. Den Blick unverändert geradeaus auf den Feldweg gerichtet, tastete Pilgrim hektisch durch die leere Luft zwischen seinem linken Bein und der Tür.

Halt an! Halt an! Verflucht noch mal, halt an!

In allerletzter Sekunde fand er den Griff und riß ihn hoch. Der Wagen kam ruckend zum Stehen und warf Pilgrim so heftig gegen das Steuer, daß er einen Moment glaubte, sein Zwerchfell müsse gerissen sein. Er bekam keine Luft, und es dauerte eine Weile, bis er wieder atmen konnte.

Der Fluß war knapp zwei Meter von den Vorderrädern des Renaults entfernt – zwei binsenbewachsene, weidenüberhangene Meter – zwei sehr abschüssige Meter.

Pilgrim stieg aus und lehnte sich einen Augenblick an die Motorhaube. Von einer nahen Brücke hörte er die Stimmen spielender Kinder. Ein Hund bellte. Es tat gut, dem Fluß so nahe zu sein.

Zeitlebens hatte er den Anblick des Wassers geliebt. Wassergeräusche. Wassergeruch.

An dieser Stelle war die Loire breit und nicht ohne Tücke. Ihre Unterströmung war schnell und stark, auch wenn die Oberfläche träge schien und gemächlich dahinfloß. Aber Pilgrim konnte die Wirbel in der Tiefe sehen, wo ein dichter Wald von Schlingpflanzen nur darauf wartete, einen Menschen hinabzuziehen.

Sybil stand ihm plötzlich vor Augen, er wußte nicht, warum. Vielleicht weil er um Haaresbreite einem Unfall entronnen war – weil sie von der Lawine zu Tal gerissen worden war, so wie ihn der Fluß beinahe mit sich gerissen hätte.

Er blickte zum anderen Ufer hinüber. Auf einer Wiese weideten Kühe. Und ein Hund saß da. Ein Hütehund. Schwarz. Ein Hund am Uferrand, der ihn mit einem fast durchtriebenen Ausdruck in den Augen anschaute und dazu mit dem Schwanz wedelte.

Der Fluß, dachte er. *Der Styx, die Loire, die Themse, Las Aguas, der Arno, der Skamander in Troja ... Immer war irgendwo nahebei ein Fluß.*

Einmal hatte er versucht, sich in der *Serpentine* zu ertränken. Vergeblich.

Aber wer sagte, daß das Wasser nicht sein Verbündeter werden konnte, sein Komplize, nun da Sybil tot war und die Götter den Himmel verließen?

Mitten in der Wildnis steht ein Altar mit der Inschrift: DEM UNBEKANNTEN GOTT ... Und so habe ich mein Opfer gebracht.

Hier gab es Wildnis genug. Felder, die sich bis zum Horizont erstreckten – einen Himmel so weit wie die Schöpfung – Bäume und die Stimmen unsichtbarer Kinder – einen Fluß, dessen Tiefen das Auge nicht ermessen konnte. Pilgrim hätte nicht einmal sagen können, wo sie hier waren; irgendwo südlich von Chartres, wußte er nur, auf dem Weg nach Spanien, nach Avila.

Über die Schulter warf er einen Blick auf den Renault, der im hohen Gras stand wie ein Eindringling von einem anderen Planeten.

Nur noch ein Stückchen weiter ..., dachte er.

Und dann: *Warum nicht?*

Er versuchte den Unbekannten Gott zu beschwören – den einzigen Gott, von dem er sich noch etwas erhoffte.

Bete.

Vielleicht gab es ja doch Antworten. Vielleicht gab es sogar Vergebung für den Tod des Mannes in Chartres. *Mea culpa. Mea culpa. Mea maxima culpa ...*

Pilgrim schlug sich leicht an die Brust, und als sei der Hund nicht genug, suchte er den Himmel nach einem weiteren Zeichen ab.

Da war es, wie immer. Das Schwingenpaar eines Adlers.

Pilgrim ging zum Wagen zurück.

Nicht denken. Handeln.

Er öffnete die Tür und stieg ein.

Die Böschung war so steil, daß er nicht einmal den Motor anlassen mußte. Es würde genügen, die Bremse zu lösen.

Er lächelte.

Es neigt ein Weidenbaum sich übern Bach ..., dachte er. Und da stand sie vor ihm – Ophelias Weide – schien sich zur Seite zu biegen, um ihn vorbeizulassen, so wie sie sich für Ophelia zur Seite gebogen hatte.

Bedachtsam langte er nach unten und löste die Bremse.

Auf daß es für immer sein möge, murmelte er – und schloß die Augen.

Kurz darauf kam jemand in den Hof der Auberge Chandoraise gerannt. Ein kleiner Knabe, der mit einem älteren Kameraden auf der nahe gelegenen Brücke geangelt hätte.

Ein Automobil sei in den Fluß gefahren, meldete er, und sein Freund tauche, um zu sehen, ob der Fahrer noch zu retten sei. *Kommt schnell!*

Weiter nichts.

Alles stürzte zum Fluß.

Der Junge, der dortgeblieben war, wurde erschöpft aus dem Wasser gezogen. Männer rissen sich die Kleider vom Leib und lösten ihn ab.

»Ich hab ihn gesehen! Ich hab ihn gesehen!« sagte der Junge immer wieder. »Er hat in dem Auto gesessen. Ich hab ihn ganz deutlich gesehen. Aber wie ich hinuntergetaucht bin, war niemand im Auto drin ...«

Der Wagen war leer bis auf das Gepäck.

Forster wartete. Lieber hätte er sich den Tauchern angeschlossen, aber das verboten sie ihm. Die Männer kannten den Fluß. Forster nicht. Er wußte nicht über seine gefährlichen Strömungen Bescheid, seine Schlingpflanzen. *Ein* Menschenleben reichte. Zwei wären Vergeudung gewesen.

Polizei, Dorfbewohner und vorbeikommende Reisende versammelten sich am Ufer. Für einen Todesschauplatz war es eine ungemein lebenspralle Szene: die nackten Taucher, die Frauen, die Kinder und dazwischen die vornehm gekleideten Touristen, von denen einige Picknickkörbe aus ihren Automobilen zum Vorschein brachten und ihre Chauffeure anwiesen, Decken im Gras auszubreiten.

Die Suche dauerte vier Stunden, dann ließ der Präfekt sie einstellen. »Die Strömung muß ihn mitgerissen haben«, verkündete er. »Er wird irgendwann dieser Tage ein Stück weiter flußabwärts angespült werden.«

Forster blieb, bis es Nacht wurde. War es Mister Pilgrim endlich gelungen, sich umzubringen, oder hatte er einen Unfall erlitten – und überlebt? Forster würde es nie wissen, er konnte nur vermuten. Drüben am anderen Ufer hob ein schwarzer Hund den Kopf zum Mond auf und heulte.

11

Eine Woche später, am Donnerstag, dem 11. Juli, erhielt Jung unter seiner Klinikadresse einen Brief. Er war in Dieppe aufgegeben worden und trug keinen Absender.

Unterzeichnet war er mit *H. Forster, Esq.* – und Jung mußte lächeln ob der gelinden Anmaßung dieser Unterschrift, die bestimmt lange erwogen, aber noch nie zu Papier gebracht worden war. *Soso, Mister Forster ist jetzt also ein Mann von Rang,* dachte er. *Bravo!*

Ansonsten jedoch war es kein sehr willkommener Brief, denn er enthielt die Nachricht von Pilgrims mutmaßlichem Ableben.

Seltsamerweise konnte es weder Forster in seinem Kommuniqué noch Jung in seiner Reaktion darauf über sich bringen, von *Tod* zu sprechen. Es war, als sei das Wort in Verbindung mit Pilgrim tabu.

Forster schrieb nichts von den Vorfällen im Louvre, ebensowenig wie er erwähnte, was sich in Chartres zugetragen hatte. Er bekannte sich dazu, eine Rolle bei Pilgrims Ausbruch gespielt zu haben, und er schilderte ihre Flucht im Renault und Mister Pilgrims Wunsch, gewissen Hochburgen der Kunst letzten Tribut zu zollen, wie Forster es ausdrückte.

Inwiefern *letzter* Tribut?

Darauf würde wohl beiliegender Brief von Mister Pilgrim Antwort geben.

Aus Forsters Zeilen sprach ein schlichter Respekt vor der Würde seines Herrn, der in seiner Selbstverständlichkeit selten und ergreifend war. Von Herablassung gegenüber Pilgrims Krankheit oder psychischer Labilität konnte keine Rede sein. Pilgrim war der, der er war, mehr gab es darüber nicht zu sagen. Er hatte Überzeugungen und Passionen, die einzigartig und verstörend, anrührend und beunruhigend zugleich waren. Seiner Liebe zu Kunst und Natur – besonders zu Vögeln – und zu seinem Hund Agamemnon hatte nichts Abbruch tun können.

In Garderobefragen war er so eigenwillig wie originell, schrieb Forster, *und ihm die Kleider zurechtzulegen war ein Privileg sondergleichen.*

Seine Schwächen, wenn ich sie so nennen darf, waren ausnahmslos liebenswert: seine Abneigung gegen bestimmte Speisen, seine Weigerung, in ein Bad zu steigen, das nicht exakt die richtige Temperatur hatte, seine mißlaunigen Leserbriefe an die »Times«, seine unverbrüchliche Loyalität seinen Freunden gegenüber, et cetera, et cetera. Seine Disziplin war beispielhaft, und er schrieb jeden Tag. Er konnte wunderbar grob zu Leuten sein, die seinen Zorn erregten, aber ebenso höflich und geduldig zeigte er sich, wenn jemand, und sei es der schlimmste Langweiler, glaubte, ihm etwas Wichtiges mitteilen zu müssen. Nicht ein einziges Mal hat er von mir verlangt, daß ich einem Besucher die Tür vor der Nase zuschlage – eine Form der Barbarei, die er beklagte –, aber er bat mich zuweilen, wenn ein Blick aus dem Fenster ihn darüber ins Bild gesetzt hatte, wer unten stand, die Tür gar nicht erst zu öffnen. Das erspart Ihnen das Zuschlagen, *sagte er immer.*

Zu Mister Pilgrims Ableben kann ich nur soviel sagen: Ich hielt mich nicht länger als zehn Minuten in der Auberge auf, während derer ich die mir aufgetragenen Vorkehrungen für unser Mittagsmahl traf. Als ich ins Freie zurückkehrte, um Mister Pilgrim Bescheid zu geben, war er nirgends zu sehen.

Ein Knabe kam und meldete, daß ein Automobil in die Loire gefahren sei. Ich wußte sofort, daß er es war. Mister Pilgrim.

Alles Menschenmögliche wurde unternommen, um ihn zu bergen, aber er war und blieb verschwunden. Nun müssen wir ohne ihn weiterleben. Ich werde um ihn trauern bis an meinen Tod. Er war natürlich mein Dienstherr, aber ich glaube sagen zu können, er war auch mein Freund.

Sie und ich haben einander nur einmal gesehen, aber ich weiß von Ihnen durch Lady Quartermaine, die fest davon überzeugt war, Mister Pilgrim den besten Händen anvertraut zu haben. Wie sich gezeigt hat, zu Unrecht; und ohne daß ich dies kränkend meine, bleibt die Tatsache doch bestehen – wir haben ihn alle verloren.

Über kurz, vielleicht auch über lang, wird Mister Pilgrims Leichnam zweifellos aufgefunden werden, in welchem Fall ich nach Frankreich zurückreisen werde, um ihn heimzuholen. Es wird dann meine traurige Pflicht sein, die erforderlichen Schritte in die Wege zu leiten – ihn einäschern zu lassen, wie er es verfügt hat, und seine Asche im Garten am Cheyne Walk zu verstreuen, wo er glücklich war.

Abschließend möchte ich Sie wissen lassen, daß ich in Mister Pilgrims Gepäck beiliegenden Brief entdeckt habe. Er ist an Sie adressiert, darum muß ich annehmen, er wollte, daß Sie ihn bekommen – seinen Inhalt kenne ich selbstredend nicht. Ich habe Mister Pilgrims Füllfederhalter als Andenken zurückbehalten. Er ist blau – seine Lieblingsfarbe.

Ich verbleibe mit vorzüglicher Hochachtung
Ihr H. Forster, Esq.

Pilgrim wurde nie gefunden. Forster reiste nie nach Frankreich zurück. Ein Leben war zu Ende gegangen.

12

Jung legte Forsters Brief beiseite und saß einen Moment reglos da, trauernd – um Pilgrim und nicht nur um Pilgrim, denn immer deutlicher begriff er, welch weite Teile von Pilgrims fiktiver Neuschöpfung der Vergangenheit nun auf ewig im dunkeln bleiben mußten.

Er versuchte es mit anderen Wendungen. *Kreative Neuschöpfung der Vergangenheit – normative Neuschöpfung der Vergangenheit* – sogar *definitive Neuschöpfung der Vergangenheit.* Aber so recht konnte er sich für keine entscheiden. Was war es, das Pilgrim mit solch beispielloser Selbstgewißheit geleistet hatte?

Der Wahnsinn ist seiner selbst immer gewiß, sagte sich Jung. *Der Wahnsinn kennt immer die eigenen Grenzen und wird nie wankend. Er äußert sich mit einer Wahrhaftigkeit, wie es mir selbst niemals möglich wäre …*

Er lächelte.

Der Wahnsinn kennt sich selber durch und durch, fuhr er fort, *und wir, die wir nicht wahnsinnig sind, kennen nichts durch und durch. Wir tasten – wir nähern uns stolpernd irgendwelchen Wahrheiten – wir verbrämen unsere Unsicherheit mit Ausflüchten und Schweigen, behaupten bescheiden, wir wüßten »nichts«, während wir doch auftreten, als wüßten wir alles. Mister Pilgrim ist sich selbst nicht ein einziges Mal untreu geworden. Bei allen hat er Gehör gefunden – aber bei niemandem Glauben. Es war ihm nie vergönnt, die Schwelle zu überschreiten …*

Wer hatte je zu ihm gesagt: *Ich glaube dir.*

Nur Lady Quartermaine, soweit Jung im Bilde war – und nicht einmal sie ohne einen Rest des Zweifels. Sie hatte ihm glauben wollen. Das immerhin.

Jung nahm den zweiten Brief und faltete ihn auf.

Er war nicht mehr als dreieinhalb Seiten lang. Die Anrede lautete: *Mein lieber Herr Doktor Dummbart.*

Erneut mußte Jung lächeln. Mister Pilgrim, kompromißlos bis zuletzt – nicht erlahmend in seinem Kampf gegen die Vernunft.

»Sie müssen mir nicht glauben, aber Sie sollten es«, flüsterte Jung. Pilgrims Worte.

Mein lieber Herr Doktor Dummbart!

Nun da meine Reise ihrem Ende zugeht, lassen Sie sich an etwas erinnern, was Sie einmal zu mir gesagt haben. Wenn Sie mir glauben sollten, so meinten Sie damals, dann müßte ich mich in die Lage Galileis versetzen, in die Jeanne d'Arcs oder Louis Pasteurs. Jeder dieser Visionäre, argumentierten Sie, hatte sich vor einem Tribunal zu verantworten, das durchweg aus Skeptikern bestand, und doch rückten sie keinen Zollbreit von ihrem Glaubensanspruch ab. Sie kämpften weiter, noch über ihren Tod hinaus, bis die Zeit ihnen recht gab. Ja, die Erde dreht sich um die Sonne, Gott macht Heilige zu seinem Sprachrohr, und Impfung verhindert Krankheiten. Ein ungewöhnliches Trio von Aufrechten, um das mindeste zu sagen.

Aber ich bin die Tribunale leid. Ich bin sie leid, und ich traue ihnen nicht. Sie, Herr Doktor Dickschädel, fragen sich, ob es ein »kollektives Unbewußtes der Menschheit« gibt – ein Ausdruck, den vor Ihnen meines Wissens noch niemand gebraucht hat. Ganz klar lautet die Antwort ja – ich bin der lebende Beweis dafür. Ich war bei jeder Wendung des Menschheitsgeschicks zugegen, und wie ich Ihnen begreiflich zu machen versucht habe, war die Bürde des kollektiven Unbewußten für mich doppelt unerträglich, da die Menschheit zu allen meinen Zeiten die Augen konsequent vor ihren eigenen Warnungen, ihren eigenen Erkenntnissen und ihrer eigenen Schönheit verschlossen hat.

Die Beweislast ist erdrückend. Bei jeder sich bietenden Gelegenheit haben wir die Stimme unseres kollektiven Gedächtnisses mißachtet und sind zurückmarschiert in die Flammen, als sei das Feuer der einzige Weg zum Heil.

Seit einigen Jahren schon kündigt sich mir ein weiteres Fanal an. Welche Form es annehmen wird, kann ich nicht sagen, aber es wartet auf uns. Bald schon, eher früher als später, wird es über uns hereinbrechen – nur weil wir es abermals verschmäht haben, auf die Stimmen der Zivilisation zu hören, die uns vereint Einhalt zu gebieten suchen.

Und natürlich glauben weder Sie noch irgendein anderer, daß das, was ich vorhersehe, tatsächlich eintreten wird. Keinen Glauben zu finden ist Teil meiner ewigwährenden Strafe – meines lebenslänglichen Urteils, das sich durch so viele Leben und so viele Zeitalter erstreckt.

Was das bedeutet, ist klar: Ihr kollektives Unbewußtes ist längst als wertlos entlarvt. Sie selbst, Herr Doktor Holzkopf, haben es mit Füßen getreten, indem Sie mich gehört und mir den Glauben verweigert haben. Naturwissenschaftliche Theorien gelten nichts, ehe sie nicht bewiesen sind, ist das nicht so? So viele Fragen haben Sie mir gestellt – und sich dabei selbst zu Fall gebracht, weil Sie nicht bereit waren, mich als Beweis für Ihre Theorie anzuerkennen. Sie sind gescheitert, weil Sie glauben, man könne nur auf dem richtigen Weg sein oder auf dem falschen. Sie vergessen, daß zwischen diesen beiden ein weites Terrain liegt, das weg- und steglos ist.

Sie sind vom Weg abgekommen, Herr Doktor. Sie haben noch viele Meilen vor sich und ich nur ein paar. Diesen Moment habe ich mein ganzes Leben herbeigebetet. Die Jahre, die vor Ihnen liegen, könnten solche Gebete auch von Ihnen fordern.

Vielleicht werde ich ja in die Mythologie eingehen, an der Sie basteln. Es schiene nur logisch. Nennen Sie mich ruhig den Alten Mann. Denn schließlich ist das Bild des alten Mannes, der genug von der Welt gesehen hat, ein ewig wahres.

Die sogenannten Mysterien haben uns immer begleitet. Es gibt und gab auf dem Antlitz der Erde nicht eine Gesellschaft, die nicht irgendeine Form von höherer Macht verehrt, ob sie nun der Große Geist heißt, Gott oder die Götter. Sonnentänze, Beschneidung, die Geburt selbst, Tier- und Menschenopfer, die

Jungfräulichkeit, Ra, der Rabe, Tarot, Wodu, I Ging, Zen, persönliche Totems und Stammestotems, der Marienkult und der Satanskult – die Liste ließe sich endlos fortsetzen. Wir in der Moderne nennen solche Mysterien Kunst. Die großen Schamanen unserer Tage heißen Rodin, Strawinsky (so sehr ich seine Musik verabscheue) und Thomas Mann. Und alle predigen sie nur das eine: SEHT NOCH EINMAL GENAUER HIN. Im Lauf der Zeit werden diese Schamanen durch andere ersetzt werden – aber alle werden sie mit einer Stimme sprechen. So war es von jeher. Aber keiner hört sie.

Das Leben verlangt mehr von uns, als daß wir nur ausharren. Es will von uns angenommen werden mit all seinen Beschränkungen und all seinen Möglichkeiten, und doch sollen wir seine Grenzen hinter uns lassen in unserer Suche nach der Ewigkeit. Ich will keine Ewigkeit. Ich habe sie nie gewollt. Ich glaube nicht an die Ewigkeit. Ich glaube an das Jetzt.

Wenn ich etwas verkörpere, dann die bleibenden Wahrheiten – und die Blindheit meiner Mitmenschen. Und doch traue ich Ihrer Intuition zumindest insoweit, daß ich Sie bedenkenlos auffordern kann: Haben Sie Mut. Kämpfen Sie weiter. Vielleicht schließt sich dann eines Tages der Kreis, und Sie begreifen. *P.*

13

Jung stand auf, faltete die Briefe von Forster und Pilgrim zusammen und steckte sie in die Notenmappe. Die Flasche mit dem regelwidrigen Weinbrand folgte, dann Notizbuch und Stift. Er vertauschte den Kittel gegen das Jackett und beklopfte von außen seine Taschen, um sich zu vergewissern, daß Stumpen und Streichhölzer an ihrem Platz waren. Dann stieß er die Fensterläden auf, löschte die Schreibtischlampe, drückte die Zigarre aus, die er geraucht hatte, und ging hinaus in den Korridor.

Zu Fuß oder mit dem Lift?

Lift.

Er betrat den Glaskäfig, murmelte *dritter Stock* und stellte sich an die Wand.

Der Fahrstuhlführer schwieg unerbittlich wie immer. Seinen gelassenen, fast völlig starren Zügen war nichts zu entnehmen. Dabei bestand seine Fracht ausnahmslos aus Irren und ihren Pflegern, und sein tägliches Los war es, sie von einer Hölle in die andere zu befördern – doch nichts davon schien in sein Bewußtsein zu dringen.

Die Falttür ging auf – die Falttür ging zu. Sein Käfig, das war der Limbus, nicht hier und nicht dort.

Im Korridor des dritten Stocks stand Jung einen Augenblick ganz und gar still.

So viele Erinnerungen. Erwartungen. Niederlagen.

Der Schreiber ohne Stift. Die stumme Pianistin. Der Bärenzwinger. Der Mond. An der Nummer 306 klopfte er an und trat ein.

Türen.

Türen.

Türen.

Nichts.

Die Korbmöbel rochen nach Staub.

Er hustete.

Dann warf er einen kurzen Blick ins Schlafzimmer, wo die Tür zum Bad einen Spalt offenstand.

Er öffnete die Fenster.

Er fütterte die Vögel.

Die Wildtauben gurrten. Die Haustauben führten ihre Tänze auf, und Jung blieb über eine Stunde bei ihnen – allein, wie der Mann aus dem Fahrstuhl allein war, in einer entseelten Welt.

Epilog

Im Jahr nach Pilgrims Ableben sah Jung sich an allen Fronten scheitern. Der Mißerfolg heftete sich an seine Fersen. Sein Verhältnis zu Bleuler und Furtwängler verschlechterte sich beinahe täglich. Mit Freud war es zum vollständigen Bruch gekommen; Freud hatte ihm die Freundschaft aufgekündigt und sich öffentlich von ihm distanziert. Seinen Ursprung hatte ihr Zerwürfnis in Freuds Überzeugung, daß Theorie und Methode zum Dogma erhoben werden konnten, ja, mußten. Jung war ein strikter Gegner jeglichen Dogmas. Es schien ihm alles zu gefährden, was die Analyse zu leisten vermochte. Sämtliche Türen, so Jung, mußten offengelassen werden. Ende 1912 veröffentlichte er seine Schrift *Wandlungen und Symbole der Libido,* in der er seine eigene analytische Psychologie gegen Freuds Psychoanalyse abgrenzte. Er hätte ihm ebensogut den Krieg erklären können.

Unter seinen Kollegen galt Jung mittlerweile nur noch als »Mystiker«. Er entfremdete sich seinen ehemaligen Mitstreitern, die so große Hoffnungen in ihn gesetzt hatten. Selbst Archie Menken zog sich von ihm zurück, obwohl ihre Kameradschaft immer vom Streitgespräch gelebt hatte. Für Archie freilich drehten sich diese Streitgespräche nur noch im Kreis und lohnten keine Fortsetzung.

Aller Enthusiasmus war aus Jung gewichen, aller Schwung, alle Kühnheit. Er war vom Weg abgekommen und – in den Augen vieler, einschließlich Emmas – abgedriftet ins Dunkel.

Jung selbst empfand es nicht anders. Seine Affäre mit Antonia Wolff hatte ihm nichts als Qual gebracht – die doppelte Qual seiner Unfähigkeit, sie aufzugeben, während er sich gleichzeitig wie ein Ertrinkender an seine Ehe klammerte. Immer störrischer bestand er darauf, daß es sein gutes Recht sei und nicht etwa ein Privileg, mit zwei Frauen zusammenzuleben, die sich nie miteinander abfinden würden, trotz peinlicher öffentlicher Beteuerungen ihrerseits, daß sie sich bestens verstünden. Tonis Besuche in Küsnacht wurden in dieser Zeit nicht nur immer häufiger, sie dehnten sich auch von Tagen auf Wochen aus.

Die Kinder kamen zurück und wurden erneut weggeschickt. Während ihrer Aufenthalte zu Hause betrachteten sie ihre Mutter mit zunehmender Verachtung – wie konnte sie sich so viel gefallen lassen? – und ihren Vater mit zunehmendem Befremden. Warum baute er Sandburgen am Seeufer, wie sie es früher getan hatten, und spielte mit leeren Gräbern im Garten? Warum drückte er ihnen Kieselsteine in die Hand und sagte dazu: *Macht die Augen auf*? Und wer war diese zumeist stumme, allzu ernste Dame, die sie Tante Toni nennen sollten?

Die Stimmung in Küsnacht war angespannt und zehrend. Die Mahlzeiten verliefen schweigend. Man kam und ging abrupt und kommentarlos. Es war ein Haus der verschlossenen Türen.

Im Sommer 1913, als die Kinder mit Albertine, dem Kindermädchen, wieder einmal nach Schaffhausen abgereist waren, hatte Jung eine Reihe von Träumen, die ihn auf den Tiefpunkt seiner Depression hinabführen sollten.

In einem dieser Träume war Emmas Bett – sie schliefen nicht mehr im selben Zimmer – eine tiefe Grube mit gemauerten Wänden. *Es war ein Grab*, notierte er in seinen Aufzeichnungen, *und mutete irgendwie antik an. Da hörte ich einen tiefen Seufzer, wie wenn jemand den Geist aufgibt. Eine Gestalt, die meiner Frau glich, richtete sich in der Grube auf und schwebte empor. Sie trug ein weißes Gewand, in welches merkwürdige schwarze Zeichen eingewoben waren.*

Jung erwachte und weckte Emma, um sich von ihr die Uhrzeit bestätigen zu lassen. Es war drei Uhr nachts.

Er war sich sicher, daß ihm eine Botschaft übermittelt worden war.

Am nächsten Morgen um sieben erreichte sie die Nachricht, daß eine Kusine Emmas um drei Uhr gestorben war.

Vorauswissen.

Es war einer der umstrittensten Begriffe in der Psychiatrie. Freud hatte sich immer dagegen gewehrt; Medien, Hellseher – all das war für ihn mit dem Hautgout der Scharlatanerie behaftet. Aber Jung glaubte daran, wenn auch mit Vorbehalten. Bisher hatte er es noch nicht über sich gebracht, seinen Glauben nach außen hin mit Nachdruck zu vertreten.

Es war nicht das erste und auch nicht das letzte Mal, daß Vorauswissen in Jungs umdüstertem Leben in diesem Jahr eine Rolle spielte. Andere Todesfälle und Unfälle hatten ihre Schatten vorausgeworfen, in Träumen oder auch in »Gesichten«. Ein ertrunkener Schiffer war an Land gespült worden, nach einem Sturm, der nirgends anders getobt hatte als im Kopf des im Garten sitzenden Jung. Der Kadaver eines Hundes war ihn im Traum erschienen, eine Nacht, bevor das Tier selbst auf einer nahegelegenen Straße überfahren worden war. Ein angekündigter Besuch rief an, um abzusagen. Wenige Augenblicke vorher hatte Jung, der vor dem gedeckten Tisch gestanden hatte, plötzlich das Silberbesteck wieder eingesammelt und in die Anrichte geräumt, ohne zu wissen, weshalb.

Im Herbst 1913 hatte Jung zwei Visionen, die ihn bis an sein Lebensende nicht mehr loslassen sollten.

Die erste befiel ihn auf einer Eisenbahnfahrt. Seine Gedanken waren, wie das bei Zugreisen nicht selten passiert, von der Landschaft vor den Fenstern zu anderen Bergen, anderen Tälern, Ebenen und Flüssen abgeschweift, zu völlig anderen Gegenden als jener, die tatsächlich an ihm vorüberzog. Mit einemmal brach in diesen harmlosen Wachtraum ein fernes Geräusch ein – eine Folge von Geräuschen, die Jung so real vorkamen, daß er aus den Fenstern zu beiden Seiten seines Coupés schaute, um ihre Ursache festzustellen.

Doch er fand keine. So weit sein Auge reichte, bot nichts eine Erklärung. Ein gigantisches Bauwerk schien an den Nähten auseinanderzubersten. Eine Mauer von unausdenklichen Dimensionen stürzte irgendwo im Norden ein. Der Himmel verfinsterte sich, und der Lärm schwoll an, bis er vollends unerträglich war: Menschenschreie und Tiergeheul, einstürzende Häuser, Wellenbranden und Regenpeitschen.

In seinen Aufzeichnungen schrieb Jung: *Ich sah eine ungeheuere Flut, die alle nördlichen und tiefgelegenen Länder zwischen der Nordsee und den Alpen bedeckte. Als sie die Schweiz erreichte, sah ich, daß die Berge höher und höher wuchsen, wie um unser Land zu schützen. Eine schreckliche Katastrophe spielte sich ab. Ich sah die gewaltigen gelben Wogen, die schwimmenden Trümmer der Kulturwerke und den Tod von ungezählten Tausenden. Dann verwandelte sich das Meer in Blut. Dieses Gesicht währte etwa eine Stunde …*

Zwei Wochen später – Jung war inzwischen von seiner Reise zurück – kehrte die Vision wieder, *unter denselben Umständen,* wie er schrieb, *nur die Verwandlung in Blut war noch schrecklicher.* Diesmal hörte er eine innere Stimme, die ihm befahl, gut hinzusehen, denn *es ist ganz wirklich, und es wird so sein.*

Danach verblaßten diese Visionen, wiederholten sich jedoch ein halbes Jahr darauf, im Frühling und Sommer 1914, als Traumbilder.

Er träumte, daß mitten im Sommer eine arktische Kälte hereinbräche. *So sah ich,* schrieb er, *die ganze lothringische Gegend und ihre Kanäle gefroren. Alles Land war menschenleer, und alle Seen und Flüsse waren zu Eis erstarrt. Alles lebendige Grün war erstarrt …*

Als Jung aus diesem Traum erwachte, zog er seinen Morgenmantel an und ging in abgrundtiefer Verzweiflung in den Garten hinaus.

Und es wird so sein, dachte er. *Es wird so sein.*

Unvermittelt fiel ihm sein letztes Zusammentreffen mit Pilgrim ein, die Worte, die ihn damals so erschüttert hatten.

Und obwohl wir uns niemals zusammenfanden, wenn die Schlacht am ärgsten tobte, saßen wir doch gern unter unseren Sonnenschirmen und Fächern auf dem Wall, wenn drollige Scharmützel zu erwarten standen, und unfehlbar, wenn zwei Helden zum Zweikampf antraten, Mann gegen Mann – oder, wie manche meinten, Gott gegen Gott.

Vor Jungs geistigem Auge erschienen auf den Mauern Trojas schemenhafte Gestalten; verschleiert von Regen und Rauch sahen sie auf das Schlachtfeld zu ihren Füßen hinab.

Wenn das wahr wäre, dachte er, *dann wäre es so lange her, daß nicht einmal mehr die Archäologen es rekonstruieren könnten.*

Und widerstrebend fügte er hinzu: *Es wird so sein.*

Es war eine klare Mondnacht. Grillen zirpten, Frösche riefen einander. Oben auf dem Schornstein hockte eine riesige Eule und überblickte ihr Reich. In weiter Ferne bellte ein Hund, und im Mondlicht über dem See jagten die Nachtschwalben nach Insekten. Jung schnürte sich die Kehle zu beim Anblick von so viel Vollkommenheit.

Und doch …

»Und doch«, sagte er laut. »Und doch sind wir alle dem Untergang geweiht. Wie und wodurch, das weiß ich nicht, ich weiß nur, daß wir es sind.«

Wovon sonst kündeten seine Träume und Gesichte – die berstenden Mauern, die Wogen von Blut, die treibenden Kadaver, die Trümmer der Zivilisation, die erfrorene Landschaft?

Vorauswissen.

Ja.

Es kam.

Etwas kam.

Einen Moment stand er schwankend. Die Eule beobachtete ihn. Zum erstenmal in seinem Leben erwog er, sich umzubringen. Die Last seiner Schwermut war unerträglich, und nirgends zeigte sich ein Ausweg. Es lag alles so klar auf der Hand. Die Welt ging unter. Warum also warten?

In seiner Nachttischschublade lag ein geladener Revolver zur Abwehr etwaiger nächtlicher Eindringlinge. Er dachte so selten an ihn, daß er nun selbst überrascht war.

Das Metall würde kalt in seiner Hand liegen.

Hier draußen im Gras, meine Füße naß vom Tau …

Er wandte sich zum Haus um.

Die Eule sprach.

Jung blickte auf.

Es hätte der Alte Mann sein können, Pilgrim selbst, der grau dort im Mondschein saß und zu ihm hinabsah.

Nicht, schien er zu sagen.

Warte, dachte Jung. *Zum Sterben ist immer noch Zeit.*

Und er ging zum See hinunter, wo er auf der Uferbank saß und einen Stumpen rauchte, die Linke um einen kleinen Stein geschlossen.

Warten wir ab, sagte er sich. *Warten wir ab, was passiert.*

Das war die Nacht auf Donnerstag, den 1. August 1914.

Am Morgen erwachte ganz Europa von Geschützdonner.

Der Krieg brach in jedermanns Alltag ein. Schlagzeilen, Proklamationen, hysterische Anfälle, Flüchtlingsströme – man kam ihm nicht aus. Die Schweiz, obschon neutral, war nicht aus der Welt. Das Grauen kroch wie ein Nebel heran und senkte sich über jedes Leben. Niemand entging ihm.

Die Zahl der Patienten im Burghölzli stieg sprunghaft an. Die Fälle von Demenz verdreifachten sich – vervierfachten sich – und gerieten dann gänzlich außer Kontrolle. Der Wahnsinn, so schien es, war allgegenwärtig.

Männer mit Augen, die blickten, als hätten sie in ihrem Leben nichts Menschliches geschaut, saßen starr und stumm vor Jung und flehten ihn stimmlos um Hilfe an.

Aber Jung fühlte sich nicht mehr imstande zu helfen.

Er hatte kein Vertrauen in seine Theorien mehr, genausowenig wie in ihre Anwendung. Er spürte eine zunehmende Angst vor dem weißen Blatt. Mit Ausnahme der Fallprotokolle, zu deren Führung er verpflichtet war, schrieb er überhaupt nichts mehr. Nicht einmal sein Tagebuch rührte er an.

Zu alledem brachte Emma 1914 ein Kind zur Welt.

Ein neues Leben – vielleicht die Folge von Toni Wolffs immer ausgedehnteren Besuchen und Emmas immer panischerem Bewußtsein, daß sie ihren Mann nicht nur an seine Geliebte, sondern auch an seinen »Wahnsinn« verlor.

Nun denn.

Das Kind war ein Mädchen. *Mein* Kind, nannte Emma sie. Jung nannte sie *Pest*. Sie war ihm im Weg.

Jung kam sich selbst vor wie ein Schlachtfeld. Schüsse hallten durch sein Inneres. Nirgendwo gab es eine Menschenseele – mit Ausnahme Toni Wolffs vielleicht und, walte Gott, seiner Frau –, die kein Feind war. Er fühlte sich zerstückelt wie die Karte Europas – durchwatete Tag für Tag den Regen und Schlamm Belgiens, um sich abends in germanischer Nacht zum Schlafen hinzulegen, einer *Götterdämmerung voll Schall und Wahn,* wie er es grimmig nannte.

So ging es bis zum Frühsommer 1915.

Und dann, eines Nachts ...

Zum erstenmal seit Kriegsausbruch griff Jung nach Tinte und Papier und begann zu schreiben.

Sind das nicht wundervolle Worte? fragte er in seinem Tagebuch. *Und dann, eines Nachts ...*

Und dann, eines Nachts, hatte ich einen Traum. Und in diesem Traum sah ich meinen alten Freund, Pilgrim, meinen Alten Mann, der vor einer Mauer stand, inmitten von Trümmern. Und er sagte zu mir: Möchtest du nicht näher kommen? *Die Trümmer waren überall, und so wich ich nur tiefer zurück in mein Dunkel. Er jedoch stand ganz eindeutig im Licht – ob Sonne oder Mond vermochte ich nicht zu sagen. Es schien auch nicht wichtig, bis ich begriff, daß rings um uns beide Dunkelheit herrschte – und so muß es wohl das Licht des Mondes gewesen sein, bei dem ich ihn sah.*

Damit, *sagte er,* nimmt alles seinen Anfang. Bitte, *sagte er,* komm her und schau, was ich für dich habe.

Ich hielt ganz still. Ich fürchtete mich. Schließlich wußte ich ja, daß er tot war. Meinte er, daß alles mit dem Tod anfängt? Das konnte und wollte ich nicht glauben.

Und dann sagte er: Ich habe hier etwas, das ich dir geben möchte.

Ich wagte kaum, hinzuschauen. Aber ich überwand mich – und ich sah, daß er etwas in der Hand hielt – einen Stein – etwas Rotes, Kantiges – ich konnte nicht recht erkennen, was.

Der Wind blies.

Der Alte Mann trug ein langes, bleiches Gewand, wie ein Prophet, Hiob selbst – Elia – Jesaja.

Und er sagte: Alles ist ewig. Nichts wird sein, das nicht schon war.

Ich machte einen Schritt auf ihn zu – immer noch furchtsam. Ich sagte nichts.

Die Welt, *sagte er,* endet tagtäglich – und beginnt jeden Morgen neu. Aber nicht für dich, solange du dieses Geschenk nicht annimmst.

Ich ging zu ihm hin. Die Luft war kalt. Eine Eisschicht schien alles zu bedecken.

Bitte, *sagte er.*

Ich traute meinen Ohren nicht. Er bat mich um Verzeihung für seine Halsstarrigkeit – seine störrische Weigerung, zu leben.

Ich streckte die Hand aus. Und er legte einen Ziegelstein hinein. Eckig und gebrannt und lodernd rot.

Es ist nur einer, *sagte er.* Du wirst mehr brauchen.

Der Stein schien in meiner Handfläche zu brennen. Doch er hatte kein Gewicht.

Es war einfach ein Stein.

Und ich fragte mich: Kann es denn – nach so vielen Neuanfängen – noch einen weiteren geben?

Und dann erwachte ich, und es war jetzt.

Jetzt. Und das ist alles, was wir haben. Jetzt, nichts als das, und für immer.

Nachbemerkung des Autors

Ich könnte mir vorstellen, daß es die Leserinnen und Leser interessiert, welche der Figuren und Geschehnisse in diesem Buch eine historische Entsprechung haben. Darum hier einige der im Roman – mit viel dichterischer Freiheit – verarbeiteten Fakten.

London und Paris

Oscar Wilde: irischer Dramatiker und Dichter. Es gibt ein Photo von mir, auf dem ich stolz, aber auch beklommen, auf Wildes Bett in dem Pariser Hotel sitze, in dem er gestorben ist.
Gilbert: sein letzter »junger Mann«, ein französischer Marineinfanterist
Robert Ross: Wildes kanadischer Freund und Ex-Liebhaber, dessen Loyalität zu Wilde legendär ist. Ich werde oft gefragt, ob Robert Ross, die Hauptfigur in meinem Roman *Der Krieg und die Kröte,* Züge dieses Mannes trägt. Dem ist nicht so; ich habe ihn frei erfunden.
Auguste Rodin: französischer Bildhauer, dessen Atelier Wilde tatsächlich besucht hat
Gertrude Stein: amerikanische Schriftstellerin
Alice B. Toklas: ihre Lebensgefährtin. Wenn ich nach Paris komme, versäume ich es nie, dem Atelier in der Rue de Fleurus, in dem sie zusammen gewohnt haben, einen Besuch abzustatten.
Pierre Janet: französischer Psychologe an der Salpêtrière – neben Gertrude Stein und Alice B. Toklas die einzige historische Gestalt in der ansonsten ganz und gar fiktiven Geschichte von Robert Daniel Parsons
Théophile Homolle: Generaldirektor der staatlichen Museen, Paris, 1912
Roland Dorgelés: französischer Romancier, der gegen die verglasten Gemälde im Louvre protestierte
Vincenzo Perugia: Handwerker im Louvre, der die *Mona Lisa* entführte. Ich habe den Diebstahl vom August 1911 auf den Juli 1912 verlegt und dem Täter fiktive Komplizen an die Seite gestellt. Das Motiv Perugias war allerdings das gleiche wie im Roman: Er wollte die *Mona Lisa* nach Florenz zurückbringen – wo man ihrer

schließlich habhaft wurde, als Perugia versuchte, das Gemälde an einen Florentiner Kunsthändler zu verkaufen, nachdem er es über ein Jahr in Paris unter seinem Bett versteckt hatte.

James McNeill Whistler: amerikanischer Porträtmaler, der sich verächtlich über Wilde äußerte

Henry James: amerikanischer Schriftsteller, dessen Listen mit möglichen Namen für seine Romanfiguren tatsächlich den Namen »Bleat« enthielten

Burghölzli, Zürich und Küsnacht

Carl Gustav Jung: Schweizer Psychologe und Psychiater; Begründer der Lehre vom kollektiven Unbewußten. 1912 hatte Jung seine Praxis in Wirklichkeit schon vom Burghölzli in sein Haus nach Küsnacht am Ufer des Zürichsees verlegt. Ansonsten stimmen die Lebensumstände und Anschauungen »meines« C.G. Jung mehr oder weniger mit den historisch verbürgten überein; seine Kriegsalpträume in den Jahren vor 1914 sind bei ihm selbst nachzulesen.

Emma Jung, geb. Rauschenbach: seine Frau und Assistentin

Agathe, Gret, Marianne, Helene: ihre Töchter; Emmas Fehlgeburt ist frei erfunden.

Karl Franz: ihr Sohn

Großmama Rauschenbach: Emmas Mutter

Ernst Haeckel: deutscher Zoologe und Naturphilosoph; postulierte die Rekapitulationstheorie, nach der die Ontogenese die Phylogenese rekapituliert.

Gustav Mahler: österreichischer Komponist, der 1911 starb

Eugen Bleuler: Psychiater und Direktor des Burghölzli

Auguste-Henri Forel: sein Amtsvorgänger

Sabina Spielrein: Psychoanalytikerin; ehemalige Patientin und Geliebte Jungs

Antonia Wolff: ebenfalls eine ehemalige Patientin, die sich nach ihrer Heilung selbst der Psychiatrie zuwandte und bis zu ihrem Tod 1953 Jungs Geliebte war. Jung verlieh in einigen seiner Briefe an Freud der Überzeugung Ausdruck, daß in der Ehe Raum für derlei polygame Beziehungen sein muß.

Sigmund Freud: österreichischer Nervenarzt und einstiger Mentor Jungs

William James: amerikanischer Philosoph und Psychologe, der den Begriff des »Bewußtseinsstroms« prägte

Oxford

Walter Pater: englischer Kritiker und Dozent in Oxford, der 1873 seine Studie *Die Renaissance* mit ihrer berühmten Beschreibung der *Mona Lisa* veröffentlichte, die auf S. 278 dieses Romans paraphrasiert wird (»Alle Gedanken ... die Mutter Marias.«)

Florenz

Elisabetta Gherardini: Madonna Elisabetta del Giocondo – die *Mona Lisa, La Gioconda*
Signor Antonio de Noldo Gherardini: ihr Vater
Signora Alicia Gherardini: ihre Mutter
Leonardo da Vinci: Künstler/Despot, der sich tatsächlich weigerte, bei seinem *Letzten Abendmahl* das Gesicht Christi zu malen, und der die *Mona Lisa* bis zu seinem Tod in Frankreich im Jahre 1519 nicht aus der Hand gegeben hat
Girolamo Savonarola: dominikanischer Priester und Sittenprediger

Spanien

Teresa de Cepeda y Ahumada: die heilige Theresia von Avila
Alonso de Cepeda: ihr Vater
Doña Beatriz de Cepeda y Ahumada: ihre Mutter
Rodrigo de Cepeda: Teresas Bruder
Pedro de Cepeda: Alonsos Bruder

Chartres

Henry Adams: amerikanischer Autor und Kritiker, dessen anschauliche Schilderung der Kathedrale in Chartres auch die vielen verheerenden Brände in der Geschichte des Bauwerks beinhaltet (bis auf den fiktiven in diesem Buch). Adams beschreibt auch das als *Notre Dame de la Belle Verrière* bekannte Buntglasfenster, das als einziges das Feuer von 1194 überstanden hat.

Zusätzlich zu den bereits erwähnten Büchern waren folgende Titel unverzichtbare Informationsquellen: *Erinnerungen, Träume, Gedanken von C.G. Jung*, hg. von Aniela Jaffé; *Briefwechsel*

Sigmund Freud/C.G. Jung, hg. von William McGuire; *Carl Gustav Jung* von Frank McLynn; *Mona Lisa: The Picture and the Myth* von Roy McMullen; *Griechische Mythologie* von Robert Graves; *Oscar Wilde* von Richard Ellmann; *Therese von Avila* von Kate O'Brien und *Adler und Taube* von Vita Sackville-West.

Ich danke Beverley Roberts, die für mich recherchiert hat, Mary Adachi, die Korrektur gelesen hat, Nicole Langlois, Karen Hanson und Sabine Roth, die mich auf Ungereimtheiten hingewiesen haben, David Staines, der eine frühe Fassung des Manuskripts sehr hilfreich kommentiert hat, meinem Lektor Larry Ashmead sowie Iris Tupholme und Doris Janhsen, meinen gescheiten Lektorinnen. Mein besonderer Dank gilt meinem Agenten Bruce Westwood für seinen Enthusiasmus, seinen Glauben an mich und seinen unermüdlichen Einsatz. Und nicht zuletzt danke ich William Whitehead, der mit unerschöpflicher Geduld Tausende von unentzifferbaren handschriftlichen Seiten samt meinen endlosen Nachbesserungen in lesbare Maschinenschrift umgewandelt hat und auch sonst immer für mich da war.

Quellennachweis

S. 287, 542 und 544: Zitate aus
Erinnerungen, Träume, Gedanken von C. G. Jung, aufgezeichnet und hg. von Aniela Jaffé, © 1987 Walter Verlag, Olten und Freiburg i. Brsg., S. 119–120, S. 306 und S. 179

S. 289 ff: Die »Peter-Rabbit«-Zitate
orientieren sich an folgender Übersetzung:
Beatrix Potter: Die Geschichte von Peter Hase, Dt. von Claudia Schmölders, © 1992 Diogenes Verlag, Zürich

S. 426: Robert Browning:
Ausgewählte Gedichte von Robert Browning, dt. von Edmund Ruete, Verlag v. Max Heinsius Nachfolger, Bremen, 1894, S. 101

S. 462: William Wordsworth
Englischer Lyriker: William Wordsworth und Samuel Taylor Coleridge, hg. von Alexander v. Bernus. Dt. von Wolfgang Breitwieser, Verlag Lambert Schneider, Heidelberg 1959, S. 47 und S. 29 (letzteres nur angelehnt)

List
Stuart Cohen
Unsichtbare Welt
Roman